鹤舞游天

上卷

he wu

you

tian

黄啸峰

著

上海人民出版社

目 录

iv

v

南北十九年除夕夜。酉时。

为迎接新年到来，京兆府一片热闹景象，四处张灯结彩，人群熙攘。可是在京兆府有一处地方却安安静静。

"泾河句龙"家族的府宅内，各个房间内早已掌灯多时，但是整座府宅鸦雀无声。

刚从外地赶回的句龙爪才进家门，便被句龙拓海安排守在西厢房内埋伏。

"到底发生了何事？我泾河句龙，妖族第一世家！何曾有过如此大的阵仗？"句龙爪一脸疑惑地询问蹲在自己身旁的句龙牙。

"唉，还不是因为那'狐媚大盗'么！"句龙牙叹了口气，"小年夜一早，便射来一支信箭，言说盗了我们府中的'百龙鼎'，结果跑去一看，百龙鼎果然不见了。"

"啊！虽然家中从不安排人看守这百龙鼎，但如此庞大的百龙鼎，狐媚大盗居然能从泾河句龙眼皮子底下盗走？"句龙爪拿手大大地比画着："这么说来，能盗走百龙鼎的话，那我泾河句龙三宝之一的'女娲石碑'岂非也能被盗走了？"

"族长也是想到了这一层，于是就在女娲碑亭那设置重兵把守。"句龙牙摇了摇头："可是万万没想到的是，那狐媚大盗原来是声东击西，今日除夕一大早，又是一支信箭，言说盗走我们府中的'海蜃红绫'。待我等一看，果不其然，海蜃绫不见了。"句龙爪闻言巨惊。

"还从没见族长发过这么大的火，非要缉拿此盗贼不可。说来也巧，那'桃花源记'的临江仙子正沿途追捕狐媚大盗而来。"句龙牙朝着府宅大堂房顶上指了指。

"你说的可是那'桃花源记'掌上明珠源临江，闻名七族的破案神探，临江仙子？"句龙爪忙抬起头往句龙牙所指方向望去，早听说那临江仙子长得超凡脱俗，可惜一直没有亲眼看见。可是那房顶上黑压压一片，哪里见得到什么人影？

句龙牙把句龙爪抬起的头给按下。"就是她！临江仙子当真不是浪得虚名。她刚被族长请进府内，便识破了对方偷盗百龙鼎的手法。"

"哦？这么快？究竟这百龙鼎是怎么被盗的？"

句龙牙娓娓道来："其实百龙鼎并没有被盗，只是它被狐媚大盗变成了一片巨大的三荷叶花瓣，只要在三荷叶花瓣上洒上水，花瓣就会变得像空气一样透明，如同隐身一般，不仔细看就以为百龙鼎被盗了。"

"我就说嘛，如此庞大的百龙鼎怎么可能从泾河句龙眼皮子底下被盗走！"句龙爪又拿手大大地比画着。"不过，这太匪夷所思了，将这么巨大的百龙鼎变成一大片三荷叶花瓣，那得多高深的法术功力啊？"

"高深法术功力？完全不需要。"句龙牙摆了摆手，"因为这临江仙子还道出这狐媚大盗的真面目。你可知道那狐媚大盗是谁吗？"

句龙爪忙问："是谁？"

"那狐媚大盗，就是'钱塘灵狐'家的令狐媚！"句龙牙说道。

"其实将百龙鼎化为三荷叶花瓣的手法，就是利用她钱塘灵狐家族特有的家族徽记'旋金转木'！"句龙牙一副很无奈的表情，"百龙鼎是纯青铜打造的，因为'旋金转木'的缘故，令狐媚很轻易地就将它转化成三荷叶花瓣，再洒上水，让它几乎隐身不见。"

句龙爪还是无法相信:"就算百龙鼎变成了三荷叶花瓣,隐了形,可是族长和长老们经验老到,也都看不出来么?"

"百龙鼎本就不是什么贵重法宝,放在府内一直都是个累赘,丢了反而更好,族长和长老们只是一心设防守护女娲石碑,哪会再去查看。自从接了令狐媚的信箭后,就只有一名家丁去库房看了一眼而已。而令狐媚这么做的目的,就是调虎离山,为了让我们放松对海蜃绫的看护,以便她顺利盗取。"句龙牙摇了摇头:"后来,临江仙子带着句龙拓海和我等府兵前去追捕令狐媚,差一点就逮着她了。"

"连句龙拓海都亲自出马了,那怎么还被她给跑了呢?"句龙爪疑惑道。

"唉,还不是因为那令狐媚长得千娇百媚啊,她只要向我们一抛媚眼,我们就全傻在当场了。"句龙牙发春似地回忆着当时情景:"那身材,那风姿,那……"

"那,那不是还有临江仙子吗?她是女的,她总不会也傻在当场吧?"句龙爪忙将句龙牙拉回现实。

"光靠她一个人哪里够?最终还是让令狐媚给跑了。"句龙牙神情变得严肃起来,"可据临江仙子说,此事还不算完。狐媚大盗甘冒得罪泾河句龙的风险,不可能只为了偷盗海蜃绫这种小玩意儿,必定还会再来。"

"你说令狐媚这是何苦?当初为了联手对抗'仙界五大门派',我们'妖族七大世家'结盟已有数万年。"句龙爪非常疑惑地看向句龙牙,"这么做,对她的家族又有何好处?"

"只怕是为了当年我家族长见死不救,搞得钱塘灵狐伤亡惨重,人才凋零,最终只得将七大世家之首的地位,让于我泾河句龙之事。想必令狐媚一直耿耿于怀吧。"

二人正说着时,突然"嗖"的一声响,一支信箭破空而来:"噔",钉在了大堂门柱上。

"看!又是信箭,这次不知道又有何物被盗?"句龙牙和句龙爪,以及各处埋伏的府兵全跑向信箭。

只见一个婀娜曼妙的身影飘然落地。句龙爪看得整个人都惊呆了，半晌回不过神来。

就见眼前这个女子长得气质超然。夜行衣包裹着她曼妙的身姿，风姿绰约。只是脸上的表情和她手中的剑一样冰冷，正是临江仙子。

而最先拿下信箭的是埋伏在大堂内的句龙拓海："蒙贵府厚待，现借游魂剑一用，十万年后必当奉还，狐媚大盗拜谢。"

"游魂剑！"句龙拓海身边府中人都失声惊叫。

假若泾河句龙三宝之一的"游魂剑"被盗，句龙拓海可没法向族长交待啊！

"给我追！"句龙拓海气急败坏地吼着，府中府兵像没头苍蝇一般追了出去。

句龙拓海快步走向存放游魂剑的库房，心急如焚。昨天自己只因被令狐媚抛了个媚眼，便让她给跑了，族长知道后勃然大怒，说如果这次自己再失手，就阉了自己。所以这次万万不能再让令狐媚给跑了。

等来到库房，句龙拓海忙挥手施法，撤了库房四周布下的重重阵法机关，然后掏出贴身所藏的钥匙，打开门一看，游魂剑好端端地还在原处。句龙拓海悬着的一颗心终于放下，剑还在，剑还在。

这时，门外进来一人："混账！现在游魂剑所藏的位置，不就被你暴露无遗了吗？"

句龙拓海转头一看，正是族长句龙无悔。心想，难道，难道我又中了令狐媚的计了？

句龙无悔上前一伸手，拿过游魂剑："此地既已不安全，游魂剑就先由我来看管，你们还不速去女娲碑亭把守！"

句龙拓海一拍大腿，还是族长想得周全，可别又中了令狐媚调虎离山之计。忙令手下赶往女娲碑亭。

句龙拓海快步而行，经过大堂旁，和临江仙子打了个照面。

"不去捉贼，你们这是去哪儿？"临江仙子冷冷地问道。

于是句龙拓海便将刚才游魂剑未失之事简要说来。

"不对！只怕游魂剑这次真的被盗了！"临江仙子脸色依旧冰冷，"族长出现得也太蹊跷了。他这么快就知道游魂剑被盗之事了？还这么快赶到现场？何况令狐媚的旋金转木，只能盗走金属宝物，何必加派人手去防卫女娲石碑？"

"拓海！刚听闻，游魂剑被盗了，你还在这里磨磨蹭蹭做什么？"说话的人长着一张龙脸，着一身青衫，正是快步赶来的族长句龙无悔。

句龙拓海看着族长目瞪口呆，如果眼前这位是族长，那刚才出现在库房的人又是谁？"难道说？真的如临江仙子所言，游魂剑被盗了？刚才那族长难道是令狐媚假扮的？……海蜃绫！"句龙拓海整个人如坠冰窖。

据传闻海蜃绫是能易容换装的法宝，比变幻他人样貌的法术更难被人识破。可是句龙家获得海蜃绫后，一直没有找到开启海蜃绫的方法，可这令狐媚又是如何知晓使用方法的呢？

"之前令狐媚盗宝之后，都留下信箭提醒。原来这么做的用意，就是为了今日引你带路，去往珍藏游魂剑的所在。"临江仙子不屑地看着句龙拓海淡淡说着。

是啊，相较府内其他宝物，存放游魂剑的所在极为隐秘，要不是自己带路，那令狐媚又怎么会这么轻易就找到呢。就在刚才，令狐媚就当着自己的面，大大方方地取走了游魂剑。句龙拓海心中悔恨交加。

第二章

女娲石碑

●
○

"游魂剑居然也丢了?"句龙无悔走近前来,从怀里取出一张阵图,交于句龙拓海:"以令狐媚狡诈的手段,怕是你们又要失手。你以此阵施法,捉拿令狐媚当万无一失!"

句龙拓海接过阵图一看,是泾河句龙家族三宝之一,"妖兵火焰八卦阵"的阵图。赶紧恭恭敬敬地收好阵图,转身离去。临走前扇了句龙爪一耳光,被临江仙子的美貌惊得一直呆立在旁的句龙爪,这才如梦方醒。

一旁临江仙子也不多言,纵身寻令狐媚而去。句龙拓海一干人等,紧随临江仙子而去。

京兆府,灯火通明,人来人往,熙熙攘攘。

临江仙子跃上一处房顶,在人群中四处寻找着。

紧追而至的句龙拓海急躁地说:"这里全是人,若她使用海蜃绫,可随意化成任何人。就算我等大海捞针,却也是见针而不自知啊!"

虽然临江仙子没有回应句龙拓海,但是这种冷若冰霜的态度无疑也是一种回答。

句龙拓海突然一击手掌,对啊,自己怎地忘了,临江仙子可是七大妖族世家中的破案神探，令狐媚这回是插翅难逃啊。

果然，临江仙子飘然跃起："令狐媚！我看你往哪里走？"还没等句龙拓海等人看清临江仙子使了什么身法，她人就已经出现在人群中，接着就听到"嗷"一声，人群中有一人惊叫着加快速度飞奔而逃。临江仙子紧随其后追去。

句龙拓海等人也远远跟在后面追着。

子时，已然是大年初一。

众人一路追到城外的一处荒郊。

句龙拓海等人赶到时，就看到两个"临江仙子"在那里打在一处。

"我是临江仙子，你是假冒的！"

"我是临江仙子，你才是假冒的！"

两个"临江仙子"穿着打扮、声音腔调和武功招式都一模一样，一时难辨真假。句龙家的府兵们你看看我，我看看你，都不知道发生了什么事情。

句龙拓海见状，哈哈大笑："令狐媚，这次我看你是黔驴技穷了吧，我倒要看看你还能玩出什么花样？"

话音刚落，只见句龙拓海取出一张阵图，抛于空中施法。然后就见这两个"临江仙子"立刻都被阵图施展出来的阵法围在了当中。

"妖兵火焰八卦阵？！"阵中的一个"临江仙子"被突如其来的几个妖兵抓伤，立刻显出令狐媚本来的样貌。

第一次见到令狐媚千娇百媚的模样，句龙爪不禁又看得出神了。我的天哪！今晚是何等幸运啊！不但能见到大美人，而且居然还见到了两个！

"大哥们呐！新年好啊，恭喜发财，红包拿来。"令狐媚一边躲避着妖兵的进攻，一边向句龙拓海等人娇笑道。

除了句龙爪，句龙拓海和身边的府兵们忙将视线移向一边，生怕又被令狐媚给魅惑了。

"令狐媚！这进了妖兵火焰八卦阵能全身而退的，这世上你可曾听说过几个？"句龙拓海洋洋得意。

"嗯……应该至少有一个吧，就是设计这阵法的人啊！"令狐媚上蹿下跳的，无论妖兵们怎样追赶攻击，都摸不到令狐媚半分。

临江仙子则挥剑抵挡着阵中的妖兵："令狐媚！你少得意了。瀛洲派出价，以五百件法宝、五百张阵图、五百匹神兽、五百粒金丹悬赏捉你！我此番就是要将你捉拿交给瀛洲派！以这份悬赏来壮大我桃花源记！"

听闻此言，句龙拓海和身边的府兵们悚然动容，别的都还好说，如果这么大一笔报酬被桃花源记得到，那往后泾河句龙家的七大妖族世家之首的地位，怕是岌岌可危了。

"哈哈哈哈！"令狐媚笑得花枝乱颤，"瀛洲派说的话你也信？那些玩意儿都是瀛洲派自己造的，当然名字也是他们自己取的。所以那件新法宝的名字就叫'五百件'，那张新阵图就叫'五百张'，新神兽'五百匹'，新炼的金丹名字'五百粒'！我令狐媚，小小贼一个，真这么值钱的话，还用得着做狐媚大盗吗？"

句龙拓海和身边的府兵们一想也是啊，瀛洲派特立独行，起名字都起些奇怪名字，这早就司空见惯了。保不准事情真的像令狐媚所说的那样。

"哼！可你偷了瀛洲派的'东皇玉珥'，可有此事？"临江仙子才不理会令狐媚的胡言乱语，"那东皇玉珥乃是瀛洲派镇派之宝，以这点代价来换又算得了什么？"

句龙拓海和身边的府兵们惊讶得面面相觑，居然将上古神剑东皇玉珥给偷出来了，那还了得啊？这比那各五百件什么的悬赏，要有价值得多得多啊！

"还不快收了阵法，先放我出去！"阵法中的妖兵抓令狐媚不得，便都来围攻临江仙子。

句龙拓海暗暗打定主意，无论如何不能让桃花源记的实力坐大了。就算今天把临江仙子给得罪了，也要将东皇玉珥给抢到手！所以丝毫没有收了阵法的意思，只得说："啊呀，族长只传了我布阵之法，至于怎么收阵，我就不知道了啊。"

怎么可能？临江仙子也看出句龙拓海的用心。平时句龙家一直说七大世家同气连枝的，直到此时才知谎话连篇，原来是自己太天真了。

句龙拓海转头道："句龙爪，快去请族长……"却见句龙爪还怔怔地盯着令狐媚傻笑出神，句龙拓海抡起巴掌就要打下去。

可就在这时，远处飞奔来一名句龙家的府兵："报——族长命大家速速回去！女娲石碑有反应了！"

"什么?！"句龙拓海这一惊非同小可，连呆立在侧的句龙爪都被这句话给惊醒了。

句龙拓海等人二话不说，抛下一切，立刻飞奔回去。

看着句龙拓海一众人远去的身影，令狐媚向临江仙子笑着说："一听说女娲碑有反应了，他们什么都不顾了，连对东皇玉珥的兴趣都没了。你，难道就不想要?"

"哼！因为我知道你只拿了半个东皇玉珥，对我是一点用都没有。"临江仙子冷冰冰地挥舞着手中剑。

令狐媚奇怪道："那你为什么还紧追我不放?"见临江仙子沉默不语，令狐媚眼珠转了转道："哦，我知道你为什么要抓我了。"临江仙子依旧一言不发地对抗着妖兵，看也不看令狐媚一眼。

"据说啊，瀛洲派有一位英俊不凡的笔仙，好像叫什么，哦，少年游。"令狐媚紧盯着临江仙子的脸色继续道，"可是啊，这位翩翩少年，却和七大妖族世家之一的女子相恋。仙妖相恋可是两界的大忌啊。"令狐媚压低声音凑近临江仙子道："我猜想，传闻中的这位妖族女子，应该就是你吧?"

"哪有……你听谁说的?！"临江仙子怒视了令狐媚一眼，却掩饰不住已然通红的双颊。

"果真是你啊。"令狐媚一脸惊讶的表情道，"前段时间我听说少年游无故失踪了。莫非你想趁着将我押解去瀛洲岛的机会，去一寻情郎?"

临江仙子回转头去不再看她，继续与妖兵周旋。

"这附近就我们两个，你有什么可担心的。唉，我跟你做个交易如何?"令狐媚一定要抓住这千载难逢的脱身机会，"句龙三宝中的这两件全给你，另外，我还可以提供一件你绝对感兴趣的东西。你也别再追捕我了，如何？"

"哼！你怎么就知道，你说的那东西我肯定感兴趣？"临江仙子依旧冷冰冰地舞剑挥砍，从脸上丝毫看不出她在想些什么，"而且眼下我们两人都被困在这阵中，不能脱身，什么交易都是空话吧？"

"呵呵，只要没人操控阵法，我就有办法破阵脱困，但是一定要你配合我，怎么样？"令狐媚掏出海蜃绫抖了几抖，令狐媚和临江仙子立刻都变成了阵中妖兵的模样。刚才还在一个劲地围攻临江仙子的妖兵们，见临江仙子突然也是妖兵模样了，便呼啦一声全散开了。

"哼！就知道耍小聪明。如果你敢骗我，看我不剥了你的狐狸皮！"

句龙拓海一边往回赶，一边直纳闷，这女娲碑已经很多年不曾有过反应了。

女娲石碑，是女娲补天时，将一块补天用的五色石赠给句龙先辈。自此成为泾河句龙的传家之宝。

而这女娲石碑就是泾河句龙的家族徽记，只接收传自未来的消息。假设在未来，句龙一族用自身的血在女娲碑上写字及以前的年份。这血字就会按所写年份，于大年初一子时出现在女娲碑上。相当于未来句龙家人发出的指令，是否能完成指令，关乎整个泾河句龙家族的命运。

女娲石碑上的指令是句龙家至高无上的存在，是家族永恒不灭的传承，重于一切！

女娲碑亭内，所有家族长老们都在，族长句龙无悔见句龙拓海回来了，没有提起任何关于令狐媚的事情，而是让句龙拓海看女娲石碑。

只见碑上八个血红色的字——

南北二十年　俞灵儿。

第三章

魂归愁湖

南北二十年，元宵节次日晚间。

"啊！啊！"俞灵儿大喊着坐起身来，一看原来自己躺在某家客栈的床上。

周围老老少少一堆人，每个人都惊讶地盯着自己看，然后不约而同地喊着："醒了，醒了，终于醒了！"

离俞灵儿最近的一位妇人更是抱住自己嚎啕大哭："灵儿啊！……我的灵儿啊！……"

俞灵儿第一反应就是想要跳起，风归云在哪儿？我要找到他。但是却虚脱地坐倒在床。错愕之下，环顾周围。

脑袋昏昏沉沉的，沉思了半晌，我是谁？……

对了，自己叫俞灵儿，是瀛洲派弟子，道号"雨霖铃"。

自己这是在哪里？明明记得自己一直身在刀狱之中。

血，成池。

刀，如山。

在那里都不知道昏迷了多少次，自己又被痛醒了多少次。刀狱内不停地回荡着自己痛苦不已的叫喊声。自己每时每刻都在遭受着凌迟之苦，每时每刻都在为这份苦难声嘶力竭。身体早已被反复切割得遍体鳞伤，血流成河。这样也不知道过了多久，早已无暇去想已经过了多久。再怎么挣扎也是无济于事，全身动弹不得。

但是俞灵儿一直告诉自己，一定要活着，一定要等到他来救自己。到那时自己要告诉他，自己有多么害怕，多么害怕再也见不到他。

终于，他来了。风归云，自己一生的挚爱。

他依旧一袭白衣胜雪，纤尘不染，沿着斑斑血迹，缓缓地来到自己面前。

自己倾尽了全力，欣喜地抬头望向他。盼望他能救出自己，这样自己和他就又能彼此相依在一起了。

可是！

可是那曾经的刻骨铭心，却只换来冷厉的一剑，刺透了自己的心房。

俞灵儿惊愕地看着他的眼睛，眼神一如往昔，熟悉而坚定。

仿佛时间凝固在那一霎，身上再也感觉不到其他的疼痛了。

曾几何时在蓬莱岛碧游宫，也是这坚定的眼神向自己诉说着山盟海誓。

曾几何时在西昆仑不周山，也是这坚定的眼神，对擎天之柱发誓，此心不渝。

不知道他刺我这一剑时，是否和我一样，也回忆起那些过往？

伤了自己这颗心的，难道仅仅是这一剑吗？

然后……

然后自己就身处在这间客栈里了。

"不是应该在刀狱中吗？不是应该被一剑杀死了吗？"

可是，为什么……

忽然发现抱着自己的两只手臂越来越紧，原来自己的身体一直在不停地颤抖。这份颤抖已经是一种习惯了，自打被关进刀狱后，身体就一直颤抖不已。就在这时，一只手伸过来，用袖口擦拭着俞灵儿的脸颊。原来不知何时俞灵儿已经泪流满面。刚才抱着自己痛哭的妇人，正含泪担忧地望着俞灵儿。仔细看她。唉？这不正是娘亲？自己娘亲本姓何，嫁给爹后，就叫俞何氏。可是娘亲不是已经于五百年前故去了吗？

心里疑惑这是怎么回事，于是脱口而出："为什么？"却只听到一声稚气的声音由自己口中逸出，自己也愣了一下，低头再看，猛然发现自己手脚都小小的。

一位大婶从床边人群中挤进来，一口气连说了四句"可吓死人了！"后说："昨夜愁湖边元宵灯会，你被那杀千刀的给扔下湖去，哎哟！可把我们都给吓坏了。幸亏令狐公子将你救起，还好还好。你现在也醒了，不然大家伙儿还不得急死？……"

这位大婶是李嫂，俞灵儿想起来了。那年元宵佳节，镇上几户人家约好了出门游玩，娘亲俞何氏带着自己，和乡亲一起，来帝都愁湖游玩。

俞灵儿对这年的元宵节印象特别深，因为元宵节后不久，她的父亲就被砍头，从此家道中落。

"哐当"一声，就听得一声巨响传来，好似客栈大门被踹开的声音。随后就听到一个尖锐的女声大喊着："那个丑八怪呢？给我一间间房搜！"接着门外传来客人们的惊呼声。

李嫂大急："不好了，听声音是那个杀千刀的找上门来了。我们怎么办啊？"俞何氏一把将俞灵儿搂在怀里，也不知道是俞灵儿习惯性的颤抖，还是俞何氏害怕得发抖，两人抖成一团。床边那些江平府的乡亲们一时也手足无措起来。

"砰"一声，房门被两个家丁模样的人撞开，向屋里看了眼，随即认出了李嫂，立刻便回头大声喊着："在这里！在这里！"

随后闯进来十几个家丁打扮的人，让出一条路，迎进来一位豪门千金打扮的女孩。女孩长得美艳，此时却是一脸的骄横。她身边还跟着一个书生模样的人，猥琐地逢迎着这女孩。

两个家丁来到床边，扒拉开乡亲们，俞灵儿母女立刻便暴露在众人面前。

"丑八怪！"那女孩一指俞灵儿，"长得这么丑，还妄想勾引我的令狐哥哥！"

俞灵儿认出了这女孩，她叫仇姬，仇无忌的孙女。那一夜闹元宵，愁湖岸边，众人相伴一起逛元宵灯会，正巧遇到令狐家的公子令狐宝。因自己家和令狐家有多年的交情，令狐宝便过来与自己打招呼。记得自己小时候腼腆害羞，每次见到令狐宝都会低头脸红，可这令狐宝偏偏喜欢招惹自己，硬跟着自己一起游玩灯会。

恰巧遇上这仇姬带了一众家丁也来逛灯会，仇姬仗着爷爷是仇无忌，在帝都是专横跋扈惯了的。一眼瞧见令狐宝与灵儿走在一起，便歇斯底里地吵嚷起来，她带来的家丁便一拥而上，混乱中俞灵儿被那群家丁连踢带打，还给扔下了愁湖。俞灵儿那时还没学会游泳，在湖里扑腾了几下后，就不知道发生什么事了。

"命还挺大啊，居然没死？"仇姬指着俞灵儿道，"给我打，往死里打！"一众家丁抡起棍棒，就要上前对俞灵儿动手。

俞何氏"啊！"惊叫一声，抱紧女儿，同时挪着背脊向外挡着。

俞灵儿见情形不妙，忙暗暗召唤"生花妙笔"。这笔是俞灵儿贴身法宝，只要一召唤准会出现。可招了几次，没见任何效果。再凝神于自己的泥丸宫，发现泥丸宫里空空如也。暗运了下丹田，却是半点功力全无。

乡亲们赶忙上前去拦那些家丁："怎么能随便打人呢？还有没有王法？"

"王法？我仇姬就是王法！"仇姬叉着腰，猖狂地喊着："我爷爷可是当朝宰相仇无忌！就算我打死个把人又算得什么？你们这些贱民，通通给我去死好了，给我狠狠地打！"

那些家丁得了令，对着乡亲们抡开棍棒劈头盖脸见人就打。手无寸铁的乡亲们哪里抵挡得了，顿时被打得东倒西歪的。

"孩子要是出事，我们哪里还有脸回去？！"也不知道谁喊了一句，"大不了我这条老命搭在这儿了！"然后又有人喊："对！跟他们拼了。"都是江平府的街坊邻居，平日里就很有默契，一听这话，纷纷抱着头弯下腰，冲着这群家丁直撞过去。

那群家丁平日里欺负人惯了，什么场面没见过。见对面一起冲撞过来，连号令都免了，第一反应就是拎起棍棒，冲着乡亲们的膝盖一起打了过去。

膝盖被棍棒戳中，乡亲们立刻倒在地上，抱着膝盖龇牙咧嘴。众家丁趁机对着乡亲们纷纷落下了棍棒。

李嫂见势不妙，赶紧扯开嗓子狂喊："救命啊！救命啊！打死人啦！"客栈内的客人蜂拥而至，可都被门口的家丁阻挡在门外。

"真是丑人多作怪！"仇姬双手捂着耳朵道，"吵死人啦！快把这丑婆娘给我丢到窗外去！"

两名家丁用脚踢开了倒在地上的乡亲，就要去抓李嫂。李嫂抱着床腿继续大声喊叫，死活不松手，两名家丁拽了老半天才把李嫂拖出来。然后一边一个将李嫂架起，就往窗户走去。

俞何氏紧紧抱着女儿，口中不停地呼唤着："李嫂！李嫂！"

"你们还不去打那个丑八怪？"仇姬指着俞灵儿道，"给我打！"

一名家丁走上前，对着俞何氏就是一棍子砸下。

俞灵儿看得真切，这一棍要是砸下来，必然砸到娘亲身上。娘亲身子本就羸弱，哪里挨得住这一棍？俞灵儿使出全身力气，将俞何氏推开一旁："啪"这一棍实实在在地砸在了俞灵儿的头上。

"啊！灵儿啊！"俞何氏惊恐地看着女儿。俞灵儿就感觉右眼被流下来的鲜血给遮住，右眼模糊一片。

"杀人啦！"李嫂被架到了窗沿上，扯着嗓子大声喊，双手扒着窗台死活不肯下去。两名家丁正拼命推着李嫂，眼看就要将李嫂推出窗外。

若换作普通女孩，挨了这一棍，早就昏死过去。可俞灵儿在刀狱中经历过千刀万剐之刑，这一棍又算得了什么。

这名家丁又抢起棍棒，准备再砸第二下。却见俞灵儿睁大左眼，满腔愤怒地盯着这名家丁。加上血流半边脸，整个人还不停地颤动着，活脱脱就像是从地狱爬出来的厉鬼般，一副骇人的模样，直吓得这名家丁呆呆地愣在那里，手中棍棒顿时僵在了半空中。

仇姬跺着脚喊着："发什么呆啊？给我往死里打！"

第四章 仇姬夸美

●
○

"住手!"随着一声大喝,两名家丁从门口被摔了进来,一位五十开外,一脸长髯的老者昂然走进门来:"我看你们谁敢动手?"

五六个家丁见有人闯入,操起棍棒对着那老者就打。那老者单臂一抡,将迎面打来的棍棒尽数揽住,再一送,那五六个家丁被甩倒在地。又有五名家丁拿着棍棒冲过来,这老者怒目圆睁,冲着那五名家丁大喝一声,喊声如雷,那五名家丁吓得倒退了几步,再不敢上前。被这位老者的气势所慑,众家丁全都停下了手。仇姬也愣了一下,被这老者的目光瞪得后退了两步。

可仇姬身边那书生却坏笑着对这老者拱了拱手:"原来是李富王副帅啊!失敬失敬……"

名叫李富的老者看都不看那书生一眼,环视了一下残破的房间,朗声道:"光天化日,你们胆敢草菅人命?"说话声响如雷霆,众家丁都不禁后退着。"当啷"一声响,几根棍棒都掉落在地。

俞何氏忙掏出手帕,擦拭着俞灵儿脸上的血迹。李嫂赶紧从窗沿上下来,挨个扶起了乡亲们。

仇姬涨红着脸道:"我爷爷,我爷爷是当朝宰相,仇无忌!你,你又是什么人?"

还未等李富开口，那书生抢着说道："说起这位啊，可是鼎鼎大名啊！雷家军前副帅李富，雷谦的结拜兄长。"最后一句还故意拉高了声调说着。然后一边绕着李富转圈，一边指着李富大声说道："正是这位结拜兄长，大义灭亲！当年将雷谦的罪状递交朝廷。雷谦之死，还要拜李指挥使所赐啊！"说最后一句话时，书生转脸冲向李富一笑。

那书生又朝仇姬微微一拱手道："如此大义灭亲的李副帅，一路升官发财，自然是因受到了仇相爷的器重。李副帅将来前途坦荡，可莫忘了仇相爷当日的知遇之恩啊！"仇姬心领神会地微微点头，骄横之色立刻又回到脸上。

门口有几人开始议论起来："他就是李富啊？""出卖自己兄弟雷谦的人就是他啊？""你看他升官啦，都已经是指挥使了。"

一片议论声中，李富一时气滞。回首当年，因一时胆小怕事，导致了雷谦的冤案。南北十一年，仇无忌私下诱使李富背叛雷家军，却遭到李富的抵制。可后来仇无忌以李富的一件私密隐事来威胁李富，并且骗李富说，此事只告副将一人，不关雷谦的事情。李富这才被迫将诬告罪状递交给朝廷，从而导致雷谦莫须有的冤案。

雷谦遇害后，李富引咎辞职。第二年朝廷封李富马步军副都总管，兼侍卫亲军步军副都指挥使的虚衔。之后几年里，李富在懊悔中郁闷地度过。这也是李富心中最大的痛处。

可这书生一上来就在李富的痛处上撒盐，刚才还气宇轩昂的李富，顿时气势全无，呆呆地站在屋子中间，感觉此刻屋内的罪人不是仇姬和那一班家丁，而是自己。

那书生凑到李富身边讥笑道："李副帅想行侠仗义？太简单了，武功高就行了啊。可是，也得先问问自己，底子是否干净？那才行吧。哈哈哈。"

仇姬转过身，得意地大喊："你们还等什么？还不快把家伙捡起来？给我继续打！"

"不行！"李富一抬手，虽然自己的软肋被人死死地捏着，可是也绝不能看着仇姬他们动手。

那书生捂着耳朵凑到李富身边："什么？我没听错吧？你说不行就不行啊？她可是仇相爷的孙女，副帅还是掂量掂量吧。"

"你，你是何人？"李富转脸看向这书生："为何要帮仇府行凶？"

那书生一拱手道："晚生吴益，宜兴人士。见过副帅。"

俞灵儿听到那书生叫吴益，想起仇无忌有太师十客，吴益就是这十客中的娇客，只因他日后与仇姬联姻所致。吴益没什么大才，仕途升迁全靠仇无忌势力。

"何来行凶一说啊？"吴益对着李富讥笑着道，"晚生不过是在助仇府，行……行侠仗义啊。哈哈哈……"

"天大的笑话！仇府还能行什么侠？！仗什么义？！"清朗的话语声从门外传来，然后一位俊朗的书生走了进来。仇姬一见此人，顿时不高兴了："郭知运，你怎么来了？"

俞灵儿抬头看了看郭知运，回忆起小时候，在帝都，无人不知郭知运的。品行正直，自幼苦学入仕途，为了笼络人才，仇无忌强迫郭知运入赘仇府，和仇姬成婚。郭知运本来就对这桩婚姻很抵触，自打雷谦死后，更加对奸臣仇无忌和浑浊的朝政不满。不久之后他与仇府摩擦不断，若干年后最终和仇姬积恶，被赶出仇府，成为太师十客中的逐客。

郭知运一张脸气得铁青，慢慢走向仇姬道："大老远就听见有人喊救命，若非你仇大千金的手笔，谁敢在天子脚下肆意妄为？"

吴益赶忙为仇姬辩解："只因刁民生事，故此……"

"我们夫妇说话，岂容外人插言？"郭知运瞪了吴益一眼，吴益只得闭口不语。

仇姬气恼郭知运来多管闲事，却也无可奈何，毕竟郭知运是自己丈夫，若让他知道自己因令狐宝和别人争风吃醋，告到自己母亲跟前，被母亲唠叨起来可就没完没了了。什么三纲五常，要守妇道，那可是很头痛的。只得指着俞灵儿道："都是，都是这些刁民不好。我只是教训一下。"

"我们哪里不好啊？要这么打人？看看都打成什么样了？"李嫂跳出来，指着俞灵儿和众乡亲们的伤诉说。

郭知运怒视仇姬："这次你又想惹什么事？你要不说清楚，此事我绝不善罢甘休。"郭知运素来知道仇姬为人，只有她欺负别人的份，哪轮得到别人欺负她。

"丑！"仇姬跳着脚指着俞灵儿道，"长得实在太丑了。"

郭知运怒极反笑："别人长得丑不丑，关你何事？"

仇姬索性大声嚷嚷开："长得丑，脏了我的眼！这些丑八怪活着就是浪费粮食，只配去死。"

"简直无理取闹！"郭知运愤怒地瞪着仇姬，听到如此狗屁不通的说法，气得连话也说不出。

李嫂跳着脚反驳道："长得丑怎么啦？你就可以打人吗？"

"真是丑人多作怪！"仇姬双手赶紧捂住耳朵。

一旁吴益赶紧指着李嫂说："长得丑就不要出来显啊，我堂堂帝都，当然只有俊男美女才配得上。她这么丑啊，一看到她就让人想吐。"然后转头问众家丁："你们说是不是啊？"

"就是啊！""这么丑还不滚回去！"众家丁赶忙附和着，还有人假装作呕吐状。

众乡亲们顿时愤愤不平起来："打了人，还羞辱我们！"

俞何氏站起身，冲着仇姬他们拼尽全力地大声喊着："不许你们这么说我女儿！"可是声音再大，也被淹没在众家丁的哄笑声中。"不许……"俞何氏泪水夺眶而出，"不许……我的女儿，不许你们，这么羞辱！"

仇姬顿时得意起来："容貌呢，就应该像我这样，才叫大美人。"

吴益赶紧迎合道："简直是倾国倾城啊。增之一分则太长，减之一分则太短，著粉则太白，施朱则太赤。"众家丁赶忙附和："太美了！""美极了！"……

仇姬更加飘飘然起来："就连朝中文武百官，都个个夸赞我的美貌，在帝都城首屈一指。"

"你的美貌。"突然听到一个低沉的声音在耳边响起，仇姬得意地转过身看去。就见一张半边血迹斑斑的脸，几乎要贴近仇姬的脸，还一脸的倦意同时不停地颤动着，直盯着仇姬。"啊！"仇姬吓得一蹦老高，倒退两步。待稳定心神，才发觉这脸是俞灵儿的，不知何时她竟然站在了自己身后。

被仇姬一声惊叫，众家丁立刻安静下来，两名家丁上前要拿下俞灵儿。

"干什么！"郭知运冲那两个家丁怒喝一声："还不退下。"那两名家丁只得退在一旁。

被棍子砸了那一下，俞灵儿就觉得头昏昏沉沉的："你的美貌。"却还是强忍着说下去："和你有什么关系？"

仇姬奇道："唉？！你这话奇了。我的美貌，怎么和我没关系？"

俞灵儿耷拉着眼皮，盯着仇姬，继续以低沉的声音道："你长得再美，那也是你父母给的。若你觉得自己很美，首先应该感谢你的父母。尤其是你的母亲，十月怀胎孕育了你，才给予你健康美貌。而不应该在这里自夸，因为你什么都没做。"

仇姬眨巴眨巴眼睛，看着俞灵儿。一时也没听太懂。

郭知运、李富和吴益，以及众家丁也都愣在那里，看着这个不大的小女孩，静静地听她说着。

众乡亲们更是看着俞灵儿看呆了，万万想不到平时害羞寡语的小女孩俞灵儿，竟说出这么一番话来。俞何氏惊喜地看着女儿："灵，灵儿……"

"另外我告诉你。"俞灵儿感觉双眼快要合上了，"在帝都城，你绝对不是最美的。至少有一个女人比你美。"

第五章

约斗黄溪

"不可能!"一听有人比自己美,仇姬直起脖子张大眼睛问道:"谁?你说谁敢比我美?"

"她,就是你的母亲,和国夫人。要不是令堂,你的容貌从何而来?"俞灵儿盯着仇姬道:"难道不是吗?若你敢说自己的母亲长得丑,那你也美不到哪儿去。"说罢俞灵儿转身就要离开,恨不能立刻上床睡觉。

还从未有人敢对仇姬这么说话,可偏偏自己也不知道怎么抢白。只得捅了捅身边的吴益,示意他赶紧说话。

"那个!"吴益赶紧站出来道:"那个那个,有道是爱美之心人皆有之,自古以来,女子梳妆,男人博带。若依汝之言,我们何必在乎脸面美丑?全都蓬头垢面好了。"仇姬不管听懂没听懂,只管不住点头。

俞灵儿抬起头叹了口气,看来这觉一时半会儿是睡不了了。回转身道:"强词夺理!脸面仪态固然重要,殊不知人之脸面,绝不仅在于容貌。"

吴益冷笑道:"还真是头回听说,人的脸面不仅在容貌,此话怎讲?在下倒要好好请教了。"

"枉你还读过圣贤书,难道阁下没听过,尺牍书梳,千里面目。一个人写的字,才是这人真实的脸面。"然后俞灵儿一步步踏向仇姬,"人无法选择自己的长相，可一个人长相再美，若书写字迹丑陋，请问这人，安敢称美？"

吴益闻言沉思不语，俞灵儿所言不差，恐怕连书塾里的小书童都懂得"笔迹者，界也；流美者，人也"这句话。

看俞灵儿咄咄逼人的样子，仇姬不禁缩在吴益身后，低声问道："她说的什么意思？"吴益低声回答："她说，你的书法好，才算真实的美。"

"唉！有了。"吴益随即得意洋洋地大声对俞灵儿道，"这话可是你说的哦！不要后悔哦！"俞灵儿连连点头："不后悔。"

吴益一边转身一边朝四周大声说道："各位给作个见证。这丫头说了，以书法定美丑。咱们今儿个就依她所言，以书法见真章。"

然后吴益大手一挥："取文房四宝来，现在就请仇小姐露一手给这丫头看看，好让她知道仇府书法的精妙！"吴益恶狠狠盯着俞灵儿，心道仇无忌可是大书法家，她孙女仇姬出身这样的书法名门，那书法造诣岂是你这等乡下小丫头能想象的？

"可是，可是……"仇姬声音更低了，"我的字，很难看的，拿不出手啊。"

"啊！"吴益惊得瞪大双眼，转身看向仇姬。心道仇无忌可是大书法家，怎么出身书法名门的仇姬，却连个字都不敢写。

郭知运冷冷地瞥了仇姬一眼："哼！"心道虽然仇无忌是书法家，可是他儿子仇条游手好闲，勉勉强强才得到一些他的传授。可是仇姬骄横跋扈，到处惹是生非，又得仇无忌溺爱，别说练字了，能识字就算不错了。

"怎么了？你该不会是绣花枕头稻草包吧？"俞灵儿笑了起来："你连个字都不敢写，你还不算丑吗？哦，我想起来了，刚才谁说的？丑的只会浪费粮食，只配去死。说的就是你吧。"

众乡亲们顿时哈哈大笑："她这么丑，我看了都想吐啊！"有人还假装呕吐状。

仇姬长这么大，哪受过这般嘲弄奚落，顿时暴跳如雷："给我打，给我撕烂她这张嘴！"众家丁这就要上去对付俞灵儿。

李富立刻踏前一步，伸手拦住众家丁。郭知运大喝一声："大胆！我看你们谁敢动手?"

众家丁看看威猛的李富,都自知不敌,又加上仇府姑爷开了口,一时都不敢再动手。

仇姬急了,一屁股坐在地上撒起泼来:"我不依!我不依!"连连伸脚去揣吴益:"这口气我咽不下,咽不下嘛!"

吴益双手一摊,刚才都让在场众人作见证了。谁承想一个书法名门出身的人,却写不出一手字来。他能怎么办啊!

仇姬哭闹得更凶了,一边扯乱头发,一边撕扯自己的衣服。众家丁要扶起仇姬,却都被她打在一旁。

李嫂冲着仇姬冷冷地道:"真是丑人多作怪。"

郭知运摇了摇头,背过身去直叹气。

众家丁实在没法,只得一起去求吴益想办法。吴益感觉头好大,满头大汗背着手在屋子里踱来踱去。突然停下脚步,然后过去对仇姬道:"仇小姐请先起身,我有妙计帮你挣回今日颜面。"

仇姬顿时不哭了,站起身看着吴益:"真的吗?"

吴益胸有成竹地点点头,然后转着圈对着众人大声说道:"今日,仇小姐身体抱恙,不便书写……"

李嫂冷冷插了一句:"何止是抱恙,我看她都快得羊癫疯了。"

吴益咳嗽一声,继续道:"但是!仇小姐的书法,可说是精妙绝伦的……呃!"立刻感觉腿被狠狠踢了一下,仇姬冲着吴益低声道:"你刚才胡说八道,就害我出丑。你还敢来这套?"

吴益咧着嘴向仇姬连连摆手:"少安勿躁,少安勿躁,我还有下文呢。"仇姬一撇嘴:"那还不快说!"

吴益慢慢直起腰,苦着脸继续说道:"为了证明这一点。仇小姐,将于今年三月初期,参加黄溪修禊!"

这话刚一说完,众人都直起眼,看向披头散发的仇姬。

"黄溪,那什么什么,是什么东西啊?"仇姬低声问吴益,同时左右瞄了瞄这静得可怕的屋子，所有人都不说话看着自己。

吴益很得意地低声回道："是黄溪修禊。集天下顶尖书法名家于黄溪，以书法论试。"

"哦……"仇姬脸露笑容："就是和天下书法家们比试书法啊。"吴益志得意满地点头："就是这个意思。"

"哐当"一声，吴益被仇姬一脚踹翻在地："你拿我当猴耍啊？！嫌我丢人丢得不够大是吧？还要在天下书法家们面前让我丢丑是吧？！"

吴益赶紧爬起来，躬身向仇姬施礼："啊！好痛啊！请小姐务必相信在下。在下有万无一失之法，定能让小姐参加得了黄溪修禊！只要能入得黄溪修禊的门槛，届时夫人这脸面可不是一般的大啊！"仇姬半信半疑地问："此话当真？"吴益重重点头："可就是花费巨大啊。"仇姬一撇嘴："钱不是问题。光我的零花钱，都够买下整个黄溪了。"

俞灵儿不紧不慢地说道："今年的黄溪修禊，我志在夺魁。"

屋内所有人都惊讶地看着俞灵儿。天下多少书法名家，连黄溪修禊的门槛，都望尘莫及。以仇府的雄厚财力，加上仇无忌的党羽遍布天下，仇姬勉强能入黄溪门槛，倒并不奇怪。可没想到这小丫头不但也要参加黄溪修禊，更要夺魁？

"你是出身书法名门？"吴益盯着俞灵儿道。

俞灵儿摇了摇头："不是。"

"那你可曾拜过名师？"吴益继续追问着道。

俞灵儿摇了摇头："没有。"

吴益张开双臂看看仇姬，又看看俞灵儿，又看看众人，心中忖道，能助仇姬入黄溪门槛，已经是成本很高的事了。这小丫头一穷二白，不但要入黄溪门槛，居然还大言不惭要夺魁黄溪，那岂非是天大的笑话？

"既非出身名门，又没拜过名师。就妄言去黄溪修禊？还要夺魁？！"吴益突然狂笑起来，"哈哈哈哈！真是不知天高地厚啊。"

"三年一会，三月初期，吴川山阴，黄溪修禊。"郭知运明白，吴益不过是在帮仇姬强撑脸面。可是眼前这半大的小丫头，居然说她要夺魁黄溪，实在是痴心妄想。便疑惑地看着俞灵儿，道："届时无数文人才子云集黄溪，想要夺魁，必须有技压天下群豪的书法造诣。就连当今书坛泰斗的米右仁大人，都不敢如此夸口。你又凭什么？"

"听她瞎扯呢？"仇姬指着俞灵儿道，"她不过是虚张声势，你还真信？"一众家丁马上也跟着起哄。

众乡亲们虽然想帮着俞灵儿说话，可是听俞灵儿居然说要夺魁黄溪，这么大的话实在帮不上，只得默默地看着俞灵儿。

吴益得意洋洋地微笑着，心道，就连如此无知的仇姬都不敢夸口夺魁黄溪，这小丫头实在是蠢到了极点。

"我才是要夺魁黄溪呢！"仇姬叉着腰嚷嚷开了，接着冲吴益道："这事你来解决，否则拿你是问！"

吴益仰面跌倒，连想死的心都有了。若有能让你仇姬夺魁的办法，我吴益早就去夺魁了，还用得上在这里巴结你吗？

不过吴益转念一想，仇姬也许只是逞一下口舌之快。就算仇姬不能夺魁，只要让她在黄溪赚足脸面，哄得她开心，自己兴许勉强能躲过这一劫。

"我还要和你就此打赌！"仇姬指着俞灵儿道，"赌谁能在黄溪夺魁。"

俞灵儿淡淡地道:"赌什么?"

仇姬大声道:"无法夺魁者,要一生都给魁首为奴为婢,任凭处置!"

俞灵儿笑了:"好啊,就这么定了。"

倒在地上的吴益头一歪,两条腿直挺挺地一蹬,整个人顿时僵硬。心道,仇姬这么赌法,若是两人都不能夺魁,那岂不是便宜了别人?而自己这条小命,怕是就此交代了。

李富突然转过身,大手按在俞灵儿肩头,停了一会儿道:"丫头,之前就见你全身颤抖不止。一试才知,你这颤抖症像是心郁之疾,怕是治不好了啊。"

乡亲们闻言全都大惊失色。俞何氏大叫一声:"灵儿!"随即扑过来抱紧俞灵儿。李嫂跺着脚骂仇姬:"好你个杀千刀的!把灵儿打出病来了,这可是要耽误一生的,我们跟你没完!"

郭知运转身怒视仇姬:"你看你干的好事!"

"哈哈哈!你叫俞灵儿是吧?"仇姬哪会理会旁人:"你看你全身颤抖的样子,别说写字了,只怕连笔都拿不住吧?你就想这样去黄溪?那我岂不是赢定了?"

乡亲们愤怒地纷纷指责着仇姬。

俞灵儿抓着自己颤抖不已的右手，心道不妙，刚才扬言要夺魁黄溪，却全忘了自己全身颤抖不已，别说写字了，怕是连拿筷子吃饭都成问题。

"本小姐今儿个高兴，先放过你们。"仇姬只顾着自己开心，得意地道："我就在黄溪等着你，我们走。"说罢大摇大摆地离去，一群家丁也簇拥着主子一起退去。两名家丁一边一个抓着吴益的双脚，拖着僵直的吴益也紧随而去。

"啊!？就这么走了？"李嫂冲过去要讨个说法。却被李富伸手拦住："今日没死人，就算你们万幸了。仇府不是你们得罪得起的。"

郭知运对着众乡亲们一躬到底："今日拙荆胡闹，在下自当奉上赔偿银两……"

李嫂怒道："仇府的臭钱，我们才不稀罕。俞灵儿被打成这样，那可是一辈子的事。你们如何担当？"

郭知运长躬不起："在下自当请郎中为各位诊治，必当治好俞灵儿之症，所有诊费医药，全由在下一力承担……"

李嫂跳着脚道："那本来就该你们付！"然后继续不依不饶地数落着。郭知运继续长躬不起，对李嫂的各种要求一一答应。

俞灵儿就感到头晕目眩，转身走向床榻："娘，我没事，就想睡觉。"然后倒头便睡。

虽然躺着，俞灵儿却被李嫂的骂声吵得睡不着，心里翻来覆去地思索着。

俞家原本是住在南康。后来澜兵南下，战火袭来，不得已才搬到江平府。自己再后来去瀛洲派修炼，才改的道号叫雨霖铃。在瀛洲岛南明宫，这一修炼就是五百年过去了。

而自己被风归云一剑穿心，应该是死了的。难道魂魄又回到自己少年时的身上？虽然这五百多年修炼时，也曾听说过借尸还魂的仙法。可是自己死后又回儿时自己身上就不知道是怎么回事了。奇哉，怪哉。

与自己被关进刀狱受尽折磨苦难相比，不明不白地被自己挚爱之人所杀，那才是最令她痛心的，真叫死不瞑目啊。照理说应该是魂魄变成地缚灵之类的不得超生才对，也许是天可怜见，才会出现如此奇迹吧？

难道上天给了我一线机会？

好，哪怕可能再次被关进刀山狱，哪怕可能心头再挨上一剑。

风归云！我一定要找到你，我一定要知道，究竟为了什么你要用剑，刺向那颗只为你跳动的心。

多情自古伤离别，更那堪，冷落清秋节。心想至此，万念俱灰。

抱着已经被泪水浸染半边的枕头，身体微微颤抖着沉沉睡去。

这一晚上，各种梦魇不断。依稀间自己还在瀛洲岛南明宫中。

梦见了师尊归字谣在给自己演示天地大道。

梦见了师姐百媚娘偷来几坛仙酒与自己共饮。

梦见了风归云来约自己一起去看银河……

忽然整个天地变色，所有身边的良师益友们全都消失不见，取而代之的却是一片令人窒息的昏暗。

紧接着一副金黄色的枷锁镣铐将自己锁住，无论如何用力都无法挣脱。俞灵儿这才想起自己如今还是个少女，完全没有任何法力，任何一根麻绳都能困住她，不可能挣脱如此沉重的枷锁。于是便大声呼救，却口口声声却始终在喊："风归云！救我！……"

正当自己焦虑不安时，眼前忽然闪出了四个金甲天神，一个个对着俞灵儿怒目而视："雨霖铃！你已犯下天条！我等乃是天庭四值功曹，奉命前来捉拿你！"

俞灵儿急道："我犯下天条？我何曾犯过天条？你们可知道我被关在刀狱有多久么？连我自己都算不清楚有多久，我怎么可能触犯天条？"

四值功曹不由分说，上前押解俞灵儿便走："休得多言！我等只是奉'执年岁君太岁'之命，抓你去往岁部十二宫。至于你是否有冤情，自己去问太岁吧。"

俞灵儿更加觉得奇怪，跟跟跄跄地跟着四值功曹走，一路不甘心地喊着：

"前世曾听闻执年岁君太岁乃是斗母元君的属下神君，据说实力堪比二郎神杨戬。可我们瀛洲派向来很少与天庭诸神打交道，我更从未与这太岁见过，真不知自己前世哪里得罪过他，却说我犯下天条？"

四值功曹却不再和俞灵儿多言，直接将她押入一处万丈五彩霞光，霞光内有一大坛，四周被十二座天宫环绕。抬头见这十二天宫上所书的匾额，分别是子次宝瓶宫，丑次魔蝎宫，寅次人马宫，卯次天蝎宫，辰次天秤宫，巳次双女宫，午次狮子宫，未次巨蟹宫，申次阴阳宫，酉次金牛宫，戌次白羊宫，亥次双鱼宫。

四值功曹推推搡搡地将俞灵儿带入寅次人马宫。只见宫内金碧辉煌，仙云缭绕，宫内五位更为高大的金甲天神立在一张书桌周围，俞灵儿心想看这站着的五位天神，该不会是庚寅、壬寅、甲寅、丙寅、戊寅五位太岁大将军吧？

四值功曹哪里容得俞灵儿东张西望，伸手一推，俞灵儿整个身子飞了过去，待掉到地上后又滑了几十步远，这才停下。直摔得俞灵儿眼冒金星头晕眼花，嘴角都渗出血丝来。

其中一位金甲天神向摔在地上的俞灵儿走来："来的可是俞灵儿？"这金甲天神上前，一脸恨铁不成钢的神情看着俞灵儿："你可知道你犯下了滔天大罪吗？见到本命太岁，还敢在这里大声喧哗！怎么一丝悔意都没有？"原来眼前这位天神还不是要抓俞灵儿的执年岁君太岁，而是俞灵儿的本命太岁，甲寅太岁神君。

俞灵儿勉强挣扎起身道："甲寅太岁神君在上！我真的一点都不知道自己身犯哪一天条？"

甲寅太岁神君痛惜地说道："重生本身就有违生死轮回，还说没犯天条？"正如甲寅太岁神君所言，重生一直是魔界孜孜不倦追求的法术，也确实是有违天规。

见俞灵儿低下头去，甲寅太岁神君弯下庞大的身躯，伸手搀扶俞灵儿起身，和蔼地对她说道："命人抓你来是执年岁君太岁下的令，本座也不甚了了。可本座思前想后，此处乃是天庭岁部，负责掌管时日。此番你魂魄重生导致原本正常次序的时间变得混乱，这才将你擒来。若非如此本座与你只怕是难得见上一面啊！"

"啊！"俞灵儿吓了一跳，"我只是自己重生而已，又怎么会扰乱时间次序？"

甲寅太岁神君一挥手："你且来看，这就是'光阴之轮'。"随着甲寅太岁神君所指方向，就见宫内霍然出现几个大大小小的光轮，这些光轮轴心相向，连成一个庞大的光轮圈。甲寅太岁指着其中一个闪烁不定的光轮说："你此番重生之后，若是安守本分，循着前世的足迹而行，本不会横生枝节。可你此番重生之后的所作所为，偏离了原本正常的时间次序，导致原本正常次序的光阴之轮旁又新生了一个光轮。"只见这个新生的光轮和另一个光轮并排交错，在原本岁月运轴上显得很不协调。俞灵儿着急起来："那要如何是好，这世间岂非因我而大乱？"

"你也莫要着急，天庭有岁部天神，可以将这种多出来的光阴之轮引导至和原本光轮相同的结果，如此才能使得整个岁部的岁月轴运转正常。"甲寅太岁笑着安慰俞灵儿，可他惯有的怒相使他笑起来都看着像要咬人一般。

俞灵儿歉疚地低声说道："都是我惹出来的祸事，灵儿知错了。真是有劳众位天神费心了。"

　　甲寅太岁轻抚着俞灵儿的额头："只不过你这小顽童，实在太不让人省心了。前世本座就挡下你闯的那一大堆祸，不想你今世更是变本加厉，看，又因你的任性妄为，催生的这个新生光轮，足足有上千年之久。哎，实在是令岁部非常难办啊！想来正因如此，执年岁君太岁才会将你拿了来。你记得，等一会儿执年岁君太岁若是怪罪下来，你可千万不能顶嘴冲撞他。本座来为你开脱便是。"

　　俞灵儿闻言，对甲寅太岁更是倍感亲切。不想第一次见本命太岁，就对自己这般体恤关照，到底是自己的本命太岁啊！而且前世自己闯下诸多祸事还要连累太岁，心里也实在过意不去。

　　"切记，千万不可对凡人言你关于前世的种种，否则导致难以弥补的结果，就连本座都帮不了你。"见俞灵儿被沉重的枷锁镣铐压得腰都直不起来，甲寅太岁便想施法除去俞灵儿身上最重的那副枷铐。

　　却听得一声雷鸣般的怒吼声："不得给她去枷！"虽然甲寅太岁想极力掩藏住自己的震惊，却因身躯太过庞大，被俞灵儿看见他瞬间晃动了一下。

　　"执年岁君太岁驾到！"四值功曹忙呼喝着，可那执年岁君太岁早已快步走入宫内。

俞灵儿偷眼瞧着这执年岁君太岁，不想执年岁君太岁也望向她。他不望过来还好，这一转身望过来的气势非常骇人。

甲寅太岁的身躯已经算是很庞大了，俞灵儿的身高还未到甲寅太岁的腰部，可是这位执年岁君太岁的身躯更是大得惊人，甲寅太岁也未及他的腰部。如果令俞灵儿惊骇的只是身躯庞大也就算了，可这位执年岁君太岁还是三头六臂，六个手掌中分别拿着各种法器；威风凛凛，三个头戴束发冠，身披金甲；三道眉心处各竖立一眼。

望向俞灵儿的双目怒相狰狞，是俞灵儿平生仅见，她不禁倒吸一口冷气，感觉浑身上下如坠冰窖，整座寅次人马宫也好似瞬间就被这双怒目给僵化了一般。何况再加上那第三只眼也怒光逼视过来，俞灵儿就感觉自己三魂七魄也几乎快被摄走似的，要不是甲寅太岁扶住自己肩头，只怕自己会直接晕倒在地。俞灵儿不停地打着冷战，心中默念，还好怒视自己的只是他三个头中的一个头，若是九只怒目一起瞪向自己的话，怕是自身魂魄会止不住立时便要再次投胎重生过一遍去。

四值功曹忙向执年岁君太岁躬身施礼："向元帅交令，末将等已将俞灵儿擒来。"各位太岁神君也忙跟着一起向他躬身施礼。

执年岁君太岁谁都不搭理，径直走到宫内首座坐下。

还没等俞灵儿缓过劲来，一声如千把个惊堂木一起拍下的声音响起："俞灵儿！你可知罪？"

俞灵儿跪倒在地，脑袋晕乎乎地说："我知罪……"

一旁甲寅太岁神君忙躬身道："还望岁君念她是初犯，就……"

"你可知你犯的是'逆天'大罪吗？！"执年岁君太岁不等甲寅太岁说完，依旧以雷动的声音问询。

"逆天？"俞灵儿抬头惊呼，"我哪有犯过什么逆天大罪？"然后转头看向甲寅太岁，就见甲寅太岁错愕地望着执年岁君太岁，另四位寅次太岁也是一脸茫然，一旁的四值功曹则在那交头接耳。

逆天大罪是天庭最严重的三大罪状之一，俞灵儿曾听闻，犯下此罪行所受的处罚，是永世被困于天柱上，受着天谴神雷的无尽轰击。与之相比，刀狱只能是小巫见大巫了。

不过甲寅太岁很快反应过来："禀报岁君！这俞灵儿前世也只是一介平庸小仙，道行法力极弱。就连她想犯个中品的'逆世'罪都勉勉强强，哪有可能犯下'逆天'这等上品大罪。"

"放肆！"执年岁君太岁怒喝一声，宫外顿时霹雳连闪，雷声滚滚。宫内其他所有天神都立刻单膝跪地。

也许是执年岁君太岁的怒吼声惊动了十二宫，宫门口陆陆续续挤了好多天神天将，向宫内张望着看到底发生了什么事。

待雷声稍停，执年岁君太岁指着甲寅太岁骂道："你们这六十甲子太岁大将，平日里就知道为你们本命生灵护短。尤其是你，就只知道宠溺娇纵这俞灵儿。你们这样视天规为何物？置天庭于何地？"

甲寅太岁忙闭上眼不敢仰视执年岁君太岁，俞灵儿在一旁都能感觉到甲寅太岁的战袍在不停地颤动着。

执年岁君太岁依旧对甲寅太岁不依不饶："本尊问你，这俞灵儿毫无一丝仙根仙资，还蠢笨无比，前世你却为何将她举荐入瀛洲派？"

俞灵儿闻言，也好奇地看向甲寅太岁。

记得前世里，她突然就遇到一个瀛洲道士。他说要物色资质较好的弟子。居然选中自己，带去瀛洲派修仙。

当时说是因为看自己骨骼精奇，资质上佳。自己也以为如此，以为人生就此不同，还特别兴奋。却不想前世五百年来，哪有见到自己上佳的资质啊?！修仙学道都特别慢，功法修炼的领悟力也比同期的师兄弟们差很多，那些后进的师弟们，个个修为都逐一超越了自己。

唯有自己修炼悟道的蠢笨程度，方可"傲视"整个瀛洲！

平乐旧欢收不得，更凭飞梦到瀛洲。以前不明白也就稀里糊涂过了，现在俞灵儿听到执年岁君这么问甲寅太岁，原来当初是甲寅太岁暗中保举自己入的瀛洲派。心里对自己极差资质的疑惑又一次浮上心头。

这次甲寅太岁的战袍却平静如初，就听他淡淡地回答道："只因她是忠烈之后，自小孤苦无依。"

"这……"执年岁君顿了顿。

俞灵儿想起前世，自己父亲俞生刚直不阿，奸相仇无忌多次想拉拢父亲俞生都遭到拒绝。结果父亲从工部侍郎被一路贬官，直到江平府通判。

有很多人就劝俞生，胳膊拧不过大腿，何必跟仇无忌拧着干呢？

俞生则常对人言："安能低眉折腰事权贵，使我不得开心颜。何况仇无忌祸国殃民，罪大恶极，誓死不与之同道。"

最后父亲俞生被仇无忌找了个借口给处死了，自己母亲不久也悲痛过度，跟着去了。自己举目无亲，流浪街头，要不是瀛洲道士引荐自己去瀛洲派，只怕就要饿死在东湖之畔。

原来那时是自己本命太岁相助，俞灵儿看着甲寅太岁的背影，想起过往家中惨遭变故，一时感慨万千。这本命太岁简直就是自己的再生父母！而自己却给他惹了诸多祸事。

执年岁君右面那颗脑袋却怒相乍现地问道："那她性情暴躁，执拗倔强，整天惹是生非，因为她，仙妖两界多次挑起争斗，你却一再地去向五大仙派掌门求情，放过俞灵儿？"

想在前世时，仙界的笔仙女弟子并不多。故此仙妖两界将包括自己在内的三名笔仙女弟子戏称为"笔仙娇娃"。三个人情同姐妹，经常结伴而行，四处行侠仗义，好不逍遥快活。

可有很多次都是自己意气用事，带着女笔仙们去一些妖族世家里惹事生非，结果每次事情都越搞越大，引得妖族向仙界挑战，引得大小战事不断。

师尊归字谣一生中所有与妖族进行的和解谈判，都是因这个徒弟而起。

事后众多仙派弟子都极力声讨自己，要严惩祸首。可每次五大仙派掌门都只是对自己小以惩戒，从未重责过自己。原来这诸多事情背后还有这般隐情，是自己本命太岁暗中调停才使得大事化小小事化了。

此刻俞灵儿豆大的汗珠落下，低着头偷偷去瞄甲寅太岁。

可却看到甲寅太岁的背挺得笔直，就听他淡淡地回答道："只因她的所作所为，都是出于爱国爱民的赤诚之心。"

"你！"看执年岁君右面那颗脑袋几乎怒到极点，却是半天说不出话来。

俞灵儿想起那时七大妖族世家中有几个世家为虎作伥，帮着澜人屠虐他们原族百姓，三个女笔仙看不过，于是就明里暗里地与这些妖族周旋捣乱。

当时那些妖族世家各个势力强大，能人辈出，随便伸一根小指头都能碾碎法力低微的自己。

可自己偏偏是六界八荒第一倔强之人。

哪怕只是为了护着原人的一头驴不被澜兵抢去，面对那些强大妖族世家的种种强势欺压，自己丝毫没有半步退让，于是事情又一次被自己搞得一发不可收拾。结果驴是保住了，可蓬莱岛被妖兵围困了上百年，昆仑山被弥漫的硝烟熏得六十年后才恢复本来面貌。自己还觍着脸，对众多灰头土脸的仙家弟子们说："那只是一头驴的事吗？那可是马云一家的命根子！"

甚至到后来，索性帮着自己童年玩伴李梦蛟的曾外孙起兵抗战，夺下整个原人江山。因为仙妖两界共同立下过盟约，不得参与凡间帝王之事。故此七大妖族又因自己破坏了盟约，来攻打仙界。不过那次还好，师尊归字谣的调解能力已经被自己间接修炼得炉火纯青了，一口气舌战群妖十天十夜，才说服妖族罢兵，没有将战事扩大。

此刻俞灵儿听到甲寅太岁这么评价自己，一时满面通红，哪有什么爱国爱民的赤诚之心啊，自己只是三分任性七分冲动十二分倔强罢了。

这时就听执年岁君左面那颗脑袋指着甲寅太岁大声问道："那本尊再来问你，她长得如此丑陋不堪，哪比得上虞姬仙子惊艳绝伦。可你为何重炼三生石，让风归云和俞灵儿配成一对？"

第八章

本尊不服

●
○

啊?！俞灵儿抬头看向执年岁君，怎么连风归云与自己的这段姻缘都是甲寅太岁给撮合的？

想当初，"燕山虞候"家的掌上明珠虞姬仙子叛入仙界，那时候自己和风归云还形同陌路，还帮着撮合他们俩相好。

可结果风归云却和自己好上了。所以内心一直对虞姬仙子有一份歉疚感。

而且整个仙界对于人中龙凤的风归云最终与自己这么个论长相没长相，论身材没身材，资质极差，态度还极其恶劣，又只会闯祸添乱的人共结连理，都不免扼腕叹息。不但众多仙娥仙子无不嫉妒痛恨自己，连妖族世家的女妖女怪都恨不能把自己大卸八块。

没想到与风归云的这段姻缘是自己的本命太岁暗中撮合，可甲寅太岁为何要这么做呢？

就见甲寅太岁抬起头来迎面看向执年岁君，依旧平淡地回答道："只因那虞姬仙子一再助纣为虐，而风归云满怀民族大义，和俞灵儿才是天造地设的一对。"

一旁俞灵儿像捣蒜一般不住点头。知我者，本命太岁也！

俞灵儿一时不免心潮澎湃。要论长辈之爱，前世的父母早故，身边也没有什么长辈亲人，只有师尊归字谣对自己来说如父亲一般。同时自己也很羡慕同辈中人有众多亲人长辈的呵护关爱。万没想到自己在前一世，暗中还受着本命太岁的体恤担待，要不是甲寅太岁身躯庞大身披金甲，真想扑上去抱住甲寅太岁大哭一场。

"你！"执年岁君腾地站起身来，虽然怒极，却没有刚才那番惊天震地的威势。"那雷谦的后人，也都是忠烈之后，个个民族大义个个爱国爱民，那怎么不见你去祖护他们？"

甲寅太岁却露出了笑容："回禀岁君！雷谦后人自然更是值得加护，实在可惜啊，小神不是他们的本命太岁啊！"

"坏了！"俞灵儿听到身后四值功曹的低声细语，"顶撞执年岁君乃是大忌，这甲寅太岁今日不但连番顶撞，还让执年岁君下不来台，只怕甲寅太岁这次是要摊上大事啊！"

宫门口一众天神也在那窃窃私语着，都替甲寅太岁担心起来。俞灵儿闻言也是心中一惊，甲寅太岁为自己仗义执言，若真是被执年岁君严惩，自己于心何忍。然后就见那边四个寅次太岁急得个个脸涨得通红，都向着甲寅太岁连连使眼色，那意思要甲寅太岁不要再说了，可是看情形要阻止甲寅太岁却已经来不及了。

"依你这么说，你还尽忠职守了？"果然执年岁君向甲寅太岁紧走两步，"你可知祖护逆天罪人，是多重的罪吗？现在本尊就将你革职查办，打下凡间！既然你这么乐于为凡人尽力，本尊就罚你十世为奴为婢。"

"啊！"宫内宫外一众天神都失声惊呼，那四位寅次太岁忙连连求情："岁君息怒！甲寅太岁虽然行事有些出格，但绝不有心做出祖护逆天罪人之事。打下凡间的惩戒太重了吧？还请岁君收回成命！"

执年岁君身旁那两颗脑袋对着其余四位太岁一瞪眼："别以为本尊不知道，你们每一个也都有一堆烂账，本尊还没跟你们算呢，你们倒还有脸替他求情？今日凡是求情者，都与他同罪，一起打下凡间！"

那四个太岁吓得个个面如土色，低下头去不再言语。就听得身后四值功曹的浓重呼吸声都瞬间停止，俞灵儿偏过头去瞄了一眼，就见四值功曹趴在地上大气都不敢出，个个斗大的汗粒滴在地上。

执年岁君正面那颗脑袋看向甲寅太岁："天庭一向视逆天大罪为头等大事，你这般袒护，本尊判你被打下凡间已经是最轻的惩戒了，你服是不服？"

"格格格"之声暴响，甲寅太岁跪着的单膝深深嵌入地板之中，却闭上眼沉默不语。

其他一众跪着的天神都在那叹气惋惜。那四个寅次太岁向来与甲寅太岁感情甚笃，一个个以头触地，难掩内心的悲切。宫门口一干天神也都叹气声连连不断。

"本尊不服！！！"一声极其细微的大吼声在宫内突然响起。所有天神都向这一突如其来声音的方向看去。

可众神看到的，却只是俞灵儿那纤弱的身影。

执年岁君太岁的怒相足以令俞灵儿心脏随时停止跳动，可是俞灵儿强撑着缓缓站起来，然后甩开身后四值功曹拉扯自己的手，拖着沉重的镣铐，迈了好几步路才走到甲寅太岁的身前，双手叉腰昂起头与执年岁君太岁对视着。一个明明弱小的像豆丁一般的凡人，却与那高大威猛得撑天蠹地的天界高阶神对视着。

逆天也好，翻天也罢，无论这执年岁君太岁怎么对待自己都行，可是世上若有人敢动一直护我疼我的本命太岁分毫，就是不行！玉皇大帝都不行！我俞灵儿就算拼着粉身碎骨魂飞魄散，今日也要挡在甲寅太岁身前！

整座天宫顿时鸦雀无声，所有神都看向这个居然敢站着与执年岁君太岁对视的小豆丁，而且这小豆丁的胆子也太大了，居然敢用执年岁君太岁的自称"本尊"。

甲寅太岁叹了口气，轻声自语道："哎，又来了。"他知道无论怎么阻止这六界八荒第一倔强之人都是没用的。

整座天宫安静得只听得到俞灵儿那细微的高喊声："你收受虞姬仙子贿赂，

在此公报私仇，草菅人命！"

"胡说八道！信口雌黄，你居然敢冤枉本尊！"执年岁君气得青筋直冒，大吼之下，整座宫顶摇三摇晃三晃。宫外众神纷纷替俞灵儿担心起来，又开始交头接耳议论纷纷。居然明目张胆冤枉执年岁君，看来这俞灵儿今日是不打算活着离开了。

俞灵儿待站稳脚跟，昂首道："本尊就要是冤枉你！你现在也尝到被冤枉的滋味了吧？！要知道冤枉一个人容易，为一个人洗脱冤屈可就不那么容易了。"

执年岁君六只手紧紧握着，手中法器都闪着阵阵凶光，好像随时会一起砸下来一般："气煞我也！"

"你生什么气？本尊忍你很久了，居然不停地编排着本尊的不是。"俞灵儿好像什么都没看到似的继续说道，"本尊确实有很多缺憾和不完美，因为是出生时父母给的，所以我绝不自怨自艾！天生劣质难自弃！本尊对自己都没有不满的，你又凭什么对本尊说三道四？你难道不明白"将相本无种，壮志当自强！"

"好大的胆子！竟敢以下犯上？你是不想……"

俞灵儿也不等执年岁君说完，继续道："天称其高，以无不覆，王者不却众庶，故能明其德。能容下本尊这等顽劣凡人，实在是甲寅太岁为神之至高美德，他何罪之有？而你斤斤计较心胸狭窄，实在妄为天神！"说完这话，宫外簇拥着的一干众神都变得安静无比，一个个眼中都只有俞灵儿那纤弱的身影。

执年岁君狂怒道："牙尖嘴利！甲寅太岁之罪是因他袒护逆天罪人之罪……"

俞灵儿踮着脚地高声喊道："本尊最后一次告诉你，本尊从未犯过什么逆天罪！"

执年岁君太岁很难受地拧着脖子低头看向俞灵儿，这俞灵儿选的站立位置太让人不舒服了，除非自己后退一步才能让脖子舒服点。可是当着众天神的面，在俞灵儿咄咄逼人的气势下，哪怕是后退半步，那自己的威严气势将被夺走几分。

故此执年岁君只有强忍着脖子的酸痛，低头瞪视着俞灵儿："未犯过什么逆天罪？你身为魔界细作，还不是逆天大罪吗？"

一听"魔界"两字，众天神皆动容，全都注视着俞灵儿。六界之中，以魔界的魔族实力最强，多次搅乱天庭次序，故此玉帝降旨，定魔界魔族逆天大罪，但凡和魔界牵扯上关系的同罪。

可俞灵儿却气得鼻子都翘起来了："荒谬！本尊若真是魔界细作，前世又怎么会被关入刀狱之中，还无人搭救？"

执年岁君脖子疼的脸涨得通红："那本尊且问你，你可曾遇见过一个和尚？他要你帮他躲进螃蟹肚子里去？"

"嗯！是有啊！那又怎样？！"俞灵儿想起前世曾路遇一个伤得无法动弹的和尚，不断求自己帮他躲进几步远的一只醉蟹中去。

执年岁君感到脖子的酸痛越来越厉害，开始微微喘起粗气来，庞大的气流吹向俞灵儿："那你可有扶他进螃蟹肚子里去？"

"本尊没有！"俞灵儿在狂风一般的气流中屹立不倒，镣铐却被吹得叮当作响。

执年岁君脖子疼得九颗眼球都快掉出来了："撒谎！你好大胆！居然敢对本尊撒谎？！你居然敢否认你帮那和尚躲进螃蟹肚子里！"

"本尊没撒谎！本尊并没有扶那和尚，本尊只是跑去将那螃蟹拿到和尚面前而已。"俞灵儿想起当时将螃蟹拿到和尚面前，这和尚"嗖"一声飞入螃蟹中了。"你有三颗脑袋，没一颗顶用的，也不想想，他个子比我大得多，我扶得动他吗？"

执年岁君脸涨得发紫，后悔自己居然在细节上和这小豆丁浪费时间。"那和尚就是法远禅师，经查他投靠魔界多年。就因为你帮他躲进螃蟹肚中，故此导致白玲珑一直困在望湖塔下无法脱身。难道你还不承认你与魔界有染？"

俞灵儿盯着执年岁君看了一会儿，心想了解自己这番经历的人不多啊，怎么会传到天庭中去的。然后说道："本尊明白了，是虞姬仙子告发此事的吧？早就听说她在天庭有些背景，这分明就是诬告陷害！"宫外又有窃窃私语声传来，至于都在说些什么就不得而知了。

"你，你，你先别管谁举报的。玉帝有旨，与魔界有染者同罪！你帮着法远禅师逃脱，这逆天大罪你是无论如何都逃脱不了的。"执年岁君左面那脑袋替正面那脑袋说着。

"这就叫与魔界有染啊？天庭也不能罔顾是非曲直吧？"俞灵儿都快气乐了，"若是有个老人家倒在你面前，你会帮也不帮拔腿就走？何况那还是个出家人？这叫人之常情！你懂吗？"

执年岁君右面那脑袋替正面那脑袋说道："那你能证明你和魔界没关系吗？"

俞灵儿坦然地回答："没关系就是没关系！需要什么证明啊？"

执年岁君正面那脑袋缓了口气说着："那不行，此事已经上报天庭，若你无法证明自己的清白，就只能算你和魔界有染！定你个逆天大罪！"

俞灵儿仰头大笑的声音在宫内依旧清晰可辨："本尊以为，只知凡间有仇无忌，原来天庭也能定莫须有的罪名啊？！哈哈哈！本尊真是见识了。"

"启禀执年岁君！我能证明俞灵儿并非魔界中人。"甲寅太岁突然出声道。

执年岁君瞥了眼甲寅太岁："你凭什么这么说？"

甲寅太岁道："只因俞灵儿乃是七大妖族世家的盟主。她具备继位盟主的所有条件。"

俞灵儿愣愣地转头看向甲寅太岁："七妖盟主？"

甲寅太岁继续说道："魔界觊觎七妖世家很久了。若魔界和俞灵儿有染，怕是早就助她登盟主之位，招揽七妖世家为魔界效力了。以此推断，俞灵儿绝非魔界细作。"

俞灵儿愣愣地看向甲寅太岁："我是盟主？"

"七妖盟主？"执年岁君冷笑一声，"本尊怎么不知道此事？"

"只因……"甲寅太岁瞟了眼执年岁君，怯生生地道："只因属下帮俞灵儿重炼三生石，改了她的运势，才使得她一直身处瀛洲派。直到五百年后，七妖世家的泾河句龙，终于查出俞灵儿具备任盟主的一切条件，故此那人在临死前，往女娲石碑上写字，可惜写到'俞灵儿'三字便咽气了。此事属下一直未有上报。还望恕罪！"

俞灵儿愣愣地看向甲寅太岁，惊讶得说不出话来。

"就算女娲石碑上有'俞灵儿'三字，也并不能说明她就是七妖盟主。何况这些只是你的一面之词。"执年岁君的脖子实在撑不住了，只好转身走到首座上坐下："若要本尊信她是七妖盟主，除非两个月内，俞灵儿将白玲珑从望湖塔下救出。"

"什么啊？！"其他众天神都惊呼出声，就好像听到玉皇大帝突然驾崩似的那般惊讶。

甲寅太岁急急忙说道："启禀岁君，此事万难做到的啊！十几年前七大妖族倾巢而出齐聚愁湖，都无法撼动望湖塔救出白玲珑，你让俞灵儿这一介凡夫俗子去救，怎么可能成功？"

执年岁君揉了揉脖子道："若她真是七妖盟主，救出白玲珑乃是分内之事。只要两个月内白玲珑出塔，就证明俞灵儿是清白的。否则我们也无法撤销指控。"

众神心里都清楚，执年岁君提出的这条件是不可能完成的任务。七大妖族世家各自的实力虽说平平，可七家联手在一起的实力却异乎寻常的强大，六界不敢正视，要不是仙界五大仙派一直以来苦苦抵挡，只怕这世间早就被七大妖族踏平多次了。

拥有这等实力的七大妖族，十几年来都无法从望湖塔下救出白玲珑，如今却让俞灵儿一介凡夫俗子，还限时两个月内救出，岂非痴人说梦？

"好！就这么说定了！"俞灵儿又挺身在甲寅太岁身前。虽然她也从众神的反应那看得出，救出白玲珑有多难，可是眼下自己横竖都要先救回甲寅太岁。至于自己是否是盟主，并不重要。

"如果本尊两个月内救出白玲珑，你不但不能为难甲寅太岁，你还要让出执年岁君太岁之位，给甲寅……唔唔……"俞灵儿还没说完，甲寅太岁伸过手捂住俞灵儿的嘴，结果甲寅太岁的手太大，将俞灵儿整张脸全捂住了。

"啊！？！"众神又一次惊呼出声，俞灵儿居然答应了。而且这俞灵儿实在是不知天高地厚，居然口出狂言还敢与岁君谈条件，要执年岁君让位于甲寅太岁。简直视天地无神啊！

甲寅太岁颓然坐倒在地，有这样的本命生灵在，自己这条命被搭上看来也是早晚之事。

"那不行！天神众位，都是封神所定，若哪天你也能封神了，随便你怎么定都行。"执年岁君也没想到俞灵儿这么爽快答应下来，暗暗强自镇定下来，一挥手除去俞灵儿身上的枷锁镣铐。俞灵儿顿时觉得全身轻松了许多，"本尊不服！本尊本来就是冤枉的，救出白玲珑的话，你就得退位！"俞灵儿从甲寅太岁手中挣脱，跳着脚对执年岁君喊着。

执年岁君摇头叹了口气道:"已经说了，神位连本尊都说了不算。这样吧，若你两个月内救出白玲珑，本尊答应告诉你重生前你的死因，并且还授予你一项特权，如何?"

前世刀狱中，自己被风归云一剑刺死，死得不明不白。这其中缘由正是俞灵儿梦寐以求想要知道的。俞灵儿大声道:"好，就这么说定了，你就等着吧，两个月内，本尊必救白玲珑出望湖塔!"

说完俞灵儿转身，向甲寅太岁磕了三个响头。俞灵儿也知道甲寅太岁对自己的恩情，绝非三个响头能抵。可令甲寅太岁更在意的却不是别的:"你这孩子居然敢在此大言不惭。你可知此事难如登天，不但当年七大妖族世家联手都没能救出白玲珑，而且近年来愁湖又增添了许多仙界高手坐镇，想要轻举妄动更是难上加难啊!想要证明你的清白，我们还可以想其他的办法。"

俞灵儿冲着甲寅太岁微微一笑:"不必了，我既然答应救出白玲珑，就绝不会食言，你就等我好消息吧。"随后昂首迎着宫外射入的五彩霞光便走。

甲寅太岁叹了口气道:"都五百年了，你这不要命的性子还是没改啊!"

俞灵儿仰头看着美丽夺目的霞光，面带温情地说道:"为了重要的人，我可以抛却我的人生。今日听到你的那些话，让我更爱惜我的人生，为了重要的人。"

宫门口一干众神都注视着这个今日大闹人马宫的凡人，纷纷左右分开，让出一条路给俞灵儿。走出寅次人马宫，俞灵儿身后响起执年岁君的高喊声:"本尊有令，俞灵儿证明清白之前，甲寅太岁暂且停职!在此期间众神都不得助俞灵儿，如有违者，问罪!"

一早，李嫂在外头吵吵嚷嚷的声音，几乎闹醒了客栈所有人。"这李嫂真比公鸡打鸣还管用。"门外不知道是谁在那骂着。

俞灵儿醒来坐起。迷迷糊糊的脑子里依旧是刚才梦中的景象。逐渐想起，自己与执年岁君约定，两个月内救出白玲珑，算了一下，最晚也得在三月十五之前救出人才行。时间好紧啊，可自己话说出去了，具体怎么救呢?一时半会儿也没主意。

　　偏过头看到娘亲和衣靠在床边睡得正香，连李嫂的吵闹声都惊不醒她。俞灵儿抓起被子盖在娘亲身上。

　　俞灵儿走到梳妆台前坐好，镜子里的弱小身体，还是有些颤抖。俞灵儿忙双手环抱紧紧抓住自己的双臂，紧闭双眼，强自镇定心神，可是身上的颤抖症状非但没有减轻。感觉抖得更加厉害了。

　　俞灵儿一个劲地静心凝神，却都不管用。明明昨晚睡前都没有抖成这样，为何今早突然就抖得这般厉害。难道说和昨晚自己的梦境有关？若自己这颤抖之症真像李富所言无药可治的话，恐怕自己往后就如同废人一般，更不用说还要救出白玲珑了。所以当务之急，就是解决这颤抖之症。

　　就在这时突然听到客栈外传来一阵吵闹之声。俞灵儿转头看了一眼娘亲，熟睡中的俞何氏微微还有鼾声传出。俞灵儿自然不希望外头的吵闹声惊扰到娘亲，也顾不得自己还在不停地发抖，一个箭步冲出房门，下楼走到客栈门口。

第十章

邋遢和尚

●
○

就见客栈门外围了一大群人，两个家丁打扮的人，正指挥着一帮子衙役，在那叫嚣着："全拆了！把整间客栈都给我拆了！"

客栈掌柜的连同几名伙计不住地给那两名家丁作揖："这间客栈是我家祖业啊，你们为何要拆我客栈啊？"

"为何要拆？你不知道吗？"那两名家丁轻蔑地看着客栈老板："你们这间客栈的客人，昨晚得罪了我家仇姬。今早仇小姐说了，那些客人住哪儿，我们就拆哪儿。"见眼前这两人都是仇府家丁的打扮，俞灵儿这才明白过来，原来是仇姬派人又来胡闹。这次居然还要拆了整间客栈。

"哪有说拆就拆的道理？"俞灵儿走到那两名家丁面前，伸手一拦："难道你们都没有王法了吗？"

其中一个家丁看看另一个道："昨晚敢和仇姬叫板的，就是这个不知好歹的丫头。好像叫俞灵儿。"另一个家丁坏笑着打量了一下俞灵儿："你不是要王法吗？"然后伸手一指那群衙役，"这些可都是帝都知府派来的人，奉命拆了这间客栈。怎么，你还跟我谈什么王法？"

原来这次仇姬给帝都知府施压，居然让知府派衙役来，明着是公差，实际上变着法惹是生非。俞灵儿怒目瞪视着这两名家丁："祸是我惹下的，和客栈无关。大不了我搬走就是，你们也犯不上拆人家客栈啊！"围观的人群情激愤，纷纷指责那两名家丁狗仗人势。

"呵呵，你以为搬走就没事了吗？今日便让你知道，得罪仇府是什么下场？"随后那两名家丁再也不理俞灵儿，转身抬手指着围观众人道，"你们都给老子记住了，这个丫头叫俞灵儿！往后在帝都城内，无论是客栈、酒楼还是店铺，哪怕是狗窝，只要这俞灵儿前脚踏进一步，我们后脚就全拆了它。这间客栈就是例子！"然后冲着衙役们喊道，"还等什么？给我拆啊！"

那群衙役上前就要动手，掌柜和伙计们上前哀求着，却也无济于事。

俞灵儿怒道："岂有此理！"上前就要拦住那些衙役，怎奈她此刻身为小女孩，手无缚鸡之力，顿时被那班衙役推搡着摔倒在地。眼看着客栈就要遭殃。

忽然"扑通"一声，冲在最前面的三名衙役向前摔倒在地。后面一群衙役赶紧刹住脚步，低头看是怎么回事。

原来不知什么时候，地上横躺着一个和尚，那三名衙役就是被他的身体绊倒。"啊哟喂！"明明是这和尚绊倒了别人，却喊得震天响。然后这和尚慢吞吞地站起身来，伸了个懒腰，打了个哈欠："谁啊？一大清早这么吵。"俞灵儿抬头看这个和尚，就见他瘦小枯干邋里邋遢，一身袈裟破烂不堪，不但袈裟破，头上歪戴的僧帽也破破烂烂，一把破扇子斜插背后，光着一只脚，另一只脚上穿着一只破鞋，身上没有一处不破。

"你这和尚，睡哪儿不行？非得躺在这里？"三名衙役站起身，没好气地训斥道。

"谁说这里不能睡觉啦？和尚我就是喜欢睡在这里，你们管我啊？"那和尚又着腰站在路中，挡住了衙役们的去路。一名衙役伸手一推那和尚："臭和尚别挡道。"可这一推，那和尚纹丝不动地站在原地。那名衙役瞪起了眼："唉？还推不动你了是吧？给我让开！"说罢用力去推，可和尚还是纹丝不动。旁边几名衙役见状，忙过来帮忙搬动那和尚，有的抬腿，有的抱腰，可那和尚还是纹丝不动站在原地，非但不动，还直嚷嚷："哎哟喂！你们仗着人多，欺负和尚我一人啊！"

俞灵儿只看得见那和尚侧脸上的表情，那可是她见过的最悲惨的哭相。居然将一个和尚欺负得哭成这样，俞灵儿生平是最看不惯欺压贫弱之事了，心里顿时抱不平起来。俞灵儿站起身，伸手使劲去拉扯其中一个衙役："你们这么多人，怎么能欺负他一个？有什么话不能好好说的？这像话吗？"一个衙役愁眉苦脸地道："我们哪有欺负他啊，明明是他挡着我们的路不肯走啊！"

几个人纠缠在一起，吵闹了半天，众衙役就是搬不动那和尚，一个个气喘吁吁，虚脱地坐倒在一旁，只能眼巴巴地看着这和尚。

那和尚像是突然发现了什么似的"咦？"，拔出背上的扇子指向那两名仇府家丁。而那两名家丁见到和尚，吓得直往后退："怎么这么倒霉，偏偏遇到他？"

"嘿嘿！"和尚边走近那两个家丁，边拿扇子指着他们，"我认得你们俩。"

和尚经过俞灵儿身边时，俞灵儿就闻到那和尚身上弥散着的一股酒气，也不知道和尚喝的什么酒能臭成这样，真怀疑这酒是用臭水沟里的脏水酿的，俞灵儿被熏得实在受不了了，忙伸手捂着鼻子。

和尚走到家丁面前，指指这个，又指指那个，然后道："前几天，仇府出逃了两名家丁，据说还偷了仇府银两，我认得就是你们这两个贼子，大伙说是不是啊？"围观众人立刻笑着起哄。众衙役面面相觑，也不知道和尚说的是不是真的。

那两名家丁虽然很害怕那和尚，却连连摆手否认："不是啊，我们不是……"和尚忙用手中扇子冲着家丁扇了一下："我说是就是。"这话一说完，那两名家丁像中了什么法术一般，突然一本正经地指着自己道："不错，从仇府偷了银两私逃的，就是我俩。"

"原来是仇府的逃犯！"那班衙役闻言一拥而上，绑上了那两名家丁。"还敢诓骗我们知府大人来此拆店！"

那两名家丁突然醒悟过来，见被绑住，忙大声喊："谁敢绑我们，我们可是仇府家丁！""谁不知道你们曾是仇府家丁啊，有什么话，公堂上说去。"那班衙役再无犹豫，押着那两名家丁便走。一路上那两名家丁叫骂不迭，却也无济于事。围观众人纷纷指着那两名家丁唾骂着。

客栈掌柜和一众伙计忙围向那和尚："多谢活佛相救啊，若非活佛出手，咱这祖业可就被拆了啊。"和尚拿着扇子向众人摆了摆，"谢就免了，和尚我口渴得很，要是此刻有口酒喝的话……""有酒有酒。"掌柜忙招呼伙计，"快去，拿酒来。"待伙计拿来一壶酒，也不知道这和尚从哪儿摸出个酒葫芦，拔出盖，示意伙计倒在葫芦里。等伙计将酒壶里的酒全倒在葫芦里，和尚却在身上摸索起来："这酒多少钱啊？"掌柜忙摆手："不要钱，我请活佛喝酒。"和尚头一摆："那怎么行，喝酒归喝酒，钱还是要付的。"掌柜踌躇再三，只得道："三文钱一壶酒。"和尚又摸索着身上："啊呀，和尚我没带钱……"俞灵儿忙掏出三文钱给掌柜："掌柜的，这位大师的酒钱我请。"

那和尚这才转身慢悠悠走到客栈门边，一屁股坐到地上，背靠门板，举着葫芦仰头喝酒："天为桌，地为椅，有酒喝我乐逍遥。"

虽不知道这和尚用的什么手段解了客栈之危，俞灵儿还是要先向他道谢。待走上前，却看到这和尚喝酒时侧过来的另半边脸，没想到这半边脸是一副大欢喜的笑脸，笑得如婴儿般纯真。与刚才另半边脸大悲的哭相完全判若两人，俞灵儿不禁看得呆了，喝酒的人自己见得多了，像和尚这般喝得兴高采烈，倒是头回见。

"施主不像是帝都人士嘛，来帝都游玩吗？"这和尚借着酒兴仰头对着天空说话。

"嗯？"俞灵儿一愣神，"你是在和我说话吗？"俞灵儿弯下腰看向和尚，扑面而来的熏臭酒气让俞灵儿一时窒息得说不出话来。为了不闻和尚那股臭味，一只手用袖子捂住鼻子，另一只手抱住自己不停抖动着的身体。

"来此地游玩，须游遍愁湖八大美景才叫尽兴啊。"这和尚半边脸依旧笑着，对着天空说话，"施主说得出几处美景啊？"

"望湖夕照……"俞灵儿忍着和尚身上的臭味，随便说了一个。然后就转身想快速离开。

这和尚摆了摆手："这可以算一个，但是施主游玩望湖塔可要趁早，不然以后可就看不到了。"

"什么看不到了?"俞灵儿觉得这和尚似乎话里有玄机,赶忙回转身子问起。

和尚这才转过脸来对着俞灵儿一笑:"不久望湖塔就要倒了。"

这和尚转过脸来,俞灵儿才看清他是一半脸哭相,一半脸笑相。看上去诡异至极。可俞灵儿却完全没心思去理会这个,忙蹲下身瞪大眼看向和尚问道:"你说望湖塔要倒?什么时候?怎么倒的?谁给弄倒的?"望湖塔一倒,白玲珑能获救的希望不就变大了吗?这正是俞灵儿迫切需要解决的困境。

第十一章

别怨上仙

"施主问的这些，和尚是一概不知啊。"和尚又优哉游哉喝上酒了。

俞灵儿真恨不能一把抢过酒葫芦来，但是现在这和尚是自己唯一的救命稻草，于是和颜悦色地问："那你怎么知道望湖塔要倒呢？"

"此乃天机，不可泄露。"和尚咽了口酒道，"施主想知道的话，除非……"

"除非怎样？"俞灵儿忙凑近和尚问。此时此刻俞灵儿再也不觉得和尚身上的味道是臭的了，相反简直感觉芬芳无比，赛过世间任何一种花香。

这和尚慢悠悠地指了指他光着的那只脚："除非施主帮和尚我找回另一只鞋。"

俞灵儿瞪大了眼睛看了看和尚的那只光脚，又看看和尚："我还是给你买一双新鞋吧。还有你的袈裟和僧帽，我全给你换新的。"

和尚大笑："和尚就只喜欢自己的那只鞋，别的不要。施主找还是不找呢？"

俞灵儿心急如焚："我上哪儿给你找鞋去啊？再说就你这破衣烂衫的，你喜欢它哪点啊？"

"你嫌和尚我穿得破烂？"却见这和尚突然昂起头，看着天朗声道，"本尊对自己都没有不满意，你凭什么对本尊说三道四的啊？这就叫天生劣质难自弃!"俞灵儿惊得坐在了地上，和尚这番话，不就是昨晚自己梦中对执年岁君说的话吗？连语调都一模一样。这和尚又是怎么知道的，还知道得这么详细。刚才还说望湖塔要倒，难道这和尚就为昨晚梦中之事故意来找自己。可是执年岁君明明下令众神不得帮助自己，那这和尚是敌是友呢。

先不管这么多，现在自己一点办法都没有，姑且一试。俞灵儿忙向和尚作揖："既然大师来找我，必有救出白玲珑的良策，求大师指点迷津!"

和尚转过头来看着俞灵儿："找鞋吗?""找!"俞灵儿回过神来，跳起来就想去找那只鞋。

"别急啊，你知道和尚的鞋丢哪儿了吗?"和尚也慢吞吞地站起身来，向西面一指，"和尚的鞋自然是和尚最清楚丢在哪儿了啊。"

俞灵儿随着和尚一路向西，心急如焚却又兴奋异常，毕竟救出白玲珑的事情有了一点点眉目了，可是，自己怎么看这和尚都丝毫没有天神的样子啊。"敢问大师，法号怎样称呼?"和尚一笑，摇了摇扇子："和尚我的法号不值一提，你若能忘记和尚我，那是最好不过了。"和尚不愿说，俞灵儿也不勉强，若真能帮上自己，日后必当造庙铸金身。"哎! 也莫给和尚我修庙，和尚我受不起的啊。"俞灵儿大惊，这和尚像看透了自己的心思一般。就见这和尚一路走还一路唱："走走走，游游游，潇潇洒洒我无愁又无忧，荣华富贵永不安，一身破衣乐悠悠。天南地北，穿山越岭，哪儿有了不平事，和尚就往哪里走。"

两人就这么一直走到愁湖边上。一艘小船停靠在碧绿清澈的湖面上，此时上元节刚过，轻风吹拂湖面，如西子浣纱般引来阵阵微波。可俞灵儿哪有心情去观赏此时的愁湖美景，焦急地看着和尚，不解为何他带自己来此。

这和尚却摇着破扇子招呼来那艘小船。

俞灵儿不解地问和尚："大师啊，我们不是找鞋吗? 要船何用啊?"

和尚哈哈大笑，招呼俞灵儿一起上船，然后船家就摇着船桨将小船划起，俞灵儿却奇怪为何这和尚也没说要去哪，这船家就开船了?

俞灵儿疑惑地看看和尚，却见他慢悠悠地说道："和尚的鞋啊，就掉在愁湖里。"

俞灵儿急得差点没把船给掀翻了:"愁湖里?这不是大海捞针吗?"

和尚笑着用破扇子指了指愁湖:"何必捞这么麻烦呢?舀干愁湖水再找不是更快吗?"

舀干愁湖水?那还不如下水捞呢。"我要下船。"俞灵儿站起身,撅起嘴不高兴了。

"哈哈哈!"撑船的船家在一旁大笑,一边摇着手中的船桨,一边用耷拉在灰色布衫上的毛巾擦着汗,"想要舀干愁湖水,谁都知道那是不可能的事情。"船家满脸须发皆白,说话声却如同青壮年一般。

和尚也不理会俞灵儿,转头看向那船家:"哦?谁说不可能啊?十几年前不就差点成功了?"

那船家却优哉地说道:"你都说了差点,可那次七大妖族聚齐,都没能舀干愁湖水,问世间,有谁还能做得到?"

和尚用破扇子一指俞灵儿:"这位女施主,她就有可能做到。"

船家上下打量了一下浑身不停抖动着的俞灵儿道:"就凭她?她又是何方神圣啊?"

和尚用破扇子一指:"她就是俞灵儿。"

"啊!"船家摇桨的手停顿了:"她就是昨晚在岁部顶撞执年岁君,搞得整个天界沸沸扬扬,都在议论着的那个俞灵儿?"

和尚呵呵一笑:"可不就是她嘛。"

船家一拍大腿:"我跟你说啊,她没戏,那个预言曾经说过,只有笔仙才救得了白玲珑,可当今只有我们瀛洲派和沧海派有笔仙,连他们也不知道该怎么救。何况这俞灵儿连笔仙都不是啊。"

俞灵儿闻言,转头看向船家,难道这船家是瀛洲派某位弟子变幻的?他说什么预言里提到只有笔仙才能救白玲珑是什么意思?

"所以啊!要想救白玲珑,"和尚仰身微靠在船沿上,风轻云淡地说,"她第一步就要先成为笔仙。"

船家一个劲地直摇头："不可能不可能。你看她身上毫无一丝仙资，骨骼也属下品，能作为一介凡人多活几年就不错了，还妄论成什么仙，更何况是笔仙。你再看她全身都抖成这样了，连握笔都难了。再说期限只有两个月，世上哪有两个月就成笔仙的道理的？"

俞灵儿突然正色地对着船家，用抖抖的声音说道："谁，谁说没有仙资就不能成为笔仙的？我偏要成为笔仙。你说世上没有两个月就成笔仙的道理，那我偏要证明给你看，最多两个月我不但要成为笔仙，我还要救出白玲珑。"

和尚笑了笑："没记错的话，今日便是瀛洲派五年一次招徒大会，你就带她去吧，说不定她就是预言中的那个笔仙呢？"俞灵儿想起每五年上元节过后就是瀛洲派招徒大会，自己前世是被别怨上仙直接保送入派，并没有参加招徒大会。究竟招徒大会是怎样的，自己也不知晓，前世师尊们也让我们这些弟子不得过问。

"可我为什么要帮她？"船家疑惑地看向和尚。

和尚则笑嘻嘻地对那船家说道："你可还记得答应要替我完成三件事吗？"

船家道："怎么会不记得——你前世曾有恩于我，今世报答你三件事是应该的。我答应第一件事，就是贺督之乱后，我耗用一万五千年功力在大赵龙脉上，让赵国再延续一百五十年。第二件事，我答应永生永世在这愁湖上渡人，以赎我前世的罪过，我也做到了。"

俞灵儿盯着船家看，心道这船家该不会就是……

和尚却用破扇子虚扇了一下："第二件事你哪里做到了？你看你整天都在忙些什么？"

"撑船渡人啊。"

"我说的渡人是这个意思吗？"和尚以手抚额，"渡人既是普渡众生，你就撑船渡人啊？"

"那是你们佛门的解释。"船家一摊手，"在我这就是这么渡人的。"

和尚无奈地指着俞灵儿道："那你今天帮我渡个人，渡她去瀛洲派参加招徒会试。就算你帮我完成的第三件事。"

船家瞪大眼睛看着和尚，怎么都想不通和尚让自己做的第三件事居然只是让自己带俞灵儿去瀛洲这么简单。疑惑归疑惑，船家答应得倒很爽快："好，我渡她去瀛洲。"然后只见红光一闪，船家立时变成一个年轻人，面色消瘦，一身红衣胜火，连头发都是红色，背负一张橙金色的硕大古琴。"别怨上仙我没提醒你啊，这丫头的根骨极差，别到时候连招徒大会都通不过，可就白白浪费了你这第三件事了。"

　　"别怨师祖！真的是你。"俞灵儿高兴地大喊着，前世就是眼前这别怨上仙连哄带骗地拉自己去的瀛洲派，虽然他说自己根骨极差，俞灵儿却是一点都不在意。人贵有自知之明，但是我俞灵儿也会让人知道先天不足如自己这般的人，也可以通过后天努力达成目标。

　　别怨上仙奇怪地看着俞灵儿："哎？你怎么知道我的道号？"和尚指着别怨上仙笑得前仰后合："有什么奇怪的，明明是你自己刚才自报家门。"

　　突然要去瀛洲派了，俞灵儿面色凝重地望向帝都城，心中反而犹豫起来。五百年了，终于重生回来，这才刚见娘亲一面，就要赶去瀛洲，心中又有点恋恋不舍。而且娘亲昨晚守了自己一夜，醒来若见不到自己，还不得急死啊？突然视线被一把破扇子给晃开了："不用担心你娘，我自会替你照料她，若两个月内你能救出白玲珑，往后有的是时间相聚。"俞灵儿低头眨了眨眼，把噙着的泪水给憋了回去。

第十二章

瀛洲仙岛

"这就到了。"虽然没人划，小船却已经飞快地到了三塔这边。

三塔就是愁湖中心湖面上露出的三座石塔塔尖，塔内中空，每塔各有五个洞口。如果在月圆之夜，在塔内放入一盏灯火，再在五个塔洞上封上薄纸，灯火之光会透过塔洞，承圆月之影印入湖面，湖面上就会呈现最多十五个月亮圆影，意寓十五月圆之意，天上那轮明月与湖中月影相映成趣，景色迷人。三塔，正是瀛洲派来往于人间的传送法阵。

别怨上仙从船尾飘到三塔的三座石塔之中，金鸡独立似地凌空于碧波荡漾的湖面之上，然后从泥丸宫里召出一幅硕大卷轴，一扬手将一幅白纸卷轴展开，立于三塔中心湖面之上。然后就见他又掏出一支笔来，挥毫疾挥。很快一道牌坊威严地矗立于湖面之上。接着别怨上仙一挥袍袖，俞灵儿整个腾空而起，向那幅画飞去。

待飞到画前，俞灵儿伸手抓住画中的牌坊柱子，转身向船上的和尚大声道："大师！请务必看好我娘！"和尚点点头。"大师！还没告诉我，你怎么知道望湖塔会倒？"和尚哈哈一笑："因为不只是你一个人有让望湖塔倒掉的理由。"说罢，和尚站起身来，也学别怨上仙的金鸡独立式单腿光脚站立船上，然后就见那小船逐渐变小，最后竟然变成鞋子一般大小，穿在了和尚那光脚上。随后和尚转过身，背背着双手，就踩着那只鞋，沿着湖面滑水远去。

俞灵儿突然想起什么："哎！看我这脑子，都还没拜谢过大师呢。"别怨上仙一边掰开俞灵儿死抱住牌坊柱子的双臂，一边说："只有他是拜不得的。"随即一道光亮闪过，俞灵儿和别怨上仙进入了画中，那幅画又自行滚动合成卷轴，然后继续滚动至消失不见。

前世俞灵儿也是以这般方法，从愁湖直接被传送到一座庞大的牌坊之后。举目望去，就见远处大大小小的圆形宫殿楼阁连绵相续，若隐若现于飘动的白云之间，全都建于眼前一座巍峨如山的巨木之上。长长的五条五彩琴弦绷直并排着，两端连接着那玉山与牌坊这边的山沿，山壁间扬起的清风吹过五彩琴弦，一曲悠扬悦耳的琴声在天地间回荡着，让人顿时心旷神怡，逐渐忘却了尘世烦恼。

别怨上仙将卷轴收入泥丸宫，然后一指牌坊后那长长的五条五彩琴弦说道："我们已来到瀛洲岛，从这里走便是……"别怨上仙话没说完，却发现俞灵儿已经迈步向前走去，并对他说："便是五彩弦桥。之后穿过望乡亭，就到了神木山，我们走吧。"

"哎？"别怨上仙惊讶地看着俞灵儿颤抖着的背影，紧随而上："你到过瀛洲？"

"这辈子的话，我是第一次来。"在前世时，俞灵儿穷困潦倒几乎饿死时，突然别怨上仙出现搭救自己，带自己穿过画卷，来到牌坊后说的第一句话，就是刚才俞灵儿所说的。那是自己前世人生中最大的转折之一，那时的场景和别怨上仙所说的话在俞灵儿心中是永生难忘的。

几乎每一个初次来这里的人都会停在极细的五彩琴弦前不敢踏步上前。因此别怨上仙照例要给初来者讲解这五弦桥有多么多么安全，怎么怎么不用担心等一大通话，直到初来者敢上桥为止。可别怨上仙刚说了开场白："别怨上仙我……"就见俞灵儿已经双脚踏在五彩琴弦之上，随着一连串由低到高的连续弦音，俞灵儿早已滑向另一端。别怨上仙瞪大了眼睛看着俞灵儿疾速远去的背影："这倒是省去我不少口舌啊。"赶忙也踏上五彩弦桥，跟在俞灵儿滑去，两股弦音一高一低，响彻了山谷。

正如俞灵儿所言，过了五彩弦桥，就到了望乡亭。身后别怨上仙指着一座白色圆亭内的八方亭檐问道："你可知道这八方每个亭檐上，为什么都写了一个'乡'字吗？""不想知道。"俞灵儿早就知道这八个'乡'字既代表了仙家以四海八方为家，又寄托了游子思乡之情，举头四顾唯思乡，以及别怨上仙接下来将要夸耀的一大堆典故。俞灵儿一刻不停地穿亭而过，后面别怨上仙自讨没趣，只得赶忙追来。

别怨上仙过了桥后，就感觉非常别扭，以往每次引着新人来此，都是他趾高气扬地走在前头，沿路不停地告诉新人要注意这个小心那个，新人们都会跟在自己身后，还不停地为自己的放声高言发出惊叹声。可现在别怨上仙却只有跟在俞灵儿身后闭上嘴巴不再多言，双眼紧盯着俞灵儿，生怕眼前这个趾高气扬的小丫头，会突然拐进某个楼阁里就再难找出来似的。

"唉？这人没有仙资哎！"随着一句说话声，墙上高挂的一幅巨画卷轴内走出一个翩翩公子来，手中折扇直指俞灵儿。俞灵儿回头看向这公子，一身华丽显贵的衣着打扮，这公子哥有意无意地甩了甩满是江南巧工编织金丝镶边的衣袖道："我家随随便便就能挑出二十几个仙资比她好的丫鬟婆子来，哈哈哈。"被这公子哥一说，行色匆匆的众人都停下脚步看向俞灵儿，有人也跟着发出疑惑声："哎，真的哎，瀛洲岛上居然还有毫无仙资的人来拜师求仙？""别说瀛洲派了，哪家仙派会收一个没有仙资的人为徒呢？"

"真不知道她不停地乱抖些什么，离她远点，可别被她的病给传染了。"话音一落，这公子哥身后转出一位妙龄少女来，虽说长得颇有几分姿色，可全身花团锦簇，让俞灵儿宁愿多看白墙几眼。

这两人在熙熙攘攘的人群中非常显眼招摇，可对俞灵儿来说，只要还没有穿上瀛洲仙袍的，都只是来此参加招徒大会的新人而已，而自己却身负重任，别人怎么对自己都无所谓，比不上自己成为笔仙重要，所以对这两人自己丝毫不放在心上。

见俞灵儿爱理不理地转身离开，公子哥和他身边女子相互对看一眼，一起指着俞灵儿不停抖动的背影："一个打杂的嘚瑟什么？""嗯哼！"听到别怨上仙咳嗽了一声，围观的一群人忙各自散开，忙自己的去了。

为了一路上都避开那些讨人厌的应招新生，俞灵儿便转身穿入墙上的巨画卷轴中。俞灵儿心里有数，这里每一座宫阁，都有着好几层，有些楼层还都是悬空浮着的。而去到每一层的路，并不一定都在宫内，有些道路设在半空中，搭在宫与宫之间，又有些路是看不见的，那就是沿路挂在墙上的巨画卷轴，通过画与画之间传送的捷径之路。虽说错综复杂，可放眼望去，亭台楼阁与各处张挂的画轴交相辉映，倒自有一番意境。

对于在瀛洲住得久的人，这些画卷就成了行走的捷径，可是新来的应试生都不明其中的诀窍，只会乱走一气，导致迷路。见俞灵儿入画卷，别怨上仙一惊："乱跑什么。"忙也穿入画中，追俞灵儿而去。别怨上仙本以为俞灵儿是在乱走，自己可不想一整天都身在追一个迷路者。却没想到她熟门熟路，几个转身便来到了西厢大院，也就是招徒大会的主场。

见别怨上仙心急火燎地跑出画卷出现在自己身后，俞灵儿微感歉意，因为自己来到瀛洲，就如同回到家那般自然行事，反倒让别怨上仙操心。

身处西厢大院，看着院内四周摆满的兵器架，俞灵儿怔怔地出神，如今故地重游，不免心中颇多感慨，不禁想起自己常常在这里和师兄弟们切磋仙术的情景。俞灵儿正出神间，别怨上仙左右看了看，然后招手唤来大院内站立在旁的一名瀛洲派弟子，指着俞灵儿对那名弟子道："她也是来此应试的，你且过去给她记录一下。"

随后俞灵儿就听到一个很熟悉的"遵命"，俞灵儿忙回身看向那声音，这名瀛洲派弟子不正是笔仙大师兄江城子吗？俞灵儿忙跑向江城子："大师兄！"江城子吓了一跳："你，你叫我什么？"俞灵儿自知失言，忙镇定下心神："这位道兄，我叫俞灵儿，家住……"俞灵儿一边细说着自己来历，一边目不转睛地盯着江城子傻看着，大师兄江城子的容颜五百年来都没怎么变过，虽说一张国字脸长得老成持重些，可在俞灵儿眼中则显得极为亲切。看到江城子粉白的肤色，想起前世关于这张白脸的一些往事，最终这张脸由白逐渐转黄。俞灵儿冷不防冲着江城子笑了起来，倒把江城子给吓得不轻。先是大喊自己大师兄，然后又死死盯着自己的脸看，突然又对着自己大笑起来，真不知道眼前这丫头哪根筋不对了。

月上海棠

"呦，师父，这不是师父吗？好难得在瀛洲见得到您老啊。"一声娇笑从西厢大院中传来，左半面画满红色海棠花的白色仙袍随风飘扬而至，一位风姿绰约的女仙直奔别怨上仙而来，到面前就跪拜行礼。俞灵儿认得这女子她是瀛洲画仙一流的师尊——月上海棠，也是别怨上仙的弟子，论辈分和归字谣也算是同辈。一旁江城子帮俞灵儿记录完毕，忙向别怨上仙和月上海棠躬身告退，赶紧离得俞灵儿越远越好。

"能承蒙师父您老亲自带来的，想必是哪家的栋梁之材吧？"说罢月上海棠转头上上下下打量了一番俞灵儿。俞灵儿转头看向别处，前世这月上海棠就和自己不对付，自己也懒得理她。现在随便这月上海棠怎么说自己毫无仙姿根骨极差都无所谓了，反正自己一定要在两个月内成为笔仙的。

可没想到月上海棠惊讶地转头看着别怨："难道说是她？那个和执年太岁赌约两个月内救出白玲珑的俞灵儿？"别怨上仙扫视了下四周院内众多应试者，然后用手指抵住自己的嘴，对月上海棠"嘘"了一声："你轻点声，她就是俞灵儿。"

月上海棠"哇"地张大了嘴，上前搂住俞灵儿道："你就是俞灵儿啊，现在你的赔率可是一赔三百呢。"

俞灵儿疑惑地看向月上海棠："什么一赔三百？"

月上海棠娇笑着道："你还不知道啊，你在天界与执年岁君赌约之事已经闹得整个天界沸沸扬扬的。而我们仙界得知后，就开了外围大盘赌局，如果你能两个月内救出白玲珑的话，买你赢的可以获得三百倍的回报收益呢。"

俞灵儿无奈地摇着头，自己也是在不得已的情形下才与执年岁君立下赌约，除了证明自己与魔界无关之外，更重要的是能解救甲寅太岁。却不想此事惊动了整个天界不说，还被仙界当作赌局开赌。自己也知道仙界下的注，都不是钱财这等俗物，而是法宝、神器、丹药、阵图等仙家宝贝。虽然很想马上就下注押自己赢，可是如果自己也有一些法宝神器的话，定是先用于这两个月内，又怎么可能拿去下注呢。

"我月上海棠一向喜欢买冷门的，所以我押你赢，你可别让我失望。"俞灵儿看看月上海棠无奈地想，哪有你这么鼓励新人的。

月上海棠拍着俞灵儿的肩头信誓旦旦地说："你来这就来对了，如果你入我画仙一门，有我罩着你，保管在最短时间内将仙法全都教会你。"

俞灵儿轻咳一声，对月上海棠深施一礼："多谢仙长提携，其实我此番来是应试笔仙的。"

原本俞灵儿的声音不大，却被两个刚从墙上画中步出的人听到。"什么？笔仙？我没听错吧？"说话的正是刚才那位锦衣华服的贵公子，手拿折扇很没礼貌地指着俞灵儿直兜着圈子："就凭她身上毫无半分仙姿？那我家中那些家丁丫鬟岂不是都能来瀛洲应试了？哈哈。"

"琴、棋、画三雅，无论世人精通其中哪一雅，都不可避免地也接触书法，四雅皆精者世间本就寥寥无几。故此以书法专修的笔仙更是四仙之首！"那穿的一身花团锦簇的女子也跟了上来："毫无仙资就敢口出狂言。连一般仙资较佳的，能进琴仙、棋仙或画仙三门都已经很不容易了，更何况是高高在上的笔仙？真让人笑掉大牙啊。"

这两人这么一说，顿时引来院中上百名应试生的注意，纷纷回头看向俞灵儿这边，随即议论声四起："一个没有仙资的人来这里做什么？""难道她也想来应试瀛洲派？这怎么可能通得过呢？"

俞灵儿谁都不瞧上一眼，自己并不需要向这些人证明什么，虽然现在没有甲寅太岁暗中相助了，但是为了自己必须救出的人，这条路必须自己走完，所以俞灵儿自顾自地向院中走去，阳光洒在她身上，在地上拖出不断抖动着的细长影子，显得与在场所有人格格不入。

可那一对华服男女可就没那么容易继续往前走了，因为此刻两道如寒芒利刃般的目光横扫在他们俩面前，月上海棠仙袍上的海棠图案层层波动着，声音中透满了锐意："照你们俩的意思，我画仙一门就不如笔仙了？"那女子一看那半面海棠的仙衣，猜出拦在面前的是画仙辈分极高的月上海棠，自知刚才失言，吓得花容失色，忙不迭地摇头摆手，却一句话都答不出来。

一旁公子哥倒还有几分镇定，忙作揖道："弟子乃是江宁曹家的曹泳，此乃舍妹曹芬。适才言语上多有冒犯，还请仙长见谅。"

闻听此言，院中一干应试者又冒出一阵私语声："江宁第一世家曹家居然也来瀛洲派应试啊，这曹家上五代先祖曹彬可是大赵开国功臣，是赵初第一良将啊。""还听说曹家第一代先祖就是上仙之躯，所有子孙后代都具有凡间难觅的上佳仙资啊。""何止是仙资上佳啊，连曹家的历代子孙，个个都是用上千两银子一颗的上等丹药泡澡长大的，自小就培育出上佳的根骨啊。连偷喝一口他们洗澡水的家丁丫鬟，都能获得一般人好几个月的修行呐。""若是曹家子弟也来应试，恐怕我们的机会就会小得多啊。"

俞灵儿对曹家却不屑一顾，想那江宁第一世家曹家本是忠良之后，可是到了曹冠这一代，却一味地巴结仇无忌，曹冠自己还成了仇府第一位门客。仇姬的母亲和国夫人，就是曹冠的女儿、曹泳的姑妈。自打和国夫人嫁给仇无忌之子仇条后，曹家便与仇氏一家荣辱与共。曹泳日后也会成为仇府太师十客之一的说客。可叹曹彬一世英名却毁在子孙后代上。

"哈哈哈！"一串银铃般的娇笑声立时打断了这一干应试者的议论，月上海棠以咄咄逼人的架势，缓慢向前迈着步子："你们摆出江宁曹家的名号来，是想告诉我，你们曹家子孙都是众仙派争抢的优质弟子是不是？"随着月上海棠的步步紧逼，曹泳和曹芬惊恐得只能不住往后退，一直倒退进了身后那幅墙上画之中，可他们耳中依旧听见月上海棠不依不饶的话语声："我告诉你们俩，我月上海棠平生独爱冷门，偏偏不看好你们这等无需雕琢之器，更看不惯像你们这嚣张跋扈的气焰。"

随即月上海棠也步入画内，别怨上仙对墙上画一摆手："行了，别吓着孩子们了，他们都只是应试生，等成了你弟子再慢慢教训好了。"月上海棠这才从墙上画内走出来："这样的弟子，我才不稀罕呢。"

过了好半天，曹泳和曹芬才从墙上画中探头探脑地走出来，远远地见月上海棠走到俞灵儿身边，这才狼狈地跑到院内另一边的人群中去。他们俩虽然对月上海棠心有余悸，但是看向俞灵儿的眼神却是恶狠狠的。

别怨上仙则远远地看向俞灵儿，也不知道在想些什么。月上海棠则没大没小地和俞灵儿继续谈天说地，还故意大声说着俞灵儿名字，好似要让某处的某人能听到似的，将一众应试者视为无物。俞灵儿记得前世和这月上海棠并没有什么深交，反倒因为自己是被保送进瀛洲派的，月上海棠并不待见自己。却不想今日自己以应试生的身份来瀛洲派，月上海棠却对自己如此热情，这倒让俞灵儿一时难以消受。

虽然众应试者私下里还是对俞灵儿颇有微词，可是见月上海棠如此袒护俞灵儿，便也都不敢再多议论什么了。一大群应试生马上靠拢向曹泳和曹芬，一个劲地逢迎这两人，都声称要唯曹家马首是瞻。曹泳和曹芬洋洋得意，仿佛自己是应试生的领袖一般。

可人群中却有三个人向俞灵儿这边费劲地挤过来，二男一女，年纪与俞灵儿相仿。那女子长得娇小玲珑，一身桃红色粗布衣衫，乍一看就像是哪家的丫鬟一般，毫不起眼。那女子走到俞灵儿跟前，却脸红地说不出话来。在那两个男子一再催促下，终于腼腆地向俞灵儿开口了："你，你好，我，我叫小梅。"俞灵儿冲她一笑："你好。"随即其中一个书生打扮的男子向俞灵儿道了个喏："小生王玉。"却不想王玉说话间一脚伸出，刚巧踩在了俞灵儿脚上，待发觉时王玉忙缩回脚连声抱歉。而另一个壮汉模样的人则一拍自己胸脯："我叫金鼎，我们三个都是仙资极低且根骨不佳者。"此话一出口，小梅的脸顿时更红了，低下头不敢去看周围投射过来的嘲笑目光。

第十四章

仙藤索桥

　　俞灵儿这才明白，原来他们三个来找自己的原因，一方面是在众多仙姿较佳者的强大精神压力下，习惯性地寻求同类抱团，另一方面是因为偏爱冷门的月上海棠就站在自己身边的缘故，看到月上海棠如此袒护毫无仙姿的俞灵儿，立刻就吸引了他们三人。"你们好，我叫俞灵儿。"俞灵儿朝他们一笑，想起自己前世刚来瀛洲派时，也如小梅这般腼腆害羞，也如王玉这般莽莽撞撞，也如金鼎那般口无遮拦。立时四人攀谈起来。

　　原来他们三人都是战火下的孤儿，被王屋山道士收留，而且也修有一定的根骨。后来大批澜兵闯入王屋山杀害了他们的恩师，这三个师兄妹发誓要为师父报仇，便来瀛洲派拜师学艺。俞灵儿不禁叹了口气，贺督之乱后，不知有多少人家破人亡，背井离乡。只恨自己前世法力浅薄，几百年后才能为原人夺回大好山河出力。俞灵儿自顾在一旁伤感，却没注意到一旁面带笑容的月上海棠，月上海棠丝毫没有放过自己脸上表情的蛛丝马迹，像是在极力找寻着俞灵儿与众不同的地方。

　　就在这时，一声弦响引起在场众人的注意，院外慢悠悠走来一人，凤冠鹤氅，青色仙袍，背上背着一张古琴，乍一看和别怨上仙长得还有几分相似。俞灵儿认得这人，正是和月上海棠同辈分的琴仙一脉师尊——潇湘夜雨。就见他一抖手中拂尘，朗声说道："各位应试道友们，承蒙抬爱我瀛洲一派，来参加招徒大会试。现在时辰也不早了，大家也都来得差不多了，且随我来应第一试。"

潇湘夜雨这么一说，俞灵儿忙伸出双手分别扶住小梅和王玉："别怕，没事的。"话音一落，整个大院地上立时出现一幅巨大画卷，所有应试者在惊呼声中都跌落画中。充满嘈杂声的大院立刻寂静下来，一阵清风扫过站在原地的月上海棠和潇湘夜雨二人，别怨上仙却已不知去向。

"看下来如何？"潇湘夜雨发问。月上海棠摇了摇头："你是说俞灵儿吗？什么都没看出来。"潇湘夜雨缓缓降入画中："那你恐怕这次是要赌输了。"月上海棠转身拂袖而去："现在还言之过早，何况我买冷门并不是为了别的，我就喜欢等待爆冷门的那种刺激感。"

温和的阳光照射着一望无际的云海，一座座山峰飘荡于云海之上，仙鹤们两两盘旋于山峰之间。一处顶部宽阔的山崖之上，上百名应试生相继爬起来，抬眼四顾着眼前这份景象。只有俞灵儿看着潇湘夜雨慢慢收拢一幅画卷，挥手藏入泥丸宫中，然后慢条斯理地转身指向山崖边一条索桥："诸位，此桥便是仙藤桥，连通着对面的万丈壁，是通往万丈壁的唯一通道。"众人都顺着潇湘夜雨所指方向望去，就看见一条用数不尽的巨型藤条编织而成带扶手的长桥，长桥的另一边没入一望无际的云海中，真不知道这座桥究竟有多长。

潇湘夜雨有意无意地看了眼俞灵儿，然后继续说道："这仙藤桥乃是千年仙藤制成，故能与人身上的仙姿仙品敏感呼应。仙姿越高的人，千年仙藤对他就越亲和，过桥也就越顺利，相反仙姿低的人则会遇到相应的阻力。瀛洲派招徒会第一试，便是在一炷香的时间内到达对面的万丈壁。只要能站于万丈壁上，就算通过了第一试。好了，会试开始。"

潇湘夜雨话音一落，很多应试生便相继踏上仙藤桥，直奔万丈壁而去。曹泳和曹芬一边往桥上走，一边满面坏笑地看向俞灵儿。曹芬还环视了一下小梅他们三人："听到了没啊？仙姿越低，过桥就越难。"曹泳不忘补充一句："更何况是毫无仙姿的人呢？只怕在桥上是寸步难行了吧？"听到曹家兄妹如此讥讽俞灵儿一行人，一众应试生立刻哄笑起来。小梅的头低得更低了。

"仙姿差又如何？就不能过桥吗？"金鼎则怒目圆睁，然后转头对着俞灵儿道，"别去管那些人，我们王屋派全部弟子都会支持你的。"王玉和小梅都一起向俞灵儿点头表示赞同。王玉伸手要去拉小梅的手："对，我们偏要过桥给他们看看。"却误拉住了金鼎的手，然后王玉拽着金鼎就往仙藤桥走，俞灵儿和小梅便也紧跟其后准备上桥。

待走到桥边，却被其他应试生挤到一旁："别挡路，你们仙姿差的还是最后上桥吧，别拖累我们。"王玉忙用身体挡在金鼎前面："你们挤什么？师妹别怕，我会护着你的。"金鼎拍了拍王玉的肩膀，然后对转头惊奇地看向他的王玉，指了指躲在俞灵儿身后红着脸的小梅。"啊！"王玉不好意思地挠了挠头，呵呵一笑。

就在这功夫，在桥边挤开王玉的那群应试生向两旁分开站立，纷纷招呼曹泳和曹芬先上桥。曹泳则一边向上百名应试生拱手谦让："却之不恭啊，却之不恭啊。"一边却带着曹芬率先登上仙藤桥："先行一步，先行一步。"接着迈步向前而去。待曹家兄妹上了桥，后面一群应试生则争先恐后地上了桥往前走去。俞灵儿等四人就成了最后上桥的一批人。

等俞灵儿四人走到桥上，他们感觉到一种无形的阻力从脚下藤桥中出现，不断拖拉着自己。俞灵儿四人顿时感到举步维艰，每一步都如腿上灌了铅似的沉重。以这等速度，再考虑到藤桥一望无尽的长度，别说在一炷香的时间内到达对岸，只怕走到明天都未必到得了对岸。俞灵儿举头望向桥的前方，就见曹泳曹芬等一干仙姿较佳者，全都轻轻松松向前跑着去，不一会儿就隐没在云海中了。

见俞灵儿走得极艰难，小梅转身鼓励俞灵儿："加油啊，我等你过来一起走。"听小梅这么一说，王玉和金鼎也停下脚步等俞灵儿，趁机也喘口气休息一下。俞灵儿使出吃奶的力气向前迈出一步，然后大汗淋漓地对小梅说："你们不用管我，先走。"

可是每迈出一步，接下来的一步就会比之前更难走，俞灵儿眼前向自己招手的小梅身影也变得越来越模糊，汗水已经噙满眼眶，疲惫不堪的身体好似不断地向自己诉求着想要躺下来休息一下，可俞灵儿咬紧牙关，可是自己的脚无论如何都无法再向前迈动一步。

"就凭你这样，还想救出白玲珑？笑话。"俞灵儿听出是潇湘夜雨的声音，一回头，就见潇湘夜雨正站在山崖桥头，一脸嘲笑地看着自己。原来自己废了半天劲，才迈出三步而已。"只怕你走完这座桥都要两个月了吧？"想到前世这潇湘夜雨对自己一直是和颜悦色的，却不想此时竟对自己冷嘲热讽起来，真让人一时适应不过来。俞灵儿晃了晃头，眼神坚定地看向仙藤桥的前方，现在没功夫去想这些了，自己一定要通过第一试，才能成为笔仙，如果连一座桥都过不了，何谈其他呢？

俞灵儿继续艰难地向前努力迈步，可是身体的负担却是越来越重，就像一股强大的力量要将自己拖入桥下的万丈深渊一般。"这点算什么？"身体承受的强大负重感令俞灵儿想起前世自己在刀狱所受的折磨痛苦："和那比起来，这仙藤之力根本就不值一提。"俞灵儿拼命往前一寸一寸地挪动着自己的脚，终于缓慢地迈出了第四步后。俞灵儿脑海里尽是刀狱的情景："这藤桥真是小巫见大巫了。"继而又迈出了第五步。

俞灵儿转头看了一眼身后，虽然已经看不清潇湘夜雨的身影，可俞灵儿知道他一定还在那里。潇湘夜雨此时则惊讶地看着笑得龇牙咧嘴的俞灵儿，就听她费劲地对着潇湘夜雨吼着："有什么苦难，尽管放马过来。"然后俞灵儿闭上眼睛转回头，回忆着前世刀狱中所受千千万万刀中的每一刀。

然后潇湘夜雨和小梅等人都张大着嘴，就看到俞灵儿突然在桥上奔跑起来。这个毫无仙姿和根骨的人，明明刚才还在那慢慢挪动着，现在居然快速奔跑起来，而且速度超过今天在桥上跑动的任何一个应试生。就见俞灵儿一边闭着眼跑，一边大声喊着："这都不算什么，这点还不够，远远不够！"

可就在这时，桥身微微晃动起来，桥上几乎所有应试者都停下了脚步，疑惑地看着这一变故。走在前头的一位应试生则转过身指着俞灵儿大声喊着：

"那个浑身不停在抖的丫头，说你呢，别再抖了，整座桥都被你抖得晃动了。"听他这么一喊，众多应试生都回转身看向跑动者的俞灵儿，然后一起喊叫起来："别再抖了，桥在晃啊。"

第十五章

万丈山壁

被大喊声惊扰下，俞灵儿停下脚步，心道难道真是因为自己浑身不停发抖的原因，才导致桥身晃动的吗？这才睁开眼，就看见自己全身非常强烈地颤抖着。这不停抖动的症状就是经历过刀狱之刑后留下的后遗症，如今自己脑海中再次汇聚起当初身在刀狱中的每一道刀割的痛楚，身上的颤抖自然就变得更厉害，甚至于抖得整座桥都在剧烈地晃动着。

可俞灵儿的颤抖不但停不下来，而且越抖越厉害。身后潇湘夜雨飞快地腾空扑向自己，可是已经来不及了，就听得"咔嚓"一声巨响，仙藤桥连着山崖的桥头瞬间断裂，整座仙藤桥向着云海下的万丈深渊坠去。

"掌门，掌门不好啦！出事啦。"月上海棠慌慌张张地跑入南明宫，却见掌门如此江山正斜倚在首座上，正把玩着手中的一件古玩。月上海棠气不打一处来，忙在身后立起一幅画卷，对着掌门说道："你还有心情玩呐？出大事了。"

被月上海棠这么一闹，如此江山只得收起手中的古玩，对着月上海棠吹起胡子瞪着眼道："我喜欢玩，你又不是不知道，有什么大惊小怪的？"月上海棠操起笔，在身后的画卷上边画边说："仙藤桥断了，今年全部的应试生都在桥上。"如此江山忙站起道："怎么会这样？仙藤桥牢固异常，千年不损，怎么可能断开？"

然后就见巨型画中，仙藤桥上一个人突然跑动起来，随着她的跑动，仙藤桥开始剧烈摇晃，潇湘夜雨第一时间飞身而起，可惜桥头部分很快断裂，整座桥往下坠入。潇湘夜雨又是第一时间施法，减缓了仙藤桥的下坠速度，桥上所有的应试生都紧紧抓牢桥的一部分，这才没有人甩到桥外。如此江山惊讶地看着画卷中的情景，半天说不出话来。

就在这时，南明宫外又飞进一人，与其说是飞进来的，倒不如说更像是一个球飞滚了进来。就见进来的这人，胖得圆滚滚的真就好像一个球一般。一进来就对着掌门如此江山抬手抱拳，却因为腰太过粗壮的关系而弯不下腰来："启禀掌门，众弟子去探查了，说是仙藤桥，兵解了。"如此江山瞪大眼看向此人："你说什么？仙藤桥兵解了？那，那些应试生呢？"

那人忙道："所幸的是，一众应试生无人坠入深渊，现在都困在万丈壁上，天下乐令已经带着众弟子赶去了。"月上海棠闻言，忙一挥手将画卷中山崖断桥处的画瞬间抹去，然后挥毫飞舞着画出万丈壁的画来。如此江山捋着长长的白胡须，抬头看着画卷。就见画中万丈壁上，仙藤桥已经消失不见，壁上只留下残存的零零碎碎的藤条。一众应试生虽然无一人受伤，却都悬挂在山壁上，都在那等待救援。

如此江山转头对那人说道："归字谣。"这个叫归字谣的人忙抱拳道："掌门有何吩咐？"如此江山指着画卷中一干应试生们说："去，传我的话，临时开设第二轮会试，在万丈壁上能坚持三个时辰的就能通过第二轮会试。让天下乐令和众弟子在万丈壁设下结界，接住落下的人。让潇湘夜雨在万丈壁顶上准备好仙藤候着。凡落入结界者，出局。"归字谣忙道了声"遵命"，然后飞似地出了南明宫。

月上海棠对着如此江山急道："你别玩这么大行不行啊？这要是又出什么事，我看你怎么收场。"如此江山乐呵呵地坐回首座上，一边继续把玩着古玩，一边对着月上海棠轻描淡写地说道："还能再出什么事啊？难道说万丈壁也会断吗？只要是天下乐令设下结界，掉落的应试生就会安全地被接住。临时设这第二轮会试，我就是要测试这些应试生的毅力和耐力。修仙一道本就千辛万苦，连三个时辰的毅力和耐力都没有，谈何修仙啊？"

月上海棠沉吟了半晌，又问如此江山："可仙藤桥无故兵解了，你都不派人查一下原因吗？"听月上海棠这么一问，如此江山这才停下手，凝重地想了想后道："仙藤桥能感应桥上人的神识气韵，定是有哪个应试生突然产生了什么极度的精神意念，被仙藤桥感应到了，这才导致仙藤桥的异变。有如此强烈意念的人，究竟都经历过怎样的遭遇呢？对了，刚才不是看得很清楚吗？有一个在桥上突然奔跑起来的人。快去查一下这人是谁。"

月上海棠就这么呆在原地，静静地看着如此江山。如此江山疑惑地看向月上海棠："你，你还愣着干嘛？我不是让你快去查一下吗？"月上海棠依旧看着如此江山，嘴巴嘟哝出三个字："俞灵儿。"如此江山惊讶道："俞灵儿？！你是说刚才那个突然跑起来的人就是俞灵儿？"月上海棠眼角露出一种讥讽的笑容："对，就是她，就是你押她不可能救出白玲珑的那个俞灵儿。"

如此江山忙站起身，对月上海棠挥手道："让我看看她上桥之后的情形。"月上海棠慢慢转身提笔画出俞灵儿刚踏上仙藤桥的情景。如此江山一边很认真地看着画卷，一边说道："我设的第一轮会试，是考查应试生的仙姿级别和自我潜能发掘程度，迈出的步数超过自己仙姿所限的步数，就算通过第一轮会试。可这俞灵儿真的很奇怪啊，明明能够跑起来，却为何一开始走得如此之慢呢？"

月上海棠问道："那你看这俞灵儿仙姿是多少品相呢？"如此江山很果断地回答道："单单以她奔跑的速度和步数来看，怎么都很像是上之上品的仙姿。"月上海棠转过脸去，掩饰自己难耐的笑容，然后问道："如果是毫无仙姿的人，能在桥上走几步呢？"如此江山想也不想伸出三个手指："最多三步，封顶了。"随后如此江山慢慢张大了嘴看向月上海棠："难道说，这俞灵儿，毫无仙姿？"月上海棠忍不住笑出声来，喜盈盈地看着目瞪口呆的如此江山："你今早押她会失败，究竟押了多少宝贝？"

抬头看是一片云海，低头看是无尽深渊。一众应试生们悬在山壁上，等待着救援，可是左等不见人右等不见人，一些应试生都开始发牢骚起来："那座破桥这么危险的，就让我们上百人去走，事先也不修缮一下的。难道这就是瀛洲派的气派吗？""瀛洲派这是闹哪一出啊？我们在这里都半个时辰了，怎么还不来救人啊？""就是，这山壁如此光滑，爬都爬不了。瀛洲派当我们是鱼干吗，就这么晒着？"

　　俞灵儿此刻抓着山壁上一处凸出的石块，悬吊在空中动弹不得，身上颤抖的症状平复了许多，可依旧比早上抖动得厉害些，远远看去就像是被阵阵强风不停吹动着的一张幡旗似的。

　　脚下不远处，小梅的双手被王玉和金鼎一边一个抓牢，悬挂在那，因为他们俩单手抓的都是石壁上很浅的一道缝隙，所以只要王玉或金鼎任何一人松开手，另两个人就会吃不住力而坠下深渊。想到这一层，俞灵儿闭上双眼都不敢再往下看。

　　"你们还是别管我了，这样我们三个谁都上不去啊。"小梅看着她的两个师兄，悲凉地说着。金鼎坚定地看着小梅："师妹别胡说，我们三个发过誓，要同生死共患难，要一起报杀师之仇的。我们怎么可能抛下你不管呢？"王玉紧咬牙关，闭着眼道："我是死都不会松手的。"小梅双眼流泪，哽咽得再说不出一句话来。

　　与那些具备一定修为的应试生不同，俞灵儿此刻毫无修为不说，浑身还不住地颤抖着，因为颤抖的关系抓住岩石的手需要自己付出更多的心力来维持。半个时辰下来，相比那些应试生，俞灵儿勉强硬撑不掉下去。如果再没人来救援，她怕是坚持不了多久了。

　　俞灵儿正筋疲力竭之际，突然头顶上不停地落下许多颗粒和碗大石头来，不停地砸在她身上。不知道自己上方究竟起了什么变故，俞灵儿勉力用另一只手遮挡着脸部往上看去，原来曹芬不知何时挪到自己头上方不远的位置，正坏笑着不断踢踏着，令散落的碎石砸向自己。虽然俞灵儿早已疲惫不堪，但对曹芬这种行为也不得不厉声呵斥："人命关天！曹芬，难道你想害死下面的人吗?"曹芬却狠狠地瞪着俞灵儿骂道:"像你这种垃圾,有什么资格和本千金一起应试?居然还让画仙师尊当众羞辱于我,我何曾受过此等屈辱?不报此仇我绝不善罢甘休!"

第十六章

海棠飘香

　　既然是来找自己麻烦的，俞灵儿反而不想躲避了。况且若非自己挡着那些落石，只怕身下的小梅他们就会被这些落石砸中，一旦被这些落石砸到，很可能就会引起他们中的两人甚至三人一起落下深渊。故此俞灵儿咬紧牙关用自己的身体全数挡着那些落石，直砸得她晕头转向。小梅等人看得真切，不住地喊着："俞灵儿，快挪开！你这样是撑不下去的。"

　　在如瀑布一般的散碎落石中，俞灵儿满头满身都被碎石的尘土堆积成土黄色，谁都看不到此刻俞灵儿的表情。就见她用双手牢牢地抓紧着岩石毫无退让挪动的意思，用自己的头和身躯承受起全数的落石。而砸过俞灵儿的碎石再往下落时，却一粒都没有碰撞到小梅他们，只从他们身侧落下。这时有其他应试生发觉到这边的异样，纷纷指责曹芬："你这样会害死人的。""人命关天！你这样做可就是杀人凶手。"

　　被那几个应试生连番斥责，曹芬更觉得羞愤难当，索性从腰带中摸出三个细针在手，运足十层功力，对着俞灵儿抓着岩石的双手射去。在一片"小心"声中，俞灵儿的双手被细针扎到，一阵钻心戳骨的疼痛感立时传来。俞灵儿流下豆大的汗珠，却依旧没有松手半分。

　　哪怕俞灵儿没有因吃痛而松手，曹芬的嘴角却依旧缓缓露出一丝笑意。俞灵儿立刻发觉自己的双手开始有麻痹的感觉了。原来这三根细针上有麻药。俞灵儿越来越感觉不到手臂上那种因悬吊而酸痛的感觉了，随后整个人也开始缓缓向后仰去。就在俞灵儿开始从山壁上往下落的一瞬间，俞灵儿瞪着上头坏笑着的曹芬大声喊着："举头三尺有神明！曹芬，你终究会有报应的。"然后小梅哭喊着俞灵儿的名字，却都无可奈何地看着俞灵儿跌落下去。

恍惚间俞灵儿好似闻到了一阵花香，可是自己前世闻遍各种花，却怎么都说不出这股花香是哪种花的香气。俞灵儿勉力睁开眼睛，发现自己仰面躺在半空，飘飘荡荡、忽上忽下，除了上方一点明亮，四周一片黑暗。明明记得自己坠下深渊的，难道说自己已经摔死了？可是，自己知道死绝不是这样子的啊，那此刻自己究竟身在何处？

"喂，你压在我身上要压到什么时候啊？"突然听到一句稚嫩而冷漠的话语声，俞灵儿吓了一跳，我摔下来压到人了？可自己看来看去，摸来摸去的，并没有觉得身边有人的样子啊，而且自己悬浮在空中，哪里会压到什么人呢？

那稚嫩的小声音凶巴巴地对自己说道："喂，你乱找什么？你就躺在我身上呢。"俞灵儿赶忙用双手摸索着后背。突然触手冰凉，后背一片水迹的感觉。俞灵儿一惊："难道说那是血？我把你压出血来了？"

这句话一出口，便引来一阵银铃般的笑声："嘻嘻嘻，你只想着那是别人的血，难道你就不觉得这会是你自己的血吗？""是我的血？"俞灵儿忙将手放在鼻子底下闻了闻，可一点也闻不出血腥味，相反却是一种墨汁的味道。

"嘻嘻嘻，好啦，不逗你玩了。"那笑声又传了过来，然后就听到那个小声音道："刚才见你帮人挡着落石，你倒还挺讲义气的嘛！像你这样的人，我怎么能眼睁睁看着摔死呢？"

俞灵儿也不知道怎么和这小声音沟通，只得对着上空拱了拱手："那是你救了我？敢问是瀛洲派的哪位仙长？救命之恩，俞灵儿没齿难忘。"

听到瀛洲派，那小声音似乎憋着一股怨气，恨恨地说道："你可别拿我和瀛洲派的臭道士相提并论啊，我与他们不共戴天。"

俞灵儿心里奇怪，便问道："那你怎么称呼，又为何会在这瀛洲派呢？"

"我是谁？嗯，我自己也不知道。至于为什么会在这里？我也记不得了。"那小声音如此稚嫩，说出这句话来就像是一个迷路的小孩经常回答别人的那样。"我只记得，我在这里睡了好久，半个时辰前，突然被这里的一层结界给唤醒了。"

"结界？这里布有结界吗？难道接住我的就是这个结界吗？"俞灵儿四处看来看去，却什么都看不出来，只得苦笑了一下，自己现在毫无功法在身，就算有结界自己又怎么可能感应得到呢？

那个小声音很傲气地说道："那道结界还在下面，接住你的可是我布下的小结界。我才不要让你落入瀛洲派的手里呢。"俞灵儿很吃惊："结界通常都是由几个或更多的人才能布下。你好厉害啊，居然一个人就能布下一层结界。"

听俞灵儿如此夸奖，那个声音略显不好意思地说道："哪有那么厉害啊，我只是模拟了一层接近下面那结界效果的小结界而已，雕虫小技。"居然能模拟结界效果？俞灵儿不停地思索着，前世哪路精灵妖怪能有这种本事。

也许觉得俞灵儿沉默了许久，那个小声音打破了寂静："而且我只能模拟，再没有其他本事了。虽然我一着急将你接住了，可是却只能这样一直托着你，没办法再将你挪动。"

俞灵儿一笑："那没事，既然下面那个结界也能接住我，我直接跳下去不就行了？"

"那不行！"那个小声音很蛮横地阻止着俞灵儿："我怎么能让你落入瀛洲派的手中？"俞灵儿想解释自己本就是来瀛洲派拜师学艺的，可这小声音怎么都不肯依从，连听都不愿再听。俞灵儿只得叹了口气作罢，可是现在自己只能这样被托着，上不得上，下也下不去，这样一直下去，总不是个事吧？

就在这时，俞灵儿又闻到了刚才闻到的那阵花香，俞灵儿使劲拿鼻子闻了闻，这种花香实在奇特，她五百年来从未闻到过。顿时好奇心起，顺着风极力找寻花香飘来的所在。然后就见山壁上一处凹处，依稀长着两朵红粉色的海棠花。

原来是海棠花的花香啊，俞灵儿想着，然后继续躺下想着出去的办法，同时继续享受着风中的海棠香气。

突然俞灵儿心中一个念头闪过，不对啊，海棠无香可谓人生恨事，这花香绝不是海棠的。俞灵儿忙又抬头去看，除了那两株海棠，周围山壁上光秃秃什么都没有。而且海棠花又怎么可能长在这山壁之上的？

"你还在吗？"俞灵儿在黑暗中问道。那个小声音忙回应道："我还在啊，怎么啦？"俞灵儿很期待地问道："你说你能模拟结界，那你能模拟境界吗？"

沉默了一小段时间后，那个小声音悠悠地答道："我也不是很清楚哎，刚才只是情急之下才化出结界接住你的。至于我究竟能不能模拟境界，我也不是很清楚哎。"俞灵儿忙鼓励这小声音："连需要很多人才能布下的结界你都能模拟，何况是只需一个人生成的境界呢，要不你试试看？"那个小声音很赞同俞灵儿拍的马屁："说得在理。可是你要我模拟境界的话，必须附近得有这种境界我才能模拟啊。"俞灵儿很激动地指着山壁上那两株海棠花道："有啊，这里就有现成的如梦境！"

记得前世瀛洲派有一种结界，专门用来接住人或物的。只是修为需要达到"如梦境"的人才能施展这种范围很大的结界，而一旦发动如梦境，就会在发功范围附近，附带出现一些有悖常理的现象，比如海棠飘香，山壁长出海棠之类的事情。虽然细微得让人很难察觉，可是都不可避免地会出现一点点。而如梦境又是前世自己成为笔仙必升的境界，当初为了升到如梦境，自己费了不少的周折，故此印象极其深刻。

同时俞灵儿从这海棠飘香的梦幻痕迹，猜想在下方施展如梦境的多半是棋仙师尊天下乐令。记得在前世，天下乐令钟情于月上海棠已有数千年，多次追求表白，却都遭到月上海棠的拒绝。令仙界众仙家都无法理解，天下乐令如此优秀，无论是外貌还是内秀，都堪称仙界翘楚。如此一个完人，月上海棠就是瞧都不瞧上一眼，甚至有一次拒绝天下乐令时还扬言，除非世间的海棠飘香，否则就让天下乐令死了这条心。虽然天下乐令曾经施法令天下海棠花飘香，却被瑶池王母娘娘阻止并责罚，才只得作罢。故此只有在天下乐令的如梦境界里才会出现飘香的海棠花。而且不知道是不是用情极深的缘故,天下乐令施展的如梦境,还是仙界最强的。

俞灵儿抬头向上看了一眼,心道,那上百名应试生困在山壁上有半个时辰了,瀛洲派都没人来救援,看来他们是别有用意。至于是何用意就不得而知了,但是这和小声音所说下面那一层结界必然有联系。

　　而此刻自己置身如梦境之中，如果是以其他境界所布结界，倒也罢了，可如梦境是自己前世最为熟知的。虽然此刻自己毫无仙法功力，无法发动如梦境，可是以自己对如梦境的充分了解，倒是可以借此境来化解眼前的危机。手上所中麻药的药性也已经过了，与其困守此处，倒不如放手一搏。

　　想到此处，俞灵儿向那个小声音详细解说如梦境的大致情况，引导小声音印证如梦境。

　　大约花了一盏茶的功夫，俞灵儿突然发现，一种幽幽然若有若无的感觉充斥着自己周身。"这就是了。"俞灵儿让小声音保持住这种感觉，直到能掌控这种感觉为止："如梦境被你成功模拟了。"虽然俞灵儿还无法完全进入如梦境，那只是小声音的一种模拟状态，却能使自己模拟天下乐令的如梦境。

　　然后就见俞灵儿眼皮半睁半合，身体飘动，直到双脚抵在了山壁之上。

　　过了没多久，小梅突然张大嘴，冲着下方不停地喊着："看，看。"王玉和金鼎闻言都低头向下看去。然后山壁上几乎所有的应试生都开始揉着自己的双眼，不相信自己看到的一幕。

　　就看到俞灵儿身体垂直于山壁，双手向天空伸出，就像一个得了梦游症的人一般，双脚踏着山壁往上行走。走到一些应试生的身旁时，为了不踩到他们，还特意绕开走。有一个应试生刚想对俞灵儿说话，却被另一个应试生轻声阻止了："嘘，对梦游症的人说话会吓掉她魂的，别出声。"然后俞灵儿就在一片安静的注目礼之下，走进了万丈壁上一片云海之中。

万丈壁顶上，潇湘夜雨双手拢入袖中，看似站在那里举目远眺层层翻滚着的云海，可双眼却早已经闭合多时，遁入梦乡之中了。而此时此刻他正做着一个很奇怪的梦，梦见自己身后突然出现一个小丫头，平举着双手幽幽地走了过来。走到自己身边放满仙藤的箩筐处，低身从框中取出一根藤条，接着幽幽地走到潇湘夜雨身后，将藤条的一头牢牢地绑在潇湘夜雨的腰间，再又走向箩筐，如此往复，在潇湘夜雨身上绑了五根藤条。然后这小丫头将五根藤条的另一头全都抛入了山壁之下，随后这小丫头双手平举着，慢慢沿着山壁又往下走。

又走下山壁的俞灵儿心中暗暗好笑，即使自己这是模拟天下乐令的如梦境，可依旧能将潇湘夜雨困在梦中，都说天下乐令的如梦境是仙界最强的，果然名不虚传。刚才潇湘夜雨梦中发生的这些事，就是现实中俞灵儿所作的事情，而对潇湘夜雨来说完全就是梦一场，继续在那儿睡得香。

山壁上一众应试生都开始欢呼雀跃起来，纷纷抓住落下来的仙藤，开始向上攀爬。可俞灵儿则踏着山壁直往下走，走过那些攀爬着的应试生身边时，他们都安静地停下手，也不敢惊扰到俞灵儿，只是看着她在心中默念谢谢二字。

而山壁最下面的小梅三人却还在那僵持着，王玉对金鼎说："你放手吧，抓住仙藤就能活下去。"金鼎则急了："那怎么能行，我只要一松手你们俩就掉下去了。还是你松手吧，我劲大，不会很快掉下去的。我是大师兄，你得听我的。"王玉则闭上眼："如果师妹有个三长两短的，要死也是我和师妹一起死，大师兄你就别和我争了。"

突然一根仙藤出现在小梅手边，小梅忙翻腕抓住。见小梅抓住了仙藤，王玉和金鼎忙托着小梅，帮她往上爬去，然后三人一抬头，就见俞灵儿整个身躯横在他们头上。脸上毫无表情，半合着双眼，就如同庙里的佛像一般肃静。待王玉和金鼎也攀上仙藤，俞灵儿这才转身向山壁上方慢慢走去。

"怎么会这样的？潇湘夜雨此刻究竟在干什么？"如此江山正抖动着手指向画卷中万丈壁的这一幕，转头问向月上海棠。月上海棠则满脸惊喜地只盯着俞灵儿一人看："如梦境，这是如梦境。不过又有点不同。"接着月上海棠转头看向如此江山："成就琴、棋、笔、画四仙的最终境界，如梦境界，俞灵儿居然这么快就达成了？哈哈，这次我终于有可能赢一大把喽！"

　　如此江山一甩灰色袍袖："哎，招徒会试的本意就是从良莠不齐的应试生中选出优秀弟子。本想以第一轮会试刷掉一批应试生的，却想不到这仙藤桥被俞灵儿给弄断了。想再以临时加出来的第二轮会试刷掉一批应试生，却又被这俞灵儿给全救上去了。结果两轮会试是一个应试生都没被刷掉啊。"如此江山转头看向在一边开心不已的月上海棠："这俞灵儿难道是存心来捣乱的不成？"

　　月上海棠则一副不满的神情转头看向如此江山："掌门，您不是常说，没有教不会的徒弟，只有不会教的师父吗？这怎么能怨俞灵儿呢？她救了所有应试生，难道还错了吗？"

　　如此江山呵呵一乐："说的也是，要怨就只有怨将她引荐来的人了。"

　　月上海棠瞥了一眼如此江山道："引荐她来的人啊，就是你和我的师父，别怨上仙。你待怎样？"

　　"啊。"如此江山闻言，手中的古玩差点惊落在地。

　　一旁归字谣冷眼看着画卷中的曹芬已有好半天了，此刻向如此江山一拱手："掌门。"如此江山一挥手："嗯，举头三尺有神明，你只管按门规去办就是了。"归字谣会意地点了下头，又瞥了一眼画卷中从仙藤中爬上去的曹芬，然后转身走出了南明宫。

　　救出了所有困在山壁上的应试生后，立于万丈壁之巅的俞灵儿这才从如梦境中脱离出来，而潇湘夜雨也从梦中解脱了出来，然后惊奇地看着绑在自己腰间的那一大捆仙藤。

　　俞灵儿避开人群走到一处无人之处，低声问着："喂，你还在吗？你在哪儿啊？"然后耳边就想起那个小声音的回答："我在啊，我就在你耳朵上啊。"

然后俞灵儿就见一滴圆滚滚的小点墨汁从自己耳朵方向落在自己手上，那点墨汁在俞灵儿手掌上滚来滚去："嘻嘻嘻。"俞灵儿就感觉手掌心被这点小墨汁滚得痒痒的，惹得俞灵儿忍不住笑出声来。

"天下神灵精怪我见得多了，像你这般的墨汁精灵。我倒是头回得见啊。"俞灵儿伸出另一只手拨弄着这点小墨汁，觉得很是可爱的样子。那墨汁不高兴了："谁说我是墨汁精灵啊，我……我只是一时想不起来自己是什么罢了。等我想起来，定让你大吃一惊。哼！"俞灵儿假装很震撼的样子看向那点墨汁："那你现在想不起来你叫什么，我怎么称呼你呢？不如就叫你小点点怎么样？"小墨汁抗议道："太难听了，不好！"

要好听的话什么名字好听呢？俞灵儿想了想，想起自己的小名来，便对小墨汁说："那我叫你小灵怎么样？"这次那点小墨汁倒是没有立刻反对："小灵这个名字我倒是听着舒服，不过这不就和你的名字搞混了吗？这样吧，你就叫我'小临'吧。我喜欢这个名字。"俞灵儿爱抚着光溜溜的小墨汁："好好，小临，小临。"

小临很开心地应答着："哎，我在我在。唉对了，姐姐怎么称呼呢？"

"我叫俞灵儿。"

"那以后我就叫你灵儿姐姐吧。"

俞灵儿轻轻地抚摸着墨汁："嗯，小临真乖。"

这时潇湘夜雨让应试生集合的声音传来。俞灵儿忙道："是瀛洲派集合令，我要过去了。"小临急道："我不要被那些瀛洲臭道士看到，我先躲在姐姐耳朵上。"说罢，小临沿着俞灵儿的手臂和肩头，弹跳到俞灵儿的耳朵下，就像是一颗黑珍珠的耳坠般晃动着。

一众应试生们从万丈壁回到了瀛洲。经过了白天的一番折腾，众应试生们被瀛洲派弟子请入画中休息。

一群画仙纷纷取出卷轴和画笔，按照应试生们提的要求，在卷轴上作画，然后挂于各处。应试生们可以走入以自己想象来设计的画卷中休息，有的画有小桥流水环绕的亭台楼阁，有的画有鸟语花香春意盎然的庭院，还有的画有一行翱翔于天际的白鹭所搭成的大床。

　　而其中画得最精细的就要数为小梅等人作画的画仙弟子了，因为他们要求画成王屋山上一间茅屋。虽说要求简单，可是小梅等人却在细节上诸多要求，力求复原他们记忆中的一草一木。那名画仙弟子倒也饶有兴味地逐笔调整。待画得差不多了，小梅等人端详了半天，异口同声道："再画上师父吧。"然后听取三人的各种意见后，一位白发苍苍的老翁拄着拐杖栩栩如生地立于茅舍门口，向着小梅等人不住招手，于是三人一起泪奔着冲向画中那老翁。直到画成后，这名画仙弟子还意犹未尽，又取出一份卷轴，将这幅王屋茅舍的画再临了一遍，小梅三人在画中抱着那老翁嚎啕大哭。

第十八章

集雅仙亭

一些应试生三五成群纷纷来向俞灵儿致谢后，才进入画卷休息。同时俞灵儿就感到曹泳那双憎恨的目光，她早就看惯了他那种毫无新意的眼神，全部不放在心上，只是没看到曹芬，这倒是让她稍稍有些警觉起来。

在一旁准备给俞灵儿作画的画仙弟子候了半天，待那些来致谢的应试生都离开后，这才上前问俞灵儿想画什么样的情景来作为休息之处。俞灵儿自打脱出如梦境之后，不知为何满脑子都是刀狱中最后风归云刺自己一剑的景象，久久不能散去。被这画仙弟子问起，自己苦笑着看向这名弟子，不知如何说起，除了能描述刀狱外，自己脑中完全没有任何其他场景，难道让他画个刀狱给自己进去休息？那还不得吓坏这名画仙弟子？这时小梅向俞灵儿挥手招呼，问俞灵儿要不要来和他们一起在王屋茅舍休息。"那幅画好精美，我喜欢。"耳旁传来小临细微的赞叹声，俞灵儿也正求之不得，便辞谢了那名画仙弟子。

南明宫中："可惜啊。"月上海棠从自己的画卷中看到俞灵儿步入了王屋画卷，惋惜地叹了口气："没能看到俞灵儿心底深处最在乎的事情，实在可惜。"

如此江山则纵览所有应试生设计的各种画卷，缓缓点头道："我命人给这次的应试生们施了问心香，就为了观察他们心中的目的和愿景都是什么。这批应试生心中所愿和欲求都还在情理之中，也基本排除这批人中有试图卧底我瀛洲派的奸细。除了那个俞灵儿。"

月上海棠不屑地看了眼如此江山："就你事多，这俞灵儿怕是已经没那闲情来充当什么卧底了吧？更何况你听说过哪个奸细一上来就如此引人注目的？"

如此江山则正色道："若俞灵儿两个月内真能救出白玲珑，那可是六界之福，一件大功德啊。我们现在能亲眼目睹她踏出的每一步，倒真是我们的幸事，自然值得我这般煞费苦心。"

月上海棠难得嘉许地点点头，然后问道："那明天你打算再给他们临时加些什么试炼呢？"

如此江山坐回首座："明日就让天下乐令直接带他们去集雅亭吧。"

月上海棠奇怪道："为什么是天下乐令带去？这次会试的主持不该是潇湘夜雨吗？"

"潇湘夜雨？"如此江山又掏出那件古玩开始把玩，"你自己去问他吧。"

进到画中，俞灵儿和小临一同赞叹起这幅画的笔工来，仿佛真到了王屋山一般。虽然山不高不大，却错落有致，茅舍虽然破旧不堪，却如此真实，明显看得出这茅舍是如何用一块块木板搭建而成，细致到木板上的条纹都清晰可见，一点都不像是被画出来的。金鼎向俞灵儿介绍那拄着拐杖的老翁："这位就是家师王屋真人。"王玉转向那老翁道："师父，她就是今日救出我王屋派全派弟子的俞灵儿。"那老翁忙向俞灵儿拱手致谢："老朽在此多谢恩公了。"虽然明知这老翁是画出来的，俞灵儿却从小梅等人的眼神中感觉到这老翁与真人无异，忙向老翁作揖回礼："晚辈俞灵儿见过真人。救人急难乃是我辈分内之事，怎敢当'恩公'二字，真人言重了。"

看着小梅等人抱着王屋真人又笑又哭的，俞灵儿也感同身受地思念起师尊归字谣来，自己父母双亡之后，唯有师尊归字谣像父亲般关爱自己，想到此处不禁双目湿润起来。师尊归字谣消瘦得几乎无肉的脸庞浮现在脑海之中，恍如昨日。当晚，小梅师兄妹三人围在王屋真人身边彻夜不眠。俞灵儿则困乏难当，一躺倒在地上就沉沉睡去。

第二天一大早，众应试生被唤出画来，画卷也被画仙弟子纷纷收走。俞灵儿这一晚睡得好香，可小梅等人个个却是红着眼睛，想来一宿没睡。俞灵儿轻声唤醒小临，可小临却哈欠一声："人家还想再睡会嘛。"然后就不见动静了。"居然还是个小懒鬼。"俞灵儿微微嗔道。待四人出了画卷后，金鼎等人执意要留下那幅王屋画卷，画仙弟子们则以门规为由不肯依从。于是立时便与金鼎等人发生争执起来。

"什么事这么吵啊？"一个仪表堂堂，身穿阴阳太极图仙袍的道长缓缓走来。众瀛洲弟子见他过来，都不敢作声，分立两旁。俞灵儿认得他就是棋仙师尊天下乐令。俞灵儿回想起昨日万丈壁上见到的海棠花，想来那以如梦境布下结界的人应该就是天下乐令。

天下乐令走到小梅等人面前道："到底发生什么事，一大早就在此喧哗？"小梅等人忙跪下恳求要留下这幅画卷。俞灵儿心里很笃定，这天下乐令一向心软，多半不会拒绝小梅她们的要求。果不其然，天下乐令看了一眼那幅画工精致的画卷，然后见小梅他们至诚之心，心中也猜到几分，故此也不强求，一挥袍袖应允了，只是一再关照以后不要在凡间展露此画。

然后天下乐令缓步走到众应试生前，大声宣布："曹芬昨日因谋害应试生，被关入悬牢，取消应试资格。昨日的会试，除了她，全部人通过。"话音一落，众应试生立刻欢呼雀跃。俞灵儿转头看向曹泳，昨晚没见到曹芬，原来是被瀛洲派给关起来了，然后就见曹泳咬牙切齿地望向自己，好像恨不能一口将自己咬碎一般。

"吵死人了啦，让我觉都睡不好。"小临的声音幽怨地在耳边响起。俞灵儿捂着嘴偷笑："小懒鬼，太阳都晒到你的小屁股上啦，还不醒来？""你哪里看得出我这是有屁股的样子啦？"小临懒洋洋的声音道："什么事这么吵啊？"俞灵儿捂着嘴轻声道："估计今日又有会试啦，你可别现身啊，这里到处都是瀛洲派弟子。"小临很不耐烦的声音在耳边响起："受不了，受不了，好想早点离开瀛洲岛。"俞灵儿耐心安慰小临:"小临乖啦,只要我成了笔仙,就会离开这里,去办一件很重要的事情。"小临这才平静下来:"说话算话哦,灵儿姐姐一成笔仙,我们就离开,我可是和姐姐耳朵拉过勾的。"俞灵儿笑了笑:"当然算话,当然算话。"

天下乐令待所有人逐渐安静下来后道:"今日的会试,就由我天下乐令主持。"然后俞灵儿依稀听到天下乐令身旁有两个瀛洲派弟子在那窃窃私语着什么,一个瀛洲派弟子悄悄问另一个:"哎?不是说今年的招徒会试全都由潇湘夜雨师尊主持吗?怎么换人了?"另一个道:"你不知道啊,今早潇湘夜雨师尊说他腰不舒服,这才换了主持的。""哎?潇湘夜雨师尊修为如此高深,怎么还有腰疾?""这就不知道了,据说是昨晚他腰上绑满了很多仙藤的缘故。""腰上绑满仙藤?这是新功法吗?""也许吧,回头我们去向他讨教一下便是了。"天下乐令回头看向这两个窃窃私语的瀛洲弟子,这两人才不再多言。

"今日的会试,就是带你们去集雅亭。"随后天下乐令转身带着众应试生们一路而去。俞灵儿一听集雅亭三个字,心绪一下就回到了前世。前世中自己被别怨上仙保举入瀛洲派,虽然没参加过招徒会试,但是也先到过集雅亭,那里就是判定自己入哪一雅仙的所在。

集雅亭离众应试生们不远,只是一座看着很简陋的小亭子。就见四根亭柱分别被歪歪扭扭地雕成长条形棋盘、古琴、毛笔和卷轴的形状,远远看来,就像是这四件巨大的物件支撑起整个亭子顶一般。四座白色亭檐上简简单单地写有"风调雨顺"四个大字,每一个奇特的亭柱对应着亭檐上的一个字。棋盘亭柱对应的是"风"字,古琴亭柱对应的是"调"字,毛笔亭柱对应的是"雨"字,卷轴亭柱对应的是"顺"字。俞灵儿和一众应试生顺着一条弯弯曲曲的羊肠小道走向这座小亭。

"快看那个道士哎,世上居然有这么胖的人,哈哈哈。"小临的爆笑声突然在耳边响起。俞灵儿侧头看去,就看见一个胖得圆滚滚的道士立于亭旁。俞灵儿一眼就认出那胖道士来,正是笔仙师尊归字谣。终于又见到师尊,俞灵儿心中一阵暖意，泪水不禁夺眶而出，真恨不能立时就扑上前去抱住师尊痛哭一场。虽说归字谣现在长得是仙界第一胖，可是打从收了自己这一顽劣之徒后，不消几十年，就被折腾得骨瘦如柴，成了仙界第一瘦子。

沧海瀛洲

俞灵儿和众人走到集雅亭前，就见天下乐令一指集雅亭道："此亭就是集雅亭，你们依次进入此亭中，只需回答亭子问出的问题便可，你们谁先来？"

话音一落，众应试生们向两边纷纷让开路来，站在最后的曹泳洋洋得意，以为这帮应试生又是给自己让路。可是曹泳没想到的是，众应试生全都看向俞灵儿，谦让之意不言而喻。俞灵儿也不多说什么，大步向集雅亭走去。曹泳再一次恶狠狠地看向俞灵儿。

走进集雅亭，俞灵儿就听到头顶一个声音问自己："应答者是何人？"俞灵儿答道："晚辈俞灵儿。"亭子又问道："来瀛洲派有何贵干？"俞灵儿眼睛眨了眨，想起自己前世也听到亭子问过自己同样的问题，记得当时自己的回答是"在这里能有口饭吃"就这么简单。可现在的自己早已不是那个懵懂的小女孩了，自己想要做的事情太多也太难了，瀛洲派是自己的第一站而已。

"晚辈是为修成笔仙而来。"俞灵儿话音刚落，一众应试生都开始议论纷纷起来："笔仙？这俞灵儿口气不小啊，一上来就说自己要成为笔仙。""笔仙哪有这么好修的？一般人能修成仙就已经不容易了，何况是笔仙。"突然听到曹泳刻薄的声音响起："笔仙？痴心妄想啊，不要以为能救下所有人就有资格成为笔仙了。只有本少爷这样的才够资格。"

一直以来被选为笔仙的确凤毛麟角，笔仙功法也在世间难得一见，也难怪其他应试生会有这样的议论。

　　金鼎高亢的声音则一下子盖过了各种应试生的议论声："想成为笔仙有什么不可以说的？难道你们都没有想过成为笔仙吗？"小梅和王玉则在给俞灵儿不停地喊着："加油加油。"

　　亭子则继续问道："那你说说看，瀛洲派为何是精华灵气聚集之地，并能以此领袖仙界各派？"俞灵儿也没想到亭子的这第三问却和前世不同，居然换了个问题。记得前世第三问是"你觉得成圣成仙者，应当何为？"而自己立刻将父亲俞生教过自己的张子四言来回答："当为天地立心，为生民立命，为往圣继绝学，为万世开太平。"相比较当时的第三问，现在这个问题则难得多了。

　　亭子的话刚问完，俞灵儿就感觉所有应试生立刻就安静下来，因为瀛洲派向来以精华仙灵之气最为密集闻名，就因为这个原因，在瀛洲派修炼得道的速度比其他仙界门派快，而且瀛洲派盛产神兽丹药等等仙家宝物，有仙界最大的后勤仓库之称。为何瀛洲派所处的地理位置能聚集起如此强大的精华仙灵之气，对外界却始终是个谜。集雅亭突然问起这个问题，立刻就吸引了所有应试生的注意。

　　俞灵儿回忆起前世，师尊归字谣在讲课时曾说过这个问题。虽然当时自己听过了，可现在却全都还给了师尊。俞灵儿一时沉默起来。心中反复思考着这个问题，瀛洲派其实是坐落于瀛洲岛青玉膏山顶的一株神木之巅。岛屿地广，处东南近海，虽然在不同的朝代有不同叫法，可最早的称呼是"瀛洲"。

　　这时就听到曹泳刻意的笑声响起："哈哈哈，难道这就是要成为笔仙的觉悟吗？什么都不回答就能成为笔仙的话，那我们都能成为笔仙啦，哈哈哈。"小梅也忘记了害羞，向着曹泳不住地发着"嘘"声，要他安静下来，却不想一众应试生的窃窃私语声逐渐响了起来："做笔仙的压力太大了吧，也难怪她这么小的年纪。""到底行不行啊？退而求其次，成别的仙也不错啦。"

　　这时俞灵儿耳边突然轻声响起了小临的声音："这么难的题目，答不上来就算了吧。虽说仙界只有两个门派有笔仙，但是灵儿姐姐在瀛洲派考不上，还可以去沧海派考笔仙啊。"俞灵儿猛一抬头，轻声地说道："沧海派！我想起来了。"

　　就在一片嘈杂声中，俞灵儿突然对着亭子大声说道："要说瀛洲能成为精华灵气聚集之地，就不得不说建于渤海的沧海派。"一众应试生立刻安静下来，一起看向俞灵儿，难道这小女孩知道瀛洲派的这个秘密？可这秘密和沧海派又有什么关系？连曹泳都安静下来，竖起耳朵听着。

　　"渤海，古称'北海'或'沧海'，沧海派依渤海而建。"俞灵儿继续说道："盘古开天辟地之后，身体化为山川河海。渤海与瀛洲之间，正是留在世间的盘古丹田，丹田中至关重要的两处关窍，正是渤海与瀛洲岛。"周围一片寂静，所有应试生都看着俞灵儿。

　　"以陆地为'阳'，海水为'阴'，大陆东岸和东海西侧这一圈，整个就是一张太极图案。渤海和瀛洲岛分别就是这个太极图中的'少阴'眼和'少阳'眼。这整片太极图所在之处就是盘古丹田。"集雅亭附近就只有俞灵儿的声音在回荡着，"因为盘古丹田不停运作的缘故，渤海和瀛洲岛这两处，作为盘古丹田中阳极阴生和阴消阳长的少阴少阳眼，彼此之间气韵生生不息连绵不绝，终年精华仙灵气息聚集。故此渤海和瀛洲岛应视为一个整体，息息相关，缺一不可。"

　　"故此，与其说是瀛洲派领袖仙界各大门派，倒不如说是沧海派和瀛洲派共同成为仙界各大门派的气脉本源才对。"

　　俞灵儿说罢，四周一片寂静。立于亭外的归字谣本来连正眼都没瞧过俞灵儿一眼，可听了俞灵儿这番话后，则转脸直盯着她看，沧海派和瀛洲派这等秘密，只有两派的高层才知道，一直都秘而不宣的，怎么这貌不惊人的小丫头却了解得如此详尽？

　　沉默了片刻，那集雅亭突然说话了："嗯，很好，你所适合的四雅流派是……"所有应试生这才反应过来，一起探头等着集雅亭宣告俞灵儿分属哪门流派。

"是画仙！"集雅亭如是说道。

俞灵儿一愣，怎么是画仙？集雅亭选择应试生分属流派的法则，虽然至今都没人知晓，可是记忆中的归字谣曾给自己分析过，也许是集雅亭依据每个人的资质，道出这个人最擅长的一项。只是世间专精书法却不擅长琴棋画的人毕竟少，故此被选为笔仙的人非常少。而像俞灵儿这般资质极差，琴棋书画样样都不精通的，被选为笔仙也是集雅亭的无奈之举。那时候听到师尊对自己的这般分析，俞灵儿也不为意，一向以此自诩傻人有傻福。

可现在却被宣告去修画仙，这是怎么回事？俞灵儿心中一惊，难道说集雅亭给出的判定，是依据自己耳朵上小临的资质给出的？真要是这样自己该怎么办呢？

就在俞灵儿纳闷的时候，一个身穿灰布道袍，一脸银须白发的老翁不知道从哪儿冒了出来，对着集雅亭大声吼道："集雅亭乃是先祖设下的圣地，你休要在此胡闹！"

老翁话还未说完，集雅亭上一道青烟飘落，随之月上海棠显出真身来："我实在忍不住嘛！我就是要收俞灵儿当我徒弟，当画仙的弟子。掌门你就答应了我吧！"

那老翁就是瀛洲派掌门如此江山，就见他"哼"了一声："集雅亭可不是你胡闹的地方，俞灵儿该属何门就是何门。任何人都更改不了的。"接着一甩袍袖转身便走："让她成为你的画仙弟子，难道你想让自己押的赌局输掉不成？"

月上海棠则不依不饶地缠着如此江山撒娇："输掉就输掉，我不在乎。师兄，我偏要收俞灵儿当我徒弟嘛！你就依了我这一回，就这一回，好不好嘛！"

如此江山头也不回地径直离去。

看着这师兄妹二人离去，归字谣转头看向天下乐令，就见他抬头望天，当什么事都没发生一样。归字谣摇了摇头，看来月上海棠潜入集雅亭，假装宣告俞灵儿成为画仙的这件事，天下乐令不但知情，很可能还是帮凶。

归字谣看向俞灵儿，突然有一种说不出的心悸感涌现，归字谣伸手捂住胸口，心中暗道：为何这丫头会让我感到如此心神不宁？难道说这孩子的命数克我不成？何以她这般毫无仙姿之躯，又如何能克得了我数千年的修为呢？归字谣实在百思不得其解。

正想及此，集雅亭的毛笔型亭柱突然发出阵阵亮光来。集雅亭的声音再次响起："俞灵儿，笔仙！"

"哇！"俞灵儿就听到小梅等王屋众弟子拍着手为俞灵儿欢呼，而其他人全都静静地站在那闷声不吭，他们没有一个人料到，在这上百名应试生中，第一个进亭子应答的就被选为笔仙，就连曹泳都傻着眼看向俞灵儿，扇子都掉落在地，真不知道他此刻是什么心情。

第二十章

笔仙会试

俞灵儿捂着嘴轻声问小临："谢谢你的提醒啊，要不是你突然提起沧海派，这第三问我怕是回答不上来了。"小临轻轻地挠着俞灵儿的耳垂道："看到没？小临就是姐姐的福星啦。"直挠得俞灵儿痒痒的，咯咯地笑着说："痒死了，别挠了。"

向小梅他们挥了挥手后，俞灵儿转身穿过亭子，急不可待地走到归字谣身旁，拱手轻声道："弟子俞灵儿参见师父。"心里却在念叨：师父，这一世弟子决不再给你惹祸了。

而归字谣头都不转一下，淡淡地问道："瀛洲派的事情，你知道得还真不少嘛，连我是笔仙师尊都知道？"

俞灵儿一愣，确实是自己唐突了，没人给自己介绍过归字谣是笔仙师尊啊，忙解释道："琴棋画三仙师尊我都见过，唯独没见过笔仙师尊，故以此推断，您应该就是笔仙师尊。难道不是吗？还请见谅。"

归字谣依旧不看俞灵儿一眼，淡淡地道："先别忙着喊师父，会试还没有结束。"

会试还没结束吗？俞灵儿愣住，前世自己过了集雅亭就直接去归字谣那行拜师礼，哪有现在这么麻烦的。只是俞灵儿未料到的是，经过连番两次会试，却只出局了曹芬一人，故此掌门如此江山决定，先将上百名应试生分开，再设置会试筛选弟子，就不会被俞灵儿这个意外的因素给干扰了。

接下来俞灵儿就听到天下乐令继续让应试生进集雅亭应答，然后就见金鼎则转身对上百名应试生大声说道："你们看看，笔仙并不是你们所说的那般遥不可及吧？要做到像俞灵儿那种程度的应答，就能被选为笔仙。"听金鼎这么一说，亭子外等候的应试生们一个个都是跃跃欲试的表情，都为能成为笔仙而思索着等一会儿该如何应答。连曹泳都开始用扇子抵住下颚，开始沉思等一会儿自己该如何措辞应答了。"这次我来。"王玉大步向亭子走去。小梅忙喊着："师兄加油啊。"王玉一听小梅为他助威加油，欢喜得脚下一个趔趄。

随后就见所有应试生一一进集雅亭应答，集雅亭对每个应试生的头两个提问都是一样的，于是几乎所有应试生对于来此地何为的回答都非常一致，都学俞灵儿的坚定口吻道："晚辈是为修成笔仙而来。"

俞灵儿偷偷瞥了一眼归字谣，就见他在一旁面无表情地仰头望天，也不知道归字谣对于这上百名大声喊着要成为笔仙的应试生有何感想。

而集雅亭对一众应试生提的第三个问题却都不一样，可所有应试生都想达到俞灵儿那般的应答水准，全都极尽所能地回答，有引经据典的，有说古道今的，还有的索性掏出古琴，唱着一首很深奥的歌来应答的。

可结果是，被选为笔仙的一共就两位，俞灵儿和曹泳。曹泳能被选为笔仙，倒是不出一众应试生的意外："曹泳家世好，仙姿和根骨都是我们这批应试生中最佳的，琴棋书画样样精通，被选中笔仙也不奇怪啊。"可俞灵儿却不这么认为，琴棋书画样样精通的反倒很难被选为笔仙，可依据记忆中的归字谣对集雅亭的分析，除了精于书法者会被集雅亭选中为笔仙外，还有一种可能，那就是琴棋书画全都精通者的这四项资质，不相上下，在无法判定一个人最擅长的资质时，集雅亭也会选择他为笔仙。据说别怨上仙就是这方面最典型的例子，这样说来曹泳倒是瀛洲派几千年来难得一觅的天赋奇才。

俞灵儿不去看曹泳那一双死死盯着自己充满怨恨的目光，转而远远地向一众王屋派弟子们一一拱手致贺。见到小梅被选为棋仙，俞灵儿心中很为她高兴，记得棋仙一脉至今为止还没有女弟子，若是接下来的会试小梅能通过的话，那棋仙弟子们还不把小梅捧在手心里？而金鼎则被选为琴仙，俞灵儿不禁为他犯起愁来，据说琴仙弟子刚入门时都要禁言一段时间，像金鼎那般喜欢热闹的性格，不知道怎么熬过禁言这一关呢。那边王玉则被选为画仙，俞灵儿想到画仙们不管什么东西都要放进卷轴之中，俞灵儿脑海中立刻浮现出王玉全身上下都戴满卷轴的样子，不禁哑然失笑。

"笑什么？还不快跟来，接下来开始最后一轮会试。"归字谣双手背在背后，抬腿迈步就走："丑话说在前头，这次我只招一名笔仙弟子。"闻听此言，曹泳顿时来了精神，神采奕奕地横了俞灵儿一眼，那副表情好像在说，以他曹泳的仙姿根基和才能修养，这最后一名笔仙是非他莫属了。俞灵儿也不去理会曹泳，看到其他琴棋画各脉应试生分别被瀛洲派弟子引导离去，小梅他们王屋派三名弟子第一次被分开，自己心中突然有股莫名的惆怅。一边默默地在心中为他们祈祷加油，一边跟在归字谣的身后离去。

随归字谣走入一幅画卷，出来的地方却是一处云烟缭绕的绝壁山崖。归字谣一指山崖上站立的几十名身穿白色仙袍手中拿着毛笔的瀛洲派弟子："你们最后一场会试，就在此间。"俞灵儿一眼就认出了那些瀛洲派弟子，都是前世自己的笔仙师兄们：江城子，西江月，忆江南，王孙信……但是此刻他们都还不认得自己，故此俞灵儿只得压抑住自己相认的冲动，缓步向前而去，可走了几步，却泛起嘀咕来，前世与自己最亲近的师姐，百媚娘，怎么不在？

身边的曹泳则抢上前去，向众笔仙弟子们一一拱手见礼："师兄好，师兄好，我是江宁曹家的曹泳，以后还请各位师兄们多多关照啊。"说得好似他定会胜出这次会试，成为他们师弟一般。那几十名笔仙弟子面面相觑，也拱手回了一礼，便不再多看他一眼，搞得曹泳一脸没趣。反而有不少弟子都注视着俞灵儿私下议论着："这个女孩就是与天庭赌约，要在两个月内救出白玲珑的俞灵儿。""赌局上我还赌她必输无疑呢，没想到才过了一天，居然都快成笔仙了哎。""我也赌她必输，若是真成了咱们师妹的话，这面子上可实在过不去啊。"

这时俞灵儿的耳垂却突然剧烈抖动起来，俞灵儿忙用手捂住自己的耳朵，轻声道："小临，怎么啦？"随后小临的震动慢慢平缓下来，就听小临气喘的声音响起："我，我也不知道怎么啦，看到他们，我就突然好激动，我也不知道为什么。"

走到那些弟子跟前，俞灵儿就见归字谣指着弟子们身旁矗立的两块高一丈二，宽三尺的白面石碑，说道："这最后一项会试，就是考碑刻。"归字谣一说完，过来四名弟子在两块石碑前摆上两张桌案。

"碑刻？"曹泳惊讶地看着一桌子的文房四宝和各种斧凿刻刀："修炼笔仙为何要考碑刻？"归字谣淡淡地道："怎么，你不知道碑刻上的碑文也属于书法中的一部分吗？不会的话，那你还来修什么笔仙呢？"

"知道，知道，怎么会不知道呢？"曹泳勉强笑着看向石碑，心道，自己从小到大，都只练字帖书法，在碑上刻字这等事都是请工匠来作的，别说是刻字，连斧凿都没摸过。那像俞灵儿这般的粗俗丫头，应该干过体力活的吧，她该不会做过刻碑这类事吧？想到此，随即曹泳转头看向俞灵儿。

就看了一眼，曹泳突然放声大笑起来，笑得连腰都弯了下来，一边拍着自己的大腿一边大笑着说道："哈哈，我，我赢定了。哈哈，我，我赢定了。"

俞灵儿则一脸焦急地盯着矗立在那的石碑。耳边又响起小临的声音："姐姐耳朵为什么突然这么热？你到底怎么啦？"俞灵儿用手轻捂着嘴道，"我现在有大麻烦了。"

虽然归字谣和众笔仙弟子都不理睬曹泳，可曹泳还是挨个向着他们大笑着说道："哈哈哈，你们看她，哈哈，你们看俞灵儿啊，哈，她，她浑身抖成这样，哈哈，别说是刻字了，连，连在纸上写字都难啊，哈哈哈……"一个劲地拍着自己的大腿，整张脸都笑得扭曲起来，还故意用双手向归字谣拱手致谢："多，多谢师尊，哈哈，这可是送分题啊。哈哈哈……"

众位笔仙弟子看着归字谣，那眼神的意思是：师父设定这番试炼是故意的吗？

小临沉默了。俞灵儿心道，看来小临只能模拟附近存在着的结界和境界，可现在附近并没有这类能帮到自己的法术存在。

俞灵儿双手紧紧环抱着不停抖动着的身体。确实，要想在碑石上刻字，必须先在纸上书写字体，然后依照所写的字体再刻上石碑。自打重生起到现在自己就没写过一个字。无论俞灵儿本身的书法有多好，只要现在自己浑身发抖的症状没有消失，就完全无法发挥出来。更何谈拿着沉重的斧凿在石碑上精准地刻字了。可笔仙会试难免会涉及书法，这是自己始料不及的。

归字谣完全不看任何人，只盯着山崖外的缭绕云雾，说道："最后一场会试，现在开始，日落前截止。你们听好了，只限一人，能入我笔仙之门。"

听到此言，曹泳这才慢慢收起笑声，背着手在那沉吟半晌，随后开始在左边的桌案前倒腾起文房四宝来，又铺纸又研墨的，待墨研好后，看着桌案对应的石碑略微思索一番，这才开始落笔书写。为了使自己在刻碑的时候方便，曹泳以正楷字体来书写。洋洋洒洒写了近百字，随后郑重其事地将书写好的纸拿到石碑旁，再依照自己所写的字数，用刻刀在石碑上标记纵横的字格。最后拿起桌案上的斧凿，开始在石碑上叮叮当当地敲砸起来。

约莫三个时辰之后，曹泳腰酸背疼地坐倒在地，气喘吁吁地仰面看着他平生第一次的碑刻作品。检视了一遍石碑上的每一个字后，这才满意地大声喊道："师尊，我刻好了！"

归字谣依旧没有转身，看着远处西沉着的太阳，说道："你刻好了？"

曹泳道："刻好了。"

归字谣一动不动："你刻的是什么内容？"

曹泳一边摸着浑身湿透的衣衫，一边回答："我刻的，是祖父曹冠的赞碑。"

归字谣还是纹丝不动："哦？说来听听。"

曹泳心中不悦，我刻的什么内容，你不会走过来看啊？难怪你长得这么胖，照这样下去，这辈子都别想瘦下来。

曹泳对自己的文才倒是颇有信心，摇头晃脑地将自己刻的碑文大声宣讲出来，大致内容就是他祖父曹冠饱读诗书，中过科举，不但在朝为官，还成为了当朝宰相仇无忌最信任的心腹，甚至还以自己的满腹经纶教导了仇无忌的所有儿孙们，成为了仇府第一门客的故事。曹泳在念曹冠成为仇府第一门客这一事迹时，还激情地提高了嗓门。

归字谣和众笔仙弟子全都面无表情地听着。待曹泳讲完后，归字谣半天静默。

然后归字谣看着西沉的太阳道："俞灵儿。"

俞灵儿回道："在。"

"他完成了，那你呢？"

俞灵儿也正看着落日景色道："我完成了。"

"哦？"归字谣愣了一下，随即道："曹泳为他祖父曹冠撰碑立书，你又是为谁立碑啊？"

俞灵儿眼光依旧停留在落日照射出的玫瑰色晚霞，道："我为仇无忌立碑。"

"什么？"原本一直矗立在那纹丝不动的归字谣猛转过身来，双眼冒着比太阳更灼热的光芒瞪视着俞灵儿："你再说一遍，你为谁立碑？"

"我为仇无忌立碑。"俞灵儿也不看向归字谣，依旧看着落日。

归字谣忙回身走来，边走边气愤地指着俞灵儿道："掌门告诫我说，要小心这俞灵儿最能惹祸。没想到今日却让我如此失望。"

一旁曹泳闻言，立刻仰起头得意地看着俞灵儿的石碑奸笑着。

归字谣紧走几步转到俞灵儿面前的石碑旁，举目向石碑上看去。

却见石碑上半个字都没有，归字谣转头看向俞灵儿："你这是何意？"

曹泳则在一旁笑得上气不接下气："哈哈，还……还用问……问吗？哈哈，她这是交白卷啊，哈哈。"

江城子厉声喝道："师尊问话，旁人不得喧哗。"曹泳这才慢慢收起笑声，却得意洋洋地看着俞灵儿。

听归字谣问话，俞灵儿才转回头，向归字谣一拱手道："正如仙长所见，晚生为仇无忌立的是'无字碑'。"

"无字碑?"归字谣的脸色稍微缓和了些："那你倒是说说看，为何不在碑上书文立传，却要为仇无忌立无字碑啊?"

"第一，仇无忌倡和误国不尽书。"俞灵儿记得父亲俞生曾对自己言说仇无忌最大的罪状：他是史上第一个提出两个华国的卖国贼。早年在澜国时，仇无忌就提出"南人归南，北人归北"的分裂主张，回到赵国为宰相后，极力宣扬他的南北分治之说。最终使得赵国与澜国达成南北议和，将华国分裂成南北两国。

罪可通天，书之不尽。

刚才还满面怒容的归字谣，听到俞灵儿说的第一个理由后，脸色又转回淡淡的神情。

曹泳忍不住跳了起来，指着俞灵儿急道："大胆！你居然敢口出狂言，诋毁当朝宰相?！"

江城子转头问忆江南："哎，师尊昨日教给你的禁言术，你学得如何了?"

忆江南明白大师兄的用意，忙回道："我正急不可耐地想找人试试这招呢。若有人在师尊问答时，再插嘴喧哗，我便立刻施法。"

一旁曹泳听到，便不再说话，却立在一旁恶狠狠地盯着俞灵儿。

"第二，仇无忌诛锄忠良不需书。"俞灵儿记得前世仇无忌为相期间，对忠臣良将，极力诛灭，铲除殆尽，才使得赵孝宗在举兵北伐时，只能派出无能武将，最后功亏一篑。之后一百四十余年中，华国空有收复河山之心，却无收复河山之将。雷谦被害之后两百三十六年间，华国大地尽被外夷践踏，全拜仇无忌所赐。

世人皆知，不需再书。

归字谣转过身去，凝望着无字碑，谁都看不到他的脸色。然后就听他问道："还有呢？"

"第三，仇无忌兴文字狱不肖书。"虽说历朝历代文字狱不断，可仇无忌却是第一个大兴文字狱的奸臣，他对文字狱的热衷，导致了赵之后三朝文字狱的高潮。仇无忌以莫须有罪陷害雷谦的罪名之一，就是雷谦曾写有一首与先帝相似的诗句。自打雷谦被害后国法就被视为无物，生杀废置全凭仇无忌所设的文字狱来判定。令天下人只知有仇无忌，不知有皇帝。

秽德丑行，实不肖书。

归字谣则摇了摇头，缓缓说道："俞灵儿啊，我告诉你。仇无忌之罪状，罄竹难书。这才是无字碑的真意所在。你可明白？"

俞灵儿忙拱手道："师尊所言甚是，弟子受教了。"

曹泳一听归字谣这话明显是偏袒俞灵儿的意思，只得在一旁幽幽地道："可她毕竟是交白卷了。"

归字谣横了曹泳一眼，道："白卷？"随即对着仇无忌的无字碑唾了一口唾沫，然后环顾众笔仙弟子："你们可曾见到什么白卷吗？"

一众笔仙弟子也纷纷过来，对着无字碑唾了一口，然后齐声道："没见到啊，哪有什么白卷？内容很丰富。很有内涵啊。"

曹泳不敢相信地环视着所有人："这里是瀛洲派，还是丐帮啊？你们居然承认一个交白卷的人？"

归字谣一挥袍袖，高声道："笔仙会试结果，曹泳的赞颂碑，败。俞灵儿的无字碑，胜。今日起，俞灵儿就是我笔仙弟子了。"

曹泳眼睛瞪大双眼，看着因刻碑而起泡的双手，全身颤抖得比俞灵儿还厉害："我辛辛苦苦，费尽气力，居然还输给一个交白卷的？！我不服！"

归字谣轻蔑地看着曹泳道:"这次会试,我并非考校你们书法刻工,而是考你们的心性品格。为人立碑,比单纯书写,更能看清一个人。有道是求仙一道,最忌心术不正、不分是非。你以曹冠为仇府第一门客为荣,已与仙道无缘。此去好自为之吧。"

言罢王孙信来到曹泳身边做了个"请"的手势。曹泳依旧愤愤不平的样子,不停地念叨着:"交白卷就能入瀛洲,交白卷就能成笔仙。"浑身颤抖着离去。

归字谣随手一展,一幅画卷立刻显出。"随我来吧。"归字谣迈步踏入画卷之中。俞灵儿和一众笔仙弟子随归字谣也踏入画卷,身后那两块石碑瞬间化为烟尘,随风散去。

跟随王孙信离去的曹泳,转身望向消失于画卷中的俞灵儿,心中狠狠地暗道:"此仇不报非君子,俞灵儿,我与你不共戴天。"

从画卷中出来的地方正是笔仙修炼之处,笔冢林。归字谣领着俞灵儿,穿过由数不胜数的笔杆组成的林子。与其他仙家福地尽是仙鹤灵鹿不同的是,林子里一群大白鹅摇摇晃晃地吵吵嚷嚷,"昂昂昂……"地来回奔走着。俞灵儿对着一只只鹅不断地挥手招呼着:"小花,小白,小新……"反正这些鹅的名字都是前世自己给起的,现在只不过重新起一遍而已。记得前世师尊归字谣还将自己比成这些鹅:"明明眼前都是强自己好多倍的对手,却还是不怕死地昂首挺胸冲上去。"那时听了这话后,自己与那些鹅就更亲近了。

弯弯绕绕地走到一处硕大的池水旁,黑色的池水中不断地往岸边冒着一张张写有字的纸张出来,两名笔仙弟子正在整理这些纸张。俞灵儿对"临墨池"再熟悉不过了,只要世间有人书写描刻印刷任何字,这临墨池就会依样画葫芦地自动复制出来,故此瀛洲笔仙的字帖收藏为天下之冠。

第二十二章

睢鸠窈窕

几十间楼阁院落就建在池水旁。归字谣走入其中一间大堂内，俞灵儿也跟着进来，心中又开始纳闷起来，一路走来，几乎所有前世认识的笔仙师兄们都见到了，为何偏偏就是没见到师姐百媚娘？明明记得前世百媚娘在这时候就已经入了瀛洲派的啊。

俞灵儿正纳闷着，归字谣就先对着正面壁上的一幅画像拜了三拜，口中大声念道："瀛洲派祖师在上，不肖弟子归字谣，今收俞灵儿为徒，望她来日能光大门楣，弘扬笔仙一道。"然后入首座而坐，向等候一旁多时的江城子点了点头，意思让他边带边教俞灵儿整个拜师流程。

可还没等江城子动，俞灵儿就忙上前跪在赤松子像前连磕了三个头，然后顺手接过一旁江城子递给自己的一杯茶，向着归字谣高举过头，道："弟子俞灵儿，求仙证道，今日投入瀛洲派，拜归字谣为师。师父请用茶。"

归字谣都没来得及喘上一口气，就接过茶来小酌一口，道："连入门拜师的规矩都懂啊。好，今日瀛洲派笔仙收下俞灵儿为徒，赐道号为……"因为省去了教俞灵儿拜师细节，故此归字谣还没来得及细想给俞灵儿起什么道号，一时愣住。

俞灵儿忙接茬道："师父，您就赐我道号'雨霖铃'吧！"归字谣感觉有点赶不上俞灵儿的拜师进度，一愣："雨霖铃……行啊，就依你吧。"

这就依她啦？江城子别扭地看向归字谣，那意思当初自己都不喜欢'江城子'这个道号，师父硬要塞给自己，可这俞灵儿刚来，自己选了个道号，您就依了啊？哪有这么随便的啊？

归字谣只当没看见江城子的表情，抬手示意俞灵儿起身，然后道："为师这儿，除了拜师礼是祖师爷传下来的不能废之外，其他繁文缛节能免则免。为师现在只想问你，你身上这颤抖之症，是怎么回事啊？"

可就在这时，门外突然吵吵嚷嚷起来。"归字谣！你给老娘出来！"

众弟子诧异不已之时，归字谣早已纵身跑出屋外："窈窕，你来了。"众弟子也跟着出来。

就见一名美貌绝伦的女子，全身上下全用灰布裹缠着，背后隆起一大块不知什么东西。满脸怒气地道："归字谣！你答应过我什么？"归字谣："我……"

那个叫窈窕的女子指着归字谣道："你答应我说，今生今世绝不与其他女子接触。如今却怎地收了女弟子？"

归字谣忙道："我是答应过，不与其他女子交往。可俞灵儿只是我的弟子，我待她只是如师如父。那是不同的。"

"你当我雎鸠窈窕是这么好骗的吗？"雎鸠窈窕一抬手，"让你那宝贝徒弟俞灵儿出来。"

俞灵儿闻言赶忙走了出来，抱拳行礼。刚才一眼就认出这女子，是七大妖族之一"河洲雎鸠"的族长雎鸠窈窕，却从来不知她与师父之前有过什么。

"你们看……"雎鸠窈窕指着俞灵儿，却看到一张丑脸，下面的话一时噎住，说不下去了。

俞灵儿叹了口气，自己生就一副丑相，唯一的用途，就是能消弭世间一切女子的妒意了。

归字谣忙走上前去："窈窕！你可知我找你找得多辛苦吗？"

"你找我？"雎鸠窈窕冷笑一声，"你是要找我报仇吧，报我杀你师父不见上仙之仇吧？"

归字谣连连摆手："不是不是，我们已经查明，不见上仙非你所杀，你是遭人陷害……"

"你们查明了？就这么算了是吧？那我呢？"雎鸠窈窕哀怨地瞪视着归字谣："当年，是谁在我胸口刺上那一剑的？"雎鸠窈窕歇斯底里地大喊道："当时我还身怀六甲！！怀的还是你的骨肉！"

归字谣踉跄着倒退了两步，低头不住地说："都怨我，我欠你的，欠你的实在太多了……"众弟子面面相觑，都不知道原来师父还有这般经历，更为雎鸠窈窕感到惋惜。

"你欠我，你欠我的，何止这些？"雎鸠窈窕仰头大笑起来，双手一扬，身上紧紧裹缠的灰布立刻松开，向四周飘散而去，露出她身后的秘密。"三头六臂？"包括俞灵儿在内，众弟子齐声惊呼。就见雎鸠窈窕一直用布裹缠着的，竟然是她另外两个脑袋和两双手臂。

"你看到了吧，我如今变成这般丑样，全拜你所赐！"雎鸠窈窕六只眼睛一起怒视着归字谣："这就是我重炼三生石失败，所受的惩罚，三生一世！"雎鸠窈窕左边脑袋开口道："我就是她的前生。"右边脑袋开口道："我就是她的来世。"

"你的事，我都知晓。"归字谣痛苦地双手捂脸，缓缓蹲下他那肥胖的身躯："你竟恨我至此。不惜重炼三生石，也要斩断我俩几千年的情缘。"

"我的事你都知道了？难道连我重炼三生石失败，致使肚子无法再变大，足等了五百年，才产下一子的事。你也知道了？"雎鸠窈窕黯然神伤地看着归字谣。

归字谣猛抬头，站起身踏前几步："你是说……你是说我们，我们还有个儿子？"

"你以为我是特意来报喜的吗？"雎鸠窈窕苦笑着摇了摇头道："若非得知你开始收女弟子，你这一生都休想再见到我！"说罢就要作势离去。

"且慢！"归字谣忙伸手去拉雎鸠窈窕："我能破除三生一世的惩罚，我能恢复你本来面貌。"然后取出一块美玉来："你看这是什么?"

雎鸠窈窕闻言，原本要挣脱归字谣的手，却停了下来，转头看去："这是……"

"星愿玉。"归字谣激动地看着雎鸠窈窕，"只有当银河同时落下两颗流星，并且在彼此相撞的一刹那得到的那点点火花，才能炼成星愿玉。"

"归字谣，你骗谁?"雎鸠窈窕突然仰头惨笑："银河的两颗流星相撞，百年难遇。何况那一刹那稍纵即逝，你连上仙都不是，怎么可能得到?"然后就听到江城子喊道："师父，原来每晚你都飞上天，为的就是此事?"

归字谣疼爱地看着雎鸠窈窕："一千年了，我等了足足一千年，每晚都守在银河之畔，等待流星的出现。你可知我看到流星相撞的一刹那，那景色有多美吗?"接着伸手捋了捋雎鸠窈窕的一丝白发："那种美，就像当初我第一次见到的你，也像此刻我眼前的你。"

雎鸠窈窕犟着三个头，努力地眨着双眼，不让泪水流下来。然后深吸了口气道："可是，可是那又有何用? 要想解除三生一世，除了星愿玉，还需一个条件。"

归字谣点点头："那就是解除此法之人，必须身患绝症，并且耗用千年功力，才能将星愿玉的效用尽数释放。"

"但是施法之后，施法之人的今生，以及转世的三世，都要受尽绝症的病痛折磨，无法可解。何况世上哪有身怀千年功力，却还治不好自己病症之人? 一切都只是妄想罢了。你可别对我说，要再等千年，找寻那样的人。"雎鸠窈窕甩开了归字谣的手："不要以为你炼成了星愿玉，我就会原谅你。"

"我从未奢望你会原谅我。"归字谣再次抓住雎鸠窈窕的手："可是这施法之人，我已经找到了。"

雎鸠窈窕狐疑地看了归字谣一眼，转头看向那一众弟子，抬手指向俞灵儿："难道说，这人就是你新收的徒弟俞灵儿?"

俞灵儿忙上前拱手道："徒儿愿尽全力，师父尽管吩咐。"若能报答师父归字谣，自己连着颤抖三生，又算得了什么。

可雎鸠窈窕却苦笑着道："可她也没有千年功力啊。"

"我收她为徒，本意并非为此。"归字谣笑了笑道："可现在机缘巧合，又何妨一试呢。"然后向俞灵儿招手："徒儿，过来。"

俞灵儿忙走到归字谣面前。坚定地看着师父。

雎鸠窈窕转脸看向归字谣："难道说，你要将你身上的千年功力，传与她？"

归字谣向雎鸠窈窕一笑，也不多言，抬手就按在俞灵儿百汇穴上。

俞灵儿早已打定主意，帮师父了却心愿，故此闭上眼动也不动，任由归字谣施为。

片刻之后，归字谣收回手："好了。"

俞灵儿睁开双眼，转向雎鸠窈窕道："下一步该怎么做？还请师父示下。"

归字谣向俞灵儿一挥袍袖："退下。"

"啊？"俞灵儿疑惑地看向归字谣："怎么了师父？"这一看不打紧，俞灵儿就见眼前的归字谣全身正颤抖不已。再一摸自己，不知不觉间自己的颤抖症竟然消失全无了。

"怎么会这样？"俞灵儿不明所以地看着归字谣。

第二十三章

渡厄之法

归字谣颤抖着道:"别怨师叔昨日与我说了你的事,你这颤抖之症就连你别怨师叔祖都无法医治。"俞灵儿心里明白,刀狱之刑本就是天地间极重的刑罚,因此由精神上导致的颤抖症状哪有这么容易就能医治的?

归字谣却越抖越厉害:"既然为师已经收你为徒,故此为师为你施了'渡厄之法'。"

俞灵儿和一众弟子齐声惊叫:"师父,这可万万使不得啊。""你究竟做了什么?"雎鸠窈窕惊讶地看着颤抖着的归字谣:"什么是渡厄之法?"

江城子往前跪走几步道:"渡厄之法就是将他人的病症苦痛转接到自己身上,只是一经此法,所转接的症状将永无治愈之日。也就是说师父已将俞灵儿身上的颤抖之症转移到他自己身上。如此一来,师父今生今世都颤抖不止。身为笔仙师尊,一生都因颤抖而无法执笔书写,那简直比要了他的命还痛苦啊!"

雎鸠窈窕的三颗头都怔怔地看着归字谣,半晌说不出话来。

归字谣朝雎鸠窈窕笑了笑道:"我说施法之人已经找到。我说的这个人,就是我。"

"师父啊!"俞灵儿跪在归字谣面前,大颗大颗的泪珠成串落下。却再也说不出一个字来。明明来拜师之前,就反复告诫自己,这一世,决不再给师尊添麻烦的。可自己才一入门，才喊了几声师父而已，转眼就给师尊添了这么一个大麻烦，而且是永生永世无法解脱的大麻烦。先是甲寅太岁受自己牵连，再有师尊归字谣被自己拖累，自己就是灾星一个。早知如此，自己应永不入瀛洲派才对。都怪自己，都怪自己……

"傻孩子，为师还要谢谢你呢。"归字谣颤抖着轻抚了下俞灵儿的头："救出白玲珑，乃是天地间一大功德。这才是你当务之急。既为我徒儿，为师哪有袖手旁观的道理？两个月，为师实在无法传你通天彻地之能，能为徒儿做的，仅此而已。"

"师父！"俞灵儿实在悲伤得说不出话来。

"哎！为师最受不了的就是弟子们哭哭啼啼的样子。"归字谣一指众弟子，"在瀛洲派，在为师这里，只有欢笑，你们都不准落泪。"一众弟子使劲擦着脸上的泪水，却是一个都笑不出来。俞灵儿跪倒在地，不住地向归字谣磕着头，泪水洒满眼前一片砖石。

"你这是何苦？"雎鸠窈窕就觉得手脚冰凉，半天才挤出这句话来。

归字谣摇了摇头："我让你退下，为何在此哭哭啼啼的？"挥了挥手命两旁弟子先扶走俞灵儿。

然后归字谣挽起袍袖，手中托着星愿玉："窈窕，就算我助你恢复原貌，也补偿不了你失去的万分之一。只望你莫再折磨自己了。"然后颤抖着将双手按在雎鸠窈窕另两颗脑袋的玉枕穴上："若你还不解恨，事了之后将我这条命取走便是。我绝无怨言。"

也不知道是不是受了归字谣双手颤抖的影响，雎鸠窈窕身上也微微颤动着，两行泪终于止不住落了下来。

片刻之后，雎鸠窈窕额外长出的两头四臂消失无踪。随着一声轻微的碎裂之声，星愿玉碎成点点粉末，向四周飘散而去。雎鸠窈窕又恢复以往风姿绰约的美貌容颜。

"师父"随着身后弟子的叫喊声，归字谣仰面摔倒。雎鸠窈窕忙转身扶住了归字谣倒下的身躯，泪水滴在归字谣的身上，不住地说："你，你，你这是何苦啊？"

俞灵儿和一众弟子扑向归字谣。

一只颤抖着的手抬起，擦了擦俞灵儿脸上的泪水，归字谣道："你，你且听好了，曾经有过一个关于白玲珑的预言：'丑笔仙，闹愁湖。鹤舞四宝齐显世。'因为历来的笔仙都长得英俊潇洒风流倜傥，所以仙界一致以为，这'丑笔仙'应该是指手握'丑笔'之仙。可自打徒儿你入了我笔仙之门后，我们终于意识到，这预言中所指的，应该就是徒儿你了。"

"丑……"听归字谣这番话，加上之前的悲痛，俞灵儿顿时哭得顿足捶胸。

"徒儿你只有依照这条预言行事，方能顺利救出白玲珑。"

俞灵儿也只得连连点头，归字谣继续道："你现在虽然未修成仙，还只是一介凡人。可是已经入了笔仙之门，名正言顺算是笔仙弟子了。至于这鹤舞四宝都在哪里，却无人知晓，还须你自己去找寻。"

"我知道……"雎鸠窈窕哭着道："鹤舞四宝中的一件'凤鹓玉笔'，就藏在愁湖旁万松书院之中。"

归字谣虚弱地微闭双眼："不过天下寻找鹤舞四宝的人不少，若被他人捷足先登，结果就不是徒儿你能掌控的了。为师准你假，快去万松书院，尽早集齐鹤舞四宝，救出白玲珑吧。"

"是，徒儿遵命。"俞灵儿跪下给归字谣磕了三个头。归字谣伸出手一摆："你既已成为笔仙弟子，此番回去凡间，可知道该如何立身处世吗？"俞灵儿扬声道："身处凡间，徒儿必当谨记，要为天地立心，为生民立命，为往圣继绝学，为万世开太平。"

归字谣虚弱地喘息道："好，你去吧。记得救出白玲珑后回来报到。"说罢便昏厥过去。众师兄赶忙抬手抬脚将归字谣肥大的身躯抬进屋内。雎鸠窈窕踌躇了一下，也跟了进去。进门前回头看了俞灵儿一眼，就见俞灵儿就对着屋子磕了九个响头，然后站起转身而去，直奔望乡亭方向。

沿路的风景如画，可俞灵儿毫无心情观赏，只顾低着头一路走，耳边是小临直到现在都停不住的低低呜咽声。待走到望乡亭，却见一人满面愁容地在亭中来回踱步，俞灵儿不自觉地停下脚步，亭中这人正是曹泳。

曹泳抬头见来人是俞灵儿，立刻一脸凶横地走出望乡亭，瞪着俞灵儿道："真是冤家路窄啊，俞灵儿。就因为你，我妹妹至今还被瀛洲派关押在牢中，连掌门都不卖我江宁曹家的面子。就因为你，原本就属于我的笔仙资格，居然被你交份白卷，就给夺走了。"

"你想干什么？"俞灵儿警觉地往后退着，边左右四顾，可附近却一个人都没有。自知现在身上的颤抖症状是没了，可身上是半分功力全无，哪里是曹泳的对手，只得指着他道："这里可是瀛洲派，我劝你不要乱来，否则……"

"否则怎样啊？"曹泳一副豁出去的样子，逼近俞灵儿："你是不是想说，否则我就会和我妹妹关在一起了是吧？"

"救……"俞灵儿忙高声呼救，可曹泳冲上前用一只手捂住了俞灵儿的嘴巴。

俞灵儿极力想挣脱，怎奈力气没有曹泳大，索性就势一口咬住曹泳的手指。曹泳疼得忙缩回了手，却抬起脚踹向俞灵儿的腰间。俞灵儿纤弱的身子哪受得住曹泳这一踹，几个踉跄后，便倒在了山崖边上。身体不由自主地翻滚出崖边，慌乱中双手抓住山崖边，整个人就悬挂在那。

"我看你这次往哪儿逃？"曹泳一边审视着自己流血的手指，一边慢慢踱步到山崖边。然后蹲下身端详着俞灵儿："你知道得罪我江宁曹家的后果是怎样的吗？"

俞灵儿咬紧牙关，瞪视着曹泳，不吭一声。

曹泳就是对俞灵儿这股倔强的眼神不爽，站起身喝道："后果就是这样。"紧接着抬起脚，踩向俞灵儿攀在山崖边的双手。俞灵儿一吃痛，"啊"了一声松开了双手，整个人便坠入山下。

瀛洲岛云海之下，神木之侧。

"灵儿姐姐！灵儿姐姐！醒醒啊！"耳畔是小临急切地呼唤声，俞灵儿缓缓睁开双眼。

第一眼看到的是一小片天空，四周是约十丈高的石壁。石壁上遍刻着《楚辞·天问》的古篆诗句：逐古之初，谁传道之？上下未行，何由考之？冥昭瞀暗，谁能极之？冯翼惟象，何以识之？……

俞灵儿慢慢撑起身子，闭上眼定了定神，然后自言自语道："是'星瀚天问井'，我掉在星瀚天问井中了。"《天问》是屈原的一片长诗，通篇向天地、人世、阴阳变化、日月星辰等发问，直问到上古传说、圣贤凶硕和战乱兴衰，无所不问。再加上井口之上，终年无云遮蔽，总能在夜晚看清浩瀚星空。故而自己落入的这口井被称为"星瀚天问井"。

俞灵儿脑海中瞬间闪过前世的某一段时刻，自己帮着风归云，偷入瀛洲禁地盗取上古神剑东皇玉珥。然后风归云依仗神剑，奔赴湛卢山庄搭救他的师尊。虽然风归云临行前嘱咐自己，一定要等他，等他回来去瀛洲派领罪。可风归云一走，自己却跑去执事堂投案认罪了，结果被罚禁闭于星瀚天问井中。

现在自己落在星瀚天问井的井底，身上毫无功力，无论怎样都无法从十丈高的光滑井壁上爬出井外。难道说她就这样被困在井中不成？

虞姬仙子

"小丫头终于醒了。要不是我施法，半途将你接住，只怕你得在这井底摔得粉身碎骨了。很好很好，都快一年了，终于有人可以陪我说说话了。"突然旁边一阵妙曼的声音传来，俞灵儿猛地转头看去。借着微弱的光照就见一个惊艳绝伦的美貌女子正盘坐在那儿，正看着自己。

俞灵儿一见此人，顿时心中千思万绪，身子不自觉往后缩着。小临在耳畔问道："灵儿姐姐怎么啦？心跳好快啊？"俞灵儿忙伸手捂住耳朵，不让小临继续发声。然后看到此人双手双脚被枷锁牢牢拴在井底，无法移动。这才努力使自己冷静下来，勉强安定下自己那一颗狂跳不已的心。

可是为什么此人会被囚禁在瀛洲派？瀛洲派的门规不算严苛，但是被禁闭于星瀚天问井底，都是犯了极重的刑罚。

自己前世就因为盗取东皇玉珥剑之事，才被瀛洲派锁在星瀚天问井的井底。虽然对早已精通辟谷的俞灵儿来说，在井底不吃不喝不眠不休，倒还不算什么，和修行差不多。可是井中的千钧枷锁，把人几乎固定在井底，使人无法挪动。对人在精神上的折磨远大于肉体上的。

"原来是仙子救了我，俞灵儿感激不尽。不知恩人高姓大名？如此大恩，来日我定当报答。"俞灵儿小心翼翼地问着，生怕等会自己不小心说出面前这人的名字，会引来诸多麻烦。

"哈哈哈，我可不是什么仙子，我叫虞美人。"

虞美人，七大妖族之一"燕山虞候"族长虞镇南的掌上明珠。俞灵儿记得前世，自己入瀛洲派约百年之后，虞美人突然现世，自称虞姬仙子。不知道是什么原因，虞姬仙子身负不可思议的强横功力，在仙妖两界纵横无敌，成为仙界最头痛的妖，在当时可是恐怖的代名词。众仙怎么都想不出，在短短百年间，虞美人这一身暴涨的功力是怎么练成的。原来在此之前，虞美人一直被瀛洲派囚禁在这星瀚天问井中。

"你耳朵下，那不断呼唤你名字的，是你的法宝还是神兽啊？看样子你这娃儿很有故事啊。来说说看，你是怎么掉下来的？"虽然是质问的话语，可语气却像是聊天一般。看来这虞美人被囚在井底有些时日了，所以才很想与人聊天。

"神兽？法宝？我可是……"小临闻言突然叫了起来，俞灵儿忙一捂耳朵，轻声"嘘"了一下。待小临静下来后，俞灵儿一边察言观色一边回答道："我其实是来参加瀛洲派招徒会试的。却不想被奸人从望乡亭推下山崖，幸蒙仙子所救……"

虞美人却厉声打断了俞灵儿的话："你说你是来参加瀛洲派招徒会试的，那你可通过了？你现在可算是瀛洲派弟子吗？"

记得在前世里，自己曾答应过虞姬仙子撮合她与风归云在一起，结果三生石被重炼，风归云却和自己相恋。故此虞姬仙子恼恨自己欺骗她，终身追杀自己。至今俞灵儿都心有余悸，所以老老实实地答道："今日刚通过会试，现下我正是瀛洲派笔仙弟子。"话刚说完，就觉得一股戾气自虞美人眼中射向自己，直压得俞灵儿透不过气来。

"沧海瀛洲，选徒一向谨慎。身上毫无仙根的你，居然还能被瀛洲派收为笔仙？"虞美人眼睛中略微闪过一丝寒芒来："除非一种可能，就是瀛洲派那群牛鼻子，认定你是那个预言中会救出白玲珑的丑笔仙？"

"也许是吧。"再次听到丑笔仙三字，俞灵儿也感到非常无奈，"但是无论如何，我都要在两个月救出白玲珑。"

虞美人慢慢地向俞灵儿探过头去，眼神锐利得如锋芒般直射向俞灵儿："别说两个月，就算给你三百年，也休想救出白玲珑。虽说你是瀛洲弟子，若老实点，我倒想留你一条活路。可你信口雌黄，信不信我立毙了你？"

接着"哗"一声，俞灵儿的脖子被虞美人手上的锁链给套住，勒得她直翻白眼。虽说俞灵儿早料到自己的话会引来什么反应，却万万没想到反应居然这么大。然后就听到小临"啊"的一声，就再没声音了。俞灵儿双手抓着锁链勉力喊着："我从上面掉下来，本也没打算能活下来，难道会怕死？只不过你若杀了我，便再无人能救你出这井了。"

随着脖子上的锁链一松，俞灵儿趴在地上大口喘着气。虞美人锋芒的眼神一收："你是说，你能放我出去？哈哈，连我都出不去，就凭你，又如何能救我？"

俞灵儿伸出手摸了摸耳朵，感觉小临不停地抖动着，轻声问道："小临，你没事吧？"小临细微的声音回答："我没事，我好害怕……"俞灵儿安慰道："不怕啊不怕，你先不要作声。"听小临不再言语，便对虞美人道："我若从这口小井里都救不出人，又何谈两个月救出白玲珑？"俞灵儿喘着气慢慢抬头看向虞美人："方法很简单，只要我代替仙子被囚禁于此，仙子不就能重获自由了。若仙子现在还想杀我的话，只管动手便是。"

"你是说，救我出这井的方法，就是你代替我被囚于此？"虞美人眼神淡淡地看着俞灵儿，淡淡地说道："那你自己岂非要困死在这？你还未成仙，不消几日便会饿死。"

"我这条命本就是你救下来的，我说过定当报答，思来想去也只有这么做了。何况我未必会饿死，瀛洲派的人如果来寻我，说不定我还能被救……"话说到一半，俞灵儿感到脖子上的锁链被虞美人拉扯得更紧了。虞美人盯着俞灵儿痛苦的表情，一个字一个字地道："你最好不要骗我，否则的话，信不信我追杀你到天涯海角？"

俞灵儿疼得说不出话来，只能不住地点头。虞美人这才松开锁链，示意俞灵儿赶紧换。俞灵儿一边咳嗽着，一边将双手伸向虞美人手上的枷锁，然后就见那副枷锁瞬间脱离出来，反扣在俞灵儿双腕上。然后虞美人脚上的枷锁也扣住了俞灵儿。

一获得自由，虞美人立刻跳起退开了几步，然后恶狠狠地看着俞灵儿道："仙妖自古不两立，虽然你救了我，可若是让他人知道，我虞美人是被一个笔仙救起，往后还有何面目立足妖族之中？"

"所以，你想要杀我灭口？"俞灵儿抬头看了看虞美人道："若是让他人知道，即使虞美人被瀛洲派关押，她还能全身而退。而且这全因我而起，你让我有何面目去见师门？你还是杀了我吧！"

"哈哈哈哈！"虞美人闻言大笑起来："虽然我明知道你是在欲擒故纵，可我听着还是蛮开心的。"说罢虞美人腾空而起，直飞出井口，喊声慢慢远去："小丫头，有点意思。日后若你能活着出井，我兴许会考虑，收你做我的丫鬟。"

耳旁又响起小临的声音："灵儿姐姐，现在倒好，你把她放跑了，自己却被困在这里，这可怎么办啊？"

俞灵儿看着井口无云的天空，思绪回到前世三百年后，在这井底的头一年内，自己在井里的每天每夜，就如同此刻的姿势，始终保持仰着头，如痴呆般盯着井口看。生怕风归云出现在井口时，会找不到幽暗井底的她。她心里明知道风归云闯入湛卢山庄，危难重重。这一去，不知道要几天、几月、几年了，他还能不能回来？可是她决不放弃等待，每天她都想着，他一定会回来，他回来时一定会来寻她，可能就是今早，可能就是今夜，可能……自己告诉自己，一定要等到他来救我。

告诉他，自己是多么害怕，多么害怕再也见不到他。

在最初那段难熬的岁月里，她最喜爱看的景色，就是那条横贯天际的银河。记得曾经她依偎在他的怀里，两人最爱看的，就是银河。

就这样，每夜看着那条隔开了牛郎织女的银河。心想织女心中，应该与她有同样的期盼吧？

结果一年下来，夜空中的整条银河都尽收眼底，每一处细节都被自己细心观察。也不知道什么缘故，在井中的第三百六十五夜，自身的法术功力暴涨。自那夜之后，自身内息就会油然而生，不用练功，不服丹药，自身的仙力真元却能浑然天成，功力也是一日千里，一天内积攒的功力相当于一般人修炼十二年。

曾听闻，上古传说，盘古开天辟地时，上天突然现出九卷无字天书。在瀛洲派内，有一种传言，说有那么一卷无字天书，不知怎么，被化入天上那条银河之中。可是银河人人抬头都可得见，却哪有天书的迹象可寻？所以大家都视之为一种美丽的传说而已。

可是依照自己的这番变化，看来传说很可能是真的。只有当自己长时间看着银河时，内心才会闪过喜悦的火花，同时坚信风归云会归来的一种平和心态。这和一种叫"观想"的功法其实很像。

天问神功

　　而《天问》被誉为诗坛奇葩，千古万古至奇之作。难道说自己无意中，观想了整条银河？而那《天问》就是开启银河中天书的钥匙？故此自己给这套功法取名"天问神功"。

　　如此功力增长，再经过了数十年，自己居然能挣脱锁住自己的千钧枷锁，轻松跃出星瀚天问井，重获自由。尔后凭借脱胎换骨的逆天功力，将风归云从湛卢山庄解救出来……

　　现在想来，前世对仙界威胁最大的虞美人神奇功力之谜，自己不但知晓，还将其给破解了。还好这虞美人只在井下待了不到一年的时间。否则让她获得天问神功，百年后出井时，那功力还得了啊？

　　俞灵儿微微晃了晃头道："小临，小临你怎样了？"

　　"我，我害怕……"小临用微弱的声音回答道。

　　俞灵儿柔声安慰道："不怕不怕啊，虞美人已经离开了。"

　　"她走了，可是姐姐却被囚禁在这。这可怎么办啊？"

　　俞灵儿依旧抬头仰望着井口，太阳已经落山了，天空依稀可见满天的繁星："所以啊，能救我出去的，就只有你了呀。"

"我?"小临微微抖了两下:"我要是有本事救你出去,早就救了啊。"

在千钧枷锁的固定下,俞灵儿全身都动弹不得。"小临,你不是能复制附近的法术境界吗?那就麻烦你今晚将我此刻的功法一直复制着就行了。"小临急道:"既然你有功法,为什么早不运功,却要代替那个虞什么人,被枷锁锁住了才运功呢??"

俞灵儿用下巴指了指枷锁:"那是因为这套功法必须是像现在这般,身体被固定得一丝一毫都不得动时才能运起。记得哦,这套功法很重要的,你可要牢牢记住哦。"

"这难不倒小临,好,灵儿姐姐运功吧,我开始复制了。"小临准备好了,就等俞灵儿运功。

然后就见俞灵儿闭上眼,头一歪,开始睡觉了。

"啊!你睡,睡觉啦?你说要运功的功法呢?"小临想要叫醒俞灵儿,可不一会儿俞灵儿身体周边出现了和井壁上相同的《天问》篆字,俞灵儿体内真元内息开始源源不断滋生出来。

"这,这就是你的功法啊?"

第二天,太阳升起。

从睡梦中醒来的俞灵儿打了个哈欠,想伸个懒腰起身时,才想起自己一直被枷锁固定着,做不了任何动作。

忙凝神一探丹田,果然内里的气息鼓荡,约莫积攒了相当于普通人十二年左右的功力。

前世自己出星瀚天问井后的几年间逐渐又摸索到此法窍门。

只要自身不做任何动作,身体周边就会自动出现只有自己才能看得见的《天问》篆字,体内真元内息就会源源不断滋生出来。此后,每天只睡觉,不练功了。因为睡觉的时候也就是身体保持几乎不动的状态等于在培养真气。因为身体还无法做到在井底时那般纹丝不动,故此每晚达不到十二年功力这么多,只能收获相当于三四年的功力。即使这样,自身这样的功力增长也算快许多。

"灵儿姐姐醒啦？这功法还要复制吗？"小临疲惫的声音问道。

光顾着回忆呢，倒把小临给忘了。俞灵儿忙说道："行了，小临，你可以停下来了。"

"整整一宿啊，可累死我了，那我开始睡了啊。"

俞灵儿忙道："先等一下。"小临慢吞吞地说道："姐姐又想怎样啊？"

"这套功法，让你记住的，你都记住了吗？"俞灵儿直晃着脑袋不让小临睡着，记不记得住很重要啊。

小临慢条斯理地回答道："当然记住啦，记一晚上还能记不住吗？"

"好。"俞灵儿说完，闭目凝神，运起体内相当于十二年的功力于井壁之上。然后就见其中一环井壁开始转动，这转动着的井壁上全是《天问》篆文中，每一句后半段的问句。直到这环井壁转了一百八十度，使得这环井壁上的后半段问句全错开了位，《天问》篇章的每一句立刻答非所问。"咔哒"声响，俞灵儿手脚上的枷锁立时全松开了。

小临被这一番大动静给惊呆了，见俞灵儿站起身离开了枷锁的位置了，不禁欢呼起来："哎，枷锁全松开了哎！"话音一落，那环石壁又转动起来，恢复成原来的方位。

在这井中住了数十年，俞灵儿自然就摸索出以天问神功来解开枷锁机关的方法。推想这井必定是前人所造，专门用来练功的。枷锁只是用来练功时固定身躯所用，每逢夜晚入井下练功，到白天就脱开枷锁出井。只是瀛洲派的人见深井内有枷锁，想当然以为是作囚禁之用。

对俞灵儿来说，这岂不是莫大的机缘巧合？

说到机缘巧合，俞灵儿又想起早先在瀛洲岛上，笔仙师尊归字谣，曾经的一次讲道。

"世上绝对没有不劳而获的事。"归字谣斩钉截铁地说着。

"那机缘巧合发生的事情呢？"师姐百媚娘坐在前排插嘴问道。

所有弟子都望向归字谣，等待答复。

归字谣有点不耐烦了："哪有什么机缘巧合？不劳怎得获？"

"吕洞宾不就作了南柯一梦，便成仙了？"百媚娘继续追问。

其他弟子相互点头赞同。

归字谣想了想说："他是东华上仙转世，根基不同。"

"那还是有不劳而获的例子喽?!"百媚娘耸了耸肩。

归字谣语速也变快了："那也是东华上仙，历经千辛万苦，打下的根基牢固，所以转世后一梦得道。所谓机缘巧合，那都是表象而已。"

"那皇帝和平民相比，谁的根基更好呢？"百媚娘似乎想打破砂锅问到底。

归字谣感觉好累："这个……很难说……"

"世间的皇帝只能有一个，而天地间的神仙可以有很多，能当上皇帝的根基，自然是凌驾于所有人之上的。"大师兄江城子也参与发表意见了。

百媚娘一摊手："那就是了，前朝明君，更应是根基无双，曾倾举国之力去求仙却不成。几多凡夫俗子，偶得仙丹灵药，便羽化飞升。这机缘巧合之说，又怎么是子虚乌有呢？"

江城子转头看看师尊，只见归字谣开始装睡觉了。

于是接下来就是江城子一派和百媚娘一派，众弟子论辩起来。

在笔仙的师门中，像这种由讲道变成论道的事情，经常发生。

俞灵儿现在想来，自己那番在井底的机缘巧合，不知道算不算是不劳而获的又一个特例呢？

可惜此番来瀛洲派，却未能见到师姐百媚娘，实在遗憾。不知道她此刻身在何处？

"虽然枷锁松了，可我们还是出不了这深井啊！"小临的担忧打断了俞灵儿思绪。

俞灵儿笑了笑说："那你还记不记得，'如梦境'这个仙术境界呢？"

"当然记得啊！哎呀，姐姐不早说，害我折腾了一晚上。"小临不满地挠着俞灵儿的耳垂，俞灵儿痒得边乐边捂着耳朵道："别挠了，我投降了，别挠了。"

俞灵儿在小临发挥如梦境的帮助下，沿着井壁走出了深井，又一路沿着山壁走上了望乡亭。

刚翻身立于望乡亭旁，就见三个人欢呼着跑向自己，正是小梅等三人，跑过来围住自己，金鼎忙问："听一位琴仙师兄说起，他昨日练习'遍听'功法时，听到望乡亭这边有女子的呼救声，于是几名师兄跑来这里，却只见到曹泳在。"王玉义愤填膺地道："曹泳被押去执事堂后，一味地抵赖说什么事都没发生。要不是师尊月上海棠画出昨晚望乡亭发生的事，真叫死无对证了。现在曹泳正和他妹妹曹芬关在一起，等候掌门发落。"

小梅好似哭过一阵，红着眼圈说道："掌门已经命人去山下寻你，而我们三个就来这里探查。不想你却自己上来了。你没事就好啊。"

俞灵儿全忘了自己是十六岁女孩的身份，一味痛惜地抚摸着小梅的发髻："傻孩子，我已经没事啦，你们都通过最终会试了吧？"小梅三人都点着头："我们听说，你也过了笔仙会试。往后我们四人都要一起在瀛洲修炼了。"

俞灵儿摇了摇头道："我奉家师之命，要先回凡间办点事。等我俗事一了，就回瀛洲，到那时候我们琴棋笔画四仙再一起相聚吧。"

小梅噘着嘴道："你这就要离开啊？"王玉和金鼎也依依不舍地看着俞灵儿。

俞灵儿此刻归心似箭，自己离开帝都也有两天了，也不知道自己娘亲现在怎样了。何况现在知道救出白玲珑的预言中，需要找齐鹤舞四宝。现在只知道鹤舞四宝之一的凤鹉玉笔的所在，另外三件在哪还毫无头绪呢。

"时间紧迫，我逗留不得。"俞灵儿松开握着小梅的手，转身走上五彩弦桥道："最多两个月，我就会回来，麻烦你们告知掌门和我师尊归字谣我平安的消息。"

第二十六章

如胶似漆

帝都。

客栈。

俞灵儿急切地敲打着娘亲的房门，记得那和尚答应过自己会好生照顾娘亲，自己去瀛洲派离开的这两天，不知道娘亲可安好？

"吱呀"一声门开了，迎面却是李嫂走了出来，见俞灵儿笑得满面春风的："是灵儿啊，来得正好，你娘正寻你呢，快进去试试嫁衣吧。"说完李嫂"咯咯咯"地笑着离去。

什么？试试嫁衣？俞灵儿听得一头雾水，也不多管，进了娘亲的屋子。

然后就见娘亲在床边坐着，床上放着一件大红色新娘嫁衣和一个红盖头。

俞何氏一见俞灵儿进来，忙招呼女儿过来："灵儿啊，快来，这是乡亲们赶出来的新嫁衣，快试试合不合身。"

俞灵儿一愣："娘亲，这是谁要出嫁啊？"

俞何氏笑着看向俞灵儿："傻孩子，欢喜得糊涂了吧？连你自己要出嫁都不记得了吗？"

俞灵儿连退了两步，向俞何氏一伸手掌："等等，我要出嫁？我怎么不知道啊？什么时候的事情啊？嫁给谁啊？"

娘亲瞪大了眼，走向俞灵儿，用手摸了摸俞灵儿的额头："不烫啊，怎么尽说胡话呢？当然是嫁给李梦蛟啊？！"

俞灵儿急得大叫起来："嫁给李梦蛟？怎么可能？"听到李梦蛟三个字，俞灵儿想起来，前世嫁给李梦蛟的应该是他表妹李碧莲。这两人都是自己在江平府时，从小一起玩到大的邻居。记得元宵节过后几个月，李碧莲就嫁给了李梦蛟，不久还生了一对龙凤胎。这对夫妻，可是江平府一带最让人羡慕的一对。

俞灵儿觉得，这对夫妻之所以让人羡慕，主要是李梦蛟对妻子很用心。他虽然不善于言辞，却用行动表达对妻子的爱。李梦蛟很愿意花时间去陪李碧莲，而不是把自己的所有事情都干完之后，用剩下时间去陪她的。可以说无论婚前婚后，李梦蛟都和李碧莲几乎天天腻味在一起。无论他们各自要做什么事，都是出双入对的，而且是先解决李碧莲的事情，李梦蛟再拉着李碧莲一起去解决自己的事情。有时候，李梦蛟能陪着李碧莲，在东湖边看上一整天翻飞的蝴蝶。

当然李梦蛟也会给妻子独处的时间。比如当李碧莲对李梦蛟说想自己单独待会儿时，李梦蛟也不会有那种妻子可能讨厌他啦，或妻子在和别的男人往啊之类的胡思乱想。李梦蛟很积极地和妻子一起努力经营他们的小家。带两个孩子可不容易啊，李梦蛟依旧和李碧莲两夫妻整天腻味在一起，为了孩子忙活来忙活去。

"如胶似漆"就是这两人共同的写照。俞灵儿曾经觉得，月老对这对夫妻太抠门了，给他们俩栓的那根红线，是不是世上最短的一根？才使得他们俩整天这么近地处在一起。

这个想法直到她和风归云在一起后，才彻底打消。原来月老对自己和风归云也是一样的抠门。风归云也很愿意为自己花时间，并不比李梦蛟对李碧莲花的时间少。和他们俩夫妇不同的是，风归云经常会给自己惊喜，也让自己每天都过得快快乐乐的，不会像李梦蛟那般略显无聊。

唉，自己何故又去想风归云这负心人。

"就在两天前，李嫂来提亲，你可是亲口答应下来，要嫁给李梦蛟的啊，还说越快嫁过去越好。"俞何氏并没有注意到女儿沉思的神情，继续喜盈盈地打理着手中的新嫁衣。

"我？两天前？我答应下来的？"顾不上娘亲转看过来的疑惑目光，俞灵儿拔腿就往外走："这臭和尚，定是他坑害了我，我这就找他算账去。"

刚推开房门，就见一个女孩满面愁容，踌躇地在门外度着步。虽然这女孩长得有点女生男相，但是终归是个娇俏可爱的美人。虽然相隔了五百年，俞灵儿还是一眼就认出这个女孩，正是自小的玩伴李碧莲。

李碧莲见俞灵儿出来，满脸通红地想对俞灵儿说什么，却欲言又止，羞愤地转身就走。

"碧莲妹妹。"俞灵儿忙追了上去，在楼道口扯住了李碧莲的袖口，想也不想脱口而出："好久不见啊，碧莲妹妹，又见到你真是太好了。"

李碧莲却甩开了俞灵儿，双眼微红地嗔道："此刻还拿人家取笑，我问你，你明明知道我和梦蛟哥哥……却，却为何还要答应李家的提亲？"

看着此刻李碧莲那一双通红眼睛，正望向自己的，赶忙道："碧莲好妹妹，相信我，我绝对没有要嫁给李梦蛟的意思。其实我，其实我落水之后，脑袋乱哄哄的，哎，究竟两天前发生什么事我都不记得了。到底怎么回事啊？"

李碧莲抽了两下鼻子，低下头道："其实，其实都怪梦蛟哥哥这个呆头鹅啦。乡亲们都知道我们三个是青梅竹马，可就在两天前，二狗子突然当着我们众乡亲的面，问梦蛟哥哥，心里到底喜欢谁。可这个呆头鹅就是死不开口。结果，结果你娘，开玩笑地说'李梦蛟喜欢的，会不会是我家灵儿啊？'本来大家都当你娘是开玩笑的，却不想李嫂当真了，突然就当众向你娘提亲了。"

"那后来呢？"俞灵儿急道。

李碧莲双手拽着衣角，心里难受地道："你娘说她打小看着李梦蛟长大的，感觉就像半个儿子一般。居然当场就拍板做主，帮你定下了这门亲事。"

俞灵儿"啊！"了一声："怎么可以这么草率？"

李碧莲转头幽怨地看向俞灵儿："当时二狗子就说了，是不是要问过你。可，可是，当天晚饭时，你还乐呵呵地当众宣布，答应这门亲事呢。还说等不及了，最好三天内就成亲。"李碧莲双手捂脸，"你当时还一个劲儿地摇着一把破扇子呢。"

俞灵儿紧咬银牙，气愤地攥着双拳，真想立刻找那和尚暴打一顿才解气。这当众宣布亲事的"俞灵儿"，绝对是那和尚的手笔。让他照顾自己娘亲，可没让他擅自决定自己的婚姻大事啊。现在自己哪有时间去应付这种事？这和尚真会给自己添乱。

尤其这个可恨的李梦蛟，如果他早点开口说，喜欢的人是李碧莲，那不就什么事都没了吗？记得李梦蛟就是不肯开口对李碧莲说半句甜言蜜语。虽然李梦蛟一直用行动来代替言辞，这是难能可贵的，可是李碧莲毕竟姑娘家心思，总是希望李梦蛟能对她表达些话语，哪怕是最简单的那三个字也好啊，可李梦蛟一直都很让人失望。李碧莲不知道给李梦蛟创造了多少次机会，可这个呆头鹅总是抓不住。

本来俞灵儿觉得，这也是好事，等以后他们俩黏糊上了，是再想分也分不开了。本也不想掺和这小两口的事，可是现在被那和尚搅和得自己面临马上要嫁给李梦蛟的局面了。不行，自己得想办法推掉这门亲事才行。俞灵儿一把抓着李碧莲的袖子，急道："碧莲妹妹，你要相信我，我那天说的绝不是真心话。"

李碧莲惆怅地望向别处："是真心话如何？不是真心话又如何？现在你们两家亲事都已经定了。妹妹我只有祝福你们……"

俞灵儿见李碧莲越说越哽咽，忙拦住话头："只要还未过门，这事就不算成啊！妹子啊，听我的，要想推掉我和他的这门亲事，一切的关键还是在李梦蛟身上。"

就在这时："碧莲！碧莲！"随着喊声传来，一个英俊儒雅的少年寻了过来。见到李碧莲忙迎了过来："让我好找，原来你在这儿啊。"这少年正是李梦蛟。

"你不是马上就要做新郎了吗？还来找我做什么？"李碧莲幽怨地嗔道。

李梦蛟这才发现俞灵儿也在边上，尴尬至极，不断地说着："我，我，我……"

从小这李梦蛟就聪慧过人,诗词歌赋样样出类拔萃,可是他就是有一个软肋。这软肋就是李碧莲。只要一见到李碧莲,李梦蛟立刻就变得笨起来,从大才子变成呆头鹅了。

俞灵儿叹了口气,看了一眼李梦蛟,然后提议道:"哎,碧莲妹妹啊,来帝都这么久,我们还没去过凤凰山万松岭玩过呢。要不我们俩现在就去怎么样?"

李碧莲马上明白过来了,抬起头忙说:"好啊好啊!"呆头鹅李梦蛟自然也要跟去,看他那样子,定是不明白为什么一大早非要跑去凤凰山万松岭。

于是三人一路唱着山歌,直奔帝都城南的万松岭而去。到了万松岭,俞灵儿心想,这次李梦蛟总该中招了吧。于是就带李碧莲上万松书院。

第二十七章

万松书院

这万松书院，三面环山，一面临愁湖，因白乐天的诗句"万株松树青山上，十里沙堤月明中"而得名。

"唉？为什么要来这书院啊？难道你们要来读书吗？"李梦蛟挠着他的呆头发问。

俞灵儿白了他一眼，心想：难道你不知道，这里就是当年梁山伯与祝英台一起就读的书院吗？江平府还有哪个女孩不知道那个故事呢？好吧，这呆头鹅不是女孩。

经过书院仰圣门，转过明道堂。俞灵儿他们溜达来溜达去。俞灵儿一边溜达，一边到处在找笔。师尊所说的凤鹇玉笔到底长什么样的？一路走来，只要是有可能放笔的地方，俞灵儿全搜了个遍。李碧莲也摸不透俞灵儿到底想做什么，李梦蛟更想不通俞灵儿到底在干什么。就这样便来到了毓秀阁，俞灵儿一边指着毓秀阁对李碧莲说："就是这里了。"

李碧莲心情激动地朝毓秀阁张望，好似那段爱情故事现在就在她眼前展开了。

俞灵儿看着毓秀阁的眼神也有点恍惚，里面依稀好似出现了凤归云白衣胜雪的身影。

而李梦蛟紧挨着李碧莲，朝里面看，感觉没什么好看的呀？

俞灵儿瞄了李梦蛟一眼，看他这样子，也不知道这呆头鹅知不知道毓秀阁是怎么回事。然后跳到李碧莲和李梦蛟身后，用手将他们两人左右扒开说："唉唉，你们俩别靠这么近啊，中间要隔着一碗水才行啊。"

李碧莲捂嘴一笑，假装嗔怒地对李梦蛟说："是啊，是啊，索性当中就摆上一碗水，如果你把碗弄翻了，我就再也不睬你了！"

其实俞灵儿就是借那故事说事。梁祝同睡毓秀阁时，在床上两人之间放了一碗水。三年来，这碗水愣是没有洒过一滴。

李梦蛟挠着头很奇怪地看着这两人，为什么要和李碧莲隔开一碗水的距离呢？"那谁来托着这碗水呢？俞灵儿你来托吗？"

俞灵儿好想找只碗扣在呆头鹅的呆头上，李碧莲似乎也料到了李梦蛟的反应，一笑莞尔。俞灵儿见李梦蛟没反应啊，心想自己的提示不算有难度啊。

俞灵儿气急，拉起李碧莲就走，恨不能将她带离李梦蛟一江水的距离。

三人转到草桥亭。一到亭子这儿，就看到一堆花容月貌的女子，正簇拥着一个翩翩少年。只是在俞灵儿眼中，这个翩翩少年应该是"骗骗少年"，一个满嘴不靠谱的家伙。

令狐宝居然也跑来万松书院。

令狐世家祖上曾做过朝廷节度使，其后代在江南一带卖盐经商，到了令狐宝曾祖父辈，已经是钱塘江的盐商首富。本来朝廷对私盐还有所打压，可令狐家在宫里头还有深厚的背景支持，于是钱塘江一带就再没人去管令狐家了。

而俞灵儿的曾祖父就是在那时与令狐宝曾祖拜了把子，两家相交至今。

看到令狐宝潇洒地走过来，俞灵儿想起前世自己曾对令狐宝一见钟情，他英俊神武的脸庞和身材，瞬间就俘虏了自己的芳心。那还是自己人生中，头一回尝到爱一个人的滋味是怎样的。可是这个人油嘴滑舌不说，还很会招蜂引蝶，每次看到年轻貌美的姑娘们围着他时，俞灵儿都醋意难耐。

俞灵儿那时候非常怕羞，即使这样，也鼓足勇气暗示过自己的小心思。

最懂自己女儿的莫过于娘了，过不久李嫂就为自己去向令狐家说媒，本以为令狐家和俞家世代交好，这门亲事会顺理成章地结下，却不想令狐宝是万般不肯，怎么说都不愿娶俞灵儿。

为此俞灵儿足足痛苦了几个月，直到自己父亲被害，家境变迁，这才将令狐宝逐渐淡忘。

可现在的俞灵儿，早已不是豆蔻年岁的懵懂少女，对令狐宝的着迷已经是隔了五百年的往事，早随风逝去了。比较而言，这令狐宝的英俊程度虽说与风归云不相上下，却各有千秋。

想到这里，俞灵儿不自觉地用衣袖挡着自己的脸，假装遮着阳光，生怕被这骗骗少年发现自己。

可这骗骗少年偏偏发现了自己："俞，俞灵儿！怎地你也在此啊？"

在一堆美貌女子的簇拥下，令狐宝懒洋洋地走过来，头摆正，打量了一下俞灵儿，然后转脸不知道看向何处，对俞灵儿一伸手："拿来！"

什么东西拿来啊？俞灵儿和其他人都诧异地看着他。

好像这种反应早已在令狐宝的预料之中似的，一字一字说道："东！皇！玉！珥！"

什么东皇玉珥？这次换其他人诧异地望向了俞灵儿。俞灵儿只得苦笑："什么东皇玉珥？"如果在前世，一听到东皇玉珥这四个字，俞灵儿自然不知道他说的什么。可现在俞灵儿当然知道，上古神剑东皇玉珥是瀛洲派镇派之宝。可这令狐宝又是怎么知道东皇玉珥的呢？

令狐宝一边打着哈欠，一边把伸出去的手慢慢缩回来，很做作地用两根手指捋了捋自己鬓角的长发。目光依旧不知道望向何处。这样居然还博得一片倾倒之声："哇！令狐公子好帅啊！""简直潘安再世啊！"俞灵儿听得直作呕，明明就是绣花枕头一包草，到底他哪里帅啦？

突然令狐宝转脸看向俞灵儿，说道："难道你不记得？元宵之夜，我俩紧挨在一起时，你拼命扯我的腰带……"话未说完，那群女子一起向俞灵儿投来妒恨的目光，恨不能立刻撕了俞灵儿。

俞灵儿跳起来道："你胡说八道什么？我什么时候和你在一起啦？"

接着就见令狐宝慢条斯理地说道："你不记得那晚，自己掉落愁湖中了吗？我跳入湖中救你，可你在水中不老实，拼命扯我的腰带。事后我仔细回忆，才想起就是你扯走了我腰带上的东皇玉珥。"

就在俞灵儿细心回想元宵之夜发生的事情时，令狐宝又伸过手来，慢吞吞地说："拿来。"

可俞灵儿自己是回魂重生的呀，对元宵灯会上落水的事情也就记个大概，细节哪里回想得起来。更何况是瀛洲至宝东皇玉珥？东皇玉珥又怎么可能跑到你令狐宝的腰带上？

如果是前世这时候的自己，肯定是茫然不知所措。可现在的俞灵儿却不同，上前踮起脚，抬手照着令狐宝脑袋上就是一记板栗："准是你自己丢三落四，找不到东西就赖我？"

虽说两人此刻年纪相仿，可俞灵儿的心理年龄有五百年之多，眼前这个令狐宝对自己来说，只不过是个小毛孩子罢了，一顺手就这么说这么做了。

令狐宝手捂着脑袋，和其他人一起惊讶地瞪大了眼睛，看着俞灵儿，完全不明白俞灵儿为什么会这么理直气壮。

瞪了发呆的令狐宝一眼，俞灵儿也不理旁人，拉过李碧莲就拔腿狂奔，上了浣云池上的独木桥，李梦蛟不知道什么情况，向令狐宝匆忙打了个招呼，便也跟上了独木桥。

待俞灵儿走到独木桥中间，李碧莲拉住俞灵儿，回头等李梦蛟跟上。

待李梦蛟来到身后，李碧莲伸出兰花指，一指浣云池上不知道什么东西，对李梦蛟说："看呐，这儿有一对鸳鸯。"

俞灵儿心想，梁祝戏文里的桥段是指着两只大白鹅故意错说成鸳鸯，现在偏巧浣云池上什么都没有，李碧莲这么做也太牵强附会了点啊。

李梦蛟瞪大了双眼，在浣云池上看来看去的什么都没有啊。

这时候偏巧，"呱！呱！呱！"不知道是浣云池哪里传来了几声癞蛤蟆的叫声。

李梦蛟像是有所领悟一般："原来那就是鸳鸯的叫声啊？！"

俞灵儿和李碧莲差点没掉池子里去。

"哈哈哈，没错，母鸳鸯在前，公鸳鸯在后。"令狐宝不知道什么时候也追上了独木桥，只是不见刚才簇拥着他的那堆女子。

"这叫声，就是最前面那只发出的。"令狐宝一指俞灵儿。

俞灵儿心里气啊，这令狐宝抢了李碧莲的台词不说，还拐弯抹角骂自己是癞蛤蟆。索性自己也把台词说了得了，一拉李碧莲："这后面明明是两只呆头大白鹅啊，哪有什么鸳鸯啊？"然后拉着李碧莲继续走独木桥。

李梦蛟前看看，后看看，都不知道他们在说些什么，但是也紧跟李碧莲下了独木桥。

令狐宝在后面也紧跟："别急着走啊！不还我东皇玉珥，我与你誓不罢休！"

俞灵儿也不理他，像追赶着什么似的拉着李碧莲直跑。心想，只有先把这里的景点全看完，回头再抽空，给李梦蛟洗洗脑子。

四人前前后后赶到双照井。俞灵儿怒气冲冲地拉过李梦蛟吼着："知不知道这里为什么有两口井！？"

李梦蛟很惊恐地看着俞灵儿："难，难道说，那两，那两只鸳鸯在这井里？"

"啊哦！"俞灵儿和李碧莲一起失望地抬头看天，原来他还不知道梁祝的故事。难道还要我将那么长的故事，从头到尾给这呆头鹅讲一遍不成？

"原来是鸳鸯井啊，这一口井的水干了，就可以用另一口井的水啊！"令狐宝故意在旁边捣乱。

俞灵儿转头看向李碧莲："我知道这两口井还有另一个用途，就是可以放生。"

李碧莲也转头看向她："每一口井正好塞进一个。"

然后俞灵儿拽着令狐宝，李碧莲拉着李梦蛟，双双往井口而去……

第二十八章

万松赛会

无奈的晌午。

无奈的清风。

无奈的午饭。

俞灵儿和李碧莲无精打采地吃着饭，令狐宝则边吃边兴致勃勃地给李梦蛟介绍万松书院的建筑和藏书。

俞灵儿知道，不管令狐宝说什么，他都不会向李梦蛟提那个故事。为了讨回东皇玉珥，他就是故意来捣乱的。俞灵儿对令狐宝不耐烦了："今天是什么风把你吹到这里来的？"

令狐宝很奇怪地看着俞灵儿："当然是来参加万松书院的书法赛会啊！那你们又是为什么来这里的呢？"

李梦蛟抬起头看向俞灵儿，他也搞不懂为什么要来这里。

"书法赛会？"俞灵儿完全不知道这件事情。

"当然啦，我们也是来这里参加赛会的啊。"李碧莲并不想让其他男子知道自己对李梦蛟的心思。

令狐宝看着李梦蛟："你精通书法？"李梦蛟一拱手："略懂，略懂。"

令狐宝也回了一礼道："原来李兄是来参加书法赛会的，到时候可要让我一睹李兄书法的风采啊。"

李梦蛟赶忙摆手，一指李碧莲道："兄台误会了，我不是来此参加书法赛会的，我是随她们来的。"

令狐宝转头看向李碧莲，李碧莲忙用手一指俞灵儿："她，她才是来参加赛会的，她从小就练字。"

令狐宝瞪大眼看着俞灵儿："哦，对对，打小儿就听你娘说过，你爹逼着你一年四季习字不断。"可令狐宝心想，俞灵儿你个小丫头，虽说和自己同岁，可看你弱不禁风的样子，想你再怎么练字，能有我练得多？不过令狐宝还是对俞灵儿拱了下手："那赛会上，我可要好好讨教一番了。"

俞灵儿哪有心思去参加什么赛会啊，可是李碧莲在旁一个劲儿地拽自己衣角，只得勉强拱手回礼："哪里哪里，还要请令狐公子手下留情才是啊。"

李梦蛟一拍脑袋："唉，我就说嘛，大老远跑这里来做什么？原来是参加书法赛会，你们倒是早说啊。"

俞灵儿和李碧莲一起瞪大眼死盯着李梦蛟，直恨得咬牙切齿："是啊！什么都要我们明说，你自己就想不明白吗！"

每逢春季，万松书院就会举办一次书法赛会，既让各个学子切磋交流书法之道，又弘扬书院书风以陶冶情操。因为只是书院级别的小赛事，所以大部分参赛者都是年轻子弟。

令狐宝前面带路，引着俞灵儿一行人前往大成殿。大成殿前有一广场，就是此次赛会举办场所。

广场上早已摆满了书桌，上有文房四宝。有些学子已经陆陆续续坐入书桌后。而大成殿与广场之间设立五张书案，五位老先生正坐在书案后面。看来赛会很快就要开始了。

令狐宝边引俞灵儿步入广场，边介绍此次万松书院书法赛会的规则。其实规则很简单，在一炷香的时间内，每位参赛者只能在一张宣纸上写字，字数不得超过一百字。待所有参赛者交卷后，评出最优秀的一名参赛者的作品，并给予奖励，而其他参赛者不设名次。

令狐宝刚踏进广场，便停下脚步，怒目瞪向一人。而那个人也停下脚步，怒目瞪向令狐宝。

俞灵儿和李碧莲他们搞不懂令狐宝什么情况。俞灵儿就见那个人，锦衣华服，一副公子哥的模样。只是他比令狐宝更猥琐。

旁边有参赛的学子议论纷纷："看呐，这两人今年又撞上了。"

"是啊，往年他们总要一较高下，至今未分胜负，不知道今年又会怎样。"

"唉，有他们俩在啊，我们要想夺魁，怕是没指望了哦。"

"我倒是很希望今年令狐宝能赢仇条，他和他爹仇无忌都不是什么好东西。"

俞灵儿才明白，原来和令狐宝怒目相视的这个人，就是仇无忌的儿子仇条。

俞灵儿向李碧莲和李梦蛟摆摆手："我先坐过去了哦！"

仇条这才转移目光扫了俞灵儿她们一眼，这一眼，直把仇条的魂都勾没了，他直勾勾看着李碧莲，心道这世间还有如此美貌的女子啊！

李梦蛟挡在李碧莲身前，瞪了仇条一眼，然后带李碧莲走开。

而俞灵儿则一拉令狐宝，令狐宝不再理睬仇条，和俞灵儿分别找了张书桌坐下。

坐下后，令狐宝示意俞灵儿，在书桌上最右边贴着的一张空白小纸条上写上自己名字。这样这张书桌就自己参赛的书桌了。俞灵儿一边在这张小纸条上写上"俞灵儿"三个字，一边心想，自己也是阴差阳错地来参赛，这可就白白浪费了一个参赛名额。

"唉，她，她不是女子吗？怎么女子也来参赛？"一张书桌边上有人对俞灵儿指指点点。"是啊，堂堂万松赛会，又不是儿戏，怎容女子参加？真是斯文扫地。"一句话引来众人纷纷的议论。

自古讲究女子无才便是德，一般男人们舞文弄墨的大型场所，哪里容得女子抛头露脸。在众人指责声中，就见令狐宝幸灾乐祸地看着俞灵儿直乐。她这才明白，令狐宝为何这么殷勤地带自己来参加万松赛会，原来是故意让众人奚落自己的。俞灵儿白了令狐宝一眼，心想当年连祝英台都能在这书院中读书，我俞灵儿今日为何不能参赛？于是便坦然地坐在那里磨着墨，不去理会众人的冷嘲热讽。

那边仇条也找了张书桌坐下，然后他转头向主持席旁边某人点了一下头。

然后又有书生学子陆陆续续进入广场赛会，不一会儿，广场上的书桌几乎被坐满。看到今年又是令狐宝和仇条在座，很多赶来的学子都放弃比赛，在广场外观望。李梦蛟和李碧莲则在广场边上为俞灵儿呐喊助威加油！

广场上书桌基本都坐满了，正中间一个年纪最老的先生站起声"啊哼"一声。在场所有人都静下声，看向这位老先生。俞灵儿想这位大概就是万松学院资格最老的先生了吧。

"承蒙各位不弃，还能来鄙院参加这一年一度的书法赛会，实在深慰老怀啊。老朽惭愧，再次担任此次书法赛会的主持。与往年一样，规则依旧，以一炷香为时，一百字为限。还望众位不吝赐教，尽抒所长。好，现在宣布，赛会开始！"老先生说罢，一炷刚点上的香被插入书案的香炉之上。

主持席旁边有约十来个书生打扮的人，步入会场，很像监赛者的意思。

俞灵儿看了看眼前书桌上的宣纸，心里直犯愁，自己写什么好呢？

正当俞灵儿发愣时，就听令狐宝"啊唉！"一声大叫着站起身。

所有人转脸看去，原来是其中一名监赛者，不知怎么，将令狐宝书桌上的砚台打翻，砚台里的墨汁流向令狐宝书桌上的宣纸，在纸上留下了一道长长的墨痕。

那个监赛者忙向令狐宝赔不是。可是宣纸已经被留下了墨痕，无论写上多漂亮的字，整体格局已经是被破坏了。

令狐宝忙提出要更换宣纸。那个做错事的监赛者看着令狐宝假装遗憾地道："抱歉啊，这位公子，按照赛会规则，每人只能使用一张宣纸，不得更换或增添纸张啊。抱歉抱歉。"

令狐宝颓然坐倒，看来自己已经不用再比了。

俞灵儿却发现，那个做错事的监赛者离开令狐宝书桌时，和仇条相互间微微点了下头。随即仇条脸上泛起得意的笑容。

仇条心里想，本来以自己的书法所长来参加书法赛会，夺冠那是轻而易举的事情。可结果是，每年都会遇到这个令狐宝和自己争夺这魁首，而且两人始终是平分秋色。按照书院的赛事规则，如果出现两个最优秀的作品，而且难分上下时，就会将魁首的名次和奖品发给次一等的参赛者，所以每年仇条和令狐宝两人都夺不了冠。

自打父亲仇无忌将雷谦害死后，这令狐家就跟自己仇氏一家卯上了，处处针锋相对，所以自己怎么派人劝说这令狐宝，他都要在这书院赛会上和自己一较高下。

而书院的那些主持先生们都不买自己爹仇无忌的账，否则早就连主持阅卷的老先生们也一并买通了。

因此，仇条只能买通书院里的一位监赛者，让他找机会破坏令狐宝的文房四宝。只要能阻止令狐宝参赛，那自己还不是稳拿第一？

想到这里，仇条不禁哈哈大笑，周围其他监赛者都转头看向他，不知道他今天吃错什么药了。连主持席位上五位老先生都被惊动了："不得喧哗！"

令狐宝盯着洋洋自得的仇条，心里的气不打一处来，如果仇条光明正大地赢了自己，那是自己本事不济，不怨别人。可是仇条很明显是买通了监赛者，阴了自己一把，这口气如何咽得下？

令狐宝正想发作，忽然一张光洁的宣纸挡在了自己眼前。

"拿你的宣纸跟我换！"俞灵儿将自己书桌上的宣纸递给令狐宝。

●
○

令狐宝哪里肯要："这不行，换了我的宣纸，你怎么写啊？"

俞灵儿心想，自己本来就不是参加这什么鸟赛会的，要不是李碧莲乱说，自己又怎么会坐在这里？伸手就将令狐宝书桌上的卷纸取走，将自己的卷纸放在令狐宝书桌上："男子汉大丈夫，怎么婆婆妈妈的？"

令狐宝满怀歉意地看着俞灵儿，心想，要想阻止仇条夺魁，看来也只能这样了。随后令狐宝便开始着笔书写。这回令狐宝特别小心翼翼，别说有监赛者经过自己身边，就连有只鸟飞过头顶，他也生怕鸟屎会落入自己纸中。

仇条写着写着，抬头一看令狐宝，见他居然在书桌上疾笔而书，微微惊讶。

而俞灵儿看着自己书桌上的，那张留有很长墨痕的宣纸，心想，这下自己彻底不用比了，不过好在自己帮了令狐宝一把，也可以功成身退了。

正待俞灵儿想要离席退场时："加油啊！俞灵儿加油！"场外的李梦蛟和李碧莲还在那为自己加油呐喊。俞灵儿心想又不是在江平府比赛拔河，这写书法讲究安静，你们俩鬼嚎个什么玩意儿啊？

就看见监赛者上前阻止着李梦蛟和李碧莲二人，俞灵儿突然坐在那里沉思起来。

待得一炷香烧得差不多时，令狐宝和仇条同时写完交卷。

两人手捧宣纸，并排走向主持席。

仇条偷偷看了一眼令狐宝的字，见他是用雷谦书法写的诗词。

令狐宝其实对书法本身兴趣一般，但是他非常敬重雷谦，所以连练字都临摹雷谦字体，尤其喜欢雷谦书法的厚重激昂，字体的畅快淋漓和龙腾虎跃。所以逐渐迷恋上那种气韵生动、刚劲有力的行笔。每次临摹时，都能从字里行间中体会到一种醇正之气，那是一种饱含英雄壮志的气质。

仇条"哼"了一声："没新意。"

令狐宝听到仇条这么说，便也去看仇条的字。仇条所写正是他父亲仇无忌的书法杰作《深心帖》。

见仇条今年还是写这帖，令狐宝回了一句："哼！你还不是一样？！"

其实仇条心里挺郁闷的，雷谦论武，冠绝天下，可文却不如很多文臣名士。无论令狐宝再怎么用功，那字能好到哪儿去？而自己深得父亲仇无忌书法的真传，自信写的《深心帖》已经是年轻一辈中出类拔萃的了。可是这习雷谦书法的令狐宝，怎么可能每年都和自己平分秋色呢？除了书院各个主持先生偏心之外，恐怕也没更好的解释了。

待两人交卷后，令狐宝回转身，就看到俞灵儿喜盈盈地站在旁边，上前不好意思地问道："你，你交卷了？"

俞灵儿好像遇到什么很开心的事情一般，笑着说："我早就交卷啦！怎么你才交吗？"

"交卷就好，交卷就好。"令狐宝心里又是感激又是歉意，只是很奇怪她在那种纸上能写出些什么，但又不好意思问。只得说："看你很高兴的样子，什么事情这么开心啊？"

"为什么要告诉你啊？"俞灵儿瞄了令狐宝一眼，心想你除了捣蛋还能帮上什么忙啊？

正说着时，只见有一人交完卷后，回身走过仇条身边，向他躬了下身，仇条则对他报以微微点头。

令狐宝心道不好，怎么他也来应赛了？

令狐宝认得这个人，他叫丁四。

丁四，原名丁禩，排行老四，所以大家都叫他丁四，吴川人士，一岁认字，二岁读书，三岁练字，虽说书没读得如何好，倒是练得一手好字，擅长行书，尤其以运笔极快远近闻名。经常出入仇府，成为仇府太师十客之一的狎客。

令狐宝所不知道的是，今年年初，丁四被仇条发掘，让他跟在身边。仇条为今年的万松书院赛会筹谋了很久，不但买通监赛者去阻挠令狐宝，而且还让丁四也来参加赛会，这样就可以做到万无一失。

他与丁四事先约定好，两人在试卷上名字互换。也就是说，仇条交卷的那张纸上，写的是丁四的名字。丁四在试卷上写着仇条的名字。让丁四这次也写仇无忌的《深心帖》。

因为仇条在书院的名声太过招摇，所以两人约定好，等仇条交卷之后，丁四紧接其后交卷。反正这时候交卷的人很多，蒙混过关并不是难事。

在整个江左一带，丁四的书法在年轻一辈中几乎难逢敌手。所以此刻仇条好似这魁首非自己莫属一般。

待一炷香烧完，主持的先生宣布交卷截止，开始阅卷。然后监赛者给每位参赛者的书桌前端上一壶龙井，让大家品尝的同时，耐心等待书院先生们评阅。

丁四细细品尝着茶，心里非常得意，刚巴结上仇府的衙内，这么快就能立功，以后自己飞黄腾达，那是指日可待啊。

仇条则一口茶都不喝，非常得意地看了眼令狐宝。宣布魁首的时候，他要亲眼目睹令狐宝的表情，那绝对比龙井有滋味多了。然后转过头，目光又停留在李碧莲的身上，怎么这小娘子长得如此漂亮？不免又多看了几眼。

见丁四和仇条有些什么暧昧似的，又看到仇条那脸上掩饰不住洋洋得意的笑容，令狐宝心道不好，以仇条的卑鄙无耻，不知道他又要耍些什么手段了。

差不多两盏茶的工夫，当中那位主持老先生站起身宣布：

"还卷！"

还卷的意思，就是让监赛者将交上来的卷纸，按照书桌上的署名，再分还给参赛者，除了魁首的那张卷纸。这样也方便各学子，在赛会宣布结束后，拿着自己的卷纸，去向书院先生讨教自己有何不足。

按书院的规定，魁首的卷纸是不还卷的，要在书院的文成璧上张贴三天，然后收归书院所有。

很快，监赛者将卷纸陆陆续续发还给参赛者。

丁四不出意外地收到卷纸，他书桌上的卷纸就是仇条写的《深心帖》。丁四扫了卷纸一眼，神情鄙视。这神情一直到仇条向他望过来时才消失。

仇条看着丁四书桌上自己写的卷子，心里琢磨，在每年赛会上自己和令狐宝一直都是平分秋色的，现在看到丁四收到卷纸，那令狐宝必然也会收到。

果然不出仇条所料，令狐宝的书桌上也被放上了他的卷纸。仇条脸上笑得都快扭曲了，脑袋微微晃悠着看向令狐宝还用手指轻轻击打面前空荡荡的书桌，那意思就是，"看到没？本衙内的书桌前没有被还卷，我的卷纸在主持先生那儿呢，今年的魁首非我莫属啊！"等一下赛会主持宣布自己获得魁首时，在那个漂亮小娘子面前，自己得多长脸啊！哈哈哈。一想到这里，仇条又转头望向李碧莲，可是她边上一个男子挡住了仇条的视线，害得仇条伸长了脖子也没看到李碧莲的身影。"可恶！这男的谁啊？真是扫了本衙内的兴！"

待还卷这个过程结束，那五位主持先生一起站起身宣布：

"好，今年万松书院的赛会魁首是……"

"哈哈哈！"五位主持先生的话还没说完，就被仇条那癫狂的笑声给打断了。

仇条怪模怪样地对着令狐宝双手一摊，这就是他独特表达"承让"的意思。

那五位主持先生鄙夷地看了仇条一眼，然后继续说：

"今年万松书院的赛会魁首是俞灵儿！！！"

丁四一口茶喷出来，这俞灵儿是谁啊？

仇条则站起身，一边洋洋自得地斜眼望向李碧莲的方向，一边走向主持席……

"仇衙内有何贵干呐？"当中的那个主持先生感到奇怪地问仇条。

仇条呵呵傻笑着，对主持先生们说："我来领奖啊！"

当中的那位主持先生生怕仇条听不清楚，一个字一个字地说："魁—首—是—俞—灵—儿。"

"啊？！"仇条大惊失色："刚才不是没有还我卷纸吗？怎地我不是魁首了？"

过来一个监赛者，拉着仇条，指给他看向他的书桌，只见一张卷纸落在他书桌下。原来刚才仇条转头去注视李碧莲的时候，他没注意到自己书桌前被还了卷。就在他回过头之前这张卷纸被风一吹，飘落到书桌下。这一点连丁四都没注意到。

"我不是魁首？！那，那谁是魁首？俞灵儿又是谁啊？！"仇条惊讶地举目望去。

"借过。"仇条背后转出来一个不大的小丫头，对仇条一摆手。然后上得主持席，拱手作揖："晚辈俞灵儿！这里谢过书院各位前辈。"

仇条不可置信地看看丁四，又看看令狐宝，又看看丁四，又看看俞灵儿。这个小小丫头片子就是魁首？连丁四书法这么高超的人都敌不过她？这怎么可能？

非但仇条不敢相信这结果，就连参赛的众位书生也都大惑不解，全都瞪大双眼看向俞灵儿。

那个主持先生取出一支玉笔来，双手递给俞灵儿："此笔正是今年赛会的奖品，赠予你，还望你再接再厉啊！"

俞灵儿双手接过奖品，躬身谢过。然后走回自己的书桌，再细看这支笔，只见笔杆是通体无瑕的白色玉璧笔杆，非常美观。笔杆上还镂刻着"凤鸲"两个篆体字，难道说此笔就是师尊所说的"凤鹓玉笔"？自己在书院里找来找去，却怎么也想不到，此笔竟然被当作了赛会奖励。鹤舞四宝之一的凤鹓玉笔终于到手了，真是"踏破铁鞋无觅处"啊。

第三十章

梅花篆字

● ○

主持先生当即宣布："今年的万松书院书法赛会，圆满结束。魁首的参赛卷纸，将被张挂于大成殿外，文成壁上三天。好，散会！"

一众参赛者和一些围观者们忙拥向文成壁，等待一览魁首佳作。而还有些参赛者则去主持先生那请教自己作品的瑕疵。

李碧莲和李梦蛟跑过来祝贺俞灵儿："哇！俞灵儿，你太棒了！随便过来比赛，就得个魁首啊！"三人拉在一起嘻嘻哈哈，欢蹦乱跳的。

仇条远远对俞灵儿哼了一声，一甩袖子，和丁四一起也去了文成壁。

而令狐宝怎么也没想到，俞灵儿居然能挫败仇条和丁四，而且还得了魁首。心中也很好奇，便默默地跟在俞灵儿后面随他们一起去往文成壁。

这时候，文成壁前围了好多人。

一个主持先生，命人将俞灵儿的卷纸张挂起来。

所有围观人看着魁首的卷纸，都目瞪口呆，一时鸦雀无声。

人群中仇条率先打破了宁静："这算什么啊？！不是书法赛会吗？怎么一幅画能得魁首？"

俞灵儿的卷纸上是一幅墨梅图。

原来俞灵儿在宣纸上留印的那道长长墨迹上，又添加了几笔，将那道墨迹改画成梅枝，然后再添上梅花。才将原本被破坏的纸张布局给扭转过来。只是那道墨迹又大又长，添加梅花之后，若想在纸上再添上字，就会使得整个章法布局格格不入。所以大家看到纸上只有墨梅图，除左下角的俞灵儿三字外，就再无其他任何字了。

围观的人也纷纷起哄："是啊，书法赛会，怎么能被画给夺了魁去？？"

"难道书法赛会，从今往后变成书画赛会了？"

一片哗然。

"静一静！静一静！"主持先生吃力地示意大家安静。

待所有人静下来后，主持先生指着墨梅图上的梅花说："你们可看仔细了！"

在围观人群最前头的几人，仔细端详着这画上的梅花。

"字，是字！"有人看明白了。

"什么什么？什么字？"人群后面的人都踮着脚向文成璧张望。

主持先生捋着胡子微笑道："不错，是字，而且是梅花篆字！"

"梅花篆字？什么是梅花篆字？"人群又一片询问声。

中华悠久的历史文化长廊中，记载了辉煌灿烂的文字载体，可谓是层出不穷，百花齐放。唯独梅花篆字独树一帜，自成一格。

梅花篆字，就是利用光感、方位、距离、水墨等笔法，依照各种篆字独特结构形态，再书写成梅花的形态。使之具有"远看是花，近看是字，花中有字，字里藏花"的效果。

所以不仔细看，俞灵儿的那张卷纸上就是一幅传神的墨梅图。

如果仔细一点看，那梅枝上全挂满了一个个篆字。

梅花篆字源远流长，可是到了前朝某一位皇帝即位后，在长安出现了梅花大盗闹京都的事件，皇宫中玉玺居然被盗，现场只留下三朵梅花篆字。于是龙颜大怒，将全国所有能写梅花篆字的人一律格杀。于是一时间人心惶惶，只要家中有相关书文的都烧毁了。梅花篆字就此失传。

所以那五个书院主持先生看到俞灵儿的梅花篆字又见天日，自然激动不已，喜不自胜。莫说参赛卷纸中有一张《深心帖》写得出神入化，就算是仇无忌本人来写《深心帖》，这魁首也得评给失传已久的梅花篆字。另外主持先生想将这幅梅花篆字保留在书院。按照赛会规则，只有魁首的许可，书院才可以保留。虽然俞灵儿自己并不在乎，可是书院不会冒这个险啊，保不齐这小丫头得不了魁首，就不肯给了怎么办啊？

虽然梅花篆字在世间已成绝响。可瀛洲派的藏帖多如繁星，只要是世间出现过的梅花篆字帖，瀛洲派都有备份。俞灵儿在前世临摹研究过不知多少遍，所以能做到随心所欲地书写。

可其他年轻一辈的参赛学子，连梅花篆字这四个字听都没听说过。

仇条也看明白了其中关窍，哼了一声离去，丁四无奈地随之而去。

俞灵儿拉着李碧莲挤过人群，来到文成璧前，身后李梦蛟和令狐宝也跟着挤了进来，站在俞灵儿和李碧莲身后。

俞灵儿对李碧莲使了个眼色，故意说道："碧莲妹妹啊，听说李梦蛟不识字，是吧？"

虽然不知道俞灵儿这么说是何用意，但李碧莲还是很配合："是啊是啊，他半字不识一个呢。"

李梦蛟在旁急了："谁，谁说我不识字啊？自小我就寒窗苦读，这次专程来参加科举会试，我怎么可能不识字呢。"

俞灵儿拉着李碧莲，假装嘀嘀咕咕，却让李梦蛟恰好也能听见："这不识字的男人啊，是最靠不住的呢！就比如说李梦蛟，他就不识字！"

李梦蛟急得面红耳赤："我识字的呀！我识很多字呢！"

俞灵儿一指自己的墨梅图："你若真识字，能大声说出，这上面的字吗？"

不就是什么梅花篆字吗？李梦蛟想有什么了不起的。走上前，看着那些梅花篆字，毕竟梅花篆字与传统的篆字有些区别，倒还真不能马上就辨认出来。

但是李梦蛟哪里肯放弃，使劲看，唉！真被李梦蛟发现了，在梅枝上有四朵最大的梅花，由上而下挨着。

只见李梦蛟一边吃力地依次看着这四朵梅花，一边大声读了出来：

"我……爱……碧……莲……"

周围人群爆发出一阵哄笑声。

李碧莲忙用双手捂着脸。

俞灵儿不等李梦蛟反应过来，忙大声说："哦！哦！原来你爱的人是碧莲妹妹啊？！"

李梦蛟"啊"了一声，转头看俞灵儿。

一切正如俞灵儿所料的，以李梦蛟凡事反应慢半拍来推断，就算他大声念出那四个字，也不会马上反应过来是怎么回事。俞灵儿忙拽着李碧莲，把她的一只手拉过来。"既然你那么喜欢李碧莲，那就得早说啊！回去后你可得向李嫂说清楚，退了与我的亲事。"

然后再拉过李梦蛟的手，将两人的手牵在一起。"现在我可将碧莲妹妹托付给你了哦，以后你敢欺负她，看我怎么收拾你！"

李梦蛟也不需要再做任何反应了，拉着李碧莲的手呵呵直乐。李碧莲任由李梦蛟牵着自己的手，另一只手捂着脸，偷看他几眼，害羞地直跺脚，心里自然是将之前的忧愁一扫而空了。

周围人也都很配合，在那鼓掌叫好。

只有令狐宝，在那凝神细看那四个最大的梅花篆字。

原来俞灵儿故意布局。

"换我心，为你心。"中的"我"。

"爱君才器两俱全。"中的"爱"。

"七夕今宵看碧霄。"中的"碧"。

以及"鱼戏莲叶间。"中的"莲"。

将这四字写得最大，且巧妙地由上而下排列在一起。

只要想看明白这些梅花篆字的人，必然会避重就轻地先看这四个字。只是一般人不会轻易将这么奇怪排列的字给朗读出来，只有李梦蛟为了证明自己识字，才会大声念出来。

所以俞灵儿这一番布局，诱使李梦蛟当众大声喊出这几个字，目的就是要李梦蛟开出这个口，了却李碧莲的一个心愿，并且就此解决掉自己和李家这门本就不该有的亲事。

令狐宝怔怔地看着欢天喜地而又如释重负的俞灵儿，他自己也不知道怎么了，对俞灵儿突然产生了一种从来没有过的感觉。

太阳开始西斜，俞灵儿和李碧莲高高兴兴地唱着山歌离开了书院，李梦蛟依旧牵着李碧莲的手不松开，令狐宝则一言不发地跟在最后面。

书院的仰圣门边，一个和尚和一个拉二胡的瞎子正坐在那里，看着李碧莲和李梦蛟双双离去的身影，和尚笑着说道："这男的前世就像个呆头鹅，不想到了这一世，今日故地重游，却还是一只呆头鹅，岂非造化弄人啊！"

那瞎子转头问："啊?！你说什么？"

那和尚用一面破得不能再破的扇子，扇了一下那瞎子："你别拉那些没用的了，还是拉一曲应景的来听吧！"

那瞎子连声答应，开始用二胡拉起了《梁祝》。

只听得一曲委婉凄美的曲调，在层层松林中飘荡而去……

李碧莲指着路边花丛中飞来两只相缠的蝴蝶，对李梦蛟说："看！两只蝴蝶！真好看，你说它们像什么呀？"李梦蛟想半天不知道怎么回答。

俞灵儿一招手："就像你们俩啊，整天就知道黏在一起。看着都让人烦！"

李碧莲和李梦蛟相视而笑。

这时一阵急切的脚步声传来。俞灵儿回头一看，认得是邻居二狗子。

"俞灵儿，可算找到你了！"就见二狗子满头大汗跑来："你娘，你娘突然晕倒在地，你快回去瞧瞧吧。"

"啊?！怎么回事？"俞灵儿惊叫道。

"不知道啊，你快回去吧。"二狗子累得气喘吁吁。

俞灵儿头也不回撒腿就跑。

李梦蛟和李碧莲也赶紧随着俞灵儿跑去。

第三十一章

令狐夫妇

山道旁一间亭子内，仇条等一群人看着俞灵儿他们离去的背影。

"筹谋这么久，却居然被一个小丫头夺了魁首，让我如何咽得下这口气。哼！"仇条对丁四非常不悦："本来我还觉得只让你跟着我，太屈才了，还想等今天拿了魁首之后，让我爹举荐你，当个一官半职的。可今日一看，你也不过如此嘛！"

闻听此言，一旁的丁四心里是非常懊恼，本想以自己书法之所长，帮仇条拿到他梦寐以求的魁首，以后自己就有享不尽的荣华富贵，却不想被那叫俞灵儿的丫头全搅黄了。这个仇自己非报不可，只是却不清楚那丫头到底是什么底细，也不知道从哪下手好。

"唉，你们可曾留意？和那丫头在一块儿的，还有一个姓李的小娘子，长得倒还蛮不错啊。"仇条仗着自己爹是仇无忌，横行霸道惯了，早些年强抢民女的事情屡有发生，如今又打上李碧莲的主意了。

丁四一听，机会来了："衙内说的是啊，那小娘子出落得那叫一个标致啊！只可惜一朵鲜花插在牛粪上了，她边上一直跟着的那男子，傻不愣登，让在下看着愤愤不平啊！怎么着都比不上衙内风流倜傥啊！"

仇条一听顿时来了精神，找丁四来还真选对人了："可不是吗？你们说，那傻小子哪一点配得上那小娘子？看到他们俩卿卿我我的样子我就来气！"

"可不是吗，如果衙内收了那小娘子，那可就是功德一件呐！你们说是吧？"丁四转头询问其他家丁们，那些家丁赶忙点头附和。

仇条就等这句话了："不过那个小娘子，好像是和令狐宝认识的。怕是很难说通她啊！"

"唉，救那小娘子出水火乃是当务之急，衙内何须在意这些小节呢？不如直接将她绑来……"丁四越来越觉得自己很适合作仇府狎客。

仇条很感慨地看了眼丁四："不行啊，你才来帝都没多少日子，你是不知道。只要本衙内强抢……啊，不，是拯救民女，就会有个疯和尚来找我麻烦！在你之前换了好几个师爷和跟班，都是被他吓跑的。"

丁四心中一惊，什么疯和尚，居然敢在仇衙内头上动土？看仇条那意思，还拿他没办法的样子。不过我丁四是一般师爷和跟班可比的吗？"衙内啊，小的倒有一计，可解衙内之惑！"

"哦？说来听听！"仇条顿时来了兴趣。

"衙内可疏通帝都巡检司，将那男的给抓起来，关进刑部大牢。那小娘子必然会去探监想要救出那男的，届时只要让巡检司的人告诉那小娘子，若要救那男的，只须她亲自来仇府求仇衙内便可。只要那小娘子一来。"说到这丁四自己都忍不住笑了起来："哈哈，还不是衙内您想怎么救她就怎么救她吗？而且一救还救两人，功德无量啊！这可不是衙内您强抢民女哦，是那小娘子自己投怀送抱的哦！哈哈！"

仇条也跟着大笑起来："哈哈哈！此计甚妙，亏你想得出。到时候是那小娘子自己来找我的，我可没有强抢民女啊，哈哈！那疯和尚总不能再找我麻烦了吧?！"突然仇条正色道："嗯哼！本衙内何时强抢过民女啦？"

丁四立刻会意，忙赔笑道："衙内何等样人，哪会强抢民女，都是功德！是功德啊！你们说是不是啊？"那些仇府家丁忙点头附和。

仇条这才脸露喜色："你们几个，快去，打听那小娘子和那男的所在。至于丁四么……"

丁四会意："等打探清楚后，小的就去巡检司一趟。包衙内满意！"

旁边一个家丁不知趣地问道："哎，那个夺得魁首的俞灵儿，难道衙内就不想要……"

仇条和丁四一起将头摇得像拨浪鼓一样："不要，不要……"

"啊嚏！"俞灵儿打了个大大的喷嚏："谁在说我啊？！"

回到客栈，俞灵儿赶紧跑进房内，就见俞何氏躺在床上。李嫂见俞灵儿急道："你上哪儿去了？你娘至今都昏迷不醒。"

"郎中来看过没？"俞灵儿赶忙伸手探着俞何氏的脉息。李嫂道："都找了三个郎中了，可就连他们也看不出来你娘得了什么病。你说这奇怪不奇怪？"

"唉？"俞灵儿就感觉俞何氏不止是昏迷不醒："怎么像是被定身法给定住了？"

李嫂道："啊？你说什么？"

"没什么，没什么。"俞灵儿赶忙让李嫂先回去："李嫂辛苦了，这里有我就行了。"

待房内就剩俞灵儿和昏迷的俞何氏两人，俞灵儿再仔细地探了娘亲脉息，确定是被某种邪法所侵。

"小临！"俞灵儿忙轻声呼唤。

小临像是刚睡醒："灵儿姐姐，我正睡得香呢，什么事啊？"

俞灵儿指着俞何氏道："你能看出来，我娘中了什么法术吗？"

"嗯，好像是定身法一类，却又不完全是。"小临道："如果我的法力再高些，兴许就能破解。"

"这样啊。"俞灵儿道："姐姐求你件事，打今晚起，你帮姐姐布下那日在星瀚天问井内的功法，可好？"

"好啊，为灵儿姐姐做这点小事算什么。"小临打了个哈欠道，"不过呢，现在让小临先睡饱哦。"说罢就传来小临的酣睡声。

俞灵儿摸了摸娘亲的额头："娘，只要孩儿以天问功法积攒法力，很快就能治好你的。"然后依偎在娘亲身旁。

心里面好想对娘亲大声地倾诉：

你可知道孩儿这五百年所受的苦楚？

你可知道孩儿五百年后被自己的挚爱一剑杀死？

你可知道孩儿五百年后混得个死不瞑目？

靠在娘身上是一阵抽泣。

打这天起，俞灵儿整天守在俞何氏的身边，足不出户。

而李梦蛟和李碧莲还不知道一场阴谋正算计着他们俩，依旧整天开开心心地玩耍。

可令狐宝回到家之后，整个人都变了似的。

"仇无忌这奸贼，居然在宫中安插了这么一步棋子，看来他是要有所行动了。"令狐擎苍的夫人令狐吴氏怒不可遏地走进大堂。

令狐擎苍忙站起身："夫人，究竟怎么回事？"

令狐吴氏坐下拿起茶盅喝了一口，说："我姐带话给我，说皇上近来突然新纳了个贵人，叫苏婵娟，精通琴棋书画，经常不知从哪弄来很多古玩字画，深得皇上宠爱。自打这苏贵人得宠之后，就千方百计地为难我姐。"

令狐擎苍忙说："嗯！可查出那苏贵人什么来路吗？"

令狐吴氏放下手中茶盅。"之前我姐派人多方打听，一直不得要领。今日倒是郭知运给我捎的口信，才知道那苏贵人原是仇无忌前些日子买下的歌姬，后献给皇上。而苏贵人送给皇上的那些古玩字画，也都是仇无忌各方搜刮来的，通过苏贵人再转献给皇上。"

令狐擎苍紧锁眉头："这苏贵人居然有仇无忌在她背后撑腰，怪不得如此嚣张跋扈！"

令狐吴氏点点头："看这情势，仇无忌那奸贼，这次怕是想彻底拔除我令狐家不可了。"

令狐擎苍转头看了一眼坐在大堂边座椅上的令狐宝："宝儿啊，你可听见你娘说的话？现下仇无忌要对我令狐家不利，你可有何良策？"

只见令狐宝依旧坐在那里呆呆出神，脸上只有傻傻的笑容，不知道他在想些什么。

"唉！你看看这孩子，就前些时候，江宁曹家的两位千金，曹芬和曹芳，愿意双双嫁给这孽子，享齐人之福还不好啊？可这不肖子却断然拒绝，害得人家曹芬愤而离家去了瀛洲岛。这倒也罢了，燕山虞候提出要将掌上明珠虞美人许配给这孽子，那虞美人可是出了名的妖族大美人啊，燕山虞候的势力现在又如日中天。七大妖族世家人人羡慕的一桩大好亲事，却又被这臭小子拒绝了。"见令狐宝毫无反应，令狐擎苍一甩袖子转身对着吴氏道："看看他，这几天来像突然得了什么痴症一般，浑浑噩噩的，也不知道整天在想些什么？我令狐家怎么就出了这么个不肖子啊？！"

令狐吴氏最是护短："你也别说他了，你不见他这几天也变勤快了么？居然还知道打扮起自己来了。打宝儿自小起，你何时见他这般勤快过？"

"慈母多败儿！"令狐擎苍摇了摇头，然后说："那眼下可有什么对策吗？郭知运可有什么说道？"

令狐吴氏摇了摇头："没有，不过我姐提议说，媚儿足智多谋，兴许可想出什么办法来。"

"媚儿？"令狐擎苍这才舒展眉头，坐回椅子上："看来，这事，也只有媚儿能想出对策来了。"

而令狐宝依旧坐在那里，笑嘻嘻地呆呆出神，这几天来，他都是这般傻傻的模样，时不时会在口中念着"俞灵儿"三个字。

第三十二章

临江仙子

守在俞何氏身边的第二天。

天刚亮，俞灵儿又被李嫂的吵嚷声惊醒。

俞灵儿起身立刻调息内观，发现内息又增长不少，充盈于丹田之内。

"辛苦你了，小临。"俞灵儿抚摸着耳朵上的那点小墨点："整夜都要你仿效天问神功，我一晚上积攒的功力，相当于普通人修炼一年的功力。可惜这点功力还不足以救助娘亲。"

"灵儿姐姐，我们再炼个几晚，应该就能助你娘病愈。"小临打了个哈欠道："倒是灵儿姐姐可不可以白天帮我按摩一下啊？"

俞灵儿点着头忙抬手搓揉着小墨点。

"不是这样按摩啦。"小临被摸得咯咯直笑："姐姐用笔蘸着我书写就行了。"

"这样啊？那可是我拿手好戏啊。"俞灵儿找来一张纸，一支笔，走到桌旁，将笔毛点上小墨点，便开始在纸上书写起来。

随着俞灵儿流畅的挥毫，纸上的墨迹不断发出满意的声音："嗯不错不错，啊——好舒服啊。"惹得俞灵儿笑出声来。待一个笔画写完，写出笔画的墨迹又汇拢起来，合成一点墨点。

如此反复，俞灵儿写了将近一个时辰，小临这才心满意足地跳回到俞灵儿耳垂上："灵儿姐姐，答应我，以后这里就是我休息的地方，你可不能打耳洞了哦。"

　　"姐姐答应你就是。"俞灵儿温柔地摸着小临，突然停顿住，然后对着镜子照了照道："唉？小临，你怎么变大了？"就见镜子里的小临虽然还是小墨点，可明显比之前要大了几圈。

　　"可能是姐姐以我为墨书写，在姐姐的功力影响下，才令我变大的吧。"小临晃着肥大的墨汁。

　　"若你变大的话，那晚上就能助我更快地积攒功力喽。"俞灵儿运笔如飞，蘸着小临这点墨汁，又开始不停地书写起来。

　　小临则不停地咯咯直乐。

　　一连七天下来，俞灵儿白天就以小临为墨，不停地书写练字。随着小临这点墨汁不断变大，从最初只能写一个笔画，到能写出一个完整的字，再到后来，都能写出一句句子来。俞灵儿不顾满头大汗，一个劲地写着。

　　直到第七天黄昏时分，小临的墨汁大到，能写成一篇文章来。

　　俞灵儿累得坐倒在椅子上，看着一整张纸上的字，心满意足地道："若再写上七天，都可以拿你来洗脚了，呵呵。"

　　小临突然"嘘——"了一声，俞灵儿忙侧耳倾听，可是什么都没听出来，转脸疑惑地看着那张纸。可小临依旧不动声色地静静待着。

　　正当俞灵儿凑过身去想问问小临到底什么事时，突然窗户大开，跳进来三个蒙面黑衣人，见到俞灵儿看着他们，愣了一愣。随即拔出匕首就向俞灵儿攻了去过去。俞灵儿闪身躲开，然后就想大声呼救，可嘴才一张开，就被一只手捂住了嘴巴。然后就感觉腰间被匕首顶住。"不准喊，否则立刻送你归西。"俞灵儿这才不动，瞪着眼，看向他们。

　　就见另两个黑衣人，慢慢向床头走去。看到俞何氏躺在床上，便拔出明晃晃的匕首来。

俞灵儿大骇："住手!"用力挣脱抓着自己的黑衣人，就扑向床边。

被推开的黑衣人见状，举起匕首对着俞灵儿就扎了过去。

眼看匕首就要扎进俞灵儿的后背。可是一道黑影闪过，又出现了一个蒙面黑衣人。而那柄匕首也随着第四个黑衣人的出现而瞬间消失。

正当丢失了匕首的黑衣人诧异之际，第四名黑衣人人影闪动，分别将另外两名黑衣人击退一旁。

俞灵儿定睛观瞧，这不知哪里出现的第四名蒙面黑衣人，居然是曼妙的女子身形，而且俞灵儿对这身形感觉非常熟悉，只是心中想到的那人，是绝不可能出现在这里的。而那三名黑衣人的匕首，此刻全都握在这名女子的手中，并以此作为武器倒持着。

那三人重新集结，又各自拔出匕首来，凝神对敌。且仗着人多，渐渐占据上风，黑衣女子立感不支。

虽然不知道这黑衣女子的来路，但至少此时她是友非敌。俞灵儿赶忙掏出了凤鹇玉笔，准备助黑衣女子对抗那三名黑衣人。虽然此时的俞灵儿只有十八年的功力，可这凤鹇笔毋庸置疑是一件上乘的法宝，可以增强法力，足以对付眼前这三名黑衣人。

"逝水笔法……"俞灵儿话未说完，就感觉眼前突然出现一片火海，握着凤鹇笔的手像被雷击了一下似的，整个人一阵晕眩。扶着墙蹲了下来，凤鹇笔也掉落在地。

"怎么会这样的?"虽然刚才眼前那片火海消失了，可俞灵儿眩晕的感觉依旧，低头惊讶地看着凤鹇玉笔。

而这边黑衣女子被逼到墙角，形势危急。那三名黑衣人举起匕首，一起攻向黑衣女子。

"咚"一声，三把匕首却一起插进了墙内，原本背靠在墙前的黑衣女子却没了踪影，就像凭空消失了一般。

还没等那三名黑衣人回过神来，"嗖"一声那黑衣女子竟然神不知鬼不觉地出现在他们身后，并且抬手分别击向他们的后颈。

可只有一名黑衣人被击中，摔倒在地。另两名黑衣人就地翻滚，躲了过去。

黑衣女子将匕首抵住那名黑衣人脖子，对另两人道："我看你们谁敢再动手。"

那两名黑衣人见势不妙，对视一眼，然后跳窗而去。

"不要以为蒙着面，我就认不出你们虞氏三雄。"黑衣女子也不追赶，抬脚踩在剩下那名黑衣人身上："说！你们干什么来了？"

那黑衣人奇怪道："你是哪个道上的？居然会认得我们？"

黑衣女子慢慢将自己的面纱拉下。那黑衣人得见黑衣女子的真面目，顿时惊惧地瞪大双眼："原来，原来是你！"

"现在我问什么，你就答什么！"黑衣女子手中的匕首晃了一晃。

黑衣人忙惶恐地说道："不知是仙子大驾，小的惶恐，只要是小的知道，必知无不言。"

黑衣女子问："那就好，如实招来，你们因何来此？"

"小的虞氏三兄弟，昨日奉了仇姬之命，来这里刺杀一个叫俞灵儿的人。可是我们都不认得俞灵儿，慌乱中我们击晕这床上姓俞之人，带了她几滴血回去交差。"黑衣人指了指床上的俞何氏。

原来又是仇姬在搞鬼，俞灵儿心道，定是之前那和尚让仇姬吃了瘪，故此只能以暗箭伤人。

黑衣人索性一股脑全供出："你也知道我燕山虞候的家族徽记'兵仆血刃'，得到他人的血就可施法。只不过带回去的血太少，今晚我等三人来此，就是为了多取些床上之人的血。"

听到燕山虞候几个字，俞灵儿心里咯噔一下，怪不得娘亲像是被施了定身法一般，原来是被兵仆血刃施法变成了标靶？

"算你识相。"黑衣女子"哼"了一声道："给我记住，以后不准再来此地，听到没有？还不快滚！"

那黑衣人连连称喏，随后跳窗而逃。

"唉？你怎么放跑了他？"俞灵儿忙追到窗边，黑衣人早就不见踪影。

俞灵儿气得转身想质问那黑衣女子。

"临江仙！？"俞灵儿一下子就认出了眼前这黑衣女子。想在前世时，沧海派笔仙中唯一的女弟子，就是临江仙。加上自己和瀛洲派笔仙师姐百媚娘，共三位女笔仙，被仙妖两界戏称为"笔仙娇娃"。

那时的临江仙是笔仙中专以剑为法器的弟子，在沧海派学的是公孙大娘剑器。因狂草就是由公孙大娘所舞的西河剑器感悟而来，于是临江仙就从师学西河剑器，再以此剑器之法来感悟狂草真意，更收有奇效。

"灵儿姐姐，原来你认得我啊？"黑衣女子笑着上前挽住了俞灵儿的胳臂："不过姐姐少说了一个字，别人都称呼我为临江仙子。"

"临江仙子？"俞灵儿想起前世临江仙比自己晚入仙派，称呼自己师姐的。想来此刻她还未入沧海派。原来她之前叫临江仙子。"唉，你怎么叫我灵儿姐姐？难道你认得我？"

"灵儿姐姐，我就是小临啊。刚才见姐姐有难，妹妹我情急之下，才恢复人形。否则真不知何时能复原呢。"

俞灵儿诧异地转头看向桌上的那张纸，纸上空白一片，哪还有墨迹？

"小临？临江仙子就是小临？为何不早说？"俞灵儿上下打量了一番临江仙子："你，你又是怎么会变成墨点的？"

"灵儿姐姐，恢复人形后，以前的事我也想起来了。"临江仙子扶着俞灵儿坐下："在今年年初，妹妹我去瀛洲派，本是想寻一个人的。可没想到，在瀛洲岛上我无意中窥得《大力纯阳掌》的心法，故而被瀛洲派的臭道士打成重伤，跌落万丈壁。由于伤太重结果就化成墨点，也想不起来自己是谁，整天游荡于深谷之间。所幸遇到灵儿姐姐，这才脱困，又得姐姐全力相助，这才恢复人形。"

第三十三章

蓦然回首

俞灵儿想想也是，前世的临江仙，本就不是凡人，真身是一个"临"字。若被打成重伤，坍缩成一点墨汁，倒也不奇怪。

"哦，我想起来，我还有几件宝物留在了瀛洲岛。我这就去取回来。"说罢"嗖"一声，临江仙子凭空消失在俞灵儿的面前。

"还是那般风风火火的性子。"俞灵儿笑了笑，临江仙子的真身是"临"字，"临"有接近，临近的意思，故此只要临江仙子心念锁定某人某物，必能一瞬间接近此人此物。前世但凡是找寻或追踪的任务，临江仙子都能在最短的时间内完成。

"嗖"一声，临江仙子又出现在俞灵儿面前，手里多了一把剑，端详着剑自言自语着："怎么只有游魂剑啊？我的妖兵火焰八卦阵的阵图丢哪儿去了？"

俞灵儿则道："你刚才为什么放跑了那黑衣人？"

"虞氏三雄不过是燕山虞候的府兵，抓了也没用。"临江仙子将游魂剑收好："反倒是让他们知道，这里有我临江仙子保着，他们就不会再轻举妄动。"

俞灵儿指着躺在床上的娘亲，忧愁地道："那我娘该怎么办才好啊？"

临江仙子昂起头，一摆手道："你放心，只要有祥兽之血，就能帮你娘解除兵仆血刃。我很快就能帮你拿来……"话还未说完，临江仙子慢慢委顿起来，渐渐变回了一团墨汁："难道说，我只能恢复人形一小段时间？……"

俞灵儿赶忙拿起砚台将这团墨汁接住："快说清楚，究竟是什么祥兽之血？"

临江仙子变回墨汁打了个哈欠："是灵儿姐姐啊，刚才发生什么事了？"

"看来变成墨汁，就会忘记一切。"俞灵儿忙拾起地上的凤鹓笔，想起刚才被凤鹓笔击晕的景象，又端详了这笔半天："也许，也许我这几天太累了吧。不过没关系，我一定要救我娘，只有用凤鹓笔这件上乘法宝，助临江仙子再次复原。"说罢运起天问功至凤鹓笔上。

可她又"啊哟！"一声，坐倒在地。刚才眼前的火海幻觉又出现了，又像被雷击打一般，头晕目眩。

小临急道："灵儿姐姐你没事吧？"

俞灵儿席地而坐，看着凤鹓笔："难道说，我被凤鹓笔反噬，是因为笔上没有笔毛所致？"俞灵儿想起，一件法宝如果不完整，不但无法发挥作用，还有可能伤到法宝主人。看来得先给凤鹓玉笔装上被毫和副毫，才能安全施展法宝。有了正确的笔毛，才是完美的。

感到一阵头晕目眩，俞灵儿眼皮也慢慢地闭起来。只得倒身睡下，还不忘说了一句："小临，今晚记得助我练天问神功。"

第三天一早。

李嫂的吵嚷声又响起。

俞灵儿忙起身调息内观，发现虽然内息又增长不少，可还是像前天晚上一样。并没有因为小临变大了而有所额外增加。

"辛苦你了，小临。"俞灵儿抚摸着耳朵上的那点小墨点，接着就发觉整个耳朵都被墨汁覆盖了，原来小临已经长得这么大了。然后就听到小临的酣睡声响起。

这时李嫂推门进来："灵儿啊，你娘好点了没？"俞灵儿看了一眼床上的娘亲，摇了摇头。

李嫂招呼道："这七天你也辛苦了，去我屋里躺一会儿吧，这里就由我来照看着。"

俞灵儿眼睛一亮，忙谢过李嫂，转身出了房。

但俞灵儿并不打算去李嫂房中休息，而是打算动身去寻找临江仙子所说的祥兽之血。"也不知道小临下次什么时候能恢复人形。"俞灵儿救娘心切，急着动身外出寻找。

要说别的，俞灵儿可能没什么办法，可要找祥兽之血这类宝贝，身为瀛洲派弟子的自己，勉强还是有一个办法。

在当世的五大仙界门派中，瀛洲派主要担任支援其他各门派道友的后勤工作。所以天下这么多仙友侠客在外行侠仗义时，无论吃饭住宿，还是器械装备，都不用操心花钱。就是因为瀛洲派都在暗中帮他们解决了一切，使得他们可以全力以赴去解决他们力所能及的问题。这是瀛洲派在世间行侠仗义的一种独特方式。

为了最大程度给仙友侠客们提供后勤支援，就需要门派内囤积大量材料。于是掌门就经常派弟子们来中原采办。虽然采集材料是很费时费力的事情，不过有一个巧妙的方法能轻松解决，就是去各个城镇集市中，从那些囤积大量材料的商贩那里挑选购买所需要的材料。

虽然那些商贩收集来的材料大多是一些低品级精华的材料，但是偶尔也会有些中高品质的材料。只是那些商贩凡夫俗子，哪里分辨得出哪些是好材料？用这个法子确实可以收到大量材料，其中不乏很多高品质材料，有时候还能收集到一些有相当品阶的宝物。

俞灵儿想到，这个办法，现在不正好应自己的急吗？出去看看能不能找到祥兽之血。在偌大的帝都城里，这件事办起来应该不会太难。

而笔仙有一种基本法术，叫"百度寻"。这个法术的作用就是无论你看到什么，只要是有一定品质精华的东西，你的左眼就会看到这个物体闪烁出别人看不到的亮光。根据该宝物的品阶高低，亮暗程度也不同，宝物等阶越高，就会越亮。因为宝物或有品阶的材料里，会有天地日月精华成分在内。所以这个法术是代替神识的感知性法术，将这些天地日月精华成分所散发出来的气以亮光形式放大。之所以说它是低级基础法术，是因为经常使用，终究会看花眼。法力高深者都能靠神识来分辨宝物了。

前世俞灵儿的师兄弟们去商贩那里选材之前，笔仙们就先使用这个法术。因为堆在大家面前的材质实在太多，靠神识去分辨，又伤神又慢。而靠百度寻去挑选材料是最快最有效的办法。

俞灵儿拿定主意，先在帝都城里找寻一番。

于是她在客栈内找了个僻静的角落。开始用笔仙的运笔法来施展百度寻。

先用右手捏出握笔状，再将丹田内那为数不多的天问神功积累的内息聚于右手指，只见指尖慢慢显出点点微弱的星芒。然后右手以星芒为墨，凌空自上而下快速写出七个字：

"众里寻他千百度"。

然后用左掌将这七个字印入自己的左眼。

术成！

于是俞灵儿离开僻静的角落，出客栈门口而去。

刚一迈步踏出客栈门，就听见有人喊她，一回头。

这一回头，自己差一点没晕过去。只见迎面飘过来一大团光芒，差点没闪瞎俞灵儿的左眼！

待俞灵儿眯起左眼，定睛一瞧！那道光芒原来是，令狐宝！刚才喊自己的好似就是他。

只见令狐宝，头戴束发紫金冠，身穿金缕玉锦衣，手摇山河诗画扇，腰系七錝麒麟带，脚踏登科布云靴。一派雍容华贵。

他边上有三个妙龄少女，正围着他谈笑风生。

怎么又是他啊?！俞灵儿眨了下右眼，看他这身打扮，难道要去相亲不成?

用左眼看得出，应该有许多宝物在令狐宝身上，而且等级都不低。前世里耳闻令狐世家先祖留下过很多奇珍异宝。令狐宝光出个门，就带了这么多宝物在身上，那他家底得有多厚啊?!

"哎?! 好巧啊。娘子也往这边走啊?"令狐宝紧走两步到了俞灵儿跟前，一脸很有缘的表情问着。

"谁是你娘子啊!! 一点也不巧好吧?"俞灵儿退后半步，眯着眼回答。

其实在北赵年间，任何男子向女子打招呼都可以称呼"娘子"或则"小娘子"。而到了南赵时期，"娘子"逐渐成为丈夫对妻子的称呼，而男子向女子打招呼时，须得加上前缀，比如"那位娘子，谁谁家娘子"等。

"娘子你莫不是眼里吹进了沙子? ，要不要我帮你吹吹?"令狐依旧故意这么叫着。

刚才围着令狐宝的三个少女，此刻非常不爽，焦急地紧拉令狐宝的衣角。"公子啊，我们还没风花雪月够呢!"

俞灵儿偏过头去睁开左眼，冷着脸继续走自己的路。"你离我远点啊! 还有，不许再叫我娘子!"

"哎! 你明明收了我的定情信物东皇玉珥，择日我便来求亲，你怎地不是我家娘子了?"令狐宝跟在俞灵儿后边，还故意扯着嗓子说。引来几个路人回头观望。

而那三个少女明显对令狐宝说的这句话非常怨怼，纷纷向俞灵儿射去六道酸溜溜的目光。

俞灵儿脸一红，脚步更快了。"娘子可是赶着去哪啊?"令狐宝摆脱了那三个妙龄少女，也加快脚步跟着。

俞灵儿低头快步走，心里非常非常想找个僻静所在，刨个坑，把这令狐宝埋了才好。

"我的小娘子啊! 正所谓相请不如偶遇，不如我请娘子去醉仙楼。"令狐宝在后面紧追不舍："请你吃蒸羊羔，蒸熊掌，蒸鹿尾……"

东门道口

●
○

　　俞灵儿狠狠地一跺脚，想起前世如果令狐宝能应承李嫂的说媒，娶了自己的话，又何须惹来之后那么多事？自己又怎么能遇到风归云？这么一想，风归云刺自己一剑的事又一直堵在了心头，而眼下娘亲还昏迷不醒，俞灵儿对令狐宝已经颇不耐烦。

　　她转身冲令狐宝一摆手："那你穿成这样是要去哪啊？你要有事的话，就不送了。请！"记忆中的令狐宝，出门都是随便穿着。想来他今天盛装出行，必有要事在身。

　　俞灵儿刚说完这句，突然一道光闪动，转眼一瞧，正是一家书斋。内里的光居然能传到街上，必有稀罕物啊。

　　"哪有什么事啊，我平时出门都是这么穿的啊！"令狐宝手摇折扇，一份非常诚恳的样子。

　　"切，明明那日在万松书院，你还穿便装出现，连吹牛都懒得打草稿啦？"俞灵儿一边损他，一边走进了书斋。

　　令狐宝敲了敲自己脑门，也跟进去："其实……我本来就是想请娘子来此处看书的嘛。娘子可是书香门第的大家闺秀。哎呀，我刚才差点忘记了啦。"

　　"是啊，这屋里草稿纸很多，正是你现缺的。"俞灵儿边说边朝着光点前行。

原来这光是从书斋内室发出的，俞灵儿抬脚进去，只见内室里一边墙上挂着两幅花卉图画，几个书架摆满了另一边。而在角落里一个小柜上堆满了文房四宝，却布满了蛛丝灰尘。

光芒正是其中半块黑乎乎的砚台发出来的。

俞灵儿心里惊叹，这块砚台在这个位置，而光芒却能透到街上，那绝对不是凡品啊。

"书斋先生在哪？先生？"俞灵儿喊道。

本来令狐宝见俞灵儿一进书斋，二话不说直入内室，只得跟着，也不说话，看她到底要做什么。现在见俞灵儿说话了，跟着大喊："这里谁管事的啊？怎么不见人呢？"

"来了，来了……呦！是哪阵风把令狐公子给请来了啊，蓬荜生辉，蓬荜生辉啊！"一个学究模样的人快步进来，瞟了俞灵儿一眼，然后堆着了笑脸，朝令狐宝直作揖："不知道令狐公子有何吩咐啊？"

令狐宝一指俞灵儿，毫不犹豫地说："贱内找你。"

俞灵儿很窝火。心里很想活埋了某个人。

书斋主人一愣："啊……公子什么时候娶的亲啊？这，这么大的事，小的我居然……恭喜啊恭喜！早生贵子啊！"

俞灵儿头上青筋直暴，故作镇静地说："令狐公子说笑了，我们两家只是世交而已。"俞灵儿不让令狐宝接话："今天是令狐公子找你，他要买下你这儿所有的藏书。"

俞灵儿往边上迈了一步，因为她不想对着旁边那两张张得老大的嘴巴："其实令狐公子早就对我说过，他心仪贵书斋的藏书很久了。"我让你到处乱说！看你以后还管得住自己这张嘴不？

"可，可是，我这里的书，都是关于女红、绣品之类的书籍啊。"书斋主人感到很奇怪。

俞灵儿心想，难道我进的是绣品集斋？"这，这就对了嘛，令狐公子的嗜好一向如此，路人皆知，难不成你还想扫了公子的雅兴不成？！"俞灵儿开始落井下石。

"咳咳，还有，我现在急用文房四宝。"俞灵儿指着那半块黑色砚台问："先生，这些文房四宝卖多少钱啊？"俞灵儿终于谈到主题了。

"我哪能向您要钱啊？这些陈旧杂物，您尽管拿就是！"书斋主人已经乐得找不到北了，书斋今天清仓不说，还能将令狐少爷的特殊嗜好，当作茶余饭后的谈资。

俞灵儿立马拿起那半块砚台，顺带拿了些空白卷轴："那就多谢了。"头也不回地扬长而去。

出了书斋门，立刻跑了几个街口，拐进了一个巷子。

哈哈哈哈，俞灵儿心里感觉太解气了：想跟老娘我斗？令狐宝你还太嫩了点。甩掉了这个跟屁虫不说，而且得来宝物全不用花钱。爽！

俞灵儿赶忙掏出这半块砚台仔细端详。看这砚台，通体黝黑，光看外表，这半块砚台毫不起眼，更是陈旧不堪。但是她左眼显示，这砚台却通体放光。虽然是宝物，却不一定有助于娘亲苏醒。

俞灵儿只得继续在帝都城中转悠。

近午时，晴无云，清风爽，宜踏青。

俞灵儿在帝都城里转悠半天，也没找到能助娘亲苏醒的宝物。心想，倒不如自己亲手去野外碰碰运气，看看有没有现成的祥兽。顺带采集些高级点的兽毛，比如兔毛之类的，然后再找笔匠将其作为副毫装在凤鹇玉笔上更好些。

为了能早日救醒自己娘亲，不能再拖拖拉拉的了，时不我待。离帝都最近的，只有琅玡岭有上等野兔。记得以前常听说琅玡岭，又叫十里琅玡，那儿的野兔毛色最纯。如果趁着自己百度寻法术效果还在，抓到一只高品级的兔子，取了血拔了毛之后还能养着，那该多好啊！

于是，俞灵儿用了点午饭，再买了点金创药，以备不时之需。然后意气风发地赶往帝都东门走去。

走到东门时，头感觉又大了。因为一团光芒正被五个女孩簇拥在那里。

令狐宝摇着扇子，从那五个女孩的包围中挤出，走向眯缝着左眼的俞灵儿，然后转脸不知道看向何处，朝俞灵儿一伸手："拿来！"

俞灵儿后退半步，不自觉地将半块黑砚藏在身后，问道："什，什么东西？"

"草稿纸！"

"什么草稿纸啊？"俞灵儿大感奇怪。

"以你在书斋的所言来看。"令狐宝终于转脸看向俞灵儿："你吹的牛，准是打过草稿的。"

那五个女孩呼啦一下，又把令狐宝给围住了。还用手帕向俞灵儿狠狠挥甩着，像防贼似的紧盯俞灵儿。

"那么多绣花的书。"俞灵儿绕开围着令狐宝的那一堆人，继续向前走："你这么快就搬回家了？"

"这种事，还劳我亲自动手吗？"令狐宝又再次从包围中挤出，继续跟在俞灵儿身后："付了钱，就随便他们处理了。"

"你还真全买下来啊？"俞灵儿心想，帮书斋主人清仓赚大钱，这也叫日行一善。

"娘子既然吩咐了，夫君我能反对吗？"令狐宝向边上一招手，就过来了两个马夫，各自牵着一匹马。

"那你不去忙你的正事吗？"俞灵儿心里祷告，老天保佑最好是巧遇啊，令狐宝今天九成是有要事在身："还有，以后不许你喊我娘子！"

"好，我全听夫人您的。"令狐宝把其中一匹马拉到俞灵儿面前："夫人请上马。骑马总比走路强啊。"

俞灵儿想也好，两匹马一人一匹。只要能和他分开，就算让我扛着马跑，我也愿意！虽然只有十六岁，但俞灵儿丝毫不掩饰自己会骑马。一抬腿，坐上马鞍。

那五个女孩手指着俞灵儿，在那交头接耳，什么"丑丫头""痴心妄想""癞蛤蟆想吃天鹅肉"之类的词，轻轻飘进了俞灵儿的耳朵里。

俞灵儿此刻也无暇旁顾，对令狐宝道："以后你就叫我俞姐吧。"自己比令狐宝大几天。

"你要去哪？"令狐宝上到另一匹马鞍上道："我送你。"

"你忙你的去吧，我不用你送。"俞灵儿心道不好，赶紧打马扬鞭就跑："别再跟来了。"

"恭送少奶奶。"这两个马夫在后面大声喊着。东门道口几乎所有人都对疾驰的俞灵儿行注目礼。那五个女孩怒不可遏，上前挨个去踩那两个马夫的脚，

一路上，俞灵儿心里思绪万千，如果此时坐在自己身后是风归云该多好？风和日丽，若两个人纵马驰骋，你侬我侬，看尽沿途风光，那该多有诗情画意啊？

想到这里，又觉得风归云刺自己一剑，可能另有隐情。一定是的，因为自己至今怎么都想不出，为什么风归云要这么对自己。

就这样俞灵儿胡思乱想地跑了大约两个时辰，来到琅琊岭山脚下。

紧接着身后传来了另一匹马的銮铃声。

俞灵儿勒住马的缰绳，回头问道："你究竟跟着我要做什么？"

"天大的误会啊。"令狐宝也停住了马，一脸无辜地说："我和你真的只是顺路。"然后看向前方已经无路可走的山壁。

"话说，娘子来这里做什么啊？"令狐宝赶紧扯开话题。

"我来这里，就是要把你活埋。"俞灵儿溜达着马，沿着山壁缓行："我想这么做，已经快一天了！"只要是个人，都能感觉得出此刻俞灵儿身上冒出的腾腾杀气。

"俞姐！"令狐宝寸步不离跟着："你一个人出城，我不放心。想我堂堂七尺男儿，怎忍心看你独自一人去荒山野岭？我应该护你周全！"

十里琅玕

　　"你又怎么知道我要出城？"俞灵儿转头，透过百度寻，双眼看向浑身光芒四射的他。要不是前世错过，令狐宝也可称得上如意郎君。在光芒的照映中，令狐宝白净的脸庞，此刻显得英气俊朗。这张脸的英俊程度，丝毫不比风归云逊色。只是有一点，令狐宝和风归云之间难分伯仲的，就是他们两人都招蜂引蝶，但是风归云只钟情于她。"弱水三千只取一瓢"是风归云拒绝其他女子表白时常说的话。

　　而俞灵儿记忆中的令狐宝不停地游戏花丛，将俞灵儿对他的一片痴心，揉碎。就冲这一点，就足以令自己拒令狐宝于千里之外了。

　　令狐宝倒是没注意俞灵儿的沉思反应："从帝都城到整个钱塘江，无论有什么风吹草动，还没有我们令狐家不知道的呢。早料到你要走东门。出东门不就出城了？"然后转头很得意地看着俞灵儿，一副你逃不出如来佛手掌心的样子。听到他这么说，俞灵儿也回过神来，真心称赞。

　　令狐宝很担心地看着俞灵儿："可我听说，最近琅玕岭一带，常有狼群出没，侵扰附近人家禽畜无数，你还是早点离开吧！"

　　"也罢。我来这儿抓狼，眼下正愁还缺个诱饵。就先拿你充数好了。"俞灵儿故意把抓兔子说成抓狼："但就怕你令狐公子这一身懒肉，引不起狼的兴趣啊。"

"你要抓狼!？真的假的啊???"令狐宝差点掉下马来："你才多大点的年纪，敢来这里抓狼？喂狼还差不多吧!"

"那你以为我来这做什么？除了狼，还有什么是帝都买不到的吗？"俞灵儿回转头看向那团光芒："你是堂堂七尺男儿，你说过要护我周全的。"

"当然，我说话一向算话!"令狐宝举着手，用大拇指扣住小指，其余三指竖起，作发誓的手势道："我在此起誓，不管娘子是上刀山还是下火海，我都会保护……"

"啊呜呜呜呜呜!啊呜呜呜呜呜!"俞灵儿仰起头学狼叫。

"……"令狐宝脸英俊的脸顿时变得煞白："你，你，你这样会把狼招来的。"

"你放心，我还没放置你这个诱饵呢，狼没这么快来滴。"俞灵儿心里好笑，狼基本都是夜晚才出来活动，现在太阳都没下山，招得到才怪。

两人一前一后进了一座树林，阳光透过绿叶洒落下来。一眼望去，树林里充斥着道道光柱，仿佛树林里的神灵们，好客地为俞灵儿他们布下神圣帐幕一般。这树林看着不大，但是越往里面去，感觉这片林子越深邃。

俞灵儿用左眼不断扫视着林子，也不管什么方向，信马游走。

令狐宝照旧跟在俞灵儿后面，他心里直打鼓，难道真是去抓狼？也不知道俞灵儿到底在搞什么鬼，在他眼中，俞灵儿就像没头苍蝇一般在乱走。

"有了!"俞灵儿突然发现前方小白点一闪，俞灵儿下了马，把缰绳递给令狐宝，示意他呆着别动。然后自己轻手轻脚朝闪光点挪去。

这闪光的小白点不正是一只上等品性的兔子吗?！俞灵儿欣喜若狂，毛色亮纯，品质上佳。抓回去能提取祥兽之血，又有上好兔毛，还能养着，多好啊!

俞灵儿忙不迭蹲下身，左手食指按着太阳穴，再调用丹田内息移至左眼，将左眼内息与这兔子的闪光点相连接。这正是瀛洲派专门抓捕飞禽走兽的奇术，只要自身内息与目标动物相连成功，就可通过这条气息连线将目标物控制住，安安静静地就能完成抓捕。

"原来是想抓兔子啊，还骗我说抓狼。"令狐宝不知道什么时候出现在身边，摇着扇子讥讽着。

俞灵儿正要将意念通过气息连线来控制兔子。被令狐宝这一干扰，意念惊动了一下。

虽然与那兔子相隔一丈开外，但那只兔子被俞灵儿输送来的意念惊动，立刻跳起狂奔。

俞灵儿狠狠瞪了一眼令狐宝："我不让你别动吗？都怪你！"说完就紧追那只兔子而去，因为左眼与那兔子已经完成气息连接，所以无论这兔子跑到哪里，只要距离不太远，左眼都会显示亮点，标明兔子的去向。只要等那兔子停下，俞灵儿就还能继续安静地施法控制兔子。

可是此刻俞灵儿却恨得牙痒痒。

因为此时后面那位令狐衙内，骑上马，还拽着另一匹马的缰绳，在后面紧追俞灵儿。两匹马在林子里这般跑法，附近所有飞禽走兽稀里哗啦地惊动了一大片，那只兔子如临大敌般撒腿狂奔。

为了能尽早唤醒娘亲，俞灵儿无论如何都舍不得放弃抓捕这只兔子，而气息连线也是濒临折断。俞灵儿只得一边用左眼盯着，一边不停地在后面奔跑追赶。

而令狐宝也马不停蹄地追着俞灵儿。

这片林子可遭了殃了，烟尘滚滚就像一条吞天猛兽般穿梭席卷着这片林子。

俞灵儿一边跑，一边索性大声叫喊："令狐宝，我要杀了你！我一定要杀了你！！！"可惜，叫得再响，也被林子里稀里哗啦嘈杂的声音给淹没了。

就这样追逐了有大半时辰，这条吞天猛兽终于戛然而止。

跑到一条溪水边，令狐宝很费力地勒住两匹马的缰绳，向前看去，只见俞灵儿站在一棵大树前，眼睛盯着树根上躺着的那只兔子。

看来那兔子是跑急了撞上这棵大树，也不知道是晕了还是死了，兔子一动不动。

令狐宝凑近，试图安慰俞灵儿："我想到了一句成语。"

俞灵儿缓缓抬起头，愤怒的眼神盯着令狐宝："你！死不足惜！"说完抡起拳头就扑了过来。

"唉，不是的，是守株啊！啊啊啊！……"还没等令狐宝反应过来，就被俞灵儿拉下马背，摔了下来。

俞灵儿压在令狐宝身上，一通乱打。令狐宝大声哀嚎着用手臂抵挡。

打着打着，俞灵儿突然停手，缓缓地转过了头。

因为她左眼的气息连线突然有生命的跳动反应。

俞灵儿丢下依旧在那里嚎叫的令狐宝，向树根方向蹲下身子。

只见这只兔子，半睁着双目，像刚睡醒一般，茫茫然看着四周的一片狼藉。

这时，被震飞的各种树叶，也缓缓落下，飘洒在兔子和俞灵儿的周围。

俞灵儿早已将设置气息连线的初心忘却，只蹲在那里："好漂亮啊！"含着泪激动地看着那复苏的小生命。

突然，一道灰影不知从哪扑了过来，俞灵儿就感觉左眼的气息连线瞬间断了，小兔子的脖子被那道灰影一下咬断。

身边的两匹马提起前蹄，嘶鸣了一声，然后转身就跑。

"中山狼！"俞灵儿脱口而出。瀛洲派里有抓捕来的各种飞禽走兽，但是有几种是禁止抓捕的，中山狼就是其中一种。中山狼永远不可能成为宠物饲养。但它又是狼中先天等级最高的。

可这里怎么会出现中山狼的？

不过有一点令俞灵儿放心，那就是中山狼全都是孤狼。一般狼都是群体活动的，偏偏中山狼是形单影只。也许是刚才追赶兔子时，所闹的动静太大，才把这头狼给招来了。

令狐宝从七錔麒麟带中，抽出一柄紫微软剑，拉开弓步。原来这七錔麒麟玉带中，还藏有这般玄机。这紫微软剑，可硬可软。软时可以藏入腰带剑鞘，硬时可切金断玉。

令狐宝对俞灵儿一指溪水另一边："快走，这里我先挡着。"

俞灵儿倒是没想到，以前无视自己的令狐宝，居然能为她冒生命危险，挺身而出。

那头中山狼张开血盆大口，扑了过来。令狐宝忙用剑抵御，一人一狼立时就斗在了一处。

俞灵儿立刻从泥丸宫中召出了凤鹩玉笔，运起功来："逝水笔法……"话未说完，俞灵儿就感觉眼前突然出现一片火海，握着凤鹩笔的手像被雷击了一下似的，整个人一阵晕眩。

俞灵儿看着掉落在地的凤鹩笔，怎么又是这种情况，只要自己一运功，就会被凤鹩笔反噬。

正当俞灵儿晕坐在地时，那边令狐宝却是越战越勇，纵身跃起，一剑刺在那头狼的背脊上。那头狼呜咽一声当场气绝而亡。

令狐宝上前拔出狼背上的剑，回头对俞灵儿得意地道："看到没，我说过我会保护你的。"

可俞灵儿却走到树根下，伸手将兔子的尸体从地上拾起，托在手心，用脸碰了碰兔子弱小的身体。两滴泪落在兔子冰冷的小身体上。然后转过身将兔子放在树旁，一个马前蹄踏出来的坑里，将四周的土翻在坑中，将兔子掩埋了。

可就在这时："啊呜呜呜呜呜！"一声狼嚎，在不远处，俞灵儿左眼看到一个闪着光芒的灰影在仰头嚎叫，紧接着远处又有狼嚎声，再远处又有。好像烽火台传递一般。

不会吧，俞灵儿心道不是说中山狼都是孤狼的吗？

"我们还是快走吧？"令狐宝走向俞灵儿，并且警觉地环顾四周。

逝水笔法

"没用的，就算有马骑，我们也跑不过它们的。"俞灵儿清楚知道，它们是中山狼，还是群狼。

这时一群中山狼陆陆续续跑了过来。俞灵儿左眼前像是又开了一次元宵灯会一般，一点点极亮的光点横布在面前。

俞灵儿知道，即使有再多数量的狼，没有头狼下命令，都不会贸然发起攻击的。眼前这堆狼里面，还没有像头狼样子的狼，看来头狼还没到。

不过令俞灵儿更担忧的是，这里一边靠山，另一边靠水，地势狭窄，想要脱身可不容易。

"小临！"现在能帮自己解围的只有临江仙子了，俞灵儿忙摸着耳朵大叫起来："小临快醒醒啊！"

"什么小灵？你自己不就是小灵吗？"令狐宝疑惑地盯着俞灵儿看："该不会是吓糊涂了吧？"

俞灵儿不停地揉搓着耳朵："小临！快醒醒，我这边大难临头了！"

话音一落，就见黑影一闪，一身夜行衣的临江仙子出现在俞灵儿身前："灵儿姐姐，不用怕，有妹妹我在这里。"

令狐宝瞪大双眼，看着临江仙子："你，你，你是打哪儿冒出来的？"

临江仙子也不理他，抽出游魂剑，指向对面的狼群。

游魂剑不断闪着亮光，随着闪光还发着"呜呜"的悲鸣声。这游魂剑可是句龙三宝之一，剑身自有一股剑威，逼压着狼群直往后退。

临江仙子向后一摆手道："灵儿姐姐，快走，这里有我顶着。"

俞灵儿立刻就明白了临江仙子的意思，只要自己跑到安全的地方，临江仙子就能瞬间到自己身边。于是忙拉过令狐宝，向后就跑。

可没跑几步，就听身后"呃"一声。俞灵儿忙回身看去，就见临江仙子慢慢委顿在地，游魂剑随着她一起，又坍缩成墨汁。

"怎么这次只能维持这么短时间？"俞灵儿拉着令狐宝继续往后跑。

没了游魂剑的威慑，狼群顿时愤怒地追赶而来。

俞灵儿心中大急，一想到自己一旦遇难，娘亲不但醒不过来，还会有更大的危难。而且没有自己照管，新认的妹妹小临，便再无可能恢复人形。

令狐宝一推俞灵儿："你快走，这里有我挡着。"然后仗剑而立。

"不行啊！"俞灵儿大喊道："你斗不过这么多狼的，你会死的！"

"再不说，怕是没机会了。"令狐宝回头看向俞灵儿："第一次见到你，我就喜欢上你了。"接着对俞灵儿微笑着道："只要你能活下来，我情愿。"

俞灵儿闻言一时呆住："你，你说，你说你，喜欢我？"

狼群奔驰而来，前方的狼群见令狐宝蓄势待发的架势，都刹住脚步，可是后方的狼不知道前面情况，继续奔跑着，前方狼群被后方群狼推挤着，在如此狭窄地形下，也只能继续前行。就这样狼群陆陆续续进到了令狐宝跟前。

眼看最前面的几头狼离令狐宝只有几步远了，令狐宝依旧微笑着，然后纵身跃起，举宝剑向狼群扑去，准备一击先干翻第一头狼。

"他，他居然，他居然，喜欢我……"俞灵儿喃喃低语着。

然后就见狼群如潮水般涌向令狐宝，眼看着令狐宝就要被这狼潮吞噬了。

"不要啊！！"情急之下，俞灵儿抓着凤鹈笔的手向狼群伸去。紧接着自己顿时就觉得晕头转向，眼前又出现那片火海，握笔的手又有被雷击的感觉。

俞灵儿完全顾不得这些异相，忍着钻心的疼痛，拼尽全力抓紧凤鹈笔，口中依旧大喊："不要啊！！！"

然后意想不到的事情发生了。

就见一道疾风从凤鹬笔爆射而出，像一股更大的巨浪，将狼群瞬间吞噬，狼群中大部分狼被这股劲风立毙当场。地上横七竖八堆满了狼的尸体和残骸。

令狐宝落地后，和狼群最后排的几头狼，一起瞪大眼睛惊愕当场。

"看来中山狼始终是孤狼的宿命吧！"俞灵儿抓着凤鹬笔的手这才垂下，整个人摇摇欲坠。

令狐宝依然严阵以待，看着眼前这番奇异光景也是大惑不解。却有余暇回过头看向俞灵儿，伸出手来，比了个起誓的手势，强撑着笑脸说："看，看到没？我说什么来着？我就说过我能保护你的吧？！"

俞灵儿白了他一眼，不过反倒没先前那么讨厌他了。

这时就剩五头惊慌失措的狼，最终不敢往前迈动一步。然后不约而同地一起仰头嚎叫"啊呜呜呜呜！"

俞灵儿就觉得一阵狂风席卷而来。只见狼群后面突然跑来一个硕大的白影，一头比普通中山狼大五倍，毛发纯白的狼。嘴里还叼着什么。

"中山靖狼！"俞灵儿感觉两条腿都是软的。

中山狼因为都是孤狼的原因，寿命都不会太长，所以很少会有修为极高的中山狼，但也有特例，一旦某些中山狼存活下来，并且修到一定程度，就能进化为中山靖狼，那可是狼王之王。怪不得这里的中山狼会群体活动，原来头狼就是中山靖狼。

眼前这头中山靖狼通体纯白，看得出少说也有七十年的修为了。

以俞灵儿目前，只相当于平常人二十年修炼的修为，怕是很难敌过这头中山靖狼。

中山靖狼走到群狼尸体前看了一眼，然后向旁边一吐，原来在它嘴里一直叼着的，是一匹马的残躯。然后慢慢将头转过来，一双地狱之火般赤红的狼眼瞪向令狐宝。

俞灵儿心中幽怨，我只是来抓只兔子而已啊！怎么今天这么倒霉啊！还没入夜就遇到狼不说，还是中山狼。中山狼也就算了，居然遇到中山狼群。总算解决了大部分群狼吧，结果却引来中山靖狼。

真是无知者无畏，令狐宝依旧一副虽千万人吾往矣的样子，居然和这中山靖狼对峙着。

俞灵儿估计以中山靖狼的修为，令狐宝决计不是对手。立刻举起凤鹓玉笔，心中快速回想着刚才运凤鹓笔暴起劲风时的感觉。

只见中山靖狼独自慢悠悠地向这里走来。令狐宝纵身跃起，举起宝剑向前扑去，准备攻击中山靖狼。

俞灵儿在之前对阵群狼时，就见过令狐宝用这招了。所以俞灵儿也跟着令狐宝一起跃起："逝水笔法！"同时提起凤鹓玉笔催动内息，然后自上而下快速凌空写下七个大字。

"滚滚大江东逝水"。

即使这一招施法，却也只发挥出了一成效力。

俞灵儿忙用左手将这七个字印入令狐宝的后背。

这时，随着一声如虎啸龙吟般的声音爆响，在令狐宝扑出去的剑势中，射出一股剑气。随后这股剑气化为一股波涛，向中山靖狼翻涌而去。

这就是瀛洲派，一直在背后默默支援那些仙友侠客们的常用仙术。将自身功力施法灌入道友的兵器或体内，以此最大限度地发挥他们的每招每式。

与借力用力不同，这叫用力借力。

而且是友弱转强，友强则更强。

而令狐宝则因为自己莫名射出这么澎湃的剑气，惊立当场。

令俞灵儿没想到的是，令狐宝体内居然颇有功底，才能使得这股合力而出的剑气，如此强势澎湃。

只见中山靖狼不躲不避，大吼一声，那股剑气波涛立刻被震散。中山靖狼被气浪余威压得直往后退，令狐宝、俞灵儿和那五头狼都被震散的气浪刮得向后倒去，旁边溪水被激出一长排两丈高的水柱。

不过中山靖狼还是太轻敌了。

令狐宝虽然被震翻，却临危不乱，趁着被震倒，一个后仰翻，头下脚上，用三尺紫微软剑一点地面，借这一点之势，将紫微软剑朝中山靖狼的腿部，旋转着掀了过去。

俞灵儿看在眼里，心里赞了一个好，也趁着被震翻之势，学令狐宝一样后仰翻，头下脚上，对着溪水被激出的那一排两丈高的水柱，凌空写了六个大字。

"浪花淘尽英雄"。

说时迟，那时快，只见这六个字，瞬间借着水柱之势，一起绕了一个旋，合为一道快捷的浪花旋风，沿着地面刮过去，和令狐宝抛出去的紫微软剑合二为一，组成一股疾剑旋风。

中山靖狼的四条腿，猝不及防地被这股疾剑旋风割伤，皮开肉绽，血流如注。中山靖狼仰头痛吼一声，正想作势扑过来。

却见令狐宝翻身跃起，手捏剑诀发功，那股疾剑旋风像受到法术感召一般，从中山靖狼身后兜转回来，从中山靖狼的四蹄中再次割裂而过。中山靖狼终于不支，跟着侧倒下去。

令狐宝从向自己这方飘来的那股疾剑旋风中，顺势接过紫微软剑。再想去砍杀中山靖狼，却被俞灵儿一把拽住。

俞灵儿不管令狐宝多奇怪地看她，一指中山靖狼的四条腿。令狐宝转头才发现，中山靖狼腿虽然受伤了，可它的腿上的伤口正奇迹般结合复原，怕是不一会儿就能完好如初。

而此时那五头狼也冲过来围在中山靖狼周围，看样子只为守护，不急进攻。

已然用尽大量功力的俞灵儿拉着令狐宝转身，沿着溪水岸边疾跑。涓涓溪水会冲淡两人的气息，能拖延狼的追踪。

中山靖狼

跑了好长一段路，两人背靠大树休息。

俞灵儿的天问神功内息，虽然在刚才施展笔法时几乎消耗殆尽，但只要原地不动，身体周围就会自动出现天问篆字，消耗的内息就能缓缓恢复。

"还好那大狼受伤了，我们总算逃出来了"令狐宝如释重负。

"是暂时，它们早晚会追上来。"俞灵儿调整着呼吸："你没见那大狼有自我恢复的能力吗？只要它一好，凭它的嗅觉，很快会追上我们。"

"能自我恢复？"令狐宝今天也是受惊不小："那也就是说，杀不死它了？"

俞灵儿盯着令狐宝说："与其我们被它追到死，还不如折返回去放手一搏！"俞灵儿前世身经百战，知道很多事情躲是躲不过去的。

"我不去！它可是杀不死的！"令狐宝刚才那种气魄消失无踪："我们跑出林子就好了啊。"

"跑出林子？到了开阔地，你更没可能甩掉那群狼。"俞灵儿朝令狐宝走近一步："你去还是不去？"

"我不去！"令狐宝双手牢牢抱紧身后的大树。

"你当真不去？"俞灵儿冷着眼，凑到令狐宝面前。

"当真……不去！"令狐宝虽然觉得俞灵儿很诡异，但立场依旧坚定。

然后，让令狐宝终生难忘的一幅景象出现了。

俞灵儿开始动手解令狐宝的腰带。

令狐宝脸一下子红到了脖子根。喃喃地道："你，你，要，要……"

俞灵儿费了好大的劲终于把令狐宝的七銙麒麟玉带解了下来："这扣子怎么这么复杂？！"

俞灵儿蹲下身，拿起凤鹈玉笔，将刚恢复的一部分内息运至笔尖，立即在玉带上写下：

"是非成败转头空"。

然后她起身发现，令狐宝满脸通红，舌头耷拉着，全身酥软地倚靠在树干上。

俞灵儿也感觉到什么不好的事情，上去对着令狐宝肚子就是一拳。"起来！"

戌时，月挂，风紧。

俞灵儿和令狐宝趴在树上，吃着干粮，手拿着七銙麒麟玉带，静观动静。

"你要我这玉带做什么？"令狐宝大惑不解，刚才俞灵儿忙活半天原来是要他的玉带。他并不知道，这七銙麒麟玉带，虽比不得俞灵儿的凤鹈玉笔等级高，但是玉带上镶嵌了七件品质不低的玉石，综合起来整体品质就接近凤鹈玉笔。俞灵儿在这条玉带上施展逝水笔法，才会有奇效。

"哦！"令狐宝像是突然顿悟了："你是想在那大狼脖子上套个铃铛吧？这样无论它跑到哪，我们都能听音避开？"

"差不多。"俞灵儿很认真地回答。

"啊？！你真打算这么做？"令狐宝感觉不可思议："那谁去给它套这个铃铛呢？你不会是想让我去做这种事吧？"

看令狐宝苦着大半脸，俞灵儿心想，今天令狐宝确实让人大跌眼镜，当遇到危险时，令狐宝完全不像一个只有十六岁大的孩子。他其实已经是个男人了。

"你别忘记，我早对你说过，我今天就是来抓狼的。"俞灵儿已经闻到有急风向这里刮来。

就在这时，中山靖狼顺风而至，到了俞灵儿趴着的大树附近，停了下来，四处嗅着。那五头狼也跟在后面。

俞灵儿一看时机成熟了，便跳下了树。

中山靖狼警觉地俯下身子，冲着俞灵儿不断低吼着。

俞灵儿便张开双手，诱使中山靖狼来自己身边。

中山靖狼小心翼翼地嗅了嗅，除了察觉到趴在树上的令狐宝，也觉察不到任何不对劲的地方。

俞灵儿见中山靖狼这般小心，想来是之前被伤得不轻，才心有余悸。便转身绕着大树作势要走。

中山靖狼见状再也按捺不住，立时向俞灵儿扑了过去。

俞灵儿等的就是这个。当中山靖狼跑到令狐宝身下时，树上的令狐宝算准距离跳了下来，头下脚上的落到中山靖狼身上。按照俞灵儿事先的计划，将手中七铸麒麟玉带牢牢地套在中山靖狼的脖子上。刚一套上，玉带立刻收紧，勒得中山靖狼左蹦右跳。

紧接着令狐宝反手从玉带中抽出紫微软剑，双手高举，便照着狼头插了下去。

一切正如自己计划的那样顺利进行，灵儿回转身，手持凤鹕笔，就等令狐宝刺下的这一剑得手。

可没想到的是紫薇软剑居然刺不进中山靖狼分毫。

中山靖狼一晃脑袋将令狐宝甩了下来。随即就对躺在地上的令狐宝抡起爪子，在他胸口上抓出了几道爪印，令狐宝的血喷洒在中山靖狼身上。

就在这时，在后排观望的五头中山狼，闻到血腥味，一下子朝冲令狐宝扑了过来。眼看令狐宝就要被狼群撕碎，俞灵儿赶忙跑近令狐宝，蘸了蘸令狐宝身上喷洒的血迹："逝水笔法。"舞动着凤鹕笔书写下：

"几度夕阳红"。

这招几度夕阳红，是以受伤者的血为墨施展的，是在自己人受伤时救急的绝招，威力比逝水笔法的前几招大出许多。

紧接着就见整个林子内尽是一片血红色，除了俞灵儿和令狐宝之外，附近一丈内的动物顿时呆立当场，身上还不断闪动着红光。

俞灵儿趁此喘息之机，将令狐宝拖拽到树根下，敷上金疮药，扒开令狐宝的衣领，撕下自己袖口粗略地包扎一下。

片刻后就听"噼啪"几声，随着那五头中山狼全都爆血而亡，原本血红色的林子又恢复原状。只有中山靖狼修为深厚，虽未被炸碎，可浑身也是伤痕累累，全身一片血色。

紧接着疲惫不堪的中山靖狼，肉身开始自我恢复。

俞灵儿等的就是这个时候，她转身立刻冲上前去，手握凤鸲笔，对着箍紧狼脖子的玉带，全力输送内息。

然后就见中山靖狼身上原本在恢复的伤口，却突然开始越变越大，中山靖狼痛苦地嚎叫着，却什么也阻止不了。

原来俞灵儿在那条玉带上施了逝水笔法"是非成败转头空"这七字，可以使任何异能效果逆反，将中山靖狼原本具有的恢复效果，逆反成伤口扩大效果。

可中山靖狼毕竟修为深厚，伤口扩大进展缓慢，忍着伤痛就想反扑。

俞灵儿早就想到这一节。她全力向七錞麒麟玉带输送内息，借助凤鸲玉笔和玉带镶嵌宝物的法宝功效，使自己施的逝水笔法效果增强数倍。

所以此时中山靖狼身上的伤口在疾速扩大中，而玉带则牢牢地箍在它脖子上，令它无法摆脱。

不一会儿，整条中山靖狼被伤口割裂得只剩下残片，俞灵儿一伸手将中山靖狼的大尾巴给拔了下来。然后等整条中山靖狼消失后，狼身上"叮"的一声，掉落了一件红色东西。

俞灵儿俯身拿起这样东西一看，哇！居然是一颗红光闪闪的血纹石！

俞灵儿以自己在瀛洲派所学的各种珠宝知识来看，中山靖狼的自身恢复能力就是自这块血纹石上得来的，而且从左眼百度寻观察到，这个血纹石绝对是辅助效果绝佳的上品。

这时俞灵儿感觉自己怀中有异动，一探手，掏出那半块黑色砚台来。难道这半块砚台和这血纹石互通灵性？她将地上那块血纹石拾起，放入半块砚台之内。突然就见一道红光闪过，砚台黑色尽除，瞬间化成一块白色美玉。而血纹石也融入砚台之中。

俞灵儿惊讶不已，果然这血纹石有复原之效，竟然将这半块砚台恢复如初。拿砚台在手上一看，这半块砚台已经恢复成一块晶莹剔透，雕镂着朵朵白云的玉砚，形成了一个"璇"的篆体字来。看造型这砚台原本应该是叫什么璇砚的吧。

再拾起玉带，放入袖口，俞灵儿转身去看令狐宝伤势。

只见令狐宝依然在流血，人也奄奄一息。俞灵儿心急如焚，帮令狐宝盘腿坐起，自己坐在他身后，周身自动布下天问神功，然后将双掌紧紧握住"半块璇砚"，抵住令狐宝后背。

只要自身不动，自身的天问神功内息就会源源不断恢复。将自身内息透过半块璇砚，再导入令狐宝经脉，循环大小周天，以助令狐宝疗伤。这种疗伤法既不会损耗个人修为，又能无限施加内息真气。

俞灵儿在帮令狐宝疗伤时，觉出他体内有一种纯阳真气，居然相当于普通人三十多年的修为，但是周身经脉却是逆转，这点与常人不同。

这让俞灵儿非常吃惊，怎么令狐宝年纪不大，却功力如此深厚，怪不得刚才自己施展逝水笔法支援令狐宝时，能达到如此高的效果。只是因伤势，这股纯阳真气涣散不聚，俞灵儿就用自身内息，帮他将散乱的真气导入其丹田。只是令狐宝经脉逆行，着实让俞灵儿费了好半天劲。

过了大约一炷香时间，在半块璇砚内血纹石的特效发挥下，令狐宝才得以恢复。

于是俞灵儿收回双掌，再等自身内息恢复到一定程度，收起法阵，将半块璇砚放回身上。

看令狐宝虽昏迷，知其已无大碍。于是打算在林子里采集些干柴准备生火。想要让令狐宝起来走动是不可能了，看来今夜得在这里过了。

第三十八章

紫衣女子

●
○

就在俞灵儿准备去采集干柴时，远处传来了"叮铃铃"清脆的铃声。

俞灵儿心中大骇，想现在也已经是亥时了，大晚上的，这种感觉实在太不好了。

本来听这铃声还在北面，忽然又在南面出现，过一会儿这铃声就在四面八方跳跃般响起。

俞灵儿浑身汗毛直竖，急用左眼到处搜索四周，可是只听得铃声，却依旧没看到任何一星半点。

然后这铃声突然停了，不但铃声停了，原本的风声也停了，原本的虫叫声也停了，除了自己的心跳声，四周完完全全没有任何声音。

而自己的心跳声却越来越急促，感觉快蹦到嗓子眼里了。

"小妹妹。"

"啊！谁？"

一声很亲切的问候，打破了这场寂静。把俞灵儿吓得蹦老高。

回头一看，身后站着一个貌美女子，艳绝无双，眉目间却有深深的戾气，一身青衣，背上挂着两口银剑，手里拿着一副折叠着的项圈，那铃声应该是项圈上挂着的几个铃铛发出的。

这女子一双妙目，盯着全身瑟瑟发抖的俞灵儿，一指地上中山狼群的尸体问："这些狼，你杀的？"

俞灵儿着实吓得不轻，因为左眼里一点都看不到这女子有任何光芒闪动。

这才是令俞灵儿最害怕的事情，因为百度寻的法术是基础法术，有一个观察上限，那就是品质修为达到五百年以上的目标，百度寻是失效的。

不只面前这个女子修为至少五百年以上，她身后那对剑也好，身上穿戴也好，手里的项圈也好，都完全没有一星半点的光芒。

那就是说她身上每一样宝贝至少都有五百年以上品质。

照常理推断的话，这女子的修为很可能接近千年啊！

换做是前世的话，俞灵儿可能对她不屑一顾。

可是今天到了这林子后，连遇险境，对付个把猛兽，也只能勉强自保。看着面前这一脸戾气的女子，貌似还和这些中山狼有关系，想来自己八成是活不成了。

俞灵儿只得装可怜样，大眼睛噙着泪水，用娇羞羞的声音说："你看我一个孩子，可能杀死这些狼吗？"

可紫衣女子像是能看透俞灵儿一般，眼神坚定，丝毫不怀疑眼前这孩子能够做到。

俞灵儿只得将憋在心里很久的大实话，哭喊出来："人家真的只想来抓只兔子而已啊！！！"

紫衣女子微微一笑，那一笑，好似整座琅珰岭的美景尽归于这女子脸上了："好手段，你个小娃娃，居然能杀光我豢养的中山群狼。"

原来这些狼是这女子养在这里的？怪不得一向以孤狼闻名的中山狼，会结群活动，而且头狼还是中山靖狼。中山狼无法成为灵宠，这女子到底用了什么手段，居然能豢养中山狼，一养还是一群。

"那你告诉我，那匹头狼在哪？"这女子对俞灵儿能杀掉中山靖狼，多少还是存有疑惑的。

看来若想蒙混过关怕是会死得更惨，俞灵儿老老实实地将袖子里的中山靖狼大尾巴掏出来，给这女子看："在这儿。"

好像结果已经在紫衣女子预料中一般："这是小白它自己活该，居然敢逃跑。我早晚拿它炖汤喝。"

俞灵儿眼神里闪出了希望的光芒，只要这女子不恨自己，那就有余地："像姐姐这么漂亮的大美人，何必养狼啊？姐姐应该养更好的宠物才是呢！"女人夸女人漂亮，那是最有效的拉近关系手段。

"说得好！"紫衣女子伸手将项圈递给俞灵儿："那你就快戴上吧。"

"啊？"俞灵儿一下有了很不好的预感："姐姐不带开玩笑的。"

"姐姐没开玩笑，既然你杀了我的宠物，那只好拿你自个来赔偿我喽。"紫衣女子很利索地将项圈套上俞灵儿脖子，然后用纤细的手指抚摸着俞灵儿惊愕万分的脸颊。"从现在起，你就是我的宠物。如果你敢逃跑，我一样拿你炖汤喝。"最后一句话还拉高了音调。

俞灵儿心中大急，能不能更倒霉些？落到这个女人手里，估计以她的手段，恐怕以后的日子比死还难受啊。

"这个丫头，恐怕你带不走。"不知何时，令狐宝醒了，背靠大树，还很悠闲地将手臂耷拉在膝盖上，嘴里还叼着一根树枝。

"你说我带不走？为什么？"紫衣女子转过身，冷冷地看着令狐宝："难道就凭你？"

虽然很感激令狐宝这时候出头帮她，可俞灵儿觉得，以令狐宝这份不靠谱，只怕是找死的份啊。

"不，不是凭我，"令狐宝悠闲地仰头，望着夜空的明月："你可知道这女娃的父亲是谁吗？"

"不知道，难道是哪个厉害人物吗？"紫衣女子轻蔑地笑问。

俞灵儿也大感奇怪，为什么令狐宝偏偏在这个时候，把自己父亲搬出来？

令狐宝很有把握地用手指捋了捋自己鬓间发束："你可还记得，当年的撼江知府俞生？"

紫衣女子霍地转过头看着俞灵儿："令尊就是俞大人？"

"是啊，我就是他女儿。"俞灵儿很茫然地看看紫衣女子，又看看令狐宝。

"我清楚记得，当初你姐姐曾在俞大人面前，发誓有朝一日，必报他的大恩大德。当时你也在场吧？"令狐宝手支下巴回忆着。

"令尊大人曾对我们有恩，大恩还未报，我不会为难你。"紫衣女子貌似也没有取走俞灵儿脖子上项圈的意思。

"只是，你们让我想起了过去的事情，我怕自己会忍不住杀了你们。"就见紫衣女子两道秀眉紧锁，眉宇间的戾气越来越浓："趁我还没改变主意前。快滚！"然后身形一闪，人就不见了，山林中只剩下那女子凄凉的歌声回荡着。

令狐宝一指林子外："快走，别管我，我已经站不起来了。她说会回来杀我们，绝不是说笑的。"

俞灵儿却二话不说，上前背起令狐宝就往林子外方向走去。

大约挪动了一个时辰，俞灵儿终于背着令狐宝出了林子，依旧不敢停下脚步，蹒跚着继续向帝都方向前行。俞灵儿归心似箭，离那鬼怪林子越远越好。

"你认得那女子？"俞灵儿边挪步边问。

"我很小的时候，在撼江见过她。当时她的姐姐和姐夫遇到点麻烦，惹上了官司，你爹当时就任撼江知府，为人公正廉明，费了不少劲将那桩官司调查清楚，才还她姐姐和姐夫以清白。"令狐宝好似非常享受俞灵儿背他。

"她姐姐和姐夫？"俞灵儿当时还小，也不记得此事。

"是啊，而且她们所在的家族可是赫赫有名，你可听说过'峨嵋白氏'？"令狐宝饶有兴趣地看着俞灵儿脖子上的项圈。

当然听说过，俞灵儿前世里就知道峨嵋白氏是妖族七大世家之一。七大妖族中多是修炼千年的妖怪，以人的形态组成家族，隐藏在人世间，平日里行善积德，造福一方。

可是这妖族七大世家和仙界五大门派几万年来，因修炼的教义不同，所以一直势同水火。那仙界五大门派修炼的是道术，以三清元始天尊、太上老君、通天教主为尊，以天地大道为约束。而妖族七大世家修炼的是妖法，以三皇伏羲、女娲、神农为尊，只以妖族族规为约束。故此仙妖两界时常矛盾冲突不断，甚至时有大战发生。

在前世里，妖族七大世家中"湛卢山庄"、"桃花源记"、"河州雎鸠"和"燕山虞候"，俞灵儿都曾与之打过交道。可峨嵋白氏五百年来一直非常低调。至于另外两个妖族世家是什么，俞灵儿却想不起来。

"没听说过。"俞灵儿假装不知道，但是她很希望令狐宝能多说一点。

"当朝宰相仇无忌的府中，就有几个峨嵋白氏的族人充当护卫。"令狐宝漫不经心地说着。

不是吧，如果仇无忌请来峨嵋白氏的族人做护卫，个个都像刚才那个紫衣女子般修为的话，就算有人想要跑去刺杀仇无忌，那也是绝无可能的事情了。

"仇无忌请妖族的人做护卫，难道他想密谋造反？皇上知道此事吗？"俞灵儿觉得可以从另一个角度去扳倒仇无忌。

令狐宝意味深长地问："你怎么知道峨嵋白氏是妖族呢？"

"难道你还看不出？那豢养狼群的紫衣女子，不是妖精是什么？"俞灵儿知道自己说漏了嘴，但又哪能被令狐宝这个小孩子问住？

"仇无忌请了很多护卫。何止皇上知道，全帝都都知道。今年年初，曾经雷谦的部将，王凯，在殿前刺杀仇无忌，可惜没能成功，结果被斩杀于市。因此仇无忌请来各路高手，据说都是些奇能异士，出门必带。"令狐宝继续前面话题："现在皇上非常宠信仇无忌，敢谏言仇无忌的人，早就死的死，流放的流放喽。"

"王凯？"俞灵儿想起这个名字，王凯正是太师十客之一的刺客，只可惜刺杀仇无忌没能得手。

第三十九章

梦蛟遇难

● ○

　　俞灵儿感觉身心疲惫，以仇无忌一手遮天的势头，要怎样才能保全即将遭难的父亲呢？何况自己娘亲此刻还躺在床上。感觉自己背负的重担越来越沉。再走一段路，感觉头晕目眩，四肢乏力。

　　这时就见前方几骑马扬尘飞奔而来。俞灵儿抬头看去，只见其中一匹马上坐着一女子，很面熟，再仔细一瞧，那不是师姐百媚娘吗？似乎看到熟人，自己便感觉虚脱无力，立时昏倒在地。

　　那几匹马驶近，下来几个人，喊了声"少爷！"就将俞灵儿和令狐宝分别抬上马去。

　　令狐宝让他们先将俞灵儿送回令狐府。几匹马掉转头往回奔去，只剩令狐宝和那女子两匹马在后面缓缓行进。

　　那个女子怒斥着："我的小衙内啊！你把我千辛万苦盗来的东皇玉珥给弄丢了，你倒好，还有心情谈说爱游山玩水呐。你知不知道仇无忌在宫里安插了一步棋子，打算彻底搞垮我们令狐家，爹娘都已经急得火烧眉毛了。"

　　令狐宝也不回话，依旧看着俞灵儿的马飞奔而去的背影。

　　那女子顺着令狐宝的目光看去："你确定东皇玉珥在那丫头身上？"

"没错——"令狐宝又恢复了一贯慵懒的神情。

"你喜欢上那个丫头了？"女子笑着看向令狐宝。

"没错——"令狐宝依旧一副慵懒的神情。

"那，我倒是有个一举两得的办法！"女子娇笑着。

"没错——"令狐宝扬鞭一打马，奔驰而去。

当俞灵儿在令狐府昏睡的这段时间内，仇无忌和夫人王氏却在密谋大事。

仇无忌正在仇府书房的东窗下来回踱步。被仇无忌的夫人王氏看到："相公，为何事烦恼啊？"

仇无忌停下脚步，看着王氏怒道："哎，还不是烦恼那令狐一家人的事情么！近来老夫派人去解决那些违逆老夫之人，却都被令狐家的人给阻挠了。要不是令狐家背后有吴皇后那么大的靠山，老夫早就将他们给处决了。老夫与他们不共戴天！"

"我当什么事呢。"王氏则轻描淡写地扶着仇无忌落座："相公不是早已将我找来的苏姑娘献给皇上了吗？现如今苏贵人深得皇上宠爱。经过我事先对她多番调教，现在的苏贵人精通宫闱内斗之术，几番计谋用下来，已经将那吴皇后欺负到快不行了。看来要想扳倒吴皇后，那是指日可待啊！"

"指日可待？吴皇后毕竟根基深厚，追随皇上日久。哪怕苏贵人再得宠，也一时半会儿动摇不了吴皇后的根基啊！"仇无忌在那顿足捶胸："老夫可等不及了，再等下去，只怕老夫要被那令狐家给活活气死！"

王氏拍着仇无忌后背："相公莫气！其实要想解决令狐家，还有其他办法！"

"哦？夫人有何良策？快快道来！"

"令狐一家之所以能在钱塘江一带立足，除了吴皇后这座靠山外，还因他们是盐商巨贾，江左一带的私盐都经他们的手，虽说和全境内的官盐相比，那点私盐并不能左右朝廷的收入。可是毕竟影响了官盐收成。"王氏慢慢坐下说道："如果能断了令狐家的私盐之路，看他们还有何本钱立足钱塘江？"

"对啊！"仇无忌一拍大腿："还是夫人高明啊！明日我就着工部侍郎王会，

在上朝时陈说江左私盐的利害，让皇上下旨整顿。"

王夫人继续献计："这样还不够，必须推荐一个人担任江左盐场督察使，严查江左私盐。"

"那样的话，必须得找个得力可靠的亲信去担当才行，可这人找谁好呢？"仇无忌捋着胡须思索。

王氏突然想起一人来："依我看，条儿新找来的丁四就不错，据条儿说此人计谋百出。他原本就是吴川人士，若皇上问起江左民情，他也能对答不是？！"

"嗯，这个人可以，他擅长行书，写得一手好字，又以快笔如飞著称。待我将他推举给皇上，只要哄得皇上高兴，封个江左盐察使那是不在话下的。"仇无忌脸又一沉："就只怕，皇上会顾念吴皇后与令狐家的裙带关系，事情怕是不会这么顺利啊。"

沉思许久。

"要不我们启用苏贵人这枚棋子如何？"王氏压低声音对仇无忌道："我来安排一切，届时让她陷害吴皇后。就算不能立时扳倒她，至少短期内她说的话，皇上也不会采信。这样双管齐下，慢慢地断了令狐家两条后路，彻底赶尽杀绝。"

听了王氏的话，仇无忌沉思良久："不错，要想尽快扳倒令狐家，只得依夫人之计行事！"一想到很快就能拔掉令狐家这颗眼中钉肉中刺，仇无忌不禁放声大笑起来。

酉时，一觉醒来。

俞灵儿发现自己正躺在一张富丽的床上，俞何氏正坐在床边昏昏欲睡的样子。"娘！你身体好了？！"俞灵儿忙一把抱住了娘亲。

惊觉自己女儿醒来，俞何氏立刻扶住俞灵儿问长问短。

从俞何氏口中得知，俞灵儿离开当日，令狐府来人探望俞何氏，并且不知道用了什么方法，将俞何氏救醒过来，还被请去令狐府调养。

而俞灵儿昏迷，被送进令狐府。俞何氏强撑着身子，在昏睡的俞灵儿身边，也守候了两天，未曾休息。

原来自己在令狐府躺了两天了。劝娘亲回房休息之后，俞灵儿调息内观，内息又增添了近六年功力，这下体内有了二十五年的功力。

"辛苦你了，小临。"俞灵儿一摸耳朵，这才发现，小临竟然不在自己耳朵上。

"小临！小临！"俞灵儿呼唤了几声，却依旧没有小临的回答。这才想起，小临还留在十里琅珰上。

等一下，俞灵儿冷静下来。小临无论在哪，要回自己身边都是瞬息之间的事，而自己去找她那可就是大海捞针了。

但是，身边没有小临助功，自己这两天来的天问神功功力又是从何而来的？

俞灵儿突然领悟到，因为小临变大了，虽然无法增加她每晚的功力积攒，却令俞灵儿自己的身体完全掌握了天问神功。不再需要小临助功，就能自行睡觉积攒功力。自己在琅珰岭上无意间用天问神功为令狐宝调息恢复，就是最好的证明。

欣喜之余，俞灵儿转念一想，不知道令狐宝的伤势如何了？还好这次有令狐宝在身边，否则恐怕真要小命不保。看来还是随身多带些草药才好，光是金创药还不够。

于是俞灵儿坐到书桌前，取过纸笔来，快速写下各种药材的名称。

然后推门出去找令狐宝，想将那条七铸麒麟玉带还给他。因那天状况连连，所以一直忘记还了。

出门几步，便遇到府里的管家。俞灵儿向他打听令狐少爷："你家少爷令狐宝在哪儿？"

管家忙回道："令狐老爷和夫人一早便带着少爷出门去了。"这管家叫来福，很会察言观色，看俞灵儿手拿着单子，便问："小姐是否想要采办些什么？小的可先帮着在府里看看有没有存货。"

俞灵儿一想也行，这样自己就不用跑来跑去的了，到时候花钱向令狐府买就是了。于是她就将单子递给来福："那就有劳了，请先帮忙去府内看下，有没有单子上开的药材。"

"是，还请稍候。"来福拿着单子躬身而去。

然后俞灵儿很满意地转身，去俞何氏房里看望娘亲。

刚进得俞何氏房门，却见李碧莲和李嫂二人也在。

见到俞灵儿进来，李碧莲上来抱住俞灵儿就哭，俞灵儿很奇怪，这又是怎么啦？

原来他们在万松赛会那天过后，仇条派人多方打听李碧莲和李梦蛟的落脚之处，然后指使帝都巡检司派人将李梦蛟抓入刑部大牢关押。

李嫂和李碧莲闻讯赶去刑部，可那里的尉司只告诉说，要想放人，只要去求仇府的仇条便可。

李碧莲二话不说就要去仇府，却被李嫂一把拦住。李嫂到底经过些世面，觉得事情绝不简单，于是拉着李碧莲便赶到令狐府来求见令狐夫妇。

可偏偏令狐夫妇不在府内，于是二人便转去探望俞何氏。

三人在房内正不知如何是好，正巧俞灵儿进来了。

听闻这些，俞灵儿愤愤不已，想那仇条胆大包天，居然敢在天子脚下胡乱抓人。

忽听得门外有一个娇媚的声音高喊着："啊哟！怎么能让俞夫人住在这么简陋的偏房呢？这来福到底是怎么做事的啊？"

俞灵儿心道，娘亲住的厢房已经算得上是精装雅致了，何来简陋一说呢？

随着房门被推开，呼啦啦走进来一群令狐府的丫鬟，虽说都是谦卑低眉的丫鬟，却个个锦绣衣裳，打扮得不比一般官家小姐差。就见这群莺莺燕燕簇拥着一位花团锦簇千娇百媚的女子步入房内，俞灵儿抬头一看，正是前天骑在马上的那位女子。

这女子一进门便盈盈万福："拜见老夫人！"众丫鬟也赶紧随着一起向俞何氏万福。

见到这女子，俞何氏喜笑颜开地忙站起身道："有礼了，有礼了。"

第四十章

令狐千金

这女子环顾了下屋内："啊哟！看看这屋子，也不着人来打扫一下。这来福到底是怎么做事的啊？吩咐下去，赶紧着人来里外打扫，还有每日须得清洁三遍。"这女子又转向俞何氏赔笑道："真是怠慢各位，怠慢啦！"

俞何氏乐呵呵地忙道："不用这么麻烦了，都已经很干净了。"

令狐媚忙上前扶着俞何氏问长问短，真比俞灵儿更像是她女儿一般。

"哟！俞家千金醒啦？"这女子的目光扫向俞灵儿。

俞灵儿张口便叫："百媚娘，真的是你？"

"百媚娘？是说我吗？"那女子愣了一下，随即捂着嘴咯咯直乐："小嘴这个甜呐！一眼就看出我千娇百媚啊？哈哈哈。"

难道她不是百媚娘？俞灵儿的前世记忆中，瀛洲派笔仙一辈儿中，女弟子就两个。除了她，百媚娘就是另一个。

记忆中这百媚娘虽说身为师姐，却一副玩世不恭的样子，经常在瀛洲派闯祸惹麻烦，害得自己经常也被牵连。

俞灵儿再低头看了一眼那女子的一双脚。

好大的一双脚啊。

记得在瀛洲岛，百媚娘可是整座岛上，一双脚最大的。

她踩在大师兄江城子脸上的脚印，几乎能完全覆盖他整张脸。

众弟子也不敢说百媚娘的脚大，只能说江城子的脸太小了。

而江城子很不满地轻声嘟囔了一句什么话。

似乎哪个弟子在旁听到这句话了，于是就张着大眼问我们："啥子是裹脚咩？"

在当时只有宫娥、部分嫔妃、家妾、歌女和青楼女子这些女子是缠足裹脚的，其他的女子都是不用裹脚的。

百媚娘以一种可以杀人的眼神刺向江城子。

于是江城子再见到百媚娘时，就躲着走。

"还不快叫姐姐？"俞何氏在一旁见俞灵儿直勾勾盯着人家的大脚出神，便一拉女儿："她是令狐家千金，叫令狐媚。就是令狐宝的姐姐。"

"姐姐好！我叫俞灵儿。"俞灵儿从令狐媚的外貌、姿态和嗓音判断，很可能就是百媚娘。只是俞灵儿不明白她此刻为何不在瀛洲派？

令狐媚笑得花枝招展："原来是灵妹妹啊，听舍弟说呢，你给我买了很多绣品的书籍作见面礼啊，我还没谢过妹妹呢。"

俞灵儿心下了然，看来那些从书斋买来的书还不至于太浪费。可令狐宝什么时候有姐姐的？俞灵儿想前世没见过什么令狐家长女啊？再看令狐媚，长得实在太像百媚娘了，连说话的语气和声音也一模一样。虽然前世自己并不清楚百媚娘的来历，可要说她竟然是令狐宝的姐姐，这可实在太匪夷所思了。

俞何氏又向令狐媚引见了李嫂和李碧莲，李嫂和李碧莲便将李梦蛟被抓之事向令狐媚哭诉一番。

却不想令狐媚轻松淡定地安慰她们："不用担心啦，小事一桩。我管保你们家李梦蛟不出一天便可放出！"

李嫂和李碧莲闻言对视了一眼，然后忙向令狐媚千恩万谢。

令狐媚回转头见俞灵儿出神的样子。于是就拿出一张纸来："这单子可是你写的吗？"在俞灵儿面前抖了抖说："来福说他不认得上面的某些字，遍寻不见你，却被我撞到。"

俞灵儿看了一眼，正是刚才自己给管家来福的那张单子。心想，难怪管家不认得上面的字，自己居然用了草体来写。别的都还好说，药材名字可是万万不能弄错的，这是自己疏忽了："是我写的，姐姐，我只想知道贵府有没有这些药材？我想买一些。"

俞何氏拿过单子看了一眼："灵儿啊！你要这些药材做什么？"抬手按在女儿脑门："难道你又得什么病了？"

"娘，我没事！我本来就想进城买点药材带回家的。"俞灵儿就怕让娘亲担心。

俞何氏对自己女儿能写出这么漂亮的字半信半疑："可这些字不像是你的字迹啊？！"

"药材这种小事啊，我来帮你解决吧。"令狐媚过来一把抓起俞灵儿，对俞何氏说："我有点事想拜托灵妹妹帮个忙，好吗？至于李梦蛟么，你们且在此处静候我的佳音便是。"

"好，好的。"俞何氏忙点头，李嫂和李碧莲见令狐媚如此从容，不禁露出了笑容。

说罢令狐媚便拉着俞灵儿直往门外走，一群莺莺燕燕也尾随令狐媚陆陆续续往外走。

出得门来转过廊亭，令狐媚一拽俞灵儿："我那令人讨厌的弟弟，没有欺负你吧？"

俞灵儿心想这位姐姐，倒是很体恤人意："没有没有。"

"如果他欺负你啊，你只管告诉我就是！"令狐媚娇媚地笑道："我会让他对你负责任的呢！"

俞灵儿叹了口气，好吧，自己忘了他们是姐弟俩。

令狐媚盯着俞灵儿的眼睛眯成一条缝："我可是听说啊，前天晚上呢，良辰美景，你们在林子里共度一宿？"最后四个字令狐媚还拉长了音说。

俞灵儿仿佛看到了一张狐狸脸："啊，不是姐姐你想的那样。"

"我还知道呢，你可是主动扒下了我弟弟身上的腰带哦！"令狐媚一副捉奸在床的神情。

俞灵儿又想起那晚树林中令狐宝的那种表情。

原来，令狐媚是要我给她弟弟负责啊！

"那真的是个误会！"俞灵儿连忙摆手，慌忙间手一抖，不小心藏在袖子里的七銙麒麟玉带掉了出来。

自己一直就忘了将玉带还给令狐宝，现在居然成了证物。

令狐媚伸长脖子看着玉带，然后将她瞪大的双眼，慢慢转向俞灵儿。

跟在令狐媚身后的那群丫鬟，见俞灵儿掉出了玉带，便在那交头接耳不知道说些什么。

扫了那群丫鬟一眼后，令狐媚一脸委屈地抓着俞灵儿哭诉："要知道令狐家在外一向注重声誉，妹妹可知道，令狐家独子的操节名声有多重要吗？"

俞灵儿脸红得像涂了十层胭脂一样，尴尬地杵在那，拾起玉带也不好，放在那不管也不好。

"有一个好消息，和一个坏消息，你想先听哪个啊？"令狐媚突然提高了嗓音说道。

俞灵儿见令狐媚慢慢地拾起了玉带，心中稍安。

"好消息是，李嫂已经答应做你俩的媒婆了。"然后令狐媚将玉带塞回俞灵儿的袖内："坏消息是，适合婚嫁的黄道吉日，本月已经没有了，要等到下个月才有哦。"

俞灵儿完全不会动了。

那群丫鬟的反应非常快，一起大声吵吵："恭喜少奶奶！贺喜少奶奶！"

令狐媚向他们一摆手："有赏！待会儿都去领赏吧！"

再后来的路上令狐媚又说了些什么，俞灵儿基本都不知道了，一路上吵吵嚷嚷，就见到府里的丫鬟、婆子、家丁、仆从、管家争相过来祝贺。

令狐媚就像带着战利品凯旋的将军："全都打赏！"

最后俞灵儿懵懵地被令狐媚拖进一间绣房，一进门就被她按坐在一张书桌前。

不会这么快就让自己签卖身契吧？这令狐家就是一艘贼船啊，自己死都不能上啊。"姐姐，千万莫再开妹妹玩笑，我们什么事情都没有啊。纯属误会啊。"

"先临摹这个来看看。"令狐媚指着案头放着的一本《千真草文》。然后用手轻轻安抚着眼前这个受了惊吓的小可怜。

只要别再提什么婚事，让自己吞了《千真草文》都行。俞灵儿头也不抬，蘸墨提笔就在桌面摆的宣纸上默写起来。在瀛洲不知道写了多少遍了，倒过来写都没问题。

"停。"令狐媚制止了一下，说："居然都能默写了啊？那就按你开那张单子的笔迹来写。"

俞灵儿这才明白，自己写《千真草文》，当然是按了空大师的书体来写的。而自己开单子时，习惯上是以王之散的草体来写。于是就按王之散的草体继续默写《千真草文》。

"停。"令狐媚又制止了俞灵儿，然后拿起宣纸，细细端详。

见令狐媚认真看字的样子，俞灵儿越来越觉得令狐媚就是自己记忆中的百媚娘。因为百媚娘的书写姿势也是如她这般，而且书法造诣一绝。

"原来妹妹善书孙庭的草字啊?！"令狐媚转身问俞灵儿。

俞灵儿冲令狐媚笑笑，也不多说什么。想当年孙庭临摹最多的，就是王之散的草书，而时下很多人会将王之散的草体字误认为是孙庭的草体字。现在的令狐媚，还没上瀛洲拜师，所以也将俞灵儿写的字误认为是仿孙庭的草体。

令狐媚突然将宣纸卷塞进袖口，拉起俞灵儿就往外走。

出得绣房门口，俞灵儿像过枪林弹雨的战场一般，忍受着又一波家丁仆从丫鬟婆子的轮番祝贺："恭喜少奶奶！贺喜少奶奶！"令狐媚以一句"全！都！打！赏！"开道，相继走出了府门，一起上了一顶轿子。

令狐媚一声"皇宫"，轿夫就开始启动。

"姐姐，婚姻大事开不得玩笑，我和令弟真的是误会。"俞灵儿终于能喘上气说话了，拿出玉带："玉带还是先还给你吧？"

"待你们洞房花烛夜，你自己还他吧。"令狐媚挎着俞灵儿的胳膊，凑近说："现下啊，有另一件正事，要和弟妹商量呢。"

和，和谁商量？刚才又商量过哪件正事了？俞灵儿心道为什么自己特别害怕今世的百媚娘？

令狐媚一路详细说来，原来她的大姨妈，就是当今的皇后娘娘吴皇后。

有吴皇后这层背景做靠山，令狐家便暗中处于仇无忌的对立面，无论仇无忌怎么玩弄权术，铲除异己，令狐家都会令他磕磕碰碰。令狐家族就成了仇无忌的眼中钉肉中刺。

虽然仇无忌现今势力已如日中天，却从来没有深及皇帝的后宫内院和殿前司。

可近期皇帝突然纳了个新贵人苏氏，擅长琴棋书画，经常不知从哪弄来很多古玩字画，深得皇帝宠爱。多方打听，才得知这苏贵人有仇无忌在背后撑腰，且处处在后宫与吴皇后针锋相对。

碍于新人受宠，又有仇无忌撑腰，吴皇后还不方便有任何动作。虽目前还不会动摇吴皇后根深蒂固的地位，但看这势头，仇无忌是欲拔除令狐家而后快。可吴皇后和令狐家一时也拿不出任何对策。

说到这里，俞灵儿回忆起，瀛洲岛南明宫，有一潭临墨池，只要世间有任何书画问世，临墨池就会自动将之复印出来。

记得临墨池复印的《传史》记载，吴皇后，十四岁入宫侍奉皇甫构，后历经磨难，一路晋升，于南北十三年被册立为皇后。吴皇后知书明理，博通古今，精擅翰墨，深得皇帝的宠爱。她先后辅佐了四朝皇帝，居后位五十五年之久。

因早年皇帝经历戎马生涯时，那时的吴皇后都是身穿铠甲，挎着刀剑护卫丈夫，故被人称为"带刀皇后"。

"既然这样，我又能帮上什么忙呢？"俞灵儿不是很想参与这些宫廷内斗，她宁愿和仇无忌决斗。

令狐媚的手轻轻拍着俞灵儿的胳臂道："我并不指望你能帮上什么忙，但我不想坐以待毙。当今的皇帝，钟情笔墨书画，喜欢收藏天下各宗名家遗迹。以你书法所长，投其所好，兴许能帮衬点大姨妈。至少不要让仇无忌进展得太顺利。能让仇无忌吃瘪，那可是大快天下人心的好事不是吗？只要你肯帮忙，大不了，我们不要你嫁妆就是了。"

俞灵儿心想也对，如果真能帮到大姨妈，啊不，吴皇后的话，李梦蛟被抓一事，也许就能解决。而且往后自己父亲蒙冤之事，就多了许多挽回余地。打定主意，虽然自己对宫闱之事不甚了了，但有吴皇后和令狐家族在背后支撑，到时见机行事便可。

帝都皇宫，位于帝都城南，从凤凰山东麓至万松岭以南，南至五代梵天寺以北。

令狐媚将俞灵儿带到皇宫。下了轿子，令狐媚拉着俞灵儿向宫门口走去。到了宫门外求见皇后。不多时太监回来说皇后召见。

俞灵儿前世也路经过皇宫，只是皇宫外面高墙耸立，不知道里面什么样子。就见宫殿林立，金碧辉煌。内有二十阁、三十殿、三十三堂，其他亭台楼阁无数。

令狐媚和俞灵儿径直走进皇后寝宫坤宁殿。只见殿内挂着一面硕大的牌匾，上书"贤志"二字。殿内端坐一人，虽三十多岁样子，却依旧风姿绰约，头戴凤纹花钗冠，身着两雉摇翟五彩袆衣，仪态万方。不是吴皇后是谁？

令狐媚和俞灵儿向吴皇后跪拜参见后，吴皇后朝令狐媚问道："媚儿，何事来登三宝殿啊？"

令狐媚喜盈盈地拿出宣纸给吴皇后看，然后指着俞灵儿，低声向吴皇后说了些什么。

吴皇后拿着宣纸仔细端详一会儿。然后平和地道："字，堪称一绝。可惜圣上独醉米字。怕是让贤侄媳白来一趟啊。"

贤侄媳？俞灵儿暗咬嘴唇，这令狐媚到底对皇后说了什么？随后抱拳施礼道："启，启禀皇后娘娘，草民还能，摹尽天下字，默尽天下书！"因为瀛洲岛上临墨池的缘故，瀛洲派藏书富可敌国，所有帖子俞灵儿都抄录临摹不下千遍。看到令狐媚惊讶的表情，俞灵儿心想，百媚娘，将来你入了瀛洲师门，也能做到这般，而且书法成就不输我多少。

听到这句话，不但令狐媚感到惊讶，连吴皇后也不免动容："古有蔡文姬，默写古籍四百余卷。娃儿今年多大？敢夸此海口？"

"他们夫妇俩年龄相仿，一般大啊。"令狐媚回过神来了，"她父亲啊，还是前工部侍郎俞生呢。"

俞灵儿心想，可千万不能再让令狐媚到处引见她了，将她当成已过门的弟媳妇一般。

"俞生，南北二年进士？"吴皇后记性很好。

"是状元哟！她爹一直夸她青出于蓝呢。"令狐媚恨不得将俞灵儿说成是文曲星转世。

"哀家也不为难你，既然你会书孙庭的草字，那你能默写他的《书谱》吗？"吴皇后直接考试。

"娘娘要上卷还是下卷？"俞灵儿走到一张书桌前，令狐媚愣愣地看着俞灵儿挽起袖子开始磨墨。

"就上卷吧。"吴皇后神态依然。

令狐媚真为俞灵儿捏了很大一把冷汗。心想，这《书谱》上下两卷，早已失传。你这丫头也太托大了吧？如果你能还原任何一份现存的名家真迹，那都已经很了不得了。那些失传已久的书稿你都能默写？而且还能还原字迹？这人还没过门呢，就已经学会我弟弟吹牛不打草稿的本事了啊？！

而俞灵儿想也不想，直笔草书而下。对她来说，这可是第一千两百零七次的默写了。

还未等俞灵儿写完，吴皇后就踱步过来看。这一看，吴皇后凤颜失色："这，这是朔源流，辨书体，还有这字……"

俞灵儿置若罔闻，继续写她的。

可令狐媚实在忍不住了："到底怎样啊？到底怎样啊？"

吴皇后强稳了稳心神："先到这儿吧，你且随哀家过来。"说完就往外走。

俞灵儿搁下笔，起身跟随吴皇后而去。

令狐媚急了："那我呢？那我呢？"

"候着！"

目送吴皇后和俞灵儿远去："临江仙子，该起床了哟。"令狐媚从怀里掏出了一团墨汁来，脸上露出了坏坏的笑容，"嗯哈！春风送暖，不早不晚。这个时候刚刚好！"

俞灵儿跟着吴皇后穿廊过宫，来到德寿殿。

殿门口本应该有两名值班太监伺候，可吴皇后却见只有一名太监，面生的很，想是新人。吴皇后执掌六宫，岂能不问："怎么只你一人值班？小李子呢？"那太监识得吴皇后，慌忙回禀："回娘娘，自打皇上下朝之后，就一直没见着李公公。"吴皇后心想，李公公身为大内副总管，虽说年纪大了，有些驼背眼花，可平日里一直恪尽职守，怎么今日却缺勤了？于是便让这小太监进去传话，不一会儿小太监出来："宣，皇后娘娘觐见！"

吴皇后示意俞灵儿跟随，然后进了德寿殿，却见殿内有四人。

正中文案后落座一人，四十开外，目光收敛，雍容娴雅之态，身穿龙袍。俞灵儿心想此人必是皇帝皇甫构了。

皇上身后站立一人，手拿拂尘，太监装束。俞灵儿心道，想必是哪位公公了。

而文案下陲手站立一人，身穿朝服，白净脸，无浓须，阿谀献媚之态。

离得远又有一人，书生打扮，正坐在书桌旁写着什么。除皇帝外的这两人俞灵儿就猜不出来了。

可是吴皇后却认得，那朝服大臣就是仇无忌。皇后心道，唉，门口那新来的值班太监不懂事，至少该提醒一下仇无忌在里面，自己还可回避一时。真不知道那太监是谁教的规矩？

仇无忌眼尖，见是吴皇后，拜倒："臣，拜见娘娘千岁。"那写字书生见此，也放下笔，忙起身跟着拜见。

吴皇后既来之则安之，也不理仇无忌，上前先对皇帝下拜："臣妾拜见皇上，万岁万岁万万岁！"俞灵儿见状忙下跪磕头拜见："草民拜见皇上，万岁万岁万万岁！"

皇帝一伸手："平身吧。"

"谢陛下。"吴皇后起身后，才对仇无忌说，"你们起来吧。"

仇无忌和那书生这才站起身："谢娘娘千岁。"

那个书生抬头看到吴皇后身后跟着的是俞灵儿，心中不觉一惊。原来这书生就是丁四，他认出了俞灵儿就是那天在万松书院独占魁首的那个小丫头，心想她怎么会和吴皇后在一起呢？

皇帝见吴皇后身后跟着个平民装束的小丫头，好奇地问："你身后这丫头是谁？"

吴皇后也不想在仇无忌跟前多说什么，只回答说："陛下，这是臣妾的一个亲戚，名叫俞灵儿，自小会舞文弄墨，擅长书法，臣妾见她聪明伶俐，故带来让陛下指教一二。还望陛下莫怪臣妾擅作主张。"

金殿比试

却不想皇帝哈哈大笑："怎么这么巧？你要给朕推荐书法能人，仇太师今天也是来给朕推荐书法才俊的。"

皇上一说完，仇无忌就觉两道如电精光，向他射来。俞灵儿听闻这人便是仇无忌，一股杀意已经由双眼中射出。

仇无忌倒也淡然自若，自从害死雷谦后，这种目光不知见过多少，早就习以为常了。

可俞灵儿却也不能现在就明目张胆地对仇无忌出手，一旦出手，完全可能被扣上成行刺皇上的罪名，别说会连累吴皇后和令狐家，自己家人也难逃一死。俞灵儿只得强压怒火。

至于皇帝所说的"如此之巧"其实也不算巧，想要向皇帝进献书画，推荐名家的人络绎不绝。同样是献宝的，大家都心照不宣，会知趣回避而已。所以像今天这般两人同时来献宝的事情，皇甫构还是头回碰到。

仇无忌心中则另有一番盘算：今日早朝时，工部侍郎王会奏报江左一带私盐泛滥，建议皇上下旨整顿。可皇上却要三思。皇上的反应全在自己预料之中。事先早就让王氏知会宫里的苏贵人，命其无论如何都要在今日加害吴皇后。同时自己向皇帝推荐丁四，等让皇帝高兴之时，让丁四再奏言江左官私盐整治之法，以谋求江左盐场都察使的官职。钱塘江一带哪还有令狐家的立足之地呢？本来还要等着看苏贵人和吴皇后的这场好戏，却不想吴皇后现在跑来这里。来得正好，老夫就先扫一下你们的威风。至于吴皇后身边那小丫头片子又有多大能为？索性将你们一并整治了。

仇无忌心念及此，便向皇帝一拱手："臣启奏陛下，皇后娘娘向陛下极力推荐之人，必是圣贤达能。臣斗胆奏议，不如让丁四与皇后娘娘带来的人，以书法比试一番如何？"

吴皇后无意与仇无忌在此一较长短，因此谦让退避。

可皇帝兴致高昂："好啊！这主意有趣，朕倒是很想看看，两位爱卿可就此比试一番吧。"见皇帝这么说，吴皇后倒不便推辞了。

"可陛下刚才已经出题来考校丁四，金口玉言，总不能推翻重来吧。倒不如就让那俞灵儿插进来一起考校比试如何？"仇无忌顺势来建议比试的题目。

"好啊！刚才朕有口谕，以《洛神赋》为题，一炷香为限。"皇帝居然答应下来，"皇后，也没开始多久，就让俞卿家去那张书桌写字吧。"

见皇上这么说了，仇无忌转头向丁四使了个眼色，丁四会意，拱手说："臣遵旨！"然后立刻坐回书桌继续书写。

丁四心中意气风发，上次在万松书院，让俞灵儿以梅花篆字捡了个便宜。今日就让你个小丫头好好领教领教我丁爷的厉害。

吴皇后转头看去，果然见香案上燃着香，可已经烧了一半了，要知道香开头烧得慢，越往后烧得越快。再看丁四的书案上，《洛神赋》早已写了将近一半。

先不说这丁四能否在香烧尽前写完，让俞灵儿在半炷香烧完前写完千余字的《洛神赋》，这怎么可能？这不等于是必输的结果吗？虽说皇后无意与仇无忌争此长短，可是她也心知这摆明了是在坑害她。

吴皇后急切地在心里盘算着该怎么回皇上，可是箭在弦上又不得不发，这可怎么办是好？

却见俞灵儿上前扯了扯吴皇后袖子，吴皇后回头一看，就见俞灵儿向她点了点头示意，然后径直走到一张书桌边，挽起袖口坐下磨墨，也不行礼，朗声道："可否再借用一张书桌？"

吴皇后心中大惊，你个小娃，可知道你和哀家已经掉入仇无忌的陷阱了吗？如此轻敌。如果给皇上第一印象不佳，后面哀家得费多少周折挽回。

仇无忌心里暗暗得意，本来自己向皇上推荐丁四，不但说了他能书一手绝顶的行书米字，还说丁四以运笔飞快见长，故此皇上非常好奇，所以才定下了以一炷香为限，默写《洛神赋》。

试问，要在剩余的半炷香内写完千余字的《洛神赋》，还要保持字体工整完美，天下几人能做到？哈哈，今天终于被我逮到一次整治吴皇后的机会，等这丫头一输，再以她举止大不敬问罪，到时候你吴皇后还不得受牵连？你吴皇后母仪天下，带来的亲戚却这么没规矩，看你还有何颜面掌管六宫？

皇甫构见俞灵儿如此淡定沉着，倒也不介意小丫头稍微无礼的举止，反倒觉得这场比试开始有趣起来。向身后的太监一偏头："蓝玉。"

那太监蓝玉会意，命帷幕后的两名宫女，搬来一张书桌，按照俞灵儿的意思，和另一张书案之间隔开少许，并排摆放。

吴皇后很纳闷，俞灵儿再摆放一张书桌，这是要做什么？

皇帝更是伸长了脖子看过来，想起自己见过的民间登高杂技，如果这丫头在两张书案上再叠加一张书案的话，那今天这场比试岂不是大开眼界？

仇无忌则肚子里想想好笑，最好这丫头再搞出点什么新花样，可以给自己更多弹劾皇后的理由。

只见俞灵儿摆好砚台，将座椅搬开，将两张硕大宣纸，分别放在这两张书案上，用镇纸压好。

再从笔架上取下两支笔，蘸上墨，然后双手分别各拿一支，人站在两案之间。

右手执笔在右边纸的右侧开始写"黄初三年，余朝京师，还济洛川。古人有言，斯水之神，名曰宓妃……"，而左手执笔在左边纸的右侧开始写"余情悦其淑美兮，心振荡而不怡。无良媒以接欢兮，托微波而通辞……"

俞灵儿居然一心二用，左右同时开弓，右手写《洛神赋》的上半部，左手写《洛神赋》的下半部。双臂运笔疾挥，翩若惊鸿，婉若游龙，边写边往后退，步态曼妙，真犹如凌波微步、罗袜生尘的洛神。

　　俞灵儿只管写字，哪管那边四张张大的嘴。

　　包括太监蓝玉在内，皇上皇后和仇无忌，这四个可都是书法大家。要知道，书法之道，讲究形神专一，将全副精气神投注于笔下一字，方能写出一手好字。哪里见过这等双笔同时书写的事情。而且貌似俞灵儿还不看两边写的字，还若有所思地出神，可偏偏那两幅字还工整有序。

　　其实俞灵儿完全不需要看自己写的字，都练得烂透了。瀛洲派，笔仙的仙术修炼，就是通过书法写字的方式来修行练功。俞灵儿虽然勤修苦练，可不知怎么，修炼进展缓慢，更别提有什么精进了。俞灵儿倒也不气馁，相信勤能补拙。哪怕付出再多的时间下苦功，只增长些微的功力，也甘之如饴。结果她的仙法功力进步缓慢，反而在师门中，书法练得数一数二。

　　俞灵儿前世很佩服一位右手病残而左手练字的书法家，于是也学会左手笔法。随着字练得越来越熟练，俞灵儿将左右手书法合并，自创了一套双手齐书的绝技。

　　此时俞灵儿一边书写，心里百感交集。父亲俞生当年曾对自己说过，自古以来，只有一个华国，而仇无忌却是历史上第一个提出两个华国的奸臣，只此一项，仇无忌足可当千秋万古大罪。父亲是如此正义凛然，忧国忧民，可惜奸臣当道，最终落得被仇无忌杀头的下场。而当年杀父仇人仇无忌就在眼前，自己却不能有所作为，心里一阵悲愤交加。

　　直到自己写完左右的《洛神赋》后，俞灵儿深深长叹一口气，将双笔搁在笔架上，一拱手："启禀陛下，草民已写完了。"

　　而那炷香还未烧完。

　　再看那边的丁四，不但没写完，还时不时惊慌失措地望向俞灵儿那边。

　　丁四用的是行书，行书是介于楷书和草书之间的字体，而俞灵儿用草书，结构简省，偏旁假借，速度本来就比行书快，再双手齐书，更省下了大半时间。

丁四见俞灵儿比自己更快地写完，心里更是慌张，好在他练字多年，笔势倒是依旧不弱。

俞灵儿以双手齐书之法先写完字，速度上已经赢了丁四和仇无忌一截。本也是想抢在丁四前，让皇帝先看自己写的字。可等自己奏报完，却没见任何反应。

皇帝也没意思要去看俞灵儿写的字。

吴皇后在一旁也不作声。

仇无忌更是当什么都没发生。

就这样大家僵在那里。

不一会儿，丁四终于赶在香烧灭之前，起身奏报完成默写，仇无忌赶忙上前取来丁四所写的《洛神赋》，转身交与蓝玉，再递于皇上面前。

俞灵儿心里很不爽，明明是自己先写完的，凭什么皇帝不先看自己的？偏帮仇无忌能不能再明显一点？怎么连吴皇后都不出面帮说话？

第四十三章

扳回一城

其实吴皇后不抢这个先，是心中自有思量：仇无忌带丁四先进来献技，皇帝命其书写，必然是说过要看他字之类的话，皇上说的话是金口玉言，无论怎样都是先看丁四的字。当俞灵儿奏报完后，从皇上没有任何反应这点来看，吴皇后是猜对了。

仇无忌此时心中可是大大不爽，明明想借丁四已写了一半的速度优势来稳压吴皇后，却不想这臭丫头居然速度上反超丁四。从皇上脸色来看，臭丫头双手齐书之法，似乎还引起了皇上莫大兴趣。想不到自己一时失算，反而帮这丫头在皇上面前出尽风头。想想毕竟是吴皇后亲自引荐给皇上的，又怎么可能是易与之辈，自己太轻敌了。

当前唯一的翻盘机会，就是字！

无论这臭丫头能写多好的字，毕竟年龄摆在那里，就算从娘胎里开始练字，又怎么可能比得上丁四三十多年的寒暑苦功。

这时皇上展开丁四所书宣纸，龙颜大悦："好字，真是好字啊！"

皇上还将字引给吴皇后看："你来看，正侧、偃仰、向背、转折还有顿挫，都有飘逸超迈的气势，沉着淋漓。体势欲左先右，欲扬先仰，可谓风姿跳跃，俊快飞扬。"皇上再引向仇无忌："你看这字，右角的圆转、坚钩的陡起，如熟驭阵马，举动随人，颇有一份骄色。真可谓稳不俗、险不怪、老不枯、润不肥啊！"

然后皇上起身将宣纸置于面前文案上："真可谓出真意于法度中，寄妙理于豪放外，合于天造，合于天造啊！"

仇无忌心中洋洋得意，果然扳回一城，扳回一城啊！

多年来给皇上献宝的人多如牛毛，可皇上还是头一回给予这么高的评价，这丁四的书法名气，可是远近闻名的，岂是凡夫俗子可比。这就叫"真金不怕火来炼"，这臭丫头写得快又如何？双手齐书又如何？

臭丫头你就等着哭鼻子吧你。

而另一边的吴皇后，则是一副很沉醉的样子，跟着皇上一起，细细品味那丁四所写的字，还时不时地附和皇上所点之处。

将俞灵儿整个儿晾在那里，好似殿上完全没有俞灵儿这个人一般。

俞灵儿不动声色地看着殿上发生的一切。吴皇后对自己过于冷漠的处理态度，让俞灵儿想起了道家所言的以不争为争。想那吴皇后之所以能在今天高居皇后之位，母仪天下，那可绝不是简简单单就能做到的事情。以吴皇后的资质来看，若她在瀛洲派修炼，那境界当不可限量。

这个时候，丁四心里开始着急起来，想如果此时此刻，仇太师代自己向皇帝求官职，那顺理成章就是高官厚禄啊，往后可成为仇太师得力的左膀右臂。

可仇无忌此时却偏偏争胜之心大起。他倒主动过来帮俞灵儿解围："启奏陛下，这场书法比试还没完呢，陛下何不看看皇后娘娘推荐之人所写之字呢？"

吴皇后如梦初醒般说："啊啊，那不必了吧？"

仇无忌哪肯放过，一脸刁钻："娘娘千岁！这场比试可是圣上亲允的，哪能不比啊？陛下，为公允起见，看看又有何妨？"

皇甫构见俞灵儿双笔齐书，早就想看看她这字写得如何了："爱卿所言极是，来人，将俞灵儿的字拿来给朕看。"蓝玉下去将俞灵儿的两张宣纸呈了上来。

还未看字，皇甫构先转过头来安抚吴皇后："娘娘啊，文无第一，武无第二。输赢其实不用太挂怀，两位爱卿皆是朕之俊才。"

吴皇后盈盈万福："皇上英明。"

然后皇甫构在面前展开那两张宣纸，开始看俞灵儿写的字。

然后……

然后皇甫构依旧在看着俞灵儿写的字……

大殿上鸦雀无声，众人都在等皇上评说。

可皇甫构就是一言不发，一动不动地在看俞灵儿写的字。

宣纸遮挡在皇上面前，大家也看不到皇上什么表情。

蓝玉看看俞灵儿，又看看吴皇后，心里不知道什么情况。

仇无忌看看丁四，丁四看看仇无忌，心想，这怎么回事？

仇无忌心中一转念，难道臭丫头写的字已经糟糕到了极致，以至于皇上都气得无话可说了？

丁四是头一回觐见皇上，心里本就是诚惶诚恐的。仇太师在皇上面前吹嘘自己笔快，结果被俞灵儿抢先写完，他心里早已七上八下的。现在殿内又是过于肃静压抑的气氛，丁四内心极度惊恐不安。

只有吴皇后颔首欠身，神情泰然自若。

俞灵儿则侧头盯着仇无忌，一副事不关己的样子。

正当大家都在奇怪，究竟皇上是怎么回事的时候，突然，皇甫构打破了寂静，只见他抄起一支笔，霍然起身，往殿侧走去。

大家都愣住了，这又是什么情况啊？

第一个做出反应的是吴皇后，马上拿起盛着墨水的砚台，跟在皇帝右后侧，紧随其步。

蓝玉不明白究竟发生什么事情了，更不知道该做什么才好，慌里慌张地跟在吴皇后身后。

仇无忌更是丈二和尚摸不着头脑，这什么情况啊？回头看了眼丁四，只得也跟了过去。

丁四则被眼前的突变惊吓了，本能地以为是自己哪里得罪了皇上，战战兢兢地跟在仇无忌身后。

只见皇帝快步走到殿侧一面白墙前停住，深深看了一眼左手纸上俞灵儿写的字，然后右手起笔，在吴皇后适时递来的砚台上蘸上墨，就在墙上开始临摹俞灵儿写的《洛神赋》。

仇无忌整个人都傻了：皇上在临摹臭丫头的字！？

丁四早已吓得头脑混乱："反诗都是题在墙上的。难道皇上要题反诗？题反诗可是大罪，皇上万万不可如此啊！"

只见皇甫构，笔走龙蛇，一气呵成。将俞灵儿整篇《洛神赋》临摹在墙上。

写完将笔往身后一丢，昂首龙吟："痛快啊！真太痛快了！"

其实刚才就在俞灵儿写《洛神赋》的时候，心中充盈着国仇家恨，意先笔后，潇洒流落于字体，沉着飘逸，劲健婀娜，一气呵成，全情抒发于文字之上。

而当皇甫构看她的字时，俞灵儿字里行间的那种无法抒怀的笔意，点燃了他的情绪。

他只觉得眼前好似一幅幅画面掠过，父母兄弟被澜人掳走，自己也曾做过澜人的人质。十多年的亡命天涯，也曾为抗击澜军入侵而御驾亲征，为了能接回太后，只得向澜国求和……

多年以来积压在皇甫构心中的仇恨远比俞灵儿来得深厚，只是作为一国之君，又能向谁倾诉？

所以刚才皇甫构一直拿着俞灵儿的字，看着看着实在无法抑制自己的情绪。于是提笔将有同样感触的千余字书写在殿墙之上。笔意圆润，一气呵成，将内心积压已久的那份怨气彻底宣泄出来。

而他在墙上写的草体《洛神赋》，一半临摹俞灵儿的字体，一半加入了自己的情感发挥。

待皇甫构写完后，吴皇后立刻说："皇上写的字，近看字字独立，却字字多变，远望字字间无引带，仍一气呵成，龙游天际，傲视寰宇，当真前无古人，后无来者。"吴皇后丝毫不提皇帝是在临摹俞灵儿字的事情。

蓝玉忙跪倒："恭喜圣上！贺喜圣上！"

仇无忌也清醒了过来，忙躬身道："陛下，此番殿中笔试，总归是皇上技高一筹啊！"

丁四也跟着趴下，口中喃喃自语。

皇甫构回转身，趁着在殿壁上写字的那份意气风发，看向俞灵儿道："皇后，你引荐给朕的人，甚得朕心，朕要赏赐！"

然后坐回文案后，正色道："俞爱卿！勤修书道，承继文德。朕！今天加封俞爱卿为文学馆大学士！执掌教习妃嫔，宫人文化书算等，弘扬文法。还望爱卿莫负朕望。"

俞灵儿忙跪下谢恩："吾皇万岁万岁万万岁！"

皇甫构继续端详那两张俞灵儿写的字，完全没理会仇无忌和丁四的意思。

仇无忌大失所望，本来想今天以丁四的快笔书法，博得皇上好感，再顺水推舟地为丁四争取一个盐官，以求以后掌控江左一带的盐路。却不想被这叫俞灵儿的小丫头给破坏了。

既然自己这边的如意算盘打不响了，那就只有靠苏贵人那里了。

只要按照事先商议好的，苏贵人依照王氏的安排陷害吴皇后。无论这次能否扳倒吴皇后，只要今日过后，让苏贵人升为皇后那是指日可待啊。

可是为什么直到现在，苏贵人还没动静？

就在这时殿外突然一片嘈杂之声四起。

"怎么回事？"皇上向蓝玉示意。

蓝玉还未等出去查看，殿外慌慌张张进来一小太监："不好了！大事不好了！皇上不好了！"

"到底出什么事了？"

“皇上，开花了！皇上，开花了！”那小太监指着殿外直嚷嚷。

“成何体统？！”看这小太监语无伦次地说不清楚，皇甫构忙走出殿外，其他人随后跟出。

铁树开花

到殿外一看，众人被眼前景象惊得目瞪口呆。

举目望去，只见整座皇宫几乎被一大片紫色的花海给淹没了。

宫殿顶上、墙上、柱子上，连一盏盏宫灯上都是，全开满了紫色的勿忘我花。随着春风吹动，空中也飘散着许多勿忘我花瓣。好似天塌地陷了一般将天堂的花园坠入人间。

由于整座皇宫的金碧辉煌，和勿忘我花海的紫色正是两种互补对比色调，容易使人产生巨大的混乱与不安，在场所有的太监宫女还有护卫，全都乱作一团。

"怎么回事？这是怎么回事？"众人指着那片花海惊讶不已。

整座皇宫内几乎所有人都慌乱一团，不知所措。

可在一间偏殿之隅，一人身着橙色锦缎，呆呆地站在勿忘我的花雨之中，止不住泪如雨下。

这人就是苏贵人。

在一堆惊慌失措的宫女太监奔来跑去之间，只见一名英俊的男子，白衣胜雪，不知从哪里走出来，径直向苏贵人走去："婵娟……"

"别过来！本宫，本宫不认得你！"苏贵人立刻板起脸来喝止来人。

白衣男子踏前一步道，"婵娟！是我啊！我是句龙……"

"且慢！"只是一刹那，复杂的表情从苏贵人脸上闪过，随即便面无表情地看着眼前的白衣男子道："现如今本宫已身为贵人，三千宠爱于一身。所谓曾经沧海难为水，你还是离去吧。"

"三千宠爱？可是，君不见，玉环飞燕皆尘土。闲愁最苦……"这白衣男子向苏贵人又踏进一步。

"你也知闲愁最苦。"苏贵人侧过脸去，不让白衣男子看到她的表情，"当初你说回乡禀明双亲，要用八抬大轿娶我入门。可你这一去却杳无音讯，十年来让我好生苦等。"

"当年我回乡途中，遇到澜军，将我抓去，脱身不得。这一晃便是十年。"白衣男子抬头向天，神情痛苦不堪，"待我辗转逃出生天，再来寻你时，却遍寻不见你人。后来得知你只留下一句话：若要再续前缘，除非铁树开花，愁湖水干。"

苏婵娟摇着头像是要彻底忘记那段往事："那就是了，我还是那句话，若要再续前缘，除非铁树开花，愁湖水干！"

白衣男子张开双臂："你看，这里到处都开满了你最喜欢的勿忘我花，别说是铁树开花，墙上，屋顶上，这里那里，到处都开花了。这样你都不肯原谅我嘛？"

苏婵娟看了满眼的勿忘我花海，不免动容："那愁湖水干了吗？"

"愁湖水干？！你可知有多少痴男怨女，相思之泪尽洒愁湖，愁湖水永难干啊。"白衣男子又踏前一步，伸手抓住苏婵娟的衣袖："此水几时休，此恨何时已？要让愁湖水干，除非先断了我对你的相思之苦。"

苏婵娟迟疑了一下，却还是一甩袖子，挣开了白衣男子的手："句龙公子，妾本秦淮一歌姬，花开花落，不管流年度。与其相濡以沫，不如相忘于江湖！"

"可是，无物比情浓，不见无情相缚。"他从身上取出一只破旧的香囊，打开来只见里面几片干枯了许久的花瓣，"从别后，忆相逢，几回魂梦与君同。

这十年来，我身处敌营，受尽折磨凌辱，早有心一死，要不是你我当初分别时，你赠我的勿忘我香囊，一直陪伴着我，只怕我现在早已是孤魂野鬼了。"

见到那香囊，苏婵娟背过身去，泪水怎么都止不住，掩面而泣。

白衣男子上前，轻轻搂着苏婵娟不停颤动的肩膀。

苏婵娟转过身，双手不断捶打着白衣男子的胸膛，哭道："十年啊！整整十年啊！你让奴家好等，好等啊……"

白衣男子一把抱住了苏婵娟，抱得紧紧的，柔声说道："跟我走吧，让我好好弥补那逝去的十年。"

苏婵娟突然挣脱开白衣男子的手："现在说什么都晚了，我若是跟你走了，皇上会放过我们吗？仇无忌会放过我们吗？"

听到这句话，边上过来一个宫女打扮的人，正是令狐媚，她说："姐姐莫担心，对此我早有安排呢，只要你们愿意双宿双飞，我担保在钱塘江一带，没人能找得到你们。"

苏贵人一惊："你是何人？"

白衣男子上前搂住苏婵娟的肩头："不用怕，就是这位恩公将我救出。此番九死一生能来见你，也是得这位恩公鼎力相助。"

"恩公，所言当真？"苏婵娟将信将疑地看着"恩公"。

"包在我身上！你们就放一百个心吧！"只见"恩公"大手一招，前方紫色的勿忘我花丛中，瞬间生出许多白色的满天星。在满是紫色的花海中显得格外耀眼。

"姐姐！你们只需记得，白色满天星花会为你们引路，你们就跟着盛开的满天星花走便是，到地方自会有人接应你们。"

向"恩公"施了个大礼后，白衣男子拉着苏婵娟便向那丛夹杂着满天星的紫色勿忘我花疾奔。

看着他们离去的背影，令狐媚娇媚地笑了笑："要找一个像苏贵人这般色艺双绝，又能令皇上如此痴迷的美女，还真不容易呢。仇无忌怕是再也用不了这招了。"然后取出一封手札，放入苏贵人的寝宫内，"仇无忌安插在后宫的这枚棋子，可算被拔除了。"

"嗖"一声，临江仙子闪身到令狐媚身旁，面无表情地道："我已经按你出的馊主意，将花布满整座皇宫了。你可别忘了你的承诺。"令狐媚脸上赶紧堆笑道："那是自然，只不过他们这一走，我还有些不放心，烦劳妹妹你……"

"谁是你妹妹啊?!"临江仙子纵身跃起，窜上房顶："我说过我只能维持人形半个时辰，现在我要回去了。"说完"嗖"一声便不见人影。

苏婵娟将一切都抛在脑后，眼里心里只有身边这白衣男子。宫内所有人都混乱至极，谁都没注意这对私奔的鸳鸯。跑着跑着，便离开了一片花海的皇宫。出了宫门，一辆马车正等在那里，见他们二人跑来，车夫便招手让他们上车。等坐稳了，车夫长鞭一扬，马车奔驰而起。

沿路盛开夹杂着白色满天星的紫色勿忘我花，待马车离去，又恢复原貌。

这对逃命鸳鸯的眼里除了一路开不尽的白紫色花之外，就只有彼此。

申时，日降。

整座皇宫的花海就如它奇迹般出现时一样，奇迹般消失了。

见花海顺利消失，看来媚儿这次又得手了，吴皇后的身板挺得笔直，向着俞灵儿说道："今日大学士且先回去。既然皇上命你执掌教习妃嫔宫人文化，明日起，你可不用去宫内学士院，直接去坤宁殿候着哀家便是。"

俞灵儿忙向吴皇后跪下谢恩，却说："臣还有一事相求。"

吴皇后忙伸手扶起俞灵儿："你所求之事，媚儿已经告诉哀家了，哀家自有分寸。你先回去吧。今日殿内之事，莫对人提起，切记!"吴皇后嘱咐了俞灵儿后，便转身回殿中去了。

看吴皇后丝毫不在意李梦蛟的样子，也难怪，皇后千金之体高高在上，又怎么会在意一介平民的死活。求人不如求己，俞灵儿打定主意，快步走在出宫的路上。

皇宫北门口，令狐媚正在那等她，不知道为什么，神情非常得意。见俞灵儿出来，令狐媚忙请入轿内。俞灵儿上了轿子后，对令狐媚道："我现在要去一趟刑部。"

俞灵儿一行人到刑部门口，俞灵儿跳下了轿子，就直奔刑部内堂。

刑部尚书听得通报，说是新任文学馆大学士求见，心想这文学馆大学士不过五品官，比自己低很多不说，还只是个女官，自然不用自己亲自出迎，便示意让刑部侍郎李季出去处理。

听闻刑部侍郎叫李季，俞灵儿想起仇太师十客中，有一客是曾设坛替仇无忌祈祷的羽客，也不知是不是眼前这李季。俞灵儿躬身施礼道："下官俞灵儿，拜见李大人，下官是为李梦蛟的冤案而来……"

"原来是李梦蛟一案啊。"这李季连还礼都懒得还，心道，谁不知道李梦蛟是冤案啊，还用你教我？这李梦蛟是仇衙内指明要抓的人。现今仇无忌大权在握，如日中天，连自己这刑部侍郎，都是全仰仗仇无忌的保举才能当上。赶紧想法把这丫头撵走才是。"李梦蛟一案，可是仇丞相府派人来举报的。全部案件卷宗，又都在刑部尚书那里。本官作不得主啊。"

"那就让你们刑部尚书来放人啊！"俞灵儿急不可耐。

站立一旁的三班衙役都忍不住噗嗤笑出声来，毕竟是十来岁的小丫头，听不出李季话中的推诿之意。

李季冷冷地瞥了俞灵儿一眼，道："尚书大人告病，这几日都不在刑部。还请大学士不要为难本官了！"李季双手一摊，心想，尚书大人就在刑部公干，但是因为这事就把他请出来的话，那自己以后就别想混了。

俞灵儿从未经历过官场，被几句话一戗，一时也没了主意。

第四十五章

句龙无悔

左右的三班衙役都面带讥笑地看着俞灵儿，心道这俞灵儿真是乳臭未干，指不定是靠什么当上的大学士呢。居然敢管仇衙内吩咐下来的事情，还敢这么对刑部侍郎说话，实在太不自量力了。

李季心中暗笑着，若连你个十来岁的小丫头都对付不了，这几年的刑部侍郎那是白当了。一挥袖子也不招呼俞灵儿，便转过身去。

"送客！"边上的三班衙役忙大声高喊。

俞灵儿心里大急，若是救不了李梦蛟，那可怎么办啊？

就在这时："且慢！"随着一声浑厚的声音，打外面进来一人，五十开外，一身朝服，气宇轩昂大步流星走了进来。

李季赶忙上前见礼："下官见过御史中丞！不知句龙大人来此有何贵干？"

这御史中丞却不理会刑部侍郎李季，先毕恭毕敬地向俞灵儿一拱到底："在下御史中丞句龙无悔！见过大学士！"

李季大惑不解，俞灵儿的文学馆大学士才五品官，而句龙无悔以御史中丞之尊，怎么却主动来向五品官施礼？论年纪句龙无悔比俞灵儿还大四十多，却自称在下？

俞灵儿忙不迭回礼："不敢不敢，下官俞灵儿，拜见句龙大人！"

"大学士莫要谦虚了，听闻大学士书法妙笔，技惊德寿殿，连皇上都对大学士推崇备至，青睐有加。往后还请大学士多多指教才是啊！"句龙无悔向俞灵儿再次一拱到底。

边上李季一听这话，心想眼前这貌不惊人的小丫头，还是当今皇上跟前的大红人。看来人不可貌相是至理名言啊。还好自己之前的应对还算得体。

俞灵儿心想，怎么就这么一会儿的工夫，刚才德寿殿上的事情，就已经传到御史中丞耳朵里了？

"本官此来，正是为了李梦蛟一案。"句龙无悔转过身对李季开口，"还烦请侍郎将缉拿李梦蛟的批捕文书来看！"

"这……"李季这下可犯愁了，捉拿李梦蛟，只是仇衙内个人的意思，刑部滥用私权罢了。哪会留下批捕李梦蛟的文书这种日后不利于刑部的证据来？

这李梦蛟到底什么来头？居然得罪仇府的人不说，还惊动了御史中丞，如果再惊动皇上的话，那可大大不妙了啊。李季忙道："回句龙大人，因案情紧急，所以先行抓人，还未……"

"按《赵刑统》，案情紧急，可以先行抓人，但是报捕的文书，须得补办！"句龙无悔高声打断李季的话，将右手向前一摊。

刑部侍郎豆大的汗珠滴下，句龙无悔身为御史台御史中丞，职掌纠察官职，肃正纲纪，大事可廷辩，小事可奏弹。刑部因仇衙内之命，滥用私权捉拿李梦蛟一事，哪敢让御史中丞知晓啊？虽然自己还可以搬出仇无忌来压句龙无悔，但这样自己就等于得罪了句龙御史，以后他要是盯上自己，这刑部侍郎可就当得不舒服了。毕竟左右逢源才是为官之道。但是仇衙内也不是自己开罪得起的。

李季万般无奈，只得道："回句龙大人，这个李梦蛟一案，实在牵连甚广。若大人要调研卷宗。下官人微言轻，此事还须得先禀明刑部尚书大人，然后再……"

俞灵儿插嘴道："咦？你不是说刑部尚书告病，这几日都不在刑部吗？"李季心中大急，那些话不过是推托之词，也就骗骗你这十来岁小丫头的，当着御史中丞的面哪里敢提。

"哦？刑部尚书告病？那就奇了，这几日早朝时本官所见的是谁啊？"句龙无悔看上去很惊讶的样子，然后正色道："李梦蛟一案的卷宗，本官今日非调不可。李大人休要再搪塞推诿了。"

李季顿时汗如雨下。索性心一横，你句龙无悔非要调卷宗的话，自己徇私枉法之罪是逃不掉了。更何况得罪谁也不能得罪仇府，搞不好就是掉脑袋的事。"回句龙大人，此案是仇相爷府派人来举报的，若大人非要调卷宗，那也得等刑部录完各方口供，才可呈上。"

句龙无悔冷笑一声："怎么？你敢用仇府来压我？"李季心道，那也是被你逼的，忙躬身施礼："下官万万不敢，只是实情如此，不敢欺瞒。"

这时就见刑部尚书突然从内堂快步跑了过来。

李季立刻感到如释重负，慢慢直起了腰。心道自己的大靠山来了，这下量你御史中丞再横，总不能为了李梦蛟这等小案子，和刑部尚书闹翻天吧？这要是被皇上知道，出糗的可是句龙无悔啊。

然后就见刑部尚书跑到李季面前，指着他破口大骂："好你个李季，居然徇私枉法，拘押良民。你该当何罪？"

"啊！"李季目瞪口呆地看着刑部尚书，心道仇衙内命刑部抓人，刑部尚书是首肯的啊，这事大家都有份，怎么让我背这黑锅。

刑部尚书一挥手："快去，将李梦蛟无罪释放。"三班衙役愣在当场，对刑部尚书的突然转变，一时适应不过来。

"都愣着干什么？还不快去啊！"刑部尚书抬高声音大喊着。两个比较机灵的衙役赶紧往大牢跑去。

就在这时，内堂里缓缓走出两个宫女打扮的人来。刑部尚书赶忙向那两名宫女躬身施礼："二位姐姐请放心，李梦蛟一案，下官谨遵皇后娘娘的口谕。"

一听这话，李季一屁股瘫坐在地上："皇，皇后？……"这李梦蛟到底什么人啊？居然还劳烦皇后娘娘派人来下口谕。看来这次自己是闯了大祸了。不过看样子，好像还没有惊动皇上。毕竟自己在官场打滚多年，以自己的聪明才智和广积的人脉，无论如何都不能任由李梦蛟一事捅到皇上那里去。否则自己就算有十颗脑袋，都不够砍的。

三班衙役也惶恐不安起来，没想到李梦蛟一案，不但招来御史台句龙无悔大人，就连皇后娘娘也来过问。抓捕李梦蛟，几个衙役也都有份，这要是以后责怪下来，可都吃罪不起啊。

那两位宫女转身向门外边走边说："尚书大人知道该怎么做是最好了，我们姐妹这就回宫复命。至于李梦蛟么……"

刑部尚书忙躬身道："下官这就安排车马，恭送李公子前去面圣。"

李季面如土色，一口气没上来，瘫倒在地。

三班衙役全都待不住了，赶紧转身要往大牢方向去，结果几名衙役还撞在了一起。

俞灵儿见状抬头大笑起来，爽朗的笑声传遍整座刑部。

出得刑部，两位宫女自己回宫交旨。

令狐媚则坐在轿边笑盈盈地看着俞灵儿。

俞灵儿向句龙无悔深施一礼："多谢句龙大人今日仗义执言，救得李梦蛟。"

句龙无悔哈哈大笑："大学士何必客套，老夫平生最看不得冤假错案，要不是令狐媚前来找老夫，怕是这世上又要多一桩冤案了。"

"是啊，平日里真是多多仰仗句龙大人了，否则那仇无忌一手遮天，还不知有多少百姓受苦呢。"令狐媚跳下轿子，向句龙无悔盈盈万福。

句龙无悔向俞灵儿拱手道："以后大学士若有需要老夫的地方，只管开口便是。只要老夫力所能及的，定当效力！"说完便告辞上轿而去。

回到轿子中，句龙无悔侧身向轿子里另一个人问道："今日皇宫突然盛开了勿忘我花海，此事真是非常奇怪！七族中只有你的断案能力称得上与临江仙子不分伯仲，不知你可有任何线索吗？"

原来这轿子中人正是虞美人。

虞美人摩挲着手中的铁屑，面无表情地说："雕虫小技而已，先是昨夜在皇宫上下各处洒满这种铁屑，然后今日以钱塘灵狐家的旋金转木，将这些铁屑变成勿忘我花就行了。"

句龙无悔慢慢捋着自己的胡须："可是，将整座皇宫的铁屑同时变成勿忘我花，只怕光靠旋金转木行不通吧？"

"自然行不通，可是，如果有桃花源记的家族徽记'豁然开朗'帮她，那就很容易办到了。只是，她为什么如此大费周折呢？"虞美人略微掀开轿帘，看了一眼远处的令狐媚。

"也许和苏贵人的失踪有关吧。据说苏贵人随着花海一同消失，本来皇上命我调查此事的。"句龙无悔想起刚才皇上突然急召自己入宫之事。

"可是后来苏贵人身边的宫女给皇上递上一份手札，那上面有苏贵人的笔迹。手札上她自称是王母娘娘座下百花仙子之一，勿忘我仙子。"说到这里，句龙无悔自己也觉得很好笑，"咳咳，说她和皇上有三世情缘，今日情缘已了，要回瑶池复命。来世再与皇上共续前缘，让皇上勿再挂怀。"

虞美人却不为句龙无悔的笑声所动，依照这份手札的内容，怎么看都像是那个狐媚大盗令狐媚的手笔："那皇上信了吗？"

"皇上是深信不疑啊，拿着手札感慨万千，连仇无忌的奏报也听不进去了。让我等先行回去。"

虞美人回头道："哦？殿内还有其他人？"

娘亲寿宴

句龙无悔道:"不错,案发之时,德寿殿内除了仇无忌之外,还有他带来的一位书生叫丁四,此外还有吴皇后和那个俞灵儿。"

"整个皇宫匪夷所思地盛开了勿忘我花,本来皇上就憧憬神仙之道,再收到这样一份手札,会深信不疑,也不奇怪。"虞美人又看了一眼跟随令狐媚走上轿子的俞灵儿。

然后虞美人缓缓说道:"一切都是狐媚大盗令狐媚做的手脚,先在皇宫内布满铁屑,然后让吴皇后带着俞灵儿去德寿殿将皇上和仇无忌拖住。再找个桃花源记的人一起布出花海,众目睽睽之下带走苏贵人。致使仇无忌安插在皇宫内的棋子被拔除。只是这桃花源记的人是谁,就不清楚了。"

这时俞灵儿不经意地回头看了一眼,与虞美人的眼光交错了一下。

见俞灵儿看向自己方向,虞美人忙将轿帘放下:"句龙族长,女娲石碑上当真写了'俞灵儿'三字?"

"千真万确,是老夫亲自验证的,可是那女娲石碑上只写了名字,却没说明是哪个俞灵儿,更没具体说明是要铲除她还是要辅助她。害得我们全天下找寻叫俞灵儿的人,现在泾河句龙家里,光是叫俞灵儿的就养了上百个,也不知道其中有多少个是真名,还一个个像饿死鬼投胎般特别能吃。如果俞灵儿这三个字是注定不利于我句龙家的话，怕是将来这群'俞灵儿'会吃穷我句龙家。"句龙无悔苦笑着摇头，"对我们句龙家族来说，此事关系重大，还望虞美人帮我们多多留意啊！"

"七大妖族世家，同气连枝。此番家父命我前来扶助仇无忌。对句龙前辈的事，小侄女自当尽力。晚辈就先告辞了。"虽然虞美人嘴上这么说着，心里却另有打算，此番来江南，其实更多原因是为了那个人，那个世上唯一一个融化了自己那颗比冰还冷的心的人。

酉时，日落。
回程轿子中。
令狐媚双臂环抱着俞灵儿的胳膊，双眼盯着俞灵儿，吵着要她述说德寿殿内发生的事情。

俞灵儿就笼统地说自己书法勉强得到皇上赏识，封了大学士，其他一概免去。

"文学馆大学士！五品啊！"令狐媚惊奇瞪着她的大眼睛，"灵妹妹啊！我果然没有看错人！进了一趟宫，就能捞个五品官啊！"

俞灵儿看着令狐媚，心里也很佩服她：就凭见过自己写的几个字，就敢将自己推荐给吴皇后，以图将来能对付仇无忌。这份胆识和魄力，以及眼光和果断，自己都远远不及。若说这令狐媚不是百媚娘还能是谁？

"姐姐！我对令狐宝只有朋友之谊。况且妹妹年纪还小，没有出阁的打算。"俞灵儿板起脸很严肃地向令狐媚摊牌，"以后请姐姐莫再向人说我是令弟妹云云。"

其实经过在琅玡岭的相处之后，俞灵儿也很感激令狐宝救命之情。可她心里始终偏爱像风归云那样对人关怀备至又成熟稳重、风度翩翩的男子。故此心里还是将令狐宝当作长不大的孩子，一点没有委以终身的打算。

见俞灵儿一说完话便陷入沉思，令狐媚的媚眼带着一丝诡谲的笑意，慢慢靠向俞灵儿的脸："那大姨妈有没有向皇帝说过，你嫁到我们家这件事啊？"

俞灵儿转头盯向令狐媚，心里恍然大悟：原来令狐媚想借吴皇后的口告诉皇帝，自己已经嫁给了令狐宝，如果以后自己否认，那可是欺君之罪啊！

"完全没说过！"俞灵儿对令狐媚恨得牙痒痒。还好吴皇后稳重，只说俞灵儿是她亲戚……怎么感觉离欺君之罪也不远啊！

"唉！我知道，你现在是五品大员啦！我们家小衙内高攀不上啦！好吧，好吧，算我多事！"令狐媚一副失望的表情，"这样吧，你也给我这个当姐姐的一个台阶下！"

俞灵儿来了精神："哦？怎么给姐姐一个台阶下法？"

"你说过你能摹尽天下字，默尽天下书，此事可当真啊？"令狐媚还在对那件事耿耿于怀。

"当真。"俞灵儿很自信。

令狐媚很伤心地说："这样好了，我请妹妹还原一文，如果妹妹能做到呢，我也算有了交代。日后我们家再不提舍弟与你的婚事便是。"

"那可真是太好了！姐姐说吧，哪篇书文？"俞灵儿气定神闲。

令狐媚一副垂死挣扎的样子："但是如果妹妹你做不到，写不了，那你可得答应，立时便嫁给舍弟令狐宝喽？！"

"婚姻大事，不可拿来作注。"虽然俞灵儿有十足把握，但也不能随便以婚姻大事作儿戏。

令狐媚一副残兵败将的样子："妹妹所言甚是，婚姻大事怎可儿戏？要不你看这样行不行？如果妹妹你输了呢，那妹妹的婚姻大事就得全听父母之命，媒妁之言。至少妹妹自己不可作主如何啊？"

"嗯……如此，倒还可以！"俞灵儿觉得这么说法也算行得通。

令狐媚像是极不情愿地陷入了煎熬之中，看着俞灵儿："那就一言为定喽？"

"一言为定！"俞灵儿还不觉得天下间有什么书文是自己默写不出来的。

令狐媚却慢慢地媚笑起来，活像一只给鸡拜年的狐狸："我只要妹妹还原四个字的真迹哦，就是雷母刺在雷元帅背上的四个字，报国安民！"

俞灵儿："……"

令狐媚眼里闪着光芒，像盯着一盘烤乳猪似得盯着俞灵儿："当年我爹可是亲眼见过雷元帅背上那四个字呢。回来还对我们说这字如何如何呢。"

俞灵儿："……"

俞灵儿心想，当初瀛洲派也没这四个字的藏帖啊。试想谁会这么无聊，去雷元帅背上拓下那四个字？究竟雷母是用的什么字体，笔法如何，全不知道。而且现在雷谦元帅也死了，除了之前看过那字的人，谁会知道具体是什么样子呢？

令狐媚居然掏出一张羊皮和一把文身刻刀，撒娇地催着："灵妹妹你倒是来刺字啊？"

俞灵儿："……"

令狐媚活像山大王刚抢到压寨夫人一般大笑："写不出来的话，妹妹可就要守信用啊！"

俞灵儿真想跳下轿子，逃得远远的，离令狐媚远远的，这辈子再不想听她说任何一句话。可偏偏令狐媚就是不停地跟她说着话。

等轿子一到令狐府大门口。俞灵儿就赶紧蹦下了轿子，离开这莫名其妙一路狂笑不止的令狐媚，是自己当前头等大事。

可自己抬头一看，就是一愣。

只见今晚令狐府大门口，张灯结彩，热闹非凡，门柱上还贴着两个喜字，进去的宾客络绎不绝。

俞灵儿大怒，转头看着正在下轿子的令狐媚："难道今天就要我过门不成？"

"那敢情好啊！"令狐媚神采飞扬。

俞灵儿生气地一甩袖子，转身便往大街上走。

"唉！妹妹留步，妹妹别生气啊！"令狐媚上前来拦。

俞灵儿越过令狐媚而走，赌气地说着："今晚休想叫我踏进令狐府门半步！"

"这可是妹妹你说的哦?！"令狐媚反倒停下脚步，气定神闲地说："今天可是你娘生辰之日，我府上上下下都在为你娘贺寿！你不进来的话，那就请便吧！"说完转身进了府。

啊呀！俞灵儿心里惭愧，今天确实是娘亲生日，自己已经五百多年没给娘亲过生日了，又加上近来自己忙东忙西的，哪里还想得起来。不孝啊不孝。俞灵儿心里数落着自己，转身也进了府门。

其实此番令狐府大操大办，一来给俞何氏祝寿，二来庆贺俞灵儿官居文学院大学士，三来等候李梦蛟回来的同时索性邀请这次一起来帝都的江平府同乡和俞何氏一起聚聚。

寿诞宴席上，令狐媚这次还特意邀请了李嫂，向俞何氏给俞灵儿说媒。

这个李嫂的口才真是了不得，将令狐宝吹捧得上了天。

俞灵儿心里知道，令狐宝优点也确实不少，可惜自己心中只有风归云一人而已。

令狐媚则瞅准时机，在那信誓旦旦："哎哟！其实这桩喜事啊！来的路上我就问过灵妹妹啦！你们是没见着啊！妹妹害羞呢，还嗲声嗲气地说，此事听从父母之命，媒妁之言。"最后一句话，令狐媚学着发嗲的声音说着。

听令狐媚这么一说，大家都认定俞灵儿脸皮薄才这么说，其实心里很欢喜这桩姻缘呢。所以在座嘉宾都纷纷过来向俞何氏和俞灵儿贺喜。

俞灵儿呆呆地杵在那儿，悔得肠子都青了。居然上了令狐媚这么大的当！

双手捏紧拳头，低下头心里反复对自己说：今天是娘亲寿宴，不能掀桌！不能掀桌！不能掀桌！

第四十七章

仇府密谋

令狐媚一看时机也差不多了，便幽幽地站起身，脸上露出沉重的忧郁神情："可是啊，就怕伯母会嫌弃我令狐家是贩盐的商贾之家，不肯答应这桩婚事，那也是枉然啊！"

俞灵儿赶忙对着娘亲不停地使眼色，意思让她不要答应。

可俞何氏误会了，以为女儿急不可耐，于是当场就拍板了。

"贤侄女！你这是说的什么话来，莫说我们两家交好多年，单说贤侄这人品样貌，小女是打着灯笼也难找啊。今天我就作一回主了，小女与令弟的这桩婚事啊，就这么说定了！"

"哎哟喂！你们看我这张烂嘴啊，该打该打啊！还是伯母深明大义啊。那依您看啊，这个月选在什么日子办喜事较好啊？"也不知道令狐媚从哪掏出一张厚厚的礼物清单，双手递给俞何氏。与此同时，就见进来几十个丫鬟家丁，扛着大堆大堆的聘礼，放在大堂一侧，来宾都瞠目结舌地看着这些厚重的聘礼。

俞何氏大喜过望，边看着聘礼清单，边和邻桌讨论哪天是黄道吉日。

此时李碧莲居然高谈阔论起生男孩叫令狐什么，生女孩叫令狐什么。

令狐媚忙让人取来文房四宝，煞有介事地将那些名字给记录下来。

俞灵儿可真的急了，双臂横举着想要拦住什么似的："这等婚姻大事，还得，还得，还须父亲答应才行。"

借着三分醉意，李嫂霍地起身，一拍胸脯："灵儿不用担心，明日咱几个老家伙儿就要回江平府。我今天就把话放这儿了，咱几个老家伙就是豁出老命来，也要说服你爹。包！你！事！成！"

周遭人纷纷点头，应诺担保。

俞灵儿是无语泪奔！

想那李嫂一去一来最慢那就得是半个月的光景，只不过等于多给了自己半个月的宽松时间。

俞灵儿狠狠咬着嘴唇，仰天长叹，心里反复对自己说：今天是娘亲寿宴！不能掀桌啊啊啊！不能掀桌啊啊啊！不能掀桌啊啊啊！……

令狐媚在那边看着俞灵儿，笑得花枝乱颤。

当晚，俞灵儿就跑去俞何氏房间，想去说服娘亲，自己不嫁给令狐宝。

一进俞何氏房间，就见光是聘礼，就堆满了半间房，就算晚上灭了灯，房间里都能显出些微光亮来。

听得女儿要拒婚，俞何氏觉得，自己女儿能嫁到令狐家，那可是高攀了，奇怪俞灵儿为什么这么不想嫁。

说到后来俞何氏的情绪非常激动，说现在街坊邻居亲戚朋友都知道这桩婚事了，如果不答应这桩婚事，有损俞家脸面，女儿是嫁也得嫁，不嫁也得嫁！

俞何氏还搬出《烈女传》，说老家以前有过多少贞节牌坊，哪座牌坊是什么典故，好像俞灵儿做了有辱贞节的事情。

最后，俞何氏寻死觅活，逼着女儿非答应这桩婚事不可。

母女俩就这么整整折腾了半宿，之后俞灵儿愤愤然回自己房间，收拾了一下，就搬出令狐府，在帝都找了间客栈住宿。

第二天一早，江平府的同乡们就都收拾包袱回去了，李碧莲和李梦蛟拉着俞灵儿的手很舍不得。

俞灵儿安慰李碧莲和李梦蛟，答应说将来三人一定会一直在一起的，眼下只是暂时分开。无论俞灵儿怎么安慰，李碧莲还是哭哭啼啼的，李梦蛟也在旁劝着。

最后李梦蛟牵着李碧莲的手一起离开时，李碧莲回头喊着："婚后也要时常回江平府看我们！"李梦蛟也跟着起哄："不管生男还是生女，起名字可一定要问我哦，我认识的字多！！"

俞灵儿只得唉声叹气地向他们挥手告别。

"这个叫俞灵儿的到底什么来路？三番两次搅了我们的好事，实在欺人太甚！"仇条一拍桌子，把桌上的茶杯都震翻了。

"三番两次？怎么，那俞灵儿之前就和你有什么过节吗？"堂内仇无忌也不看仇条，自顾自喝着茶。

"那日在万松书院，就是这俞灵儿抢了我的魁首！"仇条只敢说这件事。吴皇后下口谕帮着俞灵儿，将李梦蛟这小子从刑部大牢给救出去，这俞灵儿又坏了自己一桩好事。

一旁丁四非常憋屈地看着他的主子："是啊，小的当不了官事小，可让那臭丫头在皇上面前出尽风头，扫尽相爷的脸面事大啊！"

仇条指着丁四的鼻子大骂："哼！还不是因为你不顶用吗？你不是自居为'江南书圣'吗？怎么连番被那个小小毛丫头给比下去了？"

"下官听说过此人，这俞灵儿是江平府通判俞生之女，自小练字，却一直默默无闻。没想到她是深藏不露啊，现如今居然能写得一手如此书法，还被皇上封了文学馆大学士。"说话之人是站在仇无忌旁边的工部侍郎王会。

这王会是仇夫人王氏的弟弟，是仇无忌太师十客之一的亲客，仇无忌一手将他提拔为工部侍郎一职。所以他经常会拿些贪污来的财物银两孝敬仇无忌，今天也是如此。

俞灵儿之前一直默默无闻，突然横空出世，在皇上那里露了个面就得了个大学士的官职。于是争相打听俞灵儿的大有人在。这王会就是其中一个。更何况在朝为官，首先要消息灵通，只是无论如何打探俞灵儿的底细，却也查不出她能有如此书法造诣的原因。

"哦？她爹只是个小小通判？既然查明底细了，那要对付她还不简单？"仇条的手攥紧成拳头，"我们仇氏一家何时吃过这么大的瘪啊？这次非得好好教训教训这俞灵儿不可！叫她坏我好事！定要让那臭丫头吃不了兜着走！"

"呵呵，既然是通判的话，那六部之中，还就只有你工部最适合收拾他。"仇无忌指着王会笑道。

"工部？"王会转念一想，那俞生曾做过自己的顶头上司。要不是仇无忌当初参了俞生一本，否则这工部侍郎的职位还指不定什么时候轮到自己做。

王会忙道："这江平府通判与别处不同，除了管江平府一带的户籍、赋役、兵民、钱谷诸事外，还要兼管江平府武卫水师的诸多事务。所需的材料都是由我们工部专项拨支。到时候只要我看准时机，逮到个机会整治他一下又有何难？"

"整治一下？光整治一下可难消我心头之恨啊！"仇条瞪着王会大声说，"我要他的命！还有他女儿俞灵儿的命！"

这种谋害朝廷命官的事，自己可没这么大胆子，王会一哆嗦："此事关系重大，我官卑职微，也只能见机行事，从旁尽全力协助太师而已。至于其他的……"

"怕什么？一切有我在，你只管放手去作便是。"仇无忌捋了捋他那为数不多的胡须。

王会只得诺诺："是。"

待仇条与丁四告辞仇无忌离去。丁四想起一事，对仇条说道："小的近日也打听到，那个叫李碧莲的小娘子也是江平府人士，这次随家里人一起来帝都游元宵灯会，近日才离开。"丁四笑嘻嘻地凑近着说，"小的又有一计，这次管保不会有人打搅衙内的好事！"

"你的计谋到底行不行啊？"仇条意兴索然地道，"这回，你又有何计啊？"

丁四继续笑嘻嘻地凑近仇条："衙内啊，仇府不是高手如云吗？只要找几个利索点的，去江平府将人弄出来，带回到帝都附近郊外。到时候也就麻烦衙内亲自跑一趟，神不知鬼不觉的，什么疯和尚的都不顶用了。"

"唉唉！还是你这主意好！哈哈哈！"仇条大笑着，举手拍了拍丁四："嗯，这荒郊野外的，那也很有情调啊！待事成之后，如果那姓李的小娘子肯顺从本衙内，还则罢了，否则，哼哼！直接……"仇条做了个了断的手势。

丁四暗暗心惊，本来自己向仇条献计，无非是报俞灵儿毁自己前程之仇。可没想到，这仇条禽兽不如，坏人姑娘名节不说，还起了取人性命的邪念。毕竟一条人命啊！说杀就杀了？

"来人，把虞氏三雄叫进来。"

过不多时，走进来三名壮汉："参见衙内！"

只见那虞氏三雄，身高马大。为首的叫虞彪，生就一双金眼，左手边的叫虞豹，一双赤眼，右手边的叫虞狍，一双铜铃大眼。

丁四上前，将自己绑架李碧莲的计划向那虞氏三雄述说了一遍。

"这……"虞氏三雄非常为难，他们都是堂堂燕山虞候的府兵，这种下三滥的事情从来不屑为之。

仇条见他们面有难色便道："怎么？不想干是吧？不干的话也可以啊，我就将之前你们做过的那些烂事全捅出去！看虞镇北怎么向我爹交代！？"

燕山虞候的门规很严，虞氏三雄本来都还规规矩矩做人。可是在仇府待得久了，也跟着仇条做了很多坏事，如果仇条把那些事全抖给族长虞镇北知道，怕是性命不保啊。

狼
国
诏
书

毕竟自己把柄被仇条抓着，虞氏三雄也无可奈何："衙内！这可使不得啊！"

丁四忙在旁劝着："你们之前不是说过，在三台山附近认识一个什么人有家客栈的吗？把人带到他那去看管着就行，等衙内到之后，后面的事情你们就不用理会了。事成之后，衙内重重有赏，还会在虞老爷子面前向三位多多美言呢！"

"可这事让大小姐知道就不好了！"虞氏三雄还是很犹豫，"她会剐了我们三兄弟的。"

"你不说我不说，谁知道？"丁四压低了声音说道，"这事就是要神不知鬼不觉的作干净！"

"唉！"虞氏三雄叹了口气，很无奈地转身领命而去。

而俞灵儿离开令狐府后，也不知道令狐媚又在那密谋着给自己下什么套儿。在客栈住着的日子里，心里总是七上八下的。打搬进客栈之后，俞灵儿就客栈和皇宫两边跑，再不踏足令狐府。她每天去宫内坤宁殿，除了默写整理《书谱》之外，还与吴皇后一起探讨孙庭《书谱》中涉及的书法发展、学书师承、重视功力、广泛吸收、学书正途、书写技巧以及如何攀登书法高峰等学问。

俞灵儿不禁对天祷告，这么多天令狐媚都没找过自己麻烦，真是老天保佑。

"灵妹妹啊！"令狐媚突然推开客栈房门而入，"好久不见，可把姐姐我给想坏了呢，你看你，都瘦成什么样啦！可把姐姐我给心疼坏了呢！"

真是怕什么来什么，俞灵儿将头别去另一边："姐姐找我何事？"

"这不是吗，府里刚请来一位专做嫁衣的裁缝，想请弟妹移步，来府中给那裁缝师傅量量身材尺寸呢！"令狐媚进门后第一件事就是把客房门关紧，生怕俞灵儿夺门而逃似的。

俞灵儿也确实有这打算，听了令狐媚这般说，更是想离得她远远的。所以坐在桌旁别过脸不理令狐媚。

令狐媚娇笑着凑近俞灵儿："妹妹啊，生气啦？是谁答应过我，婚姻大事要听从父母之命媒妁之言的啊？"

俞灵儿急了，站起身："那是你诓骗我的，我，我……"

令狐媚轻轻地将俞灵儿按回座上："其实啊，今天姐姐我是有求于弟妹呢。"

俞灵儿心里十二分地提防着，这令狐媚居然还能有求于自己，应该是陷阱，错不了。

"近日嵯峨亮派人出使我赵。不知道他们这次又想打什么鬼主意。"令狐媚饶有趣味地打量着一脸紧张的俞灵儿，"所以啊，姐姐来找弟妹帮个忙。"

"我能帮上什么忙啊？"俞灵儿一脸奇怪地转头看向令狐媚。

"他们出发时随身带着一份嵯峨亮的诏书。"令狐媚将一份黄色绢帛摊在俞灵儿面前的桌上，"弟妹不是能'默尽天下书'吗？姐姐就是要请弟妹将他们这份诏书的内容默写出来看看。"

令狐媚居然想到用黄色绢帛给自己默写，真是心思缜密。"那弟妹，不，妹妹义不容辞。"俞灵儿忙取出笔墨，依着前世记忆中，澜国出使诏书中的大致日期，在绢帛上书写起来。

不一会儿，绢帛上的字就写全了。

"原来这份诏书的内容，是下国书册封我朝皇上为皇帝。"令狐媚端详了一番这份绢帛，"其实早在南北议和的时候，澜狗就让我们俯首称臣，澜国皇帝嵯峨旦下国书册封我朝皇上为皇帝。当时皇上不愿跪拜称臣，去接受什么澜国的册封。最后是仇无忌代皇上跪领册封国书。才勉强翻过这一页。可时隔多年，怎么又下这份国书过来？"令狐媚疑惑地看了一眼俞灵儿，"弟妹你没搞错吧？"

俞灵儿摇了摇头："绝对没搞错。"

令狐媚沉思了一下："今年年初，澜国皇帝嵯峨旦被他的右丞相嵯峨亮弑君篡位。也许是这嵯峨亮登基后又旧事重提，所以派遣使节，非要我朝皇帝履行南北议和的条件，亲自跪拜称臣，接受澜国册封不可。"

当初的南北议和，澜国有四个条件。

第一，杀雷谦，是一切议和的首要条件。

第二，称臣，由澜国册封赵国皇上为皇帝。

第三，割地，割让四州给澜。

第四，纳贡，赵每年向澜纳贡银两、绢布各二十五万。

"好，既然清楚了澜国使者的目的，姐姐就先告辞了。"令狐媚起身就走，"还要多谢弟妹这番帮忙喽！有空姐姐还会来看弟妹的哦。"

俞灵儿如释重负道："姐姐走好，以后若见面，望姐姐莫再提裁嫁衣，量我身材尺寸之事便好。"

"自然不会。弟妹只管放宽心啊，其实你娘早就将你的身材尺寸告诉我了，哇哈哈哈哈！"令狐媚娇笑着踏出门，扬长而去。

俞灵儿感觉头晕了一晕。

而令狐媚所说的澜国特使，名字叫嵯峨衡，是澜国宗室嵯峨秃之子，被封为芮王，担任猛安、银青光禄大夫。

正前往帝都路上的嵯峨衡，此刻在泗州的官道上，对着一群被抓来的原人百姓们耀武扬威着。

那群原人百姓，男女老少都有，个个衣履破烂，面如枯槁，腰板却都站得挺直，一声不吭地看着嵯峨衡。

"这个，是谁干的？"嵯峨衡一指自己乘坐的辇车，只见辇车上，从右至左，被人用笔墨写了两个字"王八"。

"我，下车喝口茶，一个不留神滴，这车让人给写了这两字！"嵯峨衡指着那群百姓："不要以为我是澜国人，就不懂汉字。有人写王八这两个字，那就是骂我！"

那群百姓依旧闭口不言。

嵯峨衡气急："你们，都不肯招供是哪个人做的吗？"

那群原人依旧沉默。

"啪"一声，嵯峨衡一扬手中的鞭子："你们要是没人认，就统统抓起来，坐牢服苦役！"

"我……"一个瘦小的男孩，从人群中走出，手中还紧紧攥着一支笔和一墨砚台，笔尖的墨迹还未干，"是我写的。"

嵯峨衡看着眼前这弱不禁风的孩子，将手中皮鞭慢慢绕在手上："辱骂澜人，你知道是什么罪吗？"

那男孩摇了摇头，眼神却异常坚定："一人做事一人当，你放过其他人吧！"

"放过他们？"嵯峨衡哈哈大笑，"知情不报是从犯，一个都不能放过，全抓起来！拉去服劳役。"

"慢着！"话音明明是从远处传来，可说话之人却很快便来到众人面前。

只见来人，一袭白衣胜雪，更映衬出他俊朗的面容来。本来面无表情的那群原人，也全都惊讶地看着这白衣男子，惊叹这世间怎么会有如此美男子。

"你是谁？凭什么阻止我？没见我是澜国特使吗？"嵯峨衡嚣张地看着眼前这貌似潘安的男子。

"嵯峨王爷请息怒！"嵯峨衡身后急忙走来一人，正是与嵯峨衡一同出使南赵的张权。

"王爷息怒啊！此人王爷可得罪不得啊！"张权走到嵯峨衡耳边低语。

嵯峨衡不解地看着张权:"为什么?还有连我都动不得的人?"

张权道:"王爷可曾听过'北天句龙,南没有人'这句话吗?"

嵯峨衡依旧不解地看着张权:"我听国主嵯峨亮说起过,什么意思就不知道了。"

"他就是这句话中'北天句龙'所指的人,句龙在天!"张权拉着嵯峨衡,"也是国主嵯峨亮一直推崇备至,愿以千金求其一字的人。"

嵯峨衡一听,却愤愤不已:"原来他就是句龙在天!我家国主嵯峨亮礼贤下士,曾多次招揽他,却都被他回绝。哼!不识抬举之徒。"

张权忙上前向句龙在天一拱到底:"有失远迎!有失远迎啊!不知句龙兄今日前来,有何指教啊?"

句龙在天微微一笑,却也不回礼,指着那孩子与那群原人百姓道:"小孩子不懂事,随手图描罢了,贵为澜国贵族,还是不要计较吧。"

"原来是为这小孩求情。"张权回头看了嵯峨亮一眼,那意思,要不就算了。

"不行!"嵯峨衡不肯就此善罢甘休,心道,虽然嵯峨亮视你句龙在天为宝,可对于不识抬举的人,我嵯峨衡就没这么好说话了!更何况看你这态度,比我们澜国人还傲慢,想过我这关可没这么容易。

张权过来劝嵯峨衡:"王爷,你也知道国主嵯峨亮的脾气有多大,要是被他知道你今日怠慢了句龙在天,那可就大大地不好办了!"

嵯峨衡一听也是,嵯峨亮的脾气火爆是世人皆知的,要是惹他发火,就算皇亲国戚也满门抄斩的。

"那,起走这字!起走!"嵯峨衡指着辇车上"王八"两字:"澜使辇车,象征国威。"当着那么多原人的面,嵯峨衡也放不下脸向另一个原人放软话:"除非把这两字原封不动给起走!否则就别怪我抓人了。"

张权觉得为难了:"王爷,这字写上去容易,起走可怎么起啊?"

第四十九章

句龙在天

●
○

句龙在天轻蔑地一笑："起走不难，让我来吧。"

说罢，银光一闪，句龙在天掏出一杆银枪来，枪杆和枪头通体银白，加上白色枪缨，在句龙在天的胜雪白衣中忽隐忽现。若是句龙在天突然刺谁一枪，都很难分辨出是如何出枪的。

嵯峨亮不自觉地往后退了一步："你想要动武吗？"

张权拿手一拦："王爷莫担心，此乃句龙在天随身的毛笔'银钩枪'。"

"毛笔？"嵯峨亮瞪着大眼，"这明明是杆枪，怎么可能用来书写？"

句龙在天瞥了嵯峨衡一眼，然后一抖手中银枪，就见银白枪杆顿时缩短一半，紧接着银色枪头"扑"一声，缩进了枪杆里，随着枪头的隐没，所有白色枪缨全都朝枪头方向聚拢起来，整个短枪活脱就像一支硕大的毛笔。

虽然句龙在天对澜人和张权傲慢无礼，却对那些原人非常客气。只见他对那孩子拱手施礼："这位小哥，在下还请墨一用！"小孩子也不知道他要做什么，点点头将手中砚台举到句龙在天跟前。句龙在天将手中银枪的白色枪缨沾了沾砚台中的墨水。"多谢！"然后走到辇车前，抬手书写起来。

嵯峨亮以千金求句龙在天一字而不可得，今日却在这儿挥毫，这让张权惊喜交加，目不转睛地看着句龙在天写字，全忘了嵯峨衡原本要将车上的字给起走，而不是再写。

然而嵯峨衡却低声问张权："张权，这'北天句龙，南没有人'，是怎么回事？"

张权这才将目光移向嵯峨衡："王爷啊，听说过'黄溪修禊'么？"

"这个听过，三年一会，三月初期。吴川山阴，黄溪修禊。"嵯峨衡对此类书法盛会还不算陌生。

张权点了点头道："王爷这么熟悉，那王爷可知道十年前的那次黄溪修禊，谁夺魁了？"

嵯峨衡一摊手："我知道黄溪修禊，可每次都是赵人夺魁，我滴何必去关心这么多？"

"十年前的那次黄溪修禊。夺魁者可是两个人，分别是代表北碑的句龙在天和代表南帖的敷文阁直学士米有仁。"张权一指句龙在天："后来国主嵯峨亮知道此事，于是就说了句'北天句龙，南米有仁'。因为澜人读'米有仁'这三字时，容易读成'没有人'，故此就传成'北天句龙，南没有人'。"

嵯峨亮一听，哈哈大笑："确实确实，南没有人！"

笑声惊动了句龙在天，他鄙夷地看了嵯峨衡一眼，然后道："好了，你这'王八'已经不在了。"

张权和嵯峨衡忙转头去看辇车，只见原来的"王八"二字，变成了"屋足"二字。

句龙在天在"王"字上添加了几笔，变成了"屋"字，而"八"字两笔延伸，一捺一撇相交，然后上面也添加了几笔，变成了"足"字。

非但如此，"屋足"两字的所有笔画左面和下面，都如影随形地跟有细线，细线与笔画间隔着均匀的空白，空白处又留有丝丝笔线。

如果说这两字的黑色笔画是上部的话，那些空白就像是这两个字的侧面和底面，使得这两个字立体起来，立体得就像整个被抬起来一般。真的就像是将字起出来似的。

"飞白书！是飞白书啊！"张权大声赞赏："古有蔡邕创飞白书，丝丝露白，飞笔断白。像句龙在天的这般飞白，还能将字给立起来，我还是生平仅见啊！"

"真的唉，字全都立起来了！"围观的几个澜兵都啧啧称奇，"真的把字给立出来了。"

嵯峨衡却不服气，指着车问："那'屋足'，什么意思？"

那群原人百姓中，有一位长者模样的人，见是"屋足"二字，忍俊不禁。

张权心道管它什么意思，只要不是"王八"二字就行了。嵯峨亮千金难求一字，现在他写了两字还不够好啊?！想及此，忙躬身向句龙在天行礼："难得句龙兄有此雅兴，不如再赠几字如何？"

句龙在天一笑："好啊！"话罢："扑棱"一声，一抖手中银钩枪。随着枪缨一收，银色枪头又从枪杆中乍现。也不知是如何做到的，原本枪缨上的墨水瞬间甩干，又是一片纯白色。接着银色枪杆突然伸长，短枪变回为长枪。

然后句龙在天一手持枪，以银枪头为刻刀，在路旁一块石壁上疾刻而下。

"是阿飞书法！"原人百姓中那位长者悄声说道，"前朝猛将阿飞，每当征战之后，会手持丈八矛，在石壁上书写。以枪矛刻字书法者，这句龙在天实乃古今第二人也。"

但见句龙在天写完，旋了个身，将手中银枪甩了一圈后，银枪便消失不见。

石壁上豁然刻着赵威的颜体字"直捣黄龙，还我河山"八个大字。

那群原人百姓们见此八字，都不禁眼中泪奔。

他们这群人，千里迢迢从北方各处赶来泗州，就因为此处是赵澜两国使节必经之路。他们等在这里的目的只有一个，就是不断询问经过此地的赵使同一句话：何时能收复失地，驱除鞑虏，还我大赵江山??！！

如今句龙在天将他们的心声全刻在石壁上，怎不让人激愤万千？

张权和嵯峨衡指着那八个字："唉！这！这！……"

然后转头去找句龙在天，却早已不见他的踪影。

一曲悠扬箫声，从句龙在天手中的玉箫传来，人站在一处高丘之上，面对着斜阳。

"少爷！我们找得你好苦啊！"句龙爪和句龙牙异口同声地对句龙在天抱怨。

放下手中玉箫："找我何事？"

句龙牙道："族长让你去找一人。"

"谁？"

句龙爪回答："此人正在帝都，名叫俞灵儿！"

句龙在天很不耐烦地甩了下袍袖："又是俞灵儿，这人究竟有何神通？让我泾河句龙一族，遍天下寻找。"

句龙牙看了一眼句龙爪，然后说："少爷！族长交待的这个俞灵儿，别的神通我们是不知道，但是族长来信，说她能'摹尽天下字，默尽天下书'。现任文学馆大学士。"

句龙爪补充道："少爷您是知道的，现在全天下都在寻找《雷谦兵法》，所谓得《雷谦兵法》者得天下。七年来都没人找得到这《雷谦兵法》，可如果这大学士俞灵儿能将《雷谦兵法》给我们默写出来，那天下岂不唾手可得？"

"荒谬！只有得民心者才能得天下，有兵法而无民心者，就算得了天下也不长久。"句龙在天一甩袍袖转身离去。

望着句龙在天的背影，句龙牙喊道："族长说了，今年三月初期的黄溪修禊，俞灵儿必会参加。族长让您届时将那俞灵儿给请来啊！"

已经走得老远的句龙在天，话音远远传来："不用你们说，今年黄溪修禊我自会去，至于什么俞灵儿的事情，你们自己看着办。"

"啊嚏！！"俞灵儿打了个大大的喷嚏："谁在说我啊？！"

本以为令狐媚来这么一次之后，自己能得几天安生日子，却不想令狐宝回帝都了。

这令狐宝一回来，就老往俞灵儿住的客栈跑，一会儿送来各种礼物，一会儿送来各种美食，又一会儿送来各种花。

不过自己还是要向令狐宝表明态度："令狐宝！多谢你的美意，可是，我觉得我们更适合做朋友。你是个好人！你会找到比我更优秀的女孩！"

可没想到令狐宝并不放弃，经常赖在客栈里就是不走，还有一搭没一搭地和俞灵儿唠嗑。有道是伸手不打笑脸人，虽然俞灵儿绝意不嫁给令狐宝，可也多多少少被他感动了些。

察觉到令狐宝在自己心中激起了一阵涟漪，俞灵儿忙稳住自己心神，去思念风归云的笑脸，轻声唱起前世风归云对自己经常唱的那首歌："你侬我侬，特煞情多，情多处，热如火。把一块泥，捏一个你，塑一个我，将咱两个一起打破……"

"上邪！！"就在这时，客栈内轰然响起了令狐宝那破锣般嗓音，"我欲与君相知，长命无绝衰！"把俞灵儿着实吓了一大跳。她竟然忘了，这令狐宝是个兴奋起来就张牙舞爪的性格。客栈里每天人来人往的，令狐宝逢人就塞个红包，到处宣称他如何如何爱慕俞灵儿。那些客人也是起哄的多数，还尽给令狐宝出馊主意。

"山无棱，江水为竭！"这不，令狐宝就在客栈内对着俞灵儿的房间引吭高歌："冬雷震震夏雨雪！"一群看客围着令狐宝，还双手打着节拍，不断叫好。

令狐宝是越唱越来劲："天地合，乃敢与君绝！！！"唱得俞灵儿快疯了。

虽说经历了五百多年，可俞灵儿现在毕竟还是待嫁的黄花闺女，哪容得下令狐宝这般折腾。

"上邪！"……拿扫把赶了他几次，没用。

"上邪！！"……报官吧？估计也没人会管。

"上邪！！！"……感觉自己就像是被一个非要亲近的小孩子缠得没了办法的大人。

"上邪！！！！"于是这一天，俞灵儿任由令狐宝在那闹腾，自己推开窗户，跳窗跑了。

诸葛笔舍

第五十章

●
○

俞灵儿早就想去找个能制笔的铺子了，可是找来找去，都推说不懂得古笔的制法。后来打听到，只有宣城的诸葛家世代传承有制作古笔的工艺。正巧，帝都城外东堤边上舞鹤像旁，有一位从宣城来的制笔师傅，开了间"诸葛笔舍"。于是俞灵儿便只身前往。

走不多时，便到了东堤。东堤，是东方舞鹤任知州时，为了治理愁湖，用挖的淤泥葑草堆筑而成的一条南北走向的堤岸。南起南屏山，北至栖霞岭。一座高一丈的舞鹤石像就立在东堤之旁。这舞鹤像正是杭州百姓为感恩东方舞鹤治理愁湖而立的。

东堤春晓的美景，杨柳夹岸，艳桃灼灼，让人心旷神怡。轻风徐徐吹来，杨柳飘忽摇曳，湖波荡漾，如梦如幻。愁湖景致六吊桥，一株杨柳一株桃。

在一群孩子的欢呼簇拥之下，俞灵儿找到那间诸葛笔舍。

只见诸葛笔舍内住着一位三十岁左右的大汉，络腮胡，皮肤较黑，豹圆眼。

此人从屋内取出各种水果点心，分发给那群引俞灵儿进来的孩子们。然后对俞灵儿说话的声音响如雷鸣："我不姓诸葛，但是我跟宣城诸葛家学过制笔。"

俞灵儿忙取出凤鹈玉笔："那师傅，听说现如今，只有宣城诸葛家才懂得古笔的制作。请师傅您看看用这狼毛可否做成此笔的笔毛？"

这大汉看了一眼说："是古笔没错，但是这狼毫质地硬，只能当作被毫。你还需找来质地柔软的毛，才能再做副毫。只有先做成副毫，才能再做被毫。"

"那好吧，先谢过师傅了。"俞灵儿环视了一下诸葛笔舍，见笔舍内还摆放着很多古笔。"这些笔我买一些吧？"俞灵儿对世间少有的古笔很感兴趣。

"这些笔就是诸葛笔，几乎没人来买。你要就随便给点吧！"这大汉倒豪爽。

于是俞灵儿买了几支诸葛笔，随身备用。见这些诸葛笔制作工艺不错，便多给了这大汉一些银两。每回临出宫时，吴皇后都会赏自己一些金银珠宝，加上任文学馆大学士之后有五品官的俸禄，故此现在她并不缺钱。

出了诸葛笔舍，俞灵儿就见湖波如镜，映照自己的倩影，无限柔情寄予湖光春景之中，便想在附近游玩一番。

可附近行人却显得慌慌张张的，俞灵儿感到奇怪，这些行人的神色与如此东堤春晓的美景很不相应。

俞灵儿询问一名行人："你们为何慌里慌张的啊？"

那行人一指三台山方向："你是有所不知啊！最近那一带不太平，据说闹鬼！很多商客去了就再没回来过。"

俞灵儿一边往回走，一边把玩着诸葛笔。正玩着呢，一瞥眼，就看到仇条被丁四及众仇府家丁簇拥着，一行人离开帝都城，往三台山方向赶去。

"虞氏三雄办事果然麻利，这么快就将姓李的小娘子给带回来了。"丁四一路走还手拿扇子在一旁给仇条扇风。

"哈哈！还选在三台山那里落脚，良辰美景，不错不错，事成之后，本衙内都有重赏！"仇条洋洋得意地走着。

俞灵儿心想，这不是仇条吗？说什么姓李的小娘子？反正不管是谁，估计仇条此行定然不会有什么好事。于是她便不远不近地一路跟在仇条这群人后面走，想看看他们究竟在做什么坏事。

赶到三台山附近时，天色已晚。

老远望去，杨柳树丛间有一家偌大的客栈，里面灯火照耀。

"你确定是这家客栈吗？"仇条停下脚步："怎么客栈里灯火通明的？像是有很多人住在客栈内似的？不是说神不知鬼不觉吗？本衙内来此，这客栈还敢开起门来做生意？"

丁四也犹豫起来："虞氏三雄飞鸽传书说得真切，确实是这家客栈啊！要不，派个人先去打探一下如何？"

仇条点头，忙叫过一名家丁前去客栈里打探，自己一干人钻进一边的草丛中等候。

俞灵儿便藏身于远处一棵大树后面，盯着仇条他们的一举一动。

过不多时，打探的家丁回报："衙内！小的见到虞氏三雄了，就坐在客栈内。"

仇条大喜，虞氏三雄果然不负所望，那姓李的小娘子可就在前方客栈里呢，小娘子等急了吧？本衙内这就过去啊，哈哈哈！

"那，你看清了，客栈内可还有其他人吗？"丁四还算谨慎。

那家丁忙回禀："还有一个人！是令狐家的令狐媚，她正和虞氏三雄一起打马吊呢！"

仇条差点没摔倒在地，怎么每次自己有好事的时候，这令狐家的人都会来插一杠子啊？

丁四也觉得奇怪："你可探明了？没搞错？"

"小的那可听得真真切切，不会错的，而且那令狐媚还把把赢牌，那虞氏三雄就快把钱输光了。"

仇条摇头叹息，这虞氏三雄也真是的，居然将本衙内的正事放在一边，却和令狐媚一起打起马吊来了？

"哇哈哈哈！胡啦！清一色自摸！来来来！给钱给钱！"令狐媚叫嚣的声音远远地传了过来。

那虞氏三雄愣愣地坐在那里，很不情愿地将钱交给眼前这娇媚女子，眼看着几圈下来，从仇府那赚到的银两财物，顷刻间几乎全输给了她。

虞氏三雄来仇府时日不多，并不认得令狐媚，本来哥仨坐在一起，等着仇衙内的时候感觉无聊，就摆出马吊牌随便玩玩，却不想从客栈外进来一个千娇百媚的女子，要和哥仨打马吊。虞氏三雄并没将这女子放在眼里，本来就很无聊，于是就同意一起玩两把。

可没想到的是，这娇媚女子一连赢了哥仨好几圈，都是清一色自摸，还都是胡清一色索子。

莫不是这女子耍老千？赤睛虞豹瞟了一眼大哥金睛虞彪。

金睛虞彪对自己一双金眼金睛一向自负，世间任何老千只要一耍手段，必定能当场看出来。可奇怪的是，无论怎么看，都没见到她动过什么手脚。

"哈哈，又是我连庄哦！"令狐媚将所有赢来的银两财物放在桌上，"看你们钱也不多了，要不这样吧？如果这把我输了，这些钱你们都拿去。"

本来输得昏天黑地的虞氏三雄顿时来了精神。

可令狐媚的媚眼紧盯着壮汉们手边为数不多的钱财："可如果我赢了，除了输给我你们手头这些钱之外，你们还需老老实实回答我一个问题。如何？"

"行啊！就依你。"虞氏三雄觉得以差距如此之大的条件，完全可以冒险赌一把。

然后最令虞氏三雄紧张心跳的一把马吊开始了。

每次只要令狐媚抓牌，那虞氏三雄就非常紧张地盯着她的玉手。

令狐媚用手摸了下抓到的牌面，突然很惊喜地大叫："哇哈哈哈！！"

虞氏三雄跟着倒吸一口冷气。

"暗杠！"令狐媚将四张牌牌面朝下连在一起，放在一旁。

虞氏三雄长出了一口气，却见令狐媚又去牌堆后抓牌。那虞氏三雄便又非常紧张地盯着她的玉手。

"哇哈哈哈！！"令狐媚又尖叫。

虞氏三雄跟着又倒吸一口冷气。

"还是暗杠！"那虞氏三雄浑身是汗，都湿透衣襟了。

"又是暗杠！"令狐媚又抓进一张牌。

令狐媚一连暗杠了四把，虞氏三雄几乎虚脱。

"唉！"令狐媚最后抓进一张牌，却缓缓地摇了摇头。

虞氏三雄瞪着眼长长地呼出了憋了很久的一口气，还好还好，没事没事。

"啪！"令狐媚却突然一拍桌子："杠上开花！索子清一色！自摸翻倍！胡啦！"

"啊！！！"虞氏三雄差点没跌倒在地，这把一连暗杠了四把，又是杠上开花自摸清一色，估计就这一把，全部身家赔上都还不够。

虞氏三雄相互对望一眼，要不，咱们用横的，将她拿下？

突然就听见"这把不算"，只见一个美貌女子，在账台上搁下笔后，转身款款而来。

临江仙子冷冷地走到令狐媚的身旁。

虞氏三雄认得临江仙子，忙起身行礼。

"你们打牌前也不先问问她姓甚名谁？"临江仙子转向那虞氏三雄，"她就是钱塘江的令狐媚，输得可服气吗？"

虞氏三雄很惊讶地看向令狐媚。

只要是妖族，没有不知道钱塘灵狐的家族徽记旋金转木的。

马吊牌共一百四十四张牌，其中分四门、十万贯、万贯、索子、文钱。每门三十六张，一至九各四张。同世间万物一样，马吊牌也分阴阳五行，其中"文钱"五行属金，而"索子"五行属木。

所以对具有旋金转木的令狐家族人来说，在抓光牌之前，几乎摸不到属金的文钱，而相对会多一倍几率摸到属木的索子牌。而文钱牌则会零零碎碎地分散在那虞氏三雄手里，令他们听不了牌。

　　所以令狐媚完全不需要耍任何手段，就能比其他三家更早地抓满索子牌，做到把把清一色索子和牌。世间都是十赌九骗，可到了令狐媚这里就是十赌十骗了，别人还不能说她出老千。

客栈掌柜

　　而在令狐府里，输赢情况就完全不同了。只要令狐夫妇和令狐姐弟在一起打马吊，那三个灵狐摸不到的文钱牌，就全集中到身为凡人的吴氏手里，而索子牌则零零碎碎地分散在三个令狐手中，所以赢得最多的往往都是吴氏。而吴氏最喜欢在令狐府举办的家庭活动，就是一家四口在一起打马吊。

　　当年吴氏未出阁之前最喜欢打马吊，却总是输牌。于是令狐擎苍就以教书为名混入吴府，再带着两个令狐家的人陪她打马吊，就这样把吴氏给哄得开开心心地就嫁进了令狐府。为了能一家人凑成一桌打牌，吴氏还为丈夫生了两个儿女。之后所有和吴氏有关的家庭矛盾都会在家庭活动之后烟消云散，和乐融融。

　　要不是打听到俞灵儿不喜欢打马吊，令狐媚早就设计将她拿下了。

　　因此在家里永远输牌的令狐媚，只要见到其他人打马吊，就会忍不住上去玩几圈。

　　更何况今天得到江平府暗桩发来的飞鸽传书，说李梦蛟和李碧莲突然失踪，而虞氏三雄却带着几口麻袋，鬼鬼祟祟地从江平府赶往这里。估计绝不会有什么好事，所以根据暗桩提供的线索，赶来这里。

　　眼看着就要查到一些眉目了，却半路杀出了程咬金，而且还不是旁人，是老对手临江仙子。

令狐媚幽幽地站起身："这可怪不得我啊！是他们仇条强抢民女的呢！"

临江仙子转头，两道冰冷的目光刺向虞氏三雄："哦？可真有此事？"虞氏三雄在那支支吾吾的"这个""那个"。

而令狐媚则悄悄地拿起桌上的钱财，然后悄悄地往后退了几步。

临江仙子突觉不对，一转头，却早没了令狐媚的身影，便纵身追出客栈："令狐媚！你又骗我！看我这回不剥了你的皮！"

远处传来令狐媚的娇笑声："我何曾骗过你啊！你答应我的事还没做到呢！"

那虞氏三雄一商议，既然事情败露，看来还是速速转换地方才是。

于是虞氏三雄走到掌柜跟前："此地不宜久留，快将人交给我，我等要速速离开。"

掌柜看着这虞氏三雄，突然笑了笑："交人？别开玩笑了，之前咱们可不是这么说的哦。"

"大不了，过些日子，我们再送些人来，这个人我们一定要带走。"虞氏三雄很焦急的样子，似乎还有点怕那个掌柜。

"进了我嘴里的，那就是我的人了，怎么可能再吐还给你？我看，你们也别走了吧。"说罢，那个掌柜嘴里突然冒出几缕银白色的丝线，向虞氏三雄激射而出。

"我们之前说的可不是这样啊！！！"虞氏三雄瞬间从泥丸宫里召出三把扑刀，来抵挡那些银丝，却丝毫阻挡不了那些丝线，没几下就被丝线团团裹住。

只见那掌柜收紧那些丝线，将那虞氏三雄慢慢变得很小，然后一口给吸进嘴里。

客栈外面，见令狐媚和临江仙子一前一后离开了客栈，仇条忙带着丁四等人从草丛中钻出，全都拥进了客栈。

俞灵儿远远地见仇条他们进了客栈，便随后慢慢地来到客栈门外，听了一会儿，却是一点动静也没有。怎么这么多人进去，却听不到半点声响？

虽说感到奇怪，可俞灵儿还是推门进了客栈。

就看见，除了一个掌柜模样的在柜台后边，客栈内却空无一人。

俞灵儿更奇怪了，可那掌柜笑嘻嘻地迎上来："这位客官，是要打尖还是住店啊？"

俞灵儿边抬头向客栈二楼扫视着，边取出一锭银子："先来一间上房。"

"好嘞！上房一间！"掌柜收了银子，然后将柜台上的一本账册递给俞灵儿，"客官，住店须登记一下姓名。"

俞灵儿在册子上写名登记后，便直接上了客栈二楼，到处查看。

这一查看，俞灵儿觉得更奇怪了，明明都是一间间空无一人的客房，却怎么都亮着灯呢？

不但客栈内没有一个客人，而且连店内伙计都没有一个。偌大间客栈，只有一个掌柜。

俞灵儿下楼问道："掌柜的，刚才我见几个人进了客栈，不知他们人现在何处啊？"

掌柜阴森森地冲俞灵儿一笑："原来你是找刚才进来的那几位啊？我知道他们在哪，我这就带你去可好？"

俞灵儿对这掌柜感觉不是很好："啊！不用了，我，我等会儿再来吧。"说完就要往外走。

掌柜突然从口中吐出几道银丝，向俞灵儿裹卷而去："既然来了，就走不了了。"

俞灵儿吓得忙闪身躲开，虽然自己身负近三十年的修为，但是估计这掌柜至少有五百年的修为，硬碰硬肯定是不行的，可自己闪展腾挪还是很迅捷的。

躲过第一波攻击之后，便纵身上了楼梯，往二楼便跑。

俞灵儿躲在二楼柱子后面心"噗通噗通"乱跳。掏出凤鹕玉笔，攥在手里防备着。

"你以为躲着，我就找不到你了吗？"掌柜慢慢地走到二楼，从身后又冒出几缕银丝，向俞灵儿的方向射来。

俞灵儿心中着急，以自己目前的功力，对付仇条那帮人绰绰有余，可遇上道行高于自己的，就很难对付。身边如果有令狐宝或其他道友，倒还可以借助法宝凤鹨玉笔的功效，以用力借力的逝水笔法来应付。可现在只有自己孤单一人，如何御敌啊？

如果令狐宝在自己身边该多好。哎？为什么自己临危之际，第一个想到的人不是风归云，而是令狐宝呢？

俞灵儿只得一边在二楼奔跑跳跃，一边躲避着银丝。

掌柜颇享受这种追逐的感觉，在后面不紧不慢地跟着俞灵儿。不一会儿，二楼遍布银丝，缠缠绕绕，连所有客房里的窗户上都布满了丝线。

俞灵儿见二楼是待不住了，翻身从二楼直接跳到一楼，在地上一个翻滚后，便夺门而走。

掌柜的并不挪动身形，而是催动银丝，紧随俞灵儿身后。

俞灵儿前脚刚踏出门外，就听得掌柜喊了声"住！"她瞬间就被定在原地无法再向前挪动半分。

掌柜哈哈大笑："只要在'不生不死簿'上写下名字的人，全都无法逃离这家客栈，哈哈哈哈！"

俞灵儿听说过，在妖族内流传有一本不生不死簿，无论谁只要在这不生不死簿上写下自己的名字，一旦此簿被发动，写上姓名者就会被此簿施术者操控心神，严重的还有生不如死的感觉。

原来刚才自己写下名字的那本簿册就是不生不死簿啊。

俞灵儿身后窜过来的一道银丝给缠住后脚，一下子被拖进了客栈。俞灵儿拼命地挣扎着，却被慢慢地拖到了二楼，身体也被越来越多的银丝给包裹住了，掌柜一张口，将她也给吸进嘴里。

俞灵儿被拖进肚子里，从丝线中向外张望，周围有很多和自己一样的丝线团，其中就有仇条等人，原来他们也被那妖怪给吞了。丝线团数量众多，真不知道这妖怪吞了多少人。在这些众多的线团中，却见其中有两个线团与别的不同，这两个线团紧紧黏靠在一起，像天生就长成那样一般。俞灵儿定睛细看，原来这两个线团正裹缠着李碧莲和李梦蛟二人。她摇了摇头，连被绑票都要紧黏在一起，这两人真是够了。

掌柜很温柔地拍了拍自己的肚子："没有比待在我肚子里，更安全的所在呢。小少爷，等时候一到我自会放你出来。"随后施法将二楼残留的诸多丝线收拾了一下，便转身下了楼梯，径直离开客栈。

可掌柜刚踏出客栈门，就缓缓地倒退了回来，紧接着从门外走进一个人，正是临江仙子。看来是刚才冲出客栈去追令狐媚，落了空，才回转而来。

临江仙子扫视了一遍客栈，冷冷地问道："掌柜的，这么晚，你这是要去哪儿啊？"

"啊哈，我，我正要关门，晚上风大，关上点好，呵呵。"掌柜心里非常忌惮临江仙子，和虞氏三雄这类府兵不同，这临江仙子可是很不好惹。

然后掌柜笑嘻嘻地端过来一杯龙井，放在一张干净的桌子上："这位客官，先来一杯茶，歇歇脚吧。"

临江仙子却不搭理他，转身缓缓走向刚才虞氏三雄坐过的桌子。

掌柜不经意地向那张桌子上瞥了一眼，这一眼直瞥得掌柜冷汗直冒。

从掌柜所站的位置角度看去，这张桌子上遗落的马吊牌，居然被摆成了"掌柜"的篆体字。

不过还好，掌柜看过去的角度和临江仙子所站的不同，临江仙子只能看到横向的"掌柜"二字。

掌柜心中大急，赶忙伸手喝阻："仙子！慢！"趁临江仙子还未注意那马吊牌，马上移开她的注意力。

"什么事？"临江仙子转过头询问掌柜。

掌柜走近几步，将茶杯递向临江仙子："你的茶，不喝就凉了。"

"不急。"临江仙子转头又要看那桌子。

"当啷"一声，只见掌柜手中的茶杯摔在了那张桌上，立时将"掌柜"二字给冲散。

三
个
问
题

"哎哟！你看我这么不小心，茶都打翻了！"要不是掌柜果断地将手中的茶杯摔在桌上，怕是临江仙子不多时就会看懂"掌柜"二字。

掌柜忙抓紧自己的手："啊！好烫啊，烫死我了！"

在临江仙子的注视下，掌柜选了个令临江仙子看不到马吊牌的椅子上坐了下来："好烫啊，好烫，看来很严重啊。"

掌柜心中奇怪，马吊牌什么时候被人动的手脚？

其实在刚才俞灵儿被银丝拉扯着，从客栈门口往回拖，经过那张桌子时，急中生智倒持凤鹈玉笔，在整张桌上，迅速运用了双刀刻章之法。

篆刻，是书法和镌刻相结合，制作印章的艺术。在瀛洲派的笔仙不但要学通书写之法，与汉字特有的艺术形式的篆刻也需精通。而双刀法是刻朱文印所用的一种刻刀法，在印文笔画两侧施刀，能把印文笔画的实线刻出。再用切戳的方法将笔画之外的印底剔铲掉，使印文笔画凸起在印面上。

俞灵儿就是用这双刀法，意在笔先，迅速剔去桌上除"掌柜"二字之外的马吊牌，使剩下的牌摆成"掌柜"二字，意指"掌柜"有问题，目的是要等有人来客栈时，能提醒到来人。

而且俞灵儿仓促间摆成的这两个字，又是篆体字。除非站在正确的角度仔细看，以马吊牌貌似散乱的样子，是很难令掌柜起疑的。

掌柜一边假装对着自己的手哈气，一边心里琢磨，究竟是哪个人，在什么时候对那些马吊牌做了手脚？还好临江仙子没站在对的角度，也没多注意那些马吊牌，否则自己当场就露馅了。

"你怎么知道，我叫临江仙子？"临江仙子依旧冷冰冰地注视着掌柜。

"啊？"掌柜一愣，刚才自己叫过她临江仙子了吗？怎么自己没印象啊？

"因为，因为……"掌柜汗如雨下，"因为之前你进客栈时，在名册上登记过的啊！呵呵。"

掌柜暗暗稳住心神，对了对了，还好每个住店的客人，自己都让他们事先写名字登记。之前临江仙子一进来客栈就说要一间房，自己便让她在名册上登记了名字。这样回答临江仙子，也算勉强能搪塞过去。

"哦，原来如此。"临江仙子向柜台上的那本名册看了一眼，也不去管那张布满马吊牌的桌子，径直走向楼梯。

看着临江仙子的背影，掌柜长长地舒了一口气，好险好险！兴许是刚才，为了破坏掉被动了手脚的马吊牌，造成自己不小心说出临江仙子的名字。还好他机灵，前后化解了这两个难处。只要临江仙子上了二楼，他就有时间将那张马吊牌的桌子彻底清理干净。然后看准机会再逃之夭夭。到时候任凭她临江仙子再怎么断案如神，也找不到他！嘿嘿嘿！

"哦，对了。"临江仙子像是突然想起什么来似的，转身走了过来，"我有三个问题，要请教掌柜的。"

"啊！三个，三个问题？"掌柜紧张地看着去而复返的临江仙子，"只要是我知道的，只管问无妨！"他偷偷瞥了那张马吊牌的桌子一眼，难道那堆马吊牌不止藏着一个线索？

"第一个问题，"临江仙子几步走到柜台前，伸手拿起那本名册，然后转身冷冰冰地向掌柜问道，"写上我姓名的名册，是这本吗？"

原来是这么简单的问题，掌柜长长舒了一口气："是啊，就是这本啊。"看来后面那两个问题也都不是什么大问题。

"第二个问题，"临江仙子将手中的名册打开，翻到其中一页，然后举到掌柜面前，冷冰冰地问道："我明明在名册上写的，是'小临'这两个字，你却为什么要叫我'临江仙子'呢？"

"这……这个么……"掌柜顿时大汗淋漓，因为自己本来就认得她是临江仙子，所以她在名册上写了什么名字，自己又何须再去细看？而且哪有真名叫"仙子"，却在凡间不使用化名的道理？没想到自己一时疏忽大意，竟然犯下了无法弥补的大错。

"第三个问题，"临江仙子将手中的名册丢向掌柜，依旧冷冰冰地问道，"你想要怎样的死法？白柔姬！"

掌柜吓得后退了两步，这临江仙子着实厉害，不但识破了自己，居然还认出自己的真身。

掌柜原地转了几圈，化身成一个身着锦绣衣饰的华贵女子来："断案如神的临江仙子，你果然名不虚传啊！"

白柔姬向着虞美人笑道："不过，我可是峨嵋白氏的人，奉命在此守护东堤舞鹤像的！七大妖族同气连枝，你我还是井水不犯河水的好！"

"我可是奉了吴皇后之命，追查假白柔姬一案的。"临江仙子拔出游魂剑指向白柔姬。

"游魂剑！"见临江仙子拔出的是游魂剑，白柔姬吃惊不小，道道银丝从白柔姬口中猛地吐出，向临江仙子袭去："什么假白柔姬！我就是白柔姬，还用查么？"

可那些银丝被临江仙子手中的剑全部挡开不说，临江仙子还执剑向白柔姬步步逼近。

"这可是你逼我的！"白柔姬将手中那本名册展开，翻到了那一页。向着临江仙子高举道："临江仙子，你太大意了！你且看这本名册是什么？"

只见这本名册闪出红光，瞬间就将临江仙子照住。

"哈哈哈！"白柔姬狂笑不止："这本就是不生不死簿，你刚才将唯一能打败我的机会白白丢还给了我。无论谁只要在这不生不死簿上写下自己的名字，一经发动此簿，就会被此簿所有者操控心神，更甚者还会有生不如死的感觉。哈哈哈……"

可临江仙子依旧仗着剑，继续向白柔姬迈进："我还以为是什么了不起的法宝呢，原来是不生不死簿。难道你不知道，我的真身是一个'临'字，任何镇魂类的法宝都对我无效！"

白柔姬脸上顿时失去了所有光彩，立时运起周身十层功力，将口中所有的丝线全吐向临江仙子，力求死命一搏。

临江仙子也不躲闪招架，依旧向白柔姬迈进。

就见白柔姬不断吐出银丝，几乎将临江仙子层层包裹住了。白柔姬狞笑着说道："这下我看你还能怎么……"

话音未落，却突然"噗呲"一声，一柄如雪般亮白的剑，从白柔姬胸口刺出。而临江仙子却站在了白柔姬的身后。

"我的确忘了，你随时随地，可以'临'到任何人，或任何地方。"白柔姬猝不及防，被临江仙子用游魂剑穿胸而过。

这游魂剑是当初令狐媚从泾河句龙那里盗取的，后来将它作为交易的筹码转送给临江仙子。据说这游魂剑是泾河句龙的族人，献祭一名千年道行的人所打造的，威力惊人。

白柔姬如何经受得起，这一剑迫使她狂呕不止，将她之前吞下的丝茧一个个全吐了出来。同时还吐出了一块玉。

"噗"一声临江仙子抽出剑来，白柔姬仰面倒下，胸口上那道剑伤却不往外流血，奔腾的血液只是在白柔姬体内不断淤积起来。

临江仙子转过身形，用游魂剑指着白柔姬："我只想问你，可曾有过一个少年模样的人来查过舞鹤像？他，他是瀛洲派弟子。"

白柔姬喘息着道："瀛洲派弟子？前几日倒是来过一个，自称瀛洲派笔仙，道号叫什么……"

"然后呢？他人呢？"临江仙子急切地问道。

白柔姬脸色逐渐苍白，胸口的血块越来越大："怎么，你好像，很关心他啊？"

"少废话！他人呢？"临江仙子眼里像是要冒出火来，急切地问道。

"他，他……"白柔姬抬手指向那堆她吐出来的丝茧，然后一捂胸口，便断气了。

临江仙子马上抽出宝剑，连环飞舞了一阵，然后再将剑归入鞘内。

接着就听得好几声破茧之声，所有丝茧全都被刚才的剑招破除，丝茧里的人全都脱困而出。

可临江仙子一个个检视了这堆人，不是普通客商就是客栈原来的伙计，非常失望地低下头。却低头看到白柔姬吐出的那块玉，看形状是半块玉砚台，便伸手将它拾起。

仇条和丁四骂骂咧咧地从茧里出来，将身上余下的丝线往外拔除。

却一回头突然看到掌柜站在他们身后，正冲他们乐着。

"啊！！妖怪啊！！"仇条和丁四及众仇府家丁又见到了掌柜，立刻吓得晕了过去。虞氏三雄则亮出兵刃好整以暇地盯着这掌柜。其实这人才是这家客栈的真掌柜，只不过他是最早被白柔姬吞掉的，所以白柔姬才一直化成他的面貌藏身在这家客栈之中。

其他人也吓得不轻，只有李梦蛟和李碧莲旁若无人地相互安慰着。

突然"哈哈哈哈！"狂笑声中，白柔姬飘向客栈之外："傻丫头！难道你没听说过'春蚕到死丝方尽'这句话吗？只要丝未尽，我峨嵋白氏的蚕妖就永远不会死！啊哈哈哈！"

眼见掌握着瀛洲派弟子关键线索的白柔姬逃了出去，临江仙子立刻也跟着追出客栈。

第五十三章

鹤舞四宝

俞灵儿朝着临江仙子离去的方向大声疾呼："临江仙子！小临！"可哪里喊得回来。俞灵儿只得一把拽过李梦蛟和李碧莲，快速离开这是非之地。对临江仙子来说，白柔姬是自己目前找寻他的唯一线索。

他是瀛洲派笔仙弟子，道号叫少年游。可是，他是五大仙派的弟子，而她是七妖世家的人，所以无论哪一方，都不会允许这样的结合。

于是她和他只能偷偷摸摸相恋了三年。去年自己和少年游相约于愁湖见面，可自己在愁湖左等右等，却是不见他人影。今日从白柔姬口中得知确实有瀛洲派弟子来过此处，又怎能轻易放白柔姬走？

追不多时，便到了东堤舞鹤像附近时。

突然从舞鹤像后面转出一人，拦住了临江仙子的去路。

"快闪开！"临江仙子急了。

"我，我不过是想问问你，是否解开了这舞鹤像的秘密？"拦住临江仙子的，正是令狐媚。

就趁这一停顿的工夫，白柔姬消失于茫茫夜色之中。临江仙子此刻再想追到白柔姬身边，却不知为何完全无效。

"现在我的线索跟丢了，都是你害的！看我不扒了你的狐狸皮！"白白跟丢了唯一线索，临江仙子自然是要拿令狐媚出气。

见临江仙子扑过来，令狐媚绕着舞鹤像就跑："啊哟！这事怎么能赖我呢？我事先也不知情啊！"

突然临江仙子想起一事，记得少年游曾混入泾河句龙作卧底，化名句龙少游。临江仙子立刻顿住身形："令狐媚，你告诉我，近日可遇到过泾河句龙家的人吗？"

"唉？大年夜，你不是在句龙家房顶上蹲了半宿吗？怎么还反过问我？"临江仙子不追，那令狐媚也不跑了。

临江仙子气急："我问的是近日。"

令狐媚眨眨眼："有一个啊！怎么你忘了？我让你在皇宫内布下花海，其实就为了此人，而且此人还是我搭救出来的呢。"

"你救出此人？什么意思？"临江仙子专注地看着令狐媚。

见临江仙子这么有兴趣，令狐媚开始学着说书人的口吻，一拍大腿娓娓道来："上回书说道，此人就是句龙在天，是泾河句龙的长房长孙。还是位英俊的美男子呢。想来各位客官也都听说过，这但凡是美男子啊，注定会遇上桃花劫。那位客官就要问了，"令狐媚拿手一指冷着脸的临江仙子，继续说道，"这句龙在天的桃花劫是怎样的呢？这话啊就得从十年前说起……"

临江仙子头上青筋直冒，冷着脸道："十年前？你打算说多久？"

令狐媚娇滴滴一笑："很快很快啊，话说十年前，在燕京的元宵灯会上，这句龙在天是风流倜傥才高八斗，将元宵灯会上的灯谜尽数猜出。不想此事惊动了一人，那人正是澜国的四公主。于是那澜国四公主芳心暗许，便有意要招句龙在天为驸马。可句龙在天就是不肯答应。于是四公主请动燕山虞候，将句龙在天抓了起来，要逼他就范！可那句龙在天宁死不从。四公主就想了很多办法要逼他就范，可句龙在天还是不从。四公主大怒：'哇呀呀呀呀！可恼啊！可恨！'于是四公主又想出了很多……"

临江仙子快要忍不住了，紧咬银牙："说重点！！！"

令狐媚正说得忘乎所以，只得马上赔笑脸："好好，重点来了，重点来了。

话说结果这一关就是十年。可就在今年年初，那世间传闻花容月貌，千娇百媚的狐媚大侠，碰巧路经燕京。恰逢那澜国右丞相嵯峨亮弑君篡位，那四公主便失了势。于是我，哦不，是狐媚大侠，经过了千难万险，将句龙在天给救了出来，带来帝都。至于现在句龙在天怎么样了，欲知后事如何，请听下回——"令狐媚又一拍大腿，"分解！"

临江仙子立刻追问："那，你还有其他句龙家有关人等的消息吗？"

"哦，那就没有了。不过仙子你想要知道其他句龙家人消息的话，也可以去燕京查探一番。澜国公主有那么多，说不定抓了很多句龙家的人呢！"说完书，令狐媚有点提不起兴致来。

"你！"临江仙子气结，和令狐媚废了大半天唇舌，竟一点有用的消息都没得到。

"小临！"令狐媚和临江仙子这番对谈将远处的三个人给引了来。来的正是俞灵儿和李碧莲、李梦蛟。

三人一路走来，才知道李碧莲二人在江平府时，突然被虞氏三雄装入麻袋，一路带了过来，到了客栈后，被那"掌柜"用丝裹住，吞入肚内。看来仇条一直念念不忘想要染指李碧莲，现下先将李碧莲藏入帝都令狐府，才是权宜之策。

正跑到舞鹤像附近，老远就听到令狐媚在给临江仙子说书。俞灵儿正奇怪，怎么临江仙子认识令狐媚的吗？

"灵儿姐姐！"临江仙子上前抓着俞灵儿的手不住晃着。俞灵儿摸了摸临江仙子："等你好久都不回来，我好担心你会不会一直是墨汁的样子。""让灵儿姐姐费心了，我现在不会再变回墨汁了呢。"临江仙子狠狠瞪了令狐媚一眼，"是有人啊，欠了我一份情，故此还了我几颗复原的丹药当作利息。"

见临江仙子对俞灵儿姐姐长姐姐短地叫着，令狐媚忙逃到俞灵儿背后，冲临江仙子一吐舌头："你别忘了我们还有交易，你是否解开了这舞鹤像的秘密？"

"哼，你所谓的交易，不过是利用我解开舞鹤像的秘密。"临江仙子瞪着令狐媚。

令狐媚又冲着临江仙子做了个鬼脸："那你这天下闻名的临江仙子到底解没解开吗？"

"也没什么大不了的，所谓舞鹤像的秘密，其实并不是指这尊石像，而是指离此不远处，六台山寺中的舞鹤像。"临江仙子掏出那半块玉砚来，"我顺着线索查找，原来落到了白柔姬的手中，不过就算找到了这东西也没什么用。"

在众人的注视下，原来临江仙子拿出来的半块玉砚，晶莹剔透，砚台上白玉雕镂着朵朵白云，其中最大一朵云组成了一个篆体字"牵"。

"可惜啊，只有半块。"李碧莲惋惜地看着这"半块玑砚"。

对这半块玑砚，俞灵儿觉得似曾相识的感觉，然后掏出自己的半块璇砚来，伸过去与临江仙子手中的半块玑砚对合了一下。结果这两块玉砚拼接成一块整砚，上面字也对得工整。只是中间一条裂缝使得这整块砚台被分成两瓣。

"哇！这就是'璇玑玉砚'哎！"令狐媚指着那拼成整块的玉砚，开心地大叫起来。

临江仙子"哼"了一声，将半块玑砚丢给令狐媚："这是我答应你的，你可别忘了答应我的。"

俞灵儿茫然不解，李碧莲和李梦蛟也对看了一眼："什么是璇玑玉砚啊？很宝贵吗？"

令狐媚故作神秘地向他们眨眨眼："你们想不想知道这璇玑玉砚的来历？"

俞灵儿他们都迷茫地摇了摇头。这半块璇砚是俞灵儿在绣品书斋找到的，再经血纹石恢复原貌。自己知道这是一件宝物，但究竟什么来历却一无所知。

李碧莲忙点头："想知道啊！"

"啪！"一声，令狐媚一拍大腿："上回书说到，东方舞鹤的妹妹东方小小，虽说长得花容月貌才高八斗，却只因未得如意郎君，所以久待闺中，一直未嫁。而东方家也为此事焦急万分，于是东方舞鹤就遍访天下，走遍三山五岳，踏遍五湖四海，终于集齐了四件宝物。"

"那位客官要问了，集齐这四件宝物，和东方小小又有何关系呢？"令狐媚还是拿手一指冷着脸看她的临江仙子，"客官你是有所不知啊，上古传说，无论是谁，只要集齐这四宝便可召唤出'三生石'来。结果东方小小就通过那四宝，由召唤出的三生石，得知自己今世姻缘所定之人是苏少游。于是东方舞鹤就找来苏少游，促成他与妹妹。最终东方小小和苏少游两人喜结良缘。"

"哇！"李碧莲和李梦蛟双手支着下颚，很感兴趣地听令狐媚说书。

于是令狐媚兴致也来了："话说，那三生石能告诉你，前世、今生和来世的所有事情，所以普天下的痴男怨女们，无不对此心驰神往。都想要用'鹤舞四宝'来召唤三生石！"

"这位客官又要问了，"令狐媚拿手一指别过脸去不理自己的临江仙子，"究竟这鹤舞四宝是哪四宝呢？其实这鹤舞四宝的名称啊，被后人写入了《鹊桥仙》的词里，也就是上篇：'月缺渐醒，璇玑复醉，遥岸银河心系。凤鹓仍是恋梧桐，衷肠诉、相思成忆。'其中'璇玑复醉'指的就是这璇玑砚。"

"而其他三宝的名称，都隐含在那首词中。至于具体都是什么东西嘛？"令狐媚又一拍大腿："欲知后事如何，请听下回，分解！"

第五十四章

俞生蒙冤

"啊？这就没啦？"李梦蛟和李碧莲虽然也很憧憬鹤舞四宝，可两人却无意召唤三生石，因为他们都坚信，三生石将会给出他们俩同样的答案。

对临江仙子来说，能给予自己和少年游最终答案的，恐怕只有用鹤舞四宝召唤的三生石了。所以当初被困在妖兵火焰八卦阵中，令狐媚提出共享鹤舞四宝的线索为交易，放她一马时，自己毫不犹豫就答应了。

临江仙子冷着脸瞥了一眼令狐媚："其实，连她自己也不知道其余三宝是什么。"

"嘻嘻！"令狐媚抿嘴一笑，默认了。

听令狐媚这么一说，俞灵儿心里一惊。师父归字谣告诉自己"鹤舞四宝齐显世"，原来这璇玑玉砚就是鹤舞四宝中的一件。俞灵儿想了想那首《鹊桥仙》，然后掏出了自己的凤鹕玉笔，那这支凤鹕玉笔，是否就是指"凤鹕仍是恋梧桐"这句中提到的"凤鹕"呢？

"哇啊啊啊！！！"令狐媚嘴巴瞬间张得巨大，双眼圆睁指着俞灵儿手中的凤鹕玉笔。

临江仙子也动容地走过来看着凤鹕笔："从品质和工艺上来看，这支玉笔确实与璇玑玉砚相同，看来也是鹤舞四宝中的一件！"

令狐媚立刻急吼吼伸出双手来夺俞灵儿手中的凤鹓笔和半块璇砚："反正妹妹的姻缘早定给我弟弟令狐宝了，要这东西也没用吧！？"

俞灵儿哪里肯给，板着脸收好凤鹓笔和半块璇砚。

"啊哟喂！灵妹妹这就生气啦？"令狐媚讨了个没趣。

临江仙子则扶住俞灵儿道："灵儿姐姐，刚才就见你脸色不好？莫不是有什么不开心之事？"

"唉！"俞灵儿叹了口气道："刚才来的路上李梦蛟告诉我一件事，我爹遭小人诬陷。你说怎不令我烦恼？"

临江仙子转头问向李梦蛟："到底出了什么事？"

"俞灵儿的爹俞大人是江平府通判。"李梦蛟叹了口气道："前几日工部责令俞大人从江平府官仓运十万石木料去帝都。可江平府哪有这么多木料？俞大人据理力争，却被工部驳了回来，还限期令俞大人交出木料，否则就要参俞大人一本。"

李碧莲在一旁道："这分明就是工部诬陷俞大人嘛，十万石啊！江平府怎么可能囤积这么多木料？上哪给他们去找十万石啊？"

"既然他们敢发调令，说明工部早有准备。要捏造这么大笔数量的材料，只有篡改账簿了。"临江仙子想了想道："工部进出材料都会有账目明细，工部账簿里应该有拨付过十万石木料的记载，并且还附有江平府签收凭据。加减记账法很容易被篡改，只要将江平府耗材记录抹去就行了。"

俞灵儿忙抓住临江仙子的手臂："妹妹，可有助我爹洗清冤情之法？"

"那我只有去江平府一趟，先查一下官仓进出料账簿，再将耗材的用途整理出详细账，再找几个证人。"临江仙子来回踱步，"同时再找出工部经手此案的人，让他招供。不过这可不简单，此案的幕后主使必会找人顶包。"

"哈哈哈！"令狐媚突然大笑起来，"哪用得着那么麻烦啊？哈哈。"

临江仙子瞪了令狐媚一眼："难不成你有更简单的办法？"

"我倒是有个最简单的办法。不过嘛……"令狐媚笑而不语。

俞灵儿等人都急了："你到底有什么办法，快说啊。"

"不过这和我有什么关系呢？"令狐媚冲着俞灵儿双手一摊，"若你不肯嫁给我弟弟，我何必为你支着？"

"哼！就算灵儿姐姐肯嫁你那花心弟弟，我也不答应！"临江仙子拉过俞灵儿道，"我们别理她，此事由妹妹帮姐姐周旋就是了。"

俞灵儿紧紧抓着临江仙子："妹妹，你务必要帮姐姐这一回啊！"

"姐姐在帝都也可找位高权重之人述说冤情。事不宜迟，妹妹我这就赶往江平府。"临江仙子说完，"嗖"一声消失不见了。

"我丝毫不怀疑临江仙子的断案能力。"令狐媚则在一旁摇了摇头道，"可依我看呐，此事属官场暗斗，背后必有仇无忌的支持。就算找出证据又如何？只怕也未必能洗刷你爹清白。"

"你不帮忙就算了，说什么风凉话？"俞灵儿没好气地道，"你可以不帮我，但是你总不能对他们俩袖手旁观吧。"说罢拉过来李碧莲和李梦蛟："他们俩是被仇条从江平府抓来的，你看怎么办吧。"

"你别把我想的这么不堪呀。"令狐媚一边招呼着李梦蛟，一边道："他们俩就交给我吧。我必定妥善安置。"俞灵儿对令狐府还是颇为放心，告别了李碧莲等人，独自回客栈休息。

一晚上俞灵儿辗转反侧无法入眠。

想起前世自己的父亲，就是在元宵节后一个月后被杀头的。自此家道中落，娘亲也积怨成疾，不久也离世。她要不是被别怨上仙引荐去瀛洲岛，恐怕就要流落街头了。

父亲俞生，字诚之。南北二年进士，官居撼江知府。南北七年任工部侍郎，在朝中主张抗豺狼，反对赵澜和议，被仇无忌陷害，一路贬官，后来降为江平府通判。

父亲被贬官降职，远离朝野本也无事。可是父亲喜欢摆弄文章，曾给戏班写过几出戏。其中有一出戏，在换场的时候，为了让几个角在后台换衣补妆，便先在台上安排两个丑角过过场。过场的戏码也是俞生所写。先是一个丑角开场，歪歪斜斜坐在一张太师椅上，然后跌落在地。边上另一个丑角会问他："唉！这什么东西掉落下来？"趴在地上的丑角回："那是我的二圣环啊！"另一个丑角大笑说："你坐上了太师椅，就不要你的二圣环了吗？！"

南北十九年十二月，仇无忌大兴文字狱，禁私撰野史，允许民间告发，很多人被举报连坐。

南北二十年初，便有人告发俞生。说那段过场就是讽刺当朝宰相仇无忌，"坐上了太师椅"就是指仇太师得势。"二圣环"中的"二圣"就是指赵天宗、赵地宗父子二位圣上，"环"字通"还"。仇无忌大怒，查出戏码所写者是俞生，立刻抓捕他进了大牢。

俞生在牢中是义愤填膺地大骂仇无忌：自古以来，只有一个华国。你仇无忌却是史上第一个提出两个华国的奸贼。却还要全天下都承认你"南人归南，北人归北"的主张。实在是千秋万古第一大罪人！！！

仇无忌得知后，怒不可遏，给俞生扣上个谋反的罪名，被判个满门抄斩，灭门九族。全家一大帮子人就被关进大牢，等秋后问斩。那时的人都知道，仇无忌判你罪，谁能逃得了？所以亲戚朋友们扼腕叹息，却也无能为力，有些都还唯恐避之不及。

只有令狐擎苍来探监，并且请动吴皇后为俞生一家周旋，才得以免去灭九族之祸，改为单独监禁俞生一人，然后再将审期延后。

却不想仇无忌趁众人不备，临时提审俞生，判决死刑，然后立刻绑至菜市口砍头了。可怜父亲俞生一生刚正，却落得如此下场。

可让俞灵儿想不明白的是，父亲俞生既然会在一个月后因文字狱获罪，却又为何这么早就遭陷害？难道真的如甲寅太岁所言，自己改变了光轮进程？

第二天一早。

俞灵儿就赶往句龙府邸，要求见御史中丞句龙无悔。

在帝都，能帮上自己的，寥寥无几。句龙无悔就是其中一个。

"这不是俞大学士吗？"还没等俞灵儿进门，就见句龙无悔正好出来："老夫正要赶去江平府，彻查你爹的事呢。"

俞灵儿忙跪倒磕头："我爹是冤枉的，还请句龙大人为我作主。"

"快快请起。"句龙无悔忙扶起俞灵儿道："今日早朝之上，工部侍郎王会奏报江平府俞生迟迟不将十万石木料运来，致使龙颜大怒。这才命老夫去江平府。"

"连皇上也……"俞灵儿心中大急："可江平府何来十万石木料啊？！"

"你爹俞生是江平府通判，负责江平府一带的户籍、赋役、兵民、钱谷以及东湖武卫水师诸事。很多材料都是由工部专项拨支，收入江平府官仓，自然是由你爹俞生负责。"句龙在天细细道来："近日工部上报，说江平府官仓库存有十万石木料。故此这事便问到俞生头上。"

俞灵儿忙分辩道："可是江平府平日耗材巨大，尤其是木材，平时官仓里最多也就几千石木料，那也是急需备用的。何来十万石？"俞灵儿自小在江平府跟着父亲，多少还是知道点详情的。

"按理说，御史台过问此案，应该先去工部核实，再去江平府核查。"句龙无悔皱起了眉头："可皇上却命我速去江平府彻查。想来此事与兵部也有些关联。"

俞灵儿奇道："兵部？难道这不应该是工部的事吗？"

句龙无悔飞身上马："大学士莫急，老夫先去江平府核实，待回来后再做商议吧。"说罢便催马而去。

第五十五章

普安郡王

●
○

俞灵儿望着句龙无悔离去的背影，心中正犯愁。身后却传来一阵笑声。

"灵妹妹啊，怎么不去宫里教习文化？跑来这里作甚？"说话的是令狐媚。

俞灵儿转身就走："我这不正要去宫里吗？"

"灵妹妹啊，是不是还在为你爹的事忧心啊？"令狐媚忙走近俞灵儿搭讪。

俞灵儿白了她一眼，也不理她。

"其实要处理这件事很简单的。"令狐媚笑盈盈地绕到俞灵儿另一边："只要啊，你肯答应嫁给我弟弟呢，我就帮你解决。"

俞灵儿摆了摆手道："不劳烦您尊驾了，我自会解决。只求你别给我添乱就行。"说完丢下令狐媚一路跑向皇宫。

进入坤宁宫，俞灵儿见到皇后俯身便拜："求皇后娘娘为臣作主啊。"然后就将父亲俞生蒙冤之事述说一遍。

"有这等事？"吴皇后沉吟一番后道："你且安心，待哀家先查明此事。"接着吴皇后探着身子对俞灵儿道："既然你已是哀家的侄媳，哀家必不会袖手旁观。"

俞灵儿："……"

吴皇后低声对俞灵儿道："不过眼下还需卿家帮一个小忙。"

俞灵儿忙磕头道："单凭皇后娘娘吩咐。"

这时门外进来一个宫女万福道："启禀皇后娘娘，恩平王和普安王两位殿下驾到，正在殿外候旨。"

"来得正好。"吴皇后挺直了腰板："宣他们进来吧。"

俞灵儿怔怔地看着吴皇后，琢磨着究竟吴皇后要自己帮什么忙时，门外走进来一胖一瘦，都约莫二十岁的两个人。

俞灵儿转头看去，那个胖的一身华服，仪表堂堂，气宇轩昂，两耳肥大，身板健硕。而另一个瘦的，穿着普普通通的平民装束，身形偏瘦，毫不起眼。

要不是他和那个胖的一样，也是英姿神武的气质样貌，还让人以为他是那个胖子的跟班呢，尤其他站在那个胖的身边，非常没有存在感。

吴皇后给俞灵儿引见，原来那个胖的是恩平郡王皇甫玖，那个瘦的是普安郡王皇甫琮，两人都是皇上与吴皇后的养子。

俞灵儿一听到皇甫玖和皇甫琮的名字，心里很快就想起《传史》里的记载。皇甫构唯一的儿子在兵变时被吓死。皇甫构没了儿子，而他又没能再生育子嗣。

南北二年，那时候吴皇后还只是才人，她便奏请皇帝，抚养宗室的两个孩子，也就是皇甫玖和皇甫琮。

既然这二人都是皇帝和吴皇后的养子，又是郡王，俞灵儿便对这二人一起抱拳作揖："参见二位殿下。"俞灵儿在瀛洲派生活惯了，一副江湖儿女的派头。行礼向来就是，要么下跪，要么抱拳拱手作揖。

恩平王皇甫玖见俞灵儿身为女子，却不万福，而且对他们俩兄弟还不是逐个行的礼，心中大为不悦。可碍于皇后面子，便很随便地向俞灵儿抱了下拳，声音洪亮地说："大学士好！"

而普安王皇甫琮则先抖擞袖带，侧转身，面向俞灵儿缓缓弯腰拱手，以平缓的声音说："皇甫琮见过大学士。"

吴皇后特别叮咛两位养子，让他们向俞灵儿多多讨教，这二人应诺。

然后吴皇后便说今天不习书法了，让俞灵儿和两位养子退下。

也不见吴皇后说起别的事情，俞灵儿心想吴皇后说要自己帮她忙，却只是引荐了一下她的两个养子。那吴皇后究竟要自己帮她什么忙呢？

俞灵儿一边揣测着，一边与两位郡王出得殿外，恩平王皇甫玖向普安王皇甫琮一摆胖手："我现下要去拜见太后，王兄可想一同前往？"

皇甫琮则拱手回答："为兄一早就已经先拜见过太后千岁了，王弟请自便吧。"

于是皇甫玖也不多言，便甩着大大的身躯扬长而去。

就剩下皇甫琮和俞灵儿一起走出内宫，一路上两人谁都不说话。

待到的宫门，皇甫琮的随从上前为皇甫琮牵来一匹大白马："请王爷上马！"皇甫琮一摆手，意思不用，然后跟在俞灵儿身后继续走路。

俞灵儿走得几步，回头见皇甫琮微微拱手的姿势，跟在自己身后侧，他的随从牵着马跟在他身后。俞灵儿觉得奇怪了，转头问道："殿下，既然有马可骑，为何不骑呢？"

皇甫琮见俞灵儿问话，就拱手以平缓的声音回答："大学士步行，我又怎能骑马呢？"

见俞灵儿感到奇怪，皇甫琮依旧拱手以平缓的声音回答："皇后娘娘向在下引荐大学士，在下待大学士就应同待长辈一般。"

俞灵儿心里闪过五个字：温良恭俭让。

俞灵儿肃然起敬，拱手道："殿下，臣愧不敢当。不知殿下此番是要去哪里？"

皇甫琮依旧拱手以平缓的声音回答："回大学士，在下前往钱塘门，只怕是和大学士同路了。"

"原来如此。臣不敢耽搁殿下正事，还请殿下上马，不用管臣。"俞灵儿侧身让路。

皇甫琼依旧拱手以平缓的声音回答："无妨，大学士只管走就是，在下没什么要紧事。"

那俞灵儿就不客气了，继续走自己的路。这一路上，皇甫琼都拱手跟在俞灵儿身后，也不作声。

浑不觉俞灵儿走到了客栈门口。

客栈门口的店小二向俞灵儿招手："大学士这么早就回来啦？"

俞灵儿这才惊觉，回身朝皇甫琼一抱拳："臣已到住处，殿下，请！"然后进了客栈。

皇甫琼也作揖还礼，然后跳上马远去。

客栈有人看见皇甫琼骑马而去，奇道："唉？这是哪家的侍从啊？怎么骑着王府的马？"

客栈里的店小二忙制止那人说："客官，刚才骑马过去那位，可不是什么侍从，那是普安郡王皇甫琼！"

"啊？那侍从打扮的人，居然是郡王？"那人很惊讶地张望着皇甫琼远去的方向。

"你别看他是郡王，平日里很不招人待见的。就因为他在政见上支持主战派。再加上为人谨小慎微，与朝中大臣交往不深，几乎得不到什么支持，太后和仇无忌也都排斥他。记得雷谦元帅曾向皇上奏议，立皇甫琼为太子，皇上勃然大怒，责骂雷元帅不该管赵家的家事，皇上因此也迁怒过皇甫琼。所以基本上没人认为皇甫琼有机会能成为太子。"店小二是个特喜欢八卦的人，打开话匣子可就收不住了，"相反，皇甫琼的弟弟恩平王皇甫玖，据说此人大耳垂肩，双手过膝，是帝王的福相，深得太后喜欢。而且皇甫玖在政见上亲议和派，所以仇无忌为首的朝中大臣都很支持他，立皇甫玖为太子的呼声很高。现在大家都在讨论说皇甫玖被立为太子的日子不远了。"

俞灵儿在一旁听得这些话，心想谁当不当太子的，和自己有什么相干。但是吴皇后究竟要自己帮她什么忙呢？

半个月过去了，俞灵儿却等不来半点消息。不但句龙无悔没有回帝都，就连临江仙子也是杳无音讯。每次见到吴皇后，俞灵儿也无法以她侄媳的身份询问自己父亲之事。倒是令狐宝一天到晚来找她，令她不胜其烦。

"你问的事，哀家查过了。"这一日，吴皇后终于主动开口了："早些年兵部侍郎米有仁奏请皇上，在帝都船营场，为沿海制置使司建造五艘海船。可帝都船营场的张自成要建造御用水师战船，故此事被搁置至今。今年年初，米有仁又重提此事，故此皇上命张自成速速建造。但是帝都船营场木料匮乏，要造船则需近十万石木料。工部一时半会调不出那么多木料，所以就命附近的路州官仓有木料的先运来帝都。"

"至于工部因何上报说江平府有十万石木料，这哀家就无从得知了。"吴皇后安慰道："不过你放心，媚儿告诉哀家，此事她已成竹在胸，定能助你。"

俞灵儿："……"

出了坤宁宫，俞灵儿摇头叹气，看来自己去求皇后，最终必定会转到令狐媚身上，可令狐媚只有一个要求，让她嫁给她弟弟。那是她万万不愿的。不过从皇后那里得知了十万石木料的起因和用途。现在句龙无悔不在帝都，临江仙子也没有消息。自己此刻能做的就只有去帝都船营场找张自成，看看有什么办法没有。

于是俞灵儿往帝都北门方向，直奔钱塘江而去。

可万没想到，俞灵儿前脚刚踏进船营场，后脚就冲过来一班衙役："大胆！居然敢窥探军机重地！来啊，抓起来！"

俞灵儿急得大喊："我是文学馆大学士，有事要见张自成张大人。"

那班衙役不由分说，抓着俞灵儿就走："有什么话，回刑部再说吧！带走！"

"丁四，你可真是神机妙算啊。"暗处转出仇条："被你说准了，这俞灵儿还真的来帝都船营场。"

"那都是托了衙内和仇相的福。"丁四向仇条作揖道："俞灵儿是皇后身边的大红人，轻易动不得。可若是涉及军机事务，那就又当别论了。"

　　二人哈哈大笑。

第五十六章

刑部大牢

●
○

　　刑部大牢，阴暗潮湿。

　　"吱呀"一声，大牢外门打开，走进来一人，正是刑部侍郎李季："没想到啊没想到，昔日笑傲刑部的大学士俞灵儿，今日却成了个阶下囚。"李季得意地摸了摸自己两撇小胡子，看了看牢房内坐着的俞灵儿："只要投靠仇相，就能像我现在这样，百无禁忌。而你，早晚也会来这里的。"

　　俞灵儿偏过头去不理他。

　　"不过很快，你爹就会来陪你了。"李季阴森森地一笑："大年初一，我看了场戏，那可真叫精彩。尤其是过场时两个小丑的'二圣环'，令我记忆深刻。居然暗讽仇相忘了二圣还。你猜，那脚本是谁写的？"

　　俞灵儿耸然动容，转头看向李季。

　　"就是你爹，俞生。"李季往空中拱了拱手："本来我想启禀相爷的。可没想到，你爹摊上的事更大，居然贪赃枉法，私吞十万石木料。那十万石木料可是军需！"李季做了个手掌往下切的动作："可是要砍头的。"

　　原来前世陷害俞生的就是这李季，俞灵儿怒不可斥，站起身拖着脚链就要扑过去。李季却哈哈大笑："和仇相斗，你见过哪一个是有好下场的？哈哈哈……"

就在这时，门外进来一个衙役，对李季耳语了一下。李季脸色沉下："居然敢探监？不知道这俞灵儿是仇府举报的吗？让她滚蛋。"

那衙役却不走，又附在李季耳边耳语了几句。李季脸色大变："快，让她进来，哦不，是请……唉，我亲自去吧。"说罢转身出了牢门。

俞灵儿也不明白李季葫芦里卖的什么药。

稍等片刻，就见令狐媚打由外面姗姗地走了进来。一进来就让人感觉一副兔死狐悲的模样："啊哟！我好苦命的灵妹妹啊！"

"你哭什么丧啊？"俞灵儿往后退了两步："说吧，干什么来的？"

"唉！你是不知道啊，临江仙子她，她，她出事啦。"说罢令狐媚直抹眼泪。

"临江仙子？"俞灵儿忙向前三步："我妹妹怎么啦？"

"她在江平府为了替你爹查案，遇到一个叫虞美人的人，被，被……"令狐媚哽咽着说不下去了。

俞灵儿扑上前双手紧抓栅栏杆，急道："她到底怎么啦？"

"被打成重伤！"令狐媚偷眼观瞧俞灵儿。见俞灵儿惊恐的表情，忙安慰道："不过被令狐家的暗桩给救了，此刻应该在被送回来的路上。"

俞灵儿瘫坐在地："妹妹……"

令狐媚又递过来一句："还有句龙大人……"

俞灵儿瞪大眼看向令狐媚："怎么他也被打伤了吗？"

"那倒是没有。"令狐媚摇了摇头道："不过工部派人先他一步到了江平府，早就作下手脚阻碍句龙大人查案。昨日得着信，说江平府官仓的账簿，被一把火烧了个干净。"

俞灵儿愣愣地呆坐在那。

令狐媚幽幽地道："我来就是看看你的，看完了，我也该回去了。"说罢，令狐媚慢吞吞地站起身，慢吞吞地梳理自己的衣裙，慢吞吞地……

"令狐媚！"俞灵儿叫了声，令狐媚赶忙蹲下道："妹妹叫我何事？"

俞灵儿冷冷地看着令狐媚道："关于句龙大人和我妹妹临江仙子的事，都是真的吗？"

"我起誓！"令狐媚做了个起誓的手势："千真万确，若我有半句虚言，定叫我……"

俞灵儿看着令狐媚的双眼道："你来的目的，就是要我求你，搭救我爹俞生，是不是？"

"妹妹说哪里话来。"令狐媚避开俞灵儿如芒的目光："我怎会要你求我呢？"

"我答应。"俞灵儿垂下头，低声说道。

令狐媚脸上像开了花一般："你，你说什么？我听不见。"

"只要你救我爹平安。"俞灵儿黯然神伤地转头看向别处："我答应，嫁给令狐宝。"

令狐媚激动得跳了起来："三天，只要给我三天。我就能给帝都船营场送去十万石木料。"

俞灵儿抬起头疑惑地看向令狐媚："什么？你所谓周全的办法，就是这个？"

"皇上之所以过问此事，就是因为帝都船营场急缺木料建船。"令狐媚好整以暇地往门外走去："只要十万石木料到位，皇上又何必揪着江平府不放呢？等风头一过，再核查工部账簿，一切就真相大白了。"

俞灵儿依次摸着栅栏杆，紧随令狐媚走着："十万石木料！哪里能弄来这么多木料？"

"所以要三天时间啊。你就恭候佳音吧。"令狐媚大步走出牢房。

俞灵儿诧异的神情还没落下，就听李季和两名衙役恭恭敬敬地走了进来，打开牢笼："奉皇后娘娘口谕，放俞大学士回去。"

观音圣诞日，卯时。

俞灵儿早早地就赶去坤宁宫，为昨晚救自己出刑部大牢之事，先谢过吴皇后。

随后俞灵儿问起，半个月前吴皇后说要自己帮忙的事究竟是何事？

吴皇后只是一笑置之，也不说是何事。这倒令俞灵儿疑窦丛生。

待出了皇宫，就见街上，三五成群，全都往西边涌去。

俞灵儿觉得奇怪，便上前打听。

人群中一人指向西边："我们都是去钱塘门啊，你不知道，今儿个有香会呢。各行各业今儿个一早，便都去那占位了。"另外一人道："而且还听说啊，今天香会上来了个远近闻名的彩蛋师傅，能在蛋上书画呢。那可是今年香会上的重头戏啊，引来不少人都去看呢。"

俞灵儿一听有香会，那心里就特痒痒。连着半个月来自己为父亲蒙冤之事，一直忧心忡忡的。故此自己也想放松一下心情。于是便动身前往钱塘门。

帝都的西城门，钱塘门，立于愁湖东岸北，南北十八年建。有三面云山一面城之称。

而今天这里正逢香会。

每年共有三个日子，二月十九、六月十九和九月十九。而三月三又是玄天上帝的诞辰。再七月初又要朝圣东岳大帝。到得七月十五又是中元节。所以每年从春至夏，钱塘门那是香火鼎盛，香会不断。钱塘门又是交通要道，人来人往络绎不绝。

帝都里三百六十行，每年也就靠这里的香会，收入可坐吃一年。很多店家租房设铺。西起道古桥地藏殿，一路至小和山，再由松木场，铺经钱塘门，至天竺寺、灵隐寺。一路拥堵。各种店铺，琳琅满目。

俞灵儿欢天喜地地在香会里转来转去，看到各种好吃的都买了点，边吃边逛。

差不多逛了有半个时辰。

俞灵儿转过一个街角，就见一堆人拥挤在那。俞灵儿自然好奇，也挤进去看热闹，就看到几个澜国打扮的人站在当中，在澜国人身边还有一个衣着华贵者在旁边点头哈腰，正是仇条。还有几个下人跟着他。

俞灵儿就问旁边的人："什么事情这么热闹？"

原来啊，这里是一个专卖字画的商铺。商铺的老板今天在铺子里除了卖点字画之外，还专门摆放一些彩蛋。就是在白鸭蛋壳上画些图画，或写些诗词之类的艺术品。

商铺老板今天兴致非常高，因为请动了一位远近闻名的画彩蛋师傅，来自家商铺做现场表演。围观者是络绎不绝。另外老板还设下彩头，说谁能像彩蛋师傅那样，也在白鸭蛋壳上写字或作画，比师傅字写得还多的，就有奖品彩头。

本来这倒是一件开心的事情。老板既能给自己的铺子做些宣传，又能让大家开心热闹一番。

却不想，走过来几个澜人，还跟着仇条。其中一个澜人就要上前和彩蛋师傅应对。

但是店铺老板和彩蛋师傅一看是澜国人，不愿搭理他。

可是那个澜人非要比试应对，吵吵嚷嚷地，就引来更多人围观。

那个澜人用生硬的汉语说："你们，既然设赌赛，为什么不比？瞧不起澜人吗？"

仇条赶忙上前对澜人点头哈腰："哪里哪里，没有的事儿，嵯峨王爷，我这就让他们和您比。"仇条口中的这个嵯峨王爷，正是嵯峨衡。

仇条一指那彩蛋师傅："哎哎哎，说你呢，你敢不放对比试？信不信我把你们全都抓起来啊？！"彩蛋师傅很不屑地一甩头："哼，澜狗也配来此舞文弄墨，真是有辱斯文。"

"嘿！找死是吧？好！我把你店铺查封，人！全关进大牢，让你知道我仇衙内的厉害！"仇条瞪着眼，底下几个家丁过来就开始砸摊子。

"哎，你们怎么不讲理啊！"店铺老板怎么使劲拦，也拦不住那些家丁。

"笑话！你们谁见过我们仇氏一家讲过理啊？不比就给我继续砸！"仇条插

着腰，感觉就像全朝廷都是他们仇氏一家的。

店铺老板只得拉了一下彩蛋师傅："算了，好汉不吃眼前亏，把他比下去就是了，也让他们知道我大赵不好欺。"彩蛋师傅站起身："停手！"然后从怀里摸出个木盒来，打开木盒取出一个蛋壳来。

那个嵯峨衡一摆手，仇条马上喝止手下家丁："停手！早这样不就好了嘛！"

第五十七章

钱塘香会

嵯峨衡上前观看彩蛋师傅手里的蛋，只见蛋上密密麻麻写了很多字。

彩蛋师傅把手里的蛋举到嵯峨衡眼前，骄傲地说："这上面是我写的《千字书》，不知道你能不能也写得出啊？"

嵯峨衡非常感兴趣，仔细端详了一会儿千字书蛋。然后指着这个蛋问彩蛋师傅："一千字？"

彩蛋师傅抬着头大声说："一字不多，一字不少，正好一千字。"

《千字书》全文四字句，共一千个字，对仗工整，条理清晰。彩蛋师傅全是用小楷，将整篇《千字书》写在蛋壳上。

一般来说，写小字和写大字有所不同，写大字讲究紧密无间，相反写小字必须要宽绰有余。就等同于说写大字要有小字一般的精密，而写小字要有大字的舒朗。

所以写小字的时候最难的地方不在字本身。人们往往会因为所写的空间太小，担心写不下，而难免尽力局缩，如果局缩过度，就会变成蜷促。

更何况是在这么狭小的蛋壳上写一千个字呢。要知道在一个空的鸭蛋蛋壳上写字，本身就很有难度，不但空蛋壳容易破碎，而且蛋壳表面光滑。

虽然字很小，可俞灵儿远远望的真切，那蛋壳上的《千字书》正是以微书法写在蛋壳上。只要笔法上掌握好快慢轻重的节奏，就能书写，只是需要聚精会神地一笔一画写，可以想象彩蛋师傅在写这《千字书》时，因为长时间忍受紧盯着蝇头小字，所带给眼睛的剧烈疼痛。

店老板设赌彩头，也就想博得大家一声喝彩，让来香会的人玩得尽兴一些。所以彩蛋师傅本不想拿出这个难度较高的《千字书》蛋来赢赌赛。可是现在这个澜国人非要来应对赌彩头，那彩蛋师傅说不得，就想用《千字书》蛋来吓退这个澜国人。

人群中爆发掌声，个个叫好："哇，居然能在蛋壳上写一千字，这位师傅好手段！"

"原来这个蛋一直没拿出来，老师傅真是深藏不露啊！"

"这手绝活谁能做到啊？别说一千个字，你让我写一百个字都难啊。"

"这回那澜国人吓傻了吧？还真当我们南朝无人吗？"

俞灵儿心里也暗暗赞叹那个彩蛋师傅手上确实有绝活。

再看那嵯峨衡，也不多话，转身就从彩蛋师傅座位的桌上，拿起一个空白鸭蛋壳和一支小楷笔，开始在那蘸墨，往白鸭蛋壳上写字。

在场的众人都交头接耳议论纷纷："看这澜人的意思，好像他也能在蛋上写《千字书》啊？"

"哪能啊？《千字书》啊，他见识过吗？他就写？"

"我看他连一千个'一'字都写不了吧？"

"我看，该不会他就写'千字书'这三个字吧？"

哈哈哈，引来周围一阵哄堂大笑。

仇条在那直纳闷，别说在蛋壳上写一千个字了，就算自己用眼睛看那一千个字都觉得很累了，这嵯峨衡能行吗？

彩蛋师傅却脸色越来越凝重，因为他看到这嵯峨衡的笔法正是微书笔法。心想师父曾对自己说过，这微书笔法世间少有。怎么这澜人居然也会这笔法？

俞灵儿也看出来了，不过她知道澜国虽然屡次侵犯赵国，但是澜人却非常推崇赵朝文化，对赵朝文人礼遇有加，澜国贵族上下更是经常以千金求一文。在澜国，大部分文人学士受的待遇，比在赵朝要好上很多，而且不会有文人相轻窝里斗的现象发生。故此这嵯峨衡能学得赵朝的微书笔法，也不奇怪。

一炷香的工夫，那嵯峨衡将整面蛋壳写完，将蛋举到彩蛋师傅面前说："孝敬！"

"啥？"彩蛋师傅笑了，以为自己听错。

"哦，是《孝经》，"嵯峨衡纠正自己的发音，"一千九百零三字。"

在场的人都惊呆了，什么？蛋壳上能写一千九百零三字？

彩蛋师傅忙看向那个蛋，看了一眼后跳起来对嵯峨衡说："你蒙谁呢？你这上面是字吗？"

围观的人都伸长脖子看去，只见蛋壳上密密麻麻虽然都是字，可都不是汉字。

"我写的，是澜文。"嵯峨衡很淡定。

俞灵儿看得真切，那蛋壳上写的千字书，是将《孝经》翻译转换过来的澜文小字体。

澜文字借用汉字的笔画拼写，是一种减笔的表意文字，所以结构上比汉字简单，笔画减省。而澜小字是在大字的基础上，再创造的合体字，是东方最早的既有表意字也有表音字的书写文字。可以说它直接影响和决定了后来岛国文字的书写特点。

其实嵯峨衡能写的字并不比彩蛋师傅写的字小多少，只是他利用了澜小字本来就结构简单，且很多表音字的特征，写出来的字就显得更为简小。故此在蛋壳布局空间更为宽裕的优势下，将原来只能写一个汉字的地方，变成能写上两个澜小字，从而将近两千字的《孝经》写在蛋壳上。

彩蛋师傅和围观人群一看就不干了，纷纷说："你以澜小字来和我堂堂汉字相比，这本身就不公平！"

"明显耍赖啊，你有本事用汉字写两千字，我们才服你。"

"这是我们赵朝的蛋，凭什么写上你澜国的字体啊？！"

"要写，你自己下个蛋来写啊，别用我们大赵的蛋。"

四周围一片哗然。

嵯峨衡向仇条示意了一下，仇条向众人伸手一拦："都给我安静！安静！赌赛前也没规定只能用汉字写啊！"

"你！就你！"仇条往吵闹的人群里随便指了一人："你要是也用澜字写上两千字，那也算你能耐啊！"

周围人群都愤愤不平，彩蛋师傅更是哼了一声转身背手而立，自己思量了下，最多只能在白鸭蛋壳上写满一千二百五十字。

店铺老板在一旁只想拿头撞墙，心道，我何苦今天摆这一摊啊？受这等辱不说，还丢了大赵子民的脸面。

仇条洋洋得意，好像赢了的人是他似的："没人了吧？！哈哈！要没人能写，那今天可就是咱澜国王爷赢了！"

"南朝无人！我以为南朝不止有雷谦。可今天看来，南朝无人！可见，雷谦也是徒有虚名！"嵯峨衡高声说，"如果今天没人赢我。那我就去刨了雷谦的坟！"

"什么啊！！！"人群一阵骚动。

有几个汉子冲上来指着嵯峨衡："有胆儿你给我再说一遍试试？！"

仇条忙让手下家丁给拦着："吵什么？吵什么？咱王爷说了，你们如果能赢得了，王爷就不会这么做。"仇条也担心控制不住局面。

听得这个嵯峨衡在那大放厥词，引得周边很多商家店铺的人都放下生意不做，全跑了过来。外带其他几条街的行人，这人堆是围得里三层外三层。

众人全都指着这几个澜国人痛骂，几个有血性的汉子抡胳臂挽袖子，眼睛里饱含血丝，像是一群狼一般瞪着嵯峨衡。

偏巧这位嵯峨衡还蹬鼻子上脸了："南朝无人！南朝无人！南朝……"

"谁敢说，南朝无人啊？！"只见一个小女孩奋力扒开人群，钻了进来。

嵯峨衡一看说话的是个小黄毛丫头，哈哈大笑："我说的，怎么？你想来，应对比试？"

俞灵儿早就忍不住，要冲进来了，怎奈人群太激动，她费了好半天劲才钻进来。"我来和你比试。"

"果然，南朝无人！"嵯峨衡哈哈大笑："只能让小女孩来比。"

人群又是一阵骚动。

俞灵儿伸手一拦后面激动的人群，然后昂首挺胸，放声高呼：

"楚虽三户能亡秦，岂有堂堂华国空无人！"

俞灵儿小女孩的嗓音本来就尖锐，再放声这么一高呼，嘹亮的声音顿时掩盖了在场所有的嘈杂声响，远远地荡漾而去。

周围众人静了一下，然后不约而同地掌声响起。

"好！说得好！"纷纷叫好。

仇条认得俞灵儿，心道怎么哪儿都有这小丫头啊？既然俞灵儿出头了，自己怎么也得小心应对才是。

嵯峨衡眨眨眼："哦，有点意思。"

俞灵儿转过身对嵯峨衡一摆手："不过，今天这场比试，本就是有彩头的，我可不能白比啊！"

"那么，你想怎样？"嵯峨衡也想到彩头的事情了。

"如果我赢了，你就跪在雷谦坟头，磕上三百个响头。"然后俞灵儿一指嵯峨衡："还有，将你们此番出使大赵的国书给我。如何？"

虽然俞灵儿默写出了这国书的内容，但是自己还想再验证一下，只不过先漫天要价。

"万万不可！皇帝国书，事关澜国国体，不可作注！"嵯峨衡断然拒绝。

俞灵儿眼珠转了转："那给我看一眼总可以吧？！"

嵯峨衡则很自信地点头说："这个可以。"若是让赵国子民看到诏书的内容，也可扬一扬澜国的国威，有何不可？仇条心道不好，这俞灵儿前番以失传的梅花篆字夺了万松书院的魁首，又在德寿殿上双手齐书，得了文学馆大学士的官职。可见她手段不凡，既然敢站出来应对，足见她是有备而来。嵯峨衡今日很可能栽在这小丫头手上。于是忙对嵯峨衡耳语着想劝阻他。

可没想到自己却被嵯峨衡瞪着眼吓回去了。"嗯!?"一副你是不是不信我会赢的表情。

第五十八章

半面蛋壳

仇条没办法，只得由着嵯峨衡去。心道，万一俞灵儿要是胜出，大不了自己再出面耍一回赖，定要让嵯峨衡赢得颜面才行。就算围观的人再多又怎样？他可是仇衙内！说什么就是什么。

"好！我来做这个赌约的见证人！"只见人群中站着一人，他不说话，基本没人会注意到他。俞灵儿回头一看，就见说这话的人，就是整个帝都城最不令俞灵儿讨厌的普安郡王皇甫琮。

"对！我们也做见证！"人群中的人也纷纷表示要作见证人。

嵯峨衡满意地转头看向俞灵儿："如果，你输了，"他一指彩蛋师傅，"你，和这位师傅，统统跟我回澜国，如何？"

俞灵儿心想你就不怕我半路上弄死你啊？

不过不知道彩蛋师傅作何想法，俞灵儿便转头看向他。

彩蛋师傅对俞灵儿这小小年纪也是心存疑虑："孩子，你可有把握？"

俞灵儿向彩蛋师傅作了个揖，并且很肯定地重重点了两下头。

彩蛋师傅向俞灵儿伸出右手做了个虚扶的手势："难道我还怕了这澜狗不成？今天我就舍命陪君子了！"只要有人敢挑战澜狗，彩蛋师傅心道这个节骨眼上自己绝不能打退堂鼓。

俞灵儿转头对嵯峨衡："好，那就一言为定。"

嵯峨衡也想带些南赵的能人异士回澜国："一言为定。"

于是俞灵儿挽起袖子，拿起一个空白蛋壳，垫在左手掌内，一看这鸭蛋壳，约莫二寸四分二高。这家店铺里的空白鸭蛋壳都是至少高二寸四分，便于彩蛋师傅能写更多的字上去。

看完蛋壳，俞灵儿向彩蛋师傅一抱拳："晚辈放肆了。"

俞灵儿掏出了自己随身带着的一支诸葛笔，拿眼看一看笔头，接着用嘴舔了一下笔尖，捋出笔尖里的一根笔毛，让它特别突出。然后将笔在桌边砚台上蘸上墨，就开始在蛋上写字。

人群里又开始窃窃私语："看这孩子年岁不大，难道她也会写澜字？"

"我看哪，说不定还有什么字，是比澜字更简洁好写的呢。"

"什么字都无所谓，只要能赢，这澜狗实在是太嚣张了。"

"对对对！只要能赢，什么字体都无所谓，今天一定要挽回大赵的脸面。"

彩蛋师傅心里焦急万分，自己被拐去澜国事小，民族气节事大啊。自己恩师曾说过，在鸭蛋壳上用微书写一千来字，已经是极限了，这嵯峨澜狗靠耍赖才能写上近两千字。要想写上两千汉字，怕是很难做到的事情啊。

而嵯峨衡则一副胜券在握的表情。

想当初，嵯峨衡用手往下一指自己写的字，问教他这手微书笔法的原人老师，还有没有比他这手字，写得更细小的人了？

那老师非常诚恳地指着嵯峨衡的下面："当今世上，已没有人比王爷的，更细小了。"

而仇条则很奇怪，普安王皇甫琮在这里站老半天了，他居然一直没认出来。现在居然跳出来作见证人，等下自己再想要赖怕是很难了。平时看他温良恭俭让的样子，怎么今天像换了个人似的。

其实皇甫琮只有在事关民族气节的事情上，丝毫不会有温良恭俭让。他这时心里也在打鼓："大学士行不行呢？在鸭蛋上面写至少两千字才能赢，岂是常人所能为？不管如何，大学士一定要赢才行啊！"

俞灵儿像是完全静止不动一般站在那，手里的笔微颤，这表明她确实是在蛋上写字。

写着写着，彩蛋师傅和嵯峨衡的眼睛却是越睁越大，因为他们俩都看到一件不可思议的事情，他们看到无论这小丫头微颤着笔写了多少字，这笔的走势却好似始终停在蛋壳的同一个地方。

她这是要在蛋壳上打孔吗？彩蛋师傅和嵯峨衡的眼睛已经睁大到极限，笔尖始终在一个地方图描，那蛋壳焉能不破？

既然眼睛已经睁大到极限，彩蛋师傅和嵯峨衡就只能缓缓张大嘴了。

周围的人也感到了俞灵儿的异样。

而仇条比彩蛋师傅和嵯峨衡多一个优势，他除了能把眼睛和嘴巴张到极限之外，他还能将鼻孔缓缓张大。一般人真的很难做到。

随着时间的推移，大家才慢慢看懂，原来是俞灵儿写字的手始终不移动，转动的是左手拿着的蛋壳。

可是即使这样，蛋壳的转动速度也非常缓慢。要不是蛋壳朝着众人的那一面缓缓出现墨字，大家真的以为，俞灵儿在同一个地方涂描呢。

俞灵儿写字的速度非常之快，其他所有人都在屏气看着俞灵儿。

正当大家看到俞灵儿差不多写满了蛋壳表面一半的时候。仇条心道不好，看俞灵儿写的这字，密密麻麻，倘若真被她赢了，嵯峨衡的颜面何存？趁着俞灵儿才写了一半的工夫，死活都要阻止她继续写下去。于是忙高声喊着："哪有写这么久的啊？超过时间了，就得算你输！"说罢伸出手就要去制止俞灵儿。

可仇条的手才伸出来，却被另一只手硬生生地给抓住，转脸一看正是皇甫琮。

皇甫琮怒道："赛前也没限定时间，难道仇衙内你想捣乱不成？"

仇条心道，自己可不就是要捣乱吗？使出力道想要挣脱，可无论怎么用力，都摆脱不了皇甫琮的钳制，心道，皇甫琮看着瘦小枯干，劲还挺大啊！

眼看着自己是无法再有作为了，仇条忙回头对自己手下家丁使了个眼色。那群家丁会意，忙上前动手。

皇甫琼钳制着仇条，分不开身来阻止仇府家丁。彩蛋师傅对俞灵儿喊了声："小心！"

然后就见这群家丁一脚踹翻了放砚台的桌子，砚台顿时翻落在地，墨汁洒在地上。

接着又有两名家丁上前要夺俞灵儿手中的鸭蛋。

俞灵儿听得一旁来者不善，赶忙闪身避开，不停地将手中蛋晃来晃去，一边躲避着仇府家丁们伸来的爪子，一边还抽空头下脚上翻了个旋子，人在空中伸笔蘸了蘸洒在地上仅有的几滴墨汁。

另外几名家丁顺手将书画店铺里的字画摔得满地都是。店铺老板怒吼着一头撞向为首的两名家丁："我和你们拼了！"围观人群中也冲过来几名大汉，奋力拦住仇府家丁们。

俞灵儿这才得出空隙，却见满地都是字画和破碎的瓶瓶罐罐。只得纵身跃上一张凳子，然后单腿金鸡独立式，继续抬双手凝神往蛋上写字。

那边仇条费了半天劲终于摆脱了皇甫琼，一个箭步冲上来，对着俞灵儿手中的蛋壳伸出手去，使了一招黑虎掏心。

"你这么想要，就给你好了。"俞灵儿将蛋壳立在仇条伸过来的手臂上，然后右手的笔横着一甩，就见蛋壳瞬间滴溜溜旋转起来，顺着仇条的手臂旋转而去。

仇条被这突如其来的变故给惊呆了，整个人顿时僵在当场。

周围所有人都伸出双手，伸长脖子，双眼紧盯着那颗旋转着的蛋壳，生怕那枚蛋壳从仇条的手臂上滑落。

而俞灵儿却不去管那枚旋转着的蛋壳，右手执笔疾速在空中飞舞着。

就见那枚蛋壳经由仇条的前臂，旋转过他肩头，又转入仇条张开的后臂上，继续旋转而去。待蛋壳转过仇条后臂，快要落地时，俞灵儿也就地旋转着身子过来，一探手将蛋壳稳稳托在手中，蛋壳犹自不停地旋转着。

仇条回过神来，转脸再想抢俞灵儿的蛋壳，却见围观众人哈哈大笑地指着自己。

原来刚才俞灵儿疾速飞舞着手中笔，在仇条脸上画了个大大的王八。

仇条抹了下脸，居然满手的墨迹。但是也顾不了这么多，他转身指着一片狼藉的书画摊道："现在摊子已经不在了，故此比对结束！俞灵儿你输了！"

皇甫琮挺身而出："仇条，这摊子是你手下人砸坏的。你这明明就是捣乱！"店铺老板、彩蛋师傅以及围观众人也愤愤不平地指责仇条。

仇条双手一摊，舔着王八脸大声道："你们哪只狗眼看到我砸人摊子了啊？谁砸的你们找谁去啊！谁敢说我故意捣乱！"然后指着俞灵儿手中的蛋壳道："你们自己看，俞灵儿手里的蛋壳只写了一半，输的人明明是她好不好？难道你们都想不认账吗？"

"谁说我输了？我早就写好了！"俞灵儿托着只写了蛋壳表面一多半的蛋，往上高高举起："《道德经》，五千二百八十四个字。"

大家只见俞灵儿手掌上那颗蛋壳，一多半是写满了字，但是写满字的地方又有一小圈空白，而另外一面很大空白的地方，又有一小圈地方有字，大部分有字的那面与大部分空白的那面，黑白两面之间勾勒出一道弯弯的曲线。

"这是阴阳太极图！"随着彩蛋师傅这一声喊，大家这才看出，在这蛋壳表面布局的特别用意了。俞灵儿居然在蛋壳上写了五千多字，而且只占用了蛋壳一多半的地方，写完整篇正好构成一个阴阳太极球的图案。

仇条感觉自己的鼻孔都能塞进一个蛋了，这要是全写满得多少字啊？！

彩蛋师傅和嵯峨衡忙上前细看，只见密密麻麻的字体细小得实在难以辨别。

亏得彩蛋师傅和嵯峨衡在微书方面的造诣都不低，只得再凝神细看，只见蛋壳上面的字是极细小的汉字，细小得已经无法辨认出是属于什么字体了。

而字与字之间的空间也几乎被填满，这已经超出写小字必须要宽绰有余的书法规则。虽然这样的非常规书写，使得整体书写布局失去了书法美感。但是整个蛋壳上太极图的布局，却反而体现了绘画的美感。

彩蛋师傅和嵯峨衡心里感叹，怎么这世上还有比自己所学更小的微书存在？

但这对俞灵儿来说，却不是什么大惊小怪的事情。其实早在前朝，宜师父就是微书的鼻祖，能在寸方的地方写上一千字。而高二寸四分二的鸭蛋，蛋壳表面九倍于寸方都不止。如果师宜官再世的话，他能在这蛋上写满九千字还绰绰有余。而俞灵儿暗暗汗颜，自己还未完全达到师宜官巅峰时造诣。

瀛洲派，门规不算严，但是被抓到终归要受罚的。

曾有一次，俞灵儿又闯祸了，师尊归字谣很烦恼，因为所有的惩罚已经全都给俞灵儿尝试过了。

而归字谣又是个喜欢创新的人，于是就给俞灵儿一粒米，让她在这一粒米上写五言一句，写不了就重写。再闯祸，就再多增加一个字。以此类推。

结果百媚娘就给俞灵儿出了个坏主意，让俞灵儿将所有的米，全倒进了墨缸里。然后禀告师尊归字谣，说米粒上已经满是墨字了。

为此事归字谣还被掌门责罚了，罚归字谣在厨房洗一百年米。

当然到最后，俞灵儿最多能在一粒米上写满五言八句四十个字了。

师尊归字谣不知道是该说俞灵儿勤于下苦功还是该说她勤于闯祸。

唉！和那时候的惩罚相比，俞灵儿觉得在鸭蛋上写微书，其实是很轻松的事情。

"我，输了！"嵯峨衡看得眼睛刺痛，已经很久没有这种刺痛感了。

人群爆发出一阵欢呼雀跃。

"南朝到底有没有人啊？有没有人啊？"人群中有人调笑嵯峨衡。

"可别忘了在雷元帅的坟头上，你澜国人还欠着三百个响头啊！"

其实自打雷谦被害后，他的尸体当天就被人偷运出大理寺，至今不知去向。何谈有什么雷谦的坟呢？

俞灵儿向嵯峨衡一伸手："拿来！"意思要看那份国书。

仇条立刻挡在面前："说什么呢？怎可对澜使无礼？"

皇甫琮则挺身上前，目光逼视仇条："既然澜使博彩输了，自然得依约而办！你有意见？"

毕竟皇甫琮是普安王爷，又是皇上养子。仇条得罪不起，只得退后。

嵯峨衡将随身携带的国书取出，双手递给俞灵儿。

俞灵儿接过一看，这国书正是金黄色绢帛，和那日令狐媚给自己默写的那张绢帛一样。令狐媚为了方便自己更好地默写国书内容，所以特地给自己同样的绢帛，而且连大小也一般无二。

俞灵儿打开国书一看，果然与当日自己默写的内容一模一样，连字体都不差分毫。

俞灵儿一边假装看着国书，一边将袖子里自己默写的那卷绢帛悄悄取出。

然后突然收拢国书，对嵯峨衡大骂不止："可恶！此等对我大赵丧权辱国的东西，你们也敢带来？"

紧接着俞灵儿将国书迅速藏入袖子内，高高举起自己那份假国书，然后重重摔在嵯峨衡的怀里。

嵯峨衡想不到自己的国书已经被调包了，忙将假国书整理归拢收好。然后一语不发，被仇条搀扶着离去。

这时，俞灵儿就看见街尾走过来一个惊艳绝伦的女子，背背一副宝雕弓，一袋雕翎箭。只见她走到嵯峨衡面前抱剑行礼。

俞灵儿认出这名女子。正是那日在星瀚天问井里遇到的虞美人。

居然在此地又见到虞美人，俞灵儿心中却是一阵浓浓的醋意翻涌着。想当初自己刚入师门的时候，就和她成为了亲密无间的好闺蜜。两人姐姐长妹妹短的，整天腻味在一起，直到那一天。

俞灵儿和虞美人两人一起遇到了风归云，这个仙界公认的美男子。那情景俞灵儿至今记忆犹新，看风归云和虞美人相互对视的眼神，那真可谓金风玉露一相逢啊。

可是打那天起，这两人之间就似乎有一种令人捉摸不透的违和感，像一层窗户纸，怎么都捅不破。

俞灵儿就想方设法，竭尽所能地撮合他们二人。她自己的初恋很失败，所以内心的那一份惆怅感，使得她非常渴望见到身边的人都能够有情人终成眷属。就在俞灵儿锲而不舍地努力之下，这两人终于牵手走到了一起。

这个结果令俞灵儿兴奋不已，非常有成就感。而岛上其他人也纷纷觉得这对金童玉女，真可称得上珠联璧合，佳偶天成。

可惜好景不长，这两人突然不明不白地分手了。就像被一阵狂风吹过的窗帘，原来怎样的，现在还是怎样。他们分手的原因，至今无人知晓。

俞灵儿感到非常奇怪，就去问虞美人是什么原因。可虞美人总是三缄其口，不提此事。后来被俞灵儿追问得急了，虞美人眼含热泪，掩面而去。

难道说，是风归云负了她？这下俞灵儿火大了，自己的好姐妹虞美人，遭风归云辜负。难道天下男人都是这般负心薄幸的吗？！

第二天，俞灵儿便去找风归云，非要他交代个说法不可。

可是，俞灵儿已经不记得找到风归云时，自己说了些什么。那天的天空是什么颜色的？那天的花儿盛开得如何？那天的鸟儿是否鸣唱？

这些俞灵儿都已经不记得了。

那天，她只记得一件事，她只记得风归云居然向她示爱表白。

俞灵儿心想这一定是风归云对付自己的什么诡计，既然他伤害了虞美人，自己又怎么可能再上他的当？

于是俞灵儿就想狠狠教训风归云一番，结果自己就……

自己就……

结果自己就从了。

自己居然从了！她感觉自己真的好没出息啊！明明心里非常痛恨风归云。

于是不停地对自己说，他这是在耍你，在耍你啊！想抬手扇风归云一巴掌，可是自己准备扇过去的手，却不知何时已经在风归云温柔的手掌中了。看着风归云那微笑的嘴角，好似俞灵儿当下的反应全在他的预料中一般。她心中气，却对他的表白完全没有任何抵抗能力。就这样，她稀里糊涂地就成了风归云的俘虏。

仙界所有人都大跌眼镜，如诗如画的风归云，居然和貌不惊人、资质愚钝的俞灵儿走在了一起。打那天以后，什么曾经的好姐妹，什么曾经的好闺蜜。全都烟消云散。虞美人就像是疯了一般，开始处处找她麻烦。

和虞美人对自己的种种欺压相比，最令俞灵儿在意的是，这一世，她很可能又得面对虞美人和风归云牵手相处的那段时光。那段时光，在前世是俞灵儿期待的一段时光，却在今世是最令俞灵儿醋意难耐的时光。此时那虞美人转头远远地向俞灵儿望过来，俞灵儿也望向她。

彼此目光一瞬间交错后，就被周围雀跃的人群给遮挡开了。

彩蛋师傅和店老板，以及围观者都对愣愣出神的俞灵儿一揖到底："多谢这位小娘子出手相助！为我大赵赢回脸面！"

俞灵儿出神之际，也没听清楚大家对她说什么，及时反应过来后，她也一揖到底回礼："哪里哪里！过奖过奖！"

店老板手里捧着一个锦盒过来："姑娘啊，这是赌赛的彩头，还请姑娘笑纳啊！"然后他双眼直勾勾地盯着俞灵儿手里的蛋壳。

俞灵儿便接过锦盒，道了声谢，顺便将手中的蛋壳送给了店老板。店老板大喜过望，连声道谢。

俞灵儿再看那锦盒，里面有些古玩小挂件什么的，其他倒还好，只是其中一支小楷毛笔，笔杆细小倒普通平常，但是那笔毛却银丝灼灼，不像凡品。

俞灵儿现在的天问境界培育的功力也不少，不用百度眼，单用元神来感应这笔毛，果然是上佳的仙品。而且质地柔软足可以作为凤鹈玉笔的副毫。俞灵儿心中大喜，于是高高兴兴地将锦盒收好。

周围人群争相传颂俞灵儿大胜澜狗的事情，纷纷过来人不停地称赞。在人群欢呼声中，俞灵儿害羞得直往外躲。

"大学士，这厢有礼了。"

"殿下！你怎么也在这里？"俞灵儿向皇甫琮拱了下手。

皇甫琮诚心诚意地向俞灵儿作揖："每次香会在下都会来为皇上、皇后及太后祈福。"

这么彬彬有礼，店小二还说他不招人待见，那招人待见的岂非见人就下跪磕头不成？

"那你祈福完了吗？"

"刚拜完，见这里热闹，便来此看看，巧遇大学士。"

"既然巧遇，不如一起？"俞灵儿今天心情非常好。

"也好。那就一起。"皇甫琮心情也不错的样子。

第六十章

重制玉笔

●
○

　　几圈兜下来，皇甫琼话不多，俞灵儿倒是兴致勃勃，有说有笑有吃有玩。

　　皇甫琼也会适时地帮俞灵儿提些她买的杂七杂八东西，分寸掌握得恰到好处，有些分量的东西，皇甫琼全接过去。随手能拿起吃的食物和装饰好看的物件都留在俞灵儿手里。表面看上去两人手里的东西一样多。俞灵儿心情特好，所以走路有点蹦蹦跳跳的，皇甫琼在人群中帮俞灵儿挡着点人，有时见到不太好走的道，就引着俞灵儿绕过。

　　皇甫琼的这些动作，使得俞灵儿感觉身边有他真是舒服得很。

　　皇甫琼的这份细心和成熟稳重，倒是和风归云非常相像，更可以说是有过之而无不及。她和风归云相处时，风归云也是心思细腻，处事稳重，对人也是彬彬有礼。虽然风归云有时候也会对她甜言蜜语的，不过她并不讨厌风归云这样对自己，太过沉稳怕是她也会吃不消。

　　所以和皇甫琼在一起时，俞灵儿心里会泛起那份久违的舒适感，人也变得很轻松随性。

　　俞灵儿嘴里塞得鼓鼓囊囊的，脸撑起来活像个大包子。她偶尔也会毫无顾忌地鼓着脸朝皇甫琼笑笑。

　　皇甫琼也觉得她的包子脸看着蛮可爱的。

两人对视时，皇甫琮眼中似乎还燃起一点点朦朦胧胧的情愫。

俞灵儿也有点搞不清楚对自己笑的那个是皇甫琮，还是风归云。

"娘子！为夫找你找得好苦啊！"一句酸溜溜的话飘过来。

俞灵儿一口糖葫芦加蜜饯全喷出来，仰头看天，老天爷啊，为什么让我开心的时光这么短？

也不管说话的人，她转头去找皇甫琮的白马。打算跳上白马，杀出一条血路……然后她绝望地发现，皇甫琮此时身边并没有跟着他的马和仆从。

只见四个女孩在令狐宝身边撒娇，嗔怪令狐公子不理她们。令狐宝就像是眼里只有俞灵儿一人似的，痴呆般向她走来。

"娘子，为夫遍寻不到你，原来你在这里啊。"令狐宝伸手从一堆杂七杂八的东西中搜寻到俞灵儿的胳臂，紧紧拽住。

"放手！"如果俞灵儿硬要甩掉令狐宝握住的手，怕是自己手里一堆杂七杂八的东西得飞满街。

"还未请教，这位是？"皇甫琮上前一步拱手。

"我是她娘子！"令狐宝抢在俞灵儿前头说。"啊不，我是她夫君！"令狐宝又忙更正。

那四个撒娇女子也上前扒拦着令狐宝，面带醋意地要令狐宝放手。于是边上围上来一群看热闹的。

俞灵儿一边想要挣开令狐宝的手，一边向皇甫琮解释："别听他胡说八道，我们两家只是世交，没有联姻。"

令狐宝对皇甫琮瞪着大眼睛，咧开嘴放开声音说："我们两家父母都已经同意这桩婚事了。""啊！"那四个撒娇女子不可置信地看向令狐宝。

俞灵儿挣扎得头上垂下几根发束，凌乱地遮在脸前，眼神绝望地看向令狐宝。

看到俞灵儿的表情，皇甫琮转过头，寸步不让地说："那就是说还未过门，有道是君子非礼勿为，还请先放手。"

然后皇甫琮抬手接过俞灵儿手里一堆杂七杂八的东西。俞灵儿顺势挣开了令狐宝的手。

那四个撒娇女子一听"还未过门"这四个字，立时纷纷扯拽着令狐宝，再三地撒娇："公子三思啊！"

俞灵儿抬手捋了捋自己凌乱的发束，恢复了神情："蒙令狐公子抬爱，小女子何德何能？不敢高攀贵府。"然后向旁边随意一摆手，做了个"请"的动作："还望公子另择佳偶。"

令狐宝会错意了，傻乎乎地顺着俞灵儿伸出去的手看，只见俞灵儿无意中手指向一个涂满胭脂，并对着令狐宝傻笑的大婶。

令狐宝惊吓得眼睛瞪得似乎比车轮还大。"我只要俞灵儿，我只要俞灵儿！"令狐宝对着苍天声嘶力竭地表达着他的诉求。那四个撒娇女子被他一声喊惊吓到了，回过神来后，一跺脚掩面而去。

皇甫琮怜悯地看着眼前这条可怜虫，转头对俞灵儿说："要不，我们请令狐公子与我们同行如何？"

俞灵儿老大不愿意让这条跟屁虫跟着，但也知道要甩掉这条跟屁虫也蛮难的。既然普安王殿下这么说了，她只得叹口气，默许地往前走。

令狐宝却来了精神，眼睛又瞪向皇甫琮："我们？"随即毛手毛脚地从皇甫琮手里把俞灵儿买的杂七杂八的东西抢过来，"什么时候你们亲近到'我们'的程度啦？！"

皇甫琮也不理他，跟着俞灵儿。

周围看热闹的也就一哄而散。

整个香会热闹非凡，所有人都在兴高采烈地游玩，除了三个人。

令狐宝，紧挨着皇甫琮，伸着脖子，双眼盯着他，像是随时会一口咬下去一般。

皇甫琮，被令狐宝这么死盯着，也觉得没什么太大兴致，眼神空洞地看着前方，面无表情地走着。

俞灵儿，无精打采地走在最前头，心里默默祈祷：令狐媚可千万不要在附近啊。

再走了一会儿，俞灵儿想起一事，转头对皇甫琮说："东堤那有个诸葛笔舍，我们不妨去那游玩一下吧？"

皇甫琮点头同意，于是三人便前往东堤。

在一群孩子的簇拥之下，三人走进诸葛笔舍。

俞灵儿一进门便问笔舍主人："怎么我每次来，都能见到这群孩子？"

"都是在各处流浪的孤儿，我和附近几家邻居一起收养了他们。"笔舍主人笑了笑道："看样子，你找到能做副毫的毛了？"

"不错，还望师傅你帮我完成凤鹋笔的被毫与副毫。"说罢，俞灵儿将凤鹋玉笔、狼尾和那支小楷笔交与大汉。大汉细细端详了一番："不错，是佳品！"然后转身在一旁制笔。

令狐宝抢上前，在笔舍内桌子旁找了个凳子，用袖子擦了擦，然后笑眯眯地让俞灵儿坐。

俞灵儿摆手想谦让给皇甫琮。皇甫琮非常识趣地请俞灵儿先坐下，然后自己就想绕过那个大汉坐到另一张凳子上去。

可那大汉头也没回，却转身让过皇甫琮。然后继续制笔。

皇甫琮吃了一惊，平时他不说话是没人会注意他的，这大汉连看都不看他一眼，却能发现他的存在，这倒是非常奇怪的事情啊。

于是皇甫琮便坐在令狐宝对面的凳子上。对于能和令狐宝保持一个桌子的距离，皇甫琮感觉舒坦很多。其实皇甫琮并不讨厌令狐宝，当知道他姓令狐，想来就是与仇无忌处处作对的令狐家人，心里多少也带有一份敬意。

皇甫琮和俞灵儿虽说处了没多久，但是感觉融洽，又看他们俩都和令狐家有渊源，便也不拘束。

"完璧归赵。"俞灵儿掏出七銙麒麟玉带，放到令狐宝面前。

"不，这早已是你的东西了。"令狐宝又把玉带推回到俞灵儿面前。

"什么早就是我的？令狐公子的东西，我可不敢要。"俞灵儿又将玉带推过去。

令狐宝抬头遥望着远方："自打那晚之后……"

"住嘴！我们可什么事情都没有过啊！"俞灵儿恨不得用玉带封住他的嘴。

"我整个人都已经是你的了，"令狐宝假装很委屈地低下头，"何况这条玉带？"要不是令狐宝长得还算俊美，俞灵儿听到这话可能真会吐出来。

"令狐公子怎么也有雅兴来香会呢？"皇甫琮再不打一下圆场的话，自己很可能就吐了。

令狐宝面有得意之色："我是来敬我师父的。"

"你还有师父？"俞灵儿不敢相信自己的耳朵，这懒虫居然还拜师学艺？

令狐宝一脸傲气："远的不说，整个帝都城，就只有两个人能镇住当朝宰相仇无忌，让仇无忌朝东，他绝不敢朝西，乖乖地听话。"

"哪两个人？谁啊？"俞灵儿和皇甫琮都非常好奇。

"一个就是当今圣上。"令狐宝对着天一拱手。

俞灵儿一撇嘴："这还用你说？"

"还有一个就是我师父。"令狐宝脸上全是一个傲字。

俞灵儿来了精神："那你师父到底叫什么名字啊？你快说，快说。"

令狐宝想了想说："名字么？……我也不知道我师父名讳。"

"你是他徒弟，你居然连你师父叫什么都不知道？"皇甫琮感觉好笑。

令狐宝也觉得有点惭愧："我打小就一直叫他师父，他具体叫什么，我就不得而知了。"

俞灵儿心想，你能不能再糊涂点儿？从小跟到大的师父，居然不知道叫什么。别人问你师从何门啊？难道你只会说不知道？

"那你师父住哪呢？"皇甫琮也快受不了了。俞灵儿和令狐宝异口同声地说："不知道。"

令狐宝惊讶地看着俞灵儿："唉，你怎么知道我不知道啊？"俞灵儿眼一翻："你还能知道什么？"都是同一对父母生的，为什么姐姐和弟弟的差距这么大呢？

"我只知道，在愁湖岸边走走，就能遇到我师父。"令狐宝满不在乎俞灵儿的目光。

俞灵儿乐了："你师父是湖里的王八啊，岸边走两步就能逮到？"

第六十一章

屋足四字

●
○

皇甫琮对一个能压制仇无忌的人物，还是非常感兴趣的："那你今天找到你师父了吗？"

"没找到啊，我之前找来找去不见人影啊。"令狐宝一摊手。

"你当然等不到你师父啦，今天香会湖里的王八乌龟都朝贺去了吧？"俞灵儿手捂着嘴，咯咯直乐。

皇甫琮摇摇头："看来尊师是个神龙见首不见尾的人物啊。"

令狐宝看看俞灵儿说："虽然我今天师父是没遇到，可我之前倒是遇到几只乌龟王八蛋。"

俞灵儿一瞪眼："你什么意思？"令狐宝下巴一伸："就之前，在香会集市北边，我看到了几只'澜'龟、'澜'王八！"

皇甫琮像是明白了："不错，我们刚才也遇到了，确实是几只'澜'龟、'澜'王八！"

然后皇甫琮忙给俞灵儿解释："刚才我们遇到的那几个澜国人，就是澜国派来的使节。"

令狐宝摸着下巴回忆道："而且奇怪的是，他们的车上，赫然有两个醒目的字。"

"哦？两个什么字啊？"皇甫琮也好奇起来。

令狐宝想了想："好像是飞白书，从右至左，一个'屋'和一个'足'！"

"你说什么?！"俞灵儿突然跳起来，盯着令狐宝："你说哪两个字?！"

皇甫琮和令狐宝都被俞灵儿这突如其来的反应给惊住了："是，是'屋足'二字啊！"

然后他们俩就觉得整个春天都瞬间归集于俞灵儿一人身上。"是他！没错，一定是他，他来了，他来了！"俞灵儿兴奋得双手紧紧抓着令狐宝的衣领，狠命地摇晃着，完全不顾在一旁皇甫琮的劝谏："大学士，请自重！"

俞灵儿一直心系的那个人，风归云，曾经对自己说起过，他曾经以"屋足"二字，戏弄澜人的事情。

令狐宝被摇得金星直冒："不就是两个字吗？你至于这么高兴吗？"

俞灵儿一瞪令狐宝："怎么不高兴？你知道写字的人是谁吗？"

"不知道啊！怎么你知道吗？"令狐宝不满地问俞灵儿。

"……"俞灵儿被问住了，除了道号风归云之外，他之前叫什么，还真不知道。

见俞灵儿愣在那里，令狐宝好不嘚瑟："不就是'屋足'二字吗?！有什么了不起的，看把你乐的。"

俞灵儿见令狐宝小看风归云写的字，很不乐意地说："虽然我说不出写这两字的人名，可你知道'屋足'二字是什么意思吗？"

一旁皇甫琮早就想问了："请大学士指教。"

俞灵儿坐下瞪了眼令狐宝："其实那不是两个字，而是四个字。"

皇甫琮不明就里地看了眼令狐宝，令狐宝摇了摇头："怎么会是四个字，我看得清清楚楚，明明就是两个字，没其他字了。"

俞灵儿蘸了点水，在桌上写了"屋足"二字。

"你们看清楚了，这是几个字？"

皇甫琮和令狐宝看了半天："两个字啊。"

"唉，这'屋足'二字，其实是'龌龊不齿'四个字。"

俞灵儿在"屋足"两字旁边各添了个"齿"字旁。

"看，不齿，就是将那两个'齿'字旁拿掉，这不就剩下'屋足'二字了吗？"

皇甫琮第一个反应过来："妙啊！确实是'龌龊不齿'四字，骂得好！骂得好啊！"

令狐宝看看桌上那两个字，又看看俞灵儿，一拍大腿："对啊！我怎么就没想到啊！"

俞灵儿得意地看着他们俩，如果被你们俩这么轻易就看出来，那还是我的风归云吗？

可是转念一想，她高兴得太早了，澜使的车从燕京来帝都路途遥远，风归云在何时何地写上这两字的呢？写上了也不等于说他人就在附近啊。不过这么久以来，终于能得到点他的消息，那也足以令俞灵儿心潮澎湃了。

令狐宝则痴痴地看着俞灵儿，怎么这么冰雪聪明啊！？不愧是我令狐宝喜欢上的人啊。

正当俞灵儿和令狐宝各自想着心事时，一旁制笔大汉却突然问道："澜狗这次派使节来，又想干什么？"

也许这件事令皇甫琮激愤难当，所以连说话声音都高了许多："澜狗这次派来使节，居然是要我大赵皇帝跪拜称臣！"

话音刚落，三个人同时感到有一只豹子圆眼想要吃人般瞪了过来。也许是对皇甫琮的话起了反应，制笔大汉侧转过头，用余光瞪向北方，双手握拳，捏得咯咯响。

皇甫琮在谈论赵澜之事时，丝毫没有温良恭俭让的态度："其实早在南北议和的时候，澜狗就让我们俯首称臣，澜国下国书册封我赵朝皇上为皇帝。当时皇上不愿跪拜称臣，去接受什么澜国的册封。最后是仇无忌代皇上跪领册封国书，才勉强翻过这一页。可今年年初，澜国皇帝嵯峨旦被他的右丞相嵯峨亮弑君篡位。这嵯峨亮登基后又旧事重提，派遣使节，非要我朝皇帝履行南北议和的条件，亲自跪拜称臣，接受澜国册封不可。"

俞灵儿心里偷偷好笑，那份册封赵帝的真国书，现在就在自己的袖子内，到时候澜使如果拿假国书去册封，还不得被皇上给撵出去？哈哈。

令狐宝则拍案而起："太可恶了，这澜狗真是太得寸进尺了。不知道皇上怎么说？"

皇甫琼摇了摇头："唉，当此民族气节的节骨眼上，皇上居然还有心情命我抄写什么《修禊黄溪》！"

俞灵儿一听这话，似乎想到了什么，也不管边上令狐宝在那如何痛骂澜狗，转头问皇甫琼："皇上命殿下抄写《修禊黄溪》？"

"是啊，小澜国使节都已经到了帝都了。皇上却命我和王弟去抄写《修禊黄溪》，而且还要抄写五百遍！"

"那殿下抄了吗？"俞灵儿追问着。

皇甫琼此时很想和令狐宝一起激情澎湃地痛骂，可既然大学士问话了，皇甫琼便毕恭毕敬地回话："澜使来访，辱我大赵，哪还有心情抄这个啊。"

"皇后娘娘知道此事吗？"俞灵儿继续问到。

"娘娘千岁自然知道，可娘娘只字未提此事。"

俞灵儿想起吴皇后曾说要自己帮个忙，虽一直没有明说是什么事，可事到如今俞灵儿也猜了大概。必然是与抄写《修禊黄溪》有关。俞灵儿很认真地盯着皇甫琼一字一字地说："殿下得抄！"

皇甫琼很奇怪："为什么啊？"

俞灵儿依旧很认真："听闻殿下是太祖的第七世孙？是吗？"

"是啊。怎么啦？"

俞灵儿依旧很认真："殿下可知道《修禊黄溪》在王家只传到王之修的第七世孙这件事吗？"

皇甫琼点点头。

俞灵儿声音放的很低："《修禊黄溪》乃是历代帝王首推，号称天下第一行书。殿下难道不曾想过'天下第一'四字的巅峰之意？"

皇甫琼也觉得事有蹊跷："难道说，皇上命我俩抄写《修禊黄溪》，是别有深意？"

俞灵儿很肯定自己的想法："皇上是想将太祖皇帝打下的江山，再交还给他的子孙。"

皇甫琮对俞灵儿一摆手，然后向左右快速看了看。这里可不是说这种话的地方。

然后皇甫琮手托着下巴，一言不发。皇甫琮自己也听说过，当年王之修写的《修禊黄溪》，只传到第七世孙了空大师那一代，后来了空大师出家为僧，便没有了后代。于是了空大师只得将《修禊黄溪》传给徒弟。

至于听俞灵儿所言，皇上是想将太祖皇帝打下的江山，再交还给他子孙的这番深意，皇甫琮也觉得有一些可能。本来兄弟俩自幼父母双亡，能被皇上皇后收养，那已经是很感激涕零的事情了。对于成为太子或登大宝，皇甫琮都觉得是很奢侈的事情。

本来兄弟俩谁被立为太子，皇甫琮倒是无所谓。可是弟弟皇甫玖，却倾向议和政策，和仇无忌打得火热。如果将来皇甫玖登基继位，必然是延续仇无忌的分裂主张，再想收复北方河山，怕是无望了。

对于皇甫琮来说，天下什么事情都可让，唯有"复我河山，统一华国！"这一点绝不能让步。

俞灵儿见皇甫琮迟迟不作反应，便问："殿下在朝中可有值得信任的大臣吗？"

经俞灵儿这么一问，皇甫琮想来想去，自从雷谦元帅向皇上提议立自己为太子监国之后，皇上大骂雷谦，为人臣子，不该管皇室家事。所以后来朝廷大臣们都对自己敬而远之，自己为人处事也变得更加谨慎小心，对大臣们也就没有什么过深的交往。更何谈信任二字？

"怕是一个都没有。"皇甫琮很无奈地摊了摊手。

俞灵儿想这可难办极了，像皇甫琮这样，宫里宫外全无援手。别说夺嫡了，怕是一不小心连命都可能不保。俞灵儿觉得这点和自己前世被不明不白地杀死，倒是很像，心中不觉很想帮持皇甫琮一把。

可是自己身为女子，并非朝中要员，只有一个大学士的闲职。想要帮持皇甫琮，谈何容易？

俞
生
入
狱

●
○

俞灵儿失望地抬头大声说："难道偌大个赵庭，就没有一个忠臣了吗？"一旁令狐宝斗志昂扬的骂声，被俞灵儿这一句话打断。

"谁说没有啊？"那个大汉停下手中的活，转过身道："忠臣那可不少，眼下在帝都，我就知道一个。"

所有人看向大汉。

"严龙！你们听说过吗？"大汉双手对空一抱拳，一脸的敬意。

严龙！俞灵儿想起传史里记载过，严龙后来当上丞相，还向皇帝建议为雷谦平反昭雪。

那就是他了，太好了，有大忠臣帮持，区区仇无忌又何足挂齿？俞灵儿心潮澎湃："不知这位严大人，现居什么官职？"

大汉昂首挺胸，声音洪亮地说："现任王府教授。"

俞灵儿头一歪，那就是一教书先生嘛，没实权呐！这位大汉你挺什么胸，抬什么头啊你？

然后这位挺胸大汉转过身去，继续制笔。

皇甫琼苦笑了一下说："严大人正是我与恩平王弟的授业恩师。"

俞灵儿叹口气，唉，有总比没有强，毕竟也是忠臣："那殿下可以就皇上下命抄写《修禊黄溪》之事，向殿下的恩师严大人讨教一番，殿下且听严大人如何分说。言语分寸还请殿下自行拿捏。"

"制好了。"大汉转身将做好的凤鹚玉笔交给俞灵儿。

俞灵儿接过来，捋了捋笔毛。

玉笔银毫，晶莹剔透，色泽光鲜，品质上乘。既然凤鹚玉笔制作完，那就等于自己的法宝完美了。

法宝的作用其实蛮大的。

法宝可以将自身施展的功力法术成倍增长，就好像蜀山派，其弟子的法宝清一色是剑，通过用剑，将自身剑气功力倍增，杀敌时威力强劲。

法宝也可以将某种特定法术固定在法宝内，就好像昆仑派，各种法宝都有其特定用法，无论昆仑派弟子功力高低与否，只要能用出特定的法宝，就会起到特定的法术效果。

法宝也可以作为某些阵法的开启枢纽。就好像蓬莱派的镇派之宝"诛仙剑阵"，那可是开天辟地的第一杀伐大阵，单是诛仙剑本身却没有剑阵那般强的威力。

虽然也有将自身肉体修炼成法宝的，比如沧海派，其很多弟子都将自身炼成法宝。依仗自己本身的特性，使得他们的仙力施展大有所为，仅仅凭一双空手，就拥有以上几点法宝特性。

自己所在的瀛洲派，虽然在法宝的运用上，不如以上四大门派如此专精，但是在炼造法宝的工艺方面，可谓一绝。酒酿瀛洲玉，剑铸昆吾铜。瀛洲派很多弟子，对各种法宝的炼造方法如数家珍。是否有相应的材料来炼造先姑且不论，法宝神兵产出最多的，也是瀛洲派。虽然瀛洲派镇派之宝东皇玉珥不是瀛洲派炼造的。

"哎，此笔怎么与别的笔不同啊？"皇甫琼注意到这凤鹚玉笔的构造与世上大多数笔有所不同，感到奇怪。

"这是古笔，专用于三指斜执笔的古法。与现今无心散卓笔的五指悬肘笔法自是不同。"俞灵儿一指笔舍内摆放的各种诸葛笔对皇甫琼说："这些诸葛笔都是古笔，殿下若要抄写《修禊黄溪》，还是用这些诸葛笔，更为恰当！"

"哦？那到时还真得要多多请教大学士才是！"皇甫琮忙起身向那大汉求购诸葛笔。

正说着，从笔舍外来了一个家丁，一边向舍内奔跑过来，一边喊："俞大人，不好啦！你家里出事啦！"

笔舍内众人都转头看向这位家丁，只见这家丁气喘吁吁跑进笔舍内："出事了，俞大人，你爹，你爹……"

俞灵儿心中感到一种不祥的预感："我爹他怎么啦？快说啊！"

"你爹，被仇无忌，抓了，刚得消息说，今晚就押进大理寺。"

俞灵儿只感到一阵头晕目眩。

"俞大人，快回令狐府吧，你家老夫人，急得派人到处寻你呢！"

俞灵儿二话不说，冲出笔舍疾奔而去。

令狐宝向皇甫琮拱手道个别，和那家丁一起拎起那些杂七杂八的东西，令狐宝看了眼桌上的七锊麒麟玉带，拿起后随俞灵儿而去。

俞灵儿一边跑一边想，这不对啊，句龙无悔不是还在江平府查核此案吗？御史台没有给出回复前，皇上怎么会这么早就抓捕俞生？何况还是押进大理寺？究竟哪里出问题了？难道说又是令狐媚搞得什么诡计，骗自己入令狐府？真是这样的话，自己宁愿被骗。

俞灵儿心急火燎地跑进令狐府，进得大堂，就见俞何氏坐在一边直哭，令狐夫人吴氏在一旁安慰着，大堂中正坐着令狐擎苍，堂侧一位捕头模样打扮的人坐在那里。俞灵儿认得这捕头，正是李嫂的丈夫李公甫，江平府当差衙役，与父亲俞生交往甚厚。

一见俞何氏哭成这样，李捕头又在，俞灵儿就知道自己父亲的确出大事了。俞灵儿上前抱住俞何氏，喊了声"娘！"然后两人就抱头痛哭。

令狐宝也跟着跑进来，向他爹娘和李捕头行礼，问："究竟发生什么事了？"

李捕头过来道："事情是这样的，帝都船营场要为沿海制置使司建造五艘海船。需要近十万石木料。结果工部报上账，说江平府有十万石木料。这根本就是工部报假账，江平府平常耗材巨大，库里最多三千石木料了不起了。这事体偏偏不巧又是俞大人负责的。最最要命的是，因为拿不出十万石木料，仇无忌参了俞大人一本，说他贪赃枉法。结果皇帝老爷发脾气了，命人将俞老爷押入大理寺，听说要定他死罪。"

令狐宝"啊!"一声，惊立当场。

听到"死罪"二字，俞何氏"哇"一声，哭声更大了。

令狐擎苍一拍桌子，怒斥："哼! 仇无忌那个奸狗，居然诬陷忠良，陷害俞弟!"

李公差也在旁求情："是啊，俞大人平时清正廉明，处处为百姓着想的啊! 怎么会是贪官呢? 明显就是诬陷嘛。连我们衙门里兄弟们都看不过去，于是我向州里告了假，特地跑来帝都，想告御状。没想到连门都进不去，就被赶出来了。实在没办法，听说俞夫人在令狐府，所以快点过来探望。"

俞灵儿忙跪下地："谢谢李叔叔为我父亲出头! 灵儿这里磕头了!"

李公差忙上前搀扶："不可不可，俞大人的为人我们都清楚。查明真相为民请命，本就是我身为捕头的分内之事。"

俞灵儿却不肯起，转向令狐老夫妇哭着磕头："令狐老爷，夫人! 看在我们两家世代交情的分上，还请二老为我们母女作主!!"

俞何氏也跟着要下跪，被令狐吴氏赶忙上前扶住，令狐擎苍欠身站起："贤侄女快快请起。莫说我们两家世代交情，就以俞弟为官'清正'二字，老夫我也不会坐视不管!"

令狐宝一旁搀扶起俞灵儿，吴氏示意令狐宝先让俞灵儿坐下："明日一早我们便带你们母女前去探监。现下我先去皇宫一趟。"

"大姨妈那我已经去过了。"随着话音，令狐媚踏进大堂："大理寺那儿，我已经让来福去打点过了，明天一早你们去探监无妨。"

令狐擎苍踏上一步急问："你大姨妈怎么说的?"

令狐媚依旧喜盈盈的表情："自当尽力而为，她说，刑部和大理寺上下都是仇无忌安排的人，与其想着脱去罪名，倒不如先将俞叔叔转出大理寺为上策。大姨妈先去刑部那问话。"

令狐擎苍忙向令狐媚引见李公甫。

随后令狐吴氏在一旁轻声向令狐媚说："刚从郭知运那得到消息，说是澜国皇帝嵯峨亮觉得我大赵沿海制置使司壮大得太快了，着令仇无忌设法除去。看来这次仇无忌是既耽误了造军船，又借此机会拿你俞叔叔开刀啊。"

李捕头向众人施礼："我们江平府实在是没办法可想，都晓得令狐家义薄云天，经常惩治奸邪，故此我一来探望俞夫人，二来也想求令狐老爷想想办法。"

令狐媚轻松地坐下喝了口茶："不就是木头吗，小事一桩。呐，我弟弟呆若木头，足足顶得上二十万石木头，拿他去抵就是了。"

"姐！！"令狐宝急了。

"媚儿，如此大事，开不得玩笑！"令狐擎苍沉下脸来。

俞灵儿含着泪看向令狐媚，心道令狐媚答应自己三天后便洗脱俞生罪名。这倒好，现在才第一天，自己父亲就被押入大理寺。先不论三天后令狐媚是否真的能做到，若是三天内父亲有个三长两短的可怎么好？

"好好，不开玩笑了。"令狐媚收起笑容，起身向李捕头万福："其实要解决此事不难，只是要烦劳李叔跑一趟。"

李捕头忙回礼："只要能帮到俞老爷，有何差遣，只管吩咐！"

令狐媚递给李捕头一份信函："还请你往帝都船营场跑一趟，将这份信函交于张自成，就说是我说的，让他准备运输车马，明日一早自会有大量木材送到。"

俞灵儿不可置信地瞪大眼看着令狐媚，心道难道她一晚上就能弄来十万石木料？

第六十三章

夜探帝都

令狐夫妇也不敢相信自己的耳朵："媚儿，如此大事，做不得儿戏啊！"

令狐媚笑盈盈地坐下继续喝茶："怎是儿戏啦？女儿何时令爹娘失望过？李叔只管去，让他按我的话办便是了。"

李捕头半信半疑地拱手告辞，揣着信函往帝都船营场而去。

俞灵儿则不相信令狐媚说的明日就能解决云云，那可是十万石木材啊，就算让师尊归字谣施法来变，也变不出来啊。

令狐媚上前按下激动起身的俞灵儿："不用担心，我们还有的是时间。"

俞灵儿心急如焚，哪还有时间？前世父亲本来是因文字狱关入大牢，后来在狱中大骂仇无忌，才惹怒了他，加重了父亲的罪名。在令狐家全力周旋之下，爹爹的案情审理时间被延后，人也正准备调往州府大牢。结果仇无忌趁他们不备，临时提审并判决，然后立刻绑至菜市口问斩了。

不过这点只有俞灵儿知道，就算知道又怎么样，就算派人在大理寺门口日夜蹲守，仇无忌换作在大理寺里面行刑怎么办？

俞灵儿怎么也不相信令狐媚一晚上就能弄来十万石木料。俞何氏也不信的样子，在一旁直掉眼泪，俞灵儿心想，别父亲还未脱罪，先哭坏了娘亲。于是上前先扶起娘，令狐宝也跟着一起搀扶，回她的客房。然后在屋里一个劲地安慰着。

戌时，

树静，

风止。

待俞何氏哭累了，俞灵儿才扶着娘亲上床歇息。然后悻悻然走回令狐府给自己准备的厢房。

当年雷谦被押至大理寺那日起，仇无忌就在那儿安排重兵巡防。天下豪杰侠士如云，当年想救出雷谦的大有人在，却都无功而返，可见仇无忌在大理寺的安排布置是何等严密。想从那儿救人谈何容易啊！

可此时的俞灵儿心情异常激动，无论如何是睡不着了。与其一晚上坐等令狐媚变来十万石木料，倒不如今夜就去大理寺探望父亲，或许还能将父亲救出，然后带上娘亲，一家人远走高飞。打定主意，俞灵儿转身便取出凤鹅玉笔。

亥时，

月斜，

夜行衣，

蒙面，

俞灵儿提气纵身，在民户家屋顶飞奔，自己丹田内已经有相当于四十五年修为的真气，飞檐走壁都不是问题。

可她在屋顶一路飞走，却始终不见大理寺的所在。俞灵儿心里奇怪，明明是朝着大理寺方向前去，怎么她都跑到东门口了，还不见大理寺，难道错过了？

然后她又折返而行，这次她放慢速度，看得仔细，生怕又错过。可是从东门跑到西门，依旧没见到大理寺的影子。心中非常纳闷，偌大的房子，怎么就找不见呢？她当年进进出出大理寺很多次，就算闭着眼也能找到大理寺，可今晚怎么好似这大理寺像凭空消失了一般。难道说,自己陷入了幻阵?

"哼!"随着一声冷笑,一双大长腿,踏着月色临近俞灵儿。

俞灵儿听到这冷笑声,都不用转头看也知道谁来了。除了虞美人还会是谁?

见到虞美人,俞灵儿心中完全不曾细想,今夜之行自己是否早已被盯梢。心中只翻涌着阵阵浓烈的醋意,脑海中又是他们俩相依相偎在一起的那段时光。

俞灵儿转脸看向虞美人,只见她单手提剑,背挂宝雕弓和雕翎箭袋,一身紧身短衫,更显出她婀娜多姿的体态。

燕山虞候,世代都是"驺虞"这种神兽,虎身狮头,五彩毕具,尾长于身,原本是上古神将的坐骑。后来有几支驺虞经过几百年修炼,化成人形。其中在燕山有一支人形驺虞,在古时官拜数泽薪蒸的虞候都督,后世沿袭。于是世上便有了燕山虞候这一妖族世家。

而虞美人身形颀长,两条腿更是细长。虞家的人都是这般体型。

"居然有人敢无视帝都宵禁令,胆子不小。报上名来,本姑娘不杀无名鼠辈。"

俞灵儿银牙紧咬,也不答话,从袖子里取出凤鹆玉笔,倒持着抓在手里,严阵以待。记得前世她和虞美人交手不知多少回了,每一回都败在虞美人手里。除了虞美人在入瀛洲派之前,本身就已经深得家族培养之外。她在星瀚天问井中修成天问神功,一身强横澎湃的功力就鲜有敌手。前世自己基本都过不了虞美人一招。自己只有书法一道胜得过她之外,其他的完全无法和她抗衡。

所以此刻俞灵儿心里多少有些忌惮虞美人,何况自己单枪匹马的,无法发挥自己的逝水笔法。

虞美人见俞灵儿有些怯战的样子,便冷着脸走近俞灵儿,二话不说,直接用剑问候俞灵儿。

而俞灵儿绝不能让虞美人靠近自己,因为她清楚虞美人的家族徽记非常厉害,如果不幸被她兵器刺出自己哪怕一丝血,那自己很可能会一败涂地了。

俞灵儿无奈地用凤鹓玉笔抵挡，闪展腾挪，仍落于下风。

虞美人见俞灵儿毫无还手之力，更加全力施展手中剑，招招狠辣，恨不能立时取了俞灵儿的命一般。

俞灵儿心里直叫苦，只得仗着自身体内真气，转身往后提气便跑，在一间间房屋顶上纵跃飞奔。

虞美人就迈开两条大长腿紧追，和俞灵儿保持着一定距离。

就在俞灵儿凌空跃起，想落到对面一家屋顶上时，听得身后"嗖"的一声响，不知道虞美人用的什么手法，向她背后射来一支箭。

俞灵儿心道不好，可是自己人已经在空中，躲闪不得。她心中焦急万分，也只能眼睁睁看着这支箭射向自己。

就在这时，就听"噗嗤"一声，一只手掌挡在俞灵儿面前，那支箭正穿过那手掌，血一滴一滴流了下来。

被突然出现的人撞了一下，俞灵儿和来人一起落到街面上。

虞美人跟着也飘飘然落下，看着眼前二人。

俞灵儿大惊失色，转头看向伸出手掌救自己之人。只见这人，也是夜行衣，蒙着面。

可俞灵儿还是认出了来者，因为她认得此人腰上那条腰带，七镶麒麟玉带。好吧，自己又欠了令狐宝一次。

这时候只见令狐宝怔怔地站在那里呆望，动也不动。

俞灵儿从令狐宝的眼中看到了一种熟悉的眼神。

那就是天底下所有男人，第一次见到虞美人那惊艳绝伦的模样时的眼神。

俞灵儿心中醋冒三丈。

天底下任谁这么痴呆地看虞美人都行，唯独两个人不行。

一个是风归云，自己的所爱。还有一个就是令狐宝，前世自己的暗恋。

俞灵儿见令狐宝还在那目不转睛地看着虞美人，连左手掌上多插了一支箭都似乎不疼了，仿佛看到前世风归云盯着虞美人看的样子，俞灵儿顿时七窍冒酸烟，抬腿向令狐宝的脚上狠命踩去。

这一下令狐宝总算回过神来了，先是感到脚疼，跟着龇牙咧嘴看着左手掌上的箭，然后又抱着自己的脚喊疼。看样子他脚上被踩的那一下，比手上的箭伤更疼。

于是虞美人一招手，令狐宝手掌上的那支箭"噌"一下飞回她手中。就这一下应该很疼吧，可令狐宝还是抱着自己的脚叫个不停。

虞美人对于多出了一个蒙面人也略感惊讶，多了一个敌人，还不知道底细，怕是不好对付。于是她用手指捏了环，在嘴里吹了一很响亮的哨声。

随着这声哨声，打远处跑过来三个人。正是虞氏三雄。

三人跑过来站在虞美人身后，一起盯着俞灵儿他们。

虽然虞美人那边的人更多了，可不知道为什么，俞灵儿只要见到令狐宝在身边，心里反而踏实了许多。

"沧浪"一声，令狐宝将紫微软剑从腰带里抽出，严阵以待。

俞灵儿也慢慢地拿起凤鹈玉笔，心想凤鹈玉笔自从制成之后，还没见识过威力，今天正好试试手。

虞美人见俞灵儿站在那里出神，便一招手，虞氏三雄操家伙就上。

俞灵儿见对面先发难，便倒持凤鹈玉笔，说了声"扑！！"

令狐宝奇怪地看了俞灵儿一眼："你放狗呐你？！"紧接着纵身跃起，举起宝剑向前扑去，剑势就对着虞美人那群人方向而去。

而俞灵儿则学令狐宝，也纵身跃起，然后在令狐宝身旁挥舞凤鹈玉笔，随手写出七个大字：

滚滚大江东逝水。

只见这七个字立时蹿入三尺紫微软剑上，随着龙吟虎啸般爆响，一股巨大的剑气由紫微软剑射出，立时化作一排澎湃的波涛之墙，高数丈，宽满及街面，向着虞美人等人方向滚去。

令狐宝瞪着大大的眼睛，看着那波涛之墙发愣。

俞灵儿自己更是惊讶，当初这一招用在令狐宝身上对付中山靖狼时，远没有现在这等威势。就凭自己四十五年修为的真气发功，就能让令狐宝的剑气发挥至如此?！没想到这凤鹆玉笔制作完善之后，增强的威力居然如此强悍。

那虞氏三雄猝不及防，铜睛虞狍更被那股波涛墙的压力顶得往后直退。

第六十四章

兵仆血刃

虞美人从没见过这般阵仗，边往后退边观察，这波涛墙壁犹如洪水泛滥一般，挤满整条街面，翻涌而来。那虞美人确也不是泛泛之辈，见街上无处容身，于是纵身而上，凌空飞起，高高越过了那数丈高的洪水之墙。

金睛虞彪和赤睛虞豹也学虞美人跃起，可惜赤睛虞豹迟了一步，被洪墙浪头扫到腿部，和铜睛虞狍一起被卷入波涛之中。

但见波涛席卷着那惨叫不绝的二人，滚滚远去。虞美人和金睛虞彪则飘然落下。

可俞灵儿哪会等他们着地，喊了声："掀！"

令狐宝愣了下："先？你先还是我先啊？"随即也明白过来，原地来了个鹞子十八翻。

俞灵儿学着令狐宝，两人一起原地翻身。然后俞灵儿趁翻身之势，对着令狐宝掀出的紫微软剑方向，凌空写下六个大字：

浪花淘尽英雄。

就见虞美人即将下落的地方，飞来一柄三尺紫微软剑，发着"嗡嗡"声在那旋转着，紧接着"呼"一声，由旋转着的剑身中卷起一道冲天旋风，像一条巨蟒般一口吞噬了虞美人和金睛虞彪。

俞灵儿"哇"的一声蹦起老高，看着手中凤鹈玉笔，平地就能卷起数丈高的旋风。这未完善的凤鹈玉笔和完善之后的，简直判若两笔啊！

也不知道虞美人用了什么身法，居然从旋风中堪堪避过风头，狼狈不堪地倒栽葱往俞灵儿方向飘落，而金睛虞彪则被旋风远远吹刮而去。

俞灵儿怎么都没想到，以虞美人当时的修为，居然能避过自己和令狐宝联手发出的强力两招。虽然虞美人此时头下脚上，左手却捏着剑诀，右手已经仗剑以待，从她飘落的势头看，离俞灵儿他们是越来越近了。

就在虞美人即将飘到俞灵儿跟前时，俞灵儿心想与其跟她硬拼，倒不如以巧招胜她。

于是便拉了令狐宝一下，说了声："退"。

随着令狐宝往后退时，俞灵儿凌空写下七个大字：

是非成败转头空。

跟着令狐宝一起后退一步。

然后就见虞美人一个翻身双莲着地，手中剑借势向俞灵儿疾刺去，整个人穿过了俞灵儿所写的那七个字。

俞灵儿见虞美人中招，心中一喜，忙扭身，从虞美人的剑旁闪到她身后，抬手就往虞美人身后的箭袋摸去。

虞美人见刺俞灵儿不着，便想顺势去刺令狐宝。却听身后有动静，一舞剑花，转身……

待虞美人转过身形时，却愣在当场。虞美人一时脑子空白，她在哪？要干什么来着？她又是谁啊？

俞灵儿心道可惜了，这虞美人转身太快，自己还是没能取走她背上的雕翎箭袋。

虽然虞美人呆立当场，可是她手中的剑却依旧对着俞灵儿和令狐宝挥舞刺砍，阻止着她们的双双进逼。

虞美人则呆呆地看着自己手中的剑，奇怪为什么自己的手会拿着一把铁器，为什么这手会不自觉地做着一些莫名的动作。

俞灵儿见近她身不得，只得无奈地向令狐宝用左手做了个向上的手势："剪！"

"你当我是大虫啊?！"令狐宝心想自己在琅玡岭上用过的这三招剑招，在俞灵儿嘴里怎么就变成了"扑、掀、剪"了呢？埋怨归埋怨，令狐宝也只得纵身跃起，借踩着街边房屋的墙壁，跳到虞美人头上三尺位置，头下脚上仗着剑压向虞美人。嘴里还怪叫着："喵！喵呜！"

"让你做老虎，你却偏要做猫！"俞灵儿边说边对着空中的紫微软剑凌空书写五个大字：

青山依旧在。

就见紫微软剑朝着虞美人头顶罩下，虞美人呆立在那无法挪步，只得举起剑抵挡，但见这紫微软剑重重压在虞美人的剑上，紫薇软剑的剑身都被压得弯起。

而令狐宝则依旧保持着头下脚上的样子，执剑压着虞美人。

俞灵儿则闪身来在虞美人身后，趁着虞美人的剑无暇旁顾时，抬手又去取她背上的雕翎箭袋。

可惜那被施了笔法的紫微软剑实在沉重，将虞美人一下子压低，就见虞美人手保持着举剑挡姿，两条大长腿一前一后来了个一字开。这突然的下压之势太猛，把俞灵儿也给震了个趔趄，仰头摔倒，依旧没能拿到雕翎箭袋。

也许那一下压得太过厉害，虞美人如梦方醒，抬头看了一眼自己举着的剑，然后侧过身，将后腿甩起，抡了一个大圈，借着这一甩的势头，整个人撤离了那紫微软剑的压迫。令狐宝被消去剑势，便翻身落地。

俞灵儿刚才被自己施的逝水笔法震得够呛，头昏眼花地从地上爬起。

虞美人翻身站起后，错愕地看看俞灵儿和令狐宝，伸手摸摸背后的弓箭，未感有失，才定下心来。然后就见虞美人将那支射中过令狐宝左手掌的箭取出，横放在自己鼻子底下，深深地闻着那箭上的血腥味。

俞灵儿心道大事不好，忙拉着令狐宝飞奔而逃。

令狐宝觉得奇怪，明明占尽优势，为什么却要逃？一瘸一拐地边跑边问："怎么啦？怎么啦？"

俞灵儿则心里只有干着急的份。妖族七大世家，每一个妖族世家，都有自己世家的妖族徽记。妖族徽记，并不是指徽章之类的图腾标记，而是妖族世代遗传下来的妖气能力。每一个妖族世家的妖族徽记都各不相同。

燕山虞候的妖族徽记，就是兵仆血刃，能让虞家人身上携带的所有兵器自带意识，自行挥舞攻防。如果兵器锋刃上沾有目标的血腥气，那身上的所有兵器，都变得具有自动追踪击杀功能，追杀目标及其所有血缘关系者，不死不休。如果单纯只是得到目标的血滴，就能将目标定身成为标靶。

所以当虞美人中了"是非成败转头空"变得痴呆后，她手中的剑依旧能护主拼杀。所以俞灵儿这才千方百计地要取走虞美人的雕翎箭袋。弓箭是燕山虞候施展兵仆血刃的上佳利器。而逝水笔法的第五招几度夕阳红，是以自身的血为墨发动的大招，顾忌到兵仆血刃的特性，故而俞灵儿一直不用这招。

现在令狐宝的血腥味已经被虞美人获取，那就意味着令狐宝以及和令狐宝有血缘关系的令狐媚和令狐夫妇都有危险。所以俞灵儿先带着令狐宝朝着令狐府反方向狂奔一段距离，想引虞美人来追，可以此先保住令狐其他家人的安全。

可令俞灵儿没想到的是，虞美人却并不急着追赶他们，只是很悠闲地张弓搭箭，抬头观赏着月色。然后慢慢举弓，突然原地急速转了个身形，以一招貂蝉拜月式，回身对着空中的月亮，一箭射去。

俞灵儿边跑边回头观望，只见虞美人射出的那支箭半路拐了个弯，朝令狐宝和俞灵儿的方向飞去。

俞灵儿赶紧加快脚步狂奔，奔了没几步，听后面箭声不对，再回头看时，只见那支箭却调头转向，向着令狐府方向飞去。俞灵儿心说不好，难道自己带着令狐宝跑出去的距离，已经超过了虞美人与令狐府的距离了吗？

于是俞灵儿只得拉着令狐宝调头往虞美人方向跑回去。

跑得一会儿，果然，那支箭又调头转向，向着令狐宝所在的方向飞去。

俞灵儿估摸了下分寸，就拉着令狐宝在街面上一会儿往前走一两步，一会儿往后退一两步。

虞美人就抬头看着她射出去的这支箭，在天上飞过来飞过去的，像个没头苍蝇似的来回奔忙着。因燕山虞候妖族徽记的特性，这射出去的箭，在未射中目标前，箭的飞行速度永远不会慢下来，故而也永远不会停下来。除非射这支箭的人放弃。

俞灵儿就这样带着令狐宝，两个黑衣人，手拉着手，像跳舞似的，在街上来回蹦跳舞动。

"你能认得出是我？"令狐宝边跳着，边用布条包扎手掌上的箭伤。

俞灵儿边跳着，边指了指他腰上的七銙麒麟玉带。

令狐宝边跳着，边红着脸恍然大悟。

"你为什么帮我挡那一箭？"俞灵儿跳得欢了，脚下一个趔趄，人仰面倒下。

令狐宝赶忙上前用右手扶住俞灵儿的腰，左手抓着俞灵儿右手，两人像定格在那一般，令狐宝俯下身凝视着俞灵儿的眼睛说："因为你是我娘子啊！"

虽然令狐宝蒙着面，但俞灵儿可以想象得出，令狐宝说这话时是什么恶心表情。

"那你又是怎么看出是我呢？"俞灵儿一挺身立起，用右手将令狐宝的左手高高举起，然后顺势在原地转了个圈。

令狐宝上下打量了一下俞灵儿："就你那洪荒猛兽般的身材，谁不知道是你啊？！"左手依旧牢牢地抓着俞灵儿的右手。

俞灵儿心想自己不就是胖了一点点而已吗！！！至于用洪荒猛兽来形容

吗？"你才是洪荒猛兽呢！你和你姐都是洪荒猛兽！"俞灵儿狠狠瞪了令狐宝一眼，然后身形往后一仰，左手自下而上平举起。

"又关我姐什么事啊？"令狐宝左手一拉俞灵儿，心想自己肯定不是洪荒猛兽，至于姐姐么……

第六十五章

三位女子

"那你三更半夜穿这一身，出来干吗？"俞灵儿便顺着令狐宝这一拉的劲道，左手臂放在腰间，整个人旋转着靠近令狐宝。

令狐宝就势将俞灵儿搂在胸前，然后痴痴地看着胸前的俞灵儿，闻着俞灵儿身上散发的香味："女婿要救出老丈人，还需要理由吗？"虽然令狐宝蒙着面，但俞灵儿非常肯定他在贼笑。

令狐宝伸右手捏着俞灵儿的左手，俞灵儿抬头往后仰看着令狐宝，心想就凭你这点道行，也想从大理寺救人？不过令狐宝和自己来个剑笔合璧的话，或许真能将父亲从大理寺救出。只是现在连大理寺的门都不知道开在哪，这人可怎么救啊？

"深更半夜的，小两口真有闲情逸致啊，在这里跳舞，真是羡煞旁人啊！"令狐媚不知从哪跳出来，连夜行衣都不穿，身边还跟着满面冰霜的临江仙子，抱剑而立。

"姐！你怎么来啦？"令狐宝依旧抱着俞灵儿不放，俞灵儿赶忙挣开令狐宝的搂抱。

"今晚啊！我要和大家痛痛快快地玩上一玩，所以还特地去请师父一起来热闹热闹。"令狐媚冲俞灵儿笑了笑。

边上临江仙子"哼"了一声。

见临江仙子满面冰霜的样子，令狐宝冲着令狐媚挤眉弄眼地打暗号，那意思：姐，别死撑了，我看你八成又被临江仙子给逮着了吧？

令狐媚也以挤眉弄眼的方式回应弟弟，那意思：弟，你姐有那么容易被逮吗？现在临江仙子是帮我们这头的……弟弟你那手怎么受伤了？钱塘灵狐的人什么时候被金属铁器伤过？

令狐宝立刻对姐姐挤眉弄眼，那意思：姐，我这是故意用的苦肉计啊！你可别让俞灵儿知道我们是狐仙呐！

令狐媚又对弟弟挤眉弄眼，那意思：早早晚晚的事情，等你们婚后生一窝小狐狸的时候，你以为你还能瞒得住？

令狐宝又要挤眉弄眼回应姐姐，可见到俞灵儿扭头死死地瞪着他。令狐宝只得抬起手挠挠头，对俞灵儿"呵呵呵呵"傻乐。

"你们敢耍本姑娘！！！"远远地传来了虞美人的怒吼声。

俞灵儿定睛一看，远处朝这里飞来四支箭。俞灵儿心想还好，如果虞美人带着这四支箭朝反方向而去，那自己恐怕是一点办法都没有了。

"虞美人？真是冤家路窄！"临江仙子拔出宝剑，一道秋水划过，好似流星划过夜空。

"不怕不怕，有姐姐在此，百无禁忌！"令狐媚掏出了海蜃绫，红光立刻裹满令狐媚全身。

虞美人想明白是怎么回事了，恼羞成怒地向空中一次射出三支箭，和原来那只没头苍蝇一起共四支箭，然后气急败坏地朝俞灵儿的方向追去。

等虞美人追到半道，突然神识感知到，那四支箭已经射中目标，心中得意，加快脚步赶到俞灵儿和令狐宝跳舞的地方。

虞美人落下身形，只见自己的四支箭都钉在一个木柱之上，箭头从木桩另一面透出，而木桩上挂着一条满是血的包扎布。

虞美人心中气恼，快步上前要拔下那四支箭。走得两步却惊觉自己身体穿过了一竖排字。然后听到身后有人出现的动静。虞美人上过一回当了，知道自己一待转头，就会出事，便继续往木柱方向走。

木柱后面突然闪出一个黑衣人，笑着对虞美人说："想射小爷我啊，你还太嫩呢你。"虞美人拿剑指向那黑衣人，可剑却自己拐到身后去格挡由后面砍来的一剑。

突然，木柱后面又走出一个人："大胆！还不快住手！"虞美人抬眼一看，来的人居然是仇无忌。"仇无忌"怒斥："你也不看看你后面的人是谁？！"

虞美人突见"仇无忌"现身，心里大惊，可深更半夜的，仇无忌怎么会在这里出现？心中不免起疑，所以坚决不肯转身向后看。

但是身后那柄剑依旧靠向自己，而且剑势威猛。虞美人索性将手中剑挥舞起来，在周身形成一道球形剑网，令人无法靠近。

突然"嗖"一声，虞美人身后剑网内突然多了一个人，正是临江仙子。

就见临江仙子照着虞美人的脖子狠狠一击。

虞美人当场晕倒在地，可她手中之剑，却自动向令狐宝飞去。

俞灵儿大惊失色，令狐媚和临江仙子也是猝不及防，只见那剑飞到离令狐宝心口半寸距离时，突然停住，然后下落掉在地上。

俞灵儿对这番变故大惊失色，瞪着眼说不上话来。

接着令她继续瞪着眼说不上话来的事又发生了，俞灵儿、令狐媚和临江仙子就见三个女子，也不知从哪儿出现的，像鬼魅般并排站在令狐宝身后。俞灵儿从这三个女子身上的气场来看，她们的修为和琅玡岭上遇到的紫衣女子一般无二，估计也都有千年功力。

临江仙子自忖同时对付三个千年女妖，即使自己有游魂剑，恐怕还是不敌。

令狐媚心中也是惊恐不已。

令狐宝却在那很得意地指着地上的虞美人说："知道小爷的厉害了吧，现在怎么不说话了呀？你倒是说话呀？唉，说话呀？"

"这两人跳的舞可实在有点意思。"其中一个绿衣女子说话了。

"居然想到将沾了血的布带挂在木柱上，调虎离山不说，还声东击西设下埋伏。"另一个蓝衣女子也说话了。

"只能怪虞丫头经验太浅着了他们的道。还有那卷红绫好眼熟，应该是海蜃绫吧？"最后一个橙衣女子也跟着说话了。

俞灵儿心道，原来她们早在自己和令狐宝跳舞的时候，就已经在附近了，自己却浑然不觉。听话语，她们好似和虞美人是一路的。

令狐宝张大着嘴巴，慢慢地走到俞灵儿身边说："唉，唉你看，今晚月色不错，走走，我们回家赏月去。"说完拉住俞灵儿和令狐媚就想走。

俞灵儿眼前一花，那三个女子突然以三足鼎立的阵势，围住了俞灵儿他们。却也不去管倒在地上的虞美人。

从这三个女子背上都挂着双剑，相同的装束以及极高的修为来看，俞灵儿猜想她们和之前遇到的紫衣女子一样，都是峨嵋白氏的人。

俞灵儿看看令狐宝，低声问："我爹以前有没有帮过她们什么忙啊？"

见令狐宝无奈地摇了摇头，俞灵儿心想这下可真是走到绝路了。光是对付一个虞美人都得费尽周折，还带跳舞的。现在遇到三个峨嵋白氏的千年高手，怕是半点反抗的余地都没有啊。

"姐姐们，听他们的对话，好像这两个人是打算劫狱唉？"绿衣女子向另两个女子问道。

"好像今晚有个新犯人被关进了大理寺唉？"蓝衣女子问向橙衣女子。

"没搞错的话，那个犯人还是这丫头的爹，我没说错吧？"橙衣女子问向俞灵儿。

"他叫俞生，前撼江知府。"俞灵儿忙说出这个重点，左顾右盼地希望这点能让这三个女子想起点什么。

可那三个女子毫无反应，继续挨个说话。

"话说这劫狱得判什么罪啊？应该是杀头的死罪吧！"

"与其让大理寺来行刑，倒不如由我们来行刑好了。"

"就是啊，我们杀完他们，顺带还能填饱肚子呢。"

"可不是吗，你说是清蒸好呢，还是红烧好？"

"我喜欢清蒸的。"

"我喜欢红烧的。"

"我喜欢熬汤喝。"

"我喜欢烤着吃。"

"我……唉不对啊，怎么会有四种喜欢法？"

"刚才还有人说话吗？"

"没有啊，就我们三个在说话啊。"

"可我明明听到一个不熟悉的女人声音在说话啊？"

"没有啦，你听错啦！"

"……刚才那句谁说的？"

然后四下里鸦雀无声。

那三个女子非常紧张地看来看去。

俞灵儿他们也很奇怪，确实有第四个声音。再看看躺在地上的虞美人，见她昏睡在那，那声音也不是她发出来的。

只有令狐媚好似早就料到了一般，在那笑着看戏。

"难道说，是他在这儿？"绿衣女子用颤抖的声音说着，并且很紧张地看着周围。"出来吧，何方高人？何必藏头露尾？"橙衣女子高声说道。

"嘿嘿嘿……高人可不敢当，和尚我可是很矮的哦！"随着一句男人的笑声响起，令狐宝脚下看似泥土的地面，突然翻身坐起。原来那不是什么泥土，而是一个和尚，一个脏不拉几邋里邋遢的和尚。原来刚才学女子声音混在她们中说话的人就是他。

"啊哟呦！你踩到我啦！"这和尚用手中一面破得不能再破的扇子，拍了一下令狐宝的脚。

令狐宝赶忙退让一步，然后很惊喜地叫道："师父！"

令狐媚像是早就料到一般媚笑着："嘻嘻，媚儿见过师父！"

俞灵儿一眼认出，这脏不拉几邋里邋遢的和尚就是那日让别怨上仙带自己上瀛洲派的人，而且听口气这和尚还是令狐宝和令狐媚的师父。

这和尚居然一直就在这里睡躺着，半天不动。怪不得印象中记忆中的令狐宝懒得要命，原来都是跟这个师父学的。这就叫上梁不正下梁歪。

第六十六章

降龙罗汉

●
○

再看那三个女子，都一副乖乖女的表情，大气不敢喘，成排站好，缩到木柱旁边去了。看这三个都有千年道行的妖族世家高手，见到这和尚都变成一群腼腆的小女人了，看来令狐宝说他师父能镇压仇无忌，真所言非虚。

这和尚笑着用扇子一指那绿衣女子："你喜欢清蒸的。"

绿衣女子吓得低头流泪。

这和尚笑着用扇子一指那蓝衣女子："你喜欢红烧的。"

蓝衣女子吓得脸色煞白，连连摆手不敢抬头。

"你喜欢……"

橙衣女子不等和尚说完，忙拉着另两个女子跪下说："活佛在上，我们姐妹也就是想吓唬吓唬他们，不知道他是活佛的徒弟，我们姐妹从未作恶，还请活佛宽恕，放过我们姐妹吧！"说完就磕头。

她们却不知这和尚在她们跪下前，就已经闪身到木柱另一边，不受三女子跪拜。俞灵儿他们就毫不客气地受了她们三人的磕头。

和尚一边在身上挠着痒痒，一边说："罢了罢了，你们几个俗事未了，却还来趟这浑水，早晚毁了你们的道行，还是早日离去便了。"

那三个女子忙连声谢恩，抱起地上躺着的虞美人，忙不迭地飞身离去。

这和尚不知道从哪摸出一个葫芦,嘴对嘴喝着。

令狐姐弟上前作揖行礼:"师父,徒儿参见师父。"

俞灵儿奇怪,令狐姐弟身为徒弟,怎么也不跪拜师父?

临江仙子抱剑行礼:"晚辈临江仙子,见过前辈!"

那和尚摆摆手笑着说:"罢了罢了,你们今晚想干什么事,和尚一清二楚。"那和尚拿着葫芦晃晃悠悠地走向俞灵儿:"只是你爹,命中有此一劫,越是想救,就死得越早,即使躲得过初一,也躲不过十五,只怕是活不过今年喽。"

俞灵儿心道,真是活佛啊,前世无论令狐擎苍怎么想方设法搭救父亲,无功而返不说,反而让仇无忌提前动手杀害了父亲。俞灵儿扑通一声跪在这和尚面前就要磕头:"还请活佛搭救我爹,俞灵儿必将塑金身,建庙宇,终身供奉活佛!"

"拜不得滴,拜不得滴。"这和尚像被蛇咬了似的,忙闪开身,不受俞灵儿的磕头跪拜。

俞灵儿跪着挪动膝盖,向这和尚方向转身。

"喏,不是和尚不救人,只是救你爹之人,注定不是和尚我啊!"这和尚绕着俞灵儿躲来躲去,就是不受她跪拜。

"那又是谁能搭救我父亲?还请活佛指点迷津。"俞灵儿被令狐姐弟一边一个搀扶起来。

"虽然你爹命中有此劫数,却也是有一线转机滴。"这和尚拉着令狐宝,开始学他们之前那般跳起舞来。

"那是什么转机呢?"令狐宝也着急起来,跟师父跳舞,和跟俞灵儿跳舞,那滋味完全不同啊。

令狐媚则在一旁乐得直不起腰来。

"要想今年彻底躲过此劫,这转机就是三个字,令狐媚!"这和尚跳的欢了,脚下一个趔趄,人仰面倒下。

令狐宝赶忙上前用右手扶住这和尚的腰,左手抓着和尚右手,两人像定格在那一般，令狐宝俯下身凝视着和尚的眼睛说："令狐媚?！那不就是我姐吗？"

"原本你姐应当被临江仙子押往瀛洲派！"这和尚一挺身立起，用右手将令狐宝的左手高高举起，然后顺势在原地转了个圈，这和尚旋转起来时，带动他手中的那把破扇子，整一个风车一般："某种机缘之下，她此刻留在了帝都。"

俞灵儿闻言，转头看向令狐媚，果然她和自己记忆中的百媚娘是同一个人。

令狐媚得意地转脸看向临江仙子，临江仙子"哼"一声偏过头去。

"那师父你法力如此高强，直接去救人不更好？"令狐宝依旧牢牢地抓着这和尚的右手。

"那将人救出来之后呢？你们打算怎么办？"然后和尚身形往后一仰，左手拿着扇子自下而上平举起。

"自然是远走高飞，隐姓埋名。"令狐宝左手一拉和尚。

"那你问问这丫头，她爹会接受这般苟且偷生吗？"这和尚便顺着令狐宝这一拉的劲道，左手拿着扇子放在腰间，整个人旋转着转近令狐宝。

令狐宝就势将这和尚搂在胸前，然后痴痴地看着胸前的和尚，闻着和尚身上散发的臭味。"师父，收了神通吧！别再整我啦！我想吐……呜——！呜——！"

令狐宝伸右手捏着和尚的左手，这和尚抬头往后仰，看着令狐宝吐了和尚一身："和尚早就说过，就算救出这丫头的爹，他也是不愿亡命天涯的哦。"

俞灵儿和临江仙子早就背转身不去看他们疯疯癫癫的跳舞，却字字听得真切，俞灵儿心道，确实如这和尚所言，父亲性格刚直，宁死也不愿带着通缉逃犯的身份过后半生的。看来这事就只得拜托令狐媚了。难道说她真有把握在一晚上搞来十万石木料？可她明明就在这里闲逛嘛。

令狐宝终于摆脱了他师父的神通。而临江仙子在旁边问："那，既然前辈如此神机妙算，那当年，为什么不救雷谦呢？"

"哎，当年和尚我算出雷谦乃是金翅大鹏鸟转世。每当金翅大鹏鸟降临乱世，这人世间不久便会华国一统，随后就是太平盛世。所以和尚我也不再留心雷谦之事。"

这和尚侧身仰头望向明月，俞灵儿和令狐姐弟只能看到他那一半哭脸。"只是万万没想到，雷谦却被仇无忌所害。此乃逆天行径，天地难容。"

俞灵儿踏前一步："既然仇无忌犯下滔天大罪，为什么还不处决他？"

"仇无忌的逆天大罪，只能由天庭来判决，还轮不到和尚我来过问。"和尚将手中葫芦递向俞灵儿，意思让她也喝一口："只是天上一日，地上一年。看仇无忌至今还活着，那天庭的办事效率，你们可想而知了。"

俞灵儿嫌那葫芦脏，连忙后退摆手。

这和尚只得收起葫芦："唉，有这么好的美酒也不喝，看来丫头你也是个福薄之人啊！"

"丫头莫急，只要俞生一日未脱险境，和尚便护他一日周全。"这和尚歪歪斜斜地躺倒在刚才他起身的地方。

"师父，你这是又要去哪儿啊？"

"被你们逼退的那虞氏三雄，都被我施了定身法，定在原地。"然后就见这和尚慢慢地消失于地面之中："若我不解开法术，他们怕是得吹一晚上夜风喽。"

然后四周只留下他忽远忽近传来的回音："至于仇无忌，不是不报，时候未到，时候一到，统统报销！"

一阵夜风，拂过俞灵儿的衣衫。俞灵儿心中燃起一丝希望之光，现在有了这活佛的话，令狐媚是救人关键。而且活佛还愿意保护父亲，他便不会被仇无忌随意处决。

"对了，你师父的法号如何称呼？"俞灵儿转头问令狐宝。

令狐宝一拍自己手掌："啊呀！我又忘记问了！"

"师父的法号啊，叫济世。"令狐媚自豪地向俞灵儿微笑着："而且我们这位师父啊，还是降龙罗汉转世呢，护你爹周全那是绰绰有余了。"

降龙罗汉！俞灵儿一吐舌头，怪不得那三个千年道行的女子，见了这和尚便乖巧许多，原来还真是活佛啊！"那济世大师为何不肯受我一拜？"俞灵儿总觉得不可思议。

令狐宝四下张望了一下说："总之拜不得就是拜不得，你也莫再问了。"

虽然闹腾了半宿，连大理寺的边都没摸到，但也算有收获，知道让父亲今年躲过一劫的正确方法，并且还请出降龙罗汉保护父亲。看来要救出父亲的希望是越来越大了。

而令狐媚却来了精神，拉着俞灵儿的手："你也听到我师父怎么说了。要想救你爹，你就得全听我的。"

俞灵儿忙道："我全听你的，你就说我应当先做什么吧？"

令狐媚咯咯一乐："我们就先去好好玩耍玩耍吧！"

俞灵儿："啊？？……"

第二天一大早。

天还蒙蒙亮。

俞灵儿和令狐宝搀扶着俞何氏，还有令狐擎苍夫妇，前往大理寺探望俞生。

只见深幽的牢房内，随着脚镣声，慢慢走来一个人，头发蓬松耷拉在灰白色囚衣外，一脸沧桑却遮不住他坚定的灼热眼神。

俞灵儿和俞何氏立刻扑上去抓住铁栏杆，痛哭不已。

"哎！哭什么？我这不是好好的吗？"俞生伸出双手抓住栏杆。

"哎！俞贤弟！上次东湖一别，约好了再见面时，必当痛饮七日，不想今日相见，却是……"令狐擎苍上前对着俞生拱手，却是哽咽难耐，令狐吴氏也上前行礼。

"令狐兄说笑了！此番俞某可是不枉此行啊！"俞生忙向令狐夫妇还礼。

令狐擎苍不明白俞生什么意思："俞弟，此话怎讲？"

俞生张开双臂，挺胸抬头："哈哈哈，你们可知，我住在哪间牢房？"

"愚兄不知。"

"这里正是当年雷谦元帅所住牢房，那'天日昭昭'四字，似音犹在耳，绕梁不绝！"七分豪情却掩不住俞生那三分悲愤："能和雷元帅同囚过一室，死又算得了什么？愚弟我宁赴幽冥随雷元帅，不与仇贼共戴天！"

第六十七章

十万石木

"彭"一声，令狐擎苍一掌击在墙壁上："为何总是有数不尽的奸佞贼子?！救不尽的忠义之士?！"

"孩儿她爹！你若是去了，让我们孤儿寡母可怎么活啊?！"俞何氏嚎啕大哭。

俞生伸手摸了摸俞灵儿的头，叹息道："哎！只是苦了你们母女俩。"

一声"爹!"俞灵儿再也止不住内心的悲痛。

重生了又如何？依旧只能眼睁睁看着亲人受苦，她却无能为力。

修炼过五百年又怎样？依旧只能眼睁睁看着奸臣当道，忠良蒙冤。

俞灵儿双手抓紧栏杆，流淌着泪死命地拉扯着，好似要将这铁栅栏扯断。

可惜这铁栅栏就如这不平世道般无情，纹丝不动，只有俞灵儿前后大幅度地来回晃动着。

令狐宝惊愕地上前阻止俞灵儿，可哪里阻拦得住。

牢房顶上的灰尘，像六月飘雪般纷纷落下。

整座大理寺牢房内，荡漾着俞灵儿声嘶力竭的哭喊声。

这哭喊声好似要惊醒那些还沉睡在自以为温柔梦乡中人一般……

与此同时，仇无忌和王氏就被府内的嘈杂声给惊醒了。

"什么事这么吵啊？"仇无忌披上衣服往外走去。

"大……大事不好了！！"就见仇府管家龚金连滚带爬地跑进来。

这龚金专门负责管理仇府上下和仇无忌的庄园，是仇府太师十客之一的庄客。

仇无忌很不开心："什么事？慌慌张张的？"王氏也披上衣服走出来。

龚金一指外面："老爷您出来看看就知道了！"

仇无忌与王氏连忙走出门口。

府里的府兵家将和丫鬟家丁都围着廊柱和门窗在那指指点点议论纷纷。

只见就近的门框上写了两个斗大的字：

"国贼"。

不单是门框，所有廊柱上，窗框上，只要是木质的全都写上了大大的"国贼"二字。

仇条也赶了过来："爹、娘。整个仇府内外，到处都被写了这两个字啊！"

"究竟是哪个？敢如此胆大包天！"仇无忌怒不可斥："昨晚是谁守夜巡逻的？"

底下几个府兵家将面面相觑，不敢言语。昨晚守护仇府的峨嵋白氏全都不告而别不说，这几个府兵家将在守夜时，隐隐约约就看到一个"临"字，突然出现在面前。再后来全都昏昏然地睡着了。

"没用的东西！老夫养你们何用？！"仇无忌暴跳如雷，这要是有人进府行刺自己，哪还有命在？

王氏倒还冷静："老爷先别生气，当务之急，还是先命人将这些字铲下来吧。"

"嗯，夫人说的是。"仇无忌吩咐龚金，"去，先将所有的字给老夫铲掉。"

龚金躬身应诺，然后转身叫上家丁前去铲字。

仇无忌和夫人王氏回转身进屋继续睡觉。

好不容易才把凉了的被窝给捂热乎了，龚金又慌里慌张地前来禀报："老爷！大……大事不好了！！"

"这是又怎么啦？"仇无忌非常不耐烦地翻身起床。

"铲……铲不掉啊！"龚金气喘吁吁地来回禀，"我命人铲下去几层，可那些字还在啊！"

仇无忌、王氏闻言，面面相觑，然后叫上仇条，跟着龚金前去查看。

只见几处廊柱上写字的地方，被深挖了几层，可木头内依旧有墨迹显现"国贼"两字出来。不单是廊柱，门框窗框等都是这般骇人之象。

仇无忌见状，大惊失色："相传书圣王之修，当年在木板上写字，木工刻时，发现字迹透入木板三分深。从此便有了'入木三分'这句成语，被后世传为佳话。老夫曾对此传说一笑置之，不当一回事。可现如今，老夫亲眼见证，府内所有木柱之上笔墨入木，还不止三分，入木三寸都不止啊！当今世上，居然有人书法笔力，刚劲有力到如此地步了吗？"

仇无忌想不到的是，昨夜令狐媚带着俞灵儿和临江仙子到此一游。在临江仙子的掩护下，让俞灵儿在仇府中，只要是有木头的地方全写上"国贼"二字。

俞灵儿本来就书法笔力深厚，再加上她将天问境界培育的真气内劲灌输，写的这些字全都入木三寸。

仇无忌摇头叹息："都拆了吧，仇府重建！"

仇条闻言大惊："全拆了？重建仇府，怕是要十几万石上好的木料才行。何必拆了？再用些墨涂掉不就是了？"

"还是拆了吧，涂了外面的，内在还是这两字，总不成让你爹终日与这两个字共处？"王氏回过头问仇无忌："那老爷，拆下的木头如何处置啊？仇府虽大，却也放不下这十几万石的木头啊？"

就在这时，家丁来报："报！报老爷和夫人，门外来了很多车马，为首的是蓝玉，还有一个自称是帝都船营场使张自成。说是来替皇上传旨。"

"快快有请。"仇无忌忙让人焚香设坛，请蓝玉进府。

就见蓝玉进得府内，身后却跟着张自成和一个捕头模样的人随同。

"太师听旨！"蓝玉进来也不多言。

仇无忌及一干仇府众人忙跪下。

蓝玉打开手中诏书："奉天承运，皇帝诏曰：朕听闻，仇爱卿今日重建府宅之喜。寡人无以为礼，特命帝都船营场使张自成，来帮仇爱卿处置所余木材。钦此！"

仇无忌忙磕头："臣接旨！谢主隆恩！"

王氏和仇条面面相觑，一家人刚刚才说要重建仇府，怎么皇上这么快就知道了？还特意派张自成备齐了车马来。难道皇上能未卜先知？

他们哪里料得到，令狐媚事先让吴皇后告诉皇帝，今日仇府重建，所余木材正好可以抵上船营场所需的十万石木料。皇帝这才下旨让张自成今早来接木料。而且在李捕头的催促下，张自成昨日就备齐了装木料的车马和帮着拆除仇府的工匠。

仇无忌看了一眼身边惊诧的王氏和仇条："看，已经有人来帮咱们处置这些木头了。唉！"

待送走了蓝玉，龚金小声来报："报老爷，嵯峨衡来访！"

"人呢？"仇无忌一惊，嵯峨衡一般都是深夜造访，怎么今天一大早就来找上门来？虽说澜使这次来都是由仇条接待，可门口进进出出都是张自成的人，被看到总归落人口实。

龚金道："在后门等着呢。"

原来是从后门来的，那倒是无妨。仇无忌一甩袖子："快请入后堂。"

王氏问："那这里怎么办啊？"

"就让他们拆个够！"仇无忌一甩袖子，直奔后堂。

不多时，嵯峨衡被后院龚金请入后堂。

一进门，嵯峨衡就笑着问："太师！我见你府内府外，热热闹闹，今天是要办什么喜事吗？"

仇无忌一摆手："哎！别提了！别提了！仇府重建而已。"

"哦？看来太师近来，又贪了不少民脂民膏啊！这才要重建仇府啊！"嵯峨衡这句话说得仇无忌很不爱听。

仇无忌沉下脸来："嗯哼！嵯峨王爷此番前来，不会是专程来奚落老夫的吧？！"

嵯峨衡呵呵一笑："哈哈哈哈！本使此番来，是专程向仇太师，传达皇帝嵯峨亮密函来的。"

随即取出一张绢帛出来，递给仇无忌："太师请过目。"

怎么又有密函？仇无忌心想，以前嵯峨亮做右丞相的时候，不怎么和自己联系的。可自打今年年初他篡位之后，就三不五时地给他递消息，发密函。难道嵯峨亮野心之大，还想再攻打赵国不成？

仇无忌接过密函一看，只见密函上密密麻麻写了一大堆人的姓名。仇无忌对密函上的这些名字都再熟悉不过了，全都是他授意抓起来的人，要么被关在刑部大牢，要么关在大理寺，要么充军发配。各种都有。仇无忌不解地转头看向嵯峨衡："嵯峨王爷，这是何意啊？"

嵯峨衡笑着说道："这是我家狼主的意思！密函名单上的人，请太师全放了！"

仇无忌差点没晕过去，这名单上有一半还是之前澜国指名要抓的主战派人士，仇无忌也是费了好多周折才抓起来的。现在倒好，又让他把人全放了。有道是请神容易送神难，这放人有时候比抓人更费周折。

这澜国是要折腾这些忠义之士呢，还是要折腾我仇无忌啊？"嵯峨王爷，你，你没搞错吧？是'全放了'？不是'全杀了'？"

"肯定没搞错！统统放了！"见仇无忌迟疑不定地看着自己，嵯峨衡便解释："我家狼主的心思，做臣下的，哪敢随意揣度？兴许是狼主新登大宝，所以大赦天下吧！"

然后嵯峨衡一指名单上第一个名字"俞生"："这个人优先放！"

仇无忌一琢磨，这俞生一案，现在已经是个烫手山芋了，不但激起江平府一带对工部的民愤，而且御史中丞句龙无悔亲赴江平府取证彻查。加上今早帝都船营场还可以从仇府这里陆陆续续搬走十万石木料。这样看来，要还俞生清白也是早晚的事情。

所以他目前只有两种选择，要么赶在句龙无悔回来前，亲自去大理寺私审俞生，以莫须有的罪名，就地正法；要么放人。现在也不用费神选了，嵯峨亮帮自己做出了选择："那好吧，嵯峨王爷只管放心回复狼主，我会按狼主意思全放了！"哼！留得青山在，不愁没柴烧，以后他有的是机会再去为难俞生父女，何必急在这一时。

第六十八章

真假澜使

可就在这时，龚金慌慌张张敲打着后堂的门："报！报太师！有客来访！"

仇无忌一惊，又有谁来访啊？如果他私会澜使被撞见，总归不是好事："让他先去前厅等候！"

"不行啊！老爷，不能让他去前厅啊！"龚金还在那磨叽。

仇无忌老大的不耐烦了："不能去前厅，难道还让他来后堂啊？他谁啊他？"

龚金思索着该怎么回答："是，是，是嵯峨衡！此刻正在后门等候。"

"谁?！你说谁?！"仇无忌觉得是自己听错了。

"嵯峨衡！！！人就在后门外等着。"龚金提高了点嗓音。

仇无忌慢慢地转头，怔怔地看向此刻就在身边的这个嵯峨衡："老夫真是虚度六十光阴啊，没有哪天，比今天更热闹的了！"

"老爷！现在怎么办啊？"龚金问道。

仇无忌发着哆嗦的声音："那还能怎么办啊……也一同请来后堂吧……"

然后就见龚金引着另一个嵯峨衡步入后堂。

这嵯峨衡一进后堂，见到一个和自己长得一模一样的嵯峨衡在座，当时就惊讶得呆立当场，说不出话来。仇无忌冲龚金一摆手，示意他去后院门守着。

龚金会意而去，心想看老爷那意思，难道说，一会儿还会有第三个嵯峨衡来敲门？

此时仇无忌一拍桌子，怒喝一声："来人啊！"

只见虞氏三雄带着一群劲装打扮，手持家伙的家丁护院冲入后堂，将两个嵯峨衡团团围住。

"太师！这，这是什么意思？"后到的嵯峨衡丈二和尚摸不着头脑："太师！这玩笑开得太大了吧？"

"太师！你这开什么玩笑？"先来的嵯峨衡一副惊奇的样子，"难不成你找到一个和我，长得一模一样人来？"

仇无忌一摆手："老夫何必开这种玩笑？你们哪个是真的嵯峨衡？"

"我才是真的嵯峨衡，太师！你好好看看我，我怎么会假？"后到的嵯峨衡忙抢着说。

"太师，不用看了，我才是真的嵯峨衡，这人是冒名顶替的。"先来的嵯峨衡后说话。

仇无忌左看看右看看，两个嵯峨衡不但脸长得一模一样，而且连衣服穿着行为举止也一模一样："速速招来，哪个是假的嵯峨衡，否则将你们二人一同关入大牢，严刑逼供，少不得一番皮肉之苦！"

后到的嵯峨衡急了："太师，你大大地糊涂！私自监禁澜国特使，关系重大！"

先来的嵯峨衡忙道："太师，你大大地糊涂！难道太师还想将这里滴事，闹大不成？"

仇无忌一跺脚，吹起胡子瞪起眼："好啊！你们俩倒合起伙来，数落老夫我的不是啦？那你们倒是说说看，这事怎么办？"

两个嵯峨衡，一左一右拽着仇无忌不停地说："我是真滴，他是假滴！我是真，他是假！……"

"都别吵啦！！！头被你们俩给吵晕了！"仇无忌一甩双袖："还好只有两个，如果来三个，还不得被你们吵死啊！？"

仇无忌头昏眼花地看看这两个嵯峨衡："等等！你们俩，哪个是先来的？

哪个是后到的？"

"我滴先来的，太师。"先来的嵯峨衡忙道。

仇无忌上上下下打量了先来嵯峨衡一番，再转头细细打量后到的嵯峨衡，这一看，却被他看出端倪。

只见先来的嵯峨衡，那一双脚特别大，不但比后到的嵯峨衡大，还比一般人的脚都大上几分。

仇无忌纳了闷了，这世上哪有人的脚会大得像他这样离谱？难道是什么妖邪作祟？

可仇无忌转念又一想，对啊！这嵯峨衡在澜国是武将啊，平日里练武行军，用脚步行那是家常便饭的事情，又是北方人，无论脚多大，那都是很自然的事情。心里不免对先来的嵯峨衡多了几分信任。

"你！过来过来！"仇无忌将先来的嵯峨衡拉到一边，轻声问："你说你是真的嵯峨衡，可有什么能证明的吗？"

"太师！大大英明！"先来的嵯峨衡一拍仇无忌肩头："多亏太师，我想到主意可还我清白！"

仇无忌来了精神了："你有能证明自己清白的办法？"

"当然，太师！"先来的嵯峨衡附在仇无忌的耳边说："那就是今天我给你的那封名单密函！那假的嵯峨衡，肯定不知道有这份密函！"

仇无忌一拍大腿："对啊！……"

"哎！……不对啊！"仇无忌又摸着头想了想。

"怎么不对？"先来的嵯峨衡忙说："这名单密函总归是真的吧？"

"这个……"仇无忌愣了愣。

"哪个知道这份名单密函，哪个就是真的！"先来的嵯峨衡一摊手："简单吧？"

"哎！"仇无忌一甩袖子："那份名单密函是你今天才拿出来的，若你是假的，那份名单密函自然也真不了啊！"

"这样吗？！"先来的嵯峨衡好似陷入自言自语之中："那份名单密函是我今天拿出来……那我就是假……"

仇无忌听得头都大了，忙抬手阻止了先来嵯峨衡的自言自语："那你还有什么东西，能拿出来证明自己是真的吗？"

"那按照太师的话说，只要是我今天拿出来的东西，都不知道是真，还是假。就算拿出来，也不能证明我的清白。"先来的嵯峨衡双手一摊："那我还拿什么拿？"

仇无忌晕了晕："你，你等一下，你等一下。"

想来想去再绕下去也都说不清楚，于是仇无忌晕晕乎乎地迈步走到后到的嵯峨衡跟前，那后到的嵯峨衡忙说："太师！我才是真嵯峨衡，我是真的！"

仇无忌忙摆手阻止了他："你说你是真的，那你可有什么东西能证明你是真嵯峨衡呢？"

后到的嵯峨衡皱着眉想了想，突然说："我有了！"马上从怀里掏出一份黄色绢帛："太师请看！这是我随身携带的，狼主嵯峨亮的册封诏书！"

仇无忌忙接过去打开一看，字体果然是嵯峨亮的字体，内容果然是册封诏书的内容。

"他有册封诏书，他是真嵯峨衡，你是假的！"仇无忌转头向先来的嵯峨衡一扬那份诏书："老夫就说嘛，正常人怎么可能有你这般大的脚呢？！"

听仇无忌这么一说，边上那伙家丁抽出刀剑，架在先来的嵯峨衡脖子上。

"等一下！"先来的嵯峨衡从怀里也取出一份黄色绢帛，与后到的嵯峨衡手里的那份一样："不就是册封诏书吗？我也有！"

仇无忌一愣，随即一挥手，那群家丁将刀剑从先来的嵯峨衡身上挪开。

仇无忌大步走到先来的嵯峨衡面前，夺过那份绢帛，打开一看，居然和另一份诏书一模一样。

"这！这！"仇无忌拿着这份诏书，一筹莫展："怎么会有两份诏书的？"

"还是太师说得大大有理！"先来的嵯峨衡一拍仇无忌肩头："的确，只要是今天拿出来，都未必能证明自己清白。"

后到的嵯峨衡大惊失色："太师！你看仔细，诏书能做假，狼主嵯峨亮的玺印，做不得假！太师看仔细！"

仇无忌一听，忙完全展开先来嵯峨衡的诏书，一看，落款确实有澜国玺印盖章。

仇无忌抬头看了一眼后到的嵯峨衡，再展开他那份诏书，落款处却空空荡荡，什么章印都没盖。

仇无忌将这份假诏书丢给后到的嵯峨衡："你自己看，你那份诏书上可哪有什么玺印？"

后到的嵯峨衡拿起一看，傻了眼了："这，这，这份是假的！"

"真要谢谢你告诉老夫哦！"仇无忌瞪眼一摆手，周围的家丁呼啦上前，嵯峨衡武将出身，哪肯轻易就范，与家丁们打在一处，可他哪里是虞氏三雄的敌手，马上被按倒在地，家丁们随即上前将他五花大绑。

后到的嵯峨衡不停地大声喊："我的才是真的！我的才是真的！"

"还敢狡辩？！老夫定要让你尝尝生不如死的滋味！"仇无忌一摆手："押入大牢，各种刑先都上一遍，然后再细细盘问他。"

家丁们拖着后到的嵯峨衡离开后堂。

"哼！太师，你演这出戏给谁看？！"先来的嵯峨衡立刻沉下脸来："你分明是要借此拐弯抹角笑话我脚大！这要是让狼主嵯峨亮知道，太师这般对待澜国特使，后果就不用我多说了吧？！"

仇无忌忙一躬到底："嵯峨王爷息怒啊！绝无此事！这奸贼狡猾，老夫也是被蒙骗的啊！"

"有没有此事太师心里最清楚！"嵯峨衡甩开大脚迈步走出后堂："那就看太师如何对待，那份名单密函！"

"是！是！那份名单，老夫自当尽心竭力！"仇无忌诚惶诚恐地在后面恭送着。

"今日午时前，若我见不到俞生出狱，"嵯峨衡转身向仇无忌厉声道："太师自己掂量！"

"午时前……"仇无忌差点一屁股坐在地上。

第六十九章

峨嵋白氏

嵯峨衡走出仇府后门，再走的几步，拐进了一处僻静胡同。

一道红绫闪过，哪还有什么嵯峨衡，只见令狐媚在那咯咯笑个不停。

原来先进仇府的嵯峨衡，正是令狐媚通过海蜃绫变化的，而那份册封诏书，正是俞灵儿昨日赢了嵯峨衡之后，从嵯峨衡那调包得来的真诏书。昨晚俞灵儿去仇府"玩耍"一番后，便将真诏书转交给了令狐媚。

于是令狐媚心中便又生一计，揣着真诏书，化成嵯峨衡，交给仇无忌那份名单密函。而这名单密函是令狐媚事先让俞灵儿模仿嵯峨亮的字迹来编写的，目的就是骗仇无忌去释放俞生等一群被仇无忌陷害的爱国志士。

正巧真嵯峨衡也在早上私访仇无忌，于是令狐媚就顺水推舟，以真诏书为凭，让仇无忌将真嵯峨衡给关押起来。

只是这海蜃绫什么人的模样都能变，就是无法将令狐媚那双大脚变小分毫，今天这双大脚差一点露出马脚来。这也叫令狐媚非常无奈。

将近午时，俞灵儿扶着父亲俞生，和其他人一起，从大理寺中走出。

就见蓝玉擦着满头的汗，站在大理寺门口等着："哎哟我的个天啊，这通跑呦，可累死咱家了！"

俞灵儿上前给蓝玉作揖："蓝公公，真是有劳你了！"

见是俞灵儿，蓝玉忙赔上笑脸："呦！是俞大学士啊！不客气不客气，没事啦，俞通判这不放出来了吗?！"

俞生忙向蓝玉施礼："多谢公公！"

令狐擎苍上前给蓝玉手里塞了点什么："蓝公公有劳了，只是不知道怎么这么快就放了俞生？"

见是吴皇后的妹婿，蓝玉掂量了一下自己手里的东西，脸上更是乐开了花："你们是不知道啊！早朝的时候，仇太师一上来就为俞生喊冤，举报工部侍郎王会营私舞弊，虚报假账，陷害忠良。仇太师还自责失察，自请减俸三年，求皇上立即赦免俞生。"

"哦？有这等事？"俞灵儿一众都很惊讶。

"可不是吗，仇无忌这么突然，倒把皇上给吓了一跳。皇上还问咱家呢，问我今早上的日头，是打东边升起啊，还是打西边升起。说从未见仇爱卿为谁喊过冤，怎么今日居然为他自己举报的俞生喊冤!？"蓝玉嘘了口气："这不？让我速来大理寺释放俞生。"

俞生万万没想到，救出自己的，居然是陷害自己的仇无忌，不免苦笑连连。

"那王会真叫活该，只怕这大理寺刚腾出来的牢房啊，马上就轮到他坐了。"蓝玉一甩拂尘："好了，咱家也要回去交旨了。"

俞灵儿心里的大石头可算彻底放下了，继续扶着俞生往令狐府走去。

到了令狐府，令狐媚早已安排好为俞生接风洗尘。

一听说这俞生是仇太师在皇上面前极力担保出狱的，朝中惯于奉承献媚的官员，都来令狐府求见俞生。论官阶，俞生只是通判，从八品，那些朝中大员最少也有五品，三品左右的官更是不在少数。

俞生一概不见。

那些官员一看俞生架子十足，多少有些气恼，说这小小通判这么不识抬举。可瞬间又有传闻说仇太师为了救这俞生，还特意拆了自己的仇府来帮俞生抵偿十万石木材。这些官员们就更深信他与仇无忌关系匪浅，甚至以讹传讹，居然有人信誓旦旦说，俞生其实是仇无忌失散多年的生父。也不想想俞生比仇无忌还小上二十多岁，一大堆官员也不了解俞生，竟对传言都深信不疑。

结果令狐府门前门后是挤满了人，除了来拜见的，还有很多是围观看热闹的。令狐媚和令狐宝只得各自拿着个锣，站在前后门维持次序。

而令狐府家丁捧着小山一般高的拜帖，是一拨接着一拨来回搬，令俞生好不耐烦。

随后几天内，整座帝都城，有两处地方是热闹至极，一处是道贺求见者云集的令狐府，另一处就是忙于拆除的仇府。其热闹程度丝毫不比那日的钱塘门香会逊色。

这几天里，令狐府只接待了三波人。

第一波是吴皇后派来的宫女，带了礼物来道贺俞生出狱。

宫女小翠是费了大半天时间，挤过了人群，可带来的礼物太多，怎么都送不进府内。

第二波是普安王皇甫琮，他仗着自己毫无存在感的优势，流过人群，也不递送拜帖，就在令狐宝的眼皮子底下，让家丁通传求见文学馆大学士俞灵儿，随后从令狐府正门直接走了进去。这天令狐宝见到皇甫琮的第一眼，居然是他拜别出府的时候，引得令狐宝又叫来一些家丁，像防贼似的加强令狐府的守卫。

皇甫琮此次来，一是为祝贺俞生出狱，二是为请教俞灵儿关于诸葛笔的用法。

俞生并不排斥皇甫琮，两人相谈甚欢。

不过令俞生感到奇怪的是，皇甫琮居然诚心诚意地向自己女儿求教书法。俞生本来就很诧异，心想自己女儿那点微末书法，还不都是他亲传的嘛。怎么来逛一次元宵节，居然就当上了文学馆大学士？现如今普安王皇甫琮还特意登门求教她？

这几天俞灵儿心情大好，父亲俞生被释放不说，连一直吵闹着要自己嫁过去的令狐姐弟俩，都只字不提这桩婚事，也不知道为什么，这几天两姐弟乖得不得了。

俞灵儿也不便对父亲多加细说，带着皇甫琼去书房详谈。

令狐府里人都是见惯江湖人士的，也不在意。

倒是俞何氏，虽然不敢驳普安王殿下的面子，但是人一直在书房门外徘徊着。心道女儿还是未出阁的黄花大闺女，与别的男子共处一室实在不妥，但也只得自己多加注意了。

第三波人，却是晚上来的。

俞灵儿认得这人，正是那日琅琊岭上的紫衣女子。

不单是俞灵儿非常紧张，令狐姐弟俩也是高度戒备。也难怪，毕竟她是千年道行的女妖。

紫衣女子见到俞生夫妇，倒头便拜，口呼："拜见恩公！"

俞生反倒不记得她了，与俞何氏面面相觑："姑娘，你是哪位？"

"当年俞大人任撼江府知府时，我姐姐白玲珑和姐夫徐琅琊蒙冤，多亏俞大人秉公明断，才还了他二人清白。近日闻恩公遇难，本想来搭救，只是被人劝阻，否则……"紫衣女子横了令狐媚一眼。令狐媚笑着一吐舌头。

俞灵儿闻言，立刻盯着紫衣女子多看了几眼，想不到这紫衣女子居然是白玲珑的妹妹？

俞生道："哦，白玲珑，我想起来了，这是我当年刚上任的第一件案子，你是她妹妹吧？"

"大人，我叫小紫。"

俞生道："那你姐和你姐夫，现在如何了？"

小紫黯然不语，眼泪扑簌簌滴落一串。

俞生见状，叹息一声，便不再细问。奸臣当道，祸国殃民，看小紫那样，想来白玲珑夫妇的遭遇，与众多受苦百姓也不会差太多。

俞灵儿心下了然，记得前世曾听师兄弟们说起，这白玲珑为了千年情缘，在妹妹小紫的撮合下，嫁给了一个叫徐琅琊的凡人。本来一家人和和美美，还开了一间药铺，行医治病，为善积德。可有一个叫法远的和尚，偏偏容不下他们，多番拆散他俩，还将徐琅琊带到江天禅寺出家。故而引出峨嵋白氏水漫江天禅寺，大水波及钱塘江一带生灵。结果惹恼了玉皇大帝，派下天兵天将捉拿白玲珑，白玲珑被法远压在了望湖塔下。之后这叫小紫的女子便不知所踪。俞灵儿只是想不通小紫为何要豢养这么多中山狼。

"俞大人既已无恙，小紫也放心了，就此别过！"小紫擦干了泪水，拜了三拜后起身往外走，以极轻的声音说了句，"也许，这是我见恩公夫妇的最后一面了。"

令狐擎苍让令狐姐弟俩送小紫一程，俞生也命俞灵儿送一送故人。

走到庭院，小紫突然回头看向令狐媚："你答应过我什么，可还记得？"

令狐媚忙不迭地回话："记得！自然记得！"

"那好，你们留步吧！"小紫看了一眼俞灵儿，随即一道青烟，便不见了踪影。

令狐宝趁俞灵儿不注意，向姐姐挤眉弄眼，那意思：你答应别人的事情那么多，有哪件是做到了？

令狐媚也挤眉弄眼回应弟弟，那意思：小紫咱可惹不起，答应她的事情，敢不做到吗？

令狐宝：你到底答应她什么了？害得我到现在都不能向俞生夫妇提亲。

令狐媚：小紫说了，除非俞灵儿亲口对你说愿意嫁给你，否则我们就不准再提你俩的婚事。

令狐宝：有咱师父在，还用得着怕她峨嵋白氏吗？

令狐媚：咱师父帮理不帮亲你又不是不知道，他会帮你这小衙内吗？

"哎！我们为什么还要站在这里挤眉弄眼啊？俞灵儿早就走回去了……"令狐宝望着俞灵儿的背影道："你不是说，在刑部大牢里她就已经答应嫁给我了吗？"

"问题是她答应婚事时，是对我说的。按照小紫的意思，必须得她亲口对你说。接下来就只有看你的了。"令狐媚也转身往回走："哎！真是好可惜啊！

我算下来，下个月就只有那么一天！是最适合嫁娶的黄道吉日。"

"哦?！这黄道吉日是哪一天啊?"令狐宝忙跟上姐姐。

"三月初一。"令狐媚歪着脖子，很惋惜地甩了下袖子。

"三月初一！姐，那天是清明节哎！"

黄溪门槛

第二天。

"嗖"一声,临江仙子出现在俞灵儿和令狐媚眼前:"虽说仇府已经拆成这样了,可我还是没找到那样东西。"

"妹妹你究竟在找什么东西啊?"俞灵儿疑惑地看了看临江仙子。

令狐媚忙向临江仙子使眼色,可临江仙子才不管令狐媚呢:"当然是鹤舞四宝中的一件啦。这几天我趁着仇府拆除的机会,到处找寻,已将仇府搜了个底朝天。可是连宝物的影子都没见到。"她瞪了令狐媚一眼:"该不会是你的消息有误吧?"

令狐媚摇晃着脑袋道:"我的消息绝错不了,这鹤舞四宝中的一件,还是虞美人找到的呢。就是她交托仇无忌保管,此物定在仇府无疑。"

临江仙子沉吟了一下道:"若是虞美人要藏一样东西,普天之下没人能找得到。这下可麻烦了。"

"既然这样。"令狐媚:"那我们先拿鹤舞四宝中的另一件好了。"

俞灵儿忙问:"另一件鹤舞四宝在哪?"

令狐媚开始像条蛇似的绕着俞灵儿来回踱步:"弟妹可听过,三年一会,三月初期,吴川山阴,黄溪修禊?"

"黄溪修禊?"俞灵儿这才记起曾和仇姬赌约,在今年的三月初期,夺魁黄溪。吴川山的黄溪,每三年会举办一次黄溪修禊,而今年正有一届。而前世谁得了今年的魁首,俞灵儿已经记不清了。

"刚得到消息,另一件鹤舞四宝被当作黄溪修禊的彩头了。可要想拿到彩头,就得在黄溪修禊上夺魁,而要想夺魁呢……"令狐媚一拉俞灵儿的手,"我们之中,也只有弟妹你出马才行啊。"

俞灵儿慢慢抽回了自己的手:"这样啊,要我去是没问题,只是这黄溪修禊要如何才能夺魁,又如何去参加呢?"黄溪修禊如此盛会,高手如云,俞灵儿觉得自己未必有十足把握夺魁。但是既然与仇姬赌约了,就非要夺魁不可。

"因为十年前有两个人同时夺魁的缘故,所以近年来的赛制改成淘汰赛了,九州中先各选出一人去参赛,一共九个人,然后分组对决,最终决出魁首。"令狐媚支着下巴道:"而要想参加黄溪修禊,就要先通过甄选,才能入得黄溪门槛。我们这里呢,九州之中属于扬州,负责扬州甄选的人,就是敷文阁直学士,当朝兵部侍郎米有仁。要不你们先去报名吧。"

"你不去吗?我们是指哪些人?"

随即令狐宝就和俞灵儿一起出了令狐府。

"原来你姐说的这'你们'中的人,是指你啊?!"俞灵儿瞥了一眼令狐宝。令狐宝则傻笑着挨着俞灵儿一起走。

转了几个弯,来到米府外,就见府外围着很多人。

府门口站着一人,一副趾高气扬的表情:"排好队,一个一个来啊。"然后就见很多人在府门外排队等候。

"看来他们也是来报名参加黄溪修禊的,我们就排在这里吧。"令狐宝拉过俞灵儿排在队伍后面。

过了一会儿,就见一个书生气哼哼地从府门口走过来:"太过分了,居然连我的字都给拒了。"

"哟!这不是吴七郡王吗?"令狐宝忙拉住这书生。

这吴七郡王一见是令狐宝，忙打招呼："表哥啊！你怎么会在这啊？"

令狐媚忙给俞灵儿引见："这位是我表弟吴居，我舅舅太宁郡王吴益之子。"

"这位是文学馆大学士俞灵儿。"

如果吴居来参加扬州选拔的话，很可能就是自己的劲敌。毕竟连米有仁自己都对吴居写的米字心悦诚服，自己要想在米有仁面前拔得头筹，确实很有难度。更何况江左等地，山外有山，高手层出不穷，自己虽为文学馆大学士，却未必独占鳌头。

"大学士啊，久仰久仰，常听普安王夸赞你，有机会还要请教一番。"吴居回了一礼，神情间却无任何请教的意思。

"唉，表哥啊，你怎么气成这样？这次是谁惹到你了？"令狐宝盯着吴居气鼓鼓的腮帮子。

"还不是因为米府总管，米之炊。他居然拒收我写的字！"吴居一指米府门口那趾高气扬的人。

俞灵儿和令狐宝都是一愣，如果连吴居的字都拒收的话，那选拔的难度实在太高了。

"唉，没想到我苦练数载，如今却连黄溪的边都摸不到啊。"吴居叹着气，告辞而去。

"这倒是很奇怪唉。"令狐宝远远看着那米之炊，就见他对一些报名者的字帖，草草地看了几眼就收拢下来。

"他将大部分报名者的字帖都收下，却唯独拒收了吴居的字。这于理不合啊！"然后也不知道令狐宝看向哪里，招了下手。接着就见一个人鬼头鬼脑地走过来，对令狐宝耳语了几句，然后看看左右，就离开了。

俞灵儿很纳闷地看了看令狐宝，就见令狐宝神秘兮兮地对俞灵儿说道："刚得到消息，这米之炊有猫腻。"

"啊！还有猫腻？！"俞灵儿惊讶地看着令狐宝，看来刚才那个鬼头鬼脑的人就是令狐宝的消息来源。一直听令狐宝吹嘘，令狐家号称在钱塘一带没有不知道的事情，今天真是亲眼得见。

令狐宝指着那趾高气扬之人："这米之炊是米有仁最信任的人，米有仁让管家米之炊在府门口进行此次黄溪修禊的初选，将不入流的书体过滤在门外。"

"这也无可厚非啊，难不成让米有仁去看所有的字帖吗？"俞灵儿觉得这不算什么秘密啊。

令狐宝压低了声音："可有个叫丁四的人知道了此事，便买通了这管家，让他只收下比丁四书法差的字帖，而拒收所有比丁四写得好的字帖。"

"丁四？……这名字好耳熟啊，好像在哪听过。"俞灵儿慢慢回忆着，然后惊道："唉！这样的话，米有仁所能看到的报名字帖里，最好的那张，不就是这个叫丁四的字帖吗？那他要获得扬州选拔资格，是稳操胜券。"

"可不是吗？！"令狐宝皱着眉，心里反复思索着，这丁四自称是"江南书圣"。虽然是自夸，可书法一绝也确实是事实，连自己都没把握能胜得了他。而且他擅长长字，据说仅次于吴居。既然他买通了米之炊，怪不得吴居会被拒。不单单是吴居，所有比丁四写得好的字，都会被拒。

令狐宝转头看了一眼俞灵儿，心道，就算俞灵儿写得再好也没用啊，直接会被米之炊淘汰掉了，根本到不了米有仁的眼前。

我得想办法让俞灵儿入选。唉，要是姐姐在就好了，她瞬间就能想出拿下这米之炊的办法。可如果我现在派人去请出我姐，会不会让俞灵儿觉得我太废物了？不行！我一定要靠自己来想出办法解决。

俞灵儿看着在一旁冥思苦想抓耳挠腮的令狐宝，莞尔一笑："看把你给急的。这样不是正好？你的字肯定不会被米之炊拒收啊！"

"我，我，我不是担心你吗？你还笑话我？！"令狐宝急了，然后挥舞着拳头："要不我去揍这米之炊一顿，让他三天下不了地。这样你就能入选了。"

"别别别。"俞灵儿赶忙拉住令狐宝："就这么点小事，怎么能让令狐衙内大动肝火呢？稍安勿躁啊！"

令狐宝通红着脸，深情地看着俞灵儿："你，你关心我？"

俞灵儿手摁额头："唉，难道你不觉得，我更像是在关心那个快要被打的人吗？"

令狐宝也没听明白，激动地拉起俞灵儿的手："我，我就知道你心里有我！！"

俞灵儿一甩手："我不是这个意思啦。"

令狐宝像中了大奖似的，兴奋不已地在那喋喋不休着。

俞灵儿很辛苦地忍着，直到队伍排到了自己。

终于轮到自己了，俞灵儿长舒了一口气，走到米之炊跟前。

米之炊看也不看俞灵儿，一指跟前书桌上的文房四宝："写在这里。"

俞灵儿也不多言，上前起笔蘸墨，飞快地在纸上书写起来。写完后交给米之炊。

米之炊照旧拿过来瞄一眼。本来米之炊的任务很简单，以丁四的字为标准，写得好的，拒收，写得差的，收进。

可瞄了俞灵儿的字，立时脸涨得通红，然后忍不住哈哈大笑起来，而且笑得腰都直不起来。

俞灵儿则很从容地看着米之炊。

令狐宝及周围的人都很奇怪，米之炊因何发笑，于是都伸长了脖子，也去看俞灵儿写的字。

这一看，除了令狐宝，周围其他的人也跟着笑起来，而且都是嘲笑："你们看呐，这么丑的字也敢来报名？！"

"就是，我隔壁家一岁小孩的涂鸦，都比她画的好看。"

令狐宝就见俞灵儿写的字，真是乱七八糟什么都有，也难怪会引来嘲笑。便低声询问俞灵儿："怎么回事？你在搞什么？"

俞灵儿则不理令狐宝，依旧淡定地问米之炊："怎样？可以收吗？"

米之炊慢慢收拢笑容："当然，当然可以啊！"米之炊心想，丁四交代了，只要是比他差的字全都收："有什么不可以的？收了！"

　　原本在一旁嘲笑的人群顿时议论纷纷："怎么这么丑的字也收啊?""就是啊,刚才吴居的字反而拒收,却会收这么丑的字?"

　　俞灵儿问米之炊:"什么时候能知道结果?"

　　"就你这字还想等结果呐?我就没见过这么丑的字。"米之炊又笑起来:"明日午时,米老爷宣布结果。"

　　然后俞灵儿也不多言,转身带着令狐宝回去。而米府门口继续接待各方报名者。

　　待到酉时,报名者差不多都离开了,米之炊抱着一大摞稿纸进得米有仁书房:"老爷!这几天来报名的纸稿都在这里了。"

　　米有仁看看成堆的纸稿:"怎么会有这么多?之炊啊,以你的书法鉴赏力,难道还会选出这么多纸稿来?"

　　米之炊笑了笑道:"唉,老爷,被我筛选掉的更多呢。"

　　"唉!十年前的黄溪修禊,老夫和那句龙在天,并列夺魁,实在愧对江东父老啊。"米有仁叹了口气站起身,走到那堆纸稿前,"只希望江山代有才人出,这次的夺魁者若是江左之人就更好了。"

然后一张一张开始甄选。一边选，米有仁一边摇头："唉！怎么都是这种字？那些书法大家呢？都没来吗？"

米之炊在一旁不吭声。

米有仁越选越失望："要不是明日，我须陪同皇上去东湖阅舟，否则老夫倒可以再等等江左的一众书法大家。"

选了半天，米有仁的头不住地摇着，直到他拿起一张纸后，便不再有任何反应了。

米之炊见老爷没动静，便探头去看他手中纸。这一看，米之炊差点笑出来，正是自己见过最丑的那幅字帖。

可是米有仁则端详半天："之炊啊，刚才老夫怀疑你的鉴赏力，其实是老夫错了。现在看来，你的鉴赏力已经比老夫有过之而无不及啊。"

米之炊没来由地被这么一说，也不知道怎么回事，挠着头不敢吱声。

"尤其是这幅书体，粗一看，东倒西歪杂乱无章，实则骨力雄健汪洋恣肆。再细一看，真、草、隶、行书功力深厚，还能相互夹杂兼容一炉。字体、章法、笔法竟然刻意做到无一处平整，如散兵游勇。但是从大局上纵横观之，却尽显奇侧险峻，内含强兵雄阵。"米有仁再细看纸上墨迹，"特别是这用墨的笔法。枯笔作书老夫已闻所未闻，更何况这用墨还是浓、淡、枯、湿，四种间杂的笔法？！"

米有仁指着落款道："明日午时，宣布此人入选。"

米之炊瞪大了眼睛，指着这幅书稿说："老爷，你确定是这幅字入选？"

米有仁非常肯定："不错！"

第二天午时，一大群人挤在米府门外，翘首以盼。其中有俞灵儿和令狐宝。

而丁四则踌躇满志地站立在人群中。怎么说他都是吴川人，若连黄溪修禊的门槛都不能踏过，自己还有何面目立足江左？所以此次选拔他势在必得。

米之炊悻悻然走出府门外，大声喊："各位报名的名家儒士们，此次黄溪修禊的入选者是……"

丁四很得意地看了一眼俞灵儿，心道，事不过三啊！终于，我赢了你俞灵儿一次。

"俞——灵——儿！"

"噗通"一声，丁四摔倒在地："为什么？这又是为什么啊？"

令狐宝也很吃惊地问俞灵儿："这是怎么回事啊？为什么你写的字那么丑，不但能入选门槛，而且还能胜过丁四？"

俞灵儿微微一笑，自己总不能对令狐宝说，昨日书写下的，是两百年后的丑书吧？

丑书，粗看似村夫乱书，实则功力深厚，上可追溯前朝融合隶章草的古拙笔意，还兼具二王行草风韵和欧体劲峭方笔，再结合自己放浪形骸的个性和抒情意味，最后形成奇崛陡峭拔狷狂不羁的独特风格。可谓大将班师，三军奏凯，破斧缺笺，倒载而归。

其实俞灵儿自忖这么做也很冒险，哪怕是当世书法名家，也未必能赞同自己写的丑书。

可米有仁则不同，他自小就受到鉴赏丑石的"瘦、漏、皱、透"等与众不同的理念，故此最有可能品出丑书可贵者，首推米有仁。要不是丁四使计在先，俞灵儿也犯不上写这种丑书。她将计就计，利用米之炊筛选掉一众书法高手，才使得自己的丑书鹤立鸡群，被米有仁赏识。

于是俞灵儿在众目睽睽之下，走入米府。

丁四忙上前询问米之炊："怎么回事啊？我不是让你筛选掉比我书法好的作品吗？"

米之炊苦笑着将俞灵儿写的那张丑书递给丁四："这可怨不得我，你自己看吧。"

丁四接过一看："世间居然还有此等书法？！而且这丫头居然胆敢以这种书法来参加选拔。唉！既生俞何生四啊！"纸稿从指间滑落，丁四目光呆滞地离去。

俞灵儿从米府中走出，手中还拿着一块牌子。

令狐宝赶忙上前："你，你确实入选了？"

俞灵儿一扬手中的牌子，只见上面写着"扬州修禊"四个大字。

"看到没？只要凭着这个牌子，我就能跻身九州书家，去参加黄溪修禊。"

"我就知道，你是我的娘子嘛！怎么可能选不上啊！"令狐宝对着四周围羡慕的人群大喊："看到没？她是我娘子，入选的这位是我娘子！"

俞灵儿赶紧开溜。

令狐宝激动不已，好似入选者是他一样，依旧在那嘚瑟着。

回到令狐府，令狐宝还在那不停地说着俞灵儿如何赢得选拔，让丁四的诡计无法得逞等等。

而令狐媚一早就备好了行李，做好了出发去吴川的准备。好像俞灵儿的入选，是情理之中毫无悬念似的。

"唉？我爹娘呢？"俞灵儿回到令狐府便找不见爹娘，"我还要向双亲辞行呢。"

"今早皇上派人来下旨，说是要亲临东湖阅舟，命你爹即刻出发。"令狐媚道："你爹娘还有李捕头，已经先行一步，启程往江平府去了。"

俞灵儿也想起此事："对了，此次东湖阅舟，皇后娘娘命我随同前往。明日我就得随皇后娘娘去江平府。待东湖阅舟结束，我便直接取道前往吴川，参加黄溪修禊。"

令狐媚也不去管令狐宝期盼的眼神："嗯，那也行，我和临江仙子直接由帝都出发去吴川吧。"

"姐！那我呢？"令狐宝憋不住了。

"那还用问吗？"令狐媚冲着俞灵儿撇了撇嘴，"给我盯紧了啊！"

二月二十六日。江平府，东湖校场。

南赵偏安东南，受到北方澜国的威胁："江、淮皆为边境故也。"沿江沿海必须部署水军海防，其水军规模也是华国古代最大的。

中炎初年，朝廷特设武卫水军，原驻庆元府定海县，后移驻防江平府许浦、福山等地。

南北六年置镇，由隶属殿前司改为御前水军，军民市易繁盛。直至中道元年，沿大江增设武卫水军，立水军寨，驻兵一万四千余人，四军、八将、六十三队。成为南赵最大的一支水军。

所谓东湖阅舟，就是皇上皇甫构带领文武大臣，后宫嫔妃，两府郡王等，前往江平府，在东湖上对江平府水军的阅兵式。

皇帝皇甫构对能防御大江天堑的水军，一向非常重视。这一年，皇甫构带着殿前司近千人，浩浩荡荡赶到江平府东湖校场，进行东湖阅舟。

此次随驾的还有吴皇后、普安王皇甫琮、恩平王皇甫玖、王府教授严龙、仇无忌、句龙无悔及一班大臣。当然俞灵儿以文学馆大学士的女官身份，亦随吴皇后在列。

皇甫琮将俞灵儿引见给严龙，俞灵儿也是第一次见到严龙，但见他四十多岁，庄重儒雅之态。俞灵儿一晃眼，就见严龙身后还跟随着一名大汉，俞灵儿和皇甫琮相互对视一眼，这位大汉不正是那日在诸葛笔舍所遇到的笔舍主人吗？只是严龙也没有将他引见给俞灵儿和皇甫琮，故此只能猜测他此刻担任严龙侍从之类吧。

这时句龙无悔穿着朝服大步走来，见到俞灵儿，便手握玉笏，拱手弯腰向她见礼："是大学士啊，句龙无悔这厢有礼了！"

当着这么多人的面，中丞御史向个女官主动行礼，俞灵儿哪受得了这个。忙躬身施礼："句龙大人，下官有礼了。"

然后俞灵儿抬头，就看见仇无忌迈着方步而来，手中所拿的玉笏，莹光剔透，不似凡品。难道说这玉笏……

不多时，一干众人随皇上来到东湖校场。为了与民同乐，每次东湖阅舟都会允许附近百姓围在校场四周一同观赏。这时的校场四周，里三层外三层围了上万名百姓，都在那欢呼雀跃，等待一睹盛况。

待皇甫构在校场高台落座，吴皇后次位坐于皇甫构身旁，皇甫琼和皇甫玖按年龄排序坐于吴皇后身旁，其他文武大臣再依序在下阶落座。殿前司各军兵分各处站岗守护。

俞灵儿职位特殊，位于吴皇后后排，虽然与其他宫女女官一起，但是她却有座。

第七十二章

东湖阅舟

皇甫构落座不久，兵部侍郎米有仁上前奏报："启奏陛下，江平府水军指挥使待命，陛下可随时阅舟！"

"好，那就开始吧！"皇甫构挥挥手让阅舟开始。

米有仁退下不久后，只见东湖水面远处，有几十艘硕大的车船，分前后缓缓驶来。这些车船，平均长二十丈至三十丈不等，没有几百上千人根本开不动这船。

以前船舶的行驶，主要依仗两种力量来发动，风力和人力。依靠风力发动的都是扬帆的帆船。依靠人力发动的都是用船桨来划动，一般都是水手用手来划桨。而车船的开动，则是在用船桨的基础上加以改进而设计，车船的船轮则是水手利用躯干带动，使用脚力轮番踩踏来发动的。车船的外形，就是船舷两侧各有几排至几十排翼轮，两侧每一对翼轮之间横贯一根轴，就叫一"车"，每个翼轮有八个翼片击水。这车船最早是前朝人发明。使用脚力行驶，是人类造船史上一项重大发明。对华国船舶的发展起了很大作用。

只见最先驶来的是许浦水军的几艘车船，这几艘打头阵的车船，名叫飞虎战舰，船舷共有两"车"，二车四轮共三十二个翼片，同时鼓蹈击水，行驶如飞，可日行千里。飞虎战舰上的许浦水军将士们，盔明甲亮，在那摇旗呐喊，向着东湖校场方向山呼万岁。飞虎战舰乘风破浪，飞驰而过。偌大车船，居然在行驶速度上不慢，这使得阶下各文武大臣相互点头称赞，皇甫构也是颇为满意。围观的百姓们此起彼伏地发出喝彩声。

等先头驶来的许浦水军飞虎战舰全部行驶过去，后面紧跟着行驶过来的，是江平府东湖水寨军的几艘车船，长五十余丈，高五丈有余，是二十四车大楼船。这种车船的两边还有护车板，将车全部遮掩着，船行如龙。船体之大，要不是亲眼所见，简直让人难以相信。这几艘二十四车大楼船，是当年雷谦率军平定反军，收缴来的大船。因为船体过于巨大，在江上用处不大，反倒是编派在水面浩渺的东湖上更游刃有余。车船内一干水手踩踏基板时，一起所发出的号声，居然是"万岁！万岁！"的号子声，远比船上的水军将士，以同样节奏的呼喊声来得更为响亮。和刚才驶过去的飞虎战舰一比，虽然在行驶速度上逊色于飞虎战舰，但是船身如此巨大，令人叹为观止。

前来阅舟的大臣们，无不为眼前这些巨大的车船啧啧称奇。围观百姓的欢呼声比之前更为响亮。

皇帝皇甫构转头悄声对吴皇后说："娘娘，你看，这些还只是二十四车船。等会儿啊，还会看到四十车的大船呢！"

吴皇后露出惊讶的表情："啊！皇上，好大啊！皇上，好大啊！"皇甫构闻言，哈哈大笑。

而普安王皇甫琮眼见偌大车船，却是另一番思量，现今赵国设有负责海防的沿海制置使司。然皇上和仇无忌唯求苟安一隅，沿海制置使司规模虽大，却只是消极防御，并不参与陆上战事。如果将来有机会挥师北伐，沿海制置使司率水师沿海北上，直捣黄龙，必可事半功倍。

就在这时，东湖校场外一阵喧哗，只见几十个澜国人挤开围观百姓，吵吵闹闹地进入校场。俞灵儿放眼看去，领头的正是那日在香会上见过的嵯峨衡。俞灵儿还不知道，这嵯峨衡自打被仇无忌关押起来后，受尽酷刑折磨。最终张权四处寻找失踪的嵯峨衡，这才从仇府里救出他来。

只见这些澜国人直入校场，殿前司军兵却无一人阻拦。

嵯峨衡进来后，大摇大摆地找了张太师椅一坐，边上几个澜兵模样的人围拢过来。有一人挨嵯峨衡最近，和澜兵不同，此人一身澜国大臣打扮，正是张权。皇甫构和朝中几名老臣都认得，张权早在南北议和时，拿着澜熙宗的册封国书，来册封赵朝皇甫构为皇帝。

嵯峨衡一坐下就在那哼哼唧唧："赵朝皇帝！我代表大澜皇帝来此册封。你拒不接待，还躲到这里，究竟什么意思？"

早先南北议和的时候，张权受嵯峨旦之命，出使赵国执行册封礼。可皇甫构不愿跪拜受封，结果由仇无忌代为跪拜受封。嵯峨旦对此倒也不深究，这才勉强算履行了南北议和时所定的条件。可今年年初，嵯峨亮杀了嵯峨旦篡位，嵯峨亮这个人性情暴虐，早就对皇甫构不肯亲自跪拜受封一事不满。所以这次，嵯峨亮刚登上宝座，就派遣嵯峨衡和张权出使赵国，就是为了完成真正的册封礼，要皇甫构皇帝当着澜国宗亲嵯峨衡的面，跪拜受封。

而在第一次要求的册封礼上，皇甫构就避过了。哪里还肯再接受什么册封礼，何况要亲自跪拜受封？所以澜国使节来帝都之后，皇甫构只接见了一次，就再没提起册封礼的事情。嵯峨衡几次三番要见皇甫构，都被各种借口挡了回去。张权为了此事也找过好几次仇无忌，仇无忌是左右为难，也推说要澜使耐心等候。

后来被嵯峨衡逼得实在紧了，皇甫构索性就跑到江平府，来东湖阅舟了。可皇甫构来东湖阅舟的这件事情，却被仇无忌暗中派人知会了张权。于是嵯峨衡就像狗似的，闻着味就跟来了。

赵国皇帝在校场检阅水军，外国使节不通报就直接闯入，这本就不合礼仪规矩。可在场却没有一个朝中大臣出言反对。只有围观的百姓对澜使们的无力都议论纷纷。

皇甫构也觉得头大如斗。他跑到江平府来阅舟，本不是什么机密大事，可来阅舟的具体时间和地点，澜国使节怎么了解得如此清楚？现在这澜国使节一点面子都不给地坐在那里，当着文武大臣、数万百姓和整支江平府水军的面，要自己跪拜受封，这成何体统？这是皇甫构无论如何都不愿意干的。可是现在既不能得罪澜国使节，又不能当着数万名围观百姓和整个东湖上水军的面被澜国使节逼得逃走。

这个坎，该怎么过去呢？皇甫构则转脸望向仇无忌，心想上次就是仇无忌出面解决的，看来这回还得由丞相解决才行。

果然，仇无忌不负皇甫构所望。站起身，向嵯峨衡走去："小臣见过嵯峨王爷！现下正是我皇阅舟演兵之时，可否请王爷先行回馆驿，改日再议此事如何？"

嵯峨衡哪肯善罢甘休。今天就是要在这里堵着皇甫构，非要他当着赵国最大的水师面跪拜受封，好好羞辱皇甫构一番不说，回去交差时，还能让嵯峨亮给自己记上一大功，指不定有什么大大的封赏呢。

"不行，不行！无论如何，今天皇甫构必须给我交代！"

张权是原人："我们来帝都已经好多天了，总不能一直等下去吧？今天你们无论如何得给个痛快话！"

仇无忌当即跪倒在张权面前："那，还是由微臣我来受封便是！"

"不成，不成！别人受封都不成。皇甫构必须亲自跪拜受封。"嵯峨衡起身一脚，就将仇无忌踢开。

仇无忌颤颤巍巍爬起身，回身跑到皇甫构面前："启奏陛下，这澜国使节非要陛下亲自跪拜受封，臣无能，百般支开不得啊！"

皇甫构以手支额，眉头紧锁，心想眼下这道关，怕是难过了。

正当皇甫构在那愁眉不展之时。边上过来一人，正是殿前司副指挥使赵颌。赵颌上前行礼说："启奏陛下，臣有一退澜使之法。"

皇甫构眼睛一亮："卿家有何良谋？快快讲来。"

"陛下，此处乃是校场，自古以来，校场便是比武争雄之所。我们可提出与澜使赌斗比武，如果澜使败了，便不得再提册封之事。"赵颌行伍出身，一贯以比武解决争议。

"那如若澜使不同意赌斗比武，那又当如何呢？"仇无忌忙提问。

赵颌一摊手："那，便请这些胆小鼠辈早日回澜国去吧。"

仇无忌捋着本来就不多的胡须,微微点头:"看来也只有此法可行了。"

吴皇后在旁忙问:"那如果赌斗输了呢?难道就要皇上在此跪拜受封不成?"皇甫构也疑惑地看向赵颌。

赵颌像是早就在等着有人问他似的:"启禀皇后千岁,您来看,澜使此次前来未带多少兵将,就算他能给出一两个强手,我殿前司精兵强将如云,光是在此地人数,就远大于澜使。别的不说,单论比武,就怕澜国使节还得掂量一下,丢不丢得起这人才是。"

仇无忌也赞成:"届时,澜使是进不得,也退不得。那就该轮到他们干着急了。"

吴皇后在旁急道:"皇上,拿跪拜受封一事作赌注,太过冒险,万一有个闪失,皇上金口玉言,说出去的承诺不可收回。臣妾以为,此法不可取。"

第七十三章

谁敢斗兵

皇甫琼忙站起身，对皇甫构躬身道："启奏陛下，臣也以为此事不妥。还请三思。"

仇无忌忙躬身："启奏陛下，臣也以为此法，多少有一丝冒险，可是眼下却也无其他良策了。"

皇甫构沉吟半晌，举棋不定，自从多年前发生过兵变之后，他再不信任那些在边陲抵抗的兵将。他身边的殿前司，虽说是精锐，可是一个都没上阵打过仗。真要比武，能不能打过澜人，还真是未知数。

见皇甫构迟迟不做决定，张权就在那吵吵嚷嚷了："赵国皇帝，你倒是给个痛快话儿啊?! 身为一国之君，见到我们澜国使节就躲着不见不说，还逃到东湖这里，你丢人不丢人啊？我看你这皇帝也没资格当了。议和之事，我看就到此为止吧！"

仇无忌赶忙劝皇甫构："陛下，如果惹恼澜使，只怕真会撕毁议和盟约，还请陛下速速定夺啊！"

一听澜国使节要毁南北议和之约，皇甫构也浮躁起来，忙说："那，那，那就依卿家之计，速与之赌斗比武吧。"

吴皇后还想劝阻，却被皇甫构摆手阻止。

仇无忌得旨后，马上转身前往嵯峨衡处，将赵颌提议的赌斗比武之事陈说。

其实，这一切都是仇无忌与张权事先密谋好的一出戏。自打嵯峨衡从仇府地牢内被张权救出，对仇无忌是愤恨不已，连扇了仇无忌好几个耳光。张权趁机提出要仇无忌暗助澜使，务必让皇帝皇甫构亲自受澜国诏书册封。

终于明白之前先到的嵯峨衡和名单密函才是假的，仇无忌直感到心力交瘁。自己不但在最短时间内将诸多主战派放出，而且还要按照张权的意思去办。这才是仇无忌要渡过的最大难关。

于是仇无忌就买通赵颌，和张权密谋好今日在东湖校场，闹这一出戏来。

只见嵯峨衡，腾地一声从太师椅上跳起，快步走向皇甫构："皇帝金口玉言。如果你们输了，你就要跪拜受封。"

仇无忌也不等皇甫构作答，抢着说："那若是你们输了呢？你们就要回去，从此不再提让赵国皇帝亲自受册封一事。"

"那是自然。我们就按校场规矩来赌斗。"嵯峨衡也不去看仇无忌，依旧瞪着皇甫构："按照校场的规矩，我要豆饼、豆浆、豆蒸腐！"

皇甫构一听，乐了："来人啊，给澜使们上豆饼，豆浆和蒸豆腐。"

张权忙上前纠正："我们王爷所言，是指按照校场的规矩，我们要与你们斗兵、斗将、斗阵法。三局两胜。"

皇甫构一听这话，心里咯噔一下，一般来说，校场比试，就是各派出一人在那比武较量。这三种比斗之法可是高层次的较量了，可嵯峨衡却能在这么短时间内，想出斗兵、斗将、斗阵法，看样子似乎有备而来。

皇甫构往旁边瞄了一眼赵颌，只见赵颌神色非常淡定。皇甫构自己虽然不擅长行军打仗，可也是带过几次兵打过仗的，乍闻这三种比斗之法，也会多少有些吃惊，而赵颌是连仗都没打过的人，却不见他脸色有任何异样。难道说，其中有诈？明明是自己这边提出按校场规矩来赌斗，如果现在拒绝嵯峨衡提出的这三种斗法，反而会被落下话柄。眼下他金口玉言已经答应赌斗了，哪里还有挽回的余地？真悔不该不听吴皇后和皇甫琮的劝谏，现在真是骑虎难下了。

嵯峨衡也不等皇甫构反应，大声说："我们先斗兵!"回转身，走到太师椅处，一挥手，立刻走出十名澜兵，各个精壮身材，虎视眈眈。

这十名澜兵都是嵯峨衡身边的亲兵，当年他们都跟着他父亲嵯峨秃征战南北，个个身经百战，是以一当十的精兵。嵯峨衡对着皇甫构大声说："我们的，十个兵，你们的，也出十个兵，斗兵!"

皇甫构举目一看，这十个澜兵，一个个都双目炯炯有神，身材魁梧精壮，走路都整齐划一，一看就是久经沙场。身边这虽说有近千名殿前司军兵，可是都没打过仗，怕是没几个照面就得败下阵来，只怕这第一场斗兵输多胜少。皇甫构也很无奈，只得转头示意赵颌，让他出兵。

赵颌领会圣意，一路小跑跑到东湖校场最高处点将台上，高喊："哪位兵丁愿意出战澜兵?"

结果无一人应答。

皇甫构心里这个气啊，心想你跑上去喊有什么用呀? 这换谁，谁也不会出头啊。你倒是派兵出战啊! 其实皇甫构不知道，赵颌早已经被仇无忌买通。让赵颌这个武将提出校场比武，然后再顺水推舟将皇甫构逼上赌斗失败的结局。

本来仇无忌的意思是，在第一局斗兵环节中，让赵颌派出十名赵兵，再让他们故意输给嵯峨衡的澜兵，这样就能顺利拿下第一场。可嵯峨衡不乐意这样安排，他自己毕竟是戎马出身，看不得故意败北的假比试，这样子赢了也觉得不光彩。所以事先商议好了，就让赵颌上点将台问战，肯出战的那都是有点身手的热血男儿，嵯峨衡对自己这十名亲兵非常自信，觉得这样赢了才有意思，即使张权反对也无济于事。

可是赵颌在那喊半天，那些从没和澜兵打过仗的殿前司军兵，一个都不吱声。仇无忌事先也知会了赵颌，让他告知殿前司众兵将们，届时都不得应战。没人应战可怪不得谁了吧，到时候嵯峨衡不战而胜，轻松拿下第一场，比故意输掉的结果更好。这第一场输了，那第二场就更没人应战了，妥妥的就是皇甫构跪拜受封的节奏啊。

皇甫构心里压抑着怒火，想着身边这近千名殿前司贴身保驾的精锐，居然无一人应战。如果这十名澜兵立刻上前动手行刺，哪还有他的命在？想来如果这一切都是赵颌安排部署的话，谅他也没这个通天的胆。能做到这种程度的，在这里恐怕只有一人，那就是大权独揽的仇无忌。

皇甫构一直很自信，虽然仇无忌现在大权在握，势力庞大，可终究没能将手伸入自己的殿前司。可从今天这件事看来，怕是仇无忌早已经在殿前司内安插人手，而他还被蒙在鼓里。

皇甫构也不管赵颌怎么做，反正就算那些没打过仗的殿前司上阵，结果也是一样的。可输了第一场的话，第二场斗将又怎么办？连输两场的话，他就得当着上万军兵百姓的面受辱跪拜受封。这面子丢得可不是一般大啊，这要是传出去，举国皆指他的脊梁，再由史官记录下来，那可是遗臭万年啊。

围观的数万名百姓也知道是怎么回事了，都在那干着急："你们倒是派兵上啊！""怎么没人应战？""你们还是不是大赵的兵啦？！"一片哗然！

一旁俞灵儿有点坐不住了，心想若再无人出战的话，自己就要以女兵的身份勉强下场比试。

与众人心里的焦急完全不同，嵯峨衡此刻可是得意扬扬，心想别说比试了，连有胆出场比试的人，一个都没有。这要是让澜国皇上嵯峨亮知道了，那还不得龙颜大悦啊？

嵯峨衡觉得就这样赢了，还不够爽："你们原人胆小如鼠。哈哈！"嵯峨衡站起身，用手环绕一指，傲视整个校场，大声高喊："我们澜人，才是真正的士兵。哈哈哈哈，原人的士兵，连豆饼都不敢？只配作缩头乌龟。"

"谁，敢，斗，兵？！"一句平缓而有力的声音响起。声音不大，可所有人都能清楚听到。

大家抬眼望去，只见说这话的，是一名大汉，从严龙身后走出，缓缓来到皇上皇甫构面前，躬身行礼："启奏陛下，草民愿前去与澜人斗兵。"

皇甫构见有人应战，忙起身对这名大汉说话。可是围观百姓们纷纷叫"好！！！"叫好声太过响亮，连皇甫构对此大汉说话的声音都被完全盖过。

俞灵儿和皇甫琮对视了一眼，没想到愿意出头与澜兵交战的，居然就是跟在严龙身后，那日诸葛笔舍中的大汉。

皇甫构觉得只要有人肯站出来应战就行，待围观百姓的叫好声轻下去后说："好！好！你叫什么名字？"

大汉拱手，以平缓的声音答道："臣的姓名不值一提，我只是一个当兵的。"

皇甫构也不勉强："朕准了，只待再找出九个，你们一同前去应战！"俞灵儿在袖子里摸索着凤鹓玉笔，想只要有人肯去应战，自己能帮多少是多少。当下就准备起身报名。

"不用再等，臣愿意一人，前往应战。"那当兵的依旧很平缓地说着。

与刚才不同，四周百姓鸦雀无声。

"什，什么？"皇甫构以为自己听错了。虽说这人是当兵的，可一个人怎么打对面十个久经沙场的精兵？"朕没听错吧？"

那大汉稍微提高了点嗓音："启奏陛下，臣愿一人，前往应战！"

第
七
十
四
章

背嵬战士

●
○

　　围观百姓们开始交头接耳议论纷纷："这怎么可能？对面十个一看就不是省油的灯。这当兵的居然敢以一人之力应战？""话不是这么说的，你们没听那小澜国王爷在那叫嚣吗？现在已不是输赢的事情了。""是啊，这澜人再这么骂下去，我们的脸都往哪放啊？再等九个，那还是被澜人骂的份啊！"

　　皇甫构早年带兵打仗多年，什么兵没见过，像今天这个当兵的，倒是让他感觉雄心万丈起来。他也不管斗兵结果如何了，先振奋士气再说。"好！朕准了。如若此番建功，朕当重重有赏！"

　　当皇甫构说到"朕准了"时，那当兵的就已经转身而去。

　　见那当兵的稳步走到那十个澜兵跟前。嵯峨衡反倒开始觉得不爽了，刚才自己在那骂得痛快淋漓，兴致高昂时，却半路走出个什么当兵的。

　　嵯峨衡觉得自己有必要好好教训教训这个当兵的，抢步上前拦住："你是什么人？"

　　那当兵的不急不缓地说着："我就是一个当兵的。"

　　"你也是当兵的？"嵯峨衡上下打量了一番当兵的："你在哪里当兵？"

　　当兵的轻蔑地笑了一下："哪里有澜狗，就去哪里喽！"离得最近的一些百姓听到当兵的这么奚落嵯峨衡，都大笑起来。

这下轮到嵯峨衡生气了，心想这当兵的好嚣张啊。"这么说你打过仗？"嵯峨衡心想，就算这当兵的打过仗，那也是被澜军打得落荒而逃的败仗，有什么好嚣张的啊？

这当兵的翻着眼睛，沉思了一下，依旧平缓的声音说着："嗯，仗嘛，倒是打过几仗。"

嵯峨衡心里数了一下近几年的几次战况，最近在山东，有一支原人义军，据说是什么水泊梁山好汉的后人，来势挺猛，交战了多次，最后双方兵力太过悬殊，这支义军还是退走了。看这当兵的也不穿赵军军服，想来这当兵的多半是在那支义军里当的兵吧。

嵯峨衡便要当着笑话过自己的赵国百姓面，来戳一戳这当兵的痛处："那你倒是说说，最后一次你打的什么仗？"

"我最后打过的那一仗啊。"这当兵的慢慢地长吸了口气，回想着自己最后打过的一场仗："好像记得，是在隈城。当时吧，就我们五百兵卒，杀败你们十万澜兵。"

嵯峨衡"噗通"一声，坐地上了。

当年那场隈城大战，嵯峨衡也参加了，他的记忆中，就只有那五百名士兵，像是浑身血红色的猛兽，在十多万澜兵中，如入无人之境，反复冲杀，将大多数澜人，瞬间吞噬。澜国首领被生擒七十八人，被杀死澜人及缴械不计其数。

那是一场华国历史上少有的，平原野战中，农耕民族击败有巨大数量优势的游牧民族骑兵精锐的一场战事此刻却被这当兵的轻描淡写地道来。自那一战之后，嵯峨衡就落下了病根。这八年来每逢七月，嵯峨衡晚上睡觉，就会做噩梦，梦见一只红色猛兽，横冲直撞吞吃澜人。嵯峨衡时常在梦中大喊："不要吃我！不要吃我！"

嵯峨衡坐在地上，一边惊恐地直往后挪退，一边用澜语叽里咕噜不知在说些什么。他身后那十名澜兵听不懂汉话。但是听嵯峨衡用澜语这么一说，便一起惊惧地望向眼前这当兵的。这十个澜兵，当年都亲身经历过那场无法想象的战役。对他们来说，也是无法抹去的恐怖记忆。这眼前当兵的，几乎就是一个能以一当百的兵王。

阶下文武大臣也听得真切，在那交头接耳："这个当兵的说他参加过陬城大战！""什么？这当兵的参加过陬城大战？难道说他就是，背嵬战士？！"

围观的百姓们见嵯峨衡前一秒还很嚣张，这会儿被吓得坐地上了，也不知道情况，相互询问怎么回事。校场响起一片喧哗声，越来越响。周围殿前司兵士听到这当兵的是参加过陬城大战的背嵬战士，都惊讶地瞪大了眼睛，看向这当兵的。

阶上皇甫构和吴皇后等人，都听得真切，俞灵儿和皇甫琼也没想到，原来这当兵的居然有这等来历，心中不禁感慨，那次在诸葛笔舍中还能遇到这样的人。看着当兵的，俞灵儿沉声道："楚虽三户能亡秦，岂有堂堂华国空无人？"

当兵的用平静的眼神盯着地上的嵯峨衡，慢慢伸过头去："谁，敢，斗，兵？"

嵯峨衡吓得"嗷！"一声，只往后躲。

张权在一旁，虽然不知道他们说的什么事情，也不知道到底怎么回事，但是看情形是遇到硬茬子了，忙吩咐其他澜兵，速速上去扶起嵯峨衡。

可张权吩咐了两遍，却不见有任何澜兵给回应，转头看去，只见太师椅后面那些澜兵，个个面如土色，杵在那一动不敢动。

张权心想你们一个个都撞鬼了是怎么地啊？只得自己亲自上前扶起嵯峨衡。嵯峨衡手舞足蹈不知道在驱赶什么，张权也是费了好大劲，才将嵯峨衡扶到太师椅上。

再回头看，那当兵的每往前挪一步，那精挑细选出来的十个精锐澜兵们都不自觉地往后退一步。

张权感觉今天这些澜人都莫名其妙的，走上前来到那当兵的面前，先仔细打量了一下那当兵的，也没觉得他有三头六臂啊？为什么澜人都这么怕他？张权所不知道的是，如果华国古代有特种部队这一说法的话，那此刻站在他眼前的这名背嵬战士，就是冷兵器史上最强的王牌特种兵。没有被背嵬战士给当场吓死，那十名澜兵也算得上是出类拔萃的精兵了。

张权一想这不行啊，这样下去那些澜兵毫无斗志，怕是会不战而败啊。也亏得他心生一计："久闻赵国乃文明之邦，我等入乡随俗，斗兵之法也应以文明之法来比试。"

当兵的慢慢向张权转头，可眼睛还是盯着那十名澜兵："怎么个文明之法？"

张权毕竟是文官，对战事兵法一窍不通，只能提议说："我们比赛拔河！"他心想，别说这十名澜兵了，就算这里所有澜兵一起上，光是在气势上就已经输给这当兵的了。但是拔河就不一样了，试问就你一个当兵的，训练再有素，怎么可能同时和十个人比较力量呢？

"可以啊！"当兵的很淡定地回答。

当兵的很淡定，可那些围观的百姓们可都不淡定了，好不容易将嵯峨衡的势头给压下去了，眼看着这当兵的三下五除二就能赢得第一场比试，却为何还要拔什么河？！

此次校场为皇上阅舟做足了准备，在校场靠近东湖的那一边，有一根巨大桅杆埋在那里，有一条极长的缆绳，碗口粗细，一端绑在桅杆上。

当兵的便上去几步来到校场岸边，立在桅杆对面，将缆绳在右手上绕了一圈，单臂抓缆绳，伫立在那。那十个澜兵，你看看我，我看看你，踌踌躇躇地上去排好队形，陆陆续续地也将缆绳绕在手臂之上，最后一名澜兵还将身后多出来的缆绳绕在自己腰上。用澜语相互鼓励一番后，十名澜兵一起紧紧拽着缆绳，打算与当兵的在力量上一较高下。

当双方准备好后，发现一个问题。就是没有裁判喊开始。正当其他人你看看我，我瞅瞅你，考虑着谁来当裁判时，"咚！"一声好似天上惊雷震动。紧接着这声响："哒哒哒踏踏踏……"一连串的声音由远而近地传过来。所有人都被这声巨大声响给牵动。普安王皇甫琮站起身来观察。而恩平王皇甫玖则被这巨大的鼓声吓得躲在座椅后面抖个不停。

这时所有人只见，东湖水面上，几艘三十六丈长、四丈一尺宽、高七丈二尺五寸的巨大车船驶来。来的这支船队，正是撼江水师派来的车船，所用车船的规模，都是铁将军当年在大江战役中使用的车船。大江战役，铁将军以八千兵阻挡嵯峨秃十万大军，要不是有奸细报信，差点就将嵯峨秃的十万大军活活饿死。这也是赵军抗澜战争中，第一次大胜仗。

之后铁将军将水师部署在撼江府，此次阅舟依当年之势，每艘船上都安排了十几面大鼓，找来一百名当年红娘子训练过的女兵，个个头扎红巾，红衣银甲，都打扮成红娘子的穿戴，在船上擂鼓助威，以显当年战役的情景。

那一声巨响"咚"，就是上百名女子同时击鼓的声音。只见那些女子又一记鼓槌敲下"咚"一声，然后双手用鼓槌，连续击打大鼓的两侧"哒哒哒踏踏踏……"如此反复，节奏越来越快，越来越快，最后演变成一曲大鼓《将军令》，震天响地。

第七十五章

老将李富

车船上众兵将，个个手持长矛利刃，怒目而视岸上的澜兵。

那十名澜兵顿时被这骇人场面吓得魂不附体。

只听震耳欲聋的鼓声不绝，东湖水面也似被这曲《将军令》催动，泛起滚滚巨浪。就见一个大浪，拍向准备拔河的岸边，浪花纷涌，好似一时卷起千堆雪。

待这巨大浪花在岸边卷起，只见当兵的往岸边紧走几步，随后就听得他一声几乎可以盖过鼓声的大喝！！！单臂抡起，带动缆绳，将那十名澜兵瞬间撩动，那些澜兵对这突如其来的变故反应不及，硬生生被拽动的缆绳扯到岸边，扑通扑通十声，全落入东湖水中。

在场众人被这一变故惊得目瞪口呆之时，严龙像是早就预料到这结果一般，忙站起身，对皇甫构躬身行礼："恭喜皇上，赢得第一场斗兵！"

严龙刚一说完，周边的殿前司群起高呼："万岁！万岁！……"围观百姓都跟着一起大声叫好。

当兵的紧走几步便来到嵯峨衡面前，伸着头看向蜷缩在太师椅中的嵯峨衡：

"谁，敢，斗，兵？！"

嵯峨衡吓得面无人色，连连摆手："不要吃我，不要吃我！"就见嵯峨衡裤裆早已湿了一大片，污秽水渍慢慢地从裤裆里渗出，流满了太师椅。在阵阵"万岁"声、叫好声和《将军令》的鼓声中，当兵的昂首挺胸，傲然俯视着在太师椅中瑟瑟发抖的嵯峨衡。

居然赢了第一场，皇甫构心中大喜过望，看着眼前书案上的文房四宝，被《将军令》鼓声震得微微颤动，正如自己的心跳一般。

正当所有人沉浸在第一场斗兵的胜利之中时，普安王皇甫琼忽然离座站立，神情激昂地望着那当兵的，自言自语道：

"易覆天地，难敌雷家军！"

皇甫琼心情之所以激动，还有另一方面，当年隰城大战是雷家军最后一场战役，威震澜国。但凡是澜国人闻雷家军名号，无不抱头鼠窜。澜国明明是战败的一方啊！可是接下来的南北议和，却反要大赵割地赔款称臣。回想旧事，怎么不让人心情激愤？

在皇甫琼心绪翻涌之际，撼江水师的车船队渐行渐远，鼓声也轻了下来。

张权看了一眼被嵯峨衡折腾得摇摇欲坠的太师椅，忙对当兵的一拱手："第一场斗兵，是你赢了，快请退回吧！"

当兵的便回转身离去，临走时平缓地说了句："不自量力，居然敢来我华国斗兵？！"

围观的数万名百姓一起掌声雷动，声势远远盖过了《将军令》。震得张权两耳嗡嗡生疼。张权像送瘟神一般，一直躬着身等当兵的离去。"啪嗒！"一声响，张权回转身一看，那太师椅终于还是向后倒塌了。

而当兵的也不去皇上那里交旨领赏，直接站回严龙身后原来的位置。

皇甫构也不怪罪当兵的这番无礼行为，心里非常开心，只要再赢一场，这群澜使就该乖乖地回老家了吧。下一场是斗将，看这群澜使里，能以大将身份出战的，只有嵯峨衡了。可现在这位将军哪还有半点将的模样啊？看来这第二场斗将，当可不战而胜。

其实皇甫构没猜错，澜国使节原本的计划就是让嵯峨衡来打第二场斗将的。嵯峨衡文武双全，自小就跟随其父嵯峨秃南征北战，为将多年，在澜国也是排得上号的猛将。可是，张权看了嵯峨衡一眼，现在这位猛将，正吓得屁滚尿流的，还怎么出战呢？这当兵的到底什么来头啊？居然只是"陧城，我们五百兵卒，杀败你们十万澜兵"这一句话，就瞬间破了他们精心设计的斗兵和斗将两阵。然张权又转念一想，幸亏嵯峨亮临行前硬塞给他们一个人，如果没有这个人，现在就得打道回府了。

"来人啊，去把粘得力叫进来。"张权嘱咐手下出去叫人。

过不多时，校场外传来一阵驼铃之声。只见一个年轻澜人，面如红铜，金冠金甲，恍如金刚，掌中一对一百二十斤重的紫金大锤，胯下骑着一头骆驼。那驼铃声正是那骆驼身上的驼铃发出的。

来的这人便是粘得力。粘得力进得校场，看到嵯峨衡狼狈不堪的样子，吃惊地用澜语向张权询问。张权也不便多做解释，用澜语向粘得力简短地说了几句。

然后张权冲皇甫构喊话："这第一阵斗兵，就算你们赢了。可这第二阵斗将么，我们派出这位大将粘得力进来比试，你们有谁敢出战？"

众人一听："什么？澜国派这个金刚出战？""你们看他那对紫金锤，上百斤重啊，被砸一下都是非死即伤啊！""可不是吗，能使动那对锤的，世上恐怕是没几个人了吧？""这哪是比武啊？用这对锤来拆掉整座校场，都是绰绰有余啊！"

皇甫构心里也咯噔一下，看澜使派出的金刚，怕是来者不善哪。

"启禀陛下，臣愿往斗将！"赵颔不知道什么时候从点将台上下来了，躬身向皇甫构请旨应战。通过和张权的眼神交流，仇无忌暗地里指示赵颔去应战第二场斗将，这后两场绝不能再出什么意外了。

可没想到皇甫构没有准赵颔去应战，皇甫构疑心病很重，之前就觉得赵颔有猫腻，现在让他出战那不是和认输没两样啊。"第二场斗将，哪位爱卿愿前往一战啊？"皇甫构看向众人。

"草民愿前往应战！"说话的还是那个当兵的。

"他不行！他不行！他算'兵'还是算'将'啊？"张权不等皇甫构回答，忙表示反对："他已经赛过一场斗兵了，怎么可以连战？难道你赵国无人到只靠一人了吗？"张权绝不能让这个对澜国来说像瘟神一样的人再来应战了。好不容易送走了"瘟神"，哪有再请回来的道理？

皇甫构觉得这当兵的顶得上一千万个赵颌，可对面张权这么说倒也在理，正自犹豫不决。

"陛下，还是让臣去吧！"赵颌急不可耐地向皇甫构请旨。

赵颌越是急不可耐，皇甫构就越是不愿意让他应战。难道对面那一对锤是纸糊的吗？差异这么悬殊，赵颌还急着应战，必有猫腻！"众位爱卿，还有谁愿意出战？"

"陛下，老臣愿前往应战。"只见殿前司中走出一位老将。

皇甫构忙转脸一看，不认得。

只见这位老将已然五十开外，长髯飘飘，身着一副破旧的盔甲。"李副帅！"皇甫构不认得他是谁，可当兵的却脱口而出。

这位老将，正是雷家军前副帅李富。也是和雷谦、张前、汤会一起从小习文练武长大的结拜兄弟。

雷谦死后几年里，李富在懊悔中度日。在雷家军中，若论武艺，自己不是最差的，可以说仅次于雷谦，是雷家军五虎大将之一。军中地位也仅次于雷谦。可在雷家军中，自己的胆子却是最小的。当年隈城之战时，自己胆小，见澜兵众多，怯战想走，要不是张前阻止，怕是早就被军法处置了。都因为自己胆小怯战，被雷谦责罚过不知道多少次了。

而就是被仇无忌利用他胆小怕事的弱点，最终导致雷谦被害。他究竟在害怕什么呢？难道苟且偷安地活着，就是他李富真正追求的吗？他在房里设了香案，摆了一长队灵位香炉。其中除了雷谦之外，哪个不是战死沙场、马革裹尸的？经常夜深人静，自己孤零零地看着那些灵位，感觉真的好羡慕那些战死的将士们能又聚在一起，他们依旧还是雷家军。好羡慕自己的结拜兄弟张前和汤会，他们战死的时候。脸上都挂着自豪的笑容。

可他呢？因为胆小，还使得雷谦蒙冤被害，而不是战死沙场。他到底还算不算是雷家军的一员呢？一切都已经太晚了，南北议和之后，朝廷再无战事可派。连王凯这等当初不起眼的小小部将，都能因为刺杀仇无忌而死，真可谓个个壮烈！

而他则是一个苟且偷安之人。

本来他每年要去一次朝廷诉职的，可偏巧今年皇上要去东湖阅舟，他也只得以侍卫亲军步军副都指挥使的身份，跟在殿前司里一同来到东湖校场。事先还被赵颉告知，无论发生什么事，都不得擅动，违令者斩。所以在第一场斗兵，赵颉站在点将台喊话时，他自然不敢妄动。

可是没想到，那个当兵的出来应战，重振雷家军雄风。他心里不禁羞愧难当。于是再也忍耐不住，李富走出班列，向皇上请旨："陛下，老臣愿前往应战。"

第七十六章

一锤大将

　　皇甫构见应战的是位五十岁左右的老将，心里有点不大放心，可再看看左右，又无其他人应战。见当兵的喊他李副帅，心说难道也是雷家军的？"好，很好！你叫什么名字？"皇甫构心想那当兵的不愿说自己姓名，难道你也不说吗？

　　还真让皇甫构猜对了。"臣的姓名不值一提，我，我只是一名雷家军普通将官而已。"此时李富正羞愧难当，当着众人的面，还是不要让人听到雷家军还有"李富"，这个唯一耻辱为好。

　　皇甫构不认得李富，可仇无忌认得，他也猜到几分李富隐瞒身份的用意。

　　"唉！"皇甫构摇摇头，怎么雷家军出来的都这样，当兵的也好，当将的也罢，都喜欢隐名埋姓，难道报出姓名来，朕会吃了你们不成？"那，朕准了，你去应战第二场斗将吧！"

　　李富回转身，拿起自己的雁翎刀，直向台下而去。

　　回来了，我李富又回来了。李富突然感到一种久违的感觉，那是少年时，和几个结拜兄弟第一次奔赴战场时的感觉，那种雄姿勃发、斗志昂扬的感觉，那种感觉又回来了。

　　旁边殿前司马卒给李富牵来一匹战马。李富利索地跃上战马，双脚一夹马镫，马儿嘶叫几声，向校场中跑去。

来到了粘得力的跟前，李富一勒缰绳，横刀在手，打量了一下粘得力："尔且报上名来，我刀下不斩无名鼠辈！"

粘得力皱着眉看看李富，指了指自己，又指了指李富，然后做了个大拇指朝下的手势，就是不说话。

李富并没有被粘得力挑衅的手势给激怒，只是笑了笑，知道这澜人不懂汉话。也不多言，向粘得力伸手摆了摆，又向地下指了指，意思是，你过来，看我打趴你。

粘得力怒了，操起双锤，一踩马镫，那骆驼便往李富跑去。然后铆足了劲，抡起右手大锤，就向李富砸去。

李富见来势汹汹，也不理他，一带缰绳，闪身避了开去。

粘得力"嗯？"愣了一下，心想自己在澜国号称"一锤大将"，无论和谁打，只砸一锤便见分晓，从无敌手。可这赵将很奇怪啊，既不招架格挡，也不和自己对磕，只是闪开了，这什么意思？

粘得力铆足了劲，再抡起左手大锤，又向李富砸去。李富依旧不理他，一带缰绳，闪身避了开去。粘得力心想，我这可抡了两锤了啊，还是不见分晓，这赵将到底打还是不打啊？

其实李富能成为雷家军五虎大将之一，那可不是浪得虚名的，打小便拜名师，练得一身好武艺，后又身经百战。而且现在五十岁的李富比年轻时更能沉得住气，对付一个作战经验没自己丰富的粘得力，那是绰绰有余。粘得力力猛锤沉，李富哪能跟他硬碰硬啊？比武又不是比打铁，比劲大的话，都去练锤了。李富只是闪躲，一边还观察粘得力的锤法。

待这粘得力抡了好几锤之后，李富心里有谱了，这粘得力仗着力猛锤沉，也没有什么太奥妙的锤法。可他若只是躲闪，终究也无法取胜。

心生一计，李富拨转马头，一踩马镫，疾驰而去。

粘得力可急了，见自己抡了好几锤都无法取胜，现在李富要溜，哪肯放过，立时催着骆驼，在李富后面加速紧追。

其实李富这招使的是"拖刀计"，就等粘得力力虚体乏反应变慢之时使用。李富边跑边往后瞥着，见粘得力越来越近了，心道，成了。

李富拨转马头，将手中刀提起，以自身为轴，向临近的粘得力横砍而去。如果粘得力骑马来追李富，那李富这招是十拿九稳地能砍下粘得力。

非常可惜的是，粘得力胯下骑的不是马，而是骑的骆驼。粘得力一看前方有变，下意识地双脚夹紧骆驼，这骆驼不同于马，居然说停就停。

只见雁翎刀从离着粘得力下巴前一寸空挡横扫过去，将粘得力帽子下垂着的两根狐狸尾巴给削了下来，而且去势过猛，刀口撞向粘得力左手大锤上："当啷"一声，粘得力左手大锤被砸飞脱手，重重落在地上。

"喔！"周围人被这一突如其来的变故都惊了一下，尤其是仇无忌和张权更是脸色都变了。

本来他们看李富是一名老将，压根就没怎么放在眼里，就算是雷谦重生，又怎么可能敌得过力猛锤沉的粘得力呢？可没想到的是，这个只知道躲闪奔逃的老将，居然还差点砍了粘得力。这要是连第二场斗将都输了的话，那今天的计划就全泡汤了。

四周立时欢呼声雷动，皇甫构心道这一刀可惜，不过也慢慢地放下心来，看来今天一切顺利啊。

按照武林比武的规矩，身上物件被削掉，兵器被击打脱手，那就等于是败了。可粘得力不是什么武林人士，心里大骇，好不容易他的锤终于能碰到一次雁翎刀了，可被砸飞的却是自己的锤，而不是雁翎刀。

这让粘得力火冒三丈，抢起右手单锤，扑向李富。

李富这下更是稳操胜券了，翻舞着雁翎刀与手持单锤的粘得力战在一处。

一边的张权急得直向仇无忌使眼色，仇无忌心里也很焦急，自己是文臣也不是武将，这能帮上什么忙呢？不过仇无忌还是坏主意多，走向校场边缘，对着两人大声喊道："怎么这么久还没取胜？李富！如此你对得起你兄弟雷谦吗？"

周围人一听，啊？他就是当年递上状纸诬告雷谦的那个李富啊？群起一片哗然之声。

仇无忌后半句话，正戳到李富那心里最沉痛的伤疤。又是当着众人的面给喊出来的。李富的反应立时就停顿了一下。

见有机可乘，粘得力决定耍一次赖。伸左手拍了一下骆驼的后脑，骆驼吃痛，一大口口水喷出，全喷在李富骑的战马脸上，那战马受惊不小，立起前蹄嘶吼起来。

李富被这突然变故给震了一个趔趄，粘得力瞅准机会，抢起锤砸向李富肋上。

李富被砸得从马上横飞出去，一大口血，一路喷洒在横飞出去的轨迹上。

四周一下安静下来，被这突然的变故都惊得呆住。

粘得力这回可解了气了，在那洋洋得意地摸着骆驼。

李富倒在地上，就觉得眼前直冒金星，一边的肋骨怕是全断了，五脏六腑翻涌着，滚烫的血还在咕咕地从嘴里往外冒着。

伤得这么重，可他却慢慢露出了笑容，因为他突然觉得，这世上已经没有什么事情是可怕的了。一向以胆小著称的李富，现在已经无所畏惧。

"副帅！！！"隐约听到当兵的好像在很远很远的地方喊着自己。

我，我还是，你的副帅吗？

听到当兵的不断的喊叫声，想起了当年隰城之战，自己怯战要逃之时，张前拦住自己：

"雷家军永不言败！"

张前和他身后的背嵬战士们坚定地看着自己，也不知道当时自己哪来的勇气，居然拨转马头："雷家军！"傲视着一望无际得如同汪洋大海一般的澜军："永！不！言！败！"自己高喊着向前冲去。

是啊，他确实胆小，可是只要还身在雷家军，就完全找不到需要胆小的理由。

正当粘得力洋洋自得时，突然听到一阵缓慢的笑声。"呵……呵……呵！"

粘得力慢慢转身看去，只见李富拄着雁翎刀，缓缓站起身来："雷家军，啊，永不，言败！！"

粘得力向上翻了个白眼，我听不懂汉话，你到底知不知道啊？跳下骆驼，拿着大锤，走向李富，今天就让你知道知道"一锤大将"的手段。

"啪"一锤，正砸在李富胸膛上，人和雁翎刀都旋着倒飞出去。

围观百姓们不约而同都大声惊呼！

当兵的跳起来冲过校场围栏，就要找粘得力拼命。

"退，退下！"随着一句低沉的声音，李富向当兵的摆了一下手。

这时候，只有一种情况能阻止当兵的。

雷家军军令如山，当兵的立刻停下脚步，严龙上前拉回了当兵的："有些事情，必须得自己面对！有种尊严必须得自己拿回！"

李富嘴角淌着血笑了笑，是个好兵啊，到底是咱雷家军的兵啊！

仇无忌看李富这般，生怕再横生枝节，忙向张权高喊："让你们的人住手吧！我们这一场斗将，认输便是！"说完后仇无忌转回头看向皇甫构，皇甫构也是不忍心李富被这样蹂躏，挥了挥衣袖："第二场，斗将，我们认输了！"

张权等的就是这个结果，忙开口向粘得力高声劝阻。

可这个时候的粘得力，烦躁至极点，根本听不进任何人的劝阻。

李富就觉得胸口像被开了个洞的感觉，五脏六腑都碎了一般，血喷得自己满脸都是，眼睛被血蒙着什么都看不清楚了。

却似乎朦朦胧胧地看到了结拜兄弟张前和汤会。

永不言败

汤会是结拜兄弟中最小的一个，同时也是李富他们最疼爱的四弟。

记得自己经常笑话汤会武艺太差，不像一个雷家军。

所以汤会就极尽所能地表现，每次之后汤会就跑来傻傻地问自己像不像一个雷家军。

可是最后，当自己抱着汤会的尸体时，脑海里回荡着的，全是那些傻傻的问话。

"哥！我这样像雷家军了吗？"

"哥！我这回总该是雷家军了吧？"

"哥啊！我这次绝对是雷家军了哦？"

自己无助地对着苍天高喊："四弟啊！！！！"

就这样自己紧紧抱着汤会的尸体三天三夜不肯放手，三天三夜来自己嘴里不停地唱着，唱着和结拜兄弟们在一起时一直喜欢唱的那首歌。"国耻犹未雪……恨何时灭？咳咳咳。"

粘得力停下脚步，心想，怎么这又唱上了？！慢慢回转身，我是"一锤大将"，任何对手，一锤解决，永远只用一锤！

李富慢慢地站起身来。

粘得力快步走的几步，到李富跟前"啪"又一锤，砸到李富的臂膀上。李富横着平飞而去："咚"一声，身子重重撞在校场围墙上，掉了下来。

就像钱塘江逐渐暴起的巨浪声一般，围观百姓们纷纷大声呵斥着粘得力的暴行。

粘得力非常烦躁不安，来回踱着步，死死盯着李富。

而李富的眼前，似乎见到了很多已故战友们的身影。"杨，杨兴，将军！"眼前仿佛看到了杨兴将军，死时身中无数支箭，但是人和坐骑依旧屹立在那，一副随时会跃马冲锋杀入敌阵的样子。要不是他当年糊涂，就不会害得自己结拜兄弟雷谦蒙冤被杀。

我，我还……还配称为雷家军的一员吗？

至少我绝不愿成为雷家军的耻辱！！！

李富又继续唱着，慢慢爬起来。

不单是李富唱着，围观的百姓们也跟着李富一起唱起来。校场内内外外一片歌声！沿着东湖水浪远远传去。

"哇！呀呀呀呀！！"粘得力烦躁至极地乱抓了一通头发，感觉自己拿锤的右手都开始发抖了，不知道是因为打了半天确实累了，还是因为眼前这个人让自己生平第一次觉得不安。

这老头，明明就是一个连他的大锤都不敢碰一下的弱者，而且是他生平遇到过最弱的人，却也是自己生平第一个让自己这么吃瘪的人。粘得力慢慢走到李富面前用澜语说："你，你放弃吧，不要再站起来啦！"

"哈哈。"李富冲着声音传来的方向笑着，可笑出来的全都是滚烫的热血，喷了粘得力一身。

粘得力无助地抬头看向天空，闭上眼用澜语大喊一声："不要再唱啦！！！"说完猛睁开双眼，由下往上抡起锤来，将李富高高抡起，瞬间就像把李富体内所有的血，全喷洒出来似的。粘得力满头满脸变成红色，眼睛全被血盖住，睁不开。

李富重重地掉在地上。

听到李富掉在地上的声音，粘得力开始大笑，但是那笑声却比哭还难听。

笑声却戛然而止。

李富正以极慢的速度，站起。

粘得力"啊！！"疯了一般，举着锤胡乱挥舞着。眼睛被血蒙住，找不到李富在哪儿。

张权突然沉声说了句什么，粘得力挥出去的锤停在了半空。半晌才揉了揉湿润的双眼，回转身悻悻然拿起地上另一柄锤，颓废地骑上骆驼，也不理会张权，被四周百姓的歌声裹挟着，扬长而去。

而此时李富心里，回荡着雷谦曾对他说过的一句话：

"只要华族懂得自强，雷家军精神就永生不灭！"

李富呼出了最后一口气，唱着："朝天阙！"

过不多久，校场上变得出奇的安静，突然一阵劲风吹过，卷起一地尘土，可这风却依旧无法动摇站立的李富分毫。

李富就站在那里，站的像旗杆一样直。

校场上众人都静静地看着那无论怎样都屹立不倒的人，没有一个人说话。

当兵的跳入场内，跑去抱住李富的尸体，大声痛哭："副帅！！"

周围百姓们也跟着纷纷流下泪来。

就在这时，张权就觉得眼一花，一位女子突然出现在自己眼前。一团怒气围绕蔓延在她周身，无处宣泄。

"还要比什么？我来和你比！"这女子正是俞灵儿，就见她愤怒地指着张权："今天，这里，我不会再让任何人死去！"

张权被骇得倒退一步，定神一看，是个貌不惊人的小丫头。也不理会俞灵儿，转头对着皇甫构高声喊道："现如今斗兵和斗将，我们各胜一场，看来这最后一场斗阵法，将决定一切了。"

皇甫构看着张权，心想你的大将一废一走，手下兵丁不过寥寥数人而已，又如何能摆得阵法？于是向仇无忌点了点头。同时吩咐人去收敛李富尸体。

俞灵儿气愤地继续道："我说了，无论比什么，都有我来和你比！"

"那就请澜使，摆出阵法与我们斗阵吧。"仇无忌也不明白张权之前为什么要设计斗阵法这个环节，张权对他只字未提。

张权看了看眼前怒气未消的俞灵儿，也随她去，只向后一招手："去，有请虞姑娘。"

不多时，打校场外，走进一位女子。这女子一进得校场，除了澜国特使外，在场所有男子的眼睛都直了，惊叹这世间还有如此惊艳绝伦的女子。除了当兵的，他只一心一意地守在李富尸体旁。俞灵儿只是观察周围这些男人的反应，就知道来的这人是谁了。

果不其然，来者正是虞美人。

虞美人走到张权面前，冷冰冰的，也不行礼。

张权向校场一指："此番就有劳虞姑娘……"

虞美人却不理张权，径直走到俞灵儿面前，面露喜色地道："我记得你，你果然从那井里脱身了。以后你就跟着我吧，有我照顾你，绝不会……"

"不必了，我是来比试第三场的。"俞灵儿怒气冲冲地盯着虞美人。

虞美人吃了个瘪，倒也不着恼，笑了笑道："你以为斗阵是小孩子过家家呐？快过来我身边，别伤着你。"边说边亲热地拍了俞灵儿一下，随即快步来到校场，脸色立刻变得冰冷，向在场众人环视一圈。然后掏出一张阵图施法。

接着就见校场中突然狂风大作，飞沙走石。同时天上电闪雷鸣，阴云密布，将阳光全都遮挡在云层之外。

"呼啦"一声，几道巨火冲天而起。俞灵儿猝不及防，赶紧闪身躲开，差点被火浪烧到。

离得皇甫构最近的一团火最是妖冶，把皇甫构吓得从椅上跌倒在地。这一吓可是不轻，当年澜军追捕皇甫构时，任是将他的生育能力给吓没了。现今这一团火更甚当年，皇甫构躲在文案后面瑟瑟发抖，头脑一片混乱。

吴皇后忙伸出臂膀护住皇甫构,皇甫琼也挺身而出立于文案之前。妖气弥漫四周,文武大臣们和殿前司兵卒们都被妖气压迫得痛苦难当,仇无忌离得稍近,直接昏厥过去。

可只有皇甫琼不受阵法妖气侵袭,还能挺身站立文案之前。四周张望,场面一片混乱。往旁边一瞥眼,皇甫琼就见俞灵儿对着布阵的虞美人怒目而视。

俞灵儿满腔怒火,没有被这阵法的妖火动摇分毫,更何况她还识得此阵法。

妖兵火焰八卦阵。

前世五大仙派与七大妖族大战时,句龙家就摆出过此阵,令五大仙派颇为头痛。乃是首屈一指的兵燹大阵。俞灵儿心道,听闻此阵图是句龙三宝之一,可如今怎么会跑到虞美人那去了?不过看虞美人摆得此阵,只是此阵的基础阵法,似乎还未能发挥出此阵的全部威力,不然在场众人怕是立刻都会灰飞烟灭。

此阵按照八卦方位外设八卦真火,分别是北冥坎火,垂云艮火,东雷震火,青风巽火,南明离火,九地坤火,西岐庚火,九天乾火。内有三十六名不死妖兵,手持利器和火葫芦,气势逼人。如果此阵再经变阵的话,而阵内妖兵数量也会翻倍增加,这是此阵最让人头痛的地方。

俞灵儿阔步走到文案前,不见皇甫构,却见皇甫琼立于文案之前。俞灵儿也顾不得再找皇甫构了,向皇甫琼躬身施礼:"臣俞灵儿请战,愿与澜使斗阵法。"

皇甫琼转头看看吴皇后,再转回来看向俞灵儿:"好,去吧,望大学士得胜而归。"

俞灵儿得令后,伸手抓起文案上十几支大小粗细各不同的笔。然后走向一边晕倒在地的仇无忌,抢过他手中的那块笏板。

就见这块笏板通体明亮光泽,背面以篆字镂刻着"梧桐"二字。从品质上看,这梧桐笏板与自己凤鸹玉笔和璇玑玉砚一致,就像是从同一块玉石做出来的。看来这"梧桐笏板"正如令狐媚所说,是仇府中所藏的鹤舞四宝之一。原来仇无忌只有随王伴驾和上朝时，才会随身带着"梧桐笏板"，怪不得令狐媚和临江仙子在仇府中多次寻找都不可得，现在居然这么轻易就从仇无忌这里拿到，真是得来全不费工夫啊！

第七十八章

卫氏笔阵

　　俞灵儿一手拿着梧桐笏，另一只手握凤鹇笔，蘸上墨，再运以丹田内天问真气，在梧桐笏上书写起来。

　　待写完，俞灵儿看了一眼虞美人："虽然你的阵法厉害，可我的阵法却更难破解！"然后抛出另十几支笔，接着伸手将写有阵图的梧桐笏板展示。布下了：

　　卫夫人笔阵。

　　沧海瀛洲两派早年专为笔仙们定制了一套阵法，就是"卫夫人笔阵"。而俞灵儿借助梧桐笏的法宝奇效，将卫夫人笔阵的威力增强数倍。

　　然后就见俞灵儿脚下显出一个硕大的法阵图形，各种文字布满阵图。那十几支笔笔头朝下，分立阵法各处，各行笔法之道。阵法的规模虽然不及妖兵火焰八卦阵这么宏大，却剑拔弩张，坚骨多筋，犹如正在对阵一条大蟒蛇的灵貂，虽体型小却气势尖锐。加上俞灵儿怒气腾腾的面貌和坚定的眼神，反倒让这阵法不动而威。围观的百姓本来也被八卦阵给震慑住了，可见一个小丫头摆出一阵来应对，也不管这笔阵比那八卦阵小得多，齐声助威叫好！

　　张权也暗暗吃惊，万没想到对自己叫嚣的丫头，居然还通阵法。他虽然对阵法一窍不通，不过对虞美人还是颇有信心。原本想以虞美人所布阵法的奇异妖火，就足以将在场所有赵人给吓傻，直接拿下第三局。却不想赵国的能人接二连三层出不穷，而且周围的百姓都齐心一致反对澜人。这要是赵国皇帝挥师北伐，那光复河山也是一呼百应的事情。可让人非常不解的是，如此国富民强能人辈出的赵国，却甘愿让出半壁江山，年年纳贡称臣？世间怎么会有如此奇怪的国策？

虞美人感觉很诧异，自己明明百般对俞灵儿示好，可她却目光中燃着熊熊怒火，瞪视着自己。自打离开星瀚天问井，虞美人心中经常挂念这个救出自己的俞灵儿，时日一久，隐约生出一丝亲近之感。故此虞美人也不作为，只是抿嘴笑着看俞灵儿折腾。

"斗阵就是要先破阵，就算你有千军万马，也难破我的阵法。"俞灵儿却不是瞎折腾，提起凤鸹笔，自左上向右下一挥而下。笔阵中顿时卷起一道浪涛，极速奔向虞美人。

"看来你在瀛洲派也学了不少啊。"虞美人不躲不闪，驱动自己阵中妖兵火焰，迎头拦截，硬生生挡下了俞灵儿的这波攻击。"捺如崩浪雷奔，你当我不识此阵吗？"

俞灵儿也不多言，提起笔，弯曲折写，笔阵中顿时射出万点箭矢，直向虞美人射去。

"折如百钧弩发。唉，好无趣啊。"虞美人看也不看被妖兵挡住的万点箭矢，抽出背上一支雕翎箭："卫夫人笔阵也就七种变化，看我来破你阵法。"一边口中念念有词，一边用雕翎箭的箭头在地上写了七笔：

"横"如千里阵云。

"点"如高峰坠石。

"撇"如陆断犀象。

"折"如百钧弩发。

"竖"如万岁枯藤。

"捺"如崩浪雷奔。

"钩"如劲弩筋节。

"卫夫人笔阵就是以此七笔构成。"虞美人满意地看了看自己写的七笔笔画："而破阵之法就是'多力丰筋者圣，无力无筋者病'。只要我写的这七笔，比你在笏板阵图上写的七笔更有力有筋，此阵立破。这场是我赢了。"

张权一拍手大喜道："我还以为这丫头摆出什么了不得的阵法呢，原来单单用书法就能破啊。"

俞灵儿犹自心惊，这虞美人此刻还未入瀛洲派，却已经知晓卫夫人笔阵的奥妙。想起前世虞美人的书法不比自己差，看来这次是遇到劲敌了。

虞美人说完，笑盈盈地抬头看向俞灵儿，可笑容却慢慢收敛起来，因为卫夫人笔阵并没有像她说的那样被破阵，而是依旧不变。

"就算知道破阵之法又怎样？我将你的话奉还给你，若你写的七笔，比我写的无力无筋，笔阵永不言破！"俞灵儿起笔自右上向左下挥动，笔阵中立时涌出无数犀牛巨象，踏向妖兵火焰八卦阵。

"这不可能。"虞美人惊讶道："我谙熟书法，多年苦练笔力，怎么可能在笔力上输给你？"

看着八卦阵中的妖兵勉力抵挡着犀牛巨象，俞灵儿朗声道："那是因为，善笔力者多骨，有骨气者多筋。你身为原人，却投靠澜国，助纣为虐。敢问你所写的字，骨气何在？"

张权怔怔地看着俞灵儿。

"何况，下笔点画波撇屈曲，皆须尽一身之力而送之。难道你所谓的一身之力，就是帮助外虏，欺辱我原人子民吗？"接着俞灵儿自上而下写了一竖，却惊奇地发现，笔阵毫无动静。

虞美人突然咯咯笑了起来："其实我就在等你那些犀牛巨象出来，好做我的障眼法。否则怎么能偷到你的阵图？"说罢抬起手来，看向手中的梧桐笏板："有意思，我倒要看看你的笔力真的比我好？"

俞灵儿大吃一惊，忙抬起左手，原本执在手中的梧桐笏板居然不翼而飞。猛然醒悟，想起前世虞美人机灵百巧，不但解密破案的能力和临江仙不分伯仲，而且连偷盗的本事也不输于百媚娘。在自己毫无察觉之下，手中写有阵图的梧桐笏板竟被虞美人盗去。

"哇!"虞美人看着梧桐笏板上的字,摇了摇头道:"这不可能,以你的年纪,绝不可能练出这么好的字来。"说罢高举梧桐笏板:"俞灵儿,只要我涂抹掉笏板上的阵图,你的卫夫人笔阵立破。"

张权闻言,激动地大喊道:"快动手,快抹掉它!"

俞灵儿大急,没了阵图,自己无法驱动笔阵。可自己又横竖拿虞美人没有办法。

虞美人笑了笑,抬手就要抹掉梧桐笏板上的字,可眼见笏板上字字筋骨有力,似乎隐隐透着一股正气。想起俞灵儿刚才所言,心中竟彷徨起来,一时倒也下不去手,整个人就僵在那里。

俞灵儿心急如焚,若被虞美人抹掉阵图,笔阵一失,这第三场斗阵可就输了。

张权见状大急,扯着嗓子喊:"快动手啊!赢下这一局,我记你首功,回去必定为你们虞家多多美言!"

虞美人叹了口气道:"开弓没有回头箭,我哪还有回头路可走?"抬手就要抹去阵图。

俞灵儿一闭眼,完了。

就在这时:"虞美人!看我这里!"远远传来一人的喊声。

虞美人惊喜地转头看去,就见令狐宝立于阵外,对她直挥手:"笏板上的阵图,给我观赏一下。"

虞美人万没想到,自己朝思暮想的令狐宝居然主动向自己打招呼,赶忙欢呼雀跃地向令狐宝连连挥手。

"那块笏板上的阵图。"令狐宝大声道:"我要!"

虞美人连连点头,然后将梧桐笏板掷给令狐宝。

令狐宝一拿到梧桐笏板,冲虞美人一笑:"谢了啊。"然后快步走到俞灵儿身边:"完璧归赵。"将笏板交给俞灵儿:"赢下这一局,你可得记我首功,回去要为我向岳父岳母多多美言啊!"

俞灵儿白了他一眼,却无暇与他拌嘴,紧紧抓牢手中的梧桐笏,瞪着虞美人。

虞美人呆立当场，看着令狐宝所做的一切："你，你，你欺骗我？"

"我哪有欺骗你？"令狐宝呵呵一笑："我这么跟你说吧，我喜欢的人，一直都是俞灵儿。"

俞灵儿的脸顿时红了。

虞美人不可置信地抬手指向俞灵儿："你，你喜欢她？？"

令狐宝笑嘻嘻地用肩头靠了靠俞灵儿："是啊。"俞灵儿低下去的脸更红了。

虞美人勃然大怒："我虞美人哪里比不上她？你，你，你喜欢她也不喜欢我？"

张权气得一拍大腿："现在可不是争风吃醋的时候，我们还在斗阵呢！"

"我们就快成亲了。"令狐宝举起手，做了个起誓的手势："而且我令狐家从不纳妾，你就死了这条心吧。"

俞灵儿急道："你别乱说。"

"啊啊啊！！"虞美人仰头大喊："你怎么可以如此作践我？！"将手中阵图用力挥动着。就见八卦阵的卦位瞬间由八卦变为十六卦，而蝮蛇妖兵也由原来的八支变为十五支，共一百二十名妖兵，站在十六卦位中。整个阵法规模瞬间扩大几倍。

随着阵势扩大，火势也变得强大起来。而比火势更大的是虞美人中烧的怒火和磅礴的气焰。就见笔阵受力不住，节节败退，俞灵儿和令狐宝也被热浪掀翻在地。俞灵儿怀中的半块璇砚滚落出来，同时有一物从令狐宝怀中落处，竟是半块玑砚。

俞灵儿忙伸手拿起这两半砚台，问令狐宝："怎么这半块玑砚在你这？"

令狐宝答道："是我姐给我的，她说只要将它作为定情信物，你定会收下。"

"我……"俞灵儿气苦，却也不得不收起鹤舞四宝之一的两瓣砚台。

这下令狐宝可开心了："你真的收下了，这可是定情信物啊……哈哈哈！"

最强笔力

俞灵儿不愿再听他兴奋的笑声，站起身对虞美人喊道："虞美人，以你有限的法力，最多能变几次阵呢？"她擦了下头上的汗："你的八卦阵号称'天下第一兵燹大阵'，依照道生一，一生二，二生三，三生万物之理，能无限变阵为更多的卦数。可变阵多寡终究要依据布阵者法力高低。我看以你的法力最多只能变八八六十四卦阵而已。"

俞灵儿引动笔阵，向虞美人冲去："只要我的阵不破，我就可以慢慢消耗你的法力！"

"我不在乎消耗多少法力。"正如俞灵儿所言，虞美人确实感到有些虚弱："俞灵儿！我要你的命。哪怕搭上周围这些人的命我也在所不惜。"

俞灵儿向周围一看，就见八卦阵的阵型规模逐渐增大，殃及周围很多百姓，一个个被妖气震慑，挪步不得，连走都走不了。她只顾以阵破阵，没顾及围观的百姓。

令狐宝站起身指着虞美人道："你不要再执迷不悟了！快收手吧。"

虞美人狠狠地一指俞灵儿："要我收手？除非俞灵儿死在我面前。"

"这样吧，我有个两全其美的办法。"俞灵儿一指令狐宝："我把令狐宝送给你，你认输怎么样？"

虞美人磅礴的气焰顿时一收。

"唉？唉？"令狐宝跳了起来："我又不是东西，你说送人就送人啊？"

俞灵儿瞪着令狐宝道："你去不去？！"

令狐宝大喊着："我，不，去。"

"够啦！"虞美人中烧的怒火又起："令狐宝，你就这么讨厌我吗？也罢，你们就给我一起死吧！"说罢，鼓起阵中火浪，就要扑上前去。

张权躲在太师椅后，大声喊道："俞灵儿，你若不想这里的百姓为你陪葬，就快认输吧！"

认输？俞灵儿远远望向当兵的和他扶着的李富尸体。认输的话，前两局中雷家军的付出与牺牲就白费了。

虞美人狂吼着指挥妖兵们攻击俞灵儿的笔阵。任凭俞灵儿和令狐宝如何躲闪，可还是被妖兵追打得东倒西歪，俞灵儿也被一道真火给扫倒在地。

"呵呵呵！"虞美人非常享受这般虐待俞灵儿的感觉，也不知道为什么，自己就是觉得这么对待俞灵儿，非常痛快。"跟着你们的大赵皇帝有什么好？只会偏安一隅，不思进取。怎比得上澜国兵强马壮，国主嵯峨亮雄才伟略，日后必将一统天下。"虞美人一挥阵图，将阵中圆形的八卦阵型，重新排列成"金"字的八个笔画。随着卦象上火焰舞动，整个金字闪着妖冶的光芒："现在你认输也晚了，我要将你们所有人全都被澜国雄威烧死。"

"谁要认输啊？"一旁的皇甫琼对着虞美人厉声喝道："绝不能任由你们澜人践踏我大赵国威！"

俞灵儿咬得嘴唇都流出血来："不错！谁要认输啊？"随后慢慢站起身，坚定的眼神瞪向虞美人。可惜，自己只有五十二年的功力。若是自己足够强，就能完全激发出卫夫人笔阵中的最强笔力！而现在的自己却只能发挥笔阵花哨的功能。

远在一旁当兵的慢慢站起身，含着泪对副帅的尸体，高声唱起李富刚才唱的歌来。

见此刻当兵的歌声响起，所有殿前司兵卒也跟着高声唱起，歌声雷动。

张权左看看右看看这些周围的殿前司们，觉得局面很有可能会失控，万一兵变起来，自己可是第一个死的。想到此忙探头寻找仇无忌，却见他昏厥在地，不省人事。见此情景张权只有扶着太师椅的椅背慢慢蹲下，心整个悬起来了。

紧接着围观百姓们也跟着齐声高歌，而且不比之前帮李富所唱的声势弱。

随着阵阵歌声，俞灵儿突然感到怀中有东西蠢蠢欲动，原来是半块璇砚和半块玑砚。只见这两块砚，竟然自己慢慢腾空而起，在俞灵儿头顶上方嵌合在了一起。

然后不知从哪里引来数道光芒，一起涌入璇玑玉砚之中，所有光芒全都融为一体，就像一个无形的墨汁在那蠕动一般，从砚台之间的裂缝中慢慢流向卫夫人笔阵。

受到这股炽热能量的灌注，卫夫人笔阵就像是吸足了墨水的笔毛一般，涨鼓起来。"是笔力?！笔阵的笔力?"俞灵儿看着手中凤鹓笔上凝集起来的一道光柱："这笔力是从何而来?"俞灵儿试着朝八卦阵一伸凤鹓笔，一股股澎湃的劲风压向虞美人，八卦阵也被推挤出一个大缺口。

虞美人不禁倒退两步，却还在勉力支撑着："你，你既然执迷不悟，那就休怪我杀光你们所有人。"说罢全力调用体内真气，作势要变大阵型。

"不好，虞美人要变八八六十四卦阵。如果我不能一击得手的话，这里所有人都会被妖兵火焰瞬间吞没。"俞灵儿急切地端详着手中凤鹓笔上的光柱："可是，可是这笔力又是从哪里来的呢?"

"难道说，难道说……"俞灵儿抬头看了璇玑玉砚半晌，喃喃自语着："执笔远而急，意前笔后者胜。我终于明白这笔力从何而来了。"说罢俞灵儿深吸了一口气，将体内全部功力倾注于凤鹓玉笔和梧桐笋板上，仰头高喊："凤栖梧桐!"

随着这一声高喊，璇玑玉砚光芒四射！周围的歌声向四面八方荡漾而去。

然后就见:

江平府:"唉，你们听！是歌声唉!"大街小巷的人都奔涌而出，全都一起聆听着洋溢在耳畔的歌声。“哪里传来的歌？”李捕头看向俞生：“俞大人，这是怎么回事？”俞生豪气万丈的望向天际：“这歌声是天下民心所向啊。”

帝都府，几乎城里所有的男女老少都抬头望向天空，一起听着不知何来的歌声。整个令狐府内歌声震天。

绍兴府，令狐媚和临江仙子，两人也跟着一起哼唱。

瀛洲岛，月上海棠手指北方天空：“听，这歌声是从哪传来的？”如此江山停下手中古玩：“不出意外的话，准是那个叫俞灵儿的又闯祸了。”归字谣则闭起双眼，全身颤抖着聆听那曲歌声。

泗州官道，长者与小孩，以及所有每天都在等待着赵国使节车辆的百姓们，一起抬头望向南方，听着那歌声。句龙在天缓缓转过身，望向南方：“歌声？！好歌。”

郾城，一众困苦不堪的原人百姓，满含热泪，一起跟唱着久违的歌曲。

……整个华国大地上，无论身处在赵地还是异乡，几乎所有炎黄子孙都听到了这首歌。

而此刻东湖之上，电闪雷鸣，阴云密布。

眼看着虞美人催动全身法力，就要将阵法变为八八六十四卦阵。

俞灵儿正气凛然地挺身而立，手中的凤鹓玉笔正笼罩着一道硕大无比的光幕。这道光幕，正是璇玑玉砚将所有华国儿女的心声，集结而成的笔阵最强笔力。

狂风吹动着俞灵儿的衣襟：“今日东湖阅舟！说起舟，我想你应该听说过，水能载舟亦能覆舟吧？水就好比天下民心。”

“有民心又能怎样？斗得过我八八六十四卦阵吗？”虞美人狂吼一声，八卦阵组成的“金”字瞬间膨胀开来，无尽的火焰扑向俞灵儿。

俞灵儿高举手中的凤鹓笔，笔力发出的光芒亮得令人几乎睁不开眼：“这就是天下民心所向！所谓得民心者得天下。敢问谁能阻挡天下民心？”说罢，俞灵儿擎着凤鹉笔向着八卦阵组成的"金"字掷去。

就见，凤鹉笔移动之势，笔力之强大，不仅瞬息间扑灭了阵法的火焰，其余威还划破了天上密布的乌云，一道金灿灿的阳光穿过云层照射下来。

虞美人被强大无匹的笔力压得透不过气来，只得全力相抗，阵图也被劲风吹起。

张权以及澜兵们更是被凤鹉笔压过来的压力压得跪在地上直不起腰来。

随着凤鹉笔上的笔力缓缓压来之势，组成"金"字的妖兵火焰八卦阵，逐渐被压得溃不成阵，火焰立时熄灭，妖兵全都被压得化成粉尘，整个阵法瞬间烟消云散。虞美人已然耗尽法力，哪里抵抗得了，被光芒完全笼罩住，好似被吞噬殆尽。

随着这道笔力光芒不断远去，东湖上掀起数十丈高的巨浪，冲天而起。天上的电闪雷鸣和密布的阴云也瞬间消散不见，整个天空又转为晴朗天。

迎着风，俞灵儿抓住风中飘荡而来的妖兵火焰八卦阵阵图。随着凤鹉笔飞回手中，玉砚也缓缓下落，被俞灵儿接住。她这才注意到，手中这璇玑玉砚竟然完整无缺得连一丝裂缝都看不出来。

也许是全华国儿女"祖国统一"的心声不断凝聚的缘故，半块璇砚和半块玑砚合二为一，成为完整统一的"璇玑玉砚"。

鹤舞四宝中的凤鹉玉笔、璇玑玉砚和梧桐笒板全都被俞灵儿获得，还差一件就全齐了。

整个校场上只听令狐宝的大喊声："第三场斗阵，我们赢啦！"

鹤舞游天

下卷

he wu

you

tian

黄啸峰

著

上海人民出版社

第八十章

祖上遗训

可就在这时，突然传来一声，深邃得如同上古时就存在得声音："这也配称作阵法？"随即就看到虞美人颤颤巍巍地从又站起身来，就像一个睡了几千年的人突然醒来一般。双眼闪烁着一种异常强大的黑色光芒，长发迎风飘起。

"你还活着？"俞灵儿猜不透虞美人又想做什么。

然后就见虞美人一脸不屑的神色，大喝一声："破！"随着这一声吼，卫夫人笔阵瞬间支离破碎，十几支笔全化为粉末。

随着笔阵被破，一股强大的劲风由虞美人周遭膨起。张权和澜兵们离得较近，顿时身不由己地被强风高高吹起，随后"噗通噗通"全被刮入东湖中。俞灵儿也被强风推得后退好几步，一个趔趄仰面摔倒。

"六界中所有的阵法，在我面前，都只是儿戏罢了。"又是那低沉而深邃的声音。令俞灵儿感到奇怪的是，这声音却是从虞美人的口中说出。

然后虞美人用她双眼中那两道异样的黑色光芒扫视了一下周遭。最终那两道黑色光芒直射向俞灵儿，口中继续发出低沉而深邃的声音，完全像是另一个人在问："这是哪儿？现在是什么年代了？"

俞灵儿被问得奇怪，但是不知为什么，自己内心突然对虞美人双眼中的黑色光芒生出一丝恐惧来。那是一种比刀狱更令人胆寒的恐惧之感。也许换做其他人，只怕早就屈服于这种令人心惊胆战的黑色光芒了。

见俞灵儿毫无反应地傻看着自己，虞美人慢慢走近俞灵儿，眼中黑色光芒越来越盛。俞灵儿被那道黑光照得透不过气来，不住地往后退着。

反正妖兵火焰八卦阵最先被破，第三局斗阵是自己赢了，何须再与她纠缠。想到这里俞灵儿转身避开那两道黑光，拔腿就想走。

"放肆！"虞美人向俞灵儿厉声喝道："我让你退下了吗？"

俞灵儿停下脚步，头也不回地道："你还有什么事吗？"

"你叫什么名字？"虞美人问向俞灵儿。

俞灵儿转过身看着虞美人，难道她失忆了？变得不认识自己了？

"暂时就先让你做我的奴隶吧。"虞美人的脸上突然露出一种莫名兴奋的笑容，眼中的黑色光芒再一次爆射而出，然后慢慢挪近俞灵儿。

"奴隶？"俞灵儿看着虞美人古怪的神情，真不知道她到底要做什么。突然身后传来一句喊声："俞灵儿，快逃！"

俞灵儿忙回头，就见令狐宝飞奔向自己，气急地喊着："快，快远离她。"虞美人双眉紧锁地瞪着这个不速之客。

令狐宝却忙不迭地把俞灵儿拉到自己身后，凝重地看着俞灵儿道："祖上遗训：若是遇到双目黑光之人，速避之。"

"世上哪有这样的祖上遗训？"俞灵儿噗嗤一声笑着甩开令狐宝紧抓自己的手，然后指着令狐宝道："这回你又骗人不打草稿了吧？"

令狐宝急得什么似的，指着虞美人语无伦次地对俞灵儿解释。

"居然还为我设下遗训？"恼怒的虞美人右手捏成剑指，指向令狐宝："快说，你的祖上是谁？"

令狐宝赶忙抽出腰带中的紫薇软剑，转身面对着虞美人严阵以待。

"剑？"虞美人一边偏着头沉思着，一边缓缓向令狐宝走去："实在太久了，我都记不清，有多久没人敢对我用剑了。"

俞灵儿习惯性地手握凤鹇玉笔，对令狐宝低声说道："扑。"

414

可令狐宝却摇了摇头："此刻的她，绝不是那三招能对付得了的。"

又不是第一次联手对付虞美人了，俞灵儿不耐烦地道："啰嗦什么？扑。"

令狐宝焦急地踌躇着，可眼下也没其他办法了，只得跃起身举剑向虞美人点去。

虞美人鄙夷地看着令狐宝的剑势，丝毫不放在眼里。继续缓慢地挺着剑指前行。

俞灵儿也同步跃起，运起丹田内近五十二年真气："逝水笔法！"挥动凤鹈笔书写下：

　　滚滚大江东逝水。

随即令狐宝剑势中喷涌出一股澎湃剑气，如洪水倾泻而出，浪高数丈直奔虞美人而去。

见俞灵儿配合令狐宝一起使出这排山倒海一般的剑气，虞美人也不禁一愣："嗯？这是什么招数？"说时迟那时快，滔天巨浪已经罩向虞美人，翻涌着将虞美人裹挟住。

俞灵儿很失望地摇了摇头，上次夜探帝都，自己和令狐宝使的是同样的一招，却被虞美人巧妙地躲闪开去。没想到今日的虞美人，却被同样的招数给击中，难不成那晚令狐宝没使出全力？俞灵儿转头看向令狐宝，却见他脸色依然凝重地盯着前方。

一只掐着剑诀的手，从滔天巨浪中率先露出。"很有趣的招数，只可惜威力尚浅。"随着那深邃的声音响起，滔天巨浪从两边逐层分开，虞美人依旧迈着缓慢的步伐走来。

俞灵儿惊奇地看着从容不迫的虞美人："怎么会这样？她什么时候变得这么厉害了？"令狐宝则严阵以待，丝毫看不到他往日那种轻松跳脱的神情。

"我忘了说了。"虞美人将手中的剑指划了一小圈，"不单是阵法，六界中无论怎样的剑法，在我面前，也只是儿戏罢了。"

俞灵儿望着眼前数丈高的巨浪，大喊一声："掀！"

令狐宝二话不说，原地一个转身，掀出紫微软剑。俞灵儿学着令狐宝，两人一起转身。趁转身之势，对着令狐宝掀出的紫微软剑方向，凌空写下六个大字：

　　浪花淘尽英雄。

然后就见虞美人身后那数丈高的巨浪，立时化为一股顶天立地的龙卷风，将虞美人再次裹挟其中。龙卷风旋转的威力强劲，这次便不再见到虞美人坦然走出的身影。

"啊哈！这下可将她转晕了吧？！"令狐宝又回复了往日的性情，调皮地转头向俞灵儿眨了眨眼："看到没？一切尽在我的掌握……"

可俞灵儿就看到令狐宝坏笑的表情瞬间消失无踪，并以极快的速度拉开了俞灵儿。俞灵儿还没明白过来是怎么回事时，"沧浪"一声，一柄紫薇软剑从自己身侧斜刺而过。

"啊！"俞灵儿惊叫一声，就看到虞美人不知什么时候，竟站在了自己的后面，手中握着令狐宝掀出去的紫薇软剑，此刻已然插入了令狐宝左胸，穿胸而出。要不是刚才令狐宝回头看向俞灵儿时，见到虞美人正站在她身后，并拉开了她，只怕这一剑刺中的就是俞灵儿。

"你祖上的遗训中，难道没提过，千万不要与我斗剑吗？"虞美人歪着头，淡淡地打量着令狐宝因痛苦而扭曲的脸。

俞灵儿快速对着虞美人写下七个大字：

　　　是非成败转头空。

可虞美人丝毫不为所动，还转头对俞灵儿微微一笑："不知道为什么，这个身体很不希望你们俩在一起，所以我只有带走你。只要你发誓永远做我的奴隶，我就放过他。如何？"

要不是令狐宝拉开自己，自己可能命丧当场。何况自己双亲遇难，都是令狐家出力营救才逢凶化吉。令狐宝是令狐家独子，此刻只有自己能救他，俞灵儿毫不犹豫地点了点头。

令狐宝忍着痛，对俞灵儿几乎用喊的："不可以！成为她的奴隶，生不如死啊，你千万不要答应她。嗯……"虞美人的剑又向前递了半寸。

虞美人笑着道："我就说一遍，在你发誓之前，我会慢慢地用剑割向他的心脏。"

俞灵儿急道："别！我这就发誓。"虞美人哈哈大笑起来。

"不要！"令狐宝突然大声吼道："我宁愿一死，也不要你做她的奴隶。"说罢，令狐宝咬紧牙向右猛地一挪，紫薇软剑顿时在他左胸口撕开一道口子，滚烫的鲜血如泉涌般从伤口上喷出，纷纷落在虞美人和俞灵儿身上。

"逝水笔法！"俞灵儿快速以喷出的血为墨，在虞美人身上写了五个大字：

　　几度夕阳红。

紧接着就见天地间尽是一片血红色，虞美人身上红光连连闪动。

见这一招得手，估计虞美人很快就会爆体而亡。俞灵儿再不去管别的，发疯似的扑向倒地的令狐宝："令狐宝！"手忙脚乱地按住他伤口，想阻止伤口内狂奔而出的鲜血。可哪里阻止得了，地上一摊深红色血迹越来越大。

可没想到虞美人依旧毫发无损，还低头看着身上布满的斑斑血迹："我这身体，这身体，居然是女儿身？"虞美人狂怒的声音吼道："将我封印在妖族魂魄中，随同一起转世轮回。今日好不容易解开封印，依傍的却是这女儿身！东皇太一，你害得我好惨，此仇我必报！"然后虞美人发疯似的向着东方飞身远去。

"对了，我有璇玑砚。"俞灵儿心急慌忙地唤出璇玑玉砚，按在令狐宝的伤痕处，运起丹田全部功力，通过璇玑砚灌入令狐宝体内。

可是运了半天功，却不见令狐宝有丝毫起色，相反他的脸色变得越来越惨白。

第八十一章

望闻问切

●
○

　　"对了，应该先包扎伤口止血的。"俞灵儿从袍子上撕下几条布条，就要动手包扎。可自己眼前一片模糊，什么都看不清楚，更分不清哪里是他的伤口，原来泪水早已经遮挡了她的视线。俞灵儿用力擦着自己的双眼，耳中只听得自己哽咽的喊叫声："不要啊！你不要死啊！"

　　一旁急匆匆赶过来的皇甫琼，见状大惊，呆立当场："令狐兄……"。

　　突然俞灵儿就感觉一只冰冷却有力的手，紧紧抓着自己的手，按在令狐宝左胸口上，血不断流出的滚热感觉，瞬间布满了俞灵儿的右手，也布满了自己此刻疚痛着的心。

　　"这里，永远，只有，你……"令狐宝那颤抖着的话语声，变得越来越微弱："我最后，心愿……"

　　俞灵儿心痛地伸出左手，扶住令狐宝的头，嘶喊着："我知道，我都知道，你不要，再说了……"

　　"要说……"令狐宝睁着迷朦的双眼盯着俞灵儿："如果……你愿，嫁给，我……"这句话还没说完，俞灵儿就感觉左手一轻，令狐宝的头沉重地歪向一边，滑出了俞灵儿的手掌。

　　俞灵儿怔怔地看着自己颤抖着的左手，感觉好像一件非常重要的，甚至比自己生命更重要的事物，远离了自己。这是自己从未有过的感觉，瞬间自己整个人像是被掏空了似地难受至极。

"我，我愿意啊。"轻得连自己都听不清楚的声音，从俞灵儿口中喃喃说出。

"你给我，听好了。"右手使出全力紧紧抓着令狐宝胸口的衣襟，然后用这辈子最响亮的声音高喊着："我愿意，我愿意嫁给你。"

也许是自己用力过猛，令狐宝的上半身被直直地拽起，可是他的脑袋依旧耷拉着。

"不准离开我！"俞灵儿近乎歇斯底里地大声喊着，"我说了我愿意嫁给你，我不答应，你就不准离开我！"

听俞灵儿不停地这么大声喊着，皇甫琮莫名地感到自己的心有一种刺痛感。皇甫琮抬手摸着自己的左胸，为什么听到俞灵儿亲口说愿意嫁给令狐宝，心会这般痛？

这时候急匆匆跑来四个太医，围着皇甫琮拱手道："殿，殿下。皇上已经缓过来了，众大臣也都服了药了。可只有恩平王殿下醒不过来。皇上召你去看看呢。"

"来得正好。"皇甫琮指着令狐宝道："你们快给他看看。"

四名太医相互对视了一眼，平时谦和的普安王皇甫琮，现在居然敢公然无视皇上的召唤？

"还不快去啊！"皇甫琮突然大声怒斥。

就算是当今皇上，也没发过如此龙威。"是是是……"四名太医吓得忙扑向令狐宝。

这时俞灵儿已经停止喊叫，绝望地用头抵在令狐宝的肩上，一言不发。

四名太医围在令狐宝身边，其中一名太医带头说道："先望，脸色苍白，毫无血色。至于舌苔么……"伸手想扒拉令狐宝的嘴，可手却因令狐宝下巴的血给滑开了。

"再闻。"第二个太医闻了闻令狐宝满身的血腥味："他这血怎么流这么多？"

俞灵儿双手越攥越紧，这帮庸医难道看不出来，他已经死了吗？！

"再问。"第三个太医看着俞灵儿道："请问你是他什么人啊？"

"够了！"俞灵儿怒目看向第三个太医："我不许你们对他的尸身不敬。"

"嘘……"第四个太医示意旁人不要说话："我正在切。"原来他正在给令狐宝把脉。

俞灵儿怒到了极点，自己正想找什么宣泄一下，这帮庸医自己找揍就怪不得我了。

一拳抡过去时，第四个太医突然道："脉象非常微弱啊。"俞灵儿的拳头硬生生停在了半空。

"怎么可能有脉象，你没看到他的左胸口被切开，心脏都已经没了吗？"第一个太医转头看向他。

"不对，此人经脉逆转，只怕他的心脏不在左胸。"第四个太医依旧淡定地号着脉。

俞灵儿脑海中一闪而过，在十里琅珰她曾探过令狐宝的经络，确实是经脉逆转，当时自己费了好半天劲才疏通他的经络，难道说……刚才自己一着急，忘记要逆运璇玑砚，才能对令狐宝起效。

第二个太医伸手扶住令狐宝，探了一下他的右胸："不错，他的心脏居然长在右胸。我行医这么多年，只听说过有心长在右胸的，不想今日真的遇到了。"

第三个太医指着令狐宝的脸道："你们看，他在笑。"

俞灵儿忙转头看向令狐宝。"呵呵。"令狐宝虽然双眼还是闭着，却再也忍不住，微微笑出声来："呵呵……"

俞灵儿气急，对着令狐宝抡起巴掌，却终究没有打下去。

"手里，有药。"令狐宝想抬起右手，却举不起来："这药是我师父给的，快……"

俞灵儿忙检视令狐宝的右手，果然有一颗大粒的黑色药丸。俞灵儿二话不说，拿起药丸就塞进令狐宝的口中。旁边太医惊道："他这症状，可不能胡乱服药啊。"

"吃死他得了。"俞灵儿隐隐感觉自己好像上了令狐宝的当。话虽这么说，却忙不迭再次用璇玑砚贴在令狐宝右背，运功给他治疗。也许是那黑色药丸的功效，令狐宝左胸口的切痕也慢慢复合。

过了半晌，令狐宝脸色逐渐转为红润，可嘴唇却依旧泛白。

"先望……"第一个太医又开始说话了。

"行了，行了。"令狐宝伸手拦住第一个太医："有你们这帮太医，我真替当今圣上捏一把汗啊。我已经没事了，各位请回吧。"

俞灵儿听到令狐宝调皮的声音，这才伸手擦了一下自己额头的汗，却发现自己擦过汗的衣袖整个湿透。

那三名太医见令狐宝没事了，便转身想向皇甫琮邀功。却已不见皇甫琮踪影，也不知他什么时候已经离去，只得快步赶去。

第四个太医搭在令狐宝脉上的手，依旧没有撤离的意思："令师的伸腿瞪眼丸虽然灵验，可你虚耗过多，我再输些元气给你。"

"啊，你知道家师？"令狐宝诧异地看向第四个太医。

第四个太医道："老交情喽。他徒弟有难，我岂能袖手旁观？别说话了。"

令狐宝闭上眼，很快周身气血运转流畅。俞灵儿诧异地感觉到有一股磅礴的真气涌入令狐宝体内，再经几个周天转过，头上缓缓有白烟腾起。

第四个太医这才收回手，站起身来。令狐宝顿时感觉浑身轻松不少，忙向第四个太医行礼："多谢……还未请教尊姓大名？"

"虚名而已，不足挂齿。"第四个太医摆了摆手，然后拍了拍令狐宝的肩头道："今日应该是我多谢你才是啊。"明明是他出力帮忙救了令狐宝，怎么他还反过来谢谢令狐宝？还没等令狐宝和俞灵儿明白过来，第四个太医就向着其他那些太医离去的方向，小碎步地跑了过去。

"你，全好啦？"

听到俞灵儿冷静的话语声，令狐宝毫不犹豫地低下腰，双手捂着肚子，一副痛苦的表情道："不好了不好了，我又开始痛了。"刚才骗了俞灵儿一把，不知道她现在会怎么惩罚自己，三十六计，苦肉上计。

俞灵儿再也不相信令狐宝任何话了，用冷静而平缓的声音说道："你伤的应该是左胸吧？怎么抱着肚子，这不对吧？"

令狐宝吓得冷汗直冒，忙腾出一只手捂住左胸口："都痛，都痛。啊呀呀，越来越难受啊。"

俞灵儿气得摇了摇头，自己赢了斗阵，却想不到虞美人突然变得厉害起来，差一点让令狐宝丧命于此。现在大赵三局两胜，澜国特使只有夹着尾巴回去的份，剩下的残局自然由朝廷收拾，自己可以功成身退。

又想到令狐宝虽然伤愈，可不知道是否痊愈，现在还不是教训他的时候。"我们赶快离开这是非之地，给你继续养伤要紧。我们先去……"

"去你家?!"令狐宝兴奋地看着俞灵儿问道。如果有老丈人和丈母娘庇护，俞灵儿就不能拿自己怎么着。

俞灵儿叹了口气，拽着令狐宝就走："唉，我怎么会认识你的？"

令狐宝一边继续捂着肚子，一边侧着头欢喜地看着俞灵儿，任由她拽着自己走。今天的收获实在不小，只要和俞灵儿在一起，去哪里又有什么所谓呢？

二人找了家客店洗漱换衣，以免一身的血迹惊吓到人。随后继续赶路，一路上俞灵儿任由令狐宝嬉皮笑脸地盯着自己看。虽然今天亲口对着令狐宝大声说愿意嫁给他，可她与风归云前世五百年的恋情，岂是说放下就放下的？何况她一直想搞清楚，为什么风归云会在刀狱刺她一剑。之前看到"屋足"两字，深信风归云离自己并不遥远。只是当务之急，还需先救出白玲珑。想到救出白玲珑，就要先凑齐鹤舞四宝，最后一件在黄溪修禊上，无论如何都要拿到这一件宝物。

第八十二章

姑苏提亲

　　一路想着，俞灵儿就将令狐宝带到自己家里，那只是一间再普通不过的民房。父亲俞生一生清廉，无论是任撼江知府还是姑苏通判，衣食住行从不铺张。

　　可一向平静的这间民房，随着令狐宝的到来，瞬间就变得热闹起来。

　　一进门，令狐宝就张口妈闭口爸地喊着，向俞生夫妇献足了十二分的殷勤。哪里像是刚从鬼门关捡回一条命的样子。俞生是看着令狐宝长大的，又是故友之子，自然疼爱非常。而俞灵儿娘亲更是喜欢令狐宝这准女婿。三个人乐乐呵呵的，更像是一家三口团聚，倒把俞灵儿晾在一边了。

　　一听令狐宝带着伤，娘亲急忙在偏屋铺床叠被的，拉着令狐宝躺下。

　　俞灵儿这才稍稍安下心来，只要你令狐宝不再闹腾，她才能缓过劲来，和父母双亲好好处在一起。前世双亲亡故之后，一晃眼就是五百年。这五百年来，虽然师父师兄弟们都和自己亲如一家。可每当想起双亲，总是愁肠百转。现在好了，真心感激自己的重生，又能和父母双亲相聚了。

　　"爹，娘，"俞灵儿激动地上前拉住父母的手："女儿，女儿真的，好想你们呐……"眼泪不觉在眼眶里打转。

　　俞生夫妇感到奇怪地对望一眼，再看看自己的女儿："灵儿，你这是怎么啦？……"

"啊哟！大喜大喜啊！"李嫂的声音大老远就传了进来，跟着进来的一大堆人，都是一起去帝都逛元宵的老街坊们，也是当日令狐媚请去府内见证令狐家向俞家提亲的那群人。

趁着李嫂和街坊们拥到俞生夫妇跟前，俞灵儿退到一边，偷偷地将夺眶而出的两行热泪拭去。

"新郎这么快就登门啦?！"李嫂回转身对着街坊邻居们不断比画着："看来这好事啊，将近了呦！"

"就是，就是啊。"一群街坊赶忙向俞生夫妇道喜。

俞灵儿一颗心虽说还没平复下来，却也感到奇怪，自己刚将令狐宝带回来，怎么李嫂他们这么快就知道了？这实在太像令狐媚的作风了。俞灵儿不自觉地东张西望了一下，令狐媚可千万别在这里啊。

她本打算让令狐宝修养几天后，再把他轰走的。可现在麻烦了，街坊邻居都知道了，还赶来道喜，这一闹腾起来，父母还不得赶紧催自己嫁了？这可怎么收场啊？

俞生也没否认，躬身还礼道："哪里哪里，倒是李嫂家的李梦蛟，下个月就要参加科举殿试了。以梦蛟的才学，定能登科，这才是大喜事哪！"

"就是，就是啊。"这群街坊又赶忙向李嫂道喜。

李嫂喜上眉梢，红着脸逐个还礼，还不忘谢过俞生："这还要多谢俞大人呢，要不是你一直教导梦蛟这孩子学问书法，他哪有今日的成就啊?"一时间大家开始讨论李梦蛟这次殿试能上第几名。

俞灵儿心中暗竖大拇指，不愧是父亲，轻描淡写的就将话题从令狐宝来家里这事转到李梦蛟身上。

"诸位长辈，晚生令狐宝，给众位长辈请安了。"也不知道令狐宝什么时候穿上衣服跑了出来，一副文质彬彬的模样，向众位街坊邻居作揖。

俞夫人心疼令狐宝刚躺下就起来，可当着众街坊的面也不便催他回去休息。

而那边街坊们可炸开了锅，开始纷纷夸赞令狐宝，什么知书达理啊，仪表堂堂啊，一起恭贺俞家觅得佳婿。

俞灵儿心里恨令狐宝恨得牙痒痒，早知道现在是这局面，刚才就应该在令狐宝躺下的时候，趁机拍晕他才是。

令狐宝一边向众街坊谦谦回礼，一边还向俞灵儿这边挪步过去。俞灵儿真想一脚把他给踹开，可当着父母和众街坊的面，自己还不能造次。只能冷着脸任由令狐宝挨近自己。

"你们看呐，真是一对璧人啊！"李嫂指着俞灵儿和令狐宝两人大声道。众街坊也跟着起哄："啥时候请我们喝喜酒啊？""现在新郎官都上门了，我看择日不如撞日吧！""对啊！赶紧成婚吧，明年这时候，二老都能抱上孙子了吧？！"

令狐宝赶紧顺杆爬："不瞒各位！晚生这次来姑苏就是专程来提亲的。"

俞灵儿赶忙插话："你，你不是只来养伤的吗？"然后双眼张得老大，转脸瞪向令狐宝，咬牙切齿地低声嘟哝："你再敢胡说八道，信不信我弄死你啊？"

令狐宝也压低声回答："我哪有？今天谁亲口答应嫁给我的啊？我是不负责任的人吗？"

俞灵儿气得脸都扭成了一团，只得低下头，双拳捏得咯咯响。令狐宝！你给我等着！

俞生夫妇自然喜不自胜："原来贤侄是来提亲的，怎不早说？"

李嫂赶忙向众街坊高声道："你们听听，人家身上带着伤，还亲自登门提亲，可见他对灵儿至诚之心。如此佳婿，俞大人又怎会不答应呢？"

众街坊心领神会地一起伸出大拇指，纷纷面露夸张的感动表情，赞不绝口地看向俞生。只有令狐宝脸上突然一副抽筋的模样，因为俞灵儿趁机狠狠踩了令狐宝一下。

娘亲抓着俞生手臂的双手，因过于激动而越抓越紧，双眼期盼地仰视着丈夫。俞生也是神采奕奕，强作镇定地大声道："令狐宝这孩子是我从小看着长大的，一直视如己出。能得婿如此，夫复何求啊。"

在一片欢腾声中，俞灵儿难受得真想找口井，一跳了事。

接下来在一片喜气洋洋的道贺声和商讨声之后，众位街坊才散去。

俞灵儿就像是在梦游一般一直杵在那里，俞夫人兴高采烈地过来拉了俞灵儿一把："傻孩子，还发什么愣啊？我们都商量好了，下个月等梦蛟高中之后，李嫂家就要给梦蛟和碧莲完婚。到时候我们也给你和令狐宝完婚，两家一起操办婚事，这就叫双喜临门。令狐宝这孩子真好，完全不介意在姑苏完婚，呵呵，你高兴不高兴啊？"

俞灵儿深深吸了口气，木然地转头对双亲道："爹，娘，孩儿要去一趟吴川，这就与双亲告别。"

"你去吴川干什么？难不成，你又想逃婚？"娘亲拽着俞灵儿的衣袖不放："我可告诉你，这门婚事可是连你爹都答应下来的，结也得结不结也得结。"

俞生一抬手拦住了娘亲："刚回来就要走？你去吴川做什么？"

"孩儿这是要去参加黄溪修禊。"说罢取出了扬州修禊的牌子，给俞生看。

"你，你，你去黄溪修禊？"俞生几乎不敢相信自己的耳朵："连我都不敢夸口说去参加黄溪修禊，你凭什么去啊？"

令狐宝忙拱手说道："爹！确有此事，在帝都时，灵儿技压群雄，得到米有仁大人的赏识，选灵儿为扬州修禊者，去赴黄溪修禊。"

俞夫人疑惑地看向丈夫："黄溪修禊是什么？"

俞生看了眼女儿手中的牌子，然后很向往地望向窗外："三年一会，三月初期，吴川山阴，黄溪修禊。集天下书法大家的盛会，以书会友，以书修禊，直到决出魁首。"

俞夫人眼珠一转，然后道："这不正好吗，他梦蛟科举高中后回来完婚，我们家灵儿也能修个，啊什么的魁首。到时候也回来完婚，这不更喜气吗？"

俞生一听这话，几乎晕倒："妇道人家你知道什么啊？咱们女儿的那几笔书法我还不知道吗？那黄溪修禊高手如云，她一去不是丢人丢到家了吗？真不知道米有仁大人是不是眼神不好了，居然选中了灵儿。"

俞夫人不乐意了："怎么？那李梦蛟是你教的，咱灵儿可也是你教的。他梦蛟能去殿试，咱家灵儿怎么就不能去休息啦？"

"是修禊，黄溪修禊。不是休息。"俞生哭笑不得："那能一样吗？参加殿试的大多都是普通学子，乳臭未干。那黄溪……"

"我不管！"俞夫人一把拉过俞灵儿来："灵儿是咱女儿，咱女儿哪里丢人啦？要文采有文采，要书法有书法，要相貌……要不是科举只能男子参加，我早就让灵儿去了。"

令狐宝在一旁察言观色，依照俞灵儿那脾气，再掂量了一下她娘亲在家里的分量地位。然后也帮腔道："是啊，灵儿刚到帝都时，就在万松书院的书法赛会上夺魁呢。"

"啊！"俞生惊得回头看向俞灵儿，然后痛心疾首地叹气道："唉，世风日下啊，没想到现在的年轻一代，疏于书法竟到如此地步。"

"是吗!？"俞夫人没有听出俞生的讥讽之意，自顾自得意起来："你看我说什么来着？咱家灵儿定能在求签时夺魁！"

"是修禊，是黄溪。唉，我也不管了，她要去就随她去吧。"俞生一甩袍袖，背过身去再不多说一句。

俞夫人双手抓着俞灵儿的肩头："灵儿啊，你是爹娘的骄傲，这次无论如何都要给为娘争口气，去黄溪秀气秀气，夺个魁首回来。"

第八十三章

卧鱼蹲姿

俞灵儿重重点头，一想到刚回来与双亲团聚，这就又要分离，不免感觉鼻子酸酸的，就想扑进娘亲怀中。

"我也一起去吧，路上好有个照应。"在这个时候，令狐宝居然说话打断了俞灵儿的情绪，两道怒火电光从俞灵儿眼中直射向令狐宝："你不是要养伤吗？不许跟着我。"

令狐宝吐了下舌头，不敢吱声。

"还是为娘陪你去吧，一个姑娘家只身上路，多有不便。"

"娘，你不用跟着了。孩儿不是小孩子了，我能照顾好我自己。"

母女俩说了半天，最后俞夫人执拗不过俞灵儿，只得依从。

第二天一早，俞灵儿收拾好行装就上路。

临行前，令狐宝拉了俞灵儿一把。俞灵儿没好气地甩开他的手："我认输还不行吗？这个家现在归你了，你想怎么折腾就怎么折腾，别再来烦我。"

令狐宝笑嘻嘻地从怀里取出一个油布包，递给俞灵儿："临行前，我师父给了我三颗伸腿瞪眼丸，说我会有一难，能用到一颗。但是你此去波折不断，关键时要用到两颗。"

"伸腿瞪眼丸？"俞灵儿接过布包打开："怎么取这么个不吉利的名字啊？"就见两颗黑色药丸，和昨日令狐宝重伤时吃的那颗一模一样。凑近了一闻，臭得俞灵儿头往后仰得远远的："什么怪味道啊？怎么这么臭？"

令狐宝很尴尬地说道："那是因为，这药丸是我师父，用他身上搓下来的污垢，捏成的。"

"我不要！"托着两颗药丸的油布包被甩在令狐宝身上："我死都不吃。"

令狐宝抱着油布包急了："那不行啊，你要是有事，我可怎么办啊？"

"不用你管。居然给我这个，不死都会被熏死。"

"那我不放心啊，我必须得跟你一起去。"说罢跳起来就回屋子去取紫微软剑："你等着我，你可一定得等我。"

俞灵儿撒腿就跑，一想到令狐宝要跟着她，头都大了，更何况不知道什么时候，他会塞那两颗恶心到家的伸腿瞪眼丸给自己吃。所以俞灵儿使出吃奶的劲拼命狂奔。

三月初一，清明。

绍兴府郊外，乌云密布。

一家客栈内正坐着两位美貌女子，令狐媚和临江仙子围坐在客栈正中一张桌边，点了几样小菜和一壶酒。

临江仙子并没有动筷子，只是很嫌弃地看着眼前的令狐媚，平时令狐媚再怎么娇柔妩媚倒也算了，连吃顿便饭的样子也是极尽矫揉造作。

临江仙子还是第一次见到有人拈着兰花指拿着筷子夹菜的，夹就夹了吧，还故意在空中转着圈地往回送，吃进嘴里时还用衣袖遮掩了一下。吃一口菜就得老半天，更别说喝酒了，右手用兰花指端起酒壶，左手的兰花指也不闲着，斜指着酒壶，倾斜着脑袋以便顺势让长发垂落一边，浅笑盈盈的，尽显妩媚。造型摆了半天这才往杯子里小心翼翼地倒着酒，明明可以很快倒满酒杯，她偏要让酒细水漫滴地注入酒杯。好半天终于倒满了，却不忙喝，用衣袖遮住自己半边脸，向着四周那些桌子边早已看得目瞪口呆垂涎欲滴的男子们眉目送情。

临江仙子再也忍不住了，一把拿起那盏酒杯，一仰头给干了。她知道这令狐媚喝一口酒的时间，足够自己小睡一会儿了，她不抢先喝掉，就只有继续忍受的份。两人结伴一路行来，她令狐媚喜欢施展"回眸一笑百媚生"为乐那是她的事，可自己是江湖儿女性情，那看得惯这个？看着她那夸张的样子，临江仙子直反胃恶心，哪里还吃得下饭菜？

令狐媚见临江仙子抢喝了她的酒，却也不恼，只是微微噘嘴嗔怒，便引得周边那群客人更如痴如醉。然后令狐媚继续伸出兰花指去拿酒壶，准备再倒一杯。

临江仙子一把按住了令狐媚的兰花指："你还有心玩哪？你说算准了灵儿姐姐今日定会来这家客栈的，怎么还不见她踪影，你都不急吗？"

令狐媚一边向着周遭频送秋波，一边回答道："急什么呦？离黄溪修禊还有三天。说不定啊，她此刻正和我弟弟呦，花前月下，踏春而来呢。"

"真会如此吗？"临江仙子可一点也不看好令狐宝："怕就怕，灵儿姐为了躲开你那宝贝弟弟，抄远路过来。"

"你可以低估我弟弟，可你也别太高估了你那灵儿姐姐呐。"令狐媚柔缓地甩开临江仙子的手，依旧用两只兰花指继续为自己倒酒："若是李嫂按我送去的锦囊妙计行事啊，恐怕他们两口子的婚期啊，都已定下了呢。"

"要不我们俩打个赌怎么样？"临江仙子侧着头看向客栈门外的蒙蒙细雨："我赌灵儿姐姐一个人过来。"

"好啊，人家最喜欢赌啦！"令狐媚放下酒壶，又开始以柔媚姿态折腾起周遭那群客人，嘴里却向着临江仙子道："你说赌什么？"

"我赢的话，你就快点吃饭，别磨叽。"临江仙子继续看着客栈门外："赌不赌？"

"赌啊，有什么不……"话还未说完，令狐媚顺着临江仙子的视线，无意间瞥了一眼客栈门口，却看见俞灵儿一个人跟跟跄跄地从门外走了进来。

临江仙子站起身，先学令狐媚的样子，伸出兰花指一指令狐媚道："给我赶紧吃。"然后转身向着俞灵儿迎了过去。

令狐媚赶忙站起身冲着门外眺望，就是不见令狐宝的踪影。这没出息的弟弟，连个人都跟不住，让我这个姐姐说什么好。令狐媚只得讪讪坐下，很不甘心地眼瞅着临江仙子将俞灵儿扶到桌边坐下。但令狐媚很快就换上一脸甜甜的笑容："我弟弟呢？是不是跟着你一起来的啊？"然后就见俞灵儿一愣，随后低下头道："弟弟？啊，没有人跟我一起……"

临江仙子对着令狐媚一扬眉毛："怎么样？这个赌你可是输了哦。"接着给俞灵儿拿了副碗筷和酒杯，再给空酒杯满上酒。

"唉？灵妹妹啊，你出门怎么还穿着在帝都时的旧衣服啊？"令狐媚对俞灵儿那可是用足了心思，知道她爱干净，时不时地就会更换衣服。可怎么连回江平府老家了，都还不换呢？随即伸手翻着俞灵儿的右手衣袖。

"那有什么奇怪的？定是你弟弟太让人讨厌了，灵儿姐姐怕是连家门都来不及进去，直接跑过来的吧？"临江仙子一边讥讽着令狐媚，一边给俞灵儿布菜，招呼俞灵儿吃。

俞灵儿被令狐媚摸得很不舒服，赶忙拿起筷子去夹碗里的菜。可令狐媚依旧不依不饶地将俞灵儿右手衣袖直往上翻，露出了俞灵儿的粉嫩玉臂来。

"你给我赶紧吃饭！"临江仙子冲着令狐媚的无礼举动："啪"的一声拍了下桌子："翻什么翻啊？"

被临江仙子这声叱喝，令狐媚着实吓了一跳，忙缩回手。连俞灵儿也吓了一跳，手中的筷子都掉在了地上。

"哦，对不住啊，吓着你了吧？我再去给你拿双干净的。"说罢，临江仙子站起身，还不忘瞪了令狐媚一眼。

"没事没事，还能用，还能用。"俞灵儿说着，赶忙蹲下身去拾地上的筷子。

"等一下。"令狐媚伸手扶起了俞灵儿。

临江仙子也停下脚步，站在俞灵儿侧面看着她。

"你怎么啦？"俞灵儿很奇怪地看向令狐媚。

"我，"令狐媚紧盯着俞灵儿的双眼道："我……卧鱼！灵妹妹你平时蹲下来的习惯，那可都是'卧鱼'的姿态啊。"令狐媚转脸再看向临江仙子，一脸羡慕的神态道："那姿态啊，别说有多美了。你见过吗？"

临江仙子坐回座位，故意好奇道："是吗？原来灵儿姐姐喜欢这么蹲啊？我以前都没留意啊。"

"卧，卧鱼？"俞灵儿额头上顿时冒出了几滴冷汗："啊，我自己都忘了，倒是姐姐仔细。"

临江仙子伸手将俞灵儿的座椅挪开，然后做了个请的手势："来，让妹妹我开开眼。来吧。"

今天是自己有生以来第一次使用技能，自己发过誓，无论如何都要骗过眼前这两个女人，让他们相信自己就是俞灵儿。爹交代过，每个人都有不同的习惯，只要自己不忘一个人的习惯，就能准确地模仿这个人。只是没想到这个叫俞灵儿的人有这种下蹲习惯。"俞灵儿"暗暗咬着牙，立在桌边。

令狐媚缩回手，以肘抵桌，撑着下巴，慢条斯理地说："我就喜欢看你正卧鱼了，就是先踏出右步，再将右腿绕过左腿，撇在后面的样子。"

就见茫然的"俞灵儿"，突然醒悟的样子，赶紧依照令狐媚所说的步骤将右腿绕到左腿后面，可整个人却摇摇晃晃得像是风中的残烛一般。

假俞灵儿

"左手高，右手平。立稳了！"临江仙子拿起桌上一根筷子，像拿着一根教鞭似的，戳着"俞灵儿"的双臂。

"俞灵儿"非常勉强地抬起双臂，头上大滴汗珠流了下来。

"每次啊，你都下得很慢呢，唉，对了对了，提着点，慢慢往下啊。"令狐媚眯缝双眼，娇笑着看"俞灵儿"上身缓慢地往下蹲。

"俞灵儿"就感觉左腿像灌足了铅一般，开始不由自主地打起颤来，恨不得立刻蹲下身去，可临江仙子的那根筷子敲打着，不让自己蹲得太快。只得慢慢压低身子，呼吸已经急促不堪，整张脸都涨得通红。

令狐媚一边笑着打量"俞灵儿"因痛苦而扭成一团的那张苦瓜脸，一边欢呼着："哇，太美了，简直就是汉宫飞燕啊！"可在周遭那些客人眼里，此时的"俞灵儿"活像一只崴了的大蛤蟆，哪里是什么飞燕啊？

好像过了好多年似的，"俞灵儿"终于艰辛地蹲到最低处，左脚已经疼得完全失去了知觉，右腿一阵麻痒的感觉。抬起的双臂都已经摇摆得乱了方寸。

不过还好，终于蹲下来了，"俞灵儿"这么想着，便要去拾地上那双筷子。

"唉，还没完呢。"令狐媚低下身子，探着头对"俞灵儿"轻声道。

虽然声音很轻，可对"俞灵儿"来说犹如一根根扎进脑袋里的针一般：

"还，没，完？？"

"卧鱼嘛，你都没卧。"令狐媚咯咯笑着道："我最爱看的，就是你往右卧，背着地，压在右腿上的美态。"

我的娘啊，往右卧又怎么可能压到撇在左腿左边的右腿上啊！！"俞灵儿"心里想着却不敢问出来，只得依照令狐媚的指示，翻着白眼畸形地卧了下去。

"左手往后背，右手放胸前。"临江仙子的"教鞭"纷纷落在了"俞灵儿"手臂上。

"唉，你知道吗？听说绍兴的女儿红很有名啊。"令狐媚也不去管在地上双手乱摆身体扭成一团的"俞灵儿"，反倒和临江仙子唠起嗑来。临江仙子也不管了，收回"教鞭"放桌子上，回应着令狐媚："咱们酒壶里的，不就是女儿红吗？谁让你喝一口酒喝大半天的？才知道啊。"

"俞灵儿"依稀听得这二人开始唠嗑了，这才左手找右手想撑起身子起来。

"还没好！"令狐媚和临江仙子一起转头冲着"俞灵儿"喝斥，吓得她"吧唧"一声又瘫了下去。

两人开开心心地边吃边聊，过了会儿才对拧在地上的人说："唉，怎么还不起来？"

我的老天啊，终于可以起来了，"俞灵儿"整张脸都是煞白的，以脑袋杵着流满自己口水的地，想以此撑起身体。

"唉唉，腿不能动啊，还是得用卧鱼的姿态立起来。"

难道这个叫俞灵儿的，每次蹲下起身都是这样的吗？那还是人吗？"俞灵儿"使足了吃奶的劲，可身体就是不听使唤，怎么都立不起来，索性扒拉着旁边一张桌子的桌腿往上爬，差点没把那张桌子给弄翻了。

临江仙子抱着肚子，别过头去偷笑。而令狐媚则继续以手撑下巴娇笑地看着，就见"俞灵儿"一屁股坐在另一张桌子旁的椅子上。待她定下神左右看了看桌边的客人，知道自己坐错了，才起身摇晃着走回到令狐媚的桌旁："我，我，我起来了"。

"筷子呢？"令狐媚冷冷地问道："你蹲下去不是要捡筷子吗？"

"啊!""俞灵儿"倒吸一口冷气,惊愕地看着令狐媚。

临江仙子故意板起脸,又拿起"教鞭"道:"来,这回用反卧鱼蹲下,动作和刚才的正卧鱼相反。赶紧的。"

"我想了一下,""俞灵儿"赶忙一摆手,深吸了口气道:"掉在地上的筷子脏了,我再去拿一双。"说罢赶紧去柜台拿了双新筷子过来。

等她回到桌边,临江仙子已经给她把椅子摆好。"俞灵儿"赶紧坐定,令狐媚却端起酒杯对着"俞灵儿"道:"灵妹妹,来,姐姐敬你一杯。"

"俞灵儿"诚惶诚恐地伸手去拿自己面前的酒杯,却被令狐媚一手拦住:"等一下。"

"又,又怎么啦?""俞灵儿"张大双眼看着令狐媚。

令狐媚很认真的样子道:"妹妹你平时喝酒习惯都是'下腰'喝的,怎么你都忘了?"

"下腰喝?"她喝酒有这习惯啊?"俞灵儿"开始有一种不好的预感了:"哦,对对,只是我不……"

临江仙子也不等她说完,一指她坐的椅子道:"来吧,好姐姐,快站上去。"

下腰怎么喝啊?这个叫俞灵儿的,和这两个女人一样,一定也是疯婆子。"俞灵儿"背对桌子方向站在椅子上。

"后仰。"临江仙子拿着"教鞭"站起身立在"俞灵儿"身旁。

这是自己第一次使用技能,爹说过,第一次用技能成功与否会影响自己一生的成败。"俞灵儿"一闭眼,往后直挺挺倒下。后背却被一根筷子顶住。"啊!"惨叫声中,就见双手挥舞着的"俞灵儿"身子弯成拱形,头垂到桌边。撕心裂肺的疼痛感全都涌向脑部。"断了,断了。"嘴巴不停地龇牙咧嘴地叫着。周边观看的众位客人纷纷鼓掌叫起好来。

令狐媚探着头,柔声地对着"俞灵儿"的脑袋说:"你看,酒杯就在你眼前,还不快衔起酒杯喝酒啊?"

"俞灵儿"喘着粗气地用嘴拼命去找酒杯,感觉头越来越重,心里想哭却怎么也流不出泪来。

"俞灵儿"伸出双手撑着桌面,终于勉强一口咬住了酒杯。好了,爹!我成功了,我终于……不对啊,这种古怪动作我必须要做的吗?爹事先也没交代过啊。

想到这里"俞灵儿"就打算起身,却被令狐媚一把按住了:"等一下。"

"俞灵儿"瞪直了眼,想说我等不了了啊,可嘴里衔着酒杯,身体又被令狐媚和临江仙子控制住,只得可怜兮兮地看着令狐媚。

令狐媚则娇笑着道:"哎哟,我这记性啊,我又想起来你的一个习惯了。"

"俞灵儿"痛苦地一闭眼,为什么你偏要在今天想起那么多啊?!

"你下腰衔杯是没错,可喝酒却喜欢用'鹞子翻身'喝的呦。"

鹞子翻身这招,自己见飞白哥哥经常练。可上半身翻转着喝酒,能喝到什么啊?难道说我被这两个恶毒的女人识破了?她们故意整我的?记得爹曾对自己说过:"如果被识破了,记得要……"自己却打断了爹的话:"爹,以我的才能,绝不会被识破的。"现在好想好想我爹啊。

"怎么?你该不会翻不了了吧?"临江仙子手中的"教鞭"暗暗使了点劲,只疼得"俞灵儿"浑身颤抖起来。

拼了,反正已经这样了。"俞灵儿"抡起双臂,借力将整个身子旋转起来,结果整个人摔了出去,酒杯也被甩飞,身体重重摔在地上时,洒出来的酒全淋在自己头上。

"俞灵儿"忍着痛,勉强支撑起半个身子。"叮铃铃"一声,一枚铜板不知谁丢了过来,落在自己眼前。随后又有几枚铜板被丢在自己身边,就听得周围一片鼓掌声,叫好声。"俞灵儿"不住地摇头叹息。

"世间多少梨园子弟,花一生时间练功。这只不过是九牛一毛。有时候演一天赚的,可能还没你现在赚得多。你这就受不了了?"令狐媚幽幽地看着地上的"俞灵儿"站起身说着。

临江仙子搭茬道:"我觉得这里各位看官都还没尽兴呢。"

令狐媚媚笑着道:"要尽兴还不容易。灵妹妹,这次在椅子上先用卧鱼蹲下，再下腰衔杯，然后再鹞子翻身……"

"我——不——干——了！""俞灵儿"跳起来就往门外哭着跑去："爹啊，我要找我爹。"

临江仙子冲令狐媚一摆头，令狐媚会意，两人一起追出了客栈，紧随落跑的"俞灵儿"而去。

一路追着，令狐媚问临江仙子："你是怎么看出来，她不是真的俞灵儿？"

"耳洞，她打了耳洞，灵儿姐姐答应过我，为了我永远不打耳洞的。"临江仙子反过来问令狐媚："那你又是如何识破她的呢？"

令狐媚则邪恶地一笑，并没有回答。

这两人刚一离开客栈，另一个方向跟跟跄跄走来一人，正是俞灵儿本人。

离开江平府后，终于过了钱塘江，俞灵儿感觉非常疲惫。眼看着快要入夜了，所幸赶到了这家客栈。打算先在客栈住一晚，待明天一早动身，就能准时赶到吴川山阴。

见自己进了客栈大门，突然满堂的客人一起对自己鼓起掌来，还有人叫好。俞灵儿觉得莫名其妙的，只是自己累得也没心思去管这些，去问过店小二说是只有一间上房空着。俞灵儿庆幸没让自己住柴房。

可是那个店小二踌躇再三，才带着俞灵儿上楼。

　　到得楼上，从旁路过一个学究模样的人，想来也是客栈的住客，这学究见状，忙指着那间房对俞灵儿说："小丫头，你是要住这间房啊？这间房原来的客人，今天一早就死在房内了，虽说已经收拾干净，但是很多客人都不敢住啊。"

　　店小二很尴尬地看着这位学究和俞灵儿。

　　俞灵儿心想自己前世还一直身处刀狱呢，这点算什么："只要收拾干净了就行。没事。"说罢便走进房内。

　　这学究点着头离开："现在的小丫头竟然都如此大胆啦?!"

　　店小二很歉意地为俞灵儿拾掇房间，然后还殷勤地招呼着，送来晚餐和茶水。

　　俞灵儿洗漱一番后，倒头便睡。

　　半夜里，突然传来一阵惨叫声，惊醒了客栈内所有的人。

　　俞灵儿忙穿上衣服，跑出门观看，就见一间房门口挤满了人，跑去一看，就见刚才和自己说话的那位学究倒在地上。

　　旁边围着几个人，看样子都是店内伙计，不住地摇头："没救了，已经断气了。"

闻听此言，围观的那些客人都面露惊恐神色。

"奇了怪了，怎么和今早死的那客人一样，全身没有一处伤痕？"店小二探看了一下那学究的手臂，然后诧异着说："和今早死的那客人一样，手臂上也是相同的篆字。这篆字看着可真瘆人，左半部分像颗瞪大的眼睛，右半部分像个挺起的鼻子。"

俞灵儿一听，忙挤过人群，来到那学究的尸体旁。附身也看了一下，然后就见那手臂上的，是篆字"的"，她起身道："是鬼书。"

窗外突然闪过一道电光，紧接着是密集的雷声。

"鬼书？"伙计们都很惊恐地看向俞灵儿："鬼书是什么？"

"撼江府发生过同样案件，死者全身没有伤痕，唯独手臂上都写有篆字，因为案件离奇，一直没能破案，故将这篆字叫做'鬼书'。"俞灵儿前世也学过鬼书，可鬼书究竟是如何致人死亡的，她却不得而知了。

"我受不了啦！"门口一位妇人惊恐地尖叫着，然后拉着身边一男子："相公，我就说这客栈刚死过人，邪门得很，可你偏要住，看现在还有什么'鬼书'作祟。相公，我们还是赶快离开这里吧。"

经她这么一吵，旁边很多人都要回房收拾行李打算走。闹哄哄的客栈顿时走了一大半人，店内伙计有的赶着下楼向那些要离开的客人结账，有的抬着学究的尸体往楼下搬。

俞灵儿觉得事有蹊跷，难道是有人利用鬼书杀人？看来她得万分小心才是。一时半会儿还看不出什么头绪来，只是困乏的很，便回房继续睡觉去了。

隐隐约约感觉外面下起雨来，这使得俞灵儿睡得更香甜了。

接着就是狂风大作，电闪雷鸣。

然后俞灵儿就觉得浑身难受，只得坐起，她觉得口干舌燥，头晕眼花，难受的感觉越来越严重。伸手不见五指，俞灵儿起身去摸灯台。

就听得一阵狂风骤起，窗户被风给吹开，"吱嘎嘎"地晃动着。就算点起灯，也会瞬间被这大风给吹熄，于是俞灵儿顺着声音摸过去要将窗户重新关上。

突然响起"砰"一声，窗户猛地被关上，吓得俞灵儿忙退开两步，脖子一缩，双手环抱。手就摸到自己右臂上有凹凸的感觉。她忙伸手进袖子里摸索，依稀感觉自己手臂上莫名地有一个"的"的篆字。

"啊！"俞灵儿大吃一惊，这鬼书什么时候跑到自己手臂上来的？难道利用鬼书杀人的人，盯上自己了？

俞灵儿心乱如麻，不管三七二十一，忙盘膝就地而坐运功逼除篆字。丹田中天问神功的功力，已经达到相当于五十六年功力的程度。她无论如何都要试一试。

可运了半天，体内功力却半点运转不开，而那篆字依旧在手臂上。难道说这鬼书篆字封住了她的奇经八脉？前世听师尊归字谣说过，鬼书出现，只有施展鬼书之人才能破解。看来是真的了。

俞灵儿忙顺着墙推开了房门："救命啊！快来人啊！"

可她喊了半天，却没有任何回答自己的声音。客栈里的人都去哪儿了？俞灵儿不由得想起自己在东堤客栈里的遭遇，那时也是客栈里空荡荡没有一个人。不同的是，那次客栈里虽然空无一人，却是灯火通明。今晚却是一片漆黑，令俞灵儿觉得毛骨悚然。

"有人吗？"怯乏的声音在寂静的客栈里回荡着。俞灵儿摸着木栏寻找着楼梯，想下楼看有没有人，或者找盏灯也好。

可是摸了半天，却一直找不到楼梯口。俞灵儿心里觉得奇怪，凭记忆从自己房门口走到楼梯用不了几步，可她已经走了这么多步，为什么还没到楼梯口？

于是俞灵儿转过身往回走，一只手摸索着护栏，另一只手摸索着护栏下的竖栏。

就在这时，突然一阵猥琐而又阴森森的笑声传来："唧唧唧！小丫头挺机灵啊。"

俞灵儿吓得停在原地，大气也不敢出。

"唧唧唧！看不出小小年纪，居然深藏不露啊。"这猥琐的声音忽左忽右，也不知道说话的人身在哪个方位。"不但知道我的鬼书，而且中了我的鬼书，竟还能不死！"

俞灵儿依旧不发出任何声响，只是静静地听着。

"不过，所有去参加黄溪修禊的人，都必须死！你也不例外。"紧接着就听到一阵破风之声，直冲俞灵儿而去。

俞灵儿忙蹲下身子，那破风之声从她头顶飞过。俞灵儿觉得奇怪，说话如此猥琐之人是怎么从一片漆黑中，分辨出自己所站位置的？

然后那道破风声从她身后又倒追过来，俞灵儿赶忙向一边的墙壁靠过去，躲过那道破风声。

可是那道破风声又折转回来，这次却有三道破风声一起攻向她。

俞灵儿狼狈地摔在地上，墙上"咚咚"两声响，而她肩头则感觉被一硬物砸中。

俞灵儿吃着痛，依旧不敢喊出声，一摸这件硬物，居然是柄盛饭用的木勺。同时俞灵儿还摸到这柄木勺上印有一个篆字，"矢"。俞灵儿心里奇怪，难道说只要是被写上篆字"矢"的东西，就会向写有篆字"的"的物体攻击？！

"唧唧唧！居然这么能躲？那好，这次我看你还怎么躲？"话音刚落，就听见四下里全都是桌椅等木头相互间敲击的声音。

俞灵儿心道不妙，忙顺着墙想找一间客房来躲。可刚摸到一扇门，却被客房内飞出来的桌椅砸到，俞灵儿手按在一张桌面上，感觉又摸到一个"矢"的篆字。

然后走道内飞过来一堆的桌椅，又砸到俞灵儿身上。东倒西歪的俞灵儿就感觉到楼下所有的桌椅全都朝着自己飞上来的气势。

俞灵儿忍着痛，用身体撞破护栏，整个人直摔向楼下大堂，重重掉在地上。

趁着在二楼所有桌椅板凳砸在一起动静，俞灵儿死撑起身，往一个方向跑去。

"沧浪"连声响起，那个猥琐的声音又说道："唧唧唧！木头的总归不好玩，这次我换刀具来玩，好不好？"

俞灵儿很想回答他，不好！可还是不敢发出声音。接着就听到比刚才更尖锐的破空声传来。俞灵儿突然很想念那些砸过自己的桌子，这时候拿来挡一下多好啊。

"嗖嗖"几声过后，俞灵儿浑身上下的皮肤都被飞过的刀具给割伤。要不是前世在刀狱里有过更为惨痛的经历，俞灵儿怕是立刻就会疼得躺倒在地无法动弹。

"咦？"那猥琐的声音好似也为俞灵儿的坚强感到惊讶。

趁着这当口，俞灵儿终于摸到客栈大门，忙拉开门冲入外面的滂沱大雨之中。

"救命啊！！！谁来救我！！！"在嘈杂的雨声中，俞灵儿拼命地不断叫喊着。

可是随着一道巨大的雷声，俞灵儿突然呆立在那……

听到了，听到了雷声。

可是，可是却看不见闪电。

原来刚才在客栈里感觉漆黑一片。不是因为没有灯。

而是，而是，

自己瞎了……

"唧唧唧！看来终于明白过味来了，中了我的鬼书，虽然没能要了你的命，却能弄瞎你的眼。"身后那猥琐的声音响起："与其做一辈子瞎子，倒不如转世投胎再来过的好。"

接着就是一大堆声响从客栈里飞出来。

"转世投胎？"俞灵儿大笑起来："我就是刚重生的，我还不急！"

然后那一大堆声响立刻遍布在俞灵儿的周身不远处，围成圆球状。就好似一层箭网，引弓待发，就等着一声令下，随时会射向自己，把自己射成马蜂窝一般。

"救命啊！！！谁来救我！！！"俞灵儿依旧不放弃地大声嘶喊着，什么都看不见的情况下，唯一能做的就是呼救。

　　"唧唧唧！清明是多好的日子啊！"那猥琐的声音宣告着死亡："明年的今天就是你的忌日！"话音一落，俞灵儿就听到身周那些必定被鬼书写了篆字"矢"的东西，飞向自己。

第八十六章

三月时分

　　可惜啊！俞灵儿心里想着，这一世连杀我的人是谁，长什么样，全都不知道。

　　在极度绝望之时，突然，一只坚实而又温暖的手抓住了自己的胳膊，并且轻轻一带。

　　如此熟悉的手，如此熟悉的拉扯动作。难道真的是他？俞灵儿顿时心跳加速，感觉浑身上下每寸肌肤都在发麻。风声、雨声，瞬间好像什么声音都听不见了。我是在做梦吗？俞灵儿第一个想到的是这句话。

　　如果真的是做梦的话，希望不要很快醒过来。

　　如果真的是做梦的话，接下来应该会听到那熟悉的三个字。

　　果然，一个清爽明洁的声音响起三个字：

　　"君不见！"

　　接下来那些飞向俞灵儿的桌椅板凳锅碗瓢盆刀叉斧锯："噼里啪啦"地瞬间冲挤在中心的一点上。

　　可是，在这个中心点内却没有一个人。随着那三个字说出的同时，俞灵儿和她身边那人，全都瞬间不见了。

　　当下就只剩下狂风骤雨之声，和一个猥琐的"咦？？？"的诧异声音。

突然雨水落在地上的声音戛然而止，取而代之的是不断凝聚在半空中的潺潺水声。这种状况，稍稍持续了一会儿。随即在空中一个清爽嘹亮的声音响起：

"黄河之水天上来！"

随着这一句话，就见半空中凝集的那团雨水，伴随着一股汹涌澎湃的劲风声，向着挤在一起的那堆杂货和那个发出猥琐声音的人，席卷而去。

紧接着一个白衣胜雪的人托着俞灵儿的胳臂从半空中飘然落地。

"唧！唧！唧！"那猥琐的声音依旧猥琐："句龙在天！你想破我的鬼书？痴心妄想！"那堆杂物发出一阵亢奋的声响，好似张牙舞爪地准备扑过来一般。

俞灵儿此刻敏锐的听觉能觉察到，所有那些杂物上的鬼书篆字"矢"上面，全都被以一种令人无法想象的速度，被添上了一竖。所有的篆字"矢"全都被改写成"失"。

"叮！"伴随着一支银枪插落地面的声音，紧接着还是这个清爽嘹亮的声音响起：

"奔流到海不复回！"

那堆被改写了篆字的杂物，以及那猥琐的声音"唧！唧！唧！"，一起被裹挟在先前那股滂湃劲风中，朝着东海的方向，翻滚着渐渐远去。

俞灵儿心里清楚，到东海之前，那些杂物是不会离开那股滂湃劲风的。而这一招一式就是风归云入沧海派之前就已经掌握的《将进酒》笔法。

一件大氅被轻柔地盖在俞灵儿头上，大氅内留存的一股暖流，瞬间温暖了身上被雨水淋得冰冷的肌肤。

此时虽然俞灵儿浑身上下的伤痛显得更疼了些，但是俞灵儿依旧咬牙坚忍着站立在那，这个时候自己绝不能失去意识，否则失去的很可能是极为重要的一次机会。

"好了，已经没事了。"前世已经不知道听风归云说这句话多少回了，现在听来依旧让俞灵儿感觉沉醉。

俞灵儿再也等不及了，一边伸出双手摸索着，一边向说话的那个人问道：

"风归云！是你吗？"然后一双有力的手接住了她的手。

然后接住她的那人说了什么，俞灵儿已经听不清了，因为她已经昏了过去。

也不知道过了多久，俞灵儿从睡梦中醒了过来。

"风归云！"俞灵儿第一反应就是喊叫这个人。

"姑娘，你醒了？！"还是那个熟悉的声音，俞灵儿这才安下心来，他还在身边。"你在梦中不断地呼喊着'风归云'。"

"你，你不就是风归云吗？！"此时俞灵儿还是双眼不能视物，挣扎着爬起身，却摸到身上包扎的布带。再一摸索，全身上下都被布带包裹着，可是右臂上的鬼书篆字却还在。

"姑娘，你认错人了，我不是风归云。"还是那只温暖的手，扶住了俞灵儿。我不管，这声音，这手，还有那招《将进酒》，都是风归云的。"不会错的！你就是风归云！"俞灵儿大声喊着。

"我叫句龙在天。"

俞灵儿愣了一下，她怎么忘了，风归云是他入沧海派之后起的道号。难道说风归云的本名就叫句龙在天？前世风归云向她表白时的样子，似乎历历在目。今世又让她遇到了他，而且还被他救了一命，难道说冥冥之中，与他果真有缘？！绝不会错的，风归云还会向前世那般向她表白，可惜她这双眼看不见，只是不知道这一世的风归云会在什么时候，在什么地方向她表白了。怎么都好，只要风归云向她表白，一切都还来得及，他们之间还有挽回的余地。

想到此处俞灵儿双颊绯红，满满都是幸福之感。

"帮你包扎的是此间的丫鬟。你全身都是伤，所以在安顿好你之前，我会护你周全。"句龙在天扶着俞灵儿到椅子那坐下，然后将一块牌子递给俞灵儿，那正是俞灵儿用来参加黄溪修禊的牌子："你是来参加黄溪修禊的吧？偏巧我也是参加者之一。"

是否能在黄溪修禊上夺魁，对俞灵儿来说已经不再重要。对她来说，身边这个人才是自己的一切。俞灵儿的手紧紧攥住句龙在天的衣袖不放。

"姑娘莫担心，我必会护你周全。"

听到这话，俞灵儿心都醉了，忙道："我，我也要去参加黄溪修禊。"

"可你身上的伤还未痊愈，又如何去黄溪修禊？"句龙在天满含关切的话语，令俞灵儿陶醉得恨不能给自己再多添几道伤。

俞灵儿心中主意已定，自己双目失明，恐怕夺魁黄溪无望了。但是她要助风归云夺魁黄溪。既然风归云是自己人，那作为彩头的舞鹤宝，与其被别人得去，还不如让自己人得到。为了助他，就算自己再赴刀狱又何妨："没事的，我早好了，你会带着我的吧？！"

"那好吧，今日便是三月初期，我们已经身在吴川山阴，我这就带你去黄溪修禊。"

俞灵儿暗道，虽然自己双眼看不见，但起码还可以帮他在黄溪修禊的夺魁之路上尽些绵薄之力。"我叫俞灵儿。"

听到四处鸟语声，闻着阵阵花香，不时飘落在身上的不知道是花瓣还是树叶。一想到风归云此时此刻就和自己两人并肩而行，沐浴在这花叶之雨中，俞灵儿心里非常希望，能这样一直下去该多好，无论风归云要去天涯还是海角，她都会义无反顾地跟着他这么一直走下去。

随后句龙在天扶着俞灵儿迈步进入一处人声嘈杂之地。

当他们一走进去，那嘈杂声戛然而止。然后就听到一个响亮的声音说道："我们黄溪修禊盛会，十年前一直以曲水流觞的形式进行，那是多么风雅之事？！可是自打你句龙在天十年前来过之后，我们现在的赛制都改成什么样了？！"

话音一落，立刻引来很多人的赞同附和之声。

听有人编排句龙在天的不是，俞灵儿怒极，忙反驳道："胡说！这关句龙在天什么事啊？"

那个响亮的声音继续道："世人皆知，就因为句龙在天参加了十年前的那届黄溪修禊，结果决出两名魁首。故此现在黄溪修禊改成淘汰赛制。这难道还不关他的事吗？"

原来在十年前，句龙在天就夺过魁了。可那是我俞灵儿的风归云，夺魁是必然的，这群人有什么好吵的真是！

边上一个低沉的声音道："本来曲水流觞，大家坐在河渠两旁，在上游放置酒杯，酒杯顺流而下，停在谁的面前，谁就得取杯饮酒，然后即兴书写。最后再评出最佳作品。羽觞随波泛，多风雅啊。"

然后另一个老者的声音道："就是啊。你们北碑派的何必来参加我们南帖派的盛会呢？"

接着又是一片斥责声响起。

俞灵儿急着抢白道："北碑又如何？不也是书法之一吗？他既然能代表整个北碑派来修禊论帖，对于南北书法来说，难道不是好事吗？"

"呵呵，就怕句龙在天还不能代表整个北碑流派吧？！"那个低沉的声音响起。

那个老者的声音响起："哼哼，恐怕他连天下第一碑刻都说不出来吧？"

接着一片嘈杂声响起："就是啊，说得出来吗？"

俞灵儿心中懊悔不已，刚才自己为何要强调句龙在天代表整个北碑流派呢？

不像《修禊黄溪》是公认的天下第一行书，而这天下第一碑刻却是众说纷纭，一直没有定论。现在那些为难句龙在天的人，拿天下第一碑刻来挤兑句龙在天，确实是很棘手的事情啊。

俞灵儿侧耳倾听，却听不到句龙在天任何反驳之语。俞灵儿心道，句龙在天会不会在生自己的气啊？

第八十七章

第一碑刻

"说不出来了吧？哈哈哈。"那个低沉的声音响起："让老夫告诉你们，这天下第一碑刻啊，是《九宫格碑》。"

"哎！不对不对，这天下第一碑刻啊，应该是赵威所做的《姑山仙碑》。"那个老者的声音响起。

那个响亮的声音响起："你们说的应该是天下第一楷书之争，要我说这天下第一碑刻啊，应该是《小龙碑》。"

"《小龙碑》最多算是魏碑第一，却并非天下第一碑刻，要我说应该是前朝御书《纪太山碑》。"又有个年轻人的声音响起。

接着一个平稳的声音响起："哎！不对不对，《纪太山碑》当属天下第一摩崖碑文，还是算不上天下第一碑刻，我觉得《大眼碑》堪称天下第一。"

一下子人声喧哗，都在那讨论着哪家才是天下第一碑刻。

就在大家各执一词，争论不休时，一阵清爽明洁的笑声响起："哈哈哈哈！"俞灵儿终于听到句龙在天的声音了，却是因何发笑？

似乎众人都被这笑声吸引，周围顿时安静下来。

"你笑什么？"那个响亮的声音问道："难道说你知道这天下第一碑刻是什么吗？"

"对啊！刚才问你的时候你不说，现在却在此大笑。你倒是说说看啊！"很多人都问着。

句龙在天不急不缓地说着："这，才是天下第一碑刻！"

"这，这是什么？"那个响亮的声音说道："这不就是一个'弓'字吗？关天下第一碑刻什么事了？"

句龙在天坚定地声音回荡着："没错！就是这个'弓'字，可称天下第一碑刻！"

俞灵儿着急起来，她什么都看不见，不知道发生了什么，哪里有"弓"字？为什么说这"弓"字是天下第一碑刻？

然后就听得句龙在天说道："若站在昆仑之巅，面朝渤海之向，就可以看到这天下第一碑刻文'弓'。"

"什么？他说什么？"人群中又起一阵喧哗声："哪有这个碑文啊？你听说过吗？""我也没听过啊。"

句龙在天继续说道："古时大禹治水，尽力沟洫，应龙曳尾。在中原大地上刻下的这个'弓'字。"

"照你所说，那不就是黄河吗？"老者的声音响起："从昆仑方向，面对渤海，去看这黄河的轨迹……倒确实是个'弓'字。"

"若论时间之久远，占地之广博，试问天下有哪个碑刻能与黄河称雄？"句龙在天继续说道："故此这黄河所成的'弓'字，就是天下第一碑刻。此'弓'向北，蓄势待发，时刻告诫我等抵御北夷之意。"

"这……"众人一时语塞。

俞灵儿心中狂喜，看到没有！这就是我的风归云啊，这就是我的风归云啊。

句龙在天朗声说道："诸位，书法变迁，流派混淆，非溯其源，曷返于古？澜国提出书法有南帖北碑之分，但是贺督之乱后，国已分南北，难道诸位还要再将书法分南北吗？"

随之一片寂静。

句龙在天的声音又转为谦逊："在下不才，来此一会各路书法名家，以求精进，还望各位不吝赐教。"

接下来四周各种客套声此起彼伏。

然后就听得"咚咚咚！"三声鼓响，有人咳嗽一声："嗯哼！各位，黄溪修禊现在可以开始了。"

就听得旁边有人道："是天真人来了，黄溪修禊这就要开始了。"

"各位！想必大家都已经知道，本届的黄溪修禊赛制依旧是淘汰赛。九州中已经选拔出来参赛者，但因为九州之中的兖州修禊者弃权，故此就由另八州的修禊者进行分组比赛，两两对决，一场决高下。胜者进入更高一级的分组比赛，直到决赛夺魁。"又是那个天真人的声音："现在就请各州选拔出来的高手能人，上来比试第一轮吧。"

句龙在天扶着俞灵儿道："你的眼睛看不见，还是不要去比了吧？"

只要能为句龙在天扫清夺魁之路上的阻碍，就算双目失明，俞灵儿也要尽一份微薄之力。所以坚持说道："我要参赛，麻烦你先扶我过去好吗？"

句龙在天便扶着俞灵儿上前，俞灵儿手中握着扬州修禊的牌子，也无人阻拦，然后由一名丫鬟接手搀扶过去。俞灵儿忙下意识地叫起："风……句龙在天，你在哪？"

"你放心，她们会带你去参赛。我去那边比试，很快就来接你。"虽然句龙在天柔声地安慰着俞灵儿，可俞灵儿依旧恋恋不舍。

那丫鬟突然停住脚步。"怎么啦？"俞灵儿轻声问道。

"这里有张告示牌，张贴着九州参赛者第一轮分组的安排。"丫鬟稍稍顿了一下："姑娘你代表的扬州，在第一轮将会与冀州参赛者对上。"

太好了，只要自己对上的不是风归云就行，俞灵儿心中稍宽。不过这九州参赛者，个个都是大书法家，就算她双目没有失明，都未必有必胜的把握。更何况现在自己什么都看不见。而自己唯一能做的，就是拖延时间，只要句龙在天胜出他那一局，必定会来自己这边观看，届时只要让他看到冀州参赛者的书法，再拟定出应对之策，那自己也算为句龙在天的夺魁之路上，尽了一份绵薄之力。

俞灵儿被径直扶到一张桌案旁坐下，周围却传来一片指责声："女子无才便是德！女人学什么书法？""怎么参赛的是个女的？不在家安分地相夫教子，来黄溪凑什么热闹？""难道我江左无人了吗？怎么会选出女子来？"

"你们吵什么吵？谁说女子不能来黄溪修禊？"扶着俞灵儿的那丫鬟突然大声喝道："古有薛涛创笺纸，武则天飞白赐名。今有李清照、朱淑真。就连王之修的师父卫夫人，也是女子。你们要再说女子无才便是德，可就是对当今皇后大不敬！"

周围顿时鸦雀无声。

俞灵儿微笑着伸出手，按了按这丫鬟的手臂，以示嘉许。不过为了拖延时间，她则坐在椅子上动也不动。

"说得再好听，终归要有真材实料才行，难道这小丫头的书法，还能高过江左米有仁不成？"桌对面传来刚才那位老者的声音："哎，可惜了，老夫原本以为，这次扬州参赛者会是江左米有仁！没想到却是一个乳臭未干的小丫头。可惜啊，老夫还特地为米有仁作了好一番准备呢。"

听这老者的口气，想来他就是冀州代表参赛者。俞灵儿为了拖延时间，还是不做任何回应，依旧沉默地呆坐在椅子上。

可身边的丫鬟沉不住气了，低声询问俞灵儿："现在要不要就开始……"俞灵儿不等丫鬟说完，忙抬手作揖道："米大人公务繁忙，特此指派我这小丫头来参赛。还望前辈手下留……"

"上次黄溪修禊，老夫就只输江左米有仁半筹，"这老者显然对俞灵儿的话毫无兴趣，自顾自地在那说着："这次老夫可是做足了准备来的，定要夺得本届魁首不可！"

俞灵儿脸上笑了笑，可心里期盼对面老者能多说几句，哪怕多说一句也好。

对面老者果然不负俞灵儿所望："……哎？丫头，你双眼看不见吗？"

话音刚落，周围爆发出一阵窃窃私语声："这怎么回事啊？这参赛的丫头居然是个瞎子哎。""怎么扬州这次如此不济，派一个小丫头来参赛不说，居然还是一个瞎子？！""就是啊，这还敢往桌边上坐？丢人现眼啊，这还不如直接认输的好。"

"你们！你们！……"俞灵儿身边那丫鬟急了，却一时也无法解释双目失明者如何参赛。

俞灵儿又抬手按了按那丫鬟手臂，以示安慰："既来之，则安之。"

"小丫头，你双目失明，如何写出工整的字来？又如何维持章法不乱？"对面老者以轻蔑的声音道："妄想与老夫争高下？真是笑话，这里任意一人皆可赢你。"

周遭传来一片哄笑声："莫说这里任意一人，恐怕连我家三岁小童，都可赢她。""别写到一半，写到对方的纸上去，那可就闹笑话了。""别赖着了，还是早早认输吧，少在这里丢人现眼了。"

俞灵儿身边丫鬟急了："你们，你们别再吵了……"

俞灵儿任凭周围人起哄，只是浅浅笑着。

"老夫告诉你，休想以双目失明来博取同情，"对面老者继续得意地说道："老夫准备对付江左米有仁的手段，会毫不保留地用在丫头你的身上。"

俞灵儿等的就是对方这句话，只要让句龙在天看到冀州参赛者毫无保留的书法，自己就可功成身退了。

对面老者又道："好了，该说的老夫都已经说了。丫头你若不认输，那我们就先开始吧！"

"先不急,"俞灵儿道:"晚辈双目失明,请先容晚辈熟悉一下笔墨纸砚。"然后假意伸手在桌上摸索着。可身边那丫鬟却将文房四宝端到俞灵儿手中,俞灵儿只得摸索丈量着笔墨纸砚,心里急道,她其实就为了拖延时间,才提出熟悉文房四宝的,这样好等句龙在天过来观瞧。可现在笔墨纸砚全在手中了,还能以什么理由继续拖延呢?

周遭窃窃私语声响起:"太磨叽了。""真耽误功夫啊。""你们看看她,世上哪有一寸一寸丈量纸张之法的啊?"

俞灵儿旁若无人,自顾自继续丈量着,心中不断念叨着,句龙在天,你快来啊。

"丫头你到底好了没有啊?"对面老者显然也等不及了,"你可别丈量了半天才认输吧?那可就贻笑大方了。"

四周人也开始不耐烦起来,纷纷吵着要俞灵儿开始比试。

俞灵儿被催得没法,只得放下文房四宝,向前一拱手:"啊,晚辈还未请教前辈高姓大名?"

"告诉你也无妨,教你知道老夫名头。老夫姓蔡,别人都唤老夫为,冀州蔡木公!你回去告诉米有仁,待老夫此次夺得魁首,不日便要去向他讨教一番。"至于面前这小丫头的姓名，叫蔡木公的老者则毫无兴趣。

"蔡木公？"俞灵儿略微沉吟了一下，突然笑了起来，拱手道："原来是澜国史部侍郎蔡木公蔡大人。当年嵯峨秃攻打赵国，与雷谦元帅交兵时，蔡大人你当时可为嵯峨秃担任兼总军中六部事？"

蔡木公一愣，没想到对面这小丫头居然这么清楚自己的底细，当下不由得惭愧地低下头去，也不直接回答俞灵儿的问话。

可俞灵儿的这句话说完，周围的窃窃私语声变成喧哗声："原来这蔡木公是奸贼澜狗！还帮着嵯峨秃打我们赵国。""上次来的时候还不知道他是卖国之徒，怎么澜狗也来参赛？""澜狗滚回去！"

接下来是天真人的声音："安静安静！不得喧哗。为示公允，黄溪修禊，无分国界，邀请天下名士来此一较高下，相互切磋。有什么事赛后再论不迟。"

四周虽然渐渐安静下来，却还是有人不断发出咒骂声。

俞灵儿心说，面前这个蔡木公为澜国尽过很多力，立下很多汗马功劳。前世听闻这蔡木公后来还官至澜国右丞相，卖国之徒当成这样的，怕是很少有人能与之比肩。于公于私，自己都要在这一场对决中拿下蔡木公。可是自己双目失明，又如何赢得了他呢？俞灵儿心中飞快地转着念头。

虽然蔡木公不再说话，可俞灵儿敏锐地感觉得到蔡木公此刻的气势早已被消磨得半分不存了，俞灵儿自然得逮住这个难得的机会："蔡大人，听闻嵯峨亮非常器重蔡大人，刚当上皇帝，就将蔡大人由刑部员外郎升为吏部侍郎。"

"够了！老夫今日只修禊论帖，不谈其他事情！"蔡木公再也忍不住了，急忙扯开话题。

俞灵儿则装作没听见的样子："而且听闻嵯峨亮还有意将空缺的户部尚书一职托与蔡大人，看来不久贵国的户部尚书一职也是蔡大人的囊中之物啊。蔡大人在澜国可真是官运亨通啊！小女子先在这里恭喜蔡大人了。"

俞灵儿说完这话，对面依旧选择沉默。

"为何那嵯峨亮如此器重蔡大人？与当年蔡大人尽心尽力出谋划策辅助嵯峨秃对付雷谦元帅，怕是有莫大关联吧？！"俞灵儿这话说完，四周的窃窃私语声又响起。

俞灵儿故意高声说道："当年嵯峨秃率领十万铁骑，踏入江左，残害无数百姓，直将皇上逼至海上。不知可是蔡大人出的谋，划的策啊？"

在场很多都是名士，闻言群情激愤，一起指斥蔡木公："快把这澜狗给抓起来！""卖国贼！休要让他回去！""黄溪修禊还轮不到奸贼走狗来参与！"顿时骂声一片。

吵得俞灵儿都听不见此刻蔡木公的任何反应。

就连俞灵儿身边的丫鬟也传来抽泣声："我爹我娘，都是被澜兵所杀。害我自小就成了孤儿……澜人可恨，澜狗更可恨！"

就听天真人再一次劝阻众人，却也好半天才让众人安静下来。

听得蔡木公连做了两个深呼吸，然后用快速的话语说道："老夫这次来，本意与江左米有仁较量一番。故此出了一题，问小丫头你可敢应老夫之题？"

俞灵儿心中暗笑，对面方寸已经乱了，然后慢条斯理的道："小女子我，不但双目失明，而且耳背的很，尚书大人你刚才说什么？"

蔡木公几乎绝倒，怎么遇到个既眼瞎又耳聋的对手？只得大声将刚才的话又说了一遍。

听蔡木公大声说话，周遭顿时有人叫道："澜狗你喊什么？""卖国贼还有脸大声说话？！"

俞灵儿扑哧一笑，心里很想看看此时的蔡木公是何表情，然后道："哦，哦，不知户部尚书蔡大人，想给小女子出什么题啊？"

"当下老夫还不是户部尚书！"此话一说完，蔡木公也觉得不对，忙道："老夫以长条幅为题，谁写的长谁赢下此局。小丫头可敢接？"

条幅就是一行竖写，古时有人在长条幅上书写，以求尽可能写下最长的书法。因为条幅很窄，只能一字一行直下竖写，这对双目失明的俞灵儿来说无疑是很有难度的。

"哈哈！"俞灵儿忍不住笑出声来："我当是什么难题呢，不就是条幅吗？比就比啊！"

"好大的口气啊！小丫头，老夫倒要看看你怎么写！两条长幅我都带来了，小丫头你就准备认输吧。"蔡木公自诩书法当世一绝，只将米有仁视为对手，哪里会将眼前这双目失明的小丫头当一回事。

"慢着！"俞灵儿一抬手："既然比赛规则都由蔡大人定了，那书写的内容可否由小女子我来定？"

蔡木公站起身来一挥手："无妨，你定就你定吧。"

俞灵儿腾地一声也站起身，朗声说道："那好，书写内容就定为，吴献大人所写的《上皇帝封事》！！！"

然后俞灵儿就感觉对面又是一阵沉默，连呼吸的声音都听不到了。俞灵儿真恨自己双目失明，蔡木公此时此刻的表情绝对精彩。

南北八年时，澜国派出江南诏谕使，携带国书到帝都进行和谈。当时澜国使者的态度极其傲慢目中无人，对赵朝廷上下百般侮辱。可是皇甫构和仇无忌却选择一味地苟且偷安，还不惜卑躬屈膝与澜使议和。

皇甫构和仇无忌这一举动激起了朝中大多数大臣以及全国军民的义愤，纷纷起来反对。当时任枢密院编修的吴献，反对议和的声音最为激烈，写下了著名的《奏皇帝章》，不但揭露了澜国此次议和的阴谋，还要求皇甫构斩下仇无忌等人的头，并且表示，如果皇甫构不这样做的话，他宁愿投东海而死，也决不在小朝廷里求活。

吴献的这篇奏疏《奏皇帝章》一经传出，举国上下立即对此产生强烈共鸣和反响。尤其是宜兴的进士吴师古，迅速将这篇《奏皇帝章》刻板复印，四处散发，国民都争相传诵。

当时澜国人也听说了此事，急忙以千金求购此书。当读了《奏皇帝章》后，澜国君臣全都大惊失色，连连称"南朝有人！""武有雷谦，文有吴献""华国不可轻！"

俞灵儿微笑着问道："怎么？蔡大人有何疑虑吗？"

长期以来，虽然蔡木公在澜国官运亨通，可内心深处一直仍觉着自己是原人，一直深深内疚不已，总感到"身宠神已辱，低眉受机械"。今天蔡木公万万也想不到，这小丫头居然将书写内容定为《奏皇帝章》，那无疑是在他心头插上一把刀。

可是现在箭在弦上，已是不得不发了，蔡木公只得道："啊！好吧，就依你，《奏皇帝章》！"

"边写还要边念出来！"俞灵儿马上得寸进尺。

蔡木公急了："你不要太得寸进尺了！我们是修禊比书法，不是比咏诵诗词！"

听蔡木公高声说话，周遭又是一片喧闹声："澜狗你喊什么？""卖国贼还有脸大声说话？！"

俞灵儿笑得腰都直不起来。

随后一张长卷摆在了俞灵儿面前，那小丫鬟赶忙在一旁帮着磨墨。

像蔡木公这样的奸贼，又何需句龙在天亲自出马？俞灵儿心中暗暗打定了主意，这一局就由她亲手了结蔡木公吧。

心念至此，俞灵儿探手伸入袖子中，唤出自己泥丸宫里的凤鹈玉笔，直接显现在自己手上，接着拿笔的手从袖子中伸出，就像是从袖子中取出笔一样，这样就免得旁人见到自己做法而引起恐慌。最后将凤鹈玉笔按在砚台内蘸满墨，这凤鹈玉笔因是古笔，本就极能蓄墨，又是宝物，能蓄的墨就更多了。

"准备好开始了吗？"从这句话语中俞灵儿听得出，蔡木公是急不可待地想早点结束今日的比试。

第八十九章

游丝书法

●
○

　　"急什么？你没见我看不见吗？"俞灵儿慢条斯理地蓄着墨，直到凤鹈玉笔将砚台里的墨全吸干，这才由丫鬟扶着将笔对准条幅开始之处。

　　"对了，这第一句是什么来着？"俞灵儿故意问道。

　　蔡木公摇了摇头说道："第一句是：南北八年十一月日，右通直郎枢密院编修臣吴献，谨斋沐裁书，昧死百拜，献于皇帝陛下。"话说到"昧死百拜"时，蔡木公的声音已越来越轻。俞灵儿心道，自己双目失明，真是太可惜了！否则就能好好看看蔡木公的脸色，定是非常有趣的。

　　可是周围窃窃私语声又响起："这丫头双目失明，可怎么写啊？"

　　"这澜狗蔡木公实在可恶，居然提出比试条幅长卷，绢帛如此之窄，只要一个不小心写歪就输了，这不是明摆着欺负小丫头看不见吗？"

　　"何止会写歪，小丫头双目失明，如何起笔？又在哪收笔？每个字不同，笔法也千变万化，她要如何运笔呢？"

　　听到周围人的议论声，俞灵儿只是淡淡一笑："好了，那就开始吧。"她又叮咛了一句："记得哦，每写一字，都要念出来哦。"

　　一旁蔡木公哪里肯念出来声，可是一边写，脑海中却不自觉地回荡着《奏皇帝章》每一个字，那声音就好似吴献本人激昂慷慨之声。

周遭人不断喊着："小丫头，可千万别丢我大赵的脸，一定要赢啊！""绝不能让澜狗在我江左耀武扬威，小丫头，就看你的了！"就连俞灵儿身边的那小丫鬟也激动地对她说道："一定要赢，一定要赢啊！"

俞灵儿郑重地点了点头，然后深吸一口气，开始落笔书写。

然后蔡木公就听见周遭惊叹声连连，转头看去，就见俞灵儿笔走龙蛇，起笔后宛转连绵，不作间断，流畅飞动，一气书下。

"游丝书！是将所有字的笔画全都一笔连着书写下来的书体。"周围有人认出了这种书体："游丝书要视中心为一条直线来书写，这样就很难写歪了。"

"这小丫头双目失明，原本很难掌握起笔和落笔之处，可是以游丝书来写的话，只要不写到卷外，一笔连续不断就能写下全篇字来。"

"而且游丝书全用笔尖来书写，不需要考虑其他笔法。即使双目失明，也能照写不误，这一手妙啊。"

蔡木公也暗暗心惊，听闻这游丝书乃是吴说所创，能一笔连环写百字，如游丝飘空。是一种很美且难度很高的字体，纯用笔尖书写，不铺毫，笔尖始终在笔画中运行。时人比喻游丝书，"非烟非云断复续，缓步徐行不拘束，断崖一落千丈滑，远望笔行如一发"。

果然是他小看了这小丫头，江左扬州地界高手如云，怎么可能会选出泛泛之辈？

他本意要对付的人是米有仁，可现在连个二十岁都不到的双目失明小丫头都可能赢他，这传出去让他有何脸面见人啊?！是他轻敌在先啊。无论如何，都要稳定心神，先写好自己的才是当务之急。

可是越往下写，蔡木公越不得劲，光是第一段中写到"奈何以祖宗之天下为澜虏之天下，以祖宗之位为澜虏藩臣之位！""天下之士大夫皆当裂冠毁冕，变为胡服，异时豺狼无厌之求"，"堂堂大国，相率而拜犬豕"等句子时，蔡木公都会停下笔，心中不禁惆怅万千。长期以来，他内心深处一直潜伏着的民族意识，令他深深地矛盾，总感到"身宠神已辱，低眉受机械"。之前周遭人群指着自己骂澜狗卖国贼，早已无地自容，现在居然还要写下爱国名臣吴献的

《奏皇帝章》!

想到这篇《奏皇帝章》的内容越是往后，越是字字铿锵，句句雷霆，对蔡木公来说每写下一字，真犹如背负大山前行一般艰难。看来这篇《奏皇帝章》，恐怕今日很难坚持写完了。

蔡木公深深叹了口气，自此之后，但凡是写《奏皇帝章》，他都无法发挥出书法极致，若是不能跨过这个坎，他的书境也就到此为止了。可笑他还一直想着要挑战江左米有仁，想不到上次与米有仁的那一决，已成绝笔。

蔡木公心中郁闷难当之际，实在忍不住写下了自己创作的词："西州扶病，至今悲感前杰。……"

发泄完之后，蔡木公将笔一丢，只一句"老夫认输了！"，随后拂袖而去。围观众人纷纷向蔡木公丢去了无数臭鸡蛋和烂蔬菜皮……待蔡木公走到门口时，全身上下已是狼狈不堪污秽熏天。

周遭人发出一阵欢呼声："小丫头赢了！赢了那澜国走狗！""小丫头不错，很有看头。""黄溪修禊是属于正直之人的。"

俞灵儿这才停下笔，丫鬟过来帮她擦了擦满头的汗，俞灵儿报以一笑，心中不免暗自心惊，要不是她不断扰乱蔡木公的心神，再提出书写《奏皇帝章》的攻心之法，否则以自己重伤在身体力不济，怕是也难以最终写完整篇《奏皇帝章》。如果蔡木公再坚持一会儿，她恐怕就要露出马脚了。她的游丝书虽然秉持按中心一线书写，但是她终究双目失明，只要有一丝一毫的偏差，字早晚会偏出条幅。能赢蔡木公可以说是险胜。

随即俞灵儿虚脱地坐倒在地。

就在这时，另一边爆发出更大的喧闹声："龙爪书！"

"她居然会这么难写的龙爪书！"

"这句龙在天不是碑文高手吗？怎么还会王之修独创的龙爪书？"

俞灵儿闻言心下了然，龙爪书是风归云的得意书体，看来句龙在天赢下他那一局了。

果不其然，不一会儿，句龙在天的声音在她耳边响起："你可玩得开心？"

俞灵儿硬撑着站起，点点头，向那清爽的声音笑了笑："我这边也赢了。"

"那我们早点回去休息吧，明日还要参加半决赛呢。"句龙在天的手扶住俞灵儿。

俞灵儿忙点头，已经累得话都不想多说一句，可是只要句龙在天在她身边，俞灵儿觉得付出什么都是值得的。蔡木公可算是当时的书法大家，虽说还不及米有仁这种大书家，可也算是一大劲敌。能帮句龙在天的夺魁之路上扫除蔡木公这个大敌，自己可说是也立了一功啊。俞灵儿越想越开心，不禁笑出声来。

"怎么？赢了很开心吗？"句龙在天问道。

俞灵儿又点点头。只是她心中又有些遗憾，这风归云，啊不，现在的句龙在天何不趁两人都赢一场后，就向她表白呢？哎呀，急什么呀，也许他想在黄溪修禊夺魁后才向她表白吧？！这才是风归云的做派呢。表白那是早早晚晚的事情，她何必急于一时呢？

想到这里，俞灵儿头靠在句龙在天身上。她在重伤未愈的情况下勉强施展游丝书，此时更觉得心力交瘁，随即便沉沉睡去。

第二天一早。

俞灵儿一觉醒来："什么时辰了？"

一旁有个丫鬟的声音传来："现在还早，你再睡会儿吧。"

"不睡了。"俞灵儿精神头十足地起身："我现在就想去黄溪。"

那丫鬟也不多话，安排俞灵儿洗漱，享用早点。

自打昨日赢了蔡木公之后，俞灵儿感觉特别兴奋，迫不及待要句龙在天带她去黄溪。就这样在句龙在天的搀扶下，两人一同走着。俞灵儿心里别提有多美，好似又回到了瀛洲派，又回到了两人如胶似漆的那种生活一般。

也不知道走了多久，句龙在天搀扶俞灵儿坐入一处茶铺凉棚下休息，叫了一壶龙井："此处的龙井非常可口，休息一下再上路吧。"

俞灵儿手捧着茶杯，心里忐忑不定，特意叫她坐下来喝茶，难道说，这是句龙在天有意为之？想趁此良辰美景向她表明心迹？哎呀呀，真是羞死人了，还好自己看不见，不然肯定羞臊当场。

　　可是，俞灵儿突然感觉有另一人也坐入他们的桌旁，却不叫茶水，只是静静地坐着。清明刚过，四周还是阴寒潮湿得很，不过比之更甚的，是这个人身上散发出来的寒气。俞灵儿就感觉似乎有两道阴霾的目光射向自己，令她有一种很不舒服的感觉。

　　真是煞风景，怎么会突然冒出来这么个人的？这不是把气氛全破坏了吗？

　　句龙在天率先打破沉默："这位朋友，从哪里来？要去往何方？"

　　这人却不去理句龙在天，而是问向俞灵儿："这位姑娘，敢问你的双目是怎么失明的？"

　　俞灵儿心中不免提防起来，只是静静地坐着不语。

　　"这与兄台有何关系？"句龙在天代替俞灵儿回答。

第
九
十
章

湛
卢
夊
篆

●
○

"我看她是中了鬼书吧？那施展鬼书之人，现在何处？"那人不理句龙在天，继续问道。

句龙在天一笑："那人被我丢到东海去了，就是不知道他会不会游泳。"

"原来是你下的手，如果我没认错的话，阁下应该就是泾河句龙的句龙在天吧？"这个男子的声音响起。

泾河句龙？俞灵儿心中思索，这是什么意思？

句龙在天答道："正是在下。阁下可是沧海派的三十二位篆甲士之一的夊篆甲士？"

"哈哈哈！不巧得很，我并非什么夊篆甲士。"那男子阴森森地笑着："你应该听说过'湛卢山庄'吧？在下正是湛卢山庄的湛卢夊篆。"

俞灵儿则暗暗心惊，这湛卢山庄庄主湛卢空利，本是天下第一名剑湛卢剑上的篆字所化的剑灵。相传他曾亲自赠湛卢剑给雷谦，随他多次北伐。自雷谦遇害之后，湛卢空利带着湛卢剑回到福建湛卢山上，于当年欧冶子铸剑的废弃剑冢内长居，从此足不出户。并严令庄内门人，不学雷谦愚忠，独学雷谦至孝。而庄内门人都是剑冢内每一把剑上铭刻的篆字化成的剑灵，尊湛卢剑为首，全姓湛卢。家族徽记"铭剑灵篆"更是依照各个剑灵所依附的篆字所成，令人防不胜防。

难道说湛卢山庄这次也介入黄溪修禊了？可像湛卢空利这样的人物，又怎么会指使属下做出滥杀无辜之事？

湛卢殳篆道："但凡是被鬼书写上的人，都必死无疑，既然湛卢鬼篆失手了，那就由我继续取她性命好了。"

句龙在天坚定地握着俞灵儿的手："若在下不答应呢？"

湛卢殳篆语气缓和地道："何必呢？泾河句龙与湛卢山庄一向同气连枝。只要你把她交给我，我们两家井水不犯河水，如何？"

与湛卢山庄一向同气连枝？俞灵儿心道，湛卢山庄是七大妖族世家之一，难道说句龙在天所在的泾河句龙，也是七大妖族世家之一？原来风归云是妖族啊。

句龙在天丝毫没有退让的意思："那你可是休想了，在下答应过这位姑娘，定要护她周全。"靠在句龙在天坚实的肩头上，俞灵儿感觉就算天塌下来，也没什么可怕的。

"那可就怪不得我了。"话音一落，一股刀风迎面扑了过来。

然后听见一道龙吟之声，俞灵儿对这声音是再熟悉不过了，那就是风归云每次从泥丸宫内唤出"银钩枪"时发出的声响。

"当啷"一声，什么铁器被银钩枪砸开的声音。然后就是茶铺伙计吓得躲进茶铺里的声音。

"哼，这有什么用呢？我的殳篆可以不断召来天下兵器。就算用埋的，都能埋死你们。你就别挣扎了吧！"

然后就听到桌上桌下满是兵器的撞击之声，周遭也满是兵器落地之声。也不知道这湛卢殳篆召唤来多少兵器。

俞灵儿可以想象这场打斗有多激烈，可是无论打斗多么激烈，桌子椅子，还有整座凉棚都丝毫无损。俞灵儿依旧安安稳稳地端坐椅子上，喝着手中茶杯的茶水，好似正在聆听着一首敲击钟鼎的乐曲一般。

这时却听得湛卢殳篆狂笑的声音："哈哈哈！痛快啊！好久没有遇到像你

这样的对手了，正好可以练练我的十八般兵刃。"

然后俞灵儿耳边那曲金击之乐的节奏更密集了，更多的兵器刮起了阵阵风，吹动着俞灵儿的秀发和衣袖。

当手中茶杯的水喝完了，俞灵儿尴尬地想将杯子放回桌上时，好似茶壶被伸了过来，在她的杯子里倒上茶水，跟着一句温柔的话语："小心烫。"俞灵儿则习惯性地用另一只手的中指轻叩桌面："多谢。"

俞灵儿整个人愣在那里，没想到战况如此激烈之时，句龙在天居然仍关注她的一举一动，还有余暇抽出一只手来给她倒茶，还能在劲风吹拂中做到茶水不滴出杯子。好可惜啊！她双目失明，无法一睹此刻句龙在天气定神闲的风采。而桌对面的湛卢夊篆怎么想都更像是一件摆设。

俞灵儿突然笑了，这就是我的风归云，无论身处何种境地，只要和他在一起，哪里都是乐土。银铃般的笑声夹杂在兵器交击声中，显得特别突兀。

"气死我也！句龙在天！你这是故意的！"湛卢夊篆狂躁的声音传来。

然后周遭瞬间安静了下来。想来湛卢夊篆停止了攻击。

湛卢夊篆狂躁的声音道："句龙在天，我玩够了，现在就要取你性命！"

紧接着一声响，俞灵儿一直担心的事情终于发生了。那声响就是句龙在天的银钩枪被湛卢夊篆召唤过去的声音。

接着就是湛卢夊篆得意的笑声："我说了，我的夊篆可以召唤天下所有兵器，你的银钩枪又怎么可能例外呢？没了银钩枪，我看你怎么办？"

俞灵儿就听到句龙在天突然问道："阁下现在所处方位，可是背朝着西面？"

"我背对着西面又怎样？"湛卢夊篆不解地问着。

"哈哈哈！"俞灵儿却又笑了起来。

句龙在天则不急不缓地问着："阁下可知从这里前往西方，能遇到最近的海在哪里吗？"

湛卢夊篆以完全不明白的声音问着："你到底想说什么？"

句龙在天依旧不急不缓地问着："这里可是吴川地界，阁下可知从这里前往西方最近的海，需要多少时日吗？"

湛卢殳篆暴跳如雷的声音吼着："什么西方最近的海啊？你糊涂了吧你？"

"但愿阁下会游泳。"在一旁的俞灵儿假装怜悯地说着对湛卢殳篆的关切之语。

接着"沧浪"一声响，俞灵儿听得出那是银钩枪的银枪头收入枪杆，枪缨聚拢在前的声音。

湛卢殳篆"哎！"了一声，他不知道，就算银钩枪不在句龙在天手中，他依旧能操控此枪，用它写字。

"君不见！"随着这三字出口，俞灵儿就觉得自己已经被带到了空中。

然后是句龙在天清爽响亮的声音盘旋在半空："黄河之水天上来！"

一股澎湃汹涌的波涛劲风声直涌向地面。伴随着的是湛卢殳篆的惨叫声："不！"

句龙在天扶着俞灵儿飘飘然落地，俞灵儿感觉自己和句龙在天二人真像是神仙侠侣一样。

"叮！"接着是银钩枪枪头插落在地的声音。

"奔流到海不复回！"虽然诗文里说的海是指渤海，可是俞灵儿知道，句龙在天这一招的劲力是不拐弯的。看来湛卢殳篆这一去，没有一年半载是到不了西方大海的。

俞灵儿摸索着坐回椅子上，继续满足地喝着句龙在天给自己斟的茶。

过了一会儿，茶铺伙计颤巍巍的声音响起："二位，二位……"

句龙在天问道："哦，伙计，可有打坏什么东西吗？我照价赔偿于你。"

"没有没有，什么都没打坏，我就想问问客官还想要些什么……"听伙计那意思，多半是要送客。

"再来两壶龙井！"说话的声音竟然是湛卢殳篆由远而近发出的。

俞灵儿一惊，这湛卢殳篆怎么又转回来？他是怎么摆脱"奔流到海不复回"的？

接着就听到流箭之声打远处向自己这边传来，想来是湛卢殳篆此刻站在一支他召唤的飞箭之上，利用箭的速度才能从很远的地方赶来。

然后就听到这支箭落地的声音，茶铺伙计吓得又赶忙躲进茶铺中去了。

"我还以为是要追杀谁呢，原来却是盲人啊。"这是湛卢殳篆落地后说的第一句话："你就是句龙在天吧?! 能把湛卢殳篆打成这样，你也算厉害人物了。"

俞灵儿明明听到湛卢殳篆的声音，但是听他说的内容，却像是另一个人在说话。"你，难道你不是湛卢殳篆吗?"俞灵儿禁不住好奇地问。

"哈哈哈哈! 我是湛卢殳篆，又不是湛卢殳篆。"湛卢殳篆的声音回答道："现在这个人的肉身呢是湛卢殳篆，可这人此刻的意识却是我，湛卢飞白。我的飞白篆能让我遁入他人体内，并且能强化被我侵占者的能力。"

就听湛卢飞白坐到桌旁，给他自己倒了杯茶，喝了一口后，像是在对俞灵儿说着："而且我的飞白篆，还能将'字'或'句子'给白化消弭掉。"

"伙计，再来半斤瓜子!"湛卢飞白自来熟地开始和俞灵儿唠嗑，"本来啊，我正在戏台上唱戏呢，你知道演的是哪出戏吗?《梁祝》! 好戏啊! 你知道我演的是哪个角儿吗? 我演的是马文才! 大角儿!"

俞灵儿不置可否地应着："大角儿，大角儿。"

然后就听见湛卢飞白用手拍了自己一下的声音："结果演了一半，这湛卢殳篆拖着一大堆树杈，就掠过整个戏台，还把'祝英台'给刮走了，台上能拜堂成亲的就剩下'马文才'和'梁山伯'两人了，你说我能不管吗? 所以啊，我就进了他身体一下，这不，顺带将'黄河之水天上来'这几个字给消弭掉了。"

"那你现在想怎样?"句龙在天警觉地问着，然后坐到俞灵儿身边。

"简单啊！只要你们肯跟我配合，继续把《梁祝》演完就行了。"湛卢飞白用湛卢殳篆的声音说道："我还是演马文才，你们俩正好一个演梁山伯，一个演祝英台。"

还没见过这么热衷于演马文才的人。俞灵儿倒是不介意自己和句龙在天的角色，心想难道这是老天恩赐，给了句龙在天趁机向自己表白的契机？如果真是这样的话就太诗情画意了！

可句龙在天却冷冷地说："不那么简单吧？最后梁祝的下场都是死，这恐怕就是你真正的目的吧？！"

俞灵儿一激灵，《梁祝》戏里从来也没有马文才这个角儿出场啊。难道说，这个湛卢飞白四处以唱戏为名，杀人才是他的目的？想到这里俞灵儿浑身起鸡皮疙瘩。

"哎！我不过就想过过戏瘾。你看看他，我都说了是演戏啦，就好比最后一场化蝶，你们俩可能真化成蝶吗？演戏啊！"被湛卢飞白那亲近的语调说得俞灵儿已经忘了自己一身的鸡皮疙瘩，都想劝劝句龙在天一起配合一下算了。说不定真是天赐良机呢？！

句龙在天依旧不肯妥协："这位兄台，对不住了，我们还有事，先行告辞！"说着就要拉着俞灵儿离开。

"这就开始啦？入戏好快啊！"湛卢飞白起身阻拦："比翼双飞？我马文才这就让你们劳燕分飞。"

"你待怎样？"又是一声龙吼，银钩枪被句龙在天紧握在手。

听到湛卢飞白的那句"比翼双飞"，俞灵儿心中惊喜交加，惊的是，句龙在天执意要和这湛卢飞白打斗，而且是和能力被强化过的湛卢殳篆。喜的是，依照湛卢飞白的说法，她此刻已然在演祝英台，而他，句龙在天演的，不正是梁山伯吗？如果硬要在《梁祝》戏里加马文才这个角儿的话，那他也太早出场了吧？

"我待怎样？我……哦！祝父已经应允将英台许配于我马文才了！"湛卢飞白自说自话起来："现在我就是她丈夫，英台！你说是吗？"

"我！"俞灵儿也不知道该说什么，如果说戏文，会不会惹句龙在天生气呢？可如果不说，这不可惜了这出大好的戏？

句龙在天不再理睬湛卢飞白，拉着俞灵儿的手就走。

湛卢飞白拉住俞灵儿另一只手道："你，你为什么不怕我伤心难过，同样是两个男人对你好，你为什么这样不公平？"

这句话一说完，俞灵儿突然愣了一下，在她脑海中立刻跳出了令狐宝的身影，刚才那句话就像是令狐宝在向自己倾诉。俞灵儿忙摇晃着头，为什么此刻却突然想起令狐宝？自己不是一心一意要和风归云在一起的吗？心里不该有其他人的呀。

身边立刻响起兵刃相交的声音，湛卢飞白抓俞灵儿的手随即松开。

"我的天，你演的梁山伯是小生，不是武生，至于这么用劲吗？！"接着是湛卢飞白愤怒的叫声。

"走！"句龙在天拉着俞灵儿转身就走。

"英台！"身后湛卢飞白声嘶力竭地吼着："我们俩可是父母之命媒妁之言定的亲啊！你就这么一走了之，你可知道我一生都得守候这门亲事啊！"

俞灵儿又仿佛感觉令狐宝在身后，心里突然有种说不出的难受感觉，但就是说不出究竟自己在难受些什么。虽然什么都看不见，她却忍不住停下脚步向后回过头去。

可这一回头，一股劲风扑向她。

"君不见！"俞灵儿立时感到自己已然身在半空。"黄河之水天上来！"伴随着句龙在天的喊声，俞灵儿感觉有一滴水落在她手臂上。俞灵儿对自己说，那只是句龙在天作法引来的水而已……可为什么这滴水会流过自己的脸颊？啊！碰巧而已，我心里只有风归云，不会有其他人的。

"哈哈！我的飞白篆能消弭所有字。"随着湛卢飞白的笑声，然后什么动静都没有了："看到没啊？句龙在天，啊不！梁山伯！凭你这穷酸书生，也想和我马家斗？别做梦了！"

句龙在天默然地和俞灵儿飘落在地。

"你赶紧放了祝英台！不然……"湛卢飞白好似突然成了主角一般，"我马文才就要替天行道！"

"君不见！"句龙在天又待跃起可是两人却待在了原地没动。

"你想写，'高堂明镜悲白发'是吧？你的《将进酒》每写一个字，我就消弭一个字，我看你怎么办？哈哈哈！"除了湛卢飞白的声音外，什么动静都没发生："哎！梁兄好文才啊！还会写《将进酒》啊，哈哈哈！"

"那！这个就不知道你能不能破了？"话音刚落，就感觉句龙在天又写了什么。

突然就听到湛卢飞白惊慌的声音："这个是'羲之顿首'？'羲'如龙头'之'似爪。你居然会王之修独创的龙爪书？"

"不错，龙爪书既能做到偃仰向背，将两字并为一字，点画上下偃仰离合，又能做到真草偏枯，将两字成三字，映带雄媚。"句龙在天反而向着湛卢飞白缓慢踏近着步伐："现在我将'羲之顿首'四字连成一字，既是四字又是一字，你的飞白篆又如何能做到既消弭四字，而同时又消弭一字呢？"

"啊呀呀呀！这下可麻烦了！居然被你看穿了，我的飞白篆只能对字消弭一次，无论我消弭一字还是消弭四字，'羲之顿首'都不能被一次消弭掉。"湛卢飞白一阵慌乱地自言自语着："梁兄！你连王之修的龙爪书都会，果然厉害啊！"

然后湛卢飞白的声音又突然恢复正常："不过！你可能还不知道，我的飞白篆还能消弭词句。无论你四字也好，一字也罢，我只需将其看成一句，也一样能消弭。"

话音刚落，俞灵儿就感觉到句龙在天迈前的步伐停住了，就听他说了句："疯子。"

"刚才你对我的胆怯信以为真了吧？我的演技怎么样啊？"湛卢飞白继续得意地说着："梁兄！论文才武功，都是我马文才更配得上祝英台啊！哈哈哈！"

句龙在天将俞灵儿拉到身后："能将我句龙在天逼到这份上，你算个人物。不过，由此刻起，你无法再前进一步了。"

言罢，就听到犹如炸雷一般声响，大地也似为之震动。

俞灵儿听得出来，那是风归云最强手段。

"宝志公碑大法？"湛卢飞白用惊奇的音调说着，"就是那个，画圣吴小道作画，诗仙李小白作文，书法家赵威书写的三绝碑？"

俞灵儿脸上微微露出冷笑，这宝志公碑何止三绝，加上后来的书法家在志公像左右题写了《十时歌》，和末朝皇帝在碑额上题"净土"二字，这碑堪称五绝碑。如果再算上碑文所赞颂的，身为禅宗开山祖师之一，受人敬仰的宝志禅师，说是六绝碑也不过分。

"不错！这正是我将碑中三绝祭出，就凭你还是无法跨越的。"句龙在天淡定地说着。

"连我的飞白篆都无法跨越？你这有点危言耸听了吧？"湛卢飞白嘴上这么说着，却一直听不到他有任何行动。

俞灵儿则在一旁暗叹，的确，仅仅是李白诗和赵威书写，这都难不倒飞白篆，可是吴道子的画却是非字非句，三绝又连为一体，倒是抵御飞白篆的最佳阵容。

"不信的话，你可以来试试看。"句龙在天寸步不让地立在原地。

"嗯哼！"湛卢飞白倒也没有妥协的意思："可据我所知，你的宝志公碑大法也只能用来防御，我虽然过不去你那里，你却也拿我没办法，不是吗？与其我们干耗着，你们倒不如答应和我演戏的要求，如何？"

俞灵儿心里暗叫可惜，现在的宝志公塔碑只有三绝，最多算四绝。虽是最强的防御碑法，却没有丝毫进攻的手段。前世里满六绝的宝志公碑大法才叫威力绝伦，非仙界大阵不可敌。

"要我答应你这种无理的要求，休想！"看来句龙在天是铁了心的不会配合了，俞灵儿不免长叹一口气。

"既然这样，那你休怪我动手了，我今天非逼着你演梁山伯不可！"连这么点小小要求都得不到满足，湛卢飞白狂暴地怒吼着："知道有句戏文怎么唱来着？你有张良计，我有过墙梯！"

紧接着一道暴强的白光闪动在俞灵儿的眼前，闪得她都睁不开眼。"好刺眼的光啊！"俞灵儿忙用手挡在眼前。

哎？自己不是看不见吗？哪来的光呢？可明明自己就能看到光啊。俞灵儿忙用手去探手臂，这才惊喜地发现自己手臂上原本的篆字"的"已经不见了。非但眼睛能看到光，身上那些伤也瞬间好得差不多了。

然后那道光逐渐暗淡下去。

俞灵儿第一眼看到的就是前世再熟悉不过的风归云背影了。仿佛只隔数日，又仿佛远隔千年，终于，她和风归云又在一起了。

"看来我的绝招'大白天下'都不能破尽你的碑法。"就见说话的是一个全身铠甲劲装打扮的人，浑身上下零零落落挂满树杈树叶和各种沙尘，背后背着一柄刻满篆字的长剑，手中握着一柄通体白色的宽剑，一脸紫铜色，穷凶极恶的相貌却挂着吊儿郎当的笑容。也难怪句龙在天会拒绝了，是个人看到面前这副尊容，都不会愿意和他一起演戏的。

这时句龙在天面前正矗立着一副巨大的石碑幻影，在那道白光照射下，石碑幻影上的字句已经模糊不清，可宝志公画像依旧纹丝不动地凌空飘立在那，好似在嘲笑湛卢飞白的那招大白天下一般。

湛卢飞白的那招大白天下，本意是要破宝志公碑，却歪打正着地将俞灵儿手臂上那道鬼书篆字给消弭了，使俞灵儿瞬间恢复了视力。

俞灵儿从泥丸宫内唤出璇玑砚，置于丹田部位，稍稍一提气，丹田处约五十五年的功力顿时流经体内奇经八脉，她身上的伤立刻被治愈，全身上下恢复如初。

既然恢复了，那眼下就是助句龙在天一臂之力的最佳时机。

想到这里俞灵儿唤出凤鹓玉笔，向面前的剑客缓步走去："既然你的飞白篆能消弭字句，只是不知道我写的这几个字，你能消弭否？"边说边运功用凤鹓笔凌空写下十个大字：

"红豆生南国春来发几枝。"

这一行字不是竖着直写，而是首尾相接，凌空连成了一个圆环。

"哎！！！英台啊，你居然也会王之修的龙爪书？居然将这十个字写成一个字？！"湛卢飞白震惊的声音大叫着，"原本世上会写龙爪书的，只有王之修一人而已，他死后便绝了笔。今日再遇到一个会写龙爪书的句龙在天，这就已经让我很惊讶了。可万万想不到，同一天居然让我遇到两个会写龙爪书的人。这，这太令人匪夷所思了吧？！"

俞灵儿心道，当年王之修口传手授书法奥诀，却唯独没有传下龙爪书。即使瀛洲派有临墨池，也只得龙爪书之形，而无法得知龙爪书的书写奥妙。湛卢飞白会感到惊讶奇怪也属正常。

可是前世里的风归云却会写，不但会写，还将龙爪书教给了俞灵儿。

"那，这手龙爪书，你能消弭吗？"俞灵儿也不跟他废话，一推那十个字，那圈字自转着慢慢飘荡至湛卢飞白眼前。

"哈哈，我早就说过了，无论你这是几个字，我都可以当作一句来消弭。"湛卢飞白说完，举剑砍向"南"字。

可湛卢飞白的飞白剑砍中"南"字后，那圈字并没有如他预料的那般被消弭，依旧纹丝不动地缓缓自转着。

"哎？！这是怎么回事？为什么消弭不了？"湛卢飞白惊奇地看着那转动的字圈。

俞灵儿不急不缓地说道："飞白篆想要消弭句子，必须从句首第一个字砍起，直到句尾最后一个字才算完。是吗？"

湛卢飞白点头道："不错！只要我从句首'南'字砍起，砍到句尾'枝'字，就能消弭这一句子，可为什么不行？"

俞灵儿笑了笑："可是，如果这圈句子没有句首和句尾呢？"

"你什么意思啊？"湛卢飞白奇怪了："怎么可能没有呢？句首不正是'南'字吗？"

这十个字正是前世风归云想出来对付沧海派飞白篆甲士的招数，此刻她不过是借用过来罢了。俞灵儿指着这圈字道："你仔细看，这句话的每一个字都可以作为句首或句尾。就好比可以念成'红豆生南国，春来发几枝'。也可以念成'豆生南国，春来发，几枝红'。或者是'生南国春来，发几枝红豆'。以此类推，无穷无尽循环往复。如此一来，你的飞白篆哪里还能辨认哪个字是句首，哪个字是句尾呢？"

"这？！可是你的这圈字毫无威力可言，就算我破不了又何妨？"湛卢飞白边说边端详起那圈十个字来，挨个去数着每一个字作句首时的念法。

却听得"扑棱"一声，银钩枪穿过那圈字的中间空当，直扎入湛卢殳篆额头。

"啊！"一声，湛卢殳篆往后一倒，随着倒势，从他身后退出一个白色身影，手握那柄飞白剑，也倒在地上。看来那倒地的白衣人，就是附身在湛卢殳篆身上的湛卢飞白。

"啊！啊！我这是在哪里？到西海了吗？"湛卢殳篆如梦方醒般四处张望着。

"梁兄！你凭什么扎我啊？破我飞白篆的是英台，不是你！"却见说话这人正是那白衣剑客，就见他全身一尘不染的白衣，长着一张俊美无比的脸庞。虽说他的美貌也可称为惊艳绝伦，可却和风归云与令狐宝的俊美又有所不同，湛卢飞白是柔美，长相更像是一个清婉妩媚楚楚动人的女子。

"你们俩合起伙来欺负我一个！"湛卢飞白一边扶起湛卢殳篆，一边对俞灵儿他们愤愤不平地喊着。

"那是自然！别忘了你可是马文才哦！"俞灵儿对着湛卢飞白一摊手。

"对啊！我怎么把这茬给忘了。"湛卢飞白又转头指向还没明白过来的湛卢殳篆："那他演个什么角色好呢？"

句龙在天上前一步道："休要与他们纠缠！"然后银钩枪一收，变成笔状。

"湛卢飞白，这次我送你们东去，你们自己去唱戏，别再回来了。"说罢，句龙在天依照俞灵儿的方法，凌空写了一圈首尾相连的龙爪书字。这圈字夹带着一股强横劲力，将湛卢飞白和湛卢殳篆给远远刮走。"你们俩给我等着，我马文才还会回来的！"

碍事的人终于给刮跑了，俞灵儿深吸了一口气，现在她双目视力也恢复了，句龙在天总可以表白了吧。

俞灵儿害羞地在那干站着等待……

可是旁边什么动静也没有。

俞灵儿心中轻骂了一句：傻瓜！都不知道把握机会的吗？

然后俞灵儿转过头去看句龙在天。

可这一看。

俞灵儿呆在那里几乎无法动弹了。

"怎么会这样？"俞灵儿扑上去，用手在句龙在天眼前晃动着，可无论她的手怎么晃动，句龙在天的眼球却是一动都不动。

"你也看不见？为什么还要来照顾我？"俞灵儿痛惜得泪如雨下。这和前世完全不同啊，前世的风归云那一双英武清晰炯炯有神的双眼在哪里？

"这不算什么。"句龙在天的话音依旧那么温柔。

俞灵儿忙取出璇玑砚，按在句龙在天双眼之上，运功治疗。

可半天也未见效。怎么会这样的？俞灵儿暗道，难道是某种邪法诅咒封闭了他的双眼？

"怎么？姑娘你的眼睛和伤势都好了？！"句龙在天也为俞灵儿的复明高兴，然后他缓缓推开璇玑砚："不用医治了，我的双眼不是一般医术能治得好的。"句龙在天收起银钩枪，反倒伸过手去扶俞灵儿。

俞灵儿忙一把扶住句龙在天："以后我就是你的眼睛，你去哪我就去哪，让我来照顾你一辈子！"说完，俞灵儿一点没觉察到，自己说的这话才是表白。

句龙在天微微一笑："姑娘这么说实在言重了。我虽然失明了，但是我依靠其他感觉尚能行动。就不麻烦姑娘了。"

"不麻烦！不麻烦！"俞灵儿紧紧拽着句龙在天的手臂哭着道，"只要能和你在一起，我哪都愿意去！我们今世再也不分开了好吗？"

句龙在天沉默了一会儿："姑娘，我们只是萍水相逢，我句龙在天何德何能让姑娘如此？"

"我……"俞灵儿好想对句龙在天说，我们前世就是一对，相恋相缠五百年啊！更何况你现在失明，我又怎么能弃你而去？

"好了，是非之地不宜久留，我们还是速速去黄溪吧。"句龙在天风轻云淡地说道："说不定你今日的对手就是我呢。"

俞灵儿望着句龙在天无神的双眼，怜惜地说道："放心，如果你对上的人是我，我会弃赛！"

句龙在天站在原地一动不动，然后转身对着俞灵儿沉声道："如果你弃赛，那我们还是永远不见面的好。"

说完句龙在天回身便走，俞灵儿忙赶上几步要扶他，却被他一甩袖子拒绝了。

俞灵儿呆立原地，暗暗痛恨自己，前世风归云就是很要强的性格，宁死也不要别人故意让着他。她明明知道却还不经意地说出那样的话。俞灵儿你真不该啊！

结果还是由句龙在天带路，引俞灵儿到黄溪。

第九十三章

黄溪修禊

黄溪，崇山峻岭，茂林修竹，又有清流激湍，映带左右。

俞灵儿他们先走到一池水边。只见池水清碧，白鹅在池中戏水。池边一块碑上刻"鹅池"二字，俞灵儿认得，那"鹅"字出于王之修的手笔，而那'池'字是王之散所书，父子合璧，实乃千古佳话。

此处已然是挤满了人，不但有书生文士打扮的人，还有农工商三教九流各种穿戴打扮的，看来黄溪修禊不单单是文人墨客的盛会，连其他各行业也都来共襄盛举。

众人见是他们两人，忙议论纷纷："这不是昨日那会龙爪书的人吗？""那姑娘昨日不还双目失明吗？今日却见她双目有神，这怎么回事啊？""我猜啊，定是昨日赢了那澜狗蔡木公，上天保佑她重见光明了吧！"然后所有人都分开两边让路给俞灵儿二人通行。

于是俞灵儿扶着句龙在天继续前行，沿着一条"之"字形的曲水而上，再走几步，就看到一块木化石，上刻"曲水流觞"四个字。俞灵儿知道这就是《修禊黄溪》中所指的曲水流觞。永和九年三月初，王之修请了四十一位名人雅士，来黄溪雅集修禊，沿坐曲水。然后将倒上酒的酒杯从曲水上游漂下，酒杯停在谁面前，谁就要饮酒作诗，否则就要罚酒三觚。最后众人成诗三十七首，汇集成册成为《黄溪集》。然后众人推王之修作序，于是王之修由此便书写下了这天下第一行书《修禊黄溪》。

一路上还是挤满了三教九流各色人等，俞灵儿他们在众人让出的道路上一路行去。待俞灵儿和句龙在天走过曲水，来到了一间巨大的房舍前。抬头就见这房舍门上匾额大书"黄溪"二字。

自从前朝皇帝独尊《修禊黄溪》之后，每年都会有很多文人墨客来此黄溪雅集，曲水流觞饮酒赋诗。甚至于每三年三月初在此举行黄溪修禊，云集天下各路书法高手在此盛会中一展书法之长，然后由选出的顶级书法鉴赏家评出魁首，旨在弘扬书法，鼓励天下莘莘学子，前继古人，后励来者。

房舍外立有一面漆红大鼓，一身着劲装的人，手持鼓槌立在鼓旁。俞灵儿记得昨日听到的鼓声应该就是这击鼓者击打大鼓发出的声音，看来这鼓是作报时之用。

进得房舍内，就见人头攒动，正中央摆着一张硕大的桌子，两旁各一张空椅子。桌子后面站立身着白、灰、绿、紫、黄袍五位老者，也是场中年龄最长者，虽说一个个都上了年岁，仍神采奕奕。想来这五位老者就是此次黄溪修禊的鉴赏评选者。

见俞灵儿和句龙在天终于到来，其中一位白袍老者拱手说道："诸位，在下太真人，昨日黄溪修禊，九州初赛已毕，决出扬州、豫州、荆州和雍州四位修禊者。今日我们继续比试，将从这四位参赛者中决出两位修禊者，以待明日决赛。"

俞灵儿看向这位太真人，一身道士打扮，手中握着一枝荔枝树枝。她却总觉得这太真人浑身上下一种说不出的干净，不知道是有洁癖还是怎么，她凝神细看，包括那枝荔枝树枝在内，这太真人简直可以用一尘不染来形容。

俞灵儿在那注意看的时候，一旁的黄袍老者站起身继续说道："今日比试，依旧抽签决定比试次序，分先后两场比试。不过，为公允起见，我们决定稍稍更改一下规则，那就是书写内容也抽签决定，以防止昨日有参赛者因书写内容不适而影响赛事的公允。"说完，黄袍老者不经意地看了俞灵儿一眼，听声音这黄袍老者应该就是天真人。

俞灵儿心下了然，这条新加的规则无非是因为昨日蔡木公书写《奏皇帝章》时写不下去而导致的。俞灵儿也无所谓，自己双目复明，伤势治愈，内力恢复，可以全力应试。

然后另一位灰袍老者从一个瓮中摸索一番，掏出两张纸条出来。

俞灵儿心中暗暗祈祷，千万别是我对上句龙在天。

那老者大声说道："第一场比试，雍州修禊者……"雍州修禊者就是句龙在天，俞灵儿双手捏得紧紧的，可千万别是对上自己啊。

"对豫州修禊者！"

俞灵儿顿时松了一口气，还好还好，这番比试句龙在天对上的不是自己。只是不知道这豫州修禊者是何方人物，能闯到这一地步的，绝不会是简单人物。

"英台，我马文才又回来了。"好熟悉的声音，俞灵儿转脸看去，就见仇姬双手兰花指掩面，双脚踩着金莲碎步，扭扭捏捏地走了过来，一个转身后还拉了拉俞灵儿的手。

俞灵儿顿时想起，当初在帝都客栈内，仇姬与自己赌约，要夺魁黄溪。没想到这仇姬真的出线不说，还闯入四强。

虽说这人是仇姬，可表情和姿态却完全像换了个人一般，当初仇姬可是大摇大摆的，哪像此刻这般矫揉造作？就见仇姬走到俞灵儿跟前，娇滴滴道："英台，怎么？连我你都不认识了？"

俞灵儿突然明白过来了："难道说，你是湛卢飞白？你侵占了仇姬的身体？"俞灵儿想到吴益曾答应仇姬，帮她出线黄溪。原来所用的方法，竟然是让湛卢飞白遁入仇姬的身体，然后以仇姬的身体，湛卢飞白的书法来角逐黄溪。

"何必说侵占这么难听啊，我可是被吴益请来的呢。你以为，就凭仇姬这点能耐，能闯入四强？还不是全靠我？哈哈哈……"仇姬满脸都是湛卢飞白浮夸的表情："别说我事先没提醒你哦，现在的这个身体，在书法上可是无敌的。"俞灵儿记得昨日湛卢飞白被句龙在天一招给吹跑了，怎么这么快就回来了？

正说着，那边句龙在天走到比试的桌案边坐下。虽然俞灵儿知道句龙在天眼睛看不见，可他淡定自若的样子和神情，以及深邃得令人捉摸不透的眼睛，让人几乎看不出他此刻双目失明。

这时门外传来"咚咚咚！"三声鼓响，想来应该是酉时了。围观的人群你看看我，我看看你，就是不见有人上前应试。

就这样尴尬地等了一会儿，人群中有人忍不住了："这得等到什么时候去啊？""不如先开始另一场修禊吧。""对啊，先开始另一场修禊吧。"

五位主持者耳语了一番后，太真人摇着荔枝条宣布："既然豫州修禊者还没来，那就先进行扬州修禊者和荆州修禊者之间的比试吧。雍州修禊者请先在一旁休息吧。"然后手指向主持席位，对句龙在天作了个"请"的动作。

俞灵儿代表扬州出赛，一边走向赛桌，一边目送着句龙在天起身走向主持席位落座。

"我说你看哪边啊？此刻我才是主角呢。"仇姬笑着走到比试的桌旁坐下，然后瞄着眼冲俞灵儿直乐："英台啊，今日黄溪修禊这一场，若我马文才赢了，你就跟我走如何？"一旁太真人"嗯哼"一声，将手中荔枝条指向仇姬："荆州修禊者不是叫仇姬吗？你走错地方了吧？"湛卢飞白忙纠正："不，不是，我就是仇姬，如假包换的仇姬。"然后继续笑嘻嘻地看向俞灵儿。

俞灵儿心中迅速盘算着，湛卢飞白曾经说过，他能进入他人身体，以此极大地强化这人的能力。看来是仇姬请湛卢飞白进入自己身体，强化了自身的能力，才一路闯关进入了四强。可仇姬的书法能力到底是什么呢？

俞灵儿正想着呢，那边天真人摸出一张纸条出来，递给了太真人，太真人看了一眼，然后晃着手中的荔枝条道："今日修禊比试，题目被选为《水调歌头》。双方可以开始了。"说罢，太真人坐回座位上，从荔枝条上摘下一颗荔枝，细细品尝起来。看他吃东西的样子，秀气至极，就如同一位大家闺秀那般。可俞灵儿也就瞥了一眼太真人，随即就将目光移向了句龙在天，就见他端坐主持席一角，脸上依旧面无表情。

"英台啊，我可要开始了啊。"仇姬拿起笔，写之前还不忘提醒俞灵儿一句。俞灵儿这才回过神来，拿起桌上的笔，蘸上墨，略微沉吟一番，便开始在面前的纸上书写起来。

《水调歌头》只有一百个字，不一会儿俞灵儿就写好了。等俞灵儿写完，那边仇姬也刚好完成，仇姬搁下笔后，还冲俞灵儿诡异地一笑。

俞灵儿也不理她，将写好的纸拿起，走向主持席递交给太真人。太真人掏出一块洁白的手帕擦了擦手，接过俞灵儿的纸，在各位主持者的注目下，细细品鉴起来。而俞灵儿则侧着脸去瞧句龙在天，对于自己这么快就交卷了，多希望句龙在天能给出点反应，哪怕只有一点点的反应也好。可句龙在天依旧冷若冰霜的表情令她很是失望。

无懈可击

"是柳体。"灰袍主持者说出声来。天真人也点头赞同:"匀衡瘦硬,有魏碑斩钉截铁之势。骨力遒劲,结体严禁,点画间爽利挺秀。真是柳体啊。"几位主持者一阵赞叹。主持者中只有太真人不动声色地在旁看着,一言不发。

在书写前,俞灵儿想起仇无忌初学书法时极力推崇蔡氏书法。以此推算,仇姬的家学应偏向于蔡氏书体,而湛卢飞白强化的应该就是仇姬书写蔡氏字体的能力了。如果真是这样的话,与其和这样的仇姬比较蔡氏书法,倒不如以柳体来试试看。她记得当年蔡氏曾问过米正,谁的书法最好,米正的回答是首推杨如柳,其次是蔡氏,排第三的才是米正自己。虽然米正这样回答很有自谦的意思,但是柳体确实有其独到之处。对世人来说,每个人对书法的见解和欣赏角度不同,结论也实在很难揣测。俞灵儿只希望那些主持者们如果在柳体和蔡体之间犹豫不决时,能想起米正当年的那句评语,以此来左右这场比试的结果。

难得听到主持者们如此大加赞赏,引得围观众人也探头探脑地想一睹俞灵儿的柳体风采,可惜离得远都看不到。

虽然场上情势都向俞灵儿一边倒,可仇姬却丝毫不为所动,也捧起自己的纸张,走过去,交给了太真人。随即转过头对俞灵儿悄声道:"你想赢我是没可能的，因为此刻的我，绝对是无敌的。"

太真人接过仇姬的纸来，只看了一眼，整个人立时便愣住，一言不发。

旁边几个主持者见太真人愣在那里，都觉得奇怪，在一旁催着太真人："到底怎么样啊？给我们看看啊。"

太真人面无表情地将仇姬的纸递给其他几位主持者。

那四位接过纸一看："啊！"几乎都站了起来。

"怎么会有这种事？"几位主持不约而同地喊出声来："这怎么可能呢？"

俞灵儿和一众围观者，也被主持们这突如其来的反应所吸引。围观者们都纷纷喊着："到底怎么啦？""怎么不说话啊？""倒是说句话啊。"

其中一位紫袍主持，一脸的尴尬，缓缓高举起仇姬和俞灵儿的两份书法字卷，展示给所有围观者看。

俞灵儿和众人忙探头看去，就见这两份字卷上，写着一模一样的两份书法字体，就像是其中一份是另一份的复印一般。

"怎么会这样？"

"两份《水调歌头》居然都写得一模一样哎。"

"两份用的都是柳体，无论笔法还是章法，全都分毫不差。"

俞灵儿也大惊失色，天下间居然有两个人当场写出一模一样的书法来，连格式都分毫不差。她前世练了五百年书法，眼下这样的情况，真是闻所未闻。转脸向仇姬看去，却见他笑嘻嘻地端坐在那，就好似这一切早在他的预料中一般。

举着这两张纸的紫袍老者，满面苦笑着看向众人："你们说，这种情形，让我们怎么说？"

围观众人继续在那议论纷纷："这，这样到底算谁赢谁输啊？"

"看这情形，应该算平手吧？"

"怎么能算平手呢？仇姬能照原样写出俞灵儿的书法，自然技高一筹啊。"

"可是两人几乎同时写完的，谁能说得清，到底是谁照搬谁的书法啊？"

"那到底怎么算呢？"

一片议论嘈杂声响起，几位主持在那也尴尬万分。只有太真人非常不屑的表情，摘下荔枝条上的一颗荔枝，继续坐着品尝。

"静一静，大家静一静。"这时仇姬站起身来："大家且听我一言。"

见修禊者站起来说话了，众人这才安静下来，听仇姬接下来要说什么。

仇姬朗声道："我看这样吧，既然所有人都无法评说这两份字体孰优孰劣，那就再比试一场，直到分出结果。你们意下如何？"

围观众人纷纷点头表示赞同。

紫袍老者也放下高举的双手，和其他几位主持缓缓坐下："看来，也只得如此了。刚才那场不算，你们俩重新来过吧。"

俞灵儿心道不妙，自己中了这仇姬的诡计了。接下来自己完全不知道仇姬会写什么，他有可能写仇姬的蔡氏字体，也有可能再照搬一次自己的柳体，也有可能写其他字体。只要她估计错一步，就很可能会输掉这场比试。而她连他到底怎么照搬自己书法的，都还没弄清楚。这样一来就完全处于被动状态了。

仇姬依旧笑嘻嘻地看着俞灵儿："英台，别忘了你对我的承诺哦，输了就要跟我走哦。"

俞灵儿白了他一眼："我可没承诺你什么。再说我也不是什么英台。"

仇姬一耸肩："哦？改戏文了吗？也行啊，要不这么着吧，你输了，就让我进入你的身体中，强化一下你的能力，看看会怎样。这条件对你可是大大有利的哦，如何？"

俞灵儿不禁打了个寒战："不要不要，你离我远点，越远越好，最好去东海……对了，你不是被刮走了吗？怎么这么快就回来了？"

"那个啊……"仇姬摇晃了一下头："你说巧不巧？我在去东海的路上，正好撞上仇姬，我顺势遁入她的身体，这才化险为夷。而且还能赶上修禊比试。"

"好，现在继续修禊比试，内容不变，你们二位开始吧。"天真人宣布开始。

仇姬则笑着对俞灵儿道："你还是趁早认输吧，我已经说了，要论书法，此刻的我是无懈可击的。"

俞灵儿也不理他，再次拿起笔蘸上墨，然后不经意地又转头看了一眼句龙在天，随即便开始书写起来。

可刚要落笔，俞灵儿突然感觉双眼皮沉重起来，整个脑袋晕沉沉的，好似立刻就要睡倒似的。

"嘿嘿嘿。还记得我刚才拉了你手一下吗？"仇姬突然对俞灵儿奸笑着道："现在终于有反应了。"

俞灵儿强撑着张开双眼道："你，你究竟对我做了什么？"

"本以为你我要在雍州与豫州修褉者比试之后才对决，所以我下的药分量轻了些，好让你和我对阵时沉睡不醒，那样我就不战而胜了。昨日我便是这般赢了对手。"仇姬奸笑着道，"可没想到你我这么快就对上了。也罢，反正你也撑不久了，这场胜利，早晚是我的。"

"卑鄙！"俞灵儿怒目而视仇姬。

"吴益让我务必夺魁黄溪，不耍些手段怎么行？"仇姬做了个无奈的手势，"要怪，你就怪仇姬和吴益吧。"

俞灵儿也没精力和仇姬再争辩："既然这样，我就赶在睡着前，赢得这场比试。"接着强打起精神，拿起笔快速书写。

等到俞灵儿写完，赶忙交到太真人手中。

见仇姬也搁下笔写完了，正端详着他自己的纸。俞灵儿坐回自己座位，心道，这回看你还有什么办法赢我？因为她交出去的纸上，正是用龙爪书体写的。她想起昨日湛卢飞白说过，世间会龙爪书的不多，他只见过两个，自己和句龙在天。那换句话说，湛卢飞白自己肯定是不会的，那就排除了他照搬自己书体的可能。而且龙爪书失传已久，现在突然现世，必收奇效。何况书体本身又精妙无双，无论仇姬写什么书体，要想胜过龙爪书，可不是那么简单的。

"原来这就是龙爪书啊，不错啊不错。"仇姬一边赞叹地看着他自己的纸张，一边将它递交给太真人。太真人看都不看一眼，直接丢给其他主持。

主持们又开始在那交头接耳，俞灵儿强睁开双眼盯着仇姬，心中觉得奇怪，仇姬说这话是什么意思？

然后那位紫袍老者又高举两张纸展示给所有人看："这次又是一模一样的两份，不过都是龙爪书。"

围观人群发出一阵喝彩声，纷纷鼓掌叫好，不断地喊着："再试一场，再试一场。"

俞灵儿咬紧牙关，竖起了眉毛厉声问仇姬："你这算什么意思？为什么不用你自己的书体，偏要模仿我的？"

"我也没办法啊，这仇姬没有她自己的书法啊。"仇姬双手一摊："她的书法能力，就是模仿他人的字体。只不过她要达到惟妙惟肖完美复制，还是需要花费时日的。但是这能力被我强化后呢，你也看到了啊。就勉强称我们这种组合写的书法，为'无我书法'吧。所以，我们俩在书法上是无敌的啊。"

俞灵儿头感觉重重晕了一下，没想到湛卢飞白强化仇姬的是模仿能力。无论这仇姬面对多强的书法对手，只要即时将对手的字体当场模仿出来，双方就算打平手。要说湛卢飞白和仇姬这样的书法组合，确实可以称得上无懈可击。更何况比赛前，湛卢飞白给对手下药，令其昏睡。这样一来，湛卢飞白确实有望助仇姬夺魁黄溪。

昏昏欲睡

可俞灵儿做梦也想不到，偏偏这样无敌的组合被自己遇上。此刻俞灵儿就感觉眼前的对手不是别人，正是自己。所谓每个人最难逾越的高峰，就是自己，而此刻简直就是一场俞灵儿自己和自己的较量。

更何况湛卢飞白给她下的药，药效越来越明显。

太真人懒洋洋地一甩荔枝条："继续。"

想起刚才紫袍老者喊出"龙爪书"三个字，俞灵儿又侧头向句龙在天看去，毕竟在昨日的修禊赛中，句龙在天首次展示出龙爪书，博得一片赞叹声。不知此刻她也写出龙爪书，句龙在天会作何感想？

可句龙在天依旧面无表情地端坐着，好似现场的一切都与他无关似的。

俞灵儿只得回过神来，盯着面前的仇姬，对付一个处于完全无我状态、又处处模仿她的对手，该怎么办？俞灵儿看着仇姬，仇姬也看着俞灵儿，两人就这么对视着，谁也不先动笔书写。

一旁围观人群等不及了："快开始吧。""等什么呢？""都赛了两次了，还不赶紧写啊？"

两人依旧对视着，俞灵儿拿起笔，仇姬也学着俞灵儿的动作拿起了笔。

俞灵儿将笔蘸上墨，仇姬也学着俞灵儿的动作将笔蘸上墨。

无论俞灵儿做什么动作，仇姬都跟着学。

越是这么拖着反而越对自己不利，感觉越发疲惫的俞灵儿拿起笔，心中快速思索，难道说，仇姬的这种"无我书法"是一边看着我写字一边模仿的？俞灵儿索性用左手横挡在纸张之前，以此阻挡仇姬的视线。

然后落笔书写，故意将字写得歪七扭八，民间说某人字写得差，都用"蟹爬字"来形容，意思是字差得就像一只大螃蟹爬过的痕迹。此刻硬要说有什么书体的话，俞灵儿写的正是"蟹爬字"。俞灵儿直写得满头是汗，这时候突然发现，一个人一旦练书法达到一定程度，再想写回当初练字时那种难看的字，还真不是件容易事。

一写完，俞灵儿就将纸对折起拿在手中，然后眯缝着眼看向仇姬。

没想到仇姬也写完了。不但写完了，还乐呵呵将他面前的纸倒转过来给俞灵儿看。

俞灵儿一看仇姬的纸，果然不出自己所料，又是和自己一模一样的字，也是蟹爬字。

俞灵儿向主持者方向一伸手做了个"请"的姿势，勉强吐出几个字来："你先请。"俞灵儿打定主意，只要仇姬转身去交卷，自己就马上换张纸，用张成公的一笔体草书再写一份。

一笔书虽然和游丝书一样，都是一笔不断的草书。不同之处在于游丝书只用笔尖着纸，而一笔书则不限于此。草书本就是书写速度极快的书体，而一笔书又是笔不离纸，所以自己可以最快速度写完一百个字。

这样自己就能后发制人，以自己的一笔草书胜过自己的蟹爬字。多么完美的战术啊。

可仇姬也学俞灵儿的动作："还是你先请吧。"

"不不不，你先请。"

"不不不，还是你先请。"

"你先。""你先。"……

围观人群受不了了："你们有完没完啊？""别请来请去的了，一起请不就行了?"

"那，我看这次的不算，我们再来过吧。"看来自己的战术泡汤了，这仇姬横竖不肯先交，俞灵儿索性将纸撕碎，弃在一旁。

"嗯，我也正有此意呢，那我们再来过。"仇姬也学着俞灵儿将自己的纸撕碎，弃在一旁。

于是两人又拿过一旁的纸来，准备再次书写。几个主持者指着他们俩道："这倒好，连交卷都不交了?""就由他们自己决出高下吧。"

俞灵儿此刻就感觉眼皮重若千斤，而且头大如斗，不管自己用什么法子，都没办法对付眼前的"自己"。再这样拖下去，怕是她很快就会睡倒，输掉这场比试。

想要破解仇姬和湛卢飞白合体的"无我书法"，看来还得从仇姬的模仿能力入手解决才行。刚才自己用手臂挡着仇姬的视线，居然还被他模仿了去。看来仇姬很可能是根据自己手中笔的动作来模仿的。想到这点，俞灵儿再次用左手挡住纸张，然后落笔。

围观人群依旧在那喊着："到底什么时候开始写啊？快点开始写吧。"

"笔都落在纸上了，却为何还不写呢?"

"你们看，你们看，笔上的墨都开始漫到纸上了。赶紧换张纸重新开始吧。"

无论围观人群怎么催促，俞灵儿和仇姬二人，依旧好似雕像般，没有半分挥毫的动作出来。而纸上也如围观人群所说的，就像笔上的墨汁透入纸张一般，笔尖处的纸张上黑乎乎的一小片。

过了不一会儿，俞灵儿双手使劲撑着桌子站起身，将纸张递交主持者们。

主持者们拿在手中，狐疑地端详了半天，这才说道："是微书啊，居然能写这么小的字。"

当年师宜官在方寸上能写千字。现在俞灵儿写的那一百个字，小得就像是笔上滴落的一点墨点般小，令人几乎无法察觉。

俞灵儿回头去看仇姬，自己写微书时，手和笔杆近乎不动，这总没办法被模仿了吧？

仇姬居然也过来交卷了。

俞灵儿忙探头去看她的纸，上面也有一处如墨点般大小的黑色。凝神细看，居然是和自己一样的微书，每个字连大小都一样。

紫袍老者举起双手给众人展示两张如同白纸一样的卷纸，高声喊着："两份都是微书。"围观人群伸长了脑袋仔细观看那两份纸之后，再次鼓掌叫好："这场比试可真让我们大饱眼福了，各种书体轮番上场。"

"原来刚才两人看似拿着笔杆纹丝不动，原来是在写极细微的字啊。"

"想不到世间居然还有如此多书法种类。这真是书法的饕餮盛宴啊。"

"不虚此行，不虚此行啊。"

虽然围观人群都兴奋异常，可俞灵儿就觉得脑袋很不舒服，整个上半身趴在桌案上。写微书本身就很耗神，更何况光是想想眼前对手使用的什么"无我书法"，就更令人难受了。连自己近乎不动的动作，仇姬都能模仿，他当真是无敌的吗？

"为什么？"俞灵儿挣扎着睁开一只眼，看向仇姬："为什么你要帮仇姬帮到这种程度？"

仇姬用手挡着嘴轻声地对俞灵儿说道："我也没办法，湛卢山庄和仇姬达成的交易就是，我们帮她夺得黄溪修禊的魁首，她就将夺魁的奖品交给我们。那可是鹤舞四宝之一，我们族长志在必得。"

原来是这么回事，妖族也在搜寻鹤舞四宝。她已经拥有鹤舞四宝中的三件了，就差这最后一件就全搞齐了。现在已经是三月初了，离她和执年岁君太岁的两个月约定剩下没多少日子了，这次她无论如何都要想方设法集齐鹤舞四宝，自己夺魁也好，句龙在天夺魁也罢。绝不能让其他人拿到。

俞灵儿疲惫不堪地将头靠在桌子上，就感觉头昏脑涨，眼皮渐渐下垂："呼噜噜"居然发出了鼾声。

"我赢啦！哈哈哈哈！"仇姬跳了起来，指着俞灵儿道："她睡着了！这场比试我赢啦！"然后向围观众人连连拱手称谢："多谢各位观众捧场啊！明天我再加演一场，各位观众明日务必要来看啊！哈哈哈……"

绿袍老者探身看了看睡着的俞灵儿，再推了推俞灵儿，没反应。只得朗声宣布："这场比试，因俞灵儿熟睡。故此……"

突然"啊哟！"一声，就见昨日扶着俞灵儿参赛的那名丫鬟，好似被绊了一下似的，她手中托着的茶碗也摔在桌子上，茶碗里的凉茶顿时洒了俞灵儿一脸。

被凉茶一浇："啊！"俞灵儿顿时醒过来，双眼布满血丝，看着周围："鸡打鸣了吗？什么时辰了？"

"对不住啊对不住！"那名丫鬟赶紧过来收拾茶碗抹干净桌子，低声道："俞灵儿，再睡的话，你可要输掉比赛了。"

被丫鬟一提醒，俞灵儿顿时来了精神，向那丫鬟点头称谢后，拿起笔道："来，我们再比过。"

绿袍老者瞥了一眼俞灵儿，见她醒来，便坐回座位上去。

"放弃吧。"仇姬坐回对面，然后假惺惺地低声劝慰俞灵儿："你已经很努力了，可你毕竟只是个凡人，凡人又怎么可能斗得过我这个妖呢？"

俞灵儿深吸一口气，拿过旁边两张纸，瞪着仇姬道："我可不是一般的凡人，我可是个要救出白玲珑的凡人。"

俞灵儿声音不大，正吃着荔枝的太真人却停下手，一直背朝着这边的他缓缓转过身，一双眼睛直看着俞灵儿出神。

仇姬学着俞灵儿的动作，用镇尺将两张纸分排在面前桌上，接着拿起两支笔来，一起在砚台中蘸上墨，然后双手各拿一支笔，开始同时在两张纸上书写起来。

"双笔齐书啊！"围观人群第一次异口同声地喊着。

第九十六章

一笔双书

"从来没见过这种书写法的，居然可以双笔同时书写。"

"何止啊，你们看他们左右手写的字都不一样啊。"

就见俞灵儿右手从右至左，写的是正楷书。而左手则将右手写的字左右对调，从左至右，像照镜子一般同步书写下来。

"反左书，他们左手写的都是反左书。"人群中有人认出了左手写的书体。

"反左书是什么？"有人问道。那个认出字体的人答道："反左书，据说是南朝梁国孔敬通所创，用左手反写字体的一种特殊书法。"

"可是就算写了反左书又怎样？两人此刻书法字体一模一样，还是不分胜负的啊。"

"看来这两人是破罐子破摔了，就在这里展现世上各种书法了吧？"

"那我们只管欣赏就是了。哈哈哈。"

不一会儿，俞灵儿和仇姬都写完了。

俞灵儿仔细看了看仇姬写的和自己一模一样的两份书体。接着便以手抵额，垂下头去。

见俞灵儿这般反应，仇姬得意扬扬地劝说道："怎么？终究还是受不了药性吧？我早说了我的无我书法是天下无敌的。你还是趁早认输得了。"

俞灵儿二话不说，抬起头就将自己右手写下的那份正楷书纸，给撕了个粉碎。

"居然能双手齐书，看不出来小小年纪真不得了啊。如果你再能用嘴咬笔书写，三笔齐书！那我就更佩服你了。"仇姬哈哈大笑，学着俞灵儿的样子，也将他右手那份正楷书体的纸给撕了个粉碎。然后就等俞灵儿撕左手那份反左书的纸。

可俞灵儿却没有要撕左手那张纸的意思，只是擦了擦满头的汗，淡淡一笑道："只有以手执笔书写，才叫书法，哪有用嘴咬笔书写的？就算我能做到，只怕你再也没机会模仿了。"

仇姬一听俞灵儿这话，忙问道："为何说我再没机会模仿了？此话怎讲？"

俞灵儿收起笑容正色道："因为这一局，你输了。"

谁都没有发现的是，一直面无表情端坐主持席的句龙在天，此刻竟露出了淡淡的微笑。

"啊，这二人能决出胜负啦？"包括太真人在内，一干主持者索性起身离开席位，走到俞灵儿他们的桌旁来。

围观人群闻言，也齐向俞灵儿探头看来。"终于能决出胜负了吗？"

仇姬依旧笑着指了指自己和俞灵儿的两份反左书体的宣纸，道："你说，这一局我输了？两份反左书一模一样，呵呵，你倒是说说看，我哪里输了？"

俞灵儿抬手将自己面前那份宣纸，从纸角开始慢慢掀起："你输就输在，只注重模仿事物的表面，而忽略了事物的本质。"

俞灵儿整个掀起自己的宣纸，再将纸翻个面平铺在桌上。众人就见一份从右至左排列的正楷书体跃然纸上。原来之前俞灵儿在纸张正面从左至右写下反左书时，透过纸层留在纸背面上的墨迹，就是从右至左排列的正楷书体。和刚才俞灵儿用右手书写的正楷书一般无二。

仇姬看着俞灵儿只是将纸翻个面而已，哈哈大笑道："我以为是什么能赢我呢？不过就是背面的墨迹而已，你且看我的。"仇姬说罢，也学俞灵儿的动作，将自己面前的纸掀起，翻了个面。

主持者和围观人群都一起看向仇姬翻过来的那张纸上，除了个别笔画留有零零碎碎的墨迹外，整张纸背面几乎就是张白纸。

"怎么会这样？"仇姬不可置信地看着眼前这面近乎空白的一面："我的无我书法连极其细微的部分都能模仿复制，怎么可能会这样？"

"那是因为，仇姬的笔力本来就不够用。"俞灵儿指向前几次仇姬交上去的纸张道："如果以为书法只是描出字来，那你就错了。无论你如何逼真地模仿字体，可又怎么能模仿出经年累月积累出来的笔力呢？我一直在观察你之前交上去的那些纸，背面的墨痕越来越淡。"

灰袍主持走回席位，拿起仇姬交上来的那些纸，果然那些纸的背面墨痕一张比一张淡，直到模仿微书的那份，背面只有浅浅的一团黑影。

俞灵儿又指向仇姬的那份白纸："何况书写微书是最为耗神耗笔力的，之前我故意书写微书，真正的目的，就是彻底耗尽你的笔力。在这一局，为了以反左书和你作最终一决，我特意双笔齐书，分散你的笔力和模仿力。"

"哈哈哈，那又怎样？你难道以为这样就算赢了吗？"仇姬故作镇定地笑着，然后面向众人道："有谁说过，比书法还要比纸背面墨痕的？你们大家来评评理看。"

听仇姬这么一说，众人都沉思起来："仇姬的说法，好像也有道理。"

"黄溪修禊的这一场，俞灵儿胜出。"在一片沉寂中，天真人的声音突然响起。

"啊！为什么？凭什么说她胜？"仇姬突地站起身质问天真人。

天真人拿起俞灵儿的那张纸，向众人展示正反两面道："俞灵儿胜在，一笔双书！书写反左书的同时，又书写下正楷书。"然后一指仇姬的纸："论反左书，你们俩打平，可是论正楷书，俞灵儿胜出。"

"正楷书我也有啊。"仇姬想起自己用右手写的正楷书，开始满桌找，却只找到自己撕碎的那张正楷书纸。

"我不信，我的无我书法怎么可能输给这么简单的正楷书？这不可能。"仇姬抓着被撕碎的纸，瞪着俞灵儿，正想发作。

天真人突然凑近仇姬低声道："湛卢飞白，不要以为附体了就能蒙混过关。为公允起见，我完全可以算你作弊，取消你的修禊资格。"

仇姬只得假装咳嗽了几声："咳咳，嗯哈，没想到我居然败给了最朴实无华的正楷书。既然我技不如人，认输了，我马文才最终还是输了哟。"随即一甩袖子，扬长而去。

望着仇姬离去的背影，俞灵儿的头慢慢倒在桌上，合上双眼便睡。

众人一片掌声，为眼前两位展示诸多书法字体的高手喝彩鼓掌，更为俞灵儿技高一筹啧啧赞叹。"居然还有一笔双书这种事，真是令人大开眼界啊。"

"不但是一笔双书，而且还是双笔齐书下写出的呢。"

"这次的黄溪修禊比以往任何一场都精彩。"

"今天接下来还有一场，可别让我们失望收场啊。"

可这一切赞扬声，俞灵儿却是一个字也听不到。"呼噜呼噜"，俞灵儿的打鼾声，淹没在一片鼓掌喝彩声中。

"咚咚咚"，门外三声鼓响。"豫州修禊者？豫州修禊者在不在？"天真人大声询问着，竟然没有任何人应答。却将俞灵儿从睡梦中惊醒了。

俞灵儿坐起身，接着伸了个懒腰："啊唉！"心道，她这是在哪儿啊？揉了揉眼睛一看，自己居然坐在主席位，原本句龙在天坐着的位置。而此刻句龙在天则坐在比赛的桌旁，原本她坐的座位上。

"我怎么在这里啊？"俞灵儿神情恍惚地回忆着，突然想起："啊，我记得，记得我赢了啊！"

"你可算醒了。"坐在俞灵儿边上的太真人，没好气地对俞灵儿说："你和仇姬的那场比试，是我见过最烂的一次。无论你们会多少书体，终究都是别人的书体。没有属于自己独特书法的人，最终只能沦为书奴。如果你们只是在争夺最佳书奴的话，那恭喜了，你现在是书奴至尊了。"说罢，太真人兴味索然地回转头去。

俞灵儿闻言气得嘴都歪了，盯着太真人的侧脸，心道这太真人的挑剔程度，真是堪比女子啊。世间人习书法，因钟爱某家字体而终身临摹者众多，而自己喜欢的名家字体和临摹的岁月更多些而已，怎么就成书奴了？

这时"豫州修禊者？豫州修禊者在不在？"天真人又大声询问着，依然没有人应答。

俞灵儿这才想起，自己和仇姬赛完，就该轮到句龙在天比赛了。不过自己马上又担心起来，能入选四强的，都不会是泛泛之辈，就好像自创无我书法的湛卢飞白附体仇姬那般。句龙在天在双目失明不利条件下，不知道能否应付呢？

"豫州修禊者？豫州修禊者在不在？"天真人第三次大声询问，还是没有人应答。

俞灵儿一看机会来了，忙高声喊道："都等了这么久了，如果豫州修禊者再不来，是不是直接算句龙在天赢呢？！"

话音刚落，句龙在天却向俞灵儿方向转过头来，似乎脸上略有怒意，俞灵儿知道自己又触了句龙在天的逆鳞了，一吐舌头，忙不敢作声。

天真人回道："如果豫州修禊者不来，公允起见，那自然算雍州修禊者胜出。"

"不急，我可以再等等。"句龙在天却很想会一会对手的样子。

这时就听得门外一片嘈杂之声由远而近，房内众人都被那阵嘈杂声给惊动。

句龙在天微微一笑："来了。"

第九十七章

河州雎鸠

　　然后众人就见门外突然冲进一人，与其说一人，倒不如说更像三个人。只见这人居然有三头六臂，三个身体，背靠背贴着，全身特制的灰色短衫劲套。

　　"妖怪啊！"众人一阵恐慌，纷纷退避开来，让出了一条空路来。远远看着这个怪人的模样，俞灵儿心道，如果再有第三只眼的话，自己恐怕会以为是那执年岁君太岁降世了！

　　"看什么看？没见过连体人啊?！"这连体人的六只眼睛怒目环视一圈后，面朝着主持席位的那颗脑袋高声说道："我就是豫州修禊者，雎鸠众！请了。"

　　俞灵儿心道，一般双体连体婴儿一降生便会死亡，三体连体婴儿更是难以活命，可面前这三体连体人非但没死，还长那么大个活蹦乱跳的，真不知道他是如何活下来的。对了，他自报姓名叫雎鸠众，难道说他是"河州雎鸠"的妖?！这就解释得通为何这三体连体妖能活下来了。可她明明记得，河州雎鸠的妖都是窈窕淑女型，怎么还会有三体连体妖的？转念想起，雎鸠窈窕曾说过她有个儿子，难道说……

　　"既然来了，那就快入座吧，修禊已经开始很久了。"天真人冲着雎鸠众指了指那张大桌道。

　　"好嘞！"雎鸠众走向桌子，转了个身准备入座，右边那个脑袋朝向了俞灵儿，一直盯着她看，直看得俞灵儿汗毛竖起。

雎鸠众刚要入席，却停了下来："不行啊。我昨日在三张桌子上书写的，今日怎么只有一张桌子？我一定要三张桌子。还有这椅子我坐不惯，我要换凳子。"

周围众人闻言都议论纷纷："自己长了三个身体，就一定要三张桌子吗？哈哈。"

"那可不，想来他平时吃饭也是三张桌子一起用的，自然是用惯了的。"

一阵喧哗声中，五名老者交头接耳一番。

天真人站起身道："公允起见，就依你，换凳子，再给你备两张小桌子就是了。"

然后雎鸠众中间那个身体端坐在新换上的凳子上，旁边人又搬来两张小桌，放在雎鸠众另两个身体前面。雎鸠众的三个头这才满意地一起点头。

天真人对雎鸠众说道："今日修禊赛事，我们决定稍稍更改一下规则，那就是书写内容定为《水调歌头》，以防止昨日有参赛者因书写内容不适而影响赛事的事情发生。"

一时也数不清雎鸠众摆动了几只手："不妨事，不妨事。只要给足我三套文房四宝就行。"

这话一说，旁边又有人议论起来："他要三套文房四宝？难道说他三个身子都能写字？"此话一出，众人一阵哄笑声。

雎鸠众正面那个脑袋直瞪着桌对面的句龙在天，而左边那个脑袋却看着人群说话了："被你们说着了，我们三个身子，确实都能写字。"

人群中一个人开口了："他说得不错，你们昨日没看到，他右边的那个身子也能写字。而且写的字那叫一个厉害呢。"

边上有人问道："哦？其他身子真的也能写字？那怎么个厉害法？"

这时雎鸠众正面那个脑袋突然说话了："阁下就是泾河句龙的族长继任人句龙在天？"

句龙在天淡淡地答道："未来族长继任人可不敢当，在下正是句龙在天。"

雎鸠众正面脑袋却厉声道:"听说你刚入了沧海派,成了沧海派的笔仙弟子,取道号'风归云'。可有这回事?"

句龙在天依旧淡淡地答道:"不错,确有此事。"

雎鸠众正面脑袋的声音更尖锐地道:"那你就是承认背叛我们七大妖族世家了?"

句龙在天抬起头来:"如果你这么纠结于此事,那我们就以书法来解决一下吧。"

"哼,不要以为入了笔仙的门,书法上就会如何了得了。论书法,我们七大妖族世家并不比笔仙差多少。"雎鸠众正面那颗脑袋说话声音特别大,引得边上众人都在那议论:"他说什么?妖族?""是啊,我还听到什么笔仙的。""看他三头六臂的样子,难道说他不是人?"

句龙在天冷哼一声道:"今日黄溪修禊,只论书法,其他的话,就请赛后再说吧。"

见周围满是疑惑的目光,雎鸠众自知失言,赶忙闭上嘴。这时雎鸠众要求的另两套文房四宝,全都由打杂的人端了过来。

雎鸠众端坐凳子之上,另外两个身子开始忙着在自己的小桌上磨墨。

雎鸠众正面那颗脑袋不说话了,可左边那颗脑袋却特别喜欢说话的样子,回头瞄了句龙在天一眼道:"好啊,那我们就论书法。我听说你自打十年前在黄溪修禊夺魁后,就被称为北碑第一圣手是吧?"

"……"句龙在天显然不喜欢多说话,更何况是和有三颗脑袋的人说话。

可左面那颗脑袋显然习惯了别人对自己说话后的反应,继续说道:"那你倒是说说看,北碑楷书中,以哪家为尊啊?"

"……"句龙在天还是没搭理他,自顾自在那磨墨。

"当然应该是赵威的楷书《姑山仙碑》吧。"人群中一位老者憋不住出声说道。

"哎,应该是《九宫格碑》才对,那可是被誉为天下第一楷书啊。"另一个人反驳道。

顿时人群中分成两派，在那争吵不休。

俞灵儿则无奈地摇了摇头，虽然几百年后，这种争论会有最终结果。可现在世间众人还是会对于第一楷书之名争论不断。

"哈哈哈哈。"突然雎鸠众左面那颗脑袋的大笑声，立刻盖过那群人的争吵声，刚才还在那争论的人都静下来看向雎鸠众左面那颗脑袋，不知道他因何发笑。

"看看你们，都在争些什么？哈哈。"雎鸠众左边脑袋指着那群人继续笑着："要说楷书为尊者，世间又有哪一个人写的楷书不是继承钟成公的？又有哪一个人敢说自己是比楷书开创者钟成公更尊者？"

一时众人语塞，钟成公，不但从隶书中创出楷书来，而且放眼天下他书写的楷书，至今依旧是上佳书体，无论哪位书法家的楷书都不脱形于他的楷体。只是世人都习惯上称赞评论的，是那些之后将楷书发扬光大的书法家，自然没必要将楷书鼻祖钟成公一直挂在嘴边。从这方面来论楷书至尊者，自然就是鼻祖钟成公。

俞灵儿则看向句龙在天，就见他风轻云淡地在那整理桌边一叠纸张。俞灵儿顿时悟了，和雎鸠众左边脑袋那种喜欢自己提问自己回答的人有什么好说的？也就那群围观的人喜欢配合左面那颗脑袋罢了。

雎鸠众左边脑袋手指着雎鸠众右边脑袋又开始提问，只是他这次问的是那群人："那你们可知道，我旁边这个身子，打从一出生起，就一直临摹练习的，是哪家的书法吗？"人群很配合地一起摇头："这我们哪里知晓了？"

雎鸠众左边脑袋很满意地笑了笑，然后开始自己回答："我旁边这个身子，打从一出生起，就一直临摹练习的，是……"突然人群中一个声音响起："我知道，是钟成公，钟成公的书法。"雎鸠众左边脑袋显然很不满意有人打断他，翻着白眼看向那个打断自己的人。

可那个人完全没意识到雎鸠众左边脑袋的反应，继续说道："你们昨日是没见着啊，雎鸠众右边的这个身子能完全模仿钟成公的正楷。摹写得一般无二，几可乱真啊。"

人群中爆发出一阵惊叹声："怪不得能闯进四强，完全模仿钟成公的正楷，能做到这点确实很强啊。"

"打小起就一直模仿钟成公的楷书吗？那得练到什么程度啊？真是不敢想象啊！"

"几十年模仿下来，确实有可能作到几可乱真啊。"

俞灵儿心里不禁咯噔一下，连她都未必做得到完全模仿钟成公的正楷，不禁自言自语道："钟成公，楷书鼻祖的字，古雅浑朴，圆润遒劲，他右边身子居然能完全模仿？"接着就听到旁边太真人冷笑了两声，俞灵儿赶忙闭紧嘴巴，心里明白太真人对于书奴的评价是怎样的。

雎鸠众左边脑袋微微扬起，斜着眼看向句龙在天，道："你不是只论书法吗？怎么不说话啦？"

雎鸠众右边脑袋则接茬道："他可能是被吓住了吧，面对的是像鼻祖钟成公在世一样的对手，就算号称北碑第一圣手，也只有称臣的份了吧？"然后左右两颗脑袋同时笑了起来："嘎嘎嘎……"

虽然句龙在天还是面无表情的样子，可俞灵儿则犯起愁来，除了湛卢飞白和仇姬合体之后的无我书法能勉强和右边脑袋打个平手外，单就楷书而言，恐怕世间要想找出一个能赢过这个从小就模仿钟成公楷书的人，几乎是不可能的事情。不知道句龙在天会以什么办法来破解。

"哎，对了。"雎鸠众左边脑袋突然收起了笑容，指着自己，转脸又问向人群："各位各位，我这个身子，同那个身子一样，也是从一出生起，就一直临摹练习一家书法的。你们可知道，是哪家的书法吗？"

人群瞬间骚动起来："什么？还有一家书法？"

"我还以为雎鸠众拿来比试的，只是他右面身子的钟成公楷书。难道说还不止？"

"单单是模仿钟成公的楷书，就可以压制那个北碑圣手句龙在天了。没想到居然有两家书法。"

俞灵儿也惊讶地看着雎鸠众左边脑袋，如果说右边脑袋模仿的是楷书鼻祖钟成公，那左边脑袋模仿的又岂能是泛泛之辈？

雎鸠众左边脑袋看了看众人，见无人回答，便专挑那个回答自己上个问题的人来问："你不是什么都知道吗？你来说说看，我这身子会的哪家书法？"

那个人挠着头，不好意思地说："我，昨日就只有你右边那个身子在书写，写完就直接赢了比试。你这个身子也没写字啊。这我就不知道了。"

雎鸠众左边脑袋这才十分满意地点了点头，接着昂起头大声说道："我这个身子，打从一出生起，就一直临摹练习的，是……"雎鸠众左边脑袋说到这，故意卖了个关子："哎，对了，你们先说说看，哪一家的草书可以为尊啊？"

俞灵儿开始讨厌起雎鸠众左边脑袋来，有人能回答你的提问吧，你不满意，回答不上你的问题吧，你又卖关子。反倒是雎鸠众正面的脑袋，虽然一直盯着句龙在天不说话，但是远没有雎鸠众左边脑袋那么令人讨厌。

可令雎鸠众左边脑袋没想到的是，人群异口同声的喊道："草书鼻祖，'草圣'张成公！"

俞灵儿看向雎鸠众左边脑袋，就见左边脑袋满脸的尴尬神情，而右边那颗脑袋则被左边脑袋的窘迫神情引得哈哈大笑。

雎鸠众左边脑袋斜了右边脑袋一眼，虽然一脸不满却也只得说："没错，我这个身子能完全模仿草圣张成公的章草。"

话音刚落，人群又是一阵骚动："哇，那个身子居然能完全模仿草圣？"

"与钟成公不同，张成公可是将古法中的字字区别、笔画分离的草书，变为一笔而成上下连贯变化的今草。"

"后世草书大家都源于张成公的章草，可称草书中的至尊。"

俞灵儿长长叹了口气，有那个模仿钟成公楷书的右边身子，已经很棘手了，现在又加上能模仿草圣张成公章草的左边身子。而且这还不是一加一等于二的事情，如果是自己对阵雎鸠众，就算以自己的双手齐书之法，勉强写出两种字体来，但是书法效果肯定比不上专心一致书写的。更何况是同时写草书鼻祖张成公和楷书鼻祖钟成公这两位顶级书法家的字体。而雎鸠众的两边身子可是专研了这两位书法家几十年啊。如果自己在决赛时对上雎鸠众，到时自己该如何应付呢？

俞灵儿一边愁容满面地专注思考着自己在决赛时该如何应对雎鸠众，一边不经意地伸手在太真人的荔枝条上摘了一颗荔枝来，连壳都忘了剥直接塞嘴里就吃，自己还浑然不觉，更不用说一旁太真人瞪得大大的双眼直盯着自己也丝毫没有察觉。

此刻雎鸠众正面那颗脑袋终于开口说话了："句龙在天，退赛吧。你根本不配和我比试书法。"句龙在天也终于开口说话了:"不行。"雎鸠众正面那颗脑袋冷笑了两声:"你以为,就凭你,能赢得了我后面那两个身子?"句龙在天淡淡一笑:"不试试看,又怎么会知道结果呢?"

雎鸠众正面那颗脑袋盯着句龙在天的双眼道:"你别装了,我已经看出来了,你双目失明了。"

茅舍内顿时一片寂静,除了俞灵儿大口大口咀嚼荔枝的声音。

"被你发现了。"句龙在天淡然的声音打破了这片沉寂,"没错,我现在确实是双目失明。"

人群瞬间骚动起来:"双目失明还来修禊参赛。"几位老者非常同情地看着句龙在天:"年轻人,已经不用比试了。双目失明都能闯入四强,已经很不错了。""是啊,天也不早了,你还是早点回家休息去吧。"

雎鸠众右边那颗脑袋也向句龙在天劝道:"就算写的字再美,你自己都看不到,这还有什么意义呢?"

雎鸠众左边那颗脑袋却恶言相向:"瞎子,看你那衰样,还是早点滚回去吧。别浪费大家时间。"俞灵儿闻言,怒目而视雎鸠众左边那颗脑袋。

而雎鸠众正面那颗脑袋微微扬起,以俯视的眼神看向句龙在天,一副明摆着这场比试已经花落己家的样子。

可没想到句龙在天转头向着众人只是淡淡一笑:"所谓'字以心画',书法不是最注重修心养德的吗?什么时候书法变得仅仅只能用来看了?"然后句龙在天转头向雎鸠众说道:"人的美丑,都是先天的,没办法选择。可是书法作为人的另一份仪表,却是可以通过后天努力经营的。就算我又衰又瞎,又如何?我倒很想知道,你写的字又能比你的样貌好多少?"

人群中爆发出一片掌声:"好,说得好。"

雎鸠众左边脑袋刚想对句龙在天辩驳些什么,却被雎鸠众右边脑袋伸手给制止了,雎鸠众正面的脑袋凝视着句龙在天道:"你的话,正说到我心坎里去了。今天唯一让我高兴的事情,就是此刻我的对手是你。"雎鸠众正面身体缓缓张开双手:"那今日我的三个身子会毫无保留地和你全力一赛。"

"正合我意。"句龙在天向前微欠了下身子道:"都说河州雎鸠的集字为天下之冠。想来你的书法也不在你后面两个身子之下了?"

雎鸠众正面脑袋点了点头道:"过奖了,不错,我这个身子,打从一出生起,也一直临摹练习一家书法。"

人群耸动:"没想到正面那个身子居然一直深藏不露啊。""原来三个身子,每个都会一种书法啊。""不知道正面那个身子又是什么情况……"

俞灵儿看了看雎鸠众正面那个脑袋,心道,张成公、钟成公都是前朝时期的书圣,楷、草书鼻祖。连王之修都对他们推崇备至,看正面那个身子精气神最是饱满,应该不会学写普通书法家的字吧?

还没等雎鸠众正面脑袋说话,雎鸠众左边脑袋抢着向众人大声说道:"正面这个身子,打从一出生起,就一直临摹练习的书法,就是'书圣'王之修的行书。"

"啊!"俞灵儿就感觉浑身寒毛一根根直竖起,站起身来却呆立当场。虽然人群中爆发出比之前更响更嘈杂的议论声,可自己已经完全听不进一个字了。因为此刻就感觉整个头都晕乎乎的,似乎变得越来越重。正面那颗脑袋习摹的书法居然是王之修的行书?王之修,站在书法界顶点的书圣,如果一个人打从一出生起,每天都临摹练习他的书法字体,几十年下来,那得达到什么程度?以此来参加黄溪修禊,谁能与其争锋?

更何况他的三个身体将楷、行、草,三大书坛鼻祖的至尊书法都临摹全了。无论是谁和雎鸠众比楷、行、草中的任意一种书体,他都不会处于下风,更何况是三体齐书。她的双手齐书也好,摹尽天下书也罢,都差着雎鸠众一截。

而且这还不是最可怕的,最可怕的是,雎鸠众的这三家书法绝不是一加一再加一等于三这么简单。

雎鸠众正面脑袋这时说道:"早就有所耳闻,泾河句龙千年难得的一个天才,句龙在天。在年少时就已经学会宝志公碑大法,依仗宝志公碑的三绝,至今未尝一败。可有此事?"

句龙在天欠身拱手回道："在下只是略懂宝志公碑大法，至于其他的都是江湖上的朋友吹捧而已。"

"可宝志公碑大法的三绝，李白的文章，赵威的书，吴道子的画。冠绝古今不说，三绝还同气连枝共生共荣，无人能破，成为天下最无懈可击的阵法。"雎鸠众正面脑袋的双目神采奕奕地看着句龙在天道，"和你宝志公碑大法一样，我雎鸠众的书法也是三绝，右边楷书鼻祖钟成公的字，左边草书鼻祖张成公的字，正面行书鼻祖书圣王之修的字。比试时，三体齐书，至今不败。敢问，我是否也可称得上书法中最无懈可击的阵法？"言罢，雎鸠众左右两颗脑袋都得意地分别看向句龙在天。

俞灵儿叹了口气，心道，此刻摆在句龙在天面前的正是和他自己最强绝招三绝碑一样的对手。句龙在天以宝志公碑大法纵横无敌，却万万想不到，在黄溪修禊的赛试上，讽刺地遇到了书法界的"三绝碑"。如果句龙在天能破眼前的书法鼻祖"三绝碑"，那也就意味着他自己的宝志公碑大法有朝一日也是能破的。如果连句龙在天都破不了的话，那决赛的时候，自己又如何应付得来？

想到这里，俞灵儿紧张得直盯着雎鸠众，浑然不觉自己的手正死死拽着太真人手中的那根荔枝条，而太真人也满面凝重地盯着雎鸠众，死死抓着荔枝条另一端，同样不松手。可怜的荔枝条被拧得完全走形。

句龙在天此时突然说了一句话，可话音却被在场众人的喧哗声给完全掩盖住了。可雎鸠众却听得清清楚楚，先是愣了一下，然后三颗脑袋突然一起"哈哈"大笑起来："此话当真？"听到笑声，一众喧闹的人声逐渐安静下来。

句龙在天点了点头。雎鸠众正面脑袋道："那好，我们就痛痛快快赛一场吧。"句龙在天不再多言，伸手做了个"请"的动作，然后也不等太真人宣布，就直接从桌上一叠纸中拿过一张来，左手撩起右手袖子，提笔蘸上墨开始书写起来。对面雎鸠众三个身子也不再多说话，也各自拿过纸来书写。

这就开始比试啦？俞灵儿的思绪被这突如其来的转变给打断了，包括自己在内，众人都愣愣地看向句龙在天。就见他依旧面无表情，加上双目失明，丝毫看不出句龙在天此刻在想些什么。

绿袍主持者喃喃自语着："面对这么棘手的对手，想都不想就开始写了？难道说，句龙在天已经绝望，打算破罐子破摔了？"

紫袍主持者则持不同意见："与其让雎鸠众继续在那壮大声势，最好的办法莫过于立刻开始比试。句龙在天毕竟曾在黄溪修禊夺过魁,临阵对敌永远是那番大将风度。"

"可你别忘了,现在的句龙在天,早已不是当年的他了,现在的他双目失明。"太真人嘴上这么说着,紧捏着荔枝条的手却流出汗来:"什么都看不见。"

"他是想让我看。"俞灵儿一边鼓鼓囊囊地说着,一边朝嘴里又塞进一颗荔枝,和嘴巴里另外三颗荔枝一起连壳嚼着:"让我亲眼看看雎鸠众的'三绝阵'到底是怎样的,让我明天在决赛时做到心中有数。"

所有主持都看了俞灵儿一眼,也不知道她这种自作多情的想法是打哪里来的。太真人更是气急败坏地看着手中的荔枝条:"你,你,你几天没吃饭啦?"可俞灵儿充耳不闻,双眼紧盯着雎鸠众的三个身体此刻每一笔的笔法。

就见雎鸠众右边的身体一笔一画写着中正的楷书,相比另两个身体的笔速,就像是一个人站立着的感觉。雎鸠众正面身体运笔比右边身体较快,就如同一个人行走时的样子。雎鸠众左边的身体运笔最为快捷,就好似一个快速奔跑的模样,自然也是这左边身子最先写完。

可还没等雎鸠众正面和右边身体写完,句龙在天就将笔放回笔架道:"好了,我赢了。"

"什么你就赢了?"众人都一愣。"人家都还没写完呢,你怎么就赢了?"雎鸠众正面和右边那个身体却不为所动,依旧在那慢条斯理地写着。

一众主持者都迫不及待地涌向桌边观看,俞灵儿和太真人第一个赶到,仔细端详四份书纸。雎鸠众正面身体此时也刚好写完。

俞灵儿细看雎鸠众正面身体写的字,果然如他所言,每一个字都完全模仿王之修的行书,再转脸看向雎鸠众左右两边身体写的字,也是每一个字都完全模仿钟成公楷书和张成公章草。这几十年来风雨无阻的临摹练习,居然能达到如此逼真的效果,恐怕普天之下,已经很少有人比雎鸠众更能模仿这三位鼻祖的字体了。

到底有什么办法可以破解这样的三绝阵法呢?俞灵儿盯着雎鸠众的三张纸直看得晕头转向。对了,句龙在天写完之后就说他赢了,难道说句龙在天已经想出了破解三绝阵的办法了？

　　俞灵儿转头再看向句龙在天写的字，就见句龙在天居然也是以王之修的行书来写《水调歌头》。可是相比较雎鸠众正面身体写的王之修行书字体，句龙在天摹写的竟毫不逊色，可是为什么句龙在天这么有把握说他自己赢了呢？俞灵儿看了看句龙在天的纸，再转脸看了看雎鸠众正面身体写的纸。

　　突然俞灵儿仰头大笑："哈……"可刚一张嘴，喉咙却被嘴里的荔枝卡住，顿时难受得直吐。一旁太真人非常鄙夷地瞄着她，直心疼自己的荔枝。

　　众位主持待雎鸠众右边那个身体写完后，异口同声道："这一局是雍州修禊者句龙在天获胜。"

　　雎鸠众正面那颗脑袋不敢相信自己的耳朵，抬头不服气地问道："怎么是他赢了？为什么？"

　　灰袍主持者指着雎鸠众正面身体写的纸道："你打小就摹习王之修的行书，这点确实做得不错。当今世上能做到你这程度的人实在是屈指可数。如果今日比的是只写一个字，那你绝不会落败。"雎鸠众正面脑袋闻言，满脸傲然之色。灰袍主持者却紧接着说："可是……"

　　天真人接过话来说："可是，你却只临摹王之修的字体，却不懂得王之修行书不但字体美观，更重要的是，他的字体和他的章法是精密相连的。你看你用行书字体写的全无章法可言。何况行书的根基都是由楷书而来，就是圣如王之修也不例外。如果你小看楷书在行书中的作用，那你就错了。"

　　"你看句龙在天开头第一个字'大'以楷书起笔，末尾最后一字'月'以正楷收笔。这正是行书最为基本的章法。"绿袍主持者接着道，"而且他的楷书起笔之后也不是马上就变行书，而是逐字渐变为行，颇有大江滚滚东流的气势。而且你看他之后的行书章法，墨色虚实不定，道尽历史沧桑。"

　　紫袍主持者接着道："接着字体大小变换，粗细相接，真犹如惊涛骇浪拍岸卷雪之感。后一句笔墨间之留白，恰到好处，字字长短不一，奇正聚散，又与左右两列遥相呼应，特别是与之前的'惊涛'那一句相对应，这几列字体真犹如画如卷之大好江山。凡此种种不胜枚举。"

俞灵儿心里本以为请来这五位老者做评判主持，只是因为他们年龄较长，却没想到他们并非摆着看的，确实对书法有品鉴之能。

太真人道："前人书法极重章法，后来却有人只知道埋头习字，将字帖中的字单独取出，不顾章法自成所谓的集字帖，贻误不知多少后学者。当今世人像雎鸠众你这般，只摹习集字，而不学章法者众多。记得回去后重新学过，书法绝不是练好字这么简单。"

就见雎鸠众目瞪口呆地看向句龙在天的《水调歌头》，身后右边脑袋则在低声地埋怨他："平时和你说了多少次了，让你别骄傲自满故步自封，多多向人讨教书法之道，可你就是不听。现在出糗了吧？"雎鸠众左边那颗脑袋很不服气地喊着："就算雎鸠众一份书法输给句龙在天，也不等于我们三份书法都输给他啊？我们后面这两份楷书和草书可都是有章法的，难不成我们这两份书法也输给句龙在天不成？"

接着雎鸠众左边脑袋转脸向围观人群大声道："可曾有谁说过楷、行、草三种书体还能分高下的？既然没有，那我们还有两份书法，而句龙在天只有一份，论数量应当是我们赢才对。你们说是不是？"

围观众人你看看我，我看看你，都说不出话来。

"难道你雎鸠众的书法全是靠数量来取胜的吗？"太真人呵呵一笑："虽说楷行草书体各有长短，无所谓高下之分。可是你们摹习的张成公、钟成公和王之修三家书法之间，还是可以比一比的。"

雎鸠众左边那颗脑袋一拧："那怎么可能？三家鼻祖所处时代不同，他们怎么比较法？"可雎鸠众右边脑袋却露出凝重之色。俞灵儿终于吐完了荔枝，听到雎鸠众左边脑袋这么一说，又想笑出声，却看到太真人瞪了她一眼，闭上嘴不敢言语。

"难道你不知道，书法除了要求诸如章法之类的'法度'外，还有'工夫'和'天然'这两种要求？"太真人冲雎鸠众左边脑袋摇了摇头，"钟成公、张成公、王之修，三代书圣都可称得上书法上之上者。可他们在'工夫'和'天然'也有高下之分。既然有了高下之分，那评判你们的胜负不也就简单了吗？"

俞灵儿和另四位评判老者纷纷点头。

"书写者反复练字所积累的'工夫',就是对书体形质的要求。'天然'是书写者禀赋与灵感表达在书法上的神采和意境。"所有人都静静看着太真人一边来回踱着步,一边说着:"众所周知,三圣中,张成公工夫堪称第一,临字用的池水尽成黑墨,连王之修都自叹不如。可他的'天然'却是三圣中最次的。钟成公则'天然'第一,可'工夫'却是三圣中最次的。"

"那,那不就得了?!"睢鸠众左边脑袋兴奋得高昂起来:"论'工夫',我模仿的张成公第一,论'天然',这边模仿的钟成公第一。横竖都是我们赢啦!"然后询问似的看向睢鸠众右边脑袋,可右边脑袋却低下头去默不作声。

吴川小路

天真人闻言微微一笑："本来的确如此，可世间却偏偏出了一个王之修。虽然论'工夫'他不及张成公，论'天然'他不及钟成公，可他的'工夫'胜过钟成公，'天然'胜过张成公。各一胜一败，打平。"

"这……"睢鸠众左边脑袋一时愣住，不知如何分说才好，转头看向右边脑袋，可右边脑袋理都不理他。

"理论上是这么说，可是，只是打平这么简单吗？"太真人继续说道，"试问古往今来有谁能做到，无论'天然'还是'工夫'都能达到一人之下的程度？王之修不但做到了，而且还达成了中和'天然'和'工夫'的境界，成为古今无二的至高书圣。"

另四位评判者纷纷道："就是啊，本来听说这位打小就摹习王之修字体，我们还特别期待呢。""居然敢在黄溪这儿夸口，说自己写的王之修书法能到几可乱真的地步。""王之修的书法，可不是临摹着练习这么简单的。"

不等睢鸠众左边脑袋反应过来，太真人一指句龙在天的纸："偏不巧你们中最为关键的，摹习王之修书体的这位不争气，在'法度'上输给了同样书写王之修书体的句龙在天。现在这么明显的胜负判决，居然还要我多费唇舌，真是……哎。"

雎鸠众左边那颗脑袋耷拉下来，和雎鸠众右边那颗脑袋凑成一对。

雎鸠众正面脑袋被太真人说得头昏脑涨的，却也爽快："我本以为我们这套三体齐书，完全可以在黄溪修禊夺魁，却想不到我才是这阵法的最大漏洞。好，虽说输了，却不枉此行。"然后对着句龙在天一抱拳，"青山不改，绿水长流，他日再会。"说罢起身，扬长而去。

俞灵儿举起双手刚想欢呼句龙在天的胜利时，却被太真人冷冷的一句话给打断："这场比试就是黄溪修禊最起码的程度，你真的准备好了吗？"

俞灵儿则完全不去理会太真人说的话。转身跑到句龙在天身边，高兴地双手鼓着掌道："太棒了，你又赢了。"然后就想扶起句龙在天。

可句龙在天伸手示意，阻止了俞灵儿，然后长身而起，向着房舍门口走去。俞灵儿跟着他后面也一起离开。

围观人群让出一条路来，纷纷为这两位黄溪论帖的优胜者鼓掌喝彩。不过喝彩声更多的是献给句龙在天。在他们心中，固然俞灵儿以丰富多彩的书法取得优胜，但是句龙在天双目失明的劣势下，轻松随意地以一套书法就赢了三位一体的顶级书法，更让人觉得高深莫测。大多数人几乎已经认定，这次黄溪修禊的夺魁者，非句龙在天莫属。

一路上，俞灵儿兴奋不已地在那说着刚才句龙在天比试的精彩，好似赢了那一场的人是俞灵儿自己似的。可句龙在天则静默地走着，就和早上走来时一样。

因和仇姬比试时，俞灵儿中了湛卢飞白的药，药效还未完全散去，故此走不多远俞灵儿又开始昏睡过去……

第二天一早，天还蒙蒙亮，俞灵儿就被门外四起的嘈杂声给惊醒了。

穿上衣服就往外来看出了什么事。却见句龙在天走向自己。虽然他依旧保持着淡定从容的神情，可从他微微散乱的几根飘发判断，刚才他与人动过手了。

"这里不能待了，随我从后门走。"句龙在天拉着俞灵儿就往后走。

"到底出了什么事？"记忆中的风归云，临敌从来是一步不退的。现在句龙在天居然要从后门开溜？外面来的究竟是什么人物？

推开后门，俞灵儿就看见不远处的地上，堆满了许多兵器，有两个人正抱成一团，打得火热。

不用看俞灵儿也猜得出，那两个打斗的人其中一个是湛卢殳篆。也许是为了避免被湛卢殳篆成堆的兵器伤到，另一个人就抱紧湛卢殳篆，扭打在一起。

另一个人正打得火热，转脸见到俞灵儿，脸瞬间就红了。也不知道从哪里来的力量，这人猛一挥拳，击中湛卢殳篆，瞬间将他击飞几丈远。打飞了湛卢殳篆，这人还意犹未尽地在那摆起了功架："算你跑得快，要不然本大侠定让你吃不了兜着走。"然后虚挥了两拳，一脸的傲气。

俞灵儿抢上几步道："令狐宝，你跑这儿来做什么？"

令狐宝忍着身上的痛，维持着打架姿势，慢慢向俞灵儿侧转过身："以后请叫我令狐大侠……唉，这人是谁啊？"看到句龙在天英俊的容颜，令狐宝登时醋意满怀，用敌意的目光打量着句龙在天。却没注意到湛卢殳篆已然起身远离。

"这位是句龙在天。"俞灵儿对令狐宝的无礼反应非常不满，还好句龙在天看不见。

一听句龙在天这名字，令狐宝醋意更浓了，双眼紧盯着句龙在天，下巴不自觉地微微颤动起来。

俞灵儿只是以为令狐宝又开始耍衙内脾气，却没有觉察到令狐宝更深层的反应："来的路上，是他救了我。"

令狐宝如梦方醒一般跑向俞灵儿："你出了什么事？要不要紧？"同时在怀里摸索着什么。

一想到伸腿瞪眼丸的气味，俞灵儿赶忙后退了一步："我没事，我真的没事了。"

令狐宝大松一口气："没事就好，没事就好。"可是英雄救美这种美差怎么没有自己的份？却落在这七大妖族第一美男子的身上？

俞灵儿见令狐宝手还在怀中，赶忙说："一路上都是承蒙他照顾我。"

"一路上，照顾你……"令狐宝咬牙切齿地慢慢转头看向句龙在天，"一路上，照顾你……"

句龙在天虽然眼睛看不见，却明显能觉察到令狐宝情绪上的波动。只是一拱手："这位兄台，还未请教。"

"这位是……"俞灵儿赶紧抢着说，可还是比令狐宝慢了一步。令狐宝也不拱手回礼，挑衅地大声道："令狐宝，俞灵儿的丈夫。"

"不是的，"俞灵儿着慌了，"我们还没……"

"过几天。"令狐宝紧锁眉头，剑拔弩张地盯着句龙在天，慢慢凑近句龙在天的脸，"我们就完婚。"

"令狐……"句龙在天略一沉吟，赶忙说："令尊令狐擎苍也来了吗？人在哪里？"

俞灵儿心想句龙在天怎么也认得令狐擎苍吗？

"咦，我说的话你听没听见啊？"令狐宝瞪起眼来指着句龙在天叫到："我和俞灵儿马上就……"俞灵儿一把拉开了令狐宝："你怎么来了？"

令狐宝对俞灵儿说话的样子倒是乖乖的："哦，我和你爹娘一起来的，昨夜刚到这里。"

"我爹娘也来了？"俞灵儿心中又惊又喜，"他们人呢？"

"他们就住在……"

"轰隆"一声，俞灵儿他们身后的住所，随着这声巨响，顿时火光冲天。俞灵儿紧紧抓着令狐宝的手臂看着火光。

句龙在天拉着俞灵儿就飞奔离去："快走，我们抄小路走。"

"哇，这么大火。"令狐宝还站在原地观看那火光，俞灵儿边跑边回头招呼："你还不快跑？"令狐宝这才回过神来："唉唉，这有什么好跑的？你，你等等我。"然后紧随俞灵儿也跑去。

沿着吴川山阴一条树木林立的小路，三人紧挨着往前奔跑。

令狐宝在最后面边跑边喊："你们跑什么？站住！"

见句龙在天还是不停地奔跑着，令狐宝猛地提气纵身赶到句龙在天跟前，抬手一拦："停一停，到底在跑什么？"

被他这么一拦，句龙在天只得停下脚步。俞灵儿跑近句龙在天："是啊，我也想知道究竟发生了什么事？"

"说了你们也不明白，反正是个连我的宝志碑大法都抵挡不了的人。"句龙在天挪开令狐宝的手，继续往前赶路，"我们就从这条路去黄溪，先完成修禊再说。"

"我还以为传闻中的句龙在天有多厉害，也不过是抱头鼠窜的胆小鬼啊。"令狐宝挽起双袖："我倒要见识见识这人有多厉害。"

"你想见识谁啊？"从一棵树后转出四个人来，而其中说话的那个人，俞灵儿再熟悉不过了——湛卢飞白。

跟在湛卢飞白身边的正是湛卢殳篆，另外两个俞灵儿不认识，一个是个头不高，一身黄褂的小女孩。还有一个是一身黑衣的蒙面男子。

令狐宝大大咧咧迎上前，一指这四人道："你们是哪路的啊？"

"冤家路窄啊俞灵儿，我们可又见面了。"湛卢飞白完全不理令狐宝，一手捋着自己的长发，柔美之态更甚，朝着俞灵儿道："尊主神机妙算，让我们在小路这里埋伏着，你们果然中计了，呵呵呵。"

令狐宝一脸的鄙夷神情侧脸看向句龙在天："你让我说你什么好……"还未等他说完，俞灵儿拽了一下他："大敌当前，别内讧了行吗？"令狐宝一脸委屈地对俞灵儿道："你居然帮他说话？"

红衣大炮

这时那个身穿黄褂的小女孩气哼哼地指着俞灵儿就走上前来："你就是俞灵儿?!"俞灵儿很诧异地看着眼前丁点大的小女孩："我是啊，怎么啦?"这女孩小脸涨得通红，指着俞灵儿道："你，你立刻蹲一个我看看。"令狐宝和俞灵儿瞪大双眼看着这小女孩："蹲？你要我蹲？"小女孩点了点头道："对，现在，蹲下身。"俞灵儿和令狐宝相互对视了一眼，不明白为什么这女孩要自己蹲下。令狐宝朝小女孩招招手："小妹妹，要不大哥哥我给你蹲一个怎样?"小女孩气急败坏地喊道："我不要你蹲，我就要俞灵儿蹲!"俞灵儿感到莫名其妙。

句龙在天一摆手道："小心了，这小女孩名叫湛卢璎珞。别忘了湛卢山庄的家族徽记，铭剑灵篆，防不胜防。我们还是小心为上。"

俞灵儿点了点头，严阵以待地盯着湛卢璎珞。只有令狐宝不以为然，继续在那不断蹲下起身地逗弄着湛卢璎珞："你看你看，我蹲了，唉，我又蹲了……"

湛卢璎珞气得一屁股坐在地上直耍泼："谁要你蹲啊，我要俞灵儿蹲，不是你。"

湛卢夊篆铁青着脸道："璎珞小妹，和他们废什么话，等全抓起来，想让她怎么蹲就怎么蹲。"随即一声呼哨，林子里显身一大队妖兵，看装饰打扮，全是湛卢山庄的府兵。一下子就将俞灵儿他们给围住了。湛卢瓔珞恨恨地从地上爬起来，走回去前还对令狐宝作了个鬼脸。

"令狐贤弟小心了。"句龙在天一把将令狐宝拉到身后，接着一抬手，施展出宝志碑大法。俞灵儿三人就被几道闪光字句图画给保护着围在身周，那些字句图画正是赵威字体的李白诗文和吴道子所画的宝志公像。

湛卢飞白摇了摇头道："句龙在天，你以为宝志碑大法真的无懈可击吗？我们家的湛卢殳篆，可是能召唤来天下各种武器的哦。"说完转头向湛卢殳篆使了个眼色，湛卢殳篆会意，立刻马步蹲当式，双手平举于胸前，使出全力大喝一声："开！"然后就见一门披着大红布的大炮立刻出现在湛卢殳篆身前。

"如果你们以为天下兵器只有刀枪剑戟这类东西，那你们就错了。"湛卢飞白一边掏出白色手绢给湛卢殳篆擦了擦汗，一边得意地看着句龙在天道："这武器啊，名叫'红衣大炮'，可是蒙台人的一项发明哦。哦，不对，其实本来是原人发明的，现在却被蒙台人造出，威力绝伦。句龙在天，要不要试试？到底是这无坚不摧的红衣大炮厉害，还是你无懈可击的宝志公碑大法厉害？"

俞灵儿大吃一惊，知道后来的蒙台人东征西讨开疆拓土，不单是靠强弓铁骑，杀伤人数最多的，就是火器大炮。这宝志碑大法虽然能抵挡天下各种妖术仙法，但是在大炮的轰击下，究竟会怎样？自己心里也没底。万一抵不过大炮，那三个人不死也残啊。周围又被湛卢山庄的妖兵围困住，想跑也是无路可走，难道我们只能束手就擒？

令狐宝"沧浪"一声抽出腰间的紫微软剑，轻蔑地指向红衣大炮道："这什么玩意儿啊？黑咕隆咚的。有能耐就给小爷我使使！"

俞灵儿忙一把拉住令狐宝："别闹了，这可是大炮。"令狐宝不退反前进了一步："大炮？大炮怎么啦？小爷我自幼熟读兵法，什么大炮小炮，能拿小爷我怎么地？"

俞灵儿一翻白眼，自己怎么这么倒霉，遇到大炮不算什么，遇到令狐宝才是最倒霉的事情。

令狐宝继续挑衅着："来啊，冲小爷我来啊。别光说不练啊。"

"令狐宝，你就这么想死啊？那可就别怪我们喽。"湛卢飞白昂起头对着湛卢殳篆努了努嘴："给我，轰他。"

俞灵儿的心都提到嗓子眼了，赶忙去拉令狐宝，可令狐宝就是不退，威风凛凛地仗剑而立。把俞灵儿急得直跺脚。

"别啊。"湛卢璎珞怯生生地在一旁道："这个令狐……哥哥，还挺有意思的，抓回去给我玩吧。别轰他啊。"

湛卢殳篆神情严肃地对湛卢璎珞道："这可是敌人，哪里是玩的？飞白哥说轰他，就得轰他。"然后一指令狐宝大声喝道："你给我滚，滚得远远的。"边上一群府兵也一起指着令狐宝大声喝道："你给我滚，滚得远远的。"

俞灵儿见状，赶忙一手拉一个，转身就要往后走。

湛卢飞白急了："哪儿去？给我站住！"俞灵儿闻言只得站住。湛卢飞白气哼哼地转头对湛卢殳篆道："你这是做什么？怎么能让他走啊？"

湛卢殳篆一脸奇怪地看着湛卢飞白："哥，不是你让我轰他吗？那我应该怎么轰走他才对啊？"

湛卢飞白张开双手，仰头叹了口气道："我是让你用大炮轰他。不是轰走他们。"

"哦，哦，是这个意思啊。"湛卢殳篆这才明白过来，然后转身看着红衣大炮直发愣。

"我说，你发什么呆啊？开炮啊！"湛卢飞白又急了，指着大炮直叫唤。

湛卢殳篆转过头看向湛卢飞白："哥，这大炮怎么使啊？"

湛卢飞白长吁短叹地道："我的天哪。搞半天你不会啊？"

湛卢殳篆退后一步道："哥，那你来。"

湛卢飞白白了湛卢殳篆一眼："真笨死了。"接着走到大炮后面，端详了半天，然后回手就重重地拧了湛卢殳篆一下。"疼疼……哥，又怎么啦？"湛卢飞白敲了敲湛卢殳篆的脑门："我要是会，还用你啊？"湛卢璎珞见状捂着肚子咯咯笑个不停。湛卢殳篆摸着脑门道："原来，哥你也不会啊？！"

"怎么啦？是不是被小爷我的威风给吓怕了啊？"那边令狐宝大声叫嚣着，还不忘回头得意地对俞灵儿道："怎么样？我的令狐兵法厉害吧？"

俞灵儿苦笑了一下，虽然不知道湛卢飞白他们到底在磨叽什么，但是她深信，这和令狐宝自吹自擂的令狐兵法绝无半点关系。

湛卢飞白咬着牙指着令狐宝大喊："你给我等着！"然后气急败坏地绕着大炮来来回回踱步。那个蒙面的黑衣人走了过来道："飞白哥，我见过这大炮怎么用。"湛卢飞白等人都看向他："湛卢鬼篆，你知道怎么用？"

湛卢鬼篆指着大炮的炮膛道："我知道这里面装着一颗叫炮弹的大铁球，只要这炮膛内部爆炸，就能将这炮弹射向敌方。"

湛卢飞白又恢复了得意的神情，冲着湛卢殳篆数落："看到没，还是鬼篆弟弟比你顶用多了。"然后指着大炮对湛卢鬼篆道："那你来。"湛卢鬼篆看了一眼大炮，一滴冷汗流了下来："可是，怎么才能让它爆炸，我就不知道了。"

"这和我知道的不是一样吗？"湛卢飞白气得把左手拧成一团麻花。

那边令狐宝敞开了胸口的衣襟，指着自己左胸对湛卢飞白挑衅道："看到没？有种就往小爷我这儿来啊。"俞灵儿一拍额头，难道没有心脏的左胸就是他所谓的令狐兵法？

湛卢飞白脸气得煞白，用力咬着右手的手绢一角，胸口起伏连绵，恨到不能再恨的地步了。

湛卢鬼篆说道："可我却有个想法，如果我们四人将内力灌入炮内，以我们四人合力，别说大炮了，就连山壁都能震开一个口子。"

湛卢飞白眼睛一亮："对啊，这回我看这令狐宝还怎么嘚瑟?！"

"唧唧唧。"湛卢鬼篆率先以手按住大炮底座部位，湛卢飞白和湛卢殳篆也依样将手按在底座上，然后三人一起看向湛卢璎珞。可湛卢璎珞却摇着头后退两步："我不要，我不要让那个令狐哥哥，受伤……"

"我……都什么时候了？你还……唉！"湛卢飞白叹了口气道："我们也不差她那点功力，就我们三个发功吧。"

俞灵儿一看对面三人的姿态，多少也猜到几分他们的用意。这不但是大炮轰击这么简单了，如果开炮的话，这枚炮弹还携带着这三人的内力，威力可想而知。故此吓得赶忙大喊一声："快趴下！"上前按住令狐宝就蹲了下去。句龙在天闻言也不敢怠慢，忙运起十足功力在宝志碑大法上。

湛卢飞白一声令下："运功。"三人一起催动内力入大炮底座。大炮内的火药哪里受得了这三人合力挤压，顿时"轰隆"一声巨响，火药爆炸。湛卢璎珞吓得忙双手捂住耳朵。

大炮的后坐力将三人震得往后直退。一颗炮弹随着巨响声，裹挟着烟火从炮膛内射出，直奔俞灵儿他们去。

第一百零二章 望闻上仙

说时迟那时快，一道人影出现在令狐宝身前。眼看着这枚炮弹就快要撞上这突然出现的人。还没等俞灵儿他们反应过来，出现的人只是侧身站立，没有做任何动作。飞驰过来的这枚炮弹居然无缘无故地从中一分为二，各半颗炮弹，从这人左右两旁瞬间掠过，从后方两排妖兵头上呼啸飞过，“轰”一声在远处的地上砸起数丈尘烟。而大炮中喷出的气浪，在这人身前顿时左右分开，立时就刮倒了后方两排妖兵。因为这人突然的出现，俞灵儿他们居然安然无恙。虽然危机已解，可俞灵儿还是紧张得屏住呼吸，懵懵地看着眼前突然出现的人。

“啊！俞灵儿是这么蹲的啊！”那边湛卢璎珞指向蹲着的俞灵儿大声高喊：“根本不是卧鱼的蹲姿，果然她们俩是在骗我。”而其他三人哪里会去关心俞灵儿的蹲姿是怎样的，都愣愣地看着眼前这不速之客。湛卢飞白喃喃自语道：“奇怪啊，炮弹明明是打过去了，可他们怎么都没事呢？”

“我说过什么来着？我的令狐兵法会保护你的嘛！”令狐宝对着俞灵儿眨了眨眼，然后转脸看了一眼前面侧身站立的人，惊道：“是你？！”俞灵儿这才回过神来，仔细看了看来人：“是你？你不是那个太医吗？”来的正是在东湖湖畔为令狐宝诊治的第四个太医：“你刚才做了什么？”

湛卢殳篆一指这不速之客大声喊道："你是何方妖孽？是不是你施了什么法？坏了我们的好事？"一直沉默不语的句龙在天，突然朗声说道："昆仑派的望闻上仙，有六界最强的剑气护体，还需要施什么法吗？"

在其他人讶异的目光注视下，那第四个太医哈哈一笑，随即一个转身，化成一位须发皆白的长者来，白色仙衣白裤袜，全身上下都是白色，手中一柄拂尘，拂尘上的白须和他长长的须发一同在风中飘摇着。

俞灵儿一直紧张的心情顿时放松下来，虽然望闻上仙不是昆仑派掌门，可他是仙界五大上仙之一，实力高深莫测。据说他的一身护体剑气，足以切开天地万物，唯一能和他剑气相匹敌的，就只有蜀山派天鞘上仙。现今有他助阵，怕是没有谁能动他们分毫。

"你好端端地不当你的太医，怎么来这里了？"令狐宝则继续追问，"是不是我师父让你来帮我们的啊？"望闻上仙笑道："是老朽在这里的一位故友，她说这儿有一位叫俞灵儿的，极可能是预言中能救出白玲珑的人。故此老朽专程来瞧瞧的。"

令狐宝转脸看着俞灵儿道："你能救出白玲珑？"

俞灵儿也不去理他，心中反复思索着，能称得上望闻上仙的故友，那必定也是有来头的人，况且此人还知道自己要救白玲珑。而她刚来黄溪两天而已，并没有见到什么仙风道骨之人啊。

见五大上仙之一的望闻上仙突然出现，那边的湛卢飞白头上冷汗直冒。湛卢殳篆和湛卢鬼篆一边往后退着一边问湛卢飞白："哥，这个来头不小，咱们怕是敌不过啊。"

湛卢飞白强作镇定："怕，怕什么？咱们不是还有大炮呢吗？再，再轰一炮，我就不信……"说着就伸手去按大炮底座，可手刚一碰触大炮底座，这红衣大炮突然沿着炮膛，从中间被一分为二。湛卢飞白吓得往后一缩，本以为大炮会沉落下去，可随着一股黑烟升起，大炮就像那颗被分开的炮弹一样，向左右倒去。

湛卢飞白再抬头向前望去，望闻上仙正背对着自己和令狐宝聊着天，好似大炮的事情完全与他无关一样。这一下湛卢飞白可吓得不轻，忙转身要跑，却看到一旁湛卢璎珞在那盘着腿慢慢往下蹲着，口中喃喃着道："看看，我的卧鱼蹲姿才是最美的。""啊呀，都什么时候了，你还……"湛卢飞白一把抱起湛卢璎珞，撒腿狂奔。湛卢鬼篆、湛卢殳篆和那群妖兵见湛卢飞白撤了，也赶紧逃跑。本来还热热闹闹的林子里，瞬间就安静下来，只剩俞灵儿他们四个。

望闻上仙看都不去看那群妖兵，边走边和俞灵儿他们聊着天："你们这是要去哪儿啊？"俞灵儿赶忙回答道："今日是黄溪修禊总决赛，我这是要赶去参赛。也不知道为何会遇到那群人的拦截。"

令狐宝高兴地双手竖起大拇指道："哇，我家娘子厉害了，真的能夺魁黄溪修禊啊！"

"可别瞎说，还没决赛呢。"俞灵儿不好意思地看了眼一言不发在前头引路的句龙在天，"还有，我可不是你娘子。"

令狐宝走在句龙在天身后，趾高气扬地大声喊着："谁说的，我娘子准能夺魁。告诉我，哪个是你决赛的对手啊？我去找他好好聊聊！"句龙在天头也不回地继续走他的路。

俞灵儿苦着脸直摇头，老天啊，我怎么会认识令狐宝的？只得赶忙转移话题："刚才好可惜，放跑了湛卢飞白。"

令狐宝奇怪地问道："放跑了他有什么可惜的？"

俞灵儿直摇头道："你是不知道，昨天黄溪修禊，我遭遇的对手就是这湛卢飞白。他自创了一种无我书法，能完整复制对手的书法，非常缠人。"

"呵呵，你说他自创无我书法？"望闻上仙一声冷笑："无我书法自古有之，岂是他这种小毛孩子自创的？"

"自古就有？"俞灵儿记得前世从未听说过这事啊。"何止能复制对手书法，还有其他妙用呢。"望闻上仙抬手去捋自己的白胡须，却错抓了自己垂下的白眉毛："你不知道也不奇怪，只因要学成无我书法，首先要学会天下各种其他书法，没千年不成。然后还要达到书法的无我境界，这才勉勉强强有可能悟出无我书法。故此世间会无我书法者屈指可数啊。"

"如果学会了天下所有书法，那还有什么必要去学那无我书法？"令狐宝冲着俞灵儿一抬下巴："哦？我说的是吧？娘子。"

望闻上仙从一堆白毛中找出自己的胡须来，这才怡然自得地捋了下去："俞灵儿，你若要救出白玲珑，老朽也没什么能帮上忙的。倒是这无我书法，老朽还能指点你一二……"

话音未落，突然一道黑雾向着俞灵儿他们迅速弥漫过来。句龙在天顿住脚步道："小心。"俞灵儿向四周快速看了几眼，觉得这股黑雾非常眼熟，然后就见望闻上仙脸色煞白地僵立原地，捋着胡须的手紧紧攥着白须，一言不发。

"什么望闻上仙？听都没听说过。叫他出来见我。"一种深邃的声音透着黑雾传来，俞灵儿就见说这话的人瞬间现身而出，湛卢飞白等人围在这人身后。令狐宝也不禁心惊肉跳："大家小心，是虞美人。现在的她虽然变得十分厉害，可我们有望闻上仙助阵……"

"老朽想起，还有要事在身，我们改日再会吧。"俞灵儿一转头，望闻上仙早跑得没影了。

"俞灵儿你须记得，寒波澹澹起，白鸟悠悠下。"远处望闻上仙的喊声越来越远。俞灵儿一时愣住："你，你说什么？"望闻上仙的喊声几不可闻："采菊东篱下，悠然见南山。老朽能帮的就这么多……"

俞灵儿双手一摊："你，你跑什么？这，这里怎么办？"

"哦！他就是所谓的望闻上仙啊，因色声，而望闻。我怎么就没想到是他！"深邃的声音从虞美人口中说出："实在太可惜了，让他就这么跑了。"

俞灵儿忙催促道："快，宝志碑大法。"句龙在天摇了摇头道："没用的。你以为我的双眼是怎么瞎的？"

"连宝志碑大法也抵挡不了？"俞灵儿惊讶地倒退一步，自己万没想到，原来句龙在天的双眼是虞美人弄瞎的。

"尊主果然威武啊，还没出手，就让望闻上仙望风而逃。"湛卢飞白一边拍着马屁，一边指着俞灵儿他们道："尊主，他们全都在这。要不是刚才……"

"没用的东西，撒下的所谓天罗地网，却连一个小丫头都抓不住。"虞美人也不搭理湛卢飞白，径直走向俞灵儿："你就是俞灵儿吧？唉，我认得你，没想到，小小年纪的你，书法精湛到如此地步，居然连无我书法都无法打败你。"

"少废话，快让句龙在天复明。"俞灵儿瞪着虞美人，无论虞美人变得有多厉害，句龙在天失明的双目是自己最关心的。

"呵呵。"虞美人看着俞灵儿笑起来："如果是别人敢这么对我说话，早死一千次了。可我这个身体却非常想折磨你一下。要他复明不难，可是你愿意付出什么代价吗？"

"什么代价都行，只要你让他复明。"俞灵儿想也不想就回答。躲在句龙在天身后的令狐宝闻言，心中醋海翻涌，同时也急得直扯俞灵儿衣袖。

第一百零三章

信妖句龙

●
○

句龙在天对着虞美人一摆手:"失明不失明是我自己的事情,我能承受。你不要牵扯旁人。"俞灵儿心里隐隐一痛,我只是"旁人"吗?但随即踏前一步:"我愿意也是我自己的事情,什么代价你说罢。"

"既然是你自愿的,那再好不过了。"虞美人说罢,一阵黑光闪出,笼罩住句龙在天和俞灵儿。

句龙在天忙一把拽过俞灵儿,然后紧紧抱着她,用自己的后背遮挡住黑光,不让俞灵儿暴露在黑光照射之下。俞灵儿惊喜地仰视着句龙在天的脸,一股久违的暖意涌上心头。这熟悉的臂膀,这熟悉的脸庞,总是毫不犹豫地保护自己,这不正是前世的风归云吗?这不正是爱她疼她的风归云吗?好留恋这样的拥抱,五百年也好,五万年也好,只愿被这样一直抱着……

黑光闪烁了几下后很快便消失,句龙在天双目上的沉重感也随之一同消散无踪。紧接着一道微光从句龙在天的眼帘中闪出,他清秀的双眼渐渐睁开,如深海一般的双瞳看向自己紧紧环抱着的女孩,随即焦急地问道:"你有什么不舒服的吗?"

俞灵儿欣喜地来回注视着句龙在天复明的双眼。什么矜持,什么羞臊,通通抛之脑后,她要告诉他有多想他,多爱他,她这就要对他说……

"我感觉不舒服。"令狐宝酸酸地说着，掰开句龙在天的双臂，一把抢过俞灵儿："保护我娘子的事，我不习惯别人代劳。"

句龙在天看着俞灵儿的眼神也愣了愣，随即很快镇定下来："我答应过她，定要护她周全……"

令狐宝伸手制止句龙在天的话头，然后抓着俞灵儿的双肩急切地问道："你有没有受伤？有哪里不对劲的吗？"

"令狐宝，我说过了不准叫我娘子。"俞灵儿气往上涌，怒目而视道："我不会嫁给你，永远都不会。"然后往后伸手一指，"你给我走，我不想再见到你。"

早就料到俞灵儿迟早会这么对自己，令狐宝心里早就设想过不知道多少种应对手段。可为什么此时的脑子里只剩下嗡嗡的响声？为什么自己的心会这么痛？痛得只会呆立原地怔怔地看着俞灵儿，张了张干涩的嘴，却半点声音都吐不出来。

俞灵儿用力推了令狐宝一把："听到没有？你给我走啊！"

令狐宝长长吸了口气，勉强露出一丝笑容，却比哭还难看。随即猛地转身闭紧双眼，使出全身力气狂奔而去，好似只有奔跑到天边才会停下来一般。

俞灵儿缓缓缩回双手，注视着令狐宝远去的背影，一言不发。

"你们以为我是傻瓜吗？"虞美人冷笑一声："上次他以心脏长在右边而自废左胸。这次你故意激他远离危险。都以为能骗得了我吗？只不过我这身体对他颇有好感，故此我才不去计较罢了。"看看没人搭理自己，只得转向句龙在天道："你还记不记得你答应过我什么？"

面对无法抵挡的虞美人，句龙在天依旧半步不退，昂然道："当然记得，只要集齐鹤舞四宝交给你，你就将苏婵娟还给我。"

俞灵儿转脸看着句龙在天，谁是苏婵娟？前世没听说过这个人。还有为什么要说"还给我"？

虞美人一边打量着俞灵儿闪烁不定的脸色，一边问句龙在天："那东西呢？""一件都没有。"句龙在天淡然答道。"我有！"俞灵儿突然瞪着虞美人高声道："你先放人。"此时的俞灵儿脑子里就只有一个念头，苏婵娟是谁？苏婵娟是谁？自己一定要亲眼看一看。

句龙在天伸手一拦道："我答应别人的承诺，我自会兑现。不用你帮忙。"

俞灵儿转脸幽怨地看向句龙在天道："你参加黄溪修禊，要拿鹤舞四宝的奖品，原来是为了那个叫苏婵娟的女人，对吗？"句龙在天不明白俞灵儿为何有此一问，只得说："我们泾河句龙家一向守信，答应过的事情决不食言。我其实是信妖。"

"泾河句龙？"俞灵儿依稀好似哪里听到过："信妖？"

句龙在天正色道："句龙，本是水神共工之子，因治水有功，被封为司雨大龙神，八河都总管，世袭泾河龙王。可惜前朝年间，龙王因与算命先生斗气，不按天庭圣旨降雨，触犯天条。前朝皇帝在龙王哀求之下，承诺拦住人界天官执法，可人界天官还是于梦中斩杀龙王。故此泾河句龙一脉的龙族凋零，沦为妖族。泾河龙王的魂魄痛恨前朝皇帝不守信用，故此传下'信'的祖训。"

"那你所做的这一切，究竟是因为守信，还是因为苏婵娟？她究竟是你什么人？"俞灵儿期盼地看着句龙在天。

虞美人虽然很不满俞灵儿一再地无视自己，但是突然也对句龙在天的答案好奇起来，看着句龙在天。

连那边湛卢飞白也翘首等待着句龙在天的回答。可这时湛卢璎珞突然跑过来扯着湛卢飞白急道："哥，不得了啦，殳篆哥和鬼篆哥打起来了。"

湛卢飞白双手高举向天道："这是又怎么啦？"

湛卢璎珞皱着眉头道："还不是因为我们抓来的那个令狐媚，她居然挑唆这哥俩打起来了。"

"又是令狐媚！"湛卢飞白一听这名字，头都快炸了："自从抓了她之后就没消停过！不是不久前刚封住她的法力吗？怎么又添乱啊？"

湛卢璎珞也苦着脸道："哥，要不咱们把她放了吧？我的仇也别报了，我认了。别回头再搭上我们兄妹，就真没法回去向爹交代了。"

"好好，快去。"湛卢飞白赶紧点头，然后又猛摇头："不行啊，现在尊主

532

在这里，我也做不了主啊。"

"那，那现在怎么办啊？"湛卢璎珞急道。

"先……哎呀，我，我先去阻止你那两个蠢哥哥吧。"说罢，湛卢飞白向着后方飞奔而去。

跑到不远处，一群妖兵看守着的三辆囚车正摆放在那，其中一辆囚车里坐着正偷笑的临江仙子，另一辆关押着满面愁容的苏婵娟。可第三辆囚车却门户大开，令狐媚也不逃跑，风情万种地偏身坐在囚车顶上，对着此时在地上扭打成一团的殳篆和鬼篆媚笑着。

湛卢殳篆一边扭打着一边大叫："令狐媚喜欢的明明是我。"湛卢鬼篆也毫不示弱："她说我是天下第一美男子，早就芳心暗许我了。""你常年戴着面具，鬼才知道你长什么样，什么时候轮到你成美男子了？""她夸的是我的气质，你分明就是妒忌。"

湛卢飞白见状，长叹了一声道："我怎么会有这么蠢的两个弟弟啊？这么浅薄的当，居然也会上？"说罢抽出背后的飞白剑，气势汹汹地直奔令狐媚而去："看我怎么收拾你。"

湛卢璎珞用力一抱双拳，双眼放光地看着湛卢飞白俊美的背影道："到底是我最崇拜的飞白哥哥啊！只要飞白哥哥亲自出马，够你令狐媚喝一壶的了。"

待湛卢飞白走近令狐媚的囚车，令狐媚突然收起笑脸，一副愁容满面的样子掏出一条白绫来，挥舞着朝湛卢飞白幽怨地唱起戏来："皇上啊！臣妾就要在这马嵬坡，与皇上永别了啊~~"

"当啷"一声，飞白剑掉在了地上。湛卢飞白伸着颤抖的左手，一脸愁苦的模样，踉跄着倒退了两步，也跟着唱起戏来："玉环，朕的玉环啊。孤实在不忍……"

临江仙子实在忍不住咯咯笑出声来。

湛卢璎珞一甩手："好吧，刚才的话就当我没说。"

"媚儿啊，又在戏弄谁啊？"囚车后转出一人来，正是钱塘灵狐的族长令狐擎苍："七大妖族同气连枝，你怎么就是不听啊？"转脸见是爹爹，令狐媚忙一脸委屈地跳下囚车，扑向令狐擎苍："爹啊，是他们先关住孩儿的。"

"令狐兄，这倒确实怪不得令爱。"林子后又转出几人，说话之人长髯飘飘，一身皂袍，手捧一柄乌黑的古剑："是我湛卢空利家教不严啊，惭愧惭愧。"此人威风凛凛，正是湛卢山庄的族长湛卢空利。

随即湛卢空利抢上几步，一掐剑诀："破。"湛卢飞白等四人，以及周围的湛卢妖兵们都如梦方醒般愣了一愣，见是湛卢空利，忙叩头拜见："族长万安。"湛卢璎珞哭着扑进湛卢空利怀中："爹啊，孩儿的璎珞篆法，第一次使用，变化成一个叫俞灵儿的人，结果，结果失败了。"

"俞灵儿?"从湛卢空利背后走出一人，正是泾河句龙的族长句龙无悔："据家兵所报，有个俞灵儿来此参加黄溪修禊。莫非就是她?"

"还不快放人?!"湛卢空利一声令下，湛卢飞白等人忙打开囚车，放出临江仙子和苏婵娟。湛卢空利爱抚着湛卢璎珞的头道："孩子，你们是被人施了法，身不由己罢了。失败了不要紧，活着就好。不用伤心。"

七善阵法

令狐擎苍旁转过一位身穿霓裳大氅的女子，彬彬有礼地万福道："诸位，据我儿雎鸠众报信说，句龙在天告之，祖训中提到的黑光者现身于此。句龙贤侄的话，老身是信得过的。"说话之人正是河洲雎鸠的族长雎鸠窈窕。

"难道说施法控制湛卢山庄的，就是黑光现世者吗？"一身秦朝古装打扮的长者踏步而出，正是桃花源记的族长源长卿。临江仙子一见他，忙过来抱剑施礼："见过爹爹。"然后向其他族长纷纷施礼。来的正是七大妖族中的五位族长，以及随身所带的各族妖兵。

句龙无悔沉吟道："既然是在天这孩子先得知的，那也应该是他身边的句龙爪和句龙牙来报信才对啊？这两人究竟跑哪儿去了？"

令狐媚左右看了一眼："怎么燕山虞候的族长虞镇北叔叔没来啊？"

话音未落，一股浓浓黑雾笼罩过来。"我就说那群妖兵，怎么没我的话，就都跑了？原来是正主到了。"发着深邃嗓音的虞美人，眼中闪着黑色光芒，押着句龙在天和俞灵儿，缓缓走来。

五大族长面面相觑，令狐擎苍道："原来那上古封印被转世到了虞美人这孩子的身上，只是这封印怎么会解开的呢？"

句龙无悔挺身上前："无论前辈要怎样，还请先将这两个孩子放了再说。"

虞美人一松手："也罢，反正这次黄溪修禊的夺魁者，非句龙在天莫属了。你们走吧。"一经解脱，句龙在天向着苏婵娟飞奔而去，完全没有察觉到俞灵儿盯着自己的忧伤眼神。

"婵娟，苦了你了。"句龙在天怀抱住苏婵娟："我不会再让你离开我了。"苏婵娟倒在句龙在天的怀中抽泣不已。

俞灵儿见状一闭眼，身子晃了两晃几乎晕倒。临江仙子瞬间闪身到俞灵儿身边，扶着她快速退回自家阵中。

令狐媚赶紧上前挽起俞灵儿的右手衣袖。临江仙子一把按住令狐媚的手："你这是要做什么？"

令狐媚嘿嘿一笑："我看看她是不是真的俞灵儿啊。"说着就翻起了俞灵儿的袖子。然后就见俞灵儿右手臂上露出一点红色的朱砂。

"守宫砂？"临江仙子刚一说完，脸腾一下就红了："这就是你所谓的辨认真假之法？"

"我趁她不注意的时候，点上去的。"令狐媚哈哈大笑道："如果这守宫砂没了，就算是真俞灵儿，我也要……"就见俞灵儿侧着头瞪视着自己，令狐媚的话声立时嘎住。

虞美人笑着朗声高喊："句龙在天，你刚才许诺过，夺得黄溪修禊的魁首，交给我鹤舞四宝，我便化解俞灵儿身上的诅咒。你还在这墨迹什么？"

句龙在天闻言忙扶住苏婵娟道："我现在就去参加黄溪修禊，跟我一起去。"

"她不能走，得留下。"令狐擎苍拦住了句龙在天。

"为什么？"句龙在天不明白地看看令狐擎苍，又看看句龙无悔。

句龙无悔重重点了下头道："你令狐叔叔是智妖，他说的话，毋庸置疑。"

句龙在天安慰着苏婵娟："这些都是我的家人和长辈，和他们在一起会更安全。"然后向着俞灵儿招手道："那我们快出发吧。"

令狐擎苍又一拦道："她也得留下，你只能只身前往了。"

"可是，她也是参赛者之一。"句龙在天彻底不明白了。

句龙无悔拉过句龙在天道："令狐擎苍自有他的用意，你只管去就是了。"

句龙在天看了一眼俞灵儿，只得转身前行。令狐媚拉着临江仙子道："我们被关都两天了，却连黄溪是怎么样的都没见着，要不我们现在就去看看热闹吧？"在令狐擎苍和源长卿的首肯下，临江仙子这才随令狐媚、句龙在天一起离去。

俞灵儿看着句龙在天离去的背影，整个人浑浑噩噩地呆立原地，却被令狐擎苍的呼唤声惊醒。"俞灵儿！俞灵儿！"

俞灵儿强打精神转身道："令狐伯伯。"

"不瞒贤侄女，其实我们令狐家是妖族。祖上原是青丘九尾狐仙的灵狐一脉，后来在凡间定居，成为七大妖族世家之一的钱塘灵狐。他们都是另四大妖族世家的族长。"见俞灵儿只是错愕了一下，并没有激烈的反应，令狐擎苍便继续道："不过你也无需害怕。只因……"

俞灵儿喃喃接过话来道："只因妖族七大世家和仙界五大门派几万年来，修炼的教义不同。仙界五大门派修炼道法，以三清元始天尊、太上老君、通天教主为尊，以天地大道为约束。妖族七大世家修炼的是女娲之法，以三皇伏羲、女娲、神农为尊，只以各自妖族族规为约束。故此仙妖两界一直势同水火，甚至时有大战发生。"令狐擎苍反倒惊讶起来："这些，贤侄女都是从何处得知的？"

俞灵儿不断摇着头喃喃自语道："记性好不一定是好事，有太多太多事情，不记得反而更好。"

令狐擎苍一时也拿不准俞灵儿话中要领，只得说道："是这样啊，现在的虞美人，发生了一些变化。只有我们七位妖族族长布下'天罡七善阵'才能封印住她。可是燕山虞候和峨嵋白氏的族长不在场。不过没关系，可以找人顶上他们的位置，但顶上的人必须是凡人才行。故此我特意留下你和苏婵娟。"听到苏婵娟三个字，俞灵儿不禁微微抖了一下。

令狐擎苍并没有觉察到俞灵儿的异样，继续说道："峨嵋白氏的族长白玲珑是义妖，等会儿你就暂代一下她的位置。"俞灵儿缓缓点头："是，令狐伯父。"

令狐擎苍很满意地转身走向苏婵娟，再交代她几番话："……无论多饥饿，驺虞，都不肯杀生，只吃动物尸体为生，乃是至仁。故此燕山虞候一族都是仁妖……"只见苏婵娟惊恐地张大双眼，不知道是对令狐擎苍不停点头呢，还是颤抖得头不停地点着。

湛卢空利挺身朝虞美人道："敢问前辈，为何对我湛卢山庄的人施法？还导致小女璎珞第一次施法失败。"

虞美人闭上眼，好似在享受着什么似的，啧啧称奇道："你身上有一股很纯正刚直的剑气，实在是世间少有啊。至于你那班小妖都是剑灵，我最喜欢的就是你们这些小小剑灵了。"

句龙无悔也踏前一步道："湛卢兄，何须与她多言。咱们就按祖训，列阵封印她便是了。"

"列阵封印我？哈哈哈。"虞美人大笑起来："不是我夸口，六界任何阵法在我眼中都不足为惧。"

"哦？那我们在此就要领教了。"令狐擎苍向一旁挪了一步，不知不觉间，妖族五大族长和俞灵儿、苏婵娟二人已经分别站成了北斗七星的方位。

虞美人打了个哈欠，懒洋洋地道："唉，我还以为是什么了不起的大阵呢，不过是小小的七星北斗阵罢了。我只需处于北极勾陈方位，此阵立破。"

令狐擎苍一声冷笑道："真有这么简单吗？我们这可是天罡七善阵，如果不是上善若水之人，就算站对方位，也配不上北极勾陈。"

源长卿一紧秦朝古装的束带，大声道："忠！"

湛卢空利一抚手中湛卢宝剑，大声道："孝！"

苏婵娟惶恐不安地左顾右盼，颤声道："仁！"

俞灵儿倒背着双手若有所思，木然道："义！"

睢鸠窈窕盈盈万福施了一礼，柔声道："礼！"

令狐擎苍面带笑容目光如炬，大声道："智！"

句龙无悔瞥了俞灵儿一眼后，大声道："信！"

……然后一阵清风吹过，虞美人看看这位，再瞅瞅那位，故意轻声问道："然后呢？这就算完了？"然后大笑起来，"你们没有一个人会大力纯阳掌，这就想封印我？简直痴心妄想。"

两个时辰后。

黄溪茅舍内，只有句龙在天安详地端坐在书桌之后，围观众人则不断地议论纷纷："那个叫俞灵儿的怎么还不来参赛？""这也难怪啊，昨日句龙在天双目失明，都能以一手书法赢了三圣合一的雎鸠众。何况今日句龙在天双目复明。""是啊，那个俞灵儿昨日费了好半天劲才赢得比赛，哪里会是句龙在天的对手啊？""该不是怕了句龙在天，不敢来了吧？"说这话的人突然见令狐媚怒目瞪视着他，忙闭口不再多言。

临江仙子急得直拽令狐媚袖子："灵儿姐姐怎么还不来啊？急死人了。这要是按缺席判灵儿姐姐输可怎么办啊？"

令狐媚一撇嘴："担心什么？灵妹妹肯定会来的。如果他们想判灵妹妹输，那句龙在天也别想赢，我定有办法让裁判们判成是我赢。"

临江仙子重重点头，丝毫不怀疑令狐媚会说到做到。

这时主席位上的灰袍老者看了看左右，站起身来大声道："诸位，我们已经等了两个时辰了。看来这俞灵儿是不会来了，我在此宣布……"

太真人忙站起身道："慢着。"可这声音却被句龙在天的声音给盖过了："且慢！"

众人一起看向句龙在天，就见他站起身大声道："我句龙在天一生都是堂堂正正比试，绝不乘人之危。若以俞灵儿缺席判我夺魁，我句龙在天第一个不服。"

灰袍老者欲言又止，只得坐了回去。

"况且我坚信俞灵儿今日绝不会缺席，定会来参赛。诸位还请再等等。"说罢句龙在天坐回椅子上。

"嗯～～"令狐媚眯缝着媚眼打量了一下句龙在天："好有气度啊，可惜啊，他比我弟弟只差了那么一点点。"临江仙子摇了摇头，并不赞同令狐媚说的后半句："要换做是你弟弟，绝不会等这么久，只怕他早就吵着要判决了吧？"

主席位绿袍老者却站起身来："我也相信俞灵儿今日不会缺席，可今日是黄溪修禊总决赛，若过了吉时再授魁首就不好了。现在眼看着就要到吉时了，这样吧，若吉时一到，俞灵儿还不来，那我们只能以缺席判了。"

一众等得不耐烦的人赶忙附和："说得对啊，黄溪修禊这么大的事，吉时是不能错过的。"

"吉时不能错过？难道精彩的书法比试就能错过吗？"令狐媚扭动腰肢，转回头对着众人一笑，用令人楚楚怜爱的表情柔声道："原来名满天下的黄溪修禊，却是如此草草收场。真远不如帝都的万松书会呢。"

大部分人立时被令狐媚的媚态吸引住，围观者立刻有近一半人马上倒戈："说的可不是吗？我们乘兴而来，总不能败兴而归吧？""说得对啊！我可是从雍州大老远赶来的，如果我们雍州修禊者就这么不明不白地赢了，我们雍州人也会颜面无光啊。""实在不行就改期啊，记得十年前那场黄溪修禊，就足足举行了十多天呢。"

一半围观者和另一半围观者顿时就争论起来。绿袍老者见状一时也不知道说什么好，只得坐了回去，和灰袍老者相互对视了一眼，一起摇起头来。

令狐媚见状心中得意，自己这手"回眸一笑百媚生"还从未失手过。

临江仙子心中暗挑大拇指，只要令狐媚在这里，灵儿姐姐就算你办完事也不用急着赶来，可以吃完饭洗完澡试穿几十件衣服再来，那都算来的早呢。

围观人群争论了一段时间后，突然被门外一声喊给打断："吉时到！"紧接着是几声鼓声响起。

天真人趁机站起身道："诸位！多谢各位远道而来，参加黄溪修禊。毕竟黄溪有黄溪的规矩，总不能为了一人缺席而害得众位苦等。若诸位觉得不够尽兴，可以请句龙在天私下里和俞灵儿对书一局。只是这吉时一到，我们不能再等了。为了公允起见，我宣布！……"

"等一下嘛。"令狐媚笑着走近天真人，可天真人绷着脸好似完全无视令狐媚一般。

"等一下。"太真人突然站起身道："你们听。"

所有人顿时安静下来侧耳倾听。

由远而近，一阵阵整齐划一的步伐声传来，好似有几千人组成的军队正往这里行军一般。

围观者有不少人心里第一个念头是，难道是澜兵又打来了？

随着步伐声越来越响，越来越近，整间茅舍顶上不断落下灰尘。围观众人也不敢冲出去看，都站立原地不动。

正当震耳欲聋的步伐声折磨着众人时，临江仙子再也忍不住了，飞也似地跑出门外。

就见黄溪道上，黑压压一片，约有十万人持着各种兵器，正步伐整齐地往黄溪茅舍这里涌来。临江仙子细看，既不是澜兵，也不是赵军，而是妖界的妖兵。领军的正是五大妖族的族长，并排而行。被众星捧月般走在最前头的一人，虽然身披着雎鸠窈窕的霓裳大氅，却掩不住贴身衣衫的破损不堪。之前那种呆滞神情早就烟消云散，整个人精神抖擞，目光平和而坚定。隐然是这十万妖兵的领袖一般。

临江仙子转身跑进茅舍，顶着步伐声高声大喊。

众人捂着耳朵对临江仙子大喊："你说什么？"

无论临江仙子怎么喊叫，屋子里没人听得清她在喊些什么。一直到屋外步伐声戛然而止，众人这才将捂住双耳的手拿开，紧接着就被临江仙子的大喊声给吓了一跳。

"俞灵儿来了！！！"

随着这一声喊，门外步履稳健地走进一人，不是俞灵儿是谁。

太真人如释重负般坐回椅子上。句龙在天看向俞灵儿微微点了点头。令狐媚娇笑了一声："好可惜啊，这里本来可以变得更热闹的呦。"

虽然紧随俞灵儿走进来的是威风凛凛的五大族长和盔明甲亮的族长随身亲卫，可是围观者更被俞灵儿浑身透着的压迫气势给逼得直往后退。

令狐媚跑到父亲令狐擎苍身边轻声道："爹啊，怎么这么久才来啊？"

令狐擎苍叹了口气道："没想到要封印虞美人，还需要大力纯阳掌。故此我们一时拿不下她不说，关键时刻苏婵娟还晕倒了。咳咳……"令狐擎苍强忍住一口血没有吐出。

令狐媚"啊"了一声，令狐擎苍咽了口气继续道："多亏俞灵儿脚踏两颗星位，居然同时爆发出'仁'和'义'两种品德，才勉强压制住虞美人。五大族长才能腾出空，从妖界召唤来十万妖兵，在阵外再围上两层大阵。这才勉强封印了虞美人。咳咳咳……"

令狐媚张大着嘴转脸看向俞灵儿，就见她走到比赛的书桌旁，先向主席位拱手作揖，然后慢慢转向围观众人："让各位久等，实在对不住。"

太真人忙站起身道："来了就好，来了就好。"然后也不去理会绿袍老者等人，直接高声道："黄溪修禊，总决赛，句龙在天对俞灵儿，现在开始。"

俞灵儿将身上的霓裳大氅脱下，顺手交于旁边不停喊着加油的临江仙子，随即坐于书桌之后。露出一身破损不堪的衣衫又引来众人一阵唏嘘。

令狐媚转脸又问她父亲："那你们为什么又跟来了？"

令狐擎苍低声道："因为俞灵儿这次能否夺魁关系到七大妖族世家未来的荣辱。"

令狐媚不明白了："这么严重啊？和灵妹妹夺魁与否有什么关系？"

"你应该知道，只有救出白玲珑，才能找到失落的七大妖族族谱。预言里提过一句，鹤舞四宝齐显世。就是说只有得齐鹤舞四宝的人，才能救出白玲珑。俞灵儿给我们看了鹤舞四宝中的三件，表明她要救出白玲珑的心迹。若她这次夺魁，就能凑齐鹤舞四宝。"

"灵妹妹能救出白玲珑？"令狐媚惊奇地看着令狐擎苍，然后神情又变得坚定："好，那我这就去把奖品偷来。"

"胡闹。你看到这二人没有？"令狐擎苍冲着主席座上的太真人和天真人一指："此二人中，任何一人的实力，恐怕都不在今日虞美人之下，别说是偷，我们明抢都不行啊。"

"啊？！"令狐媚错愕地打量着太真人和天真人。

令狐擎苍瞥了一眼句龙无悔道："你句龙叔叔还提议，若俞灵儿救出白玲珑，就推举她为七大妖族的盟主。"

令狐媚惊讶得瞪直了双眼："可盟主不一直是白玲珑吗？"

"白玲珑只是暂代盟主之位。继任七妖盟主，须具备三个条件，第一，丑相女子。第一任盟主媄母，以及之后的钟无艳、黄月英，哪个不是天下闻名的丑女？你再看俞灵儿的面相。第二，身怀绝艺。她须会六艺中至少一艺，且堪称绝伦。俞灵儿的书法造诣如何，相信你比我更清楚。第三，德行无双。今日俞灵儿舍命护阵，显露出的极致品德，恐怕还不止仁和义。此番她若能夺魁黄溪，再加上女娲石碑上预言过她的名字，让她做盟主，那是众望所归。"

令狐媚拼命跺着脚，哑着嗓子自言自语："令狐宝这蠢材到底死哪儿去了？这么好的媳妇也不看着点。快点完婚啊！！！"

"今日比试的题目，一致决定，"天真人起身朗声道，"定为王之修的《修禊黄溪》。"

人群中爆发出一片掌声。"定题《修禊黄溪》，这才有黄溪修禊的味道呢。""好，这回可有看头了。"

句龙在天淡淡一笑，依旧从容地拿起书桌上的笔来，另一手挽住袖袍，想也不想地在纸上书写起来。

无论句龙在天写得多么潇洒，可围观众人却都直盯着俞灵儿。因为俞灵儿一直保持着高举毛笔的姿势，纹丝不动。

就这样僵了一会儿，人群中开始有人议论起来："怎么回事？""不知道啊，她一个字都没写啊。""该不会忘了怎么写吧？""怎么可能，来黄溪修禊的居然不记得《修禊黄溪》怎么写，这不是天大的笑话吗？""你们看，句龙在天都在收笔了，她还不写。"

句龙在天潇洒地收笔而起，将笔放回笔架，满意地扫了一眼自己的作品。再抬头看了一眼俞灵儿，随即就注意起俞灵儿的古怪举动来。见她始终不落一字，这究竟是为何？句龙在天心头隐隐升起一种不好的预感来。

无我书法

五大族长面面相觑，不明白俞灵儿是何举动。临江仙子焦急地看着俞灵儿，不住地轻声说着："快写啊，快写啊。"

可俞灵儿却慢慢将笔放回笔架，呆呆地看着眼前的白纸，喃喃自语："虞美人，你好狠。居然封印我的书法能力。"原来之前虞美人让句龙在天双目复明的代价，就是封住俞灵儿的书法能力。

一旁围观众人顿时鼓噪起来，太真人赶忙起身示意众人安静。可灰袍老者和绿袍老者却走到俞灵儿桌旁，一起质问道："你怎么回事？你要知道这可是黄溪修禊总决赛。""大家已经等了你两个时辰，现在又为何迟迟不动笔？"

在一片质疑声中，俞灵儿缓缓抬起头来，正巧与句龙在天关切的目光相遇。见俞灵儿闭上双眼，无奈地又低下头去时，句龙在天整颗心都快炸裂了，俞灵儿为了让自己双目复明，居然付出了如此沉重的代价。对一个书法家来说，还有比剥夺了她一手书法能力，更残忍的吗？

可俞灵儿却露出了微微笑容，只要能让句龙在天复明，这点代价也许微不足道。俞灵儿睁开双眼，淡然地理了理飘落在额前的秀发，慢慢站起身，一言不发地转身就走。

临江仙子和令狐媚一起迎了上去，俞灵儿一摆手，示意她们不要靠近。临江仙子停住脚步，可两行泪止不住流了下来，眼看着俞灵儿落寞的背影在一片咒骂声中慢慢朝门口走去。

"啪"一声，一个鸡蛋砸在了她头上，随即一大堆瓜果蔬菜纷纷丢向了她。俞灵儿衣衫本就破损不堪，又被鸡蛋蔬菜丢地浑身都是，就像一个毫无知觉的老乞丐婆子一样，继续东倒西歪地走着。

令狐媚跑过来冲那群人直瞪眼："谁丢的？说！谁丢的？"丢在俞灵儿身上的东西，这才逐渐减少。

临江仙子忙跑来搀扶俞灵儿，却被她缓缓拦开，好似不愿让临江仙子觉察到她的异样情绪一般。临江仙子只得流着泪慢慢陪在她身后。

绿袍老者站起身大声说道："现在想必诸位没有任何异议了吧？那好，我现在宣布……"突然一双充满妖气的双眼如电般瞪向绿袍老者，一见是令狐媚，绿袍老者赶忙坐回椅子不再多言。

待俞灵儿步行到门口时，身后传来句龙在天撕心裂肺的喊声："我一定会让虞美人取消你的诅咒，我一定会拿鹤舞四宝的奖品去换回你的书法能力。"句龙无悔毫不犹豫地高声附和："句龙家的人，言出必行！"

俞灵儿停住了脚步，缓缓摇头低声道："我不要。"想起句龙在天参加黄溪修禊的初衷，就是为了救出苏婵娟。一想到苏婵娟望着句龙在天的爱慕神情，一想到句龙在天注视着苏婵娟的温柔眼神。俞灵儿顿时醋意难耐，句龙在天若是夺魁，他二人还不定得多缠绵呢……

"俞灵儿？"从门外急匆匆走进一人，差点撞到俞灵儿，来人正是令狐宝。很快令狐宝歪着脑袋，摆出一副就算你赶我走我也不走的骄横神态出来。

可现在正被赶走的却是自己啊。俞灵儿再也支撑不住，一个踉跄险些跌入令狐宝的怀中。

令狐宝见状立刻扶住俞灵儿肩头关切地问道："你这是怎么啦？"再伸手拂去俞灵儿头上的鸡蛋壳。

"她就是个骗子！"一旁众人继续辱骂着："连一个字都写不出来，居然还有脸参加总决赛。""装什么清高？早点滚蛋吧。"

临江仙子跺着脚喊着："她不是，她……你们别骂了。"可众人哪儿会理她："她不是？不是的话回去比赛啊？""去露一手书法给我们看看啊？！""不敢了吧？这不是骗子是什么？"

令狐宝闻言大惊失色，双手紧紧抓牢俞灵儿的双肩："究竟出了什么事？"连问几声，俞灵儿都是闭起眼沉默不语，令狐宝急得没法，只得略微提高了点嗓音道："这不是我认识的俞灵儿。我认识的俞灵儿什么时候退缩过？什么时候放弃过？"令狐宝越说越激动，嗓音也逐渐抬高："你在澜国特使面前，为我们原人义无反顾地夺回尊严，那副铮铮铁骨都跑哪儿去了？！"最后一句话响彻整间茅舍。众人顿时安静下来。

俞灵儿张开双眼，抬头感激的望向令狐宝，一直强忍着的两行热泪，终于流了下来，轻声道："谢谢！"

然后一个转身，昂首挺胸，大步流星地走向自己的书桌。

围观众人呆呆地目视着俞灵儿，难道真如来人所言，俞灵儿有此等经历？一时都不知道该说什么好。

看着俞灵儿又恢复了坚定的眼神，令狐媚强忍住在眼眶里打转的泪水："我们的俞灵儿又回来了！"

待走近自己的书桌时："俞灵儿……"句龙在天痛惜地喊了一声。

俞灵儿轻松地转身，朝着句龙在天道："一切都是我自愿的，你并不欠我。记得你答应过什么，尽管放手与我一决高下吧。"

然后从容地坐回座位上，从容地拿起笔。所有人都探头盯向俞灵儿手中的笔，却见俞灵儿又将笔放回笔架，众人失望地叹了口气。

不行啊，俞灵儿不停地搓着双手，慢慢调整着自己的思绪。毕竟是比赛书法，没有书法能力，又从何谈起？难不成先从基本书法重新练起？那也来不及啊。

"俞灵儿！"令狐媚突然高举右手，大声高喊："加油！"随着她带头高喊，人群中渐渐也有人跟着喊起来："俞灵儿，加油！""俞灵儿，加油！"……灰袍老者站起身想喊肃静，却愣了一愣，又坐了回去。"俞灵儿，加油！"太真人却站了起来，呐喊助威。顿时屋内满是加油助威声，喊得最响亮的就是令狐宝。而临江仙子则攥紧双拳，紧咬银牙，恨不能变成俞灵儿手中的笔，助她书写。

"其实办法呢，也不是没有。"湛卢飞白幽幽地靠向俞灵儿："就看某人啊，愿不愿意了。"

俞灵儿当然明白湛卢飞白的意思，如果让湛卢飞白控制自己身体，就能强化自己的书法技能。可一来，这种作弊行为俞灵儿不会用。二来，自己没有半点书法技能，又如何强化？

俞灵儿对湛卢飞白笑了一笑道："多谢。"看着湛卢飞白受宠若惊的样子，俞灵儿补了一句："不用。"湛卢飞白的脸色顿时僵在那里。

不过俞灵儿是真心感谢湛卢飞白，他让自己想起了无我书法。无我书法，此时此刻的自己，哪有半点书法可言？现在哪容自己多想，只有赌上一赌了。

众人就见俞灵儿闭上双眼，深深地呼了一口气："寒波澹澹起。"想起了望闻上仙临行前告诉自己的诗句来。然后慢慢将气息吐出："白鸟悠悠下。"

虽然不明白俞灵儿在做什么，但是看情形肯定会有值得期待的事情要发生了，众人加油助威声更加响亮了。"采菊东篱下，悠然见南山。"俞灵儿慢慢睁开双眼，第一眼看到的就是句龙在天。明明眼前这人是自己朝思暮想之人，可心头却没有半分波澜。非常清晰地看到句龙在天写字时的每一个动作，每一个细节。

本来以俞灵儿极差的悟性，是很难达到无我书法这种境界的。无我书法需要一个人长年累月地练习各种书法为前提，并且摒弃自身惯有的书法思维，才能达到。可俞灵儿在前世五百年大部分时间都在练习各类书法，累积的书法功底深深印刻在身体内，而正巧此刻俞灵儿又失去了原有的书法能力，反而为俞灵儿达成无我书法推波助澜。

随即俞灵儿潇洒地拿起笔来，另一手挽住衣袖，想也不想地从容在纸上写起字来。

一直在旁紧攥双拳咬牙切齿的临江仙子，见俞灵儿落笔写字，再也绷不住了。高举双拳，一跳一人多高："写字啦！"

满屋的加油声顿时停了一停，令狐宝高喊一声："好。"随即加油声如浪潮般又此起彼伏地响起。句龙在天长舒一口气，往后一仰，这才发现自己背后的衣服早已湿透。太真人这才坐回座椅，旁边天真人对他指了指地上那段被自己踩得稀烂的荔枝枝条。五大族长中只有句龙无悔，好似早已预知眼前发生的一切那样淡定，而其他四位族长都是如释重负的表情。

在一片加油助威声中，俞灵儿潇洒地收笔，将笔放回笔架。抬头道："我也写完了。"

太真人赶忙跑去拿过俞灵儿的纸，天真人去取句龙在天的纸。众人这才安静下来，安静等待主席位给出的评判。雎鸠窈窕紧张地抓住令狐擎苍："结果究竟怎样？"令狐擎苍不置可否。句龙无悔则淡定地说："毫无悬念，肯定是俞灵儿胜出。"其他四位族长都看向句龙无悔，是什么给了句龙无悔这么大的信心，会让他认为他的族人句龙在天必败？他们不知道，句龙无悔深信女娲石碑上显露的俞灵儿三个字就是眼前这人，将来这俞灵儿会出现什么奇迹并不奇怪。

神探宝宝

●
○

第一百零七章

紫袍老者站起身，向围观者们高举两份作品："平局。"

"啊?!"茅舍内极不和谐地响起句龙无悔的叫声。

两旁过来人，将这两份纸卷悬挂于侧墙之上。众人就见这两份纸上，所写的《修禊黄溪》一模一样。俞灵儿才刚悟出无我书法，目前所能做的只有模仿句龙在天刚写的《修禊黄溪》而已。雎鸠窈窕身后的雎鸠众正面身子不住点头："不愧是句龙兄啊，所写的《修禊黄溪》果真有王之修的风范啊。"雎鸠众左面脑袋"哼"了一声，想嘲讽几句，却被右面脑袋以眼神制止了。

看到昨天发生在俞灵儿和仇姬对局时的情况，又再次重演。太真人瘫坐在座椅上，极其失望地看着手中的烂荔枝条。

湛卢空利突然发觉湛卢飞白往外溜，便问道："你去哪?"湛卢飞白懒懒地道："我想找个地方睡一觉。""回来。"湛卢飞白只得走回来："庄主，可能比到明天都比不完啊。"

"唉，此情此景，我怎么感觉似曾相识啊?"人群中开始议论起来："我也觉得，和昨日那场比试很像啊。""这么一说，我也想起来了。"

只有令狐媚和临江仙子激动地抱在一起欢蹦乱跳的："至少没输，至少没输。"

令狐宝冷眼侧目看向句龙在天，暗叹："此人的书法造诣，居然能赶上俞灵儿。将来前途无量啊。"

天真人慵懒地站起身道："既然平局，那按照惯例，再比一次。"太真人则靠在椅背上，闭目养神。

句龙在天看了眼俞灵儿，随即拿起笔再次开始书写。俞灵儿也毫不犹豫地拿起笔书写起来。

这次整间茅舍内却没有刚才那般热闹，大部分人慵懒地等待着他们写完。

等两人写完，交于主席位后。睢鸠窈窕转脸看向句龙无悔："你看这次，结果会怎样？"句龙无悔很尴尬地想了想道："这个，这个，我也不知道啊。"

"哦啊啊！"主席位突然爆发出一阵惊叹声。

原本慵懒的众人登时来了精神："难道说，这次有结果了？""感觉和之前不同啊。"众人纷纷翘首以待主席们的宣布。句龙无悔也是一阵激动："这次，这次我预言，绝对是俞灵儿胜。"五大族长凝视着主席位。临江仙子和令狐媚激动地紧紧抱住，连同令狐宝一起睁大眼睛等待着。

紫袍老者站起身，向围观者们高举两份作品："平局。"

"啊？！"句龙无悔极不和谐的叫声再次响起。

"又是平局？"众人奇怪道："那你们惊叹什么啊？"

灰袍老者站起身，指向侧墙上悬挂着的，之前比试的两份作品："诸位请看，这次的两份作品，与刚才比试的两份也是一模一样。四份一模一样的作品。"旁边过来几个侍者将第二次比试的纸卷悬挂于侧墙之上，四份一样的作品并列挂着。

众人一甩手："大惊小怪，害得我们还激动了一番。"

俞灵儿则很感激地望了句龙在天一眼，自己刚悟到无我书法，初窥门径，目前也只能模仿对手的书法而已，原本只有多加时日才能攀上无我书法更高层次。却没想到句龙在天不但也懂无我书法，而且还达到了较高的层次，并且在第二次比试时，居然也施展了无我书法，将他自己之前的作品再模仿一遍。让俞灵儿直接模仿了句龙在天的无我书法，这样俞灵儿的无我书法就提高到了新的层次。

"我终于知道事情的真相了。"令狐宝故意大声喊道。引来众人都看向他，令狐媚和临江仙子问道："什么真相？"令狐宝伸手一指句龙在天："这个叫句龙在天的有模仿别人书法的能力。"

俞灵儿的脸一红，明明是自己用无我书法两次模仿句龙在天，却反被令狐宝误以为是句龙在天模仿自己。

"哦！"雎鸠窈窕恍然大悟的样子："怪不得，句龙无悔两次都预测俞灵儿会获胜，原来是知道自己家的句龙在天在模仿俞灵儿，故此心虚了吧。"

句龙无悔连连摆手："不是的，不是的，其实我……"

令狐媚伸手指向句龙在天："从未见过如此厚颜无耻之人！"临江仙子瞥了一眼令狐媚道："可是……"令狐媚赶紧碰了碰临江仙子的手，又冲着句龙在天加了一句："你比我弟弟差了十万八千里。"临江仙子清了清嗓子："可是……"令狐媚回头看着临江仙子，眼神中的意思是你到底帮谁的？

湛卢空利摇了摇头道："不对啊，第一次比试时，可是句龙在天先书写，俞灵儿后写的。"

雎鸠窈窕身后的雎鸠众左边身子探出头来，指着句龙在天道："这就是所谓的恶人先下手，句龙在天就是模仿了俞灵儿的书法，先下手为强！"此言一出，立刻就被雎鸠众右边身子一拳捶得再说不出话来。雎鸠众正面身子忙向句龙在天频频作揖。

俞灵儿忙站起身想为句龙在天辩解，却被令狐宝一伸手给制止了："等一下！"同时令狐宝另一只手抵住额头作沉思状："整件事，终于真相大白了！"在众人的注视下，令狐宝来回指着句龙在天和俞灵儿，快速地说道："其实这个叫句龙在天的，一上来就模仿俞灵儿的字体书写。而俞灵儿因高尚的情操，自然不屑与这种人渣纠缠，故此一字不留，默然离去，却想不到被我劝回。然后在第二次书写时，俞灵儿故意将字体写得和第一次一模一样，就是为了警示句龙在天，做人应当适可而止。"说完令狐宝原地转身转了一圈，再在身前竖起右手食指，大声道："破！案！了！"

令狐媚不管三七二十一地大声鼓掌:"说得好,太棒了。分析得滴水不漏。"临江仙子眨了眨眼也不作声。

众人一片唏嘘:"啊,原来事情的真相是这样的啊?"

太真人头靠在椅背上,双眼直勾勾望着屋顶,一副你们闹,我不管的姿态。

俞灵儿急得直摆手:"不是这样的,不是这样的……"

令狐媚赶忙抢着道:"事情既然水落石出,那就应该判句龙在天输才是。"

"等一下。"湛卢空利伸手一拦,"事情还没有水落石出,并没有任何证据指证句龙在天模仿。何况也可能是俞灵儿模仿句龙在天。"令狐媚气恼不已,这湛卢空利怎么就这么固执呢?

"这里不是有七大世家的破案神探,临江仙子在场吗?"令狐擎苍一指临江仙子,"究竟谁是谁非,问她不就清楚了?"

源长卿转头问道:"临江,究竟是谁在模仿?"五大族长一起看向临江仙子,都知道临江仙子屡破奇案,这点小事应该瞒不过她的双眼。

令狐媚双眼盯着临江仙子,媚声道:"是啊,妹妹,你可要好好回答啊。"偷偷地伸手去掐临江仙子,却被临江仙子反手一把抓住。令狐媚一声娇呼,揉着手退了半步,苦着脸乞求地望着临江仙子。临江仙子只得低头不语,半天不吱声。

可五大族长哪肯放过,不断追问:"临江,你倒是说话啊!"

临江仙子左右为难,说是俞灵儿吧,就帮不上灵儿姐姐了。说是句龙在天吧,自己良心难安。

"不用问了!"句龙在天站起身道:"模仿的人是我。"俞灵儿和临江仙子都诧异地望着句龙在天,明明模仿对手书法的是俞灵儿,可句龙在天为了庇护俞灵儿,一口承揽了下来。

"啊哈!"令狐宝得意得就差露出尾巴了:"我刚说什么来着?破案了!我就是神探宝宝啊!"

众人一片惊叹之声,湛卢空利走近句龙在天道:"贤侄啊,本来我还很看好你，却不想你竟然耍手段。做人应该脚踏实地，不能好高骛远啊！"句龙在天很平静地转身对湛卢空利躬身施礼："受教了。"

俞灵儿急得双手直摆："不是他，不是他，是……"令狐媚怎容俞灵儿开口，转身向众人高声道："诸位！句龙在天模仿对手书法，理应判输！大家说对不对？"人群中顿时一片附和声："对，应该判他输。"

灰袍真人站起身想说点什么，却一时哑口无言。

"诸位！"天真人站起身道："临摹也是书法的一种。模仿对手书法来写，不过就是临摹而已，有何奇怪？这并不违反黄溪修禊以书会友的精神，也不算有失公允。接下来继续第三轮比试。"说罢扫了俞灵儿一眼，便回身落座。

"唉，你……"令狐媚气急败坏地盯着天真人，但碍于天真人的实力，只得回身对句龙无悔道："比赛时耍手段，难道句龙世家尊崇的诚信就是这样的吗？"

"媚儿，不得对长辈无礼！"令狐擎苍怒喝声中，令狐媚只得默然不语。

令狐擎苍转身对句龙无悔躬身施礼："小女没规矩，见笑了。"

句龙无悔忙回礼:"无妨无妨。"

令狐擎苍抬起头道:"但是,比赛时耍手段,难道句龙世家尊崇的诚信就是这样的吗?"

句龙无悔一脸的尴尬:"这,这……"

雎鸠窈窕哼了一声:"丢人现眼。"

"家门不幸啊。"句龙无悔一甩袍袖,对句龙在天喊道:"天儿,这第三次比试,绝不可再模仿俞灵儿的书法。否则家法无情。"

句龙在天忙躬身施礼,却无言以对。

俞灵儿急得像热锅上的蚂蚁,她目前只会无我书法,要想第三次比试书法不一样,恐怕自己一时还无法做到。这不害了句龙在天?

就在围观众人纷纷指责句龙在天时,门外跌跌撞撞进来一人,一路挤过人群走向句龙在天:"在天,他们说你耍手段是真的吗?"众人抬头一瞧,正是苏婵娟,就见她梨花带雨,委屈不已地看着句龙在天,还抽泣起来。

见到苏婵娟陪着自己受委屈,始终脸色平静的句龙在天,也不免动容。句龙在天一甩袍袖,快步走到主席台前:"在下想请教诸位主持,黄溪修禊可否以参赛者自身的方式进行比试呢?"

天真人点了点头道："当然可以。为公允起见，只要不危害他人，尽管可以自己的方式来赛。"

"那就得罪了。"随即"沧浪"一声，一道银光闪过，也不知道句龙在天从哪摸出一杆银钩枪来。然后转身看了一眼俞灵儿。

紧接着句龙在天右手高举银钩枪，飞身上纵。银钩枪的枪尖，犹如一条欲脱困的银蛇，不断地冲撞着屋舍的斜顶部。

众人见句龙在天腾在半空，以银钩枪反复刺捣着屋舍倾斜的顶部都惊讶的目瞪口呆，有几个人还不停地赞叹："好轻功！"

可是句龙在天的举动不免令人疑窦丛生："他这是要干什么？""难道自己耍手段的事情败露，就要拆房子泄愤？""不对啊，拆房子不是应该先拆梁柱吗？"

就在众人大惑不解时，突然一人指着主席位后面的大白墙，大声道："快看，是《修禊黄溪》！"

被这声提醒，包括主席位的主持们在内，众人齐齐看向主席位后的白墙。就见墙上霍然出现了《修禊黄溪》的文字，只不过这文字并非写上去的，而是阳光照射在墙上形成的文字。

临江仙子率先说道："我明白了。"令狐宝忙问："明白什么了？"

临江仙子继续道："凿壁借光！句龙在天以银钩枪在倾斜的屋顶上，以反左书镂刻出《修禊黄溪》，阳光通过屋顶上被镂刻的字孔，照射在墙上，这才形成了这样的《修禊黄溪》。"

话音刚落，句龙在天刻完整篇《修禊黄溪》，飘身落地，单手倒持银钩枪，冲着大墙一伸手："诸位见笑了。"

虽然《修禊黄溪》真迹早已失传，可世间却留下了很多描摹版本，在场几乎每一个人都非常熟悉这些摹本。可无论众人审视的眼光有多么尖刻，盯着墙上阳光洒出的《修禊黄溪》，还是引来一片赞叹之声："想不到句龙在天以反左书镂刻屋顶成孔，照射在主墙上的《修禊黄溪》，居然达到了与摹本几可乱真的程度。""在黄溪修禊总堂的主墙之上晒出《修禊黄溪》，我建议永久保留这份作品。"众人立刻纷纷响应。

太真人终于兴奋起来，不住点头："以光为墨，章法制于壁上，以如此难上难之法，居然还能写出与摹本一般无二的作品。又成于黄溪主墙之上，实在立意深远，大气磅礴。吾主持历届黄溪修禊以来，如此绚烂精妙之作，实在前无古人，后无来者。历届魁首，恐怕都不及今日的句龙在天。"随即转头看向俞灵儿，"可惜啊，只能说你运气太差，遇到的对手是句龙在天。俞灵儿，你已经尽力了。"

临江仙子立刻又变得忧郁起来，知道灵儿姐姐是靠模仿对手书法来写字的。可是这次灵儿姐姐却是完全被对手克制住了。首先，句龙在天选择凿刻的这面倾斜屋顶，正好能将太阳光射在主席墙上。若灵儿姐姐换个屋顶或墙镂刻，都会将阳光射向别处，达不到句龙在天这次作品的效果。其次，句龙在天为了让阳光照射出《修禊黄溪》正文，只能以反左书在屋顶下镂刻。灵儿姐姐能模仿的也只能是反左书，就算写出来也无法胜过句龙在天。

所以说，句龙在天这件作品占尽天时地利人和，俞灵儿的无我书法无法复制出一模一样的作品来。

五大族长虽然很欣赏句龙在天的这幅作品，却也极度遗憾地看向俞灵儿。雎鸠窈窕惋惜道："句龙在天怎么说也是七大族中的后起精英，就算给俞灵儿五百年，恐怕也敌不过今日的句龙在天啊。"湛卢空利叹了口气："连老夫都自问书法不及他，何况俞灵儿只是一个凡人啊。"源长卿双手一摊："一开始我就纳闷，这十几岁的小娃娃怎么可能是预言中那个救出白玲珑的人呢？果不其然啊。"句龙无悔则木然地自言自语着："难道说，女娲石碑错了？"令狐擎苍缓缓低下头去："孩子啊，你已经尽力了。"

几乎在场每一个人心里都已经认定这次黄溪修禊的魁首，非句龙在天莫属。

令狐媚狠狠地一跺脚："句龙在天向来以北碑高手闻名，镂刻凿石实在是家常便饭，今日是我疏忽大意了。"恨不能立时拆了整间屋舍，我让你凿壁！我让你借光！

临江仙子直摇头，这样下去灵儿姐姐可怎么应对才好？

令狐宝双手抱头，心中懊悔不已："都怪我，都怪我……"

令狐媚奇怪道："怎么啦？什么事情这么自责？"

令狐宝慢慢蹲下身道："如果不是我揭露句龙在天的话，可能就不会这样……"

令狐媚一把拉起令狐宝："没出息，他们早晚要决出胜负，与你何干？"

听到众人如此赞叹，苏婵娟这才眼眉舒展，眉开眼笑地仰视着句龙在天，却见他惋惜地看向一侧，苏婵娟顺着他的视线转脸看去，句龙在天正看的却是俞灵儿。

却不想此时的俞灵儿，欣喜地看着墙上的光迹《修禊黄溪》："太美了，真的好美啊。"

令狐媚见状心中大急："俞灵儿，俞灵儿，别欣赏了，你知不知道你快输了啊？"

一句话点醒了自己，俞灵儿一个激灵，对啊，她还在比试中啊。可是，她只有无我书法，而且还无法复制这件独一无二的作品，该怎么办啊？一时茫然不知所措。

众人的高喊声逐渐汇聚成一词："句龙在天！句龙在天！"

天真人站起身来，对着俞灵儿道："现下还在比试之中，你还不写，难道你想等太阳落山了再起笔不成？"此话一出引来众人哄堂大笑。"等太阳落山，还会升起月亮，那我们就能欣赏墙上的月光《修禊黄溪》了。"

"大家看，吉时就要过了。"天真人指了指墙上的日光投影："为公允起见，我们也不能无休止地等下去。只要吉时一过，就宣布魁首吧。"

灰袍老者也起身对俞灵儿道："别说是你了，就算是历届黄溪魁首们一起来，恐怕也只有甘拜下风的份。我劝你还是早点认输吧。"

"我……"俞灵儿缓缓站起身来。

令狐媚和临江仙子极度不甘心地看着俞灵儿，想劝俞灵儿不要放弃，可是主墙上的《修禊黄溪》明晃晃地就摆在面前，话到嘴边二人却实在说不出口。

句龙在天平静地说道："你放心，我会换回你的书法能力。"

苏婵娟依旧深情地仰望着句龙在天，好似仰望着天神一般。

"我……"虽然她也很欣赏句龙在天的这幅作品，可自己还是得赢。可拿什么来赢呢？俞灵儿张着嘴半天说不出话来。

眼看着吉时将过，令狐宝顿足捶胸恨恨不已。令狐媚和临江仙子相握的手越攥越紧，眼睛紧盯着墙上的日光投影，期盼太阳移动得再慢些，再慢些。

众人急了："你到底怎样？能比就比，不能比就认输啊！""认输！认输！"

"我……"俞灵儿无助地扫视着众人，感觉此刻自己就像波涛汹涌的大海上，随时会被巨浪吞噬的一叶孤舟。除了随波逐流之外，再无其他任何办法。

"不可认输！"门外一声低沉，却令每个人都听见的声音传了进来："我们俞家可从来没有轻言放弃的儿孙！"

令狐宝起身抬头，轻轻扇了自己一个巴掌："啊呀！我居然把二老给忘记了。"赶忙转身跑到门口。

众人一起回头看，就见俞生昂首健步，令狐宝搀扶着俞灵儿的娘亲俞何氏，一起走进门来。

令狐擎苍立刻快步迎上前去，拱手道："俞弟！"俞生忙回礼："令狐兄！原来你也在此。"见来人与令狐擎苍称兄道弟，五大族人立时分立两旁。令狐媚和临江仙子对俞生夫妇赶忙施礼。其他一干人等不明白怎么回事，都相互询问着俞生夫妇的来历。

不
忘
初
心

●
○

由令狐擎苍引路，俞生径直走到众人之前，正中而立。

"爹！娘！……"见爹娘也来黄溪，俞灵儿心中一时五味杂陈、百感交集，全忘了自己还在比赛，不自觉地缓缓走向俞生夫妇。

可俞生看也不看俞灵儿一眼，在令狐擎苍的介绍下只是四处端详。

天真人上下打量了俞生一番，问道："不认输？句龙在天这篇《修禊黄溪》前无古人，后无来者。就算历届黄溪魁首齐聚，也达不到他这程度，不认输又当如何呢？"众人连连点头称是。

俞生淡淡一笑："前无古人？你的意思是说，连当年在此作《修禊黄溪》的王之修也不及他吗？"

"啊，这个……"天真人一时语塞。

俞生又淡淡一笑："若当真后无来者，那黄溪修禊以后还有再举办的必要吗？"天真人闻言顿了顿，索性坐回座椅，不再多言。

俞生转向俞灵儿："倘若遇到难处就轻易认输放弃，那绝非我俞家教导之法。"俞灵儿点头称是。

灰袍老者讥笑着站起身："那此时此地，你想怎么教导俞灵儿呢？"

"灵儿，至少也要作最后的尝试。"俞生一指俞灵儿的书桌，俞灵儿忙走回自己书桌，握笔在手。俞生抬手做出虚握笔状，道："我现在就教你……"

"现教啊？！"大声惊呼之后，灰袍老者也觉得自己失态，忙压低声音道："现教，现教怕是来不及吧？"然后指着身后墙上的日光投影："只要吉时一过，俞灵儿再无作品提交，我们就宣布……"

"哇，这就是我女儿的书法啊！"一声惊叹打断了灰袍老者的话，俞何氏顺着令狐宝的手指，看着侧墙上四张《修褉黄溪》卷纸，激动不已："不愧是我女儿写的啊，你们看，四张还能写得一模一样，问谁能做得到啊。哈哈哈！"听到这句话，俞灵儿羞得低下了头。

俞生突然沉下脸，一指那四张纸："灵儿，这就是你写的书法吗？"俞灵儿轻声回道："是……是孩儿……"

"太让为父失望了。"俞生一甩袍袖："原来你所谓的书法只是这样而已吗？"

俞灵儿低头不语。

旁边有人开始窃窃私语："这人谁啊？连这样的书法都不放在眼里？""我要是能写成这样，已经很开心了，他居然还不满意？"

令狐媚轻声叹了口气，心道，俞叔叔的书法，自己是见识过的，别说早已比不上现在的俞灵儿，就算来黄溪的诸位参赛者，只怕都在他之上。可他现在居然藐视那四张书卷，那接下来还不得更糟糕？

绿袍老者站起身对灰袍老者道："他当真要现教俞灵儿书法？那简直就是视我黄溪为无物啊！"太真人伸手一拦："无妨，就当告诫天下学子，即使句龙在天的作品已然登峰造极，也须当有努力追赶之心。这也是黄溪修褉的宗旨。"

俞生痛心疾首地连连摇头："还记得，为父平日教你书法时，常常教导你，书法也好，为人也罢，最重要的是什么？"

"我……"俞灵儿抬头看向父亲："是，不忘初心。""不错，看看你现在的书法，这就是你当初学书法之心吗？"俞生双手反背，不再看俞灵儿："你给我好好想想，自己是为了什么学书法的？"绿袍老者瞅了瞅俞生："还让俞灵儿想？我看是想到明天也赢不了吧？等吉时一过，我们就宣布。"

俞灵儿立刻闭上双眼陷入沉思，自己当初究竟是为了什么学书法的呢？

"大家来看啊！这女孩长得多丑啊！"思绪回到幼年时，邻居家的孩子们非但不愿和自己玩，还经常嘲笑奚落自己。每次都哭着跑回家："娘！他们骂我丑，呜呜呜……"娘亲赶忙抱紧自己安慰："灵儿不丑，灵儿永远是最美的哦。"父亲俞生却正色道："灵儿，书法是人的另一张脸，若没有一手好书法，就算脸长得再美也是枉然。"灵儿张着泪汪汪的眼睛看向俞生："父亲，我要学书法。"

"不对不对。"俞灵儿不住地摇着头，自己无论美丑都会学书法，虽然很接近，可这并不是她学书法的初衷，她当初究竟是为了什么学书法的呢？

五大族长失望地收回探出的身子。令狐擎苍疑惑地询问俞生："俞弟，你这究竟是何意啊？吉时就快过了呀。"俞生很淡定地闭上眼朝令狐擎苍摇了摇头，示意他少安毋躁。

令狐媚和临江仙子抱在一起，急得直跺脚："时辰快过了呀，怎么办啊？来不及了呀，来不及了呀。"

"哈哈哈，俞灵儿，你这辈子都别想赢过我！"俞灵儿仿佛看到幼年时的令狐宝，正得意扬扬地冲着她示威："我的书法是天下无敌的。"小时候的灵儿看着眼前近乎胡乱涂鸦一般的书法，伤心地落着泪。可令狐宝还不依不饶："你输了，就要给我当马骑。"一群孩子跟着起哄："比输了哦，灵儿要当马了哦。"灵儿哭着转身就跑："爹！令狐宝欺负我。我要练书法，我一定要赢他。""不对不对。"俞灵儿不住地摇着头，学书法绝不是为了输赢，这更不是她的初衷。她当初究竟是为了什么学书法的呢？

见俞灵儿又摇头，众人一片唏嘘声。令狐宝不断喘着粗气："我受不了了！我受不了了！"说罢转身狂奔出屋。也没人拦着他，五大族人都紧张地盯着俞灵儿。

虽然众人唏嘘不已，连连喝着倒彩，可俞何氏却丝毫不为所动，坚定地站在丈夫身边。两人一起微笑着看向俞灵儿。

"俞生啊，恭喜你高中进士啊！"一片道贺声中，俞生谦恭地向邻居回礼，然后走进家门。幼时的灵儿扑进父亲怀中："中了进士，爹爹就能当官了吧？"俞生板着脸道："说的什么话，为父寒窗苦读，难道只是为了当官吗？灵儿，你须谨记，天下学子立志进取，是要为天地立心，为生民立命，为往圣继绝学，为万世开太平。"灵儿似懂非懂地不住点头："灵儿明白，灵儿长大后，也要学父亲这般。"俞生哈哈大笑："灵儿真乖。可灵儿现在还小，应该先做什么啊？"灵儿想了想道："灵儿要先学好书法！"俞生哈哈大笑，爱抚着灵儿。"不对不对。"俞灵儿焦急地连连摇头，这也不是自己的初衷。

"咚！"门外传来一记击鼓声。

令狐媚和临江仙子吓了一跳："时辰这么快就过了？"

众人一起看向主席位，天真人缓缓起身。可就在这时"哒哒哒嗒嗒嗒……"一连串鼓槌敲击鼓侧之声传来。

"怎么回事？"众人不明所以地询问着。

临江仙子一个箭步跑出门外，就看见令狐宝正抢着鼓槌，不断在击鼓："咚！哒哒哒嗒嗒嗒……"令狐宝满腔郁闷，全都发泄在鼓上。随着鼓点声越来越密，一曲大鼓《将军令》响彻整个黄溪。屋内众人不明白为何此时有人击鼓此曲。

"是《将军令》。"俞灵儿依旧闭着双眼，缓缓抬头欣赏着："这首鼓曲是我最喜欢的……"

突然俞灵儿双眼圆睁，目视前方，一动不动地站在那里。"灵妹妹，你这是怎么啦？"令狐媚关切地看着俞灵儿奇异的神情："你可别吓我啊。"五大族长也为俞灵儿突然显露的神情感到疑惑，纷纷看向俞生夫妇，就见俞生夫妇挨近着，脸带微笑地看着自己女儿。

"我知道当初为什么要学书法了！"俞灵儿喃喃自语着。

"因为我喜欢书法啊！"

俞灵儿仿佛又寻回了当初，自己开始握笔写字时那份激情。随着门外《将军令》的阵阵鼓声，一份份字帖，一篇篇文字，瞬间涌现在俞灵儿的心中。

前世五百年，她苦练书法，难道就是因为自己修仙的悟性不高，才转而勤奋练字的吗？不！我本来就喜欢书法啊！耳旁仿佛响起了归字谣的话语："若你真的喜欢什么爱好，天地间没有任何事物能阻止你。"

俞灵儿完全没有意识到，禁制自己书法能力的那道诅咒，被她当初那份激情给冲得烟消云散。一招手，蘸好墨的凤鹈玉笔立刻出现在她右手中。左手拿起一张纸，竖在自己面前，俞灵儿深情地凝视着面前的纸张，然后依从着自己此刻的心情，将凤鹈玉笔淋漓尽致地落在纸上。第一个字"永"，这是父亲俞生教会自己的第一个字，说学会永字，就能写其他所有字了。这可是第一次写字啊，当时令自己足足高兴了好几天呢。

"书法能力……"令狐媚第一个出声："难道书法能力又回来了？"句龙在天也端详起俞灵儿来，却也不明白为何她的书法能力又回来了。临江仙子拉着令狐宝走了进来，见俞灵儿在那写字，欢呼着挤过人群。

古法竖写

　　五大妖族及众人都安静地看着俞灵儿气宇豪迈地挥洒着手中玉笔，一股从未有过的幸福满足感，不仅洋溢在俞灵儿的脸上，甚至充满了她的全身。俞灵儿此刻完全陶醉在书写过程中，就好像懵懵初懂的小孩子一般，竟然痴痴地笑出声来，边笑边写着。

　　众人注视着俞灵儿那陶醉的模样："看啊，感觉她是那么地沉浸啊。""是啊，世上没有比做着自己喜欢的事，更让人幸福的了。""我也想起来了，我当初也是因为喜欢才学的书法啊。""我也是啊。"

　　雎鸠众正面身子缓缓点头道："我就是喜欢王之修的字，只要我喜欢就行了啊！"

　　湛卢璎珞也自言自语起来："我喜欢的，一直就是我本来的样子，我才不喜欢变成别人的模样呢。"

　　湛卢飞白不停抖动的嘴唇紧咬着，感动得快要哭出来一般："人家，人家最喜欢的，就是唱戏了……"

　　临江仙子和令狐宝异口同声地道："我最喜欢的，就是俞灵儿。"

　　句龙无悔用力地搓着双手："我就知道，我就知道，女娲石碑是不会错的！她就是我们找寻许久的俞灵儿！"湛卢空利朝着俞灵儿缓缓点头："嗯，百折不回！正是这样的人，才是救出白玲珑的最佳人选。"雎鸠窈窕终于也露出了笑容："面对巅峰强者，居然还能笑得如此惬意，日后的进境，不可限量啊！"源长卿摇着头道："怎么会这样？简直太不可思议了。"令狐擎苍一把抓住俞生的胳臂："俞弟，究竟发生了什么啊？跟愚兄我说说啊。"

俞生扶了扶令狐擎苍道："不瞒令狐兄，究竟灵儿发生了什么事，其实我也不清楚。我只是像以往那般引导了她一下而已。"

正当俞灵儿激情满怀地书写着《修禊黄溪》，写到一半时。苏婵娟走上前，扑进句龙在天的怀中："我最喜欢的，就是永远和你在一起。"句龙在天一把搂住苏婵娟："永远不分离。"

这一幕，却映入了俞灵儿的眼帘。虽然手中的笔并没有停下，可俞灵儿本来满腔激情的心，却瞬间沉了下去，句龙在天此刻温柔地呵护着的人，为何是她？你可知道？前世几百年，无论遇到多少坎坷艰险，你一心一意，始终极力疼爱维护的人，只有我，只有我。你可知道？我重生后第一个念头，就是要找到最思念的你。可是，人找到了，却是如此情景。

两行泪慢慢地流过自己的脸颊，俞灵儿极力避开眼前依偎在一起的两人，逼迫自己盯在纸上，即使后半段《修禊黄溪》写得歪歪扭扭，没有前半段那般洒脱，俞灵儿也无心顾及了。难道前世五百年后，在刀狱中，风归云刺她的那一剑，已成为永诀了吗？而今世的她，就只能一个人背负前世那段情，继续下去吗？

俞灵儿越想越悲痛，直至整个人慢慢萎顿弯曲下来，这才将整篇《修禊黄溪》写完。将手中纸甩在书桌上，俞灵儿颓然坐倒在椅子上，实在忍不住抽泣起来。

第一个冲上前的是娘亲，抱着俞灵儿道："灵儿啊，刚才不还好好的吗？这是怎么啦？"俞灵儿埋头入娘怀中，索性放声痛哭。众人不明所以地相顾无言。

早在一旁等得不耐烦的众位主持们一起走到俞灵儿的桌旁，仔细打量起俞灵儿所写的《修禊黄溪》来。待几位主持商量了一番后，天真人转身面向众人。

几乎所有人都静静地看着天真人，等待着他说话。

令狐媚和临江仙子相互用力抱着，和令狐宝一起紧张地看着天真人。

天真人扫视了一下众人，开口道："我宣布，本届黄溪修禊的魁首是……"

句龙无悔双拳紧握，仰着一张龙脸，剑眉倒竖，突然插嘴道："我还是，我还是看好俞灵儿，这次我预言，俞灵儿胜！"

虽然不满句龙无悔打断了天真人说话，可其他四名族长也纷纷点头："句龙兄，这回我们也绝对相信，是俞灵儿胜。"

天真人继续说道："我宣布，魁首是……句龙在天！"

"啊！"句龙无悔被这突如其来的结果惊得仰面栽倒。其他四大族长唉声叹气着："果然，俞灵儿还是太年轻，敌不过句龙在天也是情理之中啊。"

临江仙子流着泪去搀扶俞灵儿，可她早已贴在娘亲怀中，哭得直不起身来。

令狐媚叉着腰挺身向前，指着天真人大声道："凭什么判俞灵儿输？你们今日若说不出道理来，信不信我们十万兵马立时铲平黄溪？"随即令狐媚感到一种从未有过的压迫感迎面碾来。

"黄溪还轮不到你这小丫头来指手画脚。"天真人炯炯有神的双眼，看得令狐媚不禁倒退了两步。令狐擎苍挺身挡在令狐媚身前："媚儿，不可乱来。"令狐媚揉着心口吓得半天不敢说话。

太真人颇为惋惜地道："这份俞灵儿所写的黄溪，笔力工夫也算上上之选，可惜终究稍逊句龙在天这份日照黄溪，就差那么一点啊。"

俞生走上前爱抚着俞灵儿的头："输赢并不重要，只要始终记得，不忘初心就行。"俞灵儿埋在娘怀中的头不断点着。"我女儿能在黄溪修禊中，几乎夺魁。已足慰老怀。好了，我们也该回去了。"

被临江仙子扶着，俞灵儿头倚着娘亲肩头，随父亲俞生慢慢往外挪着步。令狐宝想安慰俞灵儿几句，却一时不知该说些什么，搀扶着俞何氏一起往外走。

虽然主席们宣布句龙在天获胜，可是在场众人也都是因为喜欢书法，最终才来到黄溪，内心自然与俞灵儿产生共鸣。只可惜俞灵儿落败了，众人默默无语，目送着俞灵儿一行人。

令狐媚急得胸膛一起一伏，望着俞灵儿离去的背影愤愤不已："不行，俞灵儿不会输，也不能输。我得想想办法，我得想想办法……"

待俞生前脚刚踏出门槛，就听到一声喊："且慢！"众人回过头去，就见句龙在天站在俞灵儿的书桌旁，看着案上那份俞灵儿写的纸。

"主持们的判决，有失公允。"句龙在天缓缓拿起俞灵儿的那份作品。

紫袍老者对句龙在天道："我们都已经一致认定，你是魁首，句龙公子又何必如此？"

句龙在天道："在下承蒙诸位抬爱。可在下与人赛书法，但求问心无愧，就算胜也求胜得公允。"

太真人走向句龙在天："你说我们有失公允，你倒说说看，有何不妥？"

句龙在天将手中纸张翻转过来道："纸平铺在桌上写的字，竖起再观看时，两者感觉是不一样的，反之亦然。俞灵儿刚才是竖着纸书写的，可你们看的时候，纸却是平放在桌面上的。故此你们的判定不足以说明这份作品的优劣。"

紫袍老者两手一摊："这是什么谬论？"

太真人手一摆："他说得不错，早在前朝时期，没有高桌高椅，只能竖起纸写字，用的都是单钩握笔法。与现今将纸张平铺桌上，以双钩握笔法使用无心散卓笔书写的字确实不同。刚才俞灵儿就是以单钩握笔法，用的也是古笔。我们刚才观看她作品时，却任由纸张平放在桌上，做出的判断并不准确。这点是我疏忽了。"

灰袍老者道："可就算是这样，将纸竖起来看，平看与竖看之间的差别也不大吧？"

天真人道："虽说差别只在分毫间，可正所谓差之毫厘谬以千里。黄溪修禊，必须公允。我们身为主持裁判，可马虎不得啊。"

绿袍老者道："可是，刚才我们都已经宣布，魁首是句龙在天了。"

句龙在天将俞灵儿写的字朝外竖放于胸前："那还不简单，我们让在场所有人做最终评判。"随后转身走到众人面前，高举俞灵儿的作品。

主持们面面相觑，天真人只得踏上一步，指着俞灵儿的书法字体，大声宣布道："诸位！黄溪修禊评出的魁首，一向让世人心服口服。为以示公允，经决定，由在场各位品评出这两份作品的优劣。"

俞生踏出的脚收了回来，和俞灵儿他们一起转身望向主持方向。

众人则交头接耳议论纷纷起来："啊，让我们来品评优劣？""不是已经宣布句龙在天为魁首了吗？怎么又让我们品评？"

令狐媚赶紧挤到前面，冲着俞灵儿的作品故意不断地发出赞叹声："哇啊！好啊！写得好啊！"

被令狐媚这么一喊，众人齐向俞灵儿的作品探头观望，却是半天都不发一言。

听周围鸦雀无声，令狐擎苍眼珠转了转，指着俞灵儿的作品率先打破沉默："唉，早就听闻《修禊黄溪》为天下第一行书，我怎么看着写得很一般啊？"然后暗暗碰了一下令狐媚。

令狐媚立刻会意，大声说道："那，那是你不懂鉴赏，这里云集天下才子，懂得欣赏的人大有人在……"一边说一边回头向身后众人不断媚笑着。

　　令狐擎苍和令狐媚一唱一和，本意是引起众人来发掘俞灵儿作品中的优势，然后以此造势。可是令狐媚生平第一次发现，自己最有效的这招"回眸一笑百媚生"，在这时候居然无效。令狐媚赶忙换了个姿势，再次矫揉造作地向众人抛去媚眼，可众人依旧不为她所动。几乎所有人都痴痴地盯着俞灵儿写的字，完全无视此刻千娇百媚的令狐媚。

　　一个个脸上都洋溢着一份幸福的表情，这种幸福感远远超过了令狐媚的魅惑力所能给予的。整个屋内寂静得让令狐媚都觉得不可思议，自己也转过头去细看俞灵儿写的《修禊黄溪》。这一看，连令狐媚也不禁怔住，从"永和九年"开始，字里行间给人一种舒适感，让人忍不住顺着这份舒适感继续往下看。对于看惯了世间诸多书法字体的令狐媚来说，这简直就是一种少有的安详宁静。

　　可就在这时，出神观看俞灵儿作品的太真人，突然仰面大喊一声："三郎啊，三郎！已经苦等你四百年，何时才能与你相见啊！"然后泪如泉涌，痛哭不止。令狐媚着实被这一声哭喊给吓了一跳，回过神来，就见太真人盯着俞灵儿写的后半段字句，号啕大哭："天长地久有时尽，此恨绵绵无绝期……"天真人赶忙过来搀扶摇摇欲坠的太真人。

随着太真人这一声哭喊，屋内跟着也有人发出啼哭之声，然后哭声越来越多。令狐媚不明所以地左右顾盼："怎么回事？发生了什么？"

雎鸠窈窕盯着俞灵儿写的后半段字句，流出两行热泪，顿足捶胸："归字谣啊，归字谣！你何苦如此？！"

湛卢空利闭上双眼，好似双鬓又添了几缕银丝："雷元帅啊，你这一去，从此天下便再无忠臣良将。湛卢，从此空利啊！"

令狐擎苍摇了摇头叹息道："自打仇无忌把持朝政起，何止雷谦元帅，有多少志士人杰，皆遭陷害，老夫怎么救都救不完啊。"

句龙无悔和源长卿也暗叹道："白玲珑义薄云天，怎奈天地无情，被长困望湖塔下，我们却始终无能为力啊。"

令狐媚转脸去看令狐宝，就见她弟弟也在那一把鼻涕一把泪地喃喃自语："为什么，为什么要赶我走？我哪一点不如他？我对你可是一往情深……"

"唉，我怎么会有这么没出息的弟弟！"令狐媚摇着头去看俞灵儿写的字句，只见黄溪后半段的字体写得歪七扭八，却有一腔悲凉之情寄于字里行间。虽然令狐媚一生从无伤心事可言，却也莫名地黯然泪下。这不正是俞灵儿，凭借其悲伤的心境所写的后半段吗？难道她写的时候，将自身心境留于字形，故此观者感同身受了？

天真人扫视了一遍众人或陶醉或痛哭的模样，低声对句龙在天道："虽然阁下书法中，'工夫'的形质已濒临化境。可阁下的这幅日照黄溪，其实尚有一处缺憾。"

句龙在天道："还请指教。"

天真人笑了笑道："指教不敢当，阁下的日照黄溪，其实是依照《定武黄溪》刻摹而来的吧？"

句龙在天点了点头道："不错，《修禊黄溪》真迹不存，遗留下各种描摹版本，其中《定武黄溪》就是刻在石碑上的石刻本。所以我只有以《定武黄溪》刻于壁上，极尽形质，才能准确地引日光照出墙上黄溪。"

"这就是了，古刻不石残，锋芒久自灭。随着岁月侵蚀，石刻本上的真迹笔法丧失殆尽，只余下字体形质而已。"天真人用下巴指了指神情各异的众人，低声道："书之妙道，神采为上，形质次之，兼之者方可绍于古人。你看，若俞灵儿的书法不是放旷自得，神采灵动，他们又怎会有如此反应？"

句龙在天莞尔一笑："深识书者，惟观神采。看来这一局，也不需评判，我输了。"

天真人环视了一下屋内："这要是再哭下去，就差披麻戴孝了，我看就到此为止吧。"伸手帮句龙在天收拢俞灵儿写的字卷。屋内的哭声这才稍稍平息下来。

天真人的声音盖过了所有的哭泣声："诸位，相信各位心中已有答案。我在此宣布，本届黄溪修禊的魁首是……"

众人不约而同地高声回应道："俞灵儿！"其中句龙无悔的喊声最为响亮。

众人的喊声透出茅舍，传出屋外。屋外一直站立等候的十万妖兵，依稀从众人的喊声中，分辨出五大族长的呐喊声，便跟着一起高举手中兵器，连声高喊着：

"俞灵儿！"

"俞灵儿！"

"俞灵儿！"

整个吴川山几乎都被这震耳欲聋的高喊声给震颤了。

拼命忍受着屋外十万妖兵的呐喊声，直到停止，众人这才抬起头一起看向俞灵儿。

俞何氏一把拽住俞生道："夫君啊，我听不见了，我会不会聋了？"俞生看着妻子的嘴巴不停地动着，大声问道："你说什么？！你说什么？！"

临江仙子不停地在俞灵儿身边蹦跶着欢呼："灵儿姐姐赢啦！灵儿姐姐赢啦！"

令狐宝激动地张开双臂，在俞灵儿身边不停地转着圈："看到没？我说什么来着？我说什么来着？"

令狐媚欣喜不已地冲向俞灵儿："我就知道，你会赢的。"

可是走到俞灵儿面前，却见她依然呆呆地站在原地，脸上毫无半点高兴的样子，怔怔地看着句龙在天挽着苏婵娟，在众人一片欢呼声中两人相依着离去。此刻对俞灵儿来说，是否夺得魁首并不重要。眼看着曾经与自己相恋相守五百年的句龙在天，正和其他女子在一起。深深地刺痛着自己的心，五百年来，没有比今天更让人痛心的了。

　　望着句龙在天二人从门口消失，俞灵儿还是呆呆地凝望着。却被令狐媚一把给推醒："灵妹妹！该去领奖了，鹤舞四宝啊！"

　　俞灵儿这才转过身来，就见天真人手中托着一个大黑漆盘，盘上大红布内正躺着一块晶莹剔透的黑色墨玉。

　　对啊，有了鹤舞四宝，我还可以重炼三生石，这样风归云又可以回到我身边了。而且有了鹤舞四宝，我就能救出白玲珑，这样我就能保甲寅太岁平安。

　　想到这，俞灵儿伸袖子抹了下满脸的泪水，在众人的欢呼声中，大步向前走去。每向前走一步，盘子里的那块黑墨就闪一下亮光，好像在向最亲密的伙伴打着招呼一般。

　　待俞灵儿走到天真人面前时，俞灵儿手捧着这块椭圆形玉墨，就见这块墨的侧面一边嵌着块弧形美玉，好似朔月一般，玉上书写着篆体"月缺"二字。俞灵儿心念一动，难道这块"月缺墨玉"就是词中"月缺渐醒，璇玑复醉，遥岸银河心系。"中所指的"月缺"？

　　俞灵儿将右手放在身后，伸出来时，手中拿着凤鹈玉笔，梧桐笏板和璇玑玉砚，加上这块月缺墨玉，鹤舞四宝终于全部拿到手了。

　　看着鹤舞四宝聚齐，五大族长郑重地凝望着俞灵儿，眼神仿佛与几百年前，他们一起望着白玲珑当上七大妖族的代盟主时一样。

　　在众人一片欢腾的道贺声中："看看，这就是我女儿，我就说她能夺魁吧！"虽然耳朵还是嗡嗡作响，可俞何氏见女儿最终夺魁，高兴得直拍俞生肩头。俞生想强行忍住，却已是老泪纵横。前不久还是如孩童般稚嫩的女儿，转眼间居然力压天下文人才子，夺魁黄溪，真恍如做梦一般，望着俞灵儿不住地点着头。

俞灵儿收好鹤舞四宝，谦虚地向在场众人拱手作揖。心中暗道，一切都才刚刚开始。

吴川山，巅峰之上，立着三个曼妙身影，凝望着帝都方向。五大族长和十万妖兵，立于她们身后。

令狐媚喜盈盈地瞄了俞灵儿一眼："我弟弟已经带令尊令堂回江平府，筹备婚事去了。现在就等李梦蛟高中，你们就……"

临江仙子打断了令狐媚的话："灵儿姐姐，你当真要去救白玲珑？"

身披霓裳大氅的俞灵儿坚定地点了点头："不错，鹤舞四宝已经齐聚，我立刻就要动身去救白玲珑。"

"要救白玲珑，现在去还为时过早。"令狐媚晃着脑袋道，"按照预言所说，除了拿全鹤舞四宝外，还需一个条件。"

俞灵儿转脸看向令狐媚："丑笔仙，闹愁湖，鹤舞四宝齐现世。当初预言所说的条件都已经齐备，还差什么吗？"

"原来灵妹妹只知道预言中的两句啊。这两句可是只有仙界才掌握的哟。"令狐媚媚笑着盯向俞灵儿，"而妖界却掌握着另外两句。合起来就是完整的四句预言：白蚕之子及第时，鹤舞四宝齐现世。丑笔仙，闹愁湖，望湖塔倒偈语失。"

俞灵儿惊讶地瞪着令狐媚："居然是四句预言？那些都是什么呀？"

临江仙子道："这'白蚕之子及第时'，指的是白玲珑之子状元及第的时候。"

俞灵儿焦急地惊道："啊！这白玲珑之子是谁？在哪里？"

临江仙子忙道："灵儿姐姐别担心，这白玲珑的儿子，据说一直被峨嵋白氏的人暗中保护着，一直不为外人所知。现在就等他高中状元的时候。"

"那他什么时候去考状元啊？"俞灵儿突然有一种被执年岁君太岁欺骗了的感觉。

令狐媚掐指算了算道："按年月推算下来，白玲珑的儿子，今年刚好成年。想必已经在进行科考了，现在乡试和会试都已经考完了，就等三月殿试了。今日是三月初四，初八才殿试，放榜也要等殿试五天后。我们现在动身回帝都，时间充裕得很。"

俞灵儿以手抵额，叹气道："时间哪里充裕了？"她原本打算集齐鹤舞四宝就赶回去，这样自己和执年太岁约定的两个月内，就剩下十二天，这样救出白玲珑还算时间充裕。可要是等殿试放榜，那留给自己的时间也就两三天，这时间就显得很紧张了。"更何况到时候，还不知道那个白玲珑的儿子能不能高中状元呢。"

"灵儿姐姐别担心。"临江仙子忙安抚俞灵儿："峨嵋白氏多年来一直准备着救出白玲珑，想来这次科考是志在必得的。"

俞灵儿这才抬起头来："那最后一句，望湖塔倒偈语失，又是什么？"

临江仙子转头望向帝都方向："灵儿姐姐可能不知道，江天禅寺的法远禅师，在望湖塔上按了一道偈语，'若要望湖塔倒，除非愁湖水干'。要想救出白玲珑，只有让望湖塔倒掉，偈语失效。"

"若要望湖塔倒，除非愁湖水干？"俞灵儿感觉头大如斗："谁说的，时间充裕得很？？"

"除了将整座愁湖的水舀干之外，我们其实还想过一个办法。"令狐擎苍踏步而出："那就是找到法远，让他收回那条偈语。"令狐擎苍摇头叹了口气："可是据说法远这老和尚，躲进一只螃蟹的肚子里隐居起来，小紫找了好多年都没能找到。"

临江仙子捏紧了手中的剑鞘："而且那法远法力高深，在世间所有的螃蟹肚子里，全化入了他的法相，连我都找不到他的真身所在。如此一来，就算撬开千千万万只螃蟹，也未必找得到那法远的真身。"

俞灵儿看了看临江仙子说："那就想办法舀干愁湖水，我就不信救不出白娘子！"

"当年我们七大妖族世家联手，都无法救出白玲珑。"令狐擎苍又叹了口气道："舀干愁湖水？说来容易做起来难啊。当年的我，无论怎么冥思苦想，也解不开此结啊。"

俞灵儿转身看向令狐擎苍："伯父此话怎讲？"

"要救出白玲珑，只有先舀干愁湖水。"令狐擎苍失神地遥望帝都方向："可要想舀干愁湖水，只有先救出白玲珑。"

"啊？！"俞灵儿、令狐媚和临江仙子都惊讶地看着令狐擎苍。

就在这时，跑来两名妖兵："报——启禀族长，那虞美人的封印松动，还溜出她的一个分身来。"

"情况危急，我们赶快去加固封印吧。"湛卢空利一招手，众妖赶忙向虞美人的封印方向跑去。

源长卿向临江仙子一招手："临江，这次我们要彻底封印虞美人，就要将封印移到一处极为隐秘的所在。这就需要你的'临'字能力，你且随我们来吧。"

临江仙子赶忙称是。

雎鸠窈窕突然想起："对了，要想彻底封印虞美人，还须借助仙界的大力纯阳掌才行。"

"无需借助仙界。"临江仙子拱手道，"我曾在瀛洲岛窥得大力纯阳掌的心法。"

"窥得和习得是两回事。"雎鸠窈窕则摇了摇头道，"要想习成大力纯阳掌，没几千年功底不成。临江仙子这点功力怕是不够啊。"

句龙无悔神秘地一笑："此事无需挂怀，老夫自有办法。"

临江仙子走没几步，转身对俞灵儿道："灵儿姐姐，忙完这里的事情，我会很快赶上你们的。"说罢便随源长卿而去。

令狐擎苍边跑边回头喊："这个难题就交给你们去解决了。我们这边处理完就去愁湖找你们。"

望着令狐擎苍等人远去的身影，令狐媚掰着手指自言自语："要救白玲珑，只有先舀干愁湖水。可要想舀干愁湖水，只有先救白玲珑。我觉得有点晕，这么矛盾的话，实在听不懂啊。"

俞灵儿深吸一口气道："管不了这么多了，我们先回帝都找到白玲珑之子再说。"

一大早。

"我实在等不了啦！"俞灵儿狂奔着跑出令狐府门。

令狐媚赶忙跟着跑了出来。"灵妹妹啊，少安毋躁啊，时间还充裕呐。"

俞灵儿急得脸涨得通红，气急败坏地瞪着令狐媚："时间哪里充裕啦？你天天让我等，可今天都已经三月十一了，峨嵋白氏的人，一个都没找到。你们令狐家不是号称钱塘江一带，没有找不到的人吗？"

令狐媚很歉意地赔着笑道："可是峨嵋白氏，都是妖啊。找人不难，这找妖么，就……"

此时的俞灵儿急得像热锅上的蚂蚁，当初自己和执年岁君太岁约定两个月救出白玲珑，可今日都已经三月十一了，离约定之日就差五天了。现在别说是白玲珑之子什么情况都不知道，连峨嵋白氏的人都踪迹全无，此刻要是临江仙子在身边该多好啊。

"唉，你们看，这不是碧莲妹妹吗？"令狐媚抬手一指，就见李碧莲正掩面而哭，朝着俞灵儿方向跑了过来。

俞灵儿赶紧上前拦住李碧莲："碧莲妹妹，你这是怎么啦？"

见到俞灵儿，李碧莲更是大哭起来。俞灵儿急道："到底怎么啦？是不是李梦蛟出事了？"

李碧莲哭着点了点头，又摇了摇头。

俞灵儿急了："你倒是说话啊，这又点头又摇头的。"

"是，是……"李碧莲哭着道，"是梦蛟哥哥他，他……他落榜了。"

俞灵儿松了口气道："我当多大点事呢，不就是落榜吗？明年再来考就是了。"

李碧莲却哭得更厉害："可是，可是，梦蛟哥曾经说过，他高中状元才会与我完婚。这要是明年不中，后年不中，我何时才，才……"

俞灵儿摇了摇头，当初李嫂约定，李梦蛟高中就完婚，没说高中就是中状元，也可以是探花进士什么的，上榜了就行。可这李梦蛟真是死脑筋，哪有非要中了状元才完婚的道理？这不耽误了碧莲妹妹吗？

令狐媚一把拽住李碧莲，激动地问："难道说，今日殿试放榜了？"李碧莲点了点头："我足足等了三天，今早才放榜。上面没有李梦蛟的名字，呜呜。"

令狐媚拉过俞灵儿，欣喜地看着俞灵儿道："放榜了。"

俞灵儿抓着令狐媚的手一紧："你是说……"令狐媚接着道："白蚕之子及第时？"

俞灵儿拉着李碧莲就跑："在哪里放的榜？快带我们去。"

李碧莲不明就里地跟着俞灵儿就跑。

待跑到帝都城西，钱塘门旁，一大堆人正围着。李碧莲一指那堆人："榜文就在那儿。"

俞灵儿她们怀着激动的心情，挤进了人群，却见众人围着一人，冲着他不住地道贺："恭喜状元郎，贺喜状元郎。"

俞灵儿认得此人，正是李梦蛟，就见他身穿红袍，身上斜披着大红花缎带，意气风发地朝周围道贺众人一一还礼。

"状元郎？"俞灵儿挤开人群，拉过李碧莲来，指着李梦蛟道："碧莲妹妹，你不是说榜上没有李梦蛟的名字吗？怎么都喊他状元郎啊？"

"我看得真切，榜上确实没有他的名字。"随即李碧莲一跺脚，"糟了，定是梦蛟哥哥想中状元想疯了，才打扮成这样的，我的命，好，好……"这苦字还没喊出来，令狐媚上前一把抓住李梦蛟的手道："说，你母亲，姓什么，叫什么？"

被令狐媚突然这么一问，李梦蛟一愣神，随即眼圈一红，不言不语地低下头去。

俞灵儿一拍大腿："果然是疯了，连自己娘都想不起来了。"

令狐媚看着李梦蛟说道："李梦蛟恐怕不是你的真名吧？"

俞灵儿和李碧莲一起惊讶地望向令狐媚。

令狐媚继续道："你的事，小紫都告诉我了。你本名叫什么？"

"我的名字，是，是我娘，是我娘给我起的。我永远不会忘。"李梦蛟眼泪一滴滴流了下来，缓缓抬起头道："可是，紫姨告诉我，我的仇人还没找到，所以我必须隐姓埋名，只能跟着姑父的姓，叫李梦蛟。"

"啊！"李碧莲双手捂住嘴巴，惊讶地看着李梦蛟。

李梦蛟缓缓将胸膛挺了起来："这次参加科考，无论如何，我要用我娘给我起的名字。我本名叫……"

令狐媚一步跃到榜文前，手指向头甲状元的名字上。俞灵儿等人顺着令狐媚的手，看着头甲状元的名字，耳朵里响起李梦蛟大声的话语："徐林！"

第一百一十三章

状元拜塔

那榜文上头甲第一名，状元的名字正是——徐林。

俞灵儿张大着嘴巴，半天合不拢，原来这白蚕之子，一直就在自己身边，正是和自己从小玩到大的李梦蛟。

李碧莲又哭了起来，虽然得知李梦蛟高中状元，两人终于可以完婚了。可是没想到他从小就背负着如此不堪的命运，心痛不已。"梦蛟哥哥！"一头扑入她梦蛟哥哥的怀中。

"现在我如愿高中状元，以后你就叫我的本名，徐林吧。"李碧莲频频点头。

徐林向众人拱手行了个礼后，抬头阔步走出钱塘门："既然我已经高中状元，我等了很久的一件事，现在就要去完成。"

李碧莲赶上去不解地问道："什么事情？要现在就去完成？"

徐林牵起李碧莲的手，柔声道："带你去见你未来的婆婆。"李碧莲顿时双颊绯红，跟着徐林直往望湖塔方向而去。

俞灵儿二人跟着徐林来到望湖塔前。

只见塔前跪着七名女子，这七名女子的衣裳颜色分为红橙黄绿青蓝紫七色。

俞灵儿仔细观瞧，其中除了小紫，俞灵儿认出了另外三名女子，正是那晚见到的橙衣女子、蓝衣女子和绿衣女子。俞灵儿隐隐感觉，这七名女子，个个身怀千年功力，想来都是峨嵋白氏的人。

这时，徐林走到望湖塔前，上前对小紫一拜："紫姨！"小紫对他点了点头："徐林，今日放榜，你可高中状元了吗？"

徐林忙点头道："中了，我已中了状元。"

小紫抬头对着望湖塔说道："当年预言曾告知，徐林高中状元之时，白玲珑便有出塔之日。我们等了这么久，终于等到这一天了。姐姐，你还不出来吗？"

徐林忙赶上几步，对着望湖塔跪倒在地，号啕大哭："娘啊！孩儿已经高中状元，怎么你还不出望湖塔啊？！"

李碧莲赶忙上前劝慰着徐林。

可是，任由徐林如何哭喊，望湖塔却依旧毫无动静。塔上那两道偈语"若要望湖塔倒，除非愁湖水干"，闪着阵阵金光。好似在嘲笑着塔前那一干人等。

小紫腾地站了起来："明明徐林已经高中状元，为何姐姐还是不能出塔？难道这预言骗我等不成？"

另六名女子也纷纷站起，双手持剑，怒目而视望湖塔。虽然怒极，可她们都知道，无论用任何办法，都奈何这两道偈语不得。

徐林依旧在那号啕大哭着："娘啊！孩儿等了这么多年，心无旁骛，寒窗苦读，终于状元及第，孩儿不求功名，不求富贵，只求娘亲能出塔，可为什么娘你还是不出塔啊？这是为什么啊！……"

李碧莲和那七名女子闻言，都止不住泪水往下直流。

俞灵儿前世也听闻过白玲珑与徐琅琊的事，但是只知道白玲珑被压在望湖塔下，之后到底怎样，就不得而知了。看到徐林这般，俞灵儿便想到自己去大理寺探望父亲的时候，也是差不多的心境。鼻子一酸，也是止不住泪水流下。

小紫恨得银牙紧咬，在那来回踱步："这法远实在可恶！"

"看来要救出白玲珑，还是得舀干愁湖水不可。"令狐媚走上前对小紫道："我倒是有办法舀愁湖水，可是湖中有一头金牛，只要愁湖水一少，这头金牛就会向湖中放水，这倒是非常难办的事情……"

小紫立刻道："这头金牛就交给我来对付，你若是有办法，就只管去舀湖水。"

令狐媚转脸对俞灵儿道："这几天我让你等，可我却没闲着，为了舀愁湖水，我向我师父借了一样东西，你看。"手中亮出的，居然是她师父一直随身带着的酒葫芦。令狐媚将那酒葫芦递给俞灵儿："去吧，就用这个葫芦将愁湖水舀干。"

小紫"沧浪"一声拔出剑，用它抵在令狐媚的脖子上："我还以为你有什么好办法呢？就这一破葫芦能舀干偌大的愁湖水？你逗我哪？"

令狐媚忙摆手："你可不要小看我师父的酒葫芦啊！这葫芦内自有洞天，连通着海。莫说是愁湖这点水，就算三江五湖的水都不够它装的。"

俞灵儿想令狐姐弟的师父既然是降龙罗汉转世，法力之高，连那三个千年女妖都畏惧至极，想来他这酒葫芦必不简单。一试又何妨？

小紫还在那犹豫不决时，俞灵儿便已经跑向湖边，令狐媚在后面问道："你这是要去哪？"

俞灵儿头也不回："我这就去放干愁湖水！"

令狐媚急道："不是这样……"可是小紫的剑横在脖子旁，令她没法说完整句话。

俞灵儿跑到湖边，纵身跳入愁湖之中。落水之后，俞灵儿拔出酒葫芦的塞子，就见葫芦嘴里不断冒出气泡，而湖水也紧跟着流入葫芦嘴中。

小紫和令狐媚也紧随其后，跑到湖边，看着湖面动静。就见湖面上不断有气泡冒出，随着气泡越来越多，原本平静的湖面突然形成一道小小的漩涡，就见周围湖面上载着片片树叶的湖水，都向那漩涡涌去。

"哗啦"一声，俞灵儿的头从湖水中冒出，擦了一下脸上的湖水，转头对岸上的二人一笑："果然有效，湖水不断流进葫芦。"

"可这流水的速度太慢了！"小紫眺望着偌大的湖面，"这得等到什么时候去啊？"

"灵妹妹啊！你急什么？我还没将这葫芦变大呢。就你这般放法，就算那金牛不作祟，也得要三天三夜。"令狐媚向俞灵儿方向念动咒语，俞灵儿就觉得手中那酒葫芦逐渐变大，最后变得大如一艘船舫，葫芦的一半浮起在湖面上，俞灵儿就势坐在那葫芦上。葫芦口虽然也随之变大，可依旧没在湖水中，湖水流入葫芦口的速度瞬间变得很急。

"我先去找那条金牛。"小紫转身便要走。

"找不到的，只有愁湖水快干的时候，那金牛才会现身。"令狐媚一纵身，跳上了那葫芦："愁湖最深处也只有一丈七尺。顺利的话，三个时辰就能舀干愁湖水，现在，我们先畅游一下愁湖美景吧！"

愁湖上，所有的船家都惊讶地看着一只硕大的葫芦飘荡在湖面上。令狐媚坐在葫芦上说说笑笑，葫芦尾最高处，小紫则面无表情地负手而立，俞灵儿则坐在靠近葫芦嘴的葫芦肚上，凝重地眼望愁湖水面。

一个时辰过去了，愁湖水面缓缓下沉，由于湖面比湖底宽阔得多，一开始时下降得很慢，越往后下降速度就越明显。

看着湖面越沉越低，令狐媚拍着葫芦向俞灵儿得意地说："以前有一回啊，我师父去酒家打酒，可酒家老板嫌弃我师父衣衫褴褛，还要轰我师父。结果我师父拿出一两纹银，只要求酒家灌满这酒葫芦。结果那酒家倒了十几坛酒，都倒不满这酒葫芦，这才拜服我师父呢！"

"你师父这么厉害的宝贝，就这么轻易借给你了？"俞灵儿觉得令狐媚的手段不单纯。

令狐媚娇笑着说："哪是什么借的啊，我让令狐宝帮师父去打酒，然后我就从我弟弟手里拿过葫芦就行了呀！"

果然不单纯，俞灵儿道："那你弟弟岂不倒了大霉？你师父没了葫芦，还不找令狐宝算账？"

"哟！弟妹啊！你比我这个做姐姐的还关心他啊！"令狐媚俏眼盯着俞灵儿，"我只是说你要这酒葫芦，我弟弟二话不说就把葫芦给了我，为了你啊，别说被他师父责罚，就算上刀山下火海他都去啊！"

俞灵儿脸腾一下红了起来。

令狐媚观察着俞灵儿的脸色："对他来说，你的事比天大。"令狐媚握住俞灵儿的手："我弟弟对你情有独钟，心比金坚。你就忍心看着他每日里受尽对你的相思之苦吗？"

俞灵儿眉头紧锁，自己与前世的风归云牵绊未了，如今哪有心情去开始一段新恋情。只得扯开话题："你说这酒葫芦通海，那愁湖水是不是都流到海里去了？"

令狐媚幽幽地道："那是自然，不过海再深再大，却也装不下我弟弟对你的一往情深啊！"

俞灵儿闻言，仰身倒在葫芦上，一个是魂牵梦萦五百年的风归云，一个一直在身边无时无刻爱着自己的令狐宝。本来自己坚定如铁的心，却为何会起如此多的波澜？

"起波了！"小紫一语引起另两人的注意。

只见愁湖北面，滚滚而来几道波浪，来势汹涌，将湖上几艘船都差点掀翻。原本已经下沉的湖面，又被这几层浪给提升上去。

"看来，是金牛要现身了！"令狐媚也站了起来。

小紫亮出双剑，便从葫芦上跃起，踏着浪头飞身而去。

令狐媚忙施法催动葫芦，向着浪袭来的方向快速飘去。虽然一浪接着一浪，但是浪头全被葫芦嘴给吸走，丝毫影响不了葫芦的前进速度。

金牛神君

　　然后就在不远处，俞灵儿看见前方有两个人影踏着湖面的浪头，在缠斗着。

　　那两人，一个是小紫，另一个则是金盔金甲，牛头人身，一手持金盾，一手握金斧，与小紫正打得不可开交。

　　见到葫芦飘来，那牛头人停下，回头向葫芦上的人喊道："我还以为是哪路神仙在吸走愁湖水，原来只是一颗葫芦！"牛头人一边说着，一边从他嘴里流出很多水，流入愁湖。

　　令狐媚忙说："你就是金牛神君吧？早就听闻愁湖水干涸，金牛必出，为救助愁湖一带的生灵，会吐水满愁湖。神君你也是有大功德的善神。须知我们吸干愁湖水，是为了救出望湖塔下的白玲珑。只要白玲珑出塔，我们必放还愁湖水，不再烦扰你如何？"

　　"哈哈哈！"金牛神君大笑："就凭你们几个小娃娃，也想舀干愁湖水？不是我夸口，当年七大妖族来此，也要舀干愁湖水，解救白玲珑。可结果呢？时至今日，愁湖水都未曾干过。我奉劝你们一句，早点回去，莫要在此痴人说梦了。"

　　说话的功夫，金牛神君的嘴里又喷出很多水流入愁湖。俞灵儿就觉得好恶心。

"跟这种蠢牛废什么话？徐林已经高中状元，无论愁湖水能否舀干，我都要再试上一试！"小紫踩了一下飘向自己的一朵浪花，一挺双剑，飞身向金牛神君扑去。

虽说小紫有千年道行，可金牛神君用金盾只那么一挡，便化去了小紫的攻势。

见攻不破那金盾，小紫便在金牛神君四周游走，寻找他的破绽。

金牛神君觉得眼花缭乱，就见小紫忽左忽右的，就像一条来回缠绕着自己的紫蚕。

而让金牛神君更为头痛的是，令狐媚在一旁还喋喋不休："金牛神君，当年岁部天神欲排十二生肖座次，本来你是排第一的，结果却让一只老鼠抢了你的头筹，你埋头苦干又有何用？还不一样输在第二名？现在又牛劲发作，非要阻止我们解救白玲珑，别到时候又输的一败涂地啊……"

金牛神君被令狐媚的叨叨碎语搞得不胜其烦，索性张开双臂，怒目而视令狐媚，任由小紫对他发动攻击："住口！我若不是埋头苦干，恐怕连第二名的座次都轮不上。子鼠抢了头名座次又如何？光阴岁月一瞬即逝，我又何需计较这一时的得失？！"金牛神君被小紫的双剑刺在身上，十几点火花闪过。可惜黄金铠甲坚固，依旧伤不得金牛神君分毫："看到没有，这就是我埋头苦干，经年累月所打造的铠甲。既然你觉得子鼠那套管用，那你就攻破来看看，就连当年令狐擎苍的旋金转木都无法动摇我这铠甲分毫！"

早就听说这愁湖金牛对十二生肖的座次排序不满，但是令狐媚却没想到，他居然不为自己的言辞所动，便掏出海蜃绫，在俞灵儿身上挥动了几下："变！"

俞灵儿对令狐媚的举动感到诧异，再看看自己，好像并没有什么变化。

可是金牛神君的目光却死死地盯着俞灵儿，连小紫都停下攻击，看向俞灵儿。

"是你！"金牛神君怒气冲冲地看着俞灵儿，像是马上就要扑向俞灵儿一般。

令狐媚不知道从哪掏出一颗玉米棒子，丢给俞灵儿，然后转头对金牛神君道："没错，就是他，我今天把他带来，只要你不再干涉我们的事情，我们也不会阻止你找他算账。"

金牛神君和小紫眼中所看到的是一只像人一般大的硕鼠，此时正一口咬在令狐媚的腿上。

俞灵儿心里这个气啊，虽然她看不出自己有什么变化，但是从令狐媚和金牛神君的言谈中，和令狐媚丢给自己玉米棒子这一举动中，俞灵儿也猜出令狐媚对自己做了什么。看来令狐媚一早就打算好，将她变成老鼠，然后拿她作为和金牛神君谈判的筹码。这实在太气人了，于是俞灵儿抱住令狐媚的大腿，一口咬了上去。

"哈哈哈！"金牛神君恢复了理智："确实，如果让我再见到子鼠，我还是会恼怒。但即使这样，也无法动摇我守护愁湖的决心！你们还是打消这个愚蠢的念头吧！"

令狐媚抓着俞灵儿想要挣脱，可俞灵儿就是不肯放手，两人这一打闹："噗通"一声双双从葫芦上掉入湖中。小紫以手遮面，摇着头不忍直视。

虽然令狐媚和俞灵儿从葫芦上滚落，但是令狐媚的海蜃红绫却被风吹起。随着风，海蜃红绫被越吹越高，也越吹越大，一条硕大的红绫飘荡在愁湖水面之上。

看着这条硕大飘扬的红绫，金牛神君的双眼也变得如红绫一般赤艳鲜红，整个身体不断地颤抖着。

突然"哞啊！！"一声大吼，金牛神君整个身体爆射出万丈金光，照得小紫双目忍受不了，抬手遮挡着光线。

在万丈光芒中，只见金牛神君露出真身，一头巨大的金牛立于水面之上。

从湖水里探出头的令狐媚，高兴地大喊："哈哈！终于成功了，你这头蠢牛，你中计了。"

令狐媚的话音还未落，就见周遭湖面水波翻滚，跳出六个不同颜色的女子，正是除小紫外峨嵋白氏的姊妹们。

俞灵儿看着湖面上跃跃欲试的七彩女子，对令狐媚嗔道："看来，你早就设计好怎么对付这金牛了吧?!"

令狐媚拖着俞灵儿爬上葫芦，一招手，海蜃红绫飞回令狐媚手中："没错，我早就与峨嵋白氏的人约定，以金光为信号。我要做的就是让金牛神君发怒，好让他脱掉那身无坚不摧的黄金铠甲，这样小紫她们才能一击得手，不然就会陷入无止境的'打铁'了!"随后令狐媚抬手点了一下俞灵儿的额头："傻丫头，我怎么会舍得将你交给那蠢牛呢?!"

"怎么不把你自己变成老鼠啊?!"虽然在俞灵儿身上的法术被解了，可俞灵儿依旧愤愤不平地盯着令狐媚。

这时，小紫等七名女子迅速围住金牛，虽然刺眼的金光照得她们头晕目眩，可她们施展各自千年的功力，运起双剑，一起刺向金牛。

眼看着十四把利剑很快就要插入金牛的各处大穴之中。

可就在这时，七位峨嵋白氏女子被一股突如其来的力量震开，随即跌入水中。

而金牛神君所化的大金牛则气势汹汹地冲向俞灵儿和令狐媚。眼看着大金牛就要撞上葫芦上那两人。俞灵儿和令狐媚吓得紧紧抱成一团。

突然耀眼的金光顿时一收，愁湖水面的浪也瞬间平息。而大金牛竟立于葫芦前无法再踏前一步。

令狐媚和俞灵儿瘫倒在葫芦上，令狐媚闭着眼不断喊着："撞过来了，撞过来了……"俞灵儿拍了拍令狐媚，令狐媚这才睁开眼抬头看去。就见大金牛气哼哼地立在那里，双眼血红地瞪着前方。而在大金牛头上正站立着一个身穿黄袍之人。

俞灵儿一眼就认出他来："天真人?是你!"看来正是因为天真人的突然出现，阻止了金牛猛冲之势，否则俞灵儿他们是难逃一死。

令狐媚则奇怪地看着湖面："可峨嵋白氏的人为什么会失手呢?"

"那是因为有我的介入。"天真人从大金牛头上缓步而下，站立于湖面之上：“你们仗着人多，围攻金牛神君，有失公允。”

"而你们也休想再舀半分愁湖水。”天真人说罢弯下腰，伸出一根手指，点了一下平静的湖面："水位已经这么低了，我看就到此为止吧。”

话音一落，就见整片愁湖水在一刹那间，冻结成冰。整片冰冻湖面冰凌之光闪烁着，寒气逼人。包括小紫在内的七位峨嵋白氏女子全被冰封在湖下。湖面上所有的船只全都被冰冻于湖面上，而俞灵儿所踩踏的葫芦半边，也被冻结在湖面下。

令狐媚大惊失色地看着满湖的冰景："居然，居然全被冻成冰了。这下可没法舀水了。”

而俞灵儿则凝望着天真人："能做到他这般地步的，据我知道有一个人。难道说……”

"愁湖暂时由我来看护，你且退下吧。”天真人抬手拍了拍大金牛的脑袋，大金牛顿时清醒过来，忙恢复人形，黄金铠甲也立刻穿回身上。天真人转身对着俞灵儿他们道："今年的愁湖水位，到此为止！不会再低了。你们还是放弃吧。”

俞灵儿心中大急，若是愁湖一直被冰封着，以她这点法力完全无法解冻。现在能仰仗的就是逝水笔法的后几招，俞灵儿从泥丸宫里唤出鹤舞四宝。可她的逝水笔法是协助他人的招数，无法对自己使用。俞灵儿看了眼身边的令狐媚："现在只有靠你了。”本来自己还期望千年修行的小紫，可小紫他们被冰封于湖下，身边只剩一个令狐媚了。

纯阳掌法

令狐媚奇怪道："靠我？靠我什么？"

"不要多问。不管你有什么招数，此刻只管使出来就是了。"俞灵儿紧紧攥着手中的凤鸰笔。令狐媚怎么说都是令狐宝的姐姐，怎么也不会比她弟弟差。此刻的自己也只有孤注一掷，使出逝水笔法后几招。

令狐媚苦着脸看向天真人，双手紧握海蜃绫："那，那我可要上了。"

俞灵儿运功于凤鸰笔上，立于令狐媚背后："无论什么都行，你上吧！"

令狐媚先是仰头一声大吼："啊啊！！"然后朝着天真人就冲过去。

"两个攻我一个，有失公允。"天真人抬起一根手指，指着令狐媚就迎了过去。

令狐媚一边冲一边看着天真人的手指大喊："要撞上了，要撞上了。"

俞灵儿紧跟在令狐媚身后："不用怕，没事的。"

眼看天真人伸出的手指就要点中令狐媚，俞灵儿抬起凤鸰笔："逝水笔法！"在令狐媚背后书写下来。

可俞灵儿的笔刚接触到令狐媚的后背，却见眼前红光一闪，令狐媚侧身躲闪开去："啊！真的要撞上了啊！"俞灵儿的笔顿时落空，迎面而来的正是天真人的那根手指。

俞灵儿气急，一声"你！"才出口，天真人手指已然点中了她。她周身顿时被一层冰霜罩住，再也动弹不得。

令狐媚看着被冻成冰人的俞灵儿，双手紧捂着嘴："啊！！"

天真人长袖一挥："现在终于可以一对一较量了。"然后对着令狐媚做了个"来"的手势。

令狐媚的头晃得像个拨浪鼓一般："不，不，我不来。"

"这就对了嘛。"天真人转身，带着金牛神君缓缓离去："此刻起，愁湖冰封一年。你们也别再来了。"

令狐媚指着冰冻的俞灵儿："那，那她怎么办啊？"却见天真人已走得不见人影。

看着冰冻的俞灵儿侧着脸一副哀怨的表情，令狐媚只犯愁："都成冰人了，这可怎么办啊？"想要动手搬移俞灵儿，可冰人与冰湖冻结在一起，挪动不得半分。

令狐媚抓耳挠腮地绕着俞灵儿转了好几圈，突然想起什么，从怀中摸出个布包来。然后打开布包，里面又有一层布包，反复打开几层布包后，就见里面放着两颗乌漆麻黑的药丸："令狐宝将这两颗伸腿瞪眼丸交给我，让我在危机时刻使用。看来现在正是时候。"然后令狐媚捂着鼻子，将两个伸腿瞪眼丸涂抹在俞灵儿周身的冰霜上："我天，怎么这么臭啊？！"

待涂抹完之后，却也不见任何起色。令狐媚更急了："怎么不见效啊？难道伸腿瞪眼丸只能口服，不能涂抹的？"想到此间令狐媚一拍脑袋："我真笨死了，直接把师父找来不就行了？！"说罢转身就歪歪扭扭地踏着冰湖面而去。待走到湖边，转身歉意地望了俞灵儿一眼："对不住啊，都是因为我才害得你这样。不过我很快会找师父来救你的。"然后转身离去："对了，先不急救醒你。先让你和令狐宝在愁湖上成亲，完事后再将你从冰冻中救醒。嘻嘻嘻……"

三月十四，徐林高中状元后的第四天。

连着三天徐林都跪在望湖塔前，半步不离，依旧在塔前伏地痛哭，早已泣不成声。

李碧莲心疼地扶起徐林："三天了，三天来你水米不进。这样你会哭坏身子的，我们还是先回去，再想办法吧。"

"我不走，我哪儿都不去，我要留在娘身边。"徐林哭喊着继续跪倒："我高中状元又如何？预言里说，我中状元，我娘就会出塔，可我娘呢？"

李碧莲也陪着落泪，虽然反复再劝，可徐林死活就是不肯离开。无论李碧莲给徐林找来多少吃的，可徐林只是哭喊，水米不进。路过一些人见了也唏嘘不已。

"他还跪在这里，不肯离开吗？"令狐媚姗姗走到徐林身边。

李碧莲含着泪对着令狐媚摇了摇头。

令狐媚沮丧地坐倒在地："唉，都三天了。不论我怎么找，都找不到师父，而且连我弟弟令狐宝的影子也都没见着。他们俩到底去哪儿了？"令狐媚举起一壶酒，这壶酒可是师父留给自己的珍藏，这次准备拿它给师父将功补过的。而此刻令狐媚只能借酒消愁了："难道说我师父这回真的生气了？把我弟弟给……"想到这里令狐媚激灵灵打了个寒战。

就在这时，"嗖"一声，一个熟悉的身影突然出现在令狐媚身旁："没想到，狐媚大盗也有害怕的时候啊?!"

令狐媚跳起身道："临江仙子?! 你来了？那我爹他们人呢？"

临江仙子摇了摇头道："他们过来还需几天，我先来看看。"然后转头看向愁湖："湖水舀干了吗？……"却只见湖面晶莹剔透透着寒光，还有很多人在湖面上走来走去地玩耍着。"这，这是怎么回事？"

"唉，别提了。你还记得黄溪修禊时的天真人吗？"令狐媚慵懒地一指冰冻住的愁湖："就是拜他所赐，愁湖要被冰封一年。"

"啊?!"临江仙子惊讶地转脸看向令狐媚："那，灵儿姐姐呢？此刻她在做什么呢？"

"嗯……"令狐媚转头望向别处："嗯……"

"沧浪"一声，游魂剑抵在了令狐媚脖子旁，临江仙子急道："灵儿姐姐她人呢？快说！"

"怎么一个个都喜欢拿剑抵住我脖子啊？！"令狐媚抬手指了指愁湖："灵妹妹此刻，正在愁湖上，也被……"

临江仙子二话不说，拽着令狐媚就往愁湖湖面上赶。

待走到冰人前："灵儿姐姐？！怎么会这样的？"临江仙子看着黑漆漆的冰人，依稀能辨认出俞灵儿的样貌。要不是涂抹在冰人上的伸腿瞪眼丸臭气熏天，只怕这三天来会引路人围观。

令狐媚捂住鼻子道："天真人将俞灵儿冰冻在此，我也没办法解冻她。"

临江仙子慢慢绕到冰人背后，运起双掌，慢慢抵在冰人的身上。然后就见整座冰人慢慢闪烁着金色光彩。

"这是大力纯阳掌！"令狐媚惊讶地看着临江仙子："没有数千年功力，是练不成的。你居然练成了？！"

不一会儿："嗯。"临江仙子缓缓收回双掌，可冰人依旧闪烁着金光："要彻底封印虞美人，就必须以大力纯阳掌来施法。也不知道五大族长用了什么法子，竟让我在短短一天内获得三千多年功力，这才练成此掌。"

"大力纯阳掌能封印也能解封。"临江仙子弯下腰又运起双掌，抵在冰冻的湖面上："我不但要解封灵儿姐姐，我还要解封这冰封的愁湖。"

令狐媚瞪大双眼："哇！一下子有了三千年功力啊。早知道这样我也留在吴川山了。"

就在这时，"哞！"一声大吼，金牛神君一身金甲地现在眼前，在他身旁站着的就是天真人。

令狐媚吓得跳起来，指着天真人道："就是他，就是他冰封愁湖的。"

"何人如此大胆？！敢惊扰愁湖？"金牛神君裹着劲风冲了过来。可金牛神君冲到半途，却硬生生停住了脚步。就见临江仙子一只手抵住了金牛神君的金甲。

临江仙子身形不动，暗暗从掌中发劲："要我不惊扰愁湖，除非你能接住我三掌。"随即一声闷哼，金牛神君被临江仙子掌中发出的劲力推出去三丈远。

令狐媚不可置信地看着临江仙子："几天不见，当刮目相看啊。临江仙子的功力竟会变得如此之高！"

金牛神君被临江仙子击退，挥舞着手中的金盾道："就凭你也想挑战我？那就先来试试我这身金装吧！"

临江仙子也不多言，踏着冰面，低着头缓步走到金牛神君面前。然后猛抬头看了眼金牛神君："那你接好了。第一掌。"说罢对着金盾就是一掌打去。

随着一声爆响，金盾竟然被临江仙子一掌击碎。随着掌势递进，金牛神君半身黄金铠甲也被震碎，金牛神君仰面倒下，顿时晕了过去。

临江仙子将视线从晕倒的金牛神君转向一旁的天真人："你不是黄溪修禊的天真人吗？跑到这里来做什么？居然冰封愁湖？要不要我把你也封印起来啊？"

令狐媚赶忙出声阻止："临江仙子，不要啊！他很厉害的。"

可临江仙子哪里肯听，伸手一掌就打向了天真人。

天真人不躲不闪，胸口硬生生挨了临江仙子这一掌。这一掌击中后，天真人纹丝不动。可临江仙子却被一股无形之力弹得倒飞出去。

临江仙子应变极快，"嗖"一声消失了，同时却出现在天真人身后，以倒飞之势，将所挨的掌力，通过背部撞向天真人。

天真人虽然猝不及防，却也未被临江仙子撞动分毫。然后侧头问向临江仙子："你这身法是怎么做到的？你究竟是什么人？"

临江仙子并不答话，见一招未能得手，忙抽出游魂剑，转身刺向天真人背部。

天鞘上仙

可天真人不躲不闪，任由游魂剑刺入自己背部。但游魂剑并未对天真人造成半点伤害，也没看到剑尖从他胸口刺出。

临江仙子惊觉不对，可是已经晚了，就感觉手中的游魂剑被一股力量牵引着，滑入天真人体内。游魂剑就这样被天真人收了去。

"还我游魂剑来！"临江仙子运起右掌拍向天真人。

"要我还你剑？除非你能接得住我三掌！"天真人也不回身，反手击向临江仙子。

两掌相撞，临江仙子又被弹飞出去。

"天真人使的怎么也是大力纯阳掌？"令狐媚惊讶地看着天真人。

天真人伸出一根手指："第一掌。"

随即临江仙子故技重施，"嗖"一声出现在天真人头上方向，头上脚下，借着天真人的掌势，运起双掌对准天真人的天灵盖，想给予他致命一击。

这次天真人有了防备，向上抬手一掌打去，与临江仙子的双掌相击："第二掌。"

随着一声闷哼，临江仙子被远远击飞，然后空中调整了下姿势，以单膝跪地势摔落在冰面上。虽说落下之势迅猛，可冰面却未有半分损坏。临江仙子缓缓抬起头，嘴角已然挂出一条血痕，心有不甘地看着天真人道："为什么你也会大力纯阳掌？"

天真人缓缓收回手，气定神闲地说道："难道你不知道，大力纯阳掌是晋升上仙的必修功法吗？"

"上仙？"令狐媚狐疑地看着天真人，"什么上仙？难道说……"

"看来你只是初窥掌法，那就让我来教教你，大力纯阳掌的精妙所在吧。"天真人慢慢平伸单臂，突然身体像个陀螺一般旋转着滑向临江仙子："第三掌。"

临江仙子明显感觉到一股无形的压力逼向自己。因之前与天真人对了两掌，导致她一时挪移不得，只能禁闭双眼，平伸双掌全力迎击天真人的攻势。

眼看天真人的掌势随着旋转越来越强，临江仙子万难抵挡得了这一掌。令狐媚吓得闭紧了双眼。

就当天真人旋转而至的这一掌击中临江仙子的双掌时，就听到一声巨响，整座冰冻愁湖颤了三颤。令狐媚被震得摔倒在冰面上。再看受了天真人这强力一掌的临江仙子却依旧站立在原地，反倒是天真人被一股巨大的力量震得向后退出数丈，才勉强稳住身形，然后转身狐疑地看着临江仙子道："怎么回事？我怎么可能会被击退？"

临江仙子不去理会天真人，而是盯着自己的双手，惊喜道："我的大力纯阳掌，竟有如此威力？！"

"你怎么变白了？"令狐媚站起身诧异地看着临江仙子，就见临江仙子原本一头乌黑的秀发，逐渐变得雪白，原本一身黑色的夜行衣，也慢慢地变成一袭雪白的宽大锦袍。随后临江仙子全身上下无一处不是白色的。并且随着她周身鼓出的气浪，不断飘扬着。

天真人看着临江仙子的惊讶表情更甚："实在太像了，你真的很像那个人。"

临江仙子突然惊奇地发现，全身经脉涌起一股澎湃的内力，随即周身所有毛孔竟然能与天地同步呼吸吐纳。所有感官知觉都异常灵敏，能感知到之前从未感知过的。"我，我竟然进阶为上仙了?!"临江仙子茫然地看着身上诸多变化:"我，我明明是妖。怎么可能，怎么可能晋升为上仙的?"

"晋升上仙之路，难于上青天。何况还要历经劫数，方能印证上仙之道。"天真人的头晃得像不浪鼓一般:"不可能，世间哪有人瞬间升为上仙的道理??这不公允。"

"说得不错，晋升上仙，难于上青天。"说话之人手握凤鸬玉笔，从临江仙子身后慢慢走出，竟然是已经解封的俞灵儿:"故此修成上仙者寥寥无几。可是……"俞灵儿省去了"几百年后"这几个字:"还是有人想出了变通的办法。让那些资质不佳，却努力不懈的人，预先体验上仙的境界。"俞灵儿紧贴在临江仙子后背上的手缓缓挪开，就见临江仙子督脉诸穴上写了七个大字:

　　白发渔樵江渚上。

　　三天来，经过伸腿瞪眼丸药效的影响，再加上临江仙子以大力纯阳掌掌力输送，俞灵儿彻底解封。并且在危急时刻，闪身于临江仙子身后，以凤鸬笔书施展笔法。"那就是逝水笔法。只要修炼者的根基练到一定程度，再以这招笔法助其三花聚顶，就可暂时体验上仙境界。若非临江仙子机缘巧合下练成大力纯阳掌，我这招笔法还不定什么时候能派上用处呢。"

因为冰封的缘故，丝毫无法动弹的俞灵儿反而在三天内积累了近三十年的天问神功。俞灵儿这才能以百年功力顺利施展这招逝水笔法。她将目光从临江仙子脸上转向天真人，高喊道:"你不是口口声声要公允吗? 今日我便给你这个公允。"抬手一指愁湖的湖面道:"今日的愁湖水位，绝不会只限于此。"

天真人很讶异世间居然有此等法术，终于不再淡定，高喊道:"原来是你助她成上仙的，这不公允!"

"你此刻虽然具有上仙的实力，但是维持的时间却有限。"俞灵儿低声对临江仙子道:"只有速速取胜，先解开愁湖冰封再说。"

临江仙子闻言，转头怒目瞪视着天真人:"你的三掌我都接下了，还我游魂剑来。"就在令狐媚一眨眼的工夫，临江仙子便欺近了天真人，伸双掌击出。

在临江仙子凌厉气势的压迫下，天真人却依旧好整以暇："黔驴技穷，难道你只会这一招吗？"天真人抬起一根手指迎向临江仙子的双掌。

随着那根手指轻轻的碰触，临江仙子的双掌立时凝于空中不再前进半分。随后一层冰霜沿着临江仙子的双臂逐渐蔓延开来。

令狐媚大叫不好："又是冰封愁湖的那招，小心被冻成冰人啊！"

"成了上仙又怎样？你最多只能算是初级上仙。"天真人笑了起来："就让你和这愁湖一起被冰封于此吧。"

不知什么时候，俞灵儿又出现在临江仙子的身后，并且高高跃起："真正黔驴技穷的人，是你才对吧。"凌空挥舞凤鹓笔写下六个字：

惯看秋月春风。

写完后伸左手将这六个字拍入临江仙子的印堂穴。

然后天真人惊讶地发现，在临江仙子印堂穴的部位，缓缓睁开了一只竖起的眼睛。"天，天目？！"天真人惊叫道："我修炼至今都未曾开过天目，你却……"

随着一片极亮的光芒从睁开的天目中照射出，临江仙子的脸和身体反而被光芒衬得漆黑黯淡。上达天际，下接愁湖，尽是那片极亮光芒。临江仙子双臂上的冰霜随着光芒照耀顿时消散。不仅临江仙子双臂上的冰霜消散，连同整片冰冻的愁湖，也在这道光芒的照射下瞬间解冻。

与此同时，临江仙子伸出的双掌如同灌了千钧之力，瞬间击中天真人。天真人直挺挺仰面摔向湖面，一阵水花泛起，天真人淹入湖内。

随着愁湖解冻，临江仙子印堂的天目缓缓闭合，周遭那一片光芒也随之消散。

被湖水一激，金牛神君醒了过来："怎么回事？我在哪里？"金牛神君猛然回头，就见身后葫芦上的令狐媚，双手举着一根粗重的棍棒，正靠近自己：

"你想干什么？"

令狐媚忙将手中棍棒还原成海蜃绫："我只是变个戏法，变个戏法而已，呵呵呵。"边假笑着边催动葫芦往后退。

"哗啦"一声，湖水泛起一朵水花，一个唇红齿白的娇小童子，头上扎着双髻，身穿黄色肚兜，脚踏一柄如镜子般明亮的巨剑，一副桀骜不驯的样子升出湖面，凌空而立，怒视着临江仙子："连天目都能开？这不公允！"

令狐媚惊喜地看着那小童子："你是谁家的孩子啊？长得好可爱啊，快来给姐姐抱抱。"

"天真人就是他变化的。"俞灵儿爬上葫芦，一指那童子道："他的真身就是蜀山派的天鞘上仙。"说完顿时感到气力不济，瘫软在令狐媚的怀中。俞灵儿只有百年功力，之前帮临江仙子化身上仙，又助她开启天目，早就虚耗过度。要不是鹤舞四宝聚集，凤鹓笔威力大增，只怕她也无法在这么短时间内将临江仙子提升到这种高度。俞灵儿疲惫地看着天鞘上仙，心道，若他这么向往开启天目，自己倒是可以让他体验一下。只是现在彼此敌对，何况自己法力不济，不知道下次施展这种笔法得等到什么时候。

天鞘上仙恢复童子真身，便立刻要起小孩子脾气来："我不依嘛！今日我偏不让愁湖水位下降。"说罢，单手擎天势。紧接着天空瞬间乌云密布，乌云形成得如此迅捷，以至于让人错以为这片乌云本就在空中。

"不公允！你们二打一。"天鞘上仙将高举的手用力挥向临江仙子："今日我定要让你粉身碎骨！"话音未落，乌云中一块数百丈宽大的冰雹猛然落下，直奔临江仙子而去。

第一百一十七章

五大上仙

"我的娘啊!"令狐媚惊叫着,"这砸下来,我们全都得完蛋啊!"

金牛神君看着天鞘上仙大喊:"上仙饶命啊!这么大块冰雹砸下来,我也会跟着遭殃啊!"

天鞘上仙气急败坏地大喊:"我不依!我定要这么做!"

俞灵儿摇了摇头,这天鞘上仙的孩子脾气一旦发作,谁也拦不住。看来她得拼着最后一点功力施法,否则这么大块的冰雹砸下来,激起的愁湖巨浪,会吞噬帝都无数百姓的性命。可无论俞灵儿怎么努力,自己都无法站起身来,实在是刚才疲劳过度。

抬头眼看巨大冰雹越落越快,硕大的底部几乎遮挡了整片天空,四周顿时暗了下来。俞灵儿伸手抓着令狐媚就要起身,却无意中碰到她身上一件硬物:"酒壶?快给我!"

"这是我师父亲手酿的酒。"令狐媚抬头望着冰雹急道:"你现在居然还有心思喝酒呐?!"

俞灵儿不由分说,拿过酒壶就喝。

这时天鞘上仙突然惊慌失措起来:"唉?我怎么也在冰雹下方啊?这要是砸下来岂不是两败俱伤吗?这不公允!"

金牛神君一闭眼，心想自己怎么这么倒霉，偏偏遇到天鞘上仙这等糊涂神仙？

虽然金牛神君双眼紧闭，却也被一道突如其来的金光照射得目眩神迷。金牛神君心中诧异，还有比自己所发的金光更亮的？紧接着一声巨响，金光消散。金牛神君忙睁眼抬头观瞧，就见那块冰雹又升回上天空，不一会儿就和那片突然出现的乌云一起突然消失了。

金牛神君呆呆地望向天空，就见临江仙子原本全身的雪白色全变成了金色，闪着耀眼的金光，散发着浓郁的酒香。侧身横躺着，好似一尊卧佛般静静悬于空中。"不坏金身？！"

"终于，终于能赶上了。"说罢，俞灵儿便闭上了双眼，再也支持不住。随着俞灵儿身体下落，她贴在临江仙子背上的手也跟着挪开，露出七个大字：

一壶浊酒喜相逢。

就当俞灵儿快要落入愁湖之时，伸来一只手接住了她。天鞘上仙气急败坏地抱着俞灵儿就问："究竟怎么回事？为什么她会有不坏金身啊？！"

"济世大师的酒果然不同凡响啊。"俞灵儿满脸醉意地抿嘴一笑："居然变成不坏金身，我也是始料不及啊。"

"这不公允！"天鞘上仙仰头长叹，"她只有三千年法力而已啊！却连不坏金身都有啊！还让不让人活了啊？！"

待天鞘上仙缓缓下落，令狐媚赶忙催动葫芦，靠近后一把抢过俞灵儿："灵妹妹，你没事吧？为何临江仙子横卧空中不动啊？"

"稍等片刻，她正处于假寐状态，一会儿就好。"躺在令狐媚怀中，醉醺醺的俞灵儿稍稍缓过气来，转脸对天鞘上仙道："我早就听闻，愁湖有仙家把守，没想到是你。"俞灵儿闭上眼吸了口气，又睁开眼道："现在终于算是打败你了吧？总可以，让我们舀干愁湖水了吧？"

俞灵儿使出逝水笔法的那三招，虚耗极大，一经使用，便不知何年何月能再用了。为了能舀干愁湖水，俞灵儿不惜倾尽全部代价打败天鞘上仙。现在终于得偿所愿，她不禁露出了浅浅的微笑。

可天鞘上仙却坐在巨剑上耍泼："这不公允，我不依！我不依嘛！……"

令狐媚瞪了天鞘上仙一眼："你这孩子，怎么不听大人话呢？"回转头对俞灵儿道："还上仙呢！比我家令狐宝可差了十万八千里。"

天鞘上仙跳起身来，指着俞灵儿道："你以为，守护愁湖的仙家，就只有我一人吗？你想舀干愁湖水是万万休想的。"

"什么？"俞灵儿嘴唇都泛白了："你说，把守愁湖的不止你一个？还有谁？"

就在这时，远处传来一阵破空之声。

天鞘上仙手一指远方："听，这就来了。"

然后俞灵儿和令狐媚就见远处，旋转着飞来一柄短戟。重重打在不坏金身的临江仙子身上。

紧接着就见临江仙子身上的金光顿时被击得粉碎，人也从空中被震落。然后临江仙子一头雪白的长发转回成原本的乌黑秀发，雪白锦袍也恢复成黑色夜行衣。印堂穴的天目也消失不见。

临江仙子登时从不坏金身的假寐中清醒过来："冰雹呢？天怎么恢复晴朗了？"然后"嗖"一声，闪身在葫芦上。

"这下完了，连上仙都不是了。"见临江仙子的不坏金身，被这柄短戟一击而碎，令狐媚惊得舌头都缩不回去，耷拉在嘴边。

而俞灵儿认出了这柄飞来的短戟，随即痛苦地仰望天空，为什么？她会这么倒霉？把守愁湖的竟然还有他？

随着那柄短戟继续旋转着飞了回去，然后就见四道祥云，从天空中飘然落下，随着那四道彩云，有四道流光照射下来，直晃得令狐媚睁不开眼。

"天鞘，居然在愁湖上空施展绝招，莫非遇上什么强敌了？"先从流光中现身的上仙，一身玄色铠甲，背后斜插着一双铁画戟。英武俊朗，可表情和临江仙子一样的冷若冰霜。

俞灵儿轻声叹了口气："沧海派的前无上仙。"那柄旋转飞舞的短戟就是此刻插在前无上仙背后那对铁画戟中的一柄。前无上仙可是盘古开天地以来，第一位上仙，也是上仙中法力最高强的。据说，二郎神杨戬曾挑战过前无上仙，却被他单手持戟给轻松打败。无论开天目也好，不坏金身也罢，在前无上仙面前这些都算不得什么。更何况她在短时期内，都无法再使出这三招笔法了。俞灵儿只觉得喉咙发苦。

天鞘上仙气哼哼地转过脸去："就知道你们是来看我笑话的。"

金牛神君见是前无上仙，手足无措地躬身施礼："小神见过上仙！"

"哎！天鞘师兄，我都还没出场呢，就又被你给抢先了啊。"话音刚落，流光中飘然走出一位白须白发的长者来，不但须发皆白，全身上下都是白色，白色仙衣白裤袜，手中一柄拂尘，拂尘上的白须和他的须发一同在风中飘摇着。俞灵儿轻声数着："昆仑派的望闻上仙！"明明老得像是天鞘上仙的爷爷，望闻上仙却管那童子叫师兄。

还没等望闻上仙做任何事，风头立刻就被另一位流光中走出的人给盖过。

她这一步走来，天地顿时为之失色，整座愁湖水面都似在注目她的美貌一般瞬间凝固。望闻上仙在那摇头叹息自己的露脸时间太少太少。

她第二步走来，宇宙万物都似在那闭心静气。一片万籁寂静中，只听得到远山之上，朵朵艳丽的鲜花，羞惭得闭拢花瓣的声音。

如果她再走第三步的话，怕是连望湖塔都会经受不住她的艳压之势，瞬间坍塌得连一粒尘埃都不剩。

俞灵儿也陶醉得几乎要喊出："蓬莱派的太真上仙！"

"这不是俞灵儿吗？"太真上仙不说话则已，这一说话，连身为女子的令狐媚都感到心跳加速，脸红通透。

看着呆傻模样的俞灵儿，太真上仙举起手中的一束荔枝枝来："不久前你还在黄溪吃妾身的荔枝，这么快就把妾身忘了吗？"

"难道，太真人，太真人是你变化的？"俞灵儿惊叫起来。

太真上仙一指天鞘上仙："恐怕你不记得天真人了吧？"俞灵儿也不去看天鞘上仙，双眼依旧盯着太真上仙："天真人，我刚已见识过了。"

天鞘上仙"哼"了一声："若非我俩手下留情，你以为那么容易能夺魁黄溪呐？"随即天鞘上仙一拍大腿："对了，前无师兄你来得正好。"突然指着临江仙子道："这丫头，前无师兄可觉得脸熟吗？"经他这么一说，前无上仙开始打量起临江仙子来。

"像！的确很像！"前无上仙点点头："莫非，她是……"然后向临江仙子走近几步，问道："娃娃，你姓甚名谁？家住哪里啊？"

临江仙子也很纳闷，随即落落大方地回答："我乃是桃花源记族长源长卿之女，源临江，承蒙道上的朋友抬爱，都叫我临江仙子。"

"啊哈哈哈！"前无上仙突然仰头大笑，笑得临江仙子莫名其妙。

"我说怎么这么像呢！果然是这孩子。"太真上仙一扬荔枝枝："真是踏破铁鞋无觅处，得来全不费功夫啊！"

"娃娃，我问你，你那父亲源长卿是否将探查寻找之类的事情全交给你去做？"前无上仙收起笑容，盯着临江仙子。

"这……"父亲源长卿一手将自己带大，不但将桃源的探查寻找和破案侦察之类的任务交给自己，还将七大妖族世家所有此类任务，也全交由自己去完成，自己也从未让父亲失望过。只是这些都是妖族世家的高层机密，又怎能轻易对仙派的人说呢。临江仙子不免防备起来："你待怎样？"

"莫紧张，我们都知道你的身世，你想听吗？"太真上仙向临江仙子做了个安抚的手势："你并不是老贼源长卿的亲生女儿，你的爷爷其实是沧海派的临邛道人，当年你刚一出生就被盗走……"

"住口！休要辱没我爹清誉。否则对你们不客气！"临江仙子怒目而视。

"啊哈哈哈！"前无上仙抬手一指临江仙子："那我且问你，若你是源长卿的亲生女儿，那你就应该身怀桃花源记的家族徽记'豁然开朗'，你可有？"

"这……"她打小就是桃源中的另类，所有族人都有家族徽记，只有自己没有，哪怕是在皇宫时，用的也是"临"字仿效豁然开朗，才帮令狐媚布下花海。无论她多勤奋努力，始终没有发掘出自身的家族徽记。所以当源长卿交给她任务时，她都竭尽所能去完成，以弥补自身不具有家族徽记的缺憾。"有没有家族徽记又怎样？光凭这点就能说我不是我爹的亲生女儿吗？"

"娃娃，你听说过天书吗？"前无上仙放眼眺望远处。

临江仙子不明白为什么前无上仙突然问自己天书的事："当然，盘古开天地，九卷天书显。上古有九卷天书，怎么啦？"

"那些天书可有字？"前无上仙继续问道。

临江仙子对这问题感到好笑："怎么可能有字，你没听过无字天书吗？无字天书怎么可能有字？"

"可世人并不知道，那九卷天书上本来各有一字。"前无上仙转头瞪了临江仙子一眼："上古时，那九卷天书上的字，耐不住千万年的寂寞，离开了天书，游戏于六界八荒。于是那九卷天书，才成了无字天书。"

"哦？居然还有这等事？"令狐媚好似对这些上古传说很感兴趣："那九卷天书上，究竟是哪九个字？"

"这天书九字便是：临、兵、斗、者、皆、列、阵、在、前。"前无上仙一指临江仙子："娃娃，你就是第一个'临'字的后人。"前无上仙又一指自己："而我便是最后一个'前'字的后人。"

"那九个字后来怎么样啦？"令狐媚继续追问着。

"那九个字，后来辅助真武大帝一起创立了沧海派。于是真武大帝便封这九个字为'九字真人'。临江仙子，你的祖先就是'临'字真人，临邛道人就是你的亲爷爷啊！别怨上仙我说你，你此刻还不认祖归宗的话，就是不孝哦。"说话之人，也不知道他什么时候从流光中走出的。

只见他二十岁年纪模样，脸上喜笑颜开，火红色的长发随风耸立，一身火红色仙袍，背负一张硕大的橙金色古琴。

本来以他这身打扮，应该是更抢眼才对，但是任何一个比太真上仙晚一步走出来的上仙都会被太真上仙掩尽风华。要不是他开口说话，恐怕今天谁都不会注意到他。

"瀛洲派的别怨上仙！"俞灵儿忙向别怨上仙躬身施礼："徒孙参见师叔祖。"

令狐媚张大双眼，看着俞灵儿恭敬的样子，眼珠一转，不知道心里在打什么主意。

临江仙子此时呆呆地站在那，全身发麻，头皮更是麻得厉害。思绪一下子回到了童年，自己拉着源长卿的衣衫问道："爹，为什么我总是会变成一个字啊？"源长卿指着桃源里其他人说："你看，桃源内大家都是妖，个个会变。你会变，说明你也属于桃源啊。"从此对自己会变成"临"字便习以为常，甚至于因为"临"有接近和靠近的意思，所以她常以快速追捕目标为傲。

可现在听这些上仙这么说，难道自己真的是"临"字真人的后人？真的是源长卿将小时候的自己盗来桃花源记？

"不对啊？桃花源记高手如云，又何须大费周折去偷盗一个'临'字后人？"令狐媚打破了沉默。

"因为沧海派的临邛道人，能够上穷碧落下黄泉，找寻到任何人或物，故此七大妖族也想拥有一个'临'字后人，来帮他们找寻他们想找的。"太真上仙回答了令狐媚的疑惑。

"可是，你也说了，那临邛道人能上穷碧落下黄泉地找任何人，那当初他为什么没能找回被盗的临江仙子呢？"令狐媚喋喋不休地追问。

"那是因为桃花源记内外，都布下了阵法，至今无法破解。找到了也夺不回啊。"说罢，前无上仙看了太真上仙一眼，太真上仙闭起双目，好似回想着什么往事一般。

太真上仙那双艳丽柔情的眼睛刚一闭上，金牛神君才恢复了呼吸，从痴迷中回过神来。

"那后来，临江仙子闯荡江湖的时候，你们又为什么不把她找回去呢？"令狐媚继续追问。

"那是因为！"金牛神君突然对令狐媚大吼一声，"那是因为你在拖时间！你故意问很多问题，趁着他们说话的时候，让那葫芦又吸了很多水！"

俞灵儿放眼看去，果然愁湖水面又下沉了很多。

令狐媚狠狠瞪了金牛神君一眼："你这大臭牛！不说话会死啊？！"

别怨上仙哈哈大笑："哈哈哈，你这小狐妖有点意思。别怨上仙我没提醒你们，就算我们不出手，你们也舀不干愁湖水的。"

临江仙子摇着头往后退了几步："我不信，我要静静，我要静静！"说完"嗖"一声，临江仙子消失得无影无踪。

就在这时："哗！！"湖面上突然暴起七朵水花，小紫和另六个女子持剑跃起。

她们之前被天鞘上仙打入湖底，并且被冰冻住。湖水解冻，被冰封的七位女子便慢慢转醒。这时见湖面上空闪着四道溢彩流光，以为是令狐媚的信号，便从湖中一起跃出准备发难。

　　天鞘上仙也是一愣："居然还能动？看我收拾……"

　　旁边望闻上仙忙拉住天鞘上仙："你出得风头还不够多啊？这次该轮到我了！"

　　天鞘上仙却不依："这是我的残局，理应我来收拾！"

　　望闻上仙拽着天鞘上仙不肯放手："还是我来收拾吧！"

　　两人扯在一处，争论不休。

　　太真上仙对他们俩摇了摇头，也不多言，一扬手中荔枝枝。只见愁湖湖面上突然出现很多巨石林立，形成一个阵法，将所有人都置身其中。

　　俞灵儿轻呼一声："名成八阵图！？"

　　太真上仙将青色袍袖一收，那些巨石顿时消失，随之小紫等七名女子也消失不见。

　　见小紫她们被阵法收走，令狐媚怒道："你们难道就这么执意要关押白玲珑吗？"

　　"白玲珑？"前无上仙摇了摇头："你们要救白玲珑，只管去救，我们不管。我们只是阻止愁湖水被舀干而已。"

　　别怨上仙游哉地道："别怨上仙我没提醒你啊，当年七大妖族世家可是和我们五大仙派订过君子协定：七大妖族的人都不得再舀愁湖水。所以是你们先坏了约定。"

　　"可我并非妖族中人。"俞灵儿攥紧拳头借着醉意道："我非要舀干愁湖水，你们休要拦我！"

　　前无上仙怒道："那你就要先过我这一关……"话未说完，俞灵儿就觉得头晕眼花，一头栽倒在葫芦上。

　　"完了！"令狐媚一跺脚："今天什么都完了。"

　　望闻上仙一摆手道："前无师兄，我等仙人是不可以对凡人出手的。"

前无上仙摇了摇头道："可刚才，我什么也没做啊。"俞灵儿连番施展逝水笔法，虚耗过度。加上济世和尚的酒后劲十足，这才导致俞灵儿晕厥过去。

天鞘上仙伸手将游魂剑丢给令狐媚："回去后好生劝解临江仙子，你们不要再来舀愁湖水了。"

别怨上仙伸长脖子道："我想起来了，鄙派的半柄东皇玉珥是被你令狐媚盗走的。快还回来！哎！……"

别怨上仙话音未落，葫芦已经驶出老远去了。

三月十五，徐林高中状元的第五天。

一大早。"五大上仙！"俞灵儿惊醒了过来，感觉头痛欲裂。看了看周围，自己在令狐府内。一想到五大上仙，每一个都是强大无比深不可测，尤其是前无上仙，自己可怎么对付啊？

俞灵儿一边步出门去，一边想到徐林在塔前跪求的样子，自己也唉声叹气起来。这法远可恶至极，明知道有五大上仙镇守愁湖，还要在望湖塔前设下偈帖"若要望湖塔倒，除非愁湖水干"，这分明就是要永远禁锢白玲珑啊。

步入大堂后，俞灵儿就看见大堂内令狐媚七歪八扭地坐着，旁边椅子上端坐的正是呆若木鸡般的临江仙子。"找到她可真不容易啊。"令狐媚疲惫不堪地指了指临江仙子。

俞灵儿立刻过来扶住临江仙子，不停地安慰，可临江仙子只是怔怔出神，怎么都没反应。

"我足足劝了她一晚上。"令狐媚唉声叹气道："可她还是这个模样。"俞灵儿头很大，愁湖上那五个上仙已经让人束手无策了，现在临江仙子又是这个状态。

令狐媚的头比俞灵儿的还大，令狐宝人不知道跑哪去了，难道说，师父一生气，真的把他给……

兵字后人

"啪"一声，俞灵儿怒气冲冲拍案而起。令狐媚忙赔着小心地看着俞灵儿："怎，怎么啦？"

"今天！我们再去舀干愁湖水！不干不罢休！"俞灵儿很坚决地说道。

令狐媚心想我当什么事儿呢，一惊一乍的。她看了看俞灵儿："不行啊，当年有过约定，七大妖族不得再舀愁湖水的。"

俞灵儿对令狐媚晃着头说："由我出面不就行了？我不是妖族啊，而且我以后也不会和妖族扯上任何关系！"最后一句，俞灵儿还特意拉长了音。

令狐媚苦笑了一下："你出面当然行啊，你去单挑五大上仙。我负责帮你提着葫芦！这总行了吧？"

这时家丁来报，说是有一个当兵的，在门外求见俞灵儿。

"什么当不当兵的？还找到这儿来了。"令狐媚狐疑地瞄了瞄俞灵儿，对家丁甩甩手："不见不见。"

"那当兵的是我朋友。"俞灵儿一拦令狐媚："想必是有要事找我。"

"原来是灵妹妹的朋友啊！那可是贵客临门啊！"令狐媚突然变了个人似的，赶紧招呼家丁："还不快请进来！"然后令狐媚背过身去，狠狠咬着嘴唇暗道，自己早就将俞灵儿所有的朋友亲戚查了个透，唯独不知道有什么当兵的。

俞灵儿死活不肯嫁给我家令狐宝，难道说和这个当兵的有关？不行，我得想法阻止这臭丘八和俞灵儿见面。

一念至此，令狐媚假装想起来："哎呀，我炖的药快好了，我得去看看。"说罢蹿出门外，然后直向令狐府大门跑去。一路还气哼哼地自言自语着："臭丘八，追俞灵儿还追到令狐府来了！也不先打听打听我是谁，看我不把你炖了熬汤喝！"

待跑到大门口，令狐媚顿时刹住脚步。

令狐媚仿佛看到了一棵苍松翠柏被种在了令狐府的大门口一般。就见门口立着一个大汉，络腮胡，皮肤较黑，豹圆眼。虽然个子不高，但是站立的姿势挺拔坚韧。虽然没有穿着锦衣华服，但是给人一种威风凛凛的感觉。虽然长相平平，可令狐媚还未见过阳刚之气如此饱满的男子。

来的这人正是当兵的，见到令狐媚过来，当兵的上前一拱手，就要询问。

可令狐媚突然一个转身，背对着当兵的，当兵的一时愣在当场，也不明白是怎么回事。

令狐媚背对着当兵的，赶紧梳理着自己的头发，心道：糟了，昨晚都在折腾临江仙子的事，一宿没睡啊，自己看上去会不会憔悴许多？眼圈会不会黑了许多？这个时候怎么没有镜子在身边啊真是。

忙伸手拍了拍脸颊，令狐媚却发现自己双颊微烫，难道自己还发烧了？令狐媚一咬牙，我是谁啊？我可是令狐媚！想到这里，令狐媚双手放在腰间，幽幽地转过身来，然后微笑着福了个万福："请问阁下尊姓大名啊？"

当兵的忙躬身作揖，平缓地回答："在下的姓名不足挂齿，我就是个当兵的。"

听到这句豪迈雄健的声音响起，令狐媚顿时感觉心跳加速，整张脸都微微发麻："当兵的？"

当兵的再次拱手："叨扰贵府，在下是来找俞灵儿的。"

听到俞灵儿三个字，令狐媚这才回过神来，娇滴滴地道："是找灵妹妹啊，人就在府中。且随小女子来吧。"然后双手做了个随风拂柳的手势，侧着身小碎步地往回走。

当兵的一拱手："那就烦请……"话没说完，却见令狐媚已转身走出几步，只得跟了上去。

令狐媚边走边骂自己，我这是在干什么啊？我可是堂堂的令狐媚啊！却为何要像个俘虏一般，这么低声下气地对待这当兵的？一想到俘虏两字，也不知为何，心头泛起一丝欣喜。

想到这里令狐媚回头冲当兵的一笑，却见当兵的依旧平静地跟在她身侧走着。令狐媚紧咬银牙心道，除了瞎子，但凡是个男子，只要逮到机会，没有不偷看她两眼的。甚至于宫里的太监，见了她也会忍不住多瞄几眼。可这当兵的不但目不斜视，还无视她，难道他不知身边的她是天下一等的尤物？

这是令狐媚生平第二次感觉自己被忽视，第一次是在黄溪，俞灵儿一笔书法，令整间房舍里的人全都无视她。第二次就是这当兵的。令狐媚心道，这次怎么又和俞灵儿有关？心中几乎认定，俞灵儿不愿嫁给令狐宝，十之八九是与这当兵的有关。

不知不觉已来到大堂门口，令狐媚杵在那里暗下决心，为了让弟弟顺利娶到俞灵儿，无论如何也要搅黄了俞灵儿和这当兵的。哪怕是牺牲自己的婚姻大事，也在所不惜！！唉，有自己这么个好姐姐，令狐宝真是前世修来的福气啊！

当兵的见令狐媚站在大堂门口，不停地咬牙切齿，也不知道该如何是好，只得站在那里干等着。

大堂门"吱呀"一声打开，俞灵儿站出来，见到当兵的一抱拳："兵兄，多日不见，一向可好？"

令狐媚瞪着双眼看着俞灵儿，我怎么走来大堂了？我不是应该领他去厨房炖汤的吗？

当兵的也抱拳回礼："灵妹，愚兄尚好，多日不见甚是挂念，今日特来叨扰。"

令狐媚直起脖子深吸了口气，这两人居然还叫的这么亲热？看来自己的判断没错。为了弟弟，非搅黄了他们不可。

"唉？你不是说，炖了药吗？"俞灵儿看着令狐媚青一阵红一阵的脸色："怎么样了？"

"啊啊，你不说我倒忘了。"令狐媚赶紧抽身离去，临走双手又摆了个随风拂柳的手势："失陪失陪。"小碎步而去。待转过墙角，令狐媚两个深呼吸，我是令狐媚！我可是狐媚大盗！偷东西从未失手，偷心……自然也绝不会失败！！

俞灵儿领着当兵的步入大堂，分宾主落座。

当兵的看到另一张椅子上坐着呆呆傻傻的临江仙子，虽说感到奇怪，却也不便询问。

"当日东湖阅舟，兵兄重振雷家军威名，真是令人扬眉吐气。也让小妹我刮目相看啊。"俞灵儿问道："不知后来兵兄如何了？"

"哪里哪里。"当兵的叹了口气道："东湖阅舟之后，我奏请皇恩，护着王副帅的灵柩，回他故里安葬。头七一过我便回来，刚到帝都不久。"

俞灵儿闻言也颇感神伤："王副帅不愧是雷家军名将，可惜最终战死沙场。"

"这对王副帅来说，也许是最好的结局。"当兵的一脸忧愁，不住地叹气。

见当兵的愁容满面，俞灵儿忙岔开话题："唉？兵兄又是怎么知道我在令狐府？"

当兵的答道："是一个叫前无上仙的人告诉我的。他还说你是瀛洲派笔仙。"

"前无上仙？"俞灵儿打了一个激灵："你见到前无上仙了？"

当兵的点点头："他说探知到愁湖周边，还有九字真人的后人，故此找到了我。"

"你？你也是九字真人的后人？"俞灵儿不可置信地看着当兵的："你，你是什么字？"

当兵的指了指自己道："兵，就是我的真身。以前从不知晓，是前无上仙帮我显了真身。"

俞灵儿突然想起，自己前世见过"在"字后人与"列"字后人的真身变化，也知道临江仙子的"临"字作用。却从未见过前无上仙的"前"字真身。更不知道"兵"字真身是什么样的。

俞灵儿顿时好奇心大起，倒不如趁此机会了解一下"兵"字真身的奥妙。于是向当兵的探近身子，问道："兵兄，那前无上仙帮你显了真身，你可成'兵'字变化？"

当兵的平静地点点头："不错，我确实能变化。"

俞灵儿又向前探头，想问得详细些，却突然张大了嘴，倒吸了一口冷气。

当兵的猝不及防，被俞灵儿的表情惊得一愣，顺着俞灵儿瞪大的双眼看去。

就见大堂门缓缓打开，一位身着锦绣华服的女子，正扭着腰肢侧身立于门口。来的正是令狐媚。

也难怪俞灵儿会如此惊讶，就见令狐媚彻底改头换面，精心梳妆打扮了一番，虽然手拎绢帕挡住了面容，却是俞灵儿从未见过的艳丽装扮。

"啊呀啊！贵客来访，小女子真是怠慢了。"随着悠扬的话音，令狐媚抬着玉腿，故意放慢脚步跨过门槛，然后另一只手扶在腰间，微扭着腰肢，款款步入大堂，却还是不肯将面前的绢帕放下。

俞灵儿看不见容貌，但凭声音，只得赔着小心地轻声问道："来的可是令狐媚吗？"

"嘻嘻嘻。"令狐媚捂着嘴在绢帕的遮掩下轻笑了几声："不要直呼小女子的闺名啦，你们不妨称呼我为媚媚……啊哟喂！我的娘唉！"令狐媚一不小心被绊了一跤。手中绢帕挡住自己视线，虽然注意到了门槛，却忘了堂内还坐着一位呆呆傻傻的临江仙子。虽然绊倒了令狐媚，可临江仙子还是毫无知觉地呆坐。令狐媚的绢帕也甩出去老高，正巧落在当兵的头上。

第一百二十章

九字盟誓

当兵的取下头上香气扑鼻的绢帕来，尴尬地问俞灵儿："不知这位是？"

俞灵儿瞪大双眼端详着地上的令狐媚："这位似乎可能是令狐府的千金——令狐媚。"

当兵的忙起身拱手道："刚才不知是贵府千金，失礼之处，还望海涵。"

令狐媚索性侧躺在地上不起了，一手撑着头，娇媚地盯住当兵的道："都说了叫人家媚媚啦。"这一声直叫得俞灵儿打了一个寒战。

俞灵儿赶忙起身将令狐媚搀扶起，令狐媚很不满意地瞥了俞灵儿一眼，心道搀扶自己的机会，可不是留给你的啊。

俞灵儿对令狐媚低声道："你究竟想要干什么啊？"在俞灵儿眼中，此刻的令狐媚可称得上是倾国倾城的绝色女子。只要是个正常男子，都会为她倾倒。只可惜当兵的刚服丧归来，始终坚持着自律自制，又加上愁情满怀。自然不敢对眼前这绝世佳人有非分之想。

可令狐媚哪里知晓这些，见当兵的还是谦谦有礼不解风情的样子，丝毫不为自己的美色所动。心中怒道，难道我令狐媚，国色天香的，还比不上俞灵儿？臭丘八，我要和你同归于尽！

想到此间："呃！"令狐媚露出惹人怜爱的神情，飘到当兵的身旁："摔疼媚媚了啦。"然后趋势靠在当兵的身上,不断娇声喘息着。

当兵的也不便出手推搡主人,只得转脸向俞灵儿求救,可俞灵儿以手抵额,不住摇头。

大堂之内,一个呆呆傻傻地坐着,一个千娇百媚地缠着,还有一个无可奈何地杵着。这般尴尬境遇,当兵的还是头一次遇到。心道自己还是先找个安全地坐下吧。

然后当兵的有意无意地离开令狐媚,就近挨着临江仙子坐下,指着临江仙子对俞灵儿道:"这位女子,好似得了什么病?"话音刚落,令狐媚突然从当兵的身后出现,对着当兵的脖子吐气如兰:"媚媚的病啊,比她更重呢。"

"我义妹,临江仙子。"俞灵儿道:"她也是九字真人的后代。昨日刚得知自己是'临'字后人,因自小被盗走,还被贼人抚养长大,故此到现在还想不开呢。"

"原来如此。"当兵的叹了口气道:"那这位仙子可比在下幸福得多了。"

俞灵儿伸手将缠住当兵的狐狸手和狐狸腿扒开道:"兵兄,此话怎讲?"

当兵的道:"我自小就是孤儿,从不知道何为父母之爱。"令狐媚缠在当兵的身上的一双玉手顿时停住,当兵的继续道:"我连姓名都没有。饿了就和野狗抢东西吃,困了就和乞丐们挤一晚上。平时和街上的小混混待在一起。"当兵的看向临江仙子:"若我也像你这般呆坐着,岂非早就饿死?"

令狐媚慢慢抽回了双手。

临江仙子双眼微微转动起来。

"要不是当兵入了雷家军,现在的我恐怕什么都不是。至少我现在看到无家可归的小孩子,还能尽我所能帮上一把。"当兵的看向临江仙子:"而你呢,至少还有人将你抚养长大。"

临江仙子身形摇晃起来,呼吸也变得粗重。

"可知世上有多少人妻离子散流离失所,比你遭遇更惨的人数不胜数。"当兵的站起身来:"与其就这么干坐着,倒不如为天下苦难者多伸一伸援助之手。"

临江仙子泪水夺眶而出，呜咽一声哭了起来。

俞灵儿忙过去一把抱住临江仙子："有什么事别一个人扛着，还有姐姐我在。这件事姐姐我会和你一起面对。"

临江仙子抱住俞灵儿："灵儿姐姐——"

令狐媚看着恢复的临江仙子，又看看当兵的："我劝了一整晚都没用，居然被他三言两语就给劝好了?!"

当兵的笑了笑道："这不就好了？而我也终于知道自己的身世，前无上仙还劝我回归沧海派。"

俞灵儿问道："那你怎么打算？"

当兵的一抱拳："其实我此来就是特地向你告辞的。今日我便回诸葛笔舍收拾一下，然后动身去沧海派。"

"啊。"虽说自己与当兵的见面次数不多，可听到当兵的要远离，俞灵儿不禁有些惆怅。

听到当兵的要远离，令狐媚既高兴又失落，高兴的是当兵的和俞灵儿离得越远越好，可失落却远远大于高兴："收拾行装我最在行了，就由小女子我送你去沧海派吧。"说着一扭腰肢就要飘向当兵的。

却被俞灵儿一把拽住："你给我回来，我们今天还要去愁湖的你可别忘了。"

"那你们姐妹先叙，在下就先告辞了。"当兵的抱拳躬身行礼："青山不改绿水长流，灵妹你多保重。"

"我身为主人，送送他总行吧。"令狐媚还是飘了过去。

俞灵儿一边安抚着临江仙子，一边望着当兵的离去背影，可惜，还是不知道"兵"字真身的奥秘。

不多时，俞灵儿拽着懒洋洋的令狐媚，身后跟着临江仙子，一起来到望湖塔前。今日是三月十五，对俞灵儿来说也就是当初与执年岁君太岁约定两个月救出白玲珑的最后一天了。无论五大上仙多么厉害，自己都非挑战他们不可。

徐林依旧跪在望湖塔前，早已哭干了眼泪，一动不动，神情比昨晚的临江仙子还要呆滞。

俞灵儿上前，按着徐林的肩头："昨晚一宿没睡吗？"

"……"徐林毫无反应。李碧莲红着双眼朝俞灵儿点了点头。

令狐媚对俞灵儿哭丧着脸，指了指一旁的临江仙子："为了她，我也一宿没睡呢，你放过我好不好啊？！"

俞灵儿横了令狐媚一眼："走起！"

来到湖边，令狐媚一扬手中葫芦，入湖水后变大，与昨日不同的是，葫芦塞子没有拔掉。

然后三人跳上葫芦。

临江仙子站在后面葫芦最高处，像根桅杆一样挺立。

令狐媚像只大懒虫一样，躺在葫芦上。

俞灵儿则站在葫芦最前头，双眼炯炯有神地望向前方。

待葫芦驶到湖心，俞灵儿仰头高喊："五位上仙，在下俞灵儿，想舀干愁湖水，还请众仙行个方便，俞灵儿在这行礼了！"

话音刚落："嗖"一声，前无上仙出现在俞灵儿面前："昨日不是告诉你们了吗？依照当年的约定，妖族不得来此舀水！"

"我不是妖族，我是凡人！"然后俞灵儿一指临江仙子："她是不是妖族，上仙应该最清楚！"

令狐媚懒洋洋地闭着眼说话："我只是路过，不，是飘过。"

前无上仙看着临江仙子："你昨日可想明白了？"

临江仙子一扫昨日的阴霾，向前无上仙抱剑行礼："上仙，晚辈已经想明白了。"

前无上仙一伸手："既然想明白了，就立刻随我回沧海派。"

临江仙子坚定地看着前无上仙："晚辈已经想明白，虽然晚辈是'临'字的后人，临邛道长的孙女。可是晚辈还有些俗事未了，在办完这些事之前，晚辈哪也不去。"

前无上仙一甩手："哼！冥顽不灵！"

临江仙子躬身道："晚辈还有个不情之请，晚辈此来是为解救白玲珑。现如今，唯有舀干愁湖水，方能令望湖塔倒，还望上仙行个方便，准许晚辈救人。"

"别的我都可依你，唯独愁湖水不可能干！"前无上仙坚定地一挥手。

俞灵儿躬身施礼："这晚辈就不明白了，为何愁湖水不可以干？"

前无上仙一指湖面："说与你听也无妨，这愁湖本是金龙玉凤在银河上采摘的一块美玉。后被王母娘娘夺去，爱不释手，视为命根。后来金龙玉凤要夺回美玉，争抢之下美玉落入凡间，化为愁湖。若愁湖水干，美玉就会失去光华，王母娘娘见不到美玉光彩就会大病不起。故此五大仙派应玉皇大帝之邀，各派一位上仙镇守愁湖。以防愁湖水干。"

听到"美玉"两个字，"叮"一声，令狐媚闭着的双眼，突然睁得老大。

"可是……"俞灵儿还想再说。

前无上仙一摆手："没什么可是的，我们仙派不可能因为你要救一条蛇妖，而违逆天意！"

俞灵儿气结，这法远实在可恶，这不等于让五大上仙帮他看守白玲珑吗？

"那晚辈执意要这么做，得罪了。"临江仙子手握剑柄。

"好啊，你们只管放胆过来！"前无上仙一摊手。

俞灵儿赶紧一把拦住临江仙子："上仙，我记得当年你们九个字曾经约誓，彼此如果动手，就以字见真章，不得动用任何法力，是不是？"

临江仙子和令狐媚都看向俞灵儿，有这等事？怎么从来没听说过？

"确实有此誓约。娃娃！上古时期，九字盟誓，你又是如何得知的？"

前世百年之后，俞灵儿见过"在"字和"列"字对战，两字说起九字盟誓，都道不得动用任何道术功法。

"那就是了，你是'前'字，她是'临'字，你们俩对打，都不得使用功法武器，只靠字本身对决。"和当兵的一番交谈后，俞灵儿就想出了应对前无上仙的办法。

前无上仙

●
○

"嘭!"一声,前无上仙崩开了身上的玄色铠甲,一双铁画戟也飞插在铠甲之上,自己露出赤膊上身:"好,我们就以字见真章!"

临江仙子将剑递给俞灵儿,飘然踏浪来到前无上仙面前。令狐媚一听:"这个好玩!"于是也起身观战。

"不要以为以字对决,你们就会有多大胜算!没有和九字在一起修炼的你是毫无胜算的!"前无上仙高傲地向临江仙子示意,让她攻过去。

临江仙子一晃身,一个古篆体的"临"字突然出现,然后消失无踪。

紧接着在前无上仙上方,临江仙子出现:"'临'字也意味着居高临下,我看你这'前'字怎么接?"然后临江仙子头下脚上,攻向前无上仙的百会穴。

却见前无上仙不躲不闪,突然变成一个古篆体的"前"字,然后就见临江仙子被一种无形的力量,迅速推向前无上仙的前方去了,在湖面上激起了几片水花。

临江仙子翻身站起,擦了下嘴角的血迹,然后又以"临"的身法,在前无上仙周围不断出现又消失,消失又出现。

前无上仙笑了笑:"这有什么用?世间万物,在我面前只有一条路可走,就是前方。"

然后前无上仙又化成"前"字，临江仙子又被推向前无上仙的前方去了。

俞灵儿暗道，原来"前"字真身是这样的啊。

"临邛道长就有办法对付我这一手'前'，可你这娃娃还是太嫩，要打败我？先去跟你爷爷学学吧。"

临江仙子被推得急了，跳起身来，正面跑向前无上仙，迎面就是一拳。

"哈哈哈！"前无上仙大笑着，硬生生接了临江仙子这一击。

然后就见临江仙子瞬间被弹出，飞了回来，摔在湖面上："啪！"激起偌大的水花。

前无上仙双臂环抱："我当你们今天有多大把握呢，原来只不过是赌一下罢了。"

俞灵儿拽过令狐媚："好了，该我们俩出场了。"

令狐媚大惑不解地看着俞灵儿："有我们俩什么事啊？我们又不是字！"

俞灵儿也不解释，让令狐媚将葫芦驶向临江仙子摔倒的湖面上。然后唤出鹤舞四宝来，将其中的璇玑玉砚和月缺墨玉交于令狐媚。

"你，你给我这些做什么？"令狐媚很茫然。

"你负责磨墨！"俞灵儿从湖里抱起临江仙子，耳语了几句。

接着就见临江仙子虚弱地将自己化成一大摊墨汁，流入璇玑砚中。

"哦！太多了，太多了！"令狐媚拿着月缺墨赶紧在璇玑砚里将墨汁磨起来。

"临江仙子以'临'字的优势，惯于以出其不意的方位身法对敌，故此才被你大巧若拙的手段打得这么惨。"俞灵儿双手分别拿着凤鹈笔和梧桐笏，看着前无上仙："其实要对付你这'前'，很简单啊，只要一直站在你的前方就行了。"

前无上仙气得好笑："哦？很简单吗？我所有的防御都在前方，你又如何能打败我呢？"

"打败你？呵呵，其实不用打败你。"俞灵儿问前无上仙一拱手："正所谓独木不成林，独字不成行。与其打败对手，不如包容对手来得更好，你同意吗？"

"说得好！好一个包容对手！高境界啊！高境界！"也不知道别怨上仙什么时候来的，在一旁拍手称赞。

"前无师兄说去去就回，我们等了半天，原来还在磨叽啊？"另三位上仙也跟着别怨上仙现身。

前无上仙瞪了别怨上仙一眼，然后转头对俞灵儿摇了摇头："因为'临'与'前'是一脉相承，所以你无非是想将我这'前'字涂满，可我会这么轻易让你近身吗？"

"这么说，你不同意我的话喽？我劝你还是同意的好。"说罢，俞灵儿运起体内百年的天问真气于凤鹉玉笔上："凤鹉仍是恋梧桐，衷肠诉、相思成忆。"然后蘸了蘸璇玑砚上临江仙子化成的墨汁，再在梧桐笺上书写成三个字。

然后就见前无上仙突然前仰后合地剧烈晃动起来，就像一只对俞灵儿的话大感赞同的木偶，不住点头。

"这个有意思啊！这个有意思！"别怨上仙两眼放光，大声叫好："而且还用了篆体行宽列窄的章法布局，将你这'前'字给引入那三字之中。"

前无上仙一边前后摆动着，一边指着别怨上仙："你给我记着……"

"哎！你别怨上仙我啊！这不关我的事啊！"别怨上仙连忙摆手。

原来俞灵儿写的这三个字是篆体字"仰、后、合"，又将这三字以篆体章法，将前无上仙篆体的"前"字连在一起，变成四字成语，并且呈现出这成语的效果。因为"临"与"前"是一脉相承，故此俞灵儿用她所化的墨汁写字，能与前无上仙产生共鸣效果。

"这不合规矩，九字之争，哪容他人助手？"天鞘上仙指着俞灵儿。

"九字盟约之时，也没说不能让旁人助手啊？"俞灵儿早就在前世想过这九字盟约的漏洞所在。

"对啊！盟约中只说以字见真章，现在他们确实是以字在对战啊！"别怨上仙避开前无上仙愤怒的目光。

望闻上仙看向别怨上仙："这里我们五人之中，也只有别怨师弟能帮上前无师兄了吧？"

别怨上仙忙摆手："别怨上仙我不帮忙啊！我要是再出手，那就是两大上仙欺负一个凡人，传出去不好听啊！"

前无上仙瞪着别怨上仙："你到底是帮哪头的？"

别怨上仙很无辜地辩白："别怨上仙我啊！我说的可是大实话啊！"

前无上仙无语地摇了摇头。随后趁俞灵儿分神之际，前无上仙突然化身为楷书的"前"字，这才终于不晃了，然后愤怒地指着俞灵儿："你……"

俞灵儿一边挥笔在梧桐笏上重新书写，一边问前无上仙："你要说什么？"

然后就见前无上仙"你……"一直说个不停。

别怨上仙看向俞灵儿写的隶书"不搭后"三个字，一拍手："哦！是'前言不搭后语'！这个更有意思了！而且还用楷书行列相等的章法。妙啊！"

前无上仙忙变成隶书的"前"字，怒气冲冲向俞灵儿走去，却突然跪了下来，用膝盖往前挪动着。

就见俞灵儿又将字改成"膝行而"三个隶书字。

待前无上仙挪到葫芦上时，又突然停住。

"这次是'停滞不前'！"别怨上仙在一旁帮俞灵儿数着："用的是隶书行窄列宽的章法。"

万般无奈之下，前无上仙狼狈地翻身入湖中："哼！墨遇水即化，你有能耐的话，我们水里斗一斗你敢吗？"

"有什么不敢的？！你接好了！"俞灵儿写了"大江推"三个字，将梧桐笏板按入湖水中。

然后就见一股巨浪滔天，向前无上仙滚去，前无上仙被这股巨浪打得翻滚着飞出了湖面。

别怨上仙低头想了想，然后悟了："哦！这是'大江后浪推前浪'啊！"

前无上仙气喘吁吁地看着俞灵儿，一时不知如何是好。

直到俞灵儿写了"功尽弃"三个字之后，前无上仙一摆手："等一下，我认输！"

其余四位上仙吃惊地看着前无上仙，居然能亲耳听到前无上仙认输，简直是他们做梦也想不到的。

前无上仙瞪着眼光着膀子，走到一旁正在手舞足蹈的别怨上仙身边。

"你先把衣服穿上，你先把衣服穿上。"一边指着前无上仙赤裸的上身，别怨上仙一边逃避着他的追赶，边逃边喊："别怨上仙我啊！怎么都怨我啊！"

令狐媚一甩月缺墨玉，临江仙子又恢复原貌。

"这样好了，你们与我们五仙分别斗法，刚才那一场算你们赢，如何？"望闻上仙对着俞灵儿喊道："如果你们能赢过我们五仙，我们就不管你们舀水之事，怎样？"

"同意！这个好玩哎！"天鞘上仙忙不迭地表示赞同，这样一来，就有机会为自己扳回昨日那场败局。

别怨上仙忙里抽闲道："而且我们这边每局只派出一人，你们三个可以同时上。"然后别怨上仙赶忙对着另四个上仙瞪视来的目光解释："别怨上仙我啊！这样才公平啊！"

也不等俞灵儿他们那方是否同意，望闻上仙一抖拂尘："第二局，就由我……"

"第二局应该我来！"天鞘上仙一踏脚下仙剑，就要抢在望闻上仙前面。

望闻上仙忙双手抓住天鞘上仙脚下的剑："怎么每次你都要和我抢？"

"你撒手！"天鞘上仙差点从仙剑上摔下来。

"我就不！"望闻上仙胡子眉毛都缠在仙剑上，就是不放手。

然后两个人就在那争执起来。

而前无上仙则依旧在追着别怨上仙。

太真上仙很无奈地摇了摇头，一甩青色袍袖："你们俩还是抢第三局吧！"

然后轻盈地向俞灵儿他们飘来。

"等一下！"俞灵儿心想，这样也好，至少有了一点希望。如果运气够好，说不定就能舀干愁湖水，救出白玲珑。"昨日被你收去的七名女子，现在怎样了？"

　　太真上仙缓缓侧过身，身上绿色裙摆如云翻涌着，抬手摆弄起自己的一条飘带，嘴角好似就要咬到那条飘带一般，妙目含光凝望着俞灵儿："我当什么事呢，她们，还都困在我的名成八阵图里呢！"俞灵儿和令狐媚虽为女儿身，却也被太真上仙这般妩媚的样子，给迷得痴痴呆呆。

　　"那你依旧……摆出那个……"令狐媚舌头都大了，后面究竟是想说摆出阵法还是造型，自己都分不清楚了。

　　"你想要破我的名成八阵图？破了，就算你赢，还顺带救出那些女子，是吗？"

　　"没错，正是！如此！"临江仙子恨铁不成钢地用剑柄敲打着俞灵儿和令狐媚，还好自己只是一个字，不会被色相所诱。否则三个人一整天都得僵在这里。

　　俞灵儿被打得直翻白眼，也不愿意转移自己的视线。令狐媚闭上眼直晃脑袋，心道，这太真上仙什么法术都没用，光是用她的美貌，就能让我们这等女子痴迷如此。若是男子见了，还了得啊？

　　太真上仙一个转身，手中荔枝条一甩，就见愁湖水面上一片巨石林立。正是太真上仙昨日收小紫等人的名成八阵图。

　　在俞灵儿三人周围全是高耸的巨石。被巨石遮挡开视线后，俞灵儿和令狐媚才彻底清醒过来。

"我们先去找小紫她们!"临江仙子刚要跳上巨石,却被令狐媚一把拉住:"不急,我们不能离开葫芦。"

"怎么啦?"临江仙子很奇怪。

"我们一离开葫芦,就会像昨日那样,瞬间被阵法收走。"令狐媚紧紧抓着葫芦腰上的缠带。

"咦?"远远传来了太真上仙的声音:"看不出,你们几个小娃娃,居然还带有连我这阵法都收不了的好宝贝啊!"

这酒葫芦是济世禅师的法宝,只要俞灵儿她们还在葫芦上,就不会被阵法收去。"就算不会被收走,可我们又如何破这阵呢?"俞灵儿对瀛洲派以外的阵法一窍不通。

"别看这名成八阵图巨石林立,其实是按九宫八卦来排列的,戴九履一,左三右七,二四为肩,六八为足,五在其室,纵横合计十五,共四十五座巨石。"令狐媚对着这些巨石指手画脚:"此阵最与众不同之处,就是由闯阵者和布阵者双方轮流破石,最后破完所有石头的一方获胜。"

"还有这种事情?若布阵方不愿破石呢?我们岂非要一直困在阵中?"俞灵儿对这阵法闻所未闻。

令狐媚取出一个沙漏道:"只要有一方破石,就启动了阵法机关。若限定时间内不破石者,则为输,会被阵法强行收去,再强的法力也抵挡不了。"令狐媚一指那些巨石:"破阵者和布阵者轮流破去巨石,每次只能在一个方位内破石,否则也为输。"令狐媚继续道:"不过每次破去石头的数量不限。只要我们是最后破尽巨石的一方,就等于破了此阵。"

俞灵儿茫然地看着那些巨石:"那我们现在应该怎么做?"

"我们在离卦位中,此卦位有九块巨石,我们先破一块,开启阵法机关。"令狐媚催动葫芦向最近的一块巨石飘去。然后临江仙子一掌拍向那块巨石,可巨石却纹丝不动。令狐媚一脸茫然:"怎么不动?"

"闪开!"临江仙子抽出游魂剑,然后又快速还剑入鞘。然后就见那块巨石被拦腰斩为两段，接着"轰隆"一声崩塌消失。

"居然破石了？看来你们的法宝还真多啊。"太真上仙嗔怒的声音传了过来，紧接着远处"轰隆"一声响。

"是坎卦方位传来的声音，坎卦方位就一块石头。"令狐媚支起耳朵听着，然后对临江仙子说："快，我们继续！"

临江仙子抽出千年道行炼制的游魂剑，一连三块巨石被斩断："真麻烦，最多只能切三块石头。"

"原来是句龙三宝之一的游魂剑，怎么在你们手中？"随着太真上仙的笑声，一阵巨大的轰鸣声传来。

"是乾卦方位，她一口气破了乾卦位所有六块石头。"令狐媚继续支着耳朵听着，然后拦住临江仙子："等一下，既然你最多只能破三块，这里离卦的石头全留给对面好了，我们去巽卦位。"

"可是，我们要怎么做，才能保证我们是最后破尽石头的一方呢？"俞灵儿不解地看向令狐媚。

令狐媚高举右手："哒！"打了个响指："随机应变，见机行事。"然后催动葫芦，向东飘去，到了阵法巽卦方位，只有三块石头。临江仙子二话不说，全砍了。

然后更大的轰鸣声传来："太真上仙好没耐性啊，一次就解决了艮卦位的八块石头。"

然后令狐媚三人和太真上仙分别破了余下的几块石头，待太真上仙破完，场面上就只剩下震卦的一块石头，坤卦两块石头和离卦三块石头。

太真上仙捂着嘴呵呵笑："我还以为你们知道破阵之法呢，结果你们还是输了！"

临江仙子很奇怪地问令狐媚："怎么我们就输了？石头不是还没破完吗？"

令狐媚耷拉着脑袋，指着离卦位："砍一块。"临江仙子手起剑落："轰隆"一声，离卦一块石头被斩断。

太真上仙口中吐出一枚荔枝核，挟带着劲风飞向震卦位一块巨石："轰隆"

震碎，然后得意地笑道："呵呵呵！这你都看不出来吗？接下来就剩两卦各两块石头了，无论接下来你们怎么做都是输！"

临江仙子看着两卦各两块石头出神："确实，无论我们接下来怎么做，都是输了哎。"

太真上仙洋洋得意："呵呵呵！毕竟还是娃娃，怎么可能破得了名成八阵图呢。"

"那可未必哦！"令狐媚抬起一直耷拉着的脑袋："要不是你太急于求成，恐怕我们未必赢得了你。你难道没注意，我们现在只有两个人吗？"令狐媚一招手，只见离卦方位中一块巨石，突然缩小起来。原来那块缩小的巨石，竟然是被变大的月缺墨玉。随着月缺墨玉逐渐变小，俞灵儿现身而出。

因月缺墨玉的外形与色泽同巨石接近，故此在破石过程中，俞灵儿将月缺墨玉变得如巨石般大，将它安置于离卦群石之后，让人粗略一看，就像是多了一块巨石。

而且令狐媚的海蜃绫一头，正裹住俞灵儿腰间。令狐媚用力一拉海蜃绫另一头，将浮在湖上的俞灵儿拉回葫芦。然后俞灵儿笑着对太真上仙说："要不是你不由分说地到处破石，我这点小戏法未必瞒得过你。"

临江仙子也不用等令狐媚说话，直接"临"过去，砍掉坤卦的一块巨石"轰隆"。

等于现在离卦一块石头和坤卦一块石头了，接下来无论太真上仙破掉哪一卦的石头，令狐媚他们都是最后破完所有石头的一方。

太真上仙垂下头："我败了……"然后缓缓走向令狐媚，突然抬起头，一脸痛苦地看向令狐媚她们，好似风雨飘摇中楚楚可怜的一朵浮萍，接着用一种极其凄凉的声音断断续续地哽咽着："我待你们至真至诚。可你们呢？居然骗我，你们怎么忍心，如此对我这弱女子？"

俞灵儿活了五百多年，却从没见过太真上仙这般哀怨的眼神，何况这份哀怨神情又是展露在她美貌至极的脸上。再加上那柔婉深情的哀怨之声，俞灵儿不自觉泪水都流了下来。

令狐媚也被太真上仙突如其来的表情给震撼了，她究竟经历过怎样的痛苦往事？才使得这美丽容颜显出如此莫大的苦楚，才使得那销魂嗓音能有如此惊人的苦诉？

只有临江仙子对俞灵儿和令狐媚冷笑着："又来劲了是不？瞧你们俩这点儿出息！"反正无论太真上仙对她们使什么手段，只要自己还清醒，最后的赢家就绝不会是太真上仙。临江仙子双手环抱着剑："我说太真上仙啊，你就别天真了。你与其指望这两废物，还不如快点破石吧，不然你就输了。"

太真上仙又露出一种无比的幽怨表情，以一种能彻底软化世间万物的声音，对俞灵儿和令狐媚说："我不能没有游魂剑啊，你们能将此剑拿给我吗？"

这话刚说完，几乎同时，俞灵儿和令狐媚就将游魂剑递给了太真上仙。

临江仙子这才反应过来："我的游魂剑！"真不知道俞灵儿和令狐媚中了什么邪了，居然这么快就从自己手中取走游魂剑。平时都不见她们做事这么利索过。

"呵呵呵呵！"拿到游魂剑的太真上仙，立刻恢复得意神情，头也不回地向身后抛出一颗荔枝核。"轰隆"破了离卦的一块石头："虽然你们还是最后破完石头的一方。可是没有了游魂剑，这最后一块石头破不了，也算你们输，啊呵呵呵！"

立刻清醒的俞灵儿和令狐媚，气急败坏地催动着葫芦，直追太真上仙："你赖皮！把游魂剑还回来！"

太真上仙一边后退，一边全身青色仙袍翩翩飘动："说我赖皮？刚才是谁用月缺墨玉化出巨石，骗我来着？！"

"嗖"一声，临江仙子突然出现在太真上仙身旁，伸手去拿游魂剑，却抓了个空。

"娃娃，难道你不知道破阵之时，双方不得交手吗？"太真上仙捂着嘴呵呵笑。

令狐媚从怀里掏出沙漏来："没多少时间了，快点，快点拿回游魂剑。"

第
一
百
二
十
三
章

愁情瀑泪

●
○

俞灵儿和临江仙子束手无策，明明太真上仙就在眼前，可就是拿不到她手中的游魂剑。

"真以为我没看穿你们用月缺墨玉化石的把戏吗？我就是要让你们知道，谁才是世上最会骗人的女子。"太真上仙拿着游魂剑晃来晃去，好不得意："只要规定时间一到，你们都会被阵法收走了哦！"

令狐媚看着手中沙漏还剩的几滴沙："完了，来不及了。"

可就在这时："俞灵儿，接剑！"打远处飞来一柄剑。

俞灵儿转身抬手接住了飞来的这柄剑，一看，居然是游魂剑。再看看太真上仙手里的，也是游魂剑，怎么会有两把游魂剑的？

令狐媚顾不了这么多，赶忙招呼临江仙子："临江，这里，游魂剑！"

"怎么又有一把游魂剑？"太真上仙看了看自己手中的游魂剑，又看看另一柄："是'兵'字传人！兵者，可作兵器解，能化作任何兵器。"

俞灵儿跳起高喊："快！快砍石头！"

临江仙子闪身过来抓住"游魂剑"，"嗖"一声，到达坤卦位最后一块巨石旁，抢剑就砍。

"不！"太真上仙向临江仙子绝望地虚抓着。

俞灵儿和令狐媚激动得欢快跳跃："太好了！我们赢了！"

可是剑砍到巨石上，却停住了。

最后一粒沙从沙漏里滴落。

紧接着临江仙子、俞灵儿和令狐媚，再加上那酒葫芦，一同被一种无形的力量给带起，都不由自主地向着太真上仙飘去。

"好可惜啊，最终你们还是慢了一步。"太真上仙捂着嘴呵呵直乐。

临江仙子忙化身为"临"字，想要脱逃出这股束缚，却没有半点效果。

临江仙子手中的游魂剑，顿时显出人形，正是当兵的，他也被那股力量席卷而去。

令狐媚幽怨地闭上双眼："哎！早知道是这结果，我就应该在家里睡大觉的。"

俞灵儿好不甘心，明明就差一点儿，却功败垂成。想起望湖塔前徐林哭天抢地的模样，心里难受，为什么法远要这么对待白玲珑，就算让她不能与徐琅琊在一起，可是却连他们母子团聚的时光也被剥夺了。

"我好不甘心啊！！！"俞灵儿扯开嗓子大声喊着，可是不甘心又能怎样？

"俞灵儿！你在哪？"远处一个声音在回应着俞灵儿，那是令狐宝的声音。

随着他这声喊，束缚俞灵儿他们四人的那股力量突然消失，连人带葫芦一起落入愁湖中。同时小紫她们七位女子也一同落入湖中。湖面上一片水花四溅。

手中的游魂剑滑落，此刻在太真上仙的脸上，却是一副比刚才矫揉造作更胜百倍的痛苦表情。

俞灵儿他们挣扎着爬上了葫芦，看着太真上仙那副发愣的样子。

"是你！真的是你！"只见太真上仙突然朝着令狐宝喊声方向，疾速飞去。

令狐媚也快催葫芦，赶往太真上仙所去方向。

就见太真上仙扑向岸边，紧紧抱住一人："三郎！我等了你四百年啊，四百年啊，终于等到你了。"

被抱住那人被这突如其来的变故惊得呆立当场："你，你，你是谁啊？"俞灵儿她们所乘的葫芦，此刻也赶到岸边。就见太真上仙紧紧抱住的是普安王皇甫琼。

站在一旁的令狐宝眼神迷离地看着太真上仙，口中喃喃自语："怎么这么美？！让我死了吧，让我死了吧……"

俞灵儿跳上前将令狐宝踹翻在地："你想死是吧？我成全你！"

收起葫芦的令狐媚则很欣慰地看着弟弟被踹，只要俞灵儿还知道吃醋，那弟弟就还有希望啊："对，踹他！踹他！"

普安王皇甫琼扶起太真上仙："这位姑娘，你认错人了吧？！"

"我没认错！"太真上仙擦了擦自己晶莹剔透的泪水，柔情地看着皇甫琼："七月七日长生殿。"

皇甫琼突然感觉像被雷劈了九回一般："……夜半无人私语时。"

"在天愿作比翼鸟！"太真上仙向皇甫琼靠近了一点。

"在地愿为连理枝！"皇甫琼感觉周围什么都没有了，灵魂深处却不断浮现出这女子的种种身影。

太真上仙破涕为笑："天长地久有时尽！"

皇甫琼热泪涌出，上前一把将太真上仙紧紧拥入怀中，大声喊道："此恨绵绵无绝期！"

就在俞灵儿的打骂声、令狐宝的哀嚎声和令狐媚的助威声中，两人相拥而立，如一尊停留了数百年光阴的雕像，久久不动。

别怨上仙不知趣地走到旁边问："太真师妹，这一局怎么算啊？谁胜谁负啊？"

没人搭理他。

却有人怨他。

前无上仙将他提到一旁："太真师妹终于等到了那个他，转世重相见，你却要来多事！"

"别怨……"别怨上仙刚吐了两个字，嘴就被前无上仙的手给按住。别怨上仙双手不停挥舞着表示有很多话要说。

望闻上仙和天鞘上仙则在一旁，向太真上仙拱了拱手，以示道贺。

天鞘上仙对望闻上仙说："我们也别玩了，还是告诉她们真相吧！"

望闻上仙重重点头，然后过去阻止了俞灵儿对令狐宝的暴行："你们别闹了，有件事情，务必要让你们知道。"

从令狐媚手中取过酒葫芦，望闻上仙拔开塞子，再将葫芦口朝下，念动咒语。

就见愁湖水飞快地流向那葫芦里，愁湖水面急速下沉，比之前令狐媚的舀水办法快上何止十倍。

天鞘上仙跳上仙剑，一眨眼飞向湖心，去阻止金牛吐水。不一会儿，愁湖水位便下降得更低。

正当俞灵儿他们以为上仙们要帮忙吸干愁湖水的时候，那本来急速下沉的愁湖水面却戛然而止，然后又缓缓回升上来。

"怎么会这样？"俞灵儿大感不解："难道是那只金牛？"

望闻上仙一指望湖塔方向："和金牛无关，你们且看那里！"

俞灵儿等人转眼望去，就见望湖塔下的湖岸壁，像万马奔腾一般流出来很多水，将原本下沉的湖面，又给抬升起来。

天鞘上仙御剑飞回，站在仙剑上，便不显得比其他人矮了："这回你们该明白，为什么说愁湖水绝不可能被舀干吧？这就连我们也做不到！"

令狐媚一指那些流出来的水："那里没有水源啊？这水是从哪里来的？"

"那是白玲珑的泪水！"望闻上仙收起酒葫芦，还给令狐媚："你们总该听说过峨嵋白氏的家族徽记'愁情瀑泪'吧？和水漫江天禅寺时候的洪水相比，这点水不过是小巫见大巫了。"

"咚"一声，天鞘上仙脚下的仙剑倒插在地上，接着一指仙剑："你们自己看吧。"

巨大的仙剑就如同一面镜子，俞灵儿等人透过仙剑，看到里面显现出一个白衣女子，正双手作虚抱状，偏着头专注地看着手肘，还不停地摇晃着。

"这白衣女子，难道就是白玲珑？"俞灵儿指着仙剑中映射的镜像问道："她好像抱着什么？"

众人就见白玲珑十分焦虑地来回走动，对着虚抱的双手嘴里不断地哼哼着："乖，乖，不哭不哭哦。"然后弯下腰，好似将手中怀抱的什么放在一只粗糙的摇篮里。转身坐在摇篮边的石凳上，抬手摇着摇篮："徐林乖，不哭不哭哦。唉，每次退潮都会吓坏我儿徐林。"

俞灵儿等人双手捂紧嘴道："难道她，难道她以为，那摇篮里的，是徐林？"

"等我儿徐林，长到三四岁时，应该就不怕退潮了哦。"白玲珑脸上慢慢露出欣慰的笑容："那时候啊，徐林就要学走路了。"白玲珑从旁做了个拎起的手势："看啊，小徐林，这是为娘给你做的小衣服小裤子，还有一双小鞋子呢。穿起来不知多可爱呢，为娘好想看你学走路的样子呢。"

"等你会走路啊，那长起来就更快了。等你到十来岁啊，一定是长得又高又壮呢。"白玲珑很向往地抬头望着："那时候啊，为娘又要操心你读书是否用功呢。书读得好啊能考科举呢。"白玲珑缓缓抬起手伸向她所望的方向："如果徐林能高中状元的话，那为娘不知该有多高兴呢。"

"我儿徐林，金榜题名时，洞房花烛夜……啊，对了，"白玲珑笑出声来："为娘还要操心你的终身大事呢，哈哈。"白玲珑兴奋地站起身："徐林啊，婚后，你可要体贴你娘子啊。尤其是有了你们的孩子，你是不知道做娘的辛苦……"说到这里，白玲珑颓然坐倒："可千万别学你那狠心的爹，抛下我们母子俩。"

白玲珑抬头看了看四周空荡荡的一切："唉，原来我还在望湖塔下。"神色黯然道："想我儿徐林，此刻应该长大成人了吧？若是哪天徐林见到我，定然认不得为娘了。"白玲珑流下两行热泪："可是为娘，为娘的又怎会认不得自己的孩儿？就算分别再久，为娘的定能一眼认出自己孩儿的。"白玲珑泪如雨下：
"将来哪天，徐林，若你遇到一位妇人，一见你便流泪，你不用觉得奇怪。"白
玲珑坐倒在地，嚎啕大哭："因为那就是为娘我啊！！"

第一百二十四章

元神出窍

就见白玲珑不停地哭泣，泪水不断流出，透入塔下基石，化成涛涛潮水，涌入愁湖。

望着愁湖水面又快速回升上来，天鞘上仙不禁叹息："被关在望湖塔下的白玲珑，终日以泪洗面。只要愁湖水位低到一定程度，白玲珑就会流出无尽的泪水，涌出望湖塔，直到填满愁湖为止。"

"当年一起来此舀水的妖族七大世家，高手如云，却也望水兴叹。你们又比他们强多少？"望闻上仙说罢转身离去。

"更何况我们五大上仙，奉命把守愁湖，所以不得不阻止你们。此情此景，你们难道还想和我等继续比斗下去吗？"天鞘上仙拨转仙剑，也转身离去。只留下垂泪不已的俞灵儿等人。

"原来这就是那道难题。"令狐媚耷拉下脑袋："要想救出白玲珑，就必须先舀干愁湖水。可要想舀干愁湖水，就必须先救出白玲珑。"

临江仙子抹着泪，一拳狠狠砸在地上："这不等于是个无解的难题吗？"

俞灵儿捂着脸的手指向遥远天空，满含热泪义愤填膺地大喊："法远！你可恶至极！"

一旁早就上岸的当兵的，看俞灵儿他们安然无恙，便转身悄然离去。却不想令狐媚眼尖，一看见当兵的便赶紧追了过去。

待追到望湖塔前。李碧莲和小紫等人在一旁不停地劝着徐林，可徐林却固执地在塔前的砖瓦地上重重磕头："我求求苍天啊！求求大地啊！放我娘出来吧！我给满天神佛磕头了啊！！！"

徐林面前的地上，被磕出一个个坑，头上磕破的血，几乎填满了这些坑。

周围站了一些路过的人，虽然不知道究竟是怎么回事，但是看到徐林一番至诚的模样，都不觉流泪叹息。

三月十六，令狐府。

俞灵儿好似不经意般问令狐宝："这几天你都跑去哪啦？怎么普安王皇甫琼会和你一起去愁湖岸边的？"

"别提了，六天前我师父问我讨要酒葫芦，我告诉师父说被我姐拿走了。结果我师父说他知道我姐为什么要取走酒葫芦，而且他还说他不会责怪我姐的。"

"是吗?！"令狐媚一听师父不责怪自己，可乐坏了："我就知道咱师父是深明大义的人啊！"

"师父是不怪罪你，可他却怪罪我！"令狐宝很不乐意地瞥了令狐媚一眼："他罚我背着他到处去找酒喝，足足背了五天五夜啊。"

俞灵儿看着令狐宝一脸的憔悴样，心里实在有些不忍。

"后来遇到皇甫琼，他帮我向师父求情，师父这才放过我。"令狐宝看着脸微红的俞灵儿："然后皇甫琼说什么为了抄写《修禊黄溪》的事情，到处找你找不到。于是我就带他去愁湖找你啦。"

俞灵儿忙避开令狐宝灼热的目光："哎，那皇甫琼人呢？"

临江仙子边端详着游魂剑，边说："他和太天真上仙两个早走了。"

令狐媚一脸的羡慕："你们是没见到啊！两人共骑一匹白马，一路上百花垂首恭迎，百鸟赞歌齐鸣。简直是登仙极乐的场面啊！"

临江仙子打断了令狐媚的思绪："还是先想想怎么舀干愁湖水吧。"

"说起这个难题啊，"令狐媚突然作沉思状："那当兵的临走之际，说的那句话，让我有了点头绪。"

俞灵儿问道："他说的哪句话？"

"他说，用兵至上，乃是不战而屈人之兵。"令狐媚的脸突然红了起来，"你们说，他这话的意思，是不是喜欢上人家啦？"

众人一甩手。临江仙子急道："都什么时候了，你还思春呢？还不快想想怎么解救白玲珑啊。"

令狐媚手一摊："都说了是无解的难题了，还能怎么办？要么你'临'入塔内，让白玲珑别哭了？！"

"你当我没试过吗？根本无效。望湖塔那道偈语的结界镇住塔身，任何法术都动不了望湖塔分毫。"临江仙子还剑入鞘："预言里曾说起，白蚕之子及第时，只要徐林高中状元之日，便是白玲珑出塔之时。可为什么预言没有应验？"

令狐媚一甩头："天晓得这预言是怎么来的呢。"

"对啊！"俞灵儿"噌"地站起身："只要查到预言的出处，也许还有办法。"

众人都看向俞灵儿："什么办法？"

"我需要你们帮我护法！"俞灵儿突然席地盘腿而坐："尽量不要发出声音惊扰我。"

临江仙子一脸奇怪地问道："她这是要干什么？"

令狐媚忙"嘘！"了一声，轻声地对令狐宝说："你说俞灵儿身具仙姿，却不想功力进步得如此神速啊？！"

"那是！"令狐宝很得意地轻声回答："你也不看看，她可是我未来的老婆啊！"

"一开始你不是告诫我说，先不要让她知道我们狐妖的身份吗？"令狐媚用手捂住令狐宝的嘴巴，然后在他耳边悄声说道："我想她应该知道我们是灵狐了。"

"唔——"令狐宝惊得瞪大眼睛，可就是一句话也无法喊出来。

俞灵儿入定后施展"元神出窍"之法，虽然身上只有百年功力，但是片刻间的施展依旧是可行的。随着默念冥想，俞灵儿的元神飞出体外，将前世认识的仙界众道友寻访了个遍，却是一无所获。

"都已经能元神出窍啦!？"甲寅太岁惊奇地看着俞灵儿。

岁部十二宫？难道她来到天庭岁部了？俞灵儿抬头观瞧，万丈霞光中眼前果然是岁部十二宫。见是甲寅太岁，俞灵儿欣喜不已，忙上前施礼。甲寅太岁笑了笑道："你不是忙着救白玲珑吗？怎么元神会来此间？"

"太岁，你可知关于解救白玲珑的那首预言诗，出自何处吗？"俞灵儿忙不迭地问起。

甲寅太岁沉思了半晌道："那首预言诗啊，是当初九天玄女所作。你问这个做什么？"

"那九天玄女可有点破，该如何解救白玲珑？"俞灵儿忙问。

甲寅太岁摇了摇头："没有，要是点破的话，七大妖族早就救出她了。"

"啊呀，这可怎么办啊？都六天了，我们还是一点头绪都没有。"俞灵儿急得转过身去，突然想到一事："糟糕！我忘记一件大事。"

甲寅太岁道："你又怎么了？"

俞灵儿慢慢回转身道："你还记得执年岁君限定我多少时日救出白玲珑吗？"

"两个月啊，怎么啦？"

俞灵儿双手抱住头道："两个月的话，应该是三月十五为限啊。可今日已经是十六日了。我，我该怎么办？"

"生死有命，这我早已看开。"甲寅太岁安慰着俞灵儿："不过，最后日期却非三月十五。"

俞灵儿转头看向甲寅太岁："最后期限不是十五日？此话怎讲？"

"难道你忘了？二月不满三十日，只有二十八日。"甲寅太岁淡定地道：

"故此，最后期限应是三月十七。"

"我怎么把这点给忘了？"俞灵儿恍然大悟："可明日就是十七了。我们还是一点头绪都没有，这可怎么办啊？"

甲寅太岁突然道："我想起来了。"

俞灵儿忙问："你，你可想救出白玲珑之法？"

"那倒不是。"甲寅太岁道："我想起九天玄女曾说过，救出白玲珑的，须是听过这预言之人。"

俞灵儿垂头丧气地道："唉！我当什么呢，这预言我们都听过。"

甲寅太岁开始念了起来："白蚕之子及第时，鹤舞四宝齐现世！"

俞灵儿摆了摆手道："不用念了，我们都知道内容。"

"女笔仙，闹愁湖，望湖塔倒偈语失。"甲寅太岁继续念着。

俞灵儿叹了口气道："都说了，我们都知道……"突然停住，"等一下，最后一句是什么？"

"望湖塔倒偈语失。"

"不对不对。"俞灵儿忙凑过来道："我问的是前面那句。"

"前面那句啊？"甲寅太岁奇怪地看了看俞灵儿："女笔仙，闹愁湖……"

"等一下！"俞灵儿突然大叫道："你说，女笔仙？不应该是丑笔仙吗？"

甲寅太岁摇了摇头："什么丑笔仙？明明是女笔仙。"

"女笔仙，女笔仙。原来预言里指的，不仅仅是我一个人。"俞灵儿转了个圈反复念叨着："往后五百年间，沧海瀛洲两派只出过三个女笔仙。现在所有的女笔仙都聚在愁湖之畔了。"

俞灵儿突然大声叫起："我知道了！我知道救出白玲珑的办法了！"

甲寅太岁忙道："你且说说看。"

"我还有个问题，"由于只有百年功力，俞灵儿出窍的元神略感不支："预言传遍仙妖两界，那一开始是谁传的呢？"

甲寅太岁笑了笑道："你问这个啊，说起最初传言的这个人，你也认识。"俞灵儿渐渐感到元神快撑不住了："到底是谁？"话音刚落，她元神实在支撑不住，"哗"一声离开了岁部十二宫。

同时听到甲寅太岁那遥远的声音："那个人就是，别怨……"然后俞灵儿的元神便回归本体。

众人盯着醒过来的俞灵儿："怎么样了？"

"今日我要做些安排，"俞灵儿坚定地看着大家，"明日一早我们去救白玲珑！"

第一百二十五章

比斗大字

三月十七，徐林高中状元后的第七天。

望湖塔前围得是人山人海，都在那吵吵嚷嚷议论纷纷。

"这不是今年的新科状元徐林吗？为何在这里呢？"

"你是不知道啊，整个帝都现在都传开了，说徐林至孝啊，在此祭母，都七天了！"

"我第一天就来过了，这徐林整整跪了七天呢，又哭又喊的。太可怜了，连我都跟着落泪呢！"

俞灵儿一行人挤到望湖塔前，就见徐林累得趴倒在地，额头血块臃肿，双眼无神，口中兀自喃喃细语："娘，孩儿等着，一天不出，等一天，一年不出，等一年……"

李碧莲和小紫等人围坐一旁，不停地落泪。

俞灵儿上前拍了拍徐林："徐状元，不会让你等太久的，今日就让你娘出塔。"

徐林却似毫无知觉一般，依旧在那喃喃自语。

令狐宝悄悄地问令狐媚："她哪来这么大自信？"

令狐媚摇摇头："不知道啊。"

令狐宝："那她有什么应对之策吗？"

令狐媚幽怨地叹口气："哎，这应对之策嘛，她却让我来想，让临江仙子来执行。"

令狐宝一咋舌："难道，她只有自信？"

令狐媚苦着脸："是的啊。"

望湖塔后，愁湖岸边。

三位上仙飘然而立。

"哈哈，你们俩输了吧？"别怨上仙很开心地看着天鞘上仙和望闻上仙："我就说她们还会来的。"

俞灵儿自信满满地向三位上仙作揖："今日我们已经请皇上颁下诏命，让这一带百姓，将愁湖上的所有船只，全都搬上岸去。无论今天愁湖是何状况，都不会波及无辜。"

望闻上仙看着自信满满的俞灵儿："你们可有应对白玲珑无尽泪水之法？"

俞灵儿很自信地转头看向令狐媚，令狐媚耷拉着的脑袋摇了摇。

天鞘上仙惊奇地问自信满满的俞灵儿："那你们还跑来做什么？"

俞灵儿很自信地转头看向临江仙子，临江仙子翻了一下白眼。

别怨上仙伸手一拦："闲话不多说了，既然你们都打赌输于我了，第三局就由我来应战。"

俞灵儿自信满满地对着令狐媚一仰头："去吧！我对你有信心！"

令狐媚无精打采地走向别怨上仙："久闻别怨上仙，琴棋书画样样精通，我这里要向上仙讨教。"

"你？令狐媚！"别怨上仙不敢相信自己的耳朵："我没听错吧？你要和我比斗琴棋书画？"

还没等令狐媚搭话，一旁望闻上仙急了："哎，哎，不带这样的，哪有不比试仙法道术的道理？"

天鞘上仙也急了："第一局，你们利用规则漏洞赢了前无师兄，第二局你们运气好，太真师妹半途离场。第三局你们还是不准备比斗法力？这有失公允。"

令狐媚一扬手："比斗之法，只要参与比斗的双方都同意就行，是吧？别怨上仙？"

别怨上仙点点头："不错，只是不知你想如何比法？"听别怨上仙这么说，望闻上仙与天鞘上仙也不再多言。

"此番我想与上仙比试大字，看谁的字更大。"令狐媚一指愁湖："咱们就以愁湖为纸，湖水为墨，上仙以为如何？"

"哈哈，当然可以啊！"别怨上仙大笑。可一旁的天鞘上仙突然道："可是，有一点不公允啊。"

令狐媚问："有什么不公允的？"

天鞘上仙指着别怨上仙道："写字需用笔，你们有至宝凤鸲玉笔。而他的笔却没有凤鸲笔那么好。"

俞灵儿取出鹤舞四宝来："无妨，任谁书写都可使用这凤鸲笔，这总行了吧？"

"那是最好不过啦。"别怨上仙目不转睛地看着凤鸲笔："可是，世间有那么多字，究竟写哪个字来比呢？"

"上仙果然爽快！"令狐媚笑了起来，学着天鞘上仙的模样道："为公允起见，以行字令为题，双方各自以字令谜底的字来定夺，上仙以为如何？"

别怨上仙哈哈大笑："这个有意思，那由谁来出题呢？"

俞灵儿向别怨上仙作了个揖："由我来行这个字令，上仙以为可好？"

别怨上仙回头看了另两位上仙一眼，然后转回头一笑："既然是你们提出的比斗之法，那这字令，想来也是你们早就准备好的。那就出题吧！"

"那徒孙可就要献丑了啊！"俞灵儿自信地一笑："我此番所出的字令是'一横一撇斡，纷争下逐走'。"

别怨上仙略微想了想，然后伸手引来一注湖水，拿起俞灵儿手中的凤鸲笔就要写字。

"还上仙呢，这么小气吧啦的，就写这么小一点字啊？！"令狐媚在旁嘲笑着："难道你就这么惧怕白玲珑的无尽之泪？！"

然后令狐媚向令狐宝耳语，却故意让别怨上仙听见："早就听闻瀛洲派的别怨上仙，是成事不足败事有余！给五大仙派丢尽脸面。今日一见，果然名不虚传啊！"

令狐宝忙点头称是。

看看令狐媚，别怨上仙一笑："小娃娃，就知道故弄玄虚！居然在此大言不惭。也罢，我施些手段，让你们这些井底之蛙也开开眼。"

别怨上仙拿着凤鹓笔，腾起云来："你什么字令？"

"一横一撇斡，纷争下逐走。"

别怨上仙驾云飞到愁湖之上："简单。斡者，斡转也，将一横一撇倒转过来，再连上原先的一横一撇，就是个'乙'字。纷争者，'斗'字也，'斡'字下面逐走'斗'字，填上'乙'，那就是——"

别怨上仙催动法力，用凤鹓笔在愁湖上快速飞来飞去地书书写写："就是乾坤的'乾'字！"

待别怨上仙写完，只见整座愁湖巨浪滔天，所有的湖水全都涌向湖中央，湖水整齐地排列成一个硕大的"乾"字。

第一笔横，从白堤断桥写起。字下那一竖，连到东堤。最后一笔弯勾，绕过三塔，连向望湖塔岸壁。

别怨上仙哈哈大笑："如此之大字，若还有能超过我的，我就拜他为师！"

除了这个硕大的"乾"字外，愁湖其他部分全都处于干涸状态，望湖塔岸壁立时涌出万丈水来，却被一股无形之力给引了去，由乾最后那笔钩，涌入"乾"字。整个湖水组成的"乾"字，不断地向上空增高，不一会儿，便望不见顶。高耸入云的水柱引起望湖塔前一片嘈杂之声。

写了这么大的一个字，最开心的本应是别怨上仙，可是却有人比他更开心。

令狐媚在那激动异常地向临江仙子喊着："该你了！该你了！"

临江仙子白了令狐媚一眼："也就是你，才想得出这种馊主意！"然后就不见了。

紧接着就听到望湖塔前人群爆发出一片惊叹之声。与此同时就见望湖塔整座塔身突然闪烁起巨大的金光。

俞灵儿和令狐媚手拉着手，在那转着圈欢呼雀跃："终于成啦！终于成啦！"

望闻上仙和天鞘上仙面面相觑："湖水又没干。什么就成啦？"

二仙立刻赶到望湖塔前。

就见那片人山人海，全都跪拜于地，朝着金光万丈的望湖塔不断磕头。

原本席地而坐的小紫等人，全都缓缓站起，怔怔地看着望湖塔。

徐林虽然体力早已不支，却激动地勉强撑起上半身，望向望湖塔。

二仙看了半天。

"我看明白了。"望闻上仙点着头："别怨师弟写的那'乾'字，同时也是偈语上'除非愁湖水乾'的'乾'字。"古时候的"干"字的写法就是"乾"字。

"我也看明白了，"天鞘上仙也点着头："偈语上'水乾'两字中间又多了一个'临'字。"

"临，有临写和临摹的意思。现在愁湖所有的水，都写成了'乾'字，确实是'水临乾'的状态。"望闻上仙接着道。

"临，还有临近和接近的意思。现在愁湖周边部分皆为干涸，整座愁湖似干未干临近干，确实是'水临乾'的状态。"天鞘上仙补充道。

望闻上仙呵呵一笑："这些小丫头，故意比斗书法，其实就是借用别怨师弟的强大法力，将愁湖水全写成'乾'字。"

天鞘上仙哈哈一乐："然后让临江仙子，化'临'字入偈贴，改变了偈语原本的意思，避开愁湖水全干的诅咒。"

话音刚落，望湖塔突然金光暴涨，两条偈帖立时化为粉尘，烟消云散，临江仙子恢复了人形，跌落塔前。整座塔再无动静。

见望湖塔光芒消失，令狐媚对别怨上仙道："好了，事情已成，你可以收了神通。"

别怨上仙一挥手，冲天水柱立时散落，湖水再次填满愁湖。

然后别怨上仙降下云头，将凤鹓笔丢还给俞灵儿，接着对令狐媚正色道："昨日你跑来求我帮你们这个忙，作为条件你答应入我瀛洲派。既然现在事已成，打此刻起你便是瀛洲派弟子。现在我以瀛洲派师祖身份，要求你速将东皇玉珥归还。"

"谁说事已成啦？还没完呢！"令狐媚对别怨上仙眨了眨眼："你和我的比斗还没结束呢！"

"呵呵！"别怨上仙不屑地看着令狐媚："难道说，你还能写出比我这更大的字来？"

"字令是什么？"令狐媚向俞灵儿眨了眨眼。

"一横一撇斡，纷争下逐走。"

令狐媚向愁湖走了两步，抬手对着前方划了几下，然后说："写好了。"

别怨上仙看看前方，又看看令狐媚："这就写完了？你写的什么字啊？"

令狐媚笑着道："这字令的谜底，就是一个'缘'字。斡确实是斡转，可是将一横一撇倒转过来，再连上原来的一横一撇，其实是'缘'字上面那部分。'纷'字一争，得出绞丝旁，'逐'字的走字底被逐，三者最终得出'缘'字。"

别怨上仙瞪着大眼到处打量："既然是'缘'这个字，你写在哪了啊？"

"诺！你看不见吗？"令狐媚笑着向愁湖一努嘴："整座愁湖，就是一个'缘'字啊。"

别怨上仙回头瞪着令狐媚："你瞎说什么啊？有这样的'缘'字吗？"

令狐媚跳跳蹦蹦地朝着愁湖比画着："怎么没有？从这里面朝北看，东堤整个左面，从岳湖到西里湖，再到下面的南湖，缠缠绕绕，不正是绞丝旁吗？孤山连同白堤之北的北湖，不正是'缘'字上半部分吗？下面湖心亭和三塔，不正是'缘'字下半部分吗？右边的涌金池，不就是'缘'右边一捺吗？"

"古人仰观于天，俯察于地，近取诸身，远取诸物，依类象形，故谓之文。"俞灵儿一旁也帮腔道："更何况深识书者，惟观神采，不见字形。这道理，上仙难道会不知道？"

"可……可这字也不是你写出来的啊，是你吹出来的啊。"别怨上仙唏嘘不已。

令狐宝赶忙争辩道："之前说好的，比斗大字，愁湖为纸，湖水为墨，却没规定这字是如何成的。如今'缘'字既成，占尽愁湖，比你刚才写的'乾'字大。这场比斗是你输了。"

"你刚才说过，谁写的字比你的大，你就拜谁为师。所以呢，你得叫我一声师父。"令狐媚摆出一副长者姿态："至于这东皇玉珥么，为师自有分寸，徒儿你就莫再多问了。"

别怨上仙沉吟了一下："看来只能怨我自己太过托大。"突然跪地："别怨上仙我言出必行，徒儿拜见师父。"磕了三个头后，便甩袖离去。

俞灵儿叹了口气，哎，自己平白多了这么一位太师祖。

令狐媚开心得什么似的，绕着令狐宝和俞灵儿，边跳边唱："百年修得同船渡，千年修得共枕眠。"愁湖美景三月天，共谱一字记曰："令狐媚转过身形一指愁湖：'缘！！'"

听着令狐媚的歌声，令狐宝深情地凝望着俞灵儿。

俞灵儿不好意思地转移话题："哎，既然偈帖已经消失，那为什么望湖塔还没倒呢？"

于是俞灵儿他们走向望湖塔，要看个究竟。

徐林颤颤巍巍地被人扶起，泪水不断，双手手胡乱地指向望湖塔，口中急切地喊着："娘！娘！……"。

　　突然天上下起雨来，就仿佛上天也被徐林的至诚，感动得落下泪来一般。原来之前直冲云霄的愁湖水柱，一部分落回愁湖，另一部分渗入云层，变成雨水落下。虽然大雨滂沱，可是那些跪拜在地的人群，却有增无减，之前望湖塔的异象，引来更多的人。

　　俞灵儿跑向临江仙子："偈贴不是消除了吗？为何望湖塔还在？"

　　临江仙子席地而坐，显然刚才以"临"字挤进偈帖，损耗过度。"我哪知道，谁出的主意，你就问谁去啊？"

　　俞灵儿转头看向令狐媚。

　　令狐媚"啊——"了一声，眼珠子滴溜溜一转，然后跑到望湖塔前高声喊道："所有人听着！这徐状元可是天上文曲星君转世。今日文曲星君祭塔，故此望湖塔显圣灵，今后塔身的砖瓦，不但能祛病健身，还可保佑生子，将来也能状元及第！所以你们千万不能搬走望湖塔的任何砖瓦……"

　　令狐媚话音未落，围观人群立刻冲向望湖塔，纷纷扒挖着塔身的砖石，而且闻讯而来的人是越来越多，甚至于有人套了很多车来，将大量砖瓦搬上车。

　　不一会儿望湖塔底层逐渐被挖空，塔身响起了"吱吱嘎嘎"的响声，随后向一边慢慢倾倒。可塔周围依旧围了很多人在那拼命挖着。

　　望闻上仙道声："不好。"忙一挥拂尘，巨大的塔身被一股无形的力量给托着，然后避开人群慢慢向愁湖倒去。

　　随着望湖塔这一倒，然后就见塔底层突显一道白光，光芒冲天而起，所有人都被这道白光照得睁不开眼。

　　俞灵儿就见从白光中缓缓走出一位女子，周身白衣素服，面容憔悴不堪，可是容颜却秀美绝伦。而这女子的美貌与太真上仙相较，却又有另一番风情。

　　走出来的正是白玲珑。

　　"姐姐！"小紫赶忙扑了上去。

　　"小……紫。"被压在望湖塔下受尽煎熬，此番得以脱困，白玲珑激动得连说话竟也木讷起来。

分离几十年，对修炼千年的她们来说，不过是转瞬之事。可再见面时却犹如隔世重逢，白玲珑与小紫相拥在一起，泣不成声。

徐林神情恍惚，在李碧莲的搀扶下怔怔地向白玲珑缓缓挪步。

在一群峨嵋白氏女子们的道贺声中，白玲珑唯独将目光转向徐林："你是？……"紧接着两行泪水流了下来。

小紫赶忙擦干眼泪，指着徐林道："姐！他就是你儿子，徐林啊！"

徐林张大嘴，却发出极轻的声音："娘……"

当年只望了襁褓中的儿子一眼，便再没见过他，在望湖塔下，不分光阴岁月，不断思念着自己的骨肉，虽然终日以泪洗面，却也难忍心中之痛。今日出塔，见自己儿子已然长大成人，那些逝去的光阴，再也回不来了。

白玲珑一边激动地凝望着徐林，一边挪向前。

徐林却再也忍不住了，奋力向白玲珑跑去。

就当徐林快要投入白玲珑怀抱时，突然一道金光将两人生生隔开。

"阿弥陀佛！白玲珑，你罪业未了，怎能私自出塔？！"随着话音，就见一位禅师模样的人，一手挂着禅杖，一手托着紫金铙钹，踱步而来。

"法远！我们找得你好苦！你关住我姐的这笔账，今日就让我们算一算！"小紫与其余几位女子，挺剑围住法远禅师。

"阿弥陀佛！当年峨嵋白氏水漫江天禅寺，生灵涂炭，老衲将白玲珑压在望湖塔下，也是为了消除你们的罪孽。老衲何错之有？"

"我姐姐与徐琅琊恩爱，本不关你事，你却强要拆散，你还说你没错？！"

"妖就是妖，怎能与人婚配？老衲只是替天行道。"说罢，法远高举紫金铙钹，只见紫金铙钹闪出万丈金光，将峨嵋白氏攻向自己的剑全都挡开。

"既然你们不知悔改，那白玲珑今日依旧放不得。"法远转过紫金铙钹，将钵口朝向白玲珑，然后一道金光向白玲珑照去。

俞灵儿见状，奋不顾身地跑上前："小心！"一把推开了白玲珑。

说时迟那时快，从紫金铙钹中射出的金光全都照在俞灵儿身上，在众人的惊呼声中，俞灵儿瞬间消失不见。

"俞灵儿！"令狐宝忙跑过来，伸手向俞灵儿消失身影的方向虚抓着，却什么也没能留下。

"仓啷"一声，法远手中的紫金铙钹被望闻上仙削成两半，掉落在地上，瞬间便暗淡无光。

"你！"法远指着望闻上仙："老衲在此降妖除魔！仙界不但不援手，却还反过来坏老衲无上法器？！"

天鞘上仙也踏上一步："你降妖除魔，仙界自然不会阻挠。可是你刚才收去的是一位凡人，这有失公允！"

"这！……白玲珑，老衲今日暂且先放过你。"没了紫金铙钹法器，便无法抵挡峨嵋白氏的合攻，法远赶忙念动咒语，一眨眼便消失。"老衲一定会回来的！"

令狐宝和临江仙子赶忙跑过去，可地上除了只有紫金铙钹的两瓣破碎钹块外，什么都没有。"紫金铙钹不是破了吗？可是俞灵儿的人呢？她却在哪里？"

"这就要去问法远了！"小紫吹了一声口哨，然后也不知道从哪儿跑来一群狼，为首的几匹体形硕大，通体白毛。虽然其他人还在那专心致志地挖着望湖塔剩下的砖块，却也被突然冒出的狼群给吓了一跳。

"中山狼？！"令狐宝认出了，这些是自己曾经和俞灵儿一起，在银铛岭上见过的中山狼。特别是这中山靖狼的嗅觉是天下无双，只要被它们闻过味道的人，哪怕躲藏得再隐秘，都会被找到。

后山捶丸

小紫让这些中山狼闻了闻地上碎掉的紫金铙钹，然后这些狼仰头"嗷"一声叫，便向愁湖方向跑去，

众人也跟着这些狼跑去，然后就见愁湖岸边，狼群围着一只小螃蟹，不停地闻着它，就是不放它走。然后最大的一头中山狼像突然像碰到什么机关一样，一下缩身进到螃蟹的肚子里，其他狼也纷纷效仿，进到螃蟹肚中，螃蟹一失去狼群的阻挡，立刻就跑进愁湖。令狐宝等人反应不及，被这螃蟹一头扎入湖水中去，再也不见踪迹。

"阿弥陀佛！"法远盘腿坐下，定了定神："可恨啊，白玲珑居然获救了！愁湖水也未干啊，可究竟是谁将望湖塔推倒的呢？"

"嗯？……"法远突然觉得身边有异动，然后定睛一看，就见漆黑一片的螃蟹肚中，似乎闪着很多双亮点。

法远一抬手，禅杖慢慢发出亮光，然后就见身边那许多双亮点，竟然是一群狼发亮的眼睛。

"阿弥陀佛！啊哎，阿弥……啊啊……陀佛！啊哎——"螃蟹肚中法远绝望的惨叫声传遍于愁湖湖底……

正当大家都在找寻俞灵儿的下落时，有一个人迫切希望能尽快见到俞灵儿。

三月二十。

吴皇后跟随皇上皇甫构，一起去凤凰山捶丸。

捶丸源于前朝，就是参与者依次用球杖击打球，将球击入球穴的活动。

皇甫构站在草坪上，双腿分开立于角球旁，双手握住球杆，比拟着击球的动作手臂摆动着，转脸看了远方插着彩旗的球穴一眼，再回过脸看向草地上的角球，然后用力挥动球杆，将角球击飞出去。

旁边吴皇后走上前，手搭凉棚，看着皇甫构击出去的角球轨迹。

"今早朕去慈宁殿拜见过太后了。"皇甫构将球杆递给身边的球侍，将所站位置让给吴皇后。"她老人家又催朕早立太子了，让朕在她今年七十大寿之前立储。这样寿宴上就有太子贺寿了。"

"这几日太后也让臣妾劝陛下早立太子。"吴皇后一个万福后，便接过球杆，站在之前皇甫构所站位置。

旁边球侍将另一个角球放在同一个位置。"立太子乃是民心所向，皇上有何烦恼？"吴皇后也以同样的姿势将角球击飞出去。

皇甫构倒是无心去看吴皇后击出去的球落到哪里，直往球穴方向走去："可是太后点名要朕立皇甫玖为太子。"

吴皇后忙跟上皇甫构："那皇上的意思是？"

"恩平王皇甫玖深得太后喜爱，满朝文武也拥护他。寡人其实也早有此意。"皇甫构走得几步，来到自己击出的那个角球旁。

"既然如此，那皇上还烦恼什么呢？"吴皇后从球侍手中接过球杆，再转递给皇甫构。

皇甫构转脸看了一眼身旁林子里被惊起的鸟群："虽朕早就有心立皇甫玖为储君，可寡人不知何故，总觉得哪里不放心啊。"

"心"字刚说完，皇甫构脚下的角球，被他一击又朝着球穴方向飞去。

吴皇后看着皇甫构，想说点什么，却欲言又止。吴皇后其实知道皇上放心不下什么，早些年，皇甫玖与皇甫琼年纪都还小的时候，有一次，皇甫构给他们讲修身齐家治国平天下的道理时，突然闯来一只猫。皇甫琼心无旁骛、聚精会神地恭听皇甫构所讲，而皇甫玖则被这只猫吓得方寸大乱，魂不守舍，最后实在受不了了，就一脚将这猫踢飞。

至此后，皇甫构就觉得皇甫玖这孩子，胆小如鼠，且粗鲁无礼，而且好几年来也没什么长进。虽然太后一直夸皇甫玖长有一副帝王龙相，可是当皇帝又不是唱戏，光有容貌又有何用？

皇甫构看向吴皇后："唉，皇后的球呢？"

吴皇后忙向另一处指去："臣妾也觉得，玖儿与琼儿这两个孩子，还太稚嫩。"

皇甫构便向吴皇后的球走去："稚嫩？都二十出头了。要说稚嫩，怕是玖儿那才叫稚嫩吧！"

吴皇后拿过球杆，摆好姿势，眼睛却看向皇甫构："玖儿也不过胆子略小了些，待经得几年历练，胆量便不再输于琼儿了吧？"

说"琼儿"时，吴皇后正发力挥杆，将她脚下的球朝球穴方向击去。

"启奏圣上，恩平王皇甫玖、普安王皇甫琼、王府教授严龙，现正在山前候旨！"蓝玉打老远跑来，上气不接下气地奏道。

吴皇后疑惑地看向蓝玉。

"宣他们来见吧。"皇甫构继续走向他击出球的方向，并向吴皇后说："是朕宣他们来的。"蓝玉撒丫子往后便跑。

不一会儿，蓝玉领着皇甫玖、皇甫琼和严龙来到皇甫构前，跪拜施礼："臣拜见皇上，万岁万岁万万岁！拜见皇后娘娘千岁。"

蓝玉来回跑的档口，皇甫构击过一次球了，这回是轮到吴皇后击球，但是和刚才不同，吴皇后这回瞄了半天，就是不急着击球。

"都平身吧。"待这三人站起身，皇甫构却见皇甫玖脚上穿了一双木屐。

皇甫构向三人走来的路上望去，只见草坪上的青草，被皇甫玖脚上的木屐踩坏，踏出了两条明显的痕迹。

初春新长起来的青草，就被皇甫玖这般践踏，看得皇甫构直心疼："玖儿，你这是怎么啦？"一指皇甫玖脚上的木屐。

其实皇甫玖今天在青楼里正快活，突然听仆从说皇上要召见，忙起身穿衣，自己的靴子也不知道丢哪了，就随便在床边踩了双木屐就出门了。这过来的一路上，皇甫玖只注重调整衣冠，却也顾不得去换双靴了。

皇甫玖只得支支吾吾地说了个大概。在当时，逛青楼是很多文人骚客所行的风雅之事。从听者的不同角度看，有不同的结论。

皇甫构摇了摇头："寡人有旨，今后捶丸所用之草坪，不得着重鞋出入！"

话音刚落，"砰"一声，吴皇后将球击飞出去。

皇甫玖和皇甫琼忙跪倒称"遵旨。"吴皇后转过身和蓝玉及严龙一起躬身："遵旨。"

皇甫玖站起身，忙脱下木屐拿在手上，光着脚踏在草坪上。

而皇甫琼今天则穿了一双简朴的布鞋。他在一旁，觉得弟弟光着脚挺可怜的，便脱下自己的一只布鞋，递给皇甫玖，示意让他穿上一只。这样两兄弟就是一人穿一只鞋，可谓有难同当。

但皇甫玖是个很注重形象外表的人，觉得一脚穿鞋一脚光着很是不雅，便回绝了皇甫琼的好意。

表面上看皇甫构漫不经心的样子，可皇甫琼让鞋的这些细微动作，都被他看在眼里。

平时皇甫构眼里只注意皇甫玖，对皇甫琼往往视而不见。倒不是他刻意不看皇甫琼，而是经常很自然地就把他给无视了。

一方面是皇甫琼长相比皇甫玖差很多，人又长得瘦小枯干，毫无存在感。另一方面皇甫琼衣着简朴，又谦虚恭敬，乍一看就像个随从跟班。有时候皇甫构偶遇皇甫琼，也只当他是某个听差的，给忽略过去了。有时候皇甫琼明明就在皇甫构面前，皇甫构还在到处找人："琼儿呢？琼儿来没来？"就好似是皇甫琼无师自通了"隐身术"一般。皇甫构觉得皇甫琼在身边有个最大的好处，万一有刺客来行刺，皇甫琮很有可能会将刺客给绊倒。

皇甫构一边走向自己的那个球，一边说："寡人宣你们来，是因为东湖阅舟之后，朕还未问过你俩的功课。今日孤要考校一下你们。史卿家，近日你这两个学生都读些什么书啊？"

严龙躬身上前，将近日来两位王爷学的四书五经之类呈报一遍。皇甫构点点头，走到自己的球旁边。这时，皇上和吴皇后两人打出的球，都已经离球穴不远了。

"来，你们俩倒是说说，读了这么多书，可有什么心得？"

皇甫玖和皇甫琮分别回答了一些心得，多数都是严龙平时给他们上课时，就已经对答过的一些书文心得。

球穴旁站着一名球侍，将彩旗从球穴中取出，手中拿着一根底部球状的长杆，支在球穴另一边，与球穴及皇上的角球连成一条直线，方便击球者瞄准。

"哆"，皇甫构用槌子状球杆击中角球，球慢慢滚向球穴，可惜没进，滚向球穴另一方向。

皇甫构"哎呀！"一声，让吴皇后去击她的角球，转身对皇甫玖说："心得感悟倒是说得不错！那你们平时都有些什么自习啊？"

皇甫玖心想，自习？自己所谓的自习，就是和仇条他们一帮公子哥每天吃喝玩乐，风花雪月。真要说最近几天自习最多的内容，就是怎么接近春风楼的花魁了。整个过程真可以说是煞费苦心，一波三折，披荆斩棘，峰回路转。今天好不容易"自习"成功，终于能一亲芳泽了。他连衣服都脱光了，正准备与花魁云雨一番时，却被告知皇上要立刻召见，吓得自己连靴子都找不到了，立马赶来。

可这话让他怎么说好呢？

　　"呀呀呀，差一点儿啊！"听到背后吴皇后的声音，皇甫构便回转身拿着槌子状球杆，瞄准着球穴："怎么都不说话啦？"

　　见皇甫玖怎么都说不出口，皇甫琮便躬身上前道："儿臣近日都在临帖练字。"

　　"哦？你都在练什么字帖啊？"皇甫构"啵"一声，将角球慢慢击出，转身先找那双布鞋，找到之后再顺着布鞋往上看皇甫琮。要不是这双布鞋，皇甫构指不定什么时候能找到皇甫琮呢。

　　皇甫琮恭敬地回答："练的是圣上赐予臣的《修禊黄溪》。"

　　"啊哈！进了，圣上的球进了！"吴皇后站在球穴旁欢呼着。身边的球侍和蓝玉一起高呼："恭喜皇上！贺喜皇上！"

　　皇甫构缓缓回转身看向球穴，见自己的角球正落在球穴内。皇甫构开怀大笑："哈哈哈，娘娘你输了！"

　　吴皇后对着皇甫构莞尔一笑："臣妾本来就技不如圣上嘛！"

　　皇甫玖后悔得一拍大腿，嘿，他怎么把皇上交代过抄写《修禊黄溪》的事情给忘了？他忘了写不说，王兄皇甫琮却抄写了，看来今天他是糗大了。

　　皇甫构非常开心，转身往回走："那你练完了吗？"

"回皇上，儿臣还没练完。"一双布鞋紧随其后。

皇甫玖瞥了一眼皇甫琼，心想王兄原来也没写完五百遍啊，那他和我不过是五十步笑百步而已。

皇甫构脚步一顿，也不回头："没练完？那你已经写了多少啦？"

这双布鞋也跟着停下脚步："回皇上，儿臣才刚练了七百遍而已。"

皇甫玖差点没把眼珠子给喷出来，皇上让我们抄五百遍，你倒抄了七百遍？还说"刚写了"，照你这意思，写完还不得上千遍呐？！你能把布鞋借我一个，多写的那两百遍怎么不借给我啊？

皇甫玖只是不知道，皇甫琼什么都可以让给他，唯独一样，绝不能让。

严龙则非常满意地看着皇甫琼，微微点头。

"哈哈哈，这傻孩子，朕只让你抄五百遍而已，何须抄这么多啊？"皇甫构大笑着继续迈步走，他也不用去问皇甫玖抄没抄了，答案已经很明显了。

"儿臣临皇上的《修禊黄溪》，初若食蜜，喉间少甘则已；越到后来，如食橄榄，真味久愈在也，故尤不忘于心手。不知不觉间抄了七百遍。"这双布鞋紧随皇上身后。

皇甫构眼睛都亮了起来："哦哦！！你居然有此体悟？那朕倒要好好看看你抄的那些字。"说完便手掌随意一伸，意思是，你说得挺好，拿得出来否？

皇甫琼躬身说："臣抄写的纸卷，正由臣的随从携带，臣前去唤来便是。"

"不用你去。"皇甫构找了一眼地上那双布鞋："蓝玉！"

蓝玉立刻接旨而去。

皇甫构一路走到草坪边的座椅上休息："你来见朕，身边却带着七百份《修禊黄溪》是何用意啊？"

"臣平日里无论去何处，若兴之所至，必会取出临写，故此每次出门必让随从带着。"皇甫琼躬身以平缓的声音回话。

不一会儿，皇甫琼的随从背着个卷筒跟着蓝玉而来。

皇甫琼忙从随从那取过卷筒，呈给皇甫构。

皇甫构先不忙打开看，拿在手里掂掂分量，估摸着七百篇都不止。然后皇甫构将卷筒放在身边桌子上，便不再理会，而是与吴皇后和严龙谈天说地。

皇甫琼和皇甫玖就干站在一旁。

正说着："太后驾到！"旁边的太监来传。

原来是快七十岁的仁贤太后来了。

仁贤太后原姓韦，是皇甫构亲生母亲，早期同赵天宗一起被澜人掠到北方。皇甫构定下南北议和时，开出的唯一一项条件，就是让澜国将其生母送还。

仁贤太后晚年生有白内障，看东西很不方便。后来有个神仙托梦给她，醒来后四方打听，才知道那个神仙居峨眉山修道，名叫皇浦道人。于是便请来皇浦道人施法治好了她的一只眼睛。

皇浦道人还精通相术，所以太后便叫来皇甫琼和皇甫玖，让皇浦道人看相。结果皇浦道人就看了一眼，说："恭喜太后，将来此子必为一代圣贤明君。"

太后一听此言，可乐坏了："这圣贤明君可比得前朝明君？"

皇浦道人沉思半晌后说："只待太后另一只眼复明时，可亲自鉴证。"

太后彻底高兴坏了，听皇浦道人这意思，自己另一只眼不但能复明，而且自己还能延年长寿。只是她不知道皇浦道人说这话是另一种意思。

太后虽说只有一只眼睛能看，但是却没看清皇浦道人说的这一代圣贤明君是谁。事后太后想了想，那还能指谁啊，当然是帝王相貌的皇甫玖。太后本来就喜欢皇甫玖这孩子，这下更是欢喜得不得了。想来今年快七十了，大寿的时候，如果皇甫玖以太子身份给自己贺寿，那不是更令老怀宽亦？她催了儿子好几次，都没见皇甫构立储的意思。现在皇上居然还跑去皇宫后的凤凰山玩捶丸？

这几日也没见皇甫玖这孩子来拜见自己，心里正挂念着。听太监说他也在凤凰山，所以太后拄着龙头拐杖坐上辇车，也跑来捶丸草坪这儿了。

皇甫构忙起身迎接太后，太后被两个宫女搀扶着坐到长椅上。

皇甫构、吴皇后、严龙、皇甫琼和皇甫玖及一班人等跪倒山呼："拜见太后千岁千岁千千岁！"

"起来吧，今日你们出来游山玩水的，却独留哀家在宫里生闲气么？"太后生气地敲了一下龙头拐杖。

皇甫构呆立一旁，站在那儿不知所措。

吴皇后忙脱下披肩，上前给太后披上："哪里敢啊？近几日风凉，臣等还不是怕太后出宫，被凉风吹坏了身子不是！"

吴皇后平时就很孝敬仁贤太后，深得太后欢心。听吴皇后出来说话，太后便也不再发怒，笑容满面地拍了拍吴皇后的手："还是皇后体贴啊。"转脸用一只眼瞪向皇甫构："有时候啊，真比亲儿子更亲呐！"

皇甫构一脸委屈："太后，太后。"

"玖儿！我的玖儿何在？"太后表达着她来此的目的。

"太后！玖儿在这里。玖儿在这里。"皇甫玖可算是盼到救星了，忙上前跪倒在太后膝下，拉着太后的手。

太后爱抚着皇甫玖的头："我家的玖儿可好？"

皇甫玖忙点头："好着呢，好着呢！"

太后望向吴皇后："我家的玖儿可好？"

吴皇后忙回答："甚好，甚好！"

太后转脸对众人说："你们都觉得我家的玖儿可好？"

众人忙点头称是。

太后转脸看向皇甫构："那……"

"还稍显不足。"皇甫构低声打断太后的话。

"哦？有何不足啊？哀家怎么没看出来？"太后又不高兴了，"你说啊，你倒是说啊？"

吴皇后忙上前抚着太后胸口："太后切莫动气，伤身呐！"

"哼！"太后将龙头拐杖重重地捶了下地。

皇甫构站在一旁不敢吱声。

皇甫玖将头躺在太后大腿上，一言不发，心里暗喜，好事将近，好事将近喽。

太后手抚着皇甫玖的头，心里恨皇甫构为什么就是不肯立玖儿为太子。明明一个贤明圣君在眼前，难道皇甫构的眼睛，比我这老婆子的还不好使吗？

只要有哀家在一天，玖儿的储君，哀家是立定了。

太后转脸一瞧，严龙也在场，心想皇上平时非常重视严龙，可谓言听计从。今日如若严龙也能帮忙替玖儿美言几句的话，说不定玖儿立储之事就能定下来。"史卿家也在啊？"

严龙忙上前拱手："臣愿听太后差遣！"

"史卿家，听闻你的学生平时最是用功，此话当真么？"太后心想，玖儿这几天都没来拜见自己，说是闭门练字。想皇上平素最爱书画，由严龙起头陈说玖儿这几天的表现，那可比旁人对皇上说话效果更好。

可皇甫玖一听太后问起这话，头上一滴豆大的汗珠落下，太后啊，您真是哪壶不开提哪壶啊。

严龙忙回禀："回太后，此话不假，现正有臣学生抄写的七百卷《修褉黄溪》在此，太后可过目。"

七百卷！太后心跳加速，就这几天工夫，居然能写七百卷，这也太用功了吧。果然是圣贤明君啊！

太后所说的学生是指皇甫玖。可严龙的学生又何止皇甫玖一个人呢？

吴皇后赶忙拿来皇甫琮呈上来的卷轴，递到太后面前。还从卷轴中抽出几张来，递给太后两张，多出来的递给皇甫构几张，剩下两张吴皇后自己不拿，全给了严龙。

皇甫玖一闭眼，完了哦！自己今天这糗可大发了。

皇甫构拿着卷纸一看，却见皇甫琮抄写的字虽然是《修褉黄溪》上的字，却毫无自己临摹时的风范，可以说那些字很稀松平常。叹了口气，心里非常失望。

可太后拿起卷纸，一看果然是《修褉黄溪》。想当年她随王伴驾之时，先帝徽宗就特喜欢《修禊黄溪》，说是"天下第一行书"。时常对众人讲一大堆《修禊黄溪》如何尽善尽美的话，她也听不大懂。听过几次之后，她依稀也总结出来，就是《修禊黄溪》同时兼具"骨力"与"和谐"。

太后还不知道这是皇甫琮临皇甫构写的《修禊黄溪》，还以为是皇甫玖写的。太后心想，那可得利用哀家对《修禊黄溪》所知道的事情，向皇上多说玖儿一些好话才是。

第一百二十九章

骨力和谐

于是太后假装很懂的样子，拿着卷纸仔细品鉴，突然冷不丁来一句："好字！"

众人都被这句"好字"惊了一下，一起看向太后。

太后一连说了几个"好字！"后，才说："那个，真可谓，啊，那个，详察古今，研精篆素，还有，尽善尽美啊！"

"噗嗤"一声，蓝玉硬生生地忍住了笑。皇甫构横了蓝玉一眼，也没怪罪。

太后很努力地回忆着先帝说过的话："嗯哼！还有，今吾临古人之书！啊……殊不学其形势，……唯求其骨力，及得其骨力，啊……哦！而形势自生耳！"

这回连皇甫构都忍不住偷笑了。

吴皇后则伸手帮太后擦了擦满头的大汗。

太后觉得自己越背越流畅了："心正气和，则契于玄妙，啊！嗯！志气不和，书必颠覆，正者，冲和之谓也。"说最后这个"也"的时候，太后还学着先帝的模样，在那摇头晃脑。

皇甫构忙将手中的卷纸挡住自己脸，生怕被众人看见自己的表情。可是旁人从他抖动不止的身形也猜得出，此刻怕是已笑得快不行了。

笑着笑着，皇甫构慢慢停下来不笑了，看着眼前卷纸上皇甫琼写的《修禊黄溪》。仔细看这份卷纸上写的字，还真就应了太后所讲的兼具"骨力"与"和谐"之道，且还能适于平衡。心想太后此番所说的，其实都是先帝对《修禊黄溪》的褒奖之辞。当年先帝也常提起，说身为帝王，需懂得刚柔相济，且兼施平衡，才能做到不失偏颇。而在书法上能体现先帝王者之道的，就是兼具"骨力"与"和谐"，且相互平衡之道。

虽说皇甫构也知道这道理，也曾下过苦功追求书法上的帝王之道。可是无论他如何反复临摹，都无法做到"骨力"与"和谐"兼具，更何谈兼顾平衡。有时"骨力"有余，而"和谐"不足，反之亦然。而自己最难以做到的就是将两者兼顾平衡。绞尽脑汁找寻了各种办法，问过很多大臣，翻阅了众多古籍。可最终自己依旧无法做到将两者兼顾平衡。

可这皇甫琼小小年纪，这才写了七百遍，居然轻而易举就能做到自己无论如何都做不到的事情？

底下那皇甫玖都快要有死了的感觉。心道太后你就别再说了啊。

皇甫琼则深深敬佩太后，年逾古稀，居然还能说出这番道理来。

想起那日在书房内。

皇甫琼指着《修禊黄溪》问俞灵儿："大学士，这《修禊黄溪》号称天下第一行书，可我看来看去，怎么都看不出它到底好在哪里啊？"

"看不出哪里好，这也怪不得你。"俞灵儿用手掌拂了一遍卷面："要说哪里好，一般来说，就是笔精美、字构美、章法美。"

皇甫琼又问道："笔精美……可是，用笔精是很精，可要说笔精美，那序上诸多破笔、贼毫，还有那些戛然而止的断笔，也是精美吗？"

"你可曾听过'大成若缺'？若只为精益求精，是美，却非至美。这《修禊黄溪》笔精之美，就是以其缺憾来显其至美。"

皇甫琼在旁思索着俞灵儿的话。

俞灵儿叮咛皇甫琼："殿下抄写时，不用理会《修禊黄溪》字里行间的诸多奥妙，只需记得，同时兼具'骨力'与'和谐'之道便可。"

皇甫琼问："我知道'骨力'乃是书法之生死刚正，善笔力者多骨，不善笔力者多肉。可我习字时日尚浅，如何才能在短时间内具有入木三分的骨力呢？"

"时日尚浅？"俞灵儿笑了笑，看向皇甫琼腰悬的佩剑："殿下习武有多少时日了？"

"自小便习武，从未间断。当年雷谦元帅还亲自指点过我呢。"皇甫琼对自己这段过往非常自豪。

俞灵儿继续问道："那如果有人要夺殿下手中之剑，殿下有几成把握不被人夺去？"

皇甫琼很肯定地回答："自然是十成把握，当年雷谦元帅还特意教过我内力，练好握剑之法。我自练此法后，果然臂力、腕力和握力大增。"

俞灵儿点点头："那就是了，其实武道和书法，本就有相通之处，内力可梳理笔之调理，自成笔力。雷谦元帅当年教殿下的握剑之法，其实就是握笔之法。此法的深意，正执握剑，倒执握笔。殿下以后自当慢慢体会。"

"难道说，我执笔时，以雷谦元帅所传强横内力与握剑之法来书写？"皇甫琼捏着拳头设想握笔时的劲道。

"不错，下笔点画波撇屈曲，皆须尽一身之力而送之。"俞灵儿回想起和皇甫琼初次见面时，他恭恭敬敬地跟在自己身后的模样来："而'和谐'之道，旁人我不敢说，殿下其实早已通达。"

皇甫琼却眉头紧锁："可是，既要用雷谦元帅握剑之法施展强横的'骨力'，又要以温良恭俭让来力求'和谐'，这，这恐怕很难做到唉？！"

"要做到一点都不难！"俞灵儿突然郑重起来："难道殿下心中所敬之人，早已不再有徽、钦二帝了吗？"

皇甫琼一下子就明白了，这不正是最好的兼具"骨力"与"和谐"两者之法吗！

正回忆着，皇甫琼的思绪被太后大声的说话给打断了："你们且来说说看，玖儿能写出这般王者之道的字来，是否有先帝之风？"

皇甫构伸手指向左边："太后！您口中这般王者之道的字，那可都是琼儿这孩子所写，并非出自玖儿之手啊！"

这可是皇上第一次想到皇甫琼，第一次听到皇上为他说话。皇甫琼心情有点激动，眼泪都快出来了。可是，皇上啊，您指的那是蓝玉啊，我皇甫琼在您右边站着呐！

太后糊涂了："琼儿？……琼儿是谁啊？"

皇甫琼差点没摔一跟头，自己这存在感都已经彻底归零了。

太后身边的慈宁宫宫女忙搭茬儿："就是每天一大清早来拜见太后的普安王啊！"

"普安王？普安王就是琼儿？！"太后才明白过来。立时想起，每日里，鸡还没打鸣，这普安王就候在慈宁宫外，等着拜见太后，有时候太后一觉睡到中午才起，这普安王就等到中午才进来拜见，风雨无阻。只是每次他来时，都传"普安王觐见"，普安王进来后也自称"不肖孙儿"。所以太后都不记得琼儿是谁了。

原来她几乎豁出老命，费了半天劲，结果是在帮皇甫琼吹捧啊？！

那不行啊，毕竟她还是希望心头肉玖儿被立为太子。总不能让皇甫琼王者风范的字，把玖儿给比下去吧，到时候皇上可就又有借口不立玖儿为储君了。

"但是！这字嘛，还是很不好。"太后的口气改得真快。

"愿闻其详！"皇甫构马上躬身聆听。

太后瞪着一只眼看着皇甫构，心说自己只听过先帝说了一大堆《修禊黄溪》的好话，却从没听过半个字说不好的，皇甫构你还要闻其详？你就是诚心想让哀家下不来台是吧？！

太后有气没处撒，烦躁得看来看去，一眼就看到了严龙。心想，严龙就是哀家今天的大救星了，哀家也玩一把捶丸吧，把这球捶给严龙算了："史卿家，你，你来说说看这字哪里不好！"

皇甫构看着太后心想，娘啊，不带这么玩的吧？再回转身看向严龙，心说，字写得再不好，那也没什么大惊小怪的，就算是王之修本人，都无法再次写出他自己的这篇《修禊黄溪》来，何况是二十刚出头的孩子。

只见严龙不急不缓地回话："回太后千岁，依臣之拙见……"严龙缓缓地摇了摇头："通篇唯有一笔尚佳！"

"哇哈哈哈哈！"太后一听这话，可乐坏了，到底是哀家的大救星啊！言简意赅，便道出常人所不能道啊！

皇甫构盯着严龙心说，严龙你这话真心的吗？整个一大篇幅的字，就只有一笔是好的吗？你这样对自己的学生也过于苛刻了点吧？

吴皇后也很纳闷，就算写得再差，也不至于被说成这样啊？

蓝玉看着笑得前仰后合的太后，心想，听到孙儿这字被贬低至此，还能乐得如此开怀，这祖母也是当得够可以的了。

皇甫玖则感觉一下子找回了春天，一脸惊喜地抬着头左看看右看看。心想，看到没？看到没？不做就不会错！抄了七百遍，落了个什么结果来啊？

至于皇甫琮脸上什么表情么……因为没人注意到皇甫琮，所以被所有人给忽略了。

皇甫构等太后笑得差不多了，便问："那依史卿家所言，究竟是哪一笔尚佳啊？"

严龙依旧平缓地道来："回皇上，臣所指，乃是此文第一笔。"

第一笔？

皇甫构忙看向手中卷纸，这第一笔不正是《修禊黄溪》第一个"永"字上的那一点吗？

严龙继续说着："正是'永'字上那一点，而且通篇所有字的每一笔画，都由这一点，来转笔和折笔。"

经严龙这么一说，皇甫构不看倒还好，这仔细一看，神色顿时呆住。

几乎所有人都看向皇甫构，不明白他这是什么反应，究竟按严龙所言的，这是好呢？还是不好呢？难道说严龙是为了保全皇甫琮的面子才这么说的？难不成整篇一无可取之处？

太后的笑声又大了，心想虽说世间人书法大同小异，可哪有人以点来起笔和折笔的？

皇甫玖抖擞精神，坐直了，就等看好戏了。心想，王兄啊！王兄！这可怪不得别人啊！早让你随我一起出去吃喝玩乐，逍遥快活，那多好。你偏不肯，唉！现在遭罪了吧？！

周遭的其他人，屏气凝神地等待皇甫构的反应。

众人中只有吴皇后曾见过皇上这种神色，一个多月前的德寿殿中，当时皇上也是这般神情，手拿着俞灵儿所写的《洛神赋》。

可吴皇后所不知道的是，这时的皇甫构却是另一番心境。皇甫构心道，但凡书法的起、行、收的转或折处，都需先转笔或折笔，再行书写。可如严龙所言，皇甫琮通篇所有字的每一笔画，都只由一点，来代替转笔和折笔。

第一笔，这一点。

非常简单自然的这一点，正是皇甫琮通篇写《修禊黄溪》的精髓所在。

何止是"永"字上这一笔。永字第二笔，横的起笔，也是这一点，第三笔，竖的折笔也是这个点，勾的收笔也是，后面那四笔都是。不单单是"永"字，整篇《修禊黄溪》所有字的转笔和折笔都是一模一样的这个点。虽然随着不同的字，这些点大小也各不相同，但却都一模一样以点来转笔和折笔。

皇甫构自己练字多年，都做不到转笔和折笔处一模一样。何况自己在转笔和折笔处曾下过偌大的苦功，才有一定造诣，却不想皇甫琮只是简简单单的这么一点，就转折而去，且比自己苦练多年的转笔和折笔更自然随意，而且更接近黄溪体的神髓。

究竟，皇甫琮这孩子，怎么做到的？

自打恩师严龙说出"通篇唯有一笔尚佳"时，皇甫琮的思绪就又回到那间书房。

俞灵儿拿开《修禊黄溪》，取来一张宣纸铺好。蘸上墨，俞灵儿提起笔："殿下看好了！"然后就一点，点在宣纸上。

"殿下先反复熟练将'骨力'与'和谐'之道应用于这执笔之势，来写在这一点上。不需数日便可成。"俞灵儿将笔递给皇甫琮，并帮他摆了个握笔的姿势。

皇甫琮闭上眼，以握剑之法凝力于手上，然后突然睁开眼。

俞灵儿就着皇甫琮这股势，帮他顺手落笔，一点给点下去。

然后拿开宣纸，只见皇甫琮刚才那一势落笔，透过宣纸在案上留下了一个深深的点墨。

"等殿下这一点练成，再配合'内擫'笔势，练这个字。"然后俞灵儿再取来一支笔，蘸墨下笔，一点一笔地在宣纸上写了个"永"字："承学之人用《黄溪》，'永'字以开字中眼目。"

皇甫琮感到奇怪："大学士，'永字八法'我是熟知的，可但凡起、行、收的转折处，都需先转笔或折笔，'转以成圆，折以成方'，可大学士直接以一点而过，这是何道理？"

俞灵儿笑了笑："哦？殿下既然熟知永字八法，那请殿下说说看，永字八法中，是如何解说转笔和折笔的？"

皇甫琮一愣，"永字八法"中讲过：点为侧，如鸟之翻然侧下；横为勒，如勒马之用缰；竖为弩；钩为趯；提为策；撇为掠；短撇为啄；捺为磔。却只字未提如何转笔和折笔的。可偏偏世间书法对转笔和折笔非常推崇备至，要不是经俞灵儿这么一问，自己还真没想过，为什么"永字八法"从不提那如此重要的转笔和折笔。

俞灵儿见皇甫琮答不出，便解释道："那是因为啊，转笔和折笔是自赵之后的今法，而前朝之前的古法，本就没有转笔和折笔之说，都是简简单单的这一点而起，一点而折，一点而收。只是古法失传而已。"

皇甫琮很惊讶地说："难道说，《修禊黄溪》的字体写法中，都没有转笔和折笔？"

"不仅如此，殿下写字时手腕要凝点不移方位，全靠手来书写。"俞灵儿握着笔继续向皇甫琮说道："此法很是关键，殿下请谨记，抄写《修禊黄溪》每一个字时，将'永'字上那一点视为先帝，每写一字，手腕需坚定不移地朝向那一点来书写。只管一气临来便是。"

"深识书者，惟观神采，不见字形。"俞灵儿盯着皇甫琮，"届时自会有欣赏殿下的人出现。"

想到俞灵儿对自己说的这句话，皇甫琮转脸看向了严龙。

这时严龙率先出声打破了寂静："启禀皇上，依臣之拙见，这第一笔，譬如北辰，柱高而远，为政以德，居其所而众星拱之。"

严龙这番话一出口，呆立原地的皇甫构的眼前又是另一番景象。卷纸上那三百二十多字，每一笔骨力劲透的笔画，看似杂七杂八的零零落落，却似都不约而同地指向了"永"字上那一点。

真的就好像严龙所言，那一点，譬如北辰，居其所而众星拱之。

这在皇甫构眼里，这张同时还兼具"骨力"与"和谐"平衡之道的书帖，简直就是明君帝王之相！

皇甫构忙打开吴皇后手中的卷轴，浏览那七百多篇卷纸，几乎每一张卷纸上都是这番景象。

皇甫构缓缓放下手中卷轴，抬起头心想：

皇甫玖虽长有帝王之相，却无帝王之气质。

这皇甫琼虽无帝王之相，可他却有帝王之气质。

看来这立储之事，还真得从长计议才是啊。以后他不能只注意皇甫玖了，还得多注意皇甫琼才是。

一旁太后见严龙这么说，使得皇上有所反应了，便也拿起手中的卷纸，看向那个"永"字。

太后再不懂书法，却也看得出那"永"字每一笔转笔和折笔的奥妙之处，而且听严龙的意思，那上面的一点是北辰，也就是北极星的话，那永字其他的七个转折起笔的"点"，正好构成一个北斗七星的模样来。

横竖及左面两笔的起笔之点，正好构成"天枢"、"天权"、"天璇"、"天玑"斗勺身，右边撇、捺的顿笔及勾的起笔之点，正好构成了"玉衡"、"开阳"、"瑶光"斗柄。

真的就好像严龙所言，那一点，譬如北辰，居其所而众星拱之。

这在太后眼里，虽然只看懂"永"字，可这张众星拱斗、斗拱北辰的书帖，简直就是诸天神仙之相！

这使得太后心里也是十五个吊桶打水七上八下的。太后向来最信神仙之道，莫不是冥冥之中，有神仙暗示哀家，真龙天子，圣贤明君，其实并非我的玖儿，而是皇甫琼？

一想到心肝宝贝，很有可能不是圣贤明君，太后顿时感到十分心痛。可怜啊，我的玖儿啊，心肝啊，宝贝啊。连鞋都没得穿啊！看我的心头肉啊，看多可怜啊。

"唉？玖儿啊，你怎么光着脚啊？"太后这才发现，跪在自己膝下的玖儿正光着脚呢。

"这……"皇甫玖也不知该如何应答。

皇甫构在一旁忙说："太后问你话呢，你怎么光着脚啊？"

"是，是皇上有旨。说捶丸草坪内不得穿重鞋出入。"皇甫玖感觉很不妙。

"重鞋？别怕，你原本穿的什么？只管与哀家讲。"太后觉得皇甫构是有意针对皇甫玖才下这道旨的。

蓝玉忙拿起皇甫玖丢在一旁的木屐，呈给太后看。

"木屐？"太后觉得很奇怪："这木屐又是怎么回事啊？"

皇甫构又接话过去："太后问你话呢，这木屐又是怎么回事啊？"

"这……"如果皇甫玖单独与太后在一起，怎么说都行。可是当着皇上的面乱说，那可是欺君之罪啊。

皇甫玖只得将自己今日在青楼之事，吞吞吐吐地道来。

"你说你这几天在家闭门用功练字，原来你骗哀家。"太后一脚将皇甫玖踢开。

太后以前被掠到北方，被丢在浣衣院里，受尽澜人侮辱。这是太后心中最深的痛。皇甫玖说别的都还好，说自己去青楼妓院，那是揭开了太后那愈合了很久的伤疤。

"畜生！"太后将龙头拐杖沉沉地杵在地上："你，你……"颤抖的手指着皇甫玖。

吴皇后忙抚摸太后的后背，使劲劝着。

皇甫构也上前相劝。

皇甫玖从来没见过太后发这么大的火，跪在地上吓得浑身发抖。

一众人忙跪下劝："请太后息怒！"

严龙跪在一旁心想，平日里为师一直教导你们二人六个字"人在做，天在看"，今日之事，可见为师诚不欺尔等吧？！

皇甫琮则放眼远方，俞灵儿，你此刻究竟身在何处啊？

"啪"一声响，什么东西撞到了她身上。紧接着是一阵对骂声将俞灵儿给吵醒了。

俞灵儿就感觉整个身体被什么东西紧紧裹住，手脚都舒张不得。勉强睁开眼来看，眼前好似有层层麻布裹紧着自己的脸。俞灵儿第一个想到的是，她是不是被绑架了？还将她装在麻袋里？

正想着，突然又是"啪"一声响，有一样大小和她差不多的东西撞了一下她。感觉这一撞的劲道应该非常之大，可俞灵儿却一点也不疼。撞过之后，原本的吵骂声变成了打斗声。

兵刃相击几次后，就听一人"额"了一声，好像是受了伤的情形，然后就听他道："句龙爪，句龙牙。说好了以比武选出这里的带头人，那自然是单挑决胜负。你们两个同时出手，就算赢了也不光彩吧？"

然后就听到另一个声音道："谁不知道我们句龙兄弟一向共同进退，无论是打一个也好，打一群也罢，都是我们兄弟俩同时出手。你要是不服，找人帮手也可以啊。"

难道外头有人打架比武？俞灵儿就感觉被刚才这一撞，套在自己周身那层"麻袋"好像被撕开一道口子似的"滋啦"一声响。

既然"麻袋"开了口子了，俞灵儿想尽可能运起体内全数的天问真气，以此来撑开这"麻袋"。可是令她意想不到的是，她运起的是一股浑厚澎湃的内力，这股内力远远超过她修炼的天问真气。也许她运功过猛，"嘭"一声巨响，不但"麻袋"应声炸开，连外面正在争吵打斗的几人，也被这股巨大内力给震开好几步。

　　俞灵儿也顾不上两只耳朵被自己这一炸，震得嗡嗡声响了，忙从"麻袋"中翻出身来，可转头看那"麻袋"，哪里是什么麻袋啊，更像是一颗由白丝索裹而成的大茧。难道说之前自己一直被装在这颗茧内？

　　"喂。"身后一声怒喝，惊得俞灵儿忙跳起转身，看向来人。向她说话这人，双眼怒瞪，手握长剑，一副凶恶模样，右边脸上有些微焦黑的痕迹，闻着还有些焦味。难道说他这脸上的焦痕，是刚才自己发功时，震到他脸上了？说话这人正是句龙牙，他对着一脸歉意的俞灵儿又是一声怒喝："说你呢，你是从哪冒出来的啊？"

　　俞灵儿指了指身后的大茧道："我也不知道啊，我醒来时就在这里面了。对了，这里到底是什么地方？"

　　句龙牙恼怒的语气，连带他脸上冒起的焦烟一起喷向俞灵儿："你问我，我问谁去啊？"

　　这时周围其他几个人也围拢过来，纷纷以手中兵器指着俞灵儿道："我们不管你从哪来的，到了这，凡事就得听我们的。"

　　俞灵儿抬手扇了几扇，将眼前句龙牙脸上散向自己的焦烟给驱散开，然后也不理他们，抬头打量了一番四周。就见这个地方奇怪至极，天空是一片白，四周围很不规则地排列着黑压压的高墙，透着一股浓浓的馊味。黑色高墙围出十几丈方的空地来，脚下这空地和头上的天空一样，也是纯白色，空地中央有九个差不多装束打扮的人。除此以外，就什么都没有了。

　　"哎？我们说的话，听到没有？"说话这人正是句龙爪，他脸上也有焦痕，只不过是在左半边脸上："胆子不小，敢无视我们？你知道我们都是什么人吗？"

俞灵儿依旧自顾自打量着四周，就见九个人全都是半边脸上有焦痕，难道自己刚才的发功，真有这么厉害？震到了这里所有人？她一边抬手扇了扇句龙爪和句龙牙脸上向自己冒过来的焦烟，一边漫不经心地随口说道："我哪知道你们是什么人啊？"

就见这九个人全都肆无忌惮地大笑着，句龙爪对着句龙牙哈哈一笑，然后转过头瞪着俞灵儿大声道："说出来就怕吓死你！"

"咳咳……"俞灵儿实在受不了被两股焦烟熏着，只得以手捂住口鼻，转过身去看向身后的黑色高墙，不再搭理句龙爪。

见俞灵儿依旧无视自己，句龙爪急了："你给我听好了！我们可都是妖！"

对了，俞灵儿这时才想起来，自己是被法远的紫金铙钹给吸走的。想那法远经常用紫金铙钹收妖伏魔，那这里的九个妖恐怕也是被法远紫金铙钹收来的。难道说，这个地方就在紫金铙钹之内？

见俞灵儿一动不动地背对着自己，句龙爪这才开始慢慢得意起来："这回知道怕了吧？七大妖族世家你可曾听说过？我们可都是妖族世家里的妖。"

"哦……"看这九人的打扮，估计是妖族世家法力不高的府兵。

没想到俞灵儿给出的是如此淡漠反应，句龙爪绷不住了，气得转头看向句龙牙："哥，她，她……"

句龙牙大声对俞灵儿道："你就不怕我们这些妖吗？"

"无聊。"五位妖族世家的族长曾在吴川山阴对俞灵儿允诺过，只要救出白玲珑，就尊自己为妖族七大世家盟主。现在要说让自己怕这九个妖族府兵，还真不是一般的有难度。

还没见过哪个人敢这么轻视妖族的，句龙爪举起手中长剑指着俞灵儿："你就不怕我们杀了你？……哥，你看看她啊。"

俞灵儿索性反背着手，慢慢走向黑墙，看来就是这些黑墙困住了这里所有人，要想从这里脱困，就要先搞清楚这些黑墙到底是怎么回事。

"站住，你去哪啊？"身后句龙牙的怒喝声响起。

俞灵儿回过身道："当然是搞清楚这些墙是什么呀？"

句龙牙心急火燎地指着俞灵儿道："你，你，你别过去，快回来听到没有？"

俞灵儿觉得奇怪："为什么不能过去？"

这时，九个人中另外几个，手持武器也凶巴巴地冲俞灵儿喊道："让你回来就快回来，听到没有？"

俞灵儿道："你们就这么怕这些墙吗？那我倒更想弄明白了。"言罢转身就向黑色高墙走去。

刚走到墙边，俞灵儿就觉得身边一股劲风乍起，身后呼喝声不绝。"终于动手了吗？"俞灵儿忙运功护体，转身朝向那九人方向严阵以待。

可眼前看到的并不是这九人对自己出手，而是另一番景象。就见空地中央几道青色和紫色的霹雳在这九人中来回穿梭，虽然他们都双手弯腰抱头，可都躲不开这几道霹雳，个个头上身上被震得焦烟四起。俞灵儿这才意识到，原来他们脸上的焦痕并不是自己发功震伤的。

"快回来！快回来！"句龙牙对俞灵儿大声喊着，"再不回来，我们就都得命丧于此啊！"

难道说是自己走到墙边才引发机关，导致引发的霹雳？但是见到这种骇人场面，谁还敢走回去？可俞灵儿想也不想，忙快步走回空地中央。立时霹雳消失，众人颓废倒地，半边脸上都冒起更为浓密的焦烟，惨不忍睹。

句龙牙勉强站起身来，整张脸被浓浓的焦烟遮住，完全看不清是什么表情了，只听得一个带着哭腔的声音对着俞灵儿说着："千万别，别再走过去了好吗？"

俞灵儿则蹲下身子，一边看向四周的黑墙，一边在空地上点点划划，好像是在写着什么。

句龙爪手指着俞灵儿怪异的举动，满头浓烟地凑近句龙牙说道："哥，你看她，正画符咒我们呢。"

句龙牙默不作声地盯着俞灵儿，握着长剑的手越来越紧。

句龙爪一咬牙："哥，我看咱们索性把她杀了得了，免得她又给我们惹来什么祸事。"边上其他人闻言，纷纷也手握兵器，向着正低头不知道在写着什么的俞灵儿，一步步慢慢靠近过来。

一直蹲在地上浑然不觉的俞灵儿突然站起身高兴地大喊："我可以带你们出去……"

可话才出口："噗"一声，俞灵儿就看见一柄血淋淋的剑锋从自己胸前插出，然后身上脸上全是黏糊糊的感觉，也不知道是她口中喷出的血，还是其他几把兵器砍在她身上冒出的血。满眼一片血红。

"住手！你们都等一下！"耳边朦朦胧胧响着句龙牙急切的声音，"你刚才说什么？"

俞灵儿一边吐着血，一边说着原本要说的后半句话："我，终于知道，这里是什么地方……"和刀狱的酷刑相比，几件兵器砍在身上的这点痛根本不算什么，哪怕胸口最致命的那一柄剑从自己体内抽出时，俞灵儿依旧挺立原地，连晃都不晃一下。就看着自己胸口不断涌出着血，俞灵儿慢慢地闭上了眼睛。

也许，死亡才是她最好的结局。

字里行间

"我的好姐姐啊，你可终于醒了。"临江仙子焦急地看着俞灵儿。"可知道你让我弟弟有多着急吗？"令狐媚扭着细腰凑近她："还好你醒了，正好可以赶上和我弟弟的婚礼。"

"什么婚礼？"俞灵儿大叫着睁开双眼，却只看到白茫茫的天和白茫茫的地，一片黑墙死气沉沉地立在眼前。周围哪有什么临江仙子和令狐媚的身影。

听到俞灵儿大喊，句龙爪和句龙牙等人都吓得坐倒在地，哆哆嗦嗦地看着始终挺立原地的俞灵儿。

"哎？我记得我死了呀。"俞灵儿转头看向那些妖："我记得我是被你们杀死的啊。"

"妖……"那九个妖怪惊恐地指着俞灵儿齐声喊道："妖怪啊！……"

"哪有妖怪？"俞灵儿回头看了一眼，可身后什么都没有。

再看看那些吓得半死的妖，他们这是怎么了？俞灵儿低下头看了看自己满身的血迹，可这一看，就看见身上穿了一件华丽至极的锦服，只是可惜上面斑斑血迹，还有很多破洞。想来这些破洞都是被兵刃砍刺她时留下的。

她平时不是很注重穿着打扮，一般都是随手拿起一件衣服就穿。所以虽然一直穿着这件锦服，可因为眼前奇景连连，才没注意自己的穿着已经变了。可她明明记得被法远吸入紫金铙钹时，穿的是一件再平常不过的衣服。俞灵儿下意识地紧紧环抱着自己，紧张兮兮地向九妖问道："谁？谁给我换的衣服？是不是你们？"相比自己是怎么活过来的，俞灵儿更看重这个问题。

九个妖怪哆嗦着一起摆手："不是我们，不是我们。"句龙牙指着那个破了的大茧道："你从这里出来时，就是这副打扮了。"

俞灵儿紧张地转了转眼睛，然后问那九个妖怪："那你们怕什么？都吓成这样了？"

句龙牙哆嗦着到："能不害怕吗？就算是妖，死了都会倒下，可你死的时候却一直站着。一直站着也就算了，还突然活过来。换做是你怕不怕啊？"

这么一说，俞灵儿自己也觉得奇怪，被他们连刺带砍的，她应该是死透了。可是又怎么会活过来呢？看这群人的样子，应该也不知道答案吧。

句龙爪大喊道："所以你才是妖怪！"一群妖都往后缩着："妖怪啊……别过来啊。"

"我是妖怪。"俞灵儿看着他们一笑："那你们又是什么？"

"我们……"那九只妖怪相互看了看。俞灵儿觉得好笑，明明就是这群妖，刚才还问她怕不怕妖。他们仗着自己是妖，到处吓唬人，到头来最害怕妖怪的其实就是他们自己。

"居然能死而复生，你到底是何方神圣啊？"

俞灵儿淡淡地回答道："哦，我叫俞灵儿……"

"什么啊？！"就听句龙爪气急败坏地爬起身高声喊着，反倒吓了俞灵儿一跳。句龙爪满面痉挛地哭嚎道："你也叫俞灵儿啊？怎么有这么多俞灵儿，哪儿都能遇到啊？！"

俞灵儿闻言愣住了，还有很多人也叫"俞灵儿"的吗？

"仓啷"一声，句龙爪手中长剑落地，接着一屁股坐地上了，带着哭腔嚎着："我的天啊，就因为女娲石碑上'俞灵儿'三个字，我们才落到这个鬼地方来的。已经够倒霉了，没想到在这么倒霉的地方，又遇到一个叫'俞灵儿'的。这还让我们怎么活啊？！"

句龙牙也跟着坐在地上，颓废地以手中长剑支在地上，半边脸上冒起的焦烟，好似说不尽的怨气。

她的名字有这么招人嫌吗？俞灵儿不忍心地安慰道："大不了我这个俞灵儿，带你们离开这个倒霉地方就是了。"

句龙牙闻言站起来说："我记得你死前说过能带我们出去的。"然后对其他人道："各位，本来我们在此比武是为了选个头领。现在既然她说能带我们出去，我们就奉她为头领，各位说如何啊？"

"对，只要你能带我们出这个鬼地方，我们全都尊你为大王。"这一群小妖们都在那指天发誓，要尊俞灵儿为王。

俞灵儿苦笑了一下，她救出了白玲珑，此刻已经身为七大妖族世家的盟主了。还需你们这些小妖捧吗？"好了好了，我带你们出去就是。"俞灵儿走到之前自己在地上点点画画的地方，对身后欢呼雀跃的小妖们说："其实我们现在身处的，是一个异度空间，叫'字里行间'。"

"曾听我师父说过，自古时候起，不知多少代人想以书证道，将书法与天地大道融为一体，可是谁都没能成功。直到王之修开创了独有的书法，这才达到了以书载道，天人书合一的境界。"俞灵儿学着归字谣的神态，娓娓道来，"也就是从那时候起，书法打开了沟通天道的桥梁，天地之道也认可并接纳了人间的书法。此后天道接纳的书法字体层出不穷越积越多，故此膨胀成了一个异空间，被称为'字里行间'。"

一群妖听得稀里糊涂的，唯一听明白的就是这俞灵儿居然还有个师父，众妖都在心里想象着，一个又老又不死的师父应该长得什么样子。

俞灵儿指着四周道："这些黑色高墙就是字里行间中某一个字的墨迹笔画，而我们就是被困在这个字内空间里。"

"哦。"众小妖似懂非懂地点着头，接着"啊？！"一声惊讶道："你是说，我们现在身处在字里？"

"更准确地说，我们被困在某一个字的书法结构中。书法结构并不只限于笔画线条的勾勒，笔画间的空白也是书法结构的一部分。这空白正是'气'之所在，我之前走到黑墙边时明显感觉到有一股劲气流动，说明这个字此刻是'活'的。"

句龙爪惊讶地看了看四周道："活的字？难道说，我们被这个字给吃了？"

"我说的'活'是指这个字被写活了，而不是活动的活。"俞灵儿一摆手道："我们只要顺着这个字的气走，就能从字内空间到达字外空间。而如果逆气而行，就会遭受霹雳之击。"

众小妖忙点头："这句话我们听懂了。"

俞灵儿指着地上自己写的字道："如果我所料不错的话，我们身处的这个字，正是《少阴经》中的'起'字。如果是别的字倒还好，可偏偏是困在这个字内。你们看，这个字原有的笔画形态被弱化，产生了新的空白，像这样的空白被营造了很多，再通过气的流转，如此多的空白就融合成了层层困住我们的大空间。"

句龙牙忙问："你是说，我们现在身处在一个迷宫之中？"

"差不多是这样。"俞灵儿看着这群愁眉苦脸的小妖们说道："不过你们也不用太担心，这么多空间中也分主次，只要掌握住主导空间，其他次要空间我们可以不用去管。所有书法都有其法度，我们只要依照这个字的法度来走，就能走出字内空间。"

"首先要注意的是，一个字的中间位置不要有任何东西。看看你们选择聚集的地方，正是这个'起'字的正中央，这里是气流动最频繁的位置，难怪你们会经常遭雷打。"俞灵儿抬手画了半个圈："等一会儿你们跟着我走，走的时候尽量避开中间位置就行了。"

俞灵儿带着众妖，一边感应着字内气的流动，一边开始迈步行走："接着要注意的是，这个字的笔画上，线条和造型非常精妙，很容易令人注意它们而忽略了空间的存在。相对的，也不能只注意空间而忽略笔画线条，两者是共存的。所以不管发生任何事，你们都要紧紧跟着我。"

一群妖簇拥着俞灵儿一起走，不住点头道："紧紧跟着，紧紧跟着。"

感应着字内气的流通运行，俞灵儿带着众妖一步步在字内空间穿梭行走。

经过了几番颠簸，终于走到了"起"字的外面。

　　当踏出最后一步时，所有人就觉得天旋地转起来。俞灵儿一个倒栽葱摔到了地上，其他众妖也纷纷落地。

　　然后就听到句龙爪问道："这里又是哪儿啊？"

　　俞灵儿仰面躺着，就见天上颗颗繁星都离得自己很近的样子，突然一颗山一样大的火球从斜刺里飞来，众人一阵惊呼声。眼看着大火球就快要撞过来，俞灵儿心道这下完了，屏住呼吸紧张地眼看着这大火球飞过来。

　　却不想这大火球只是与她擦身而过，飞到她眼前时，这火球大得遮住了整个天空。看着火球远去时留在身后长长的火红色尾翼，俞灵儿第一个念头就是，流星。

　　忙站起身细看，俞灵儿就见脚下也是一片星空，深不见底。眼前一块高达数丈的黑色石碑屹立在那。整块石碑就像是一块巨大的墨条一般，除了深黑色便再无其他。石碑前放置着一张几案，上面摆着文房四宝。

　　"我们现在究竟在哪？"句龙牙问的也是俞灵儿想问的。

第一百三十三章

银河天书

"稀客啊稀客。"随着一声话语，不知道从哪走来一人，俞灵儿一眼看去，觉得在哪里见过此人。就听这人道："已经好久没有人来这里了。"

句龙牙很谨慎地握着长剑道："来者何人？"

那人一拱手道："在下不才，名叫东方舞鹤。"俞灵儿忙仔细观看，这人果然与东方舞鹤画像上的人长得一模一样。

这时句龙爪则很不客气地冲着东方舞鹤道："我不管你是谁，现在这里我们说了算。听说过七大妖族世家吗？"

没等他说完，俞灵儿上去就是一脚，把句龙爪踹到一旁。"还有完没完了，就知道仗妖欺人。"然后转身向东方舞鹤一躬到底："我这小妖为妖鲁莽，还望先生莫要见怪。"

东方舞鹤则大笑着摆了摆手："无妨无妨，初来此地之人，大都有戒备之心。再寻常不过了。"

俞灵儿忙问道："不知此处是何所在？"

东方舞鹤微微一笑，向上指了指漫天的星斗道："你看，这星空中，少了什么呀？"

句龙爪被句龙牙扶起后，很不服气地接茬道："还能少什么呀，当然是既没有太阳，也没有月亮啊。"

东方舞鹤哈哈一乐："虽然说得不错，可是还有一样也没有。"

众人都抬起头看向星空，可还是不知道缺了什么。

俞灵儿突然眉头一皱，问道："那道横挂天际的银河哪去了？"

东方舞鹤又是哈哈一乐："我们此刻就是身处银河之内。"

一众人惊道："银河？"俞灵儿奇怪道："可是银河不应该是一条天河吗？"

东方舞鹤道："准确点来说，此处是嵌在银河中的'天书'之内。"

天书？俞灵儿想起九卷天书中的一卷在银河之内的传说，原来竟是真的。看来她的天问神功果然是银河天书所造成的。

句龙爪蹲在身抱住头急道："我们一会儿被困在字里，一会儿又被困在天书，怎么才能走回去啊?！"

东方舞鹤捋着胡须问道："哦？你们之前被困在'字里行间'中吗？可你们又是如何脱身的呢？"

"是啊，因为我们大王懂书法。"句龙爪骄傲地指着俞灵儿叫嚷着。

东方舞鹤深深地看了俞灵儿一眼，然后一挥手，眼前一道内含光芒的门豁然开朗，然后做了个"请"的手势，转过身缓缓走入门。

句龙牙小心翼翼地对俞灵儿道："这门后面不会又有什么古怪吧？"

俞灵儿一摆手，低声道："眼下也只有走一步看一步了。"

跟着东方舞鹤，俞灵儿和众小妖一起迈入光门之中。

等进到门后，和刚才一样还是上下星空的景象。不同的是，俞灵儿他们身处在一群书生文士模样的人中间。他们有的拿着笔在凌空书写词句，有的正和别人激烈地讨论着什么，还有的正三五成群，在观看一幅凌空悬挂的字帖。放眼望去，被上下星空闪闪星光照耀着的这群数不尽人群，向前后两方无边无际地漫延着。

东方舞鹤一边往前走，一边指着这些人道："你们看，但凡是生前获得天道认可的书法家，死后都会在这天书中继续精研书法。"

跟在后面的句龙爪漫不经心地道："你直接说他们都是天书里的鬼不完

了吗？"

俞灵儿白了句龙爪一眼，可耳边突然响起了遥远的一声呼唤："危险！"俞灵儿赶忙向四处看了看，可周围并没有任何异常，难道是自己的幻觉？

"哦，这和鬼可大大不同啊。"东方舞鹤笑着道："人死后会成鬼，也有的会成神。这里的可都是天道认可，天书招募的神。"

句龙牙敲了下句龙爪的脑袋："胡说什么，鬼都是没脚的，你看他们哪里像鬼啦。"

这话刚一说完，就见一个人从俞灵儿他们身边如一阵风般快速地飘过，还吓了句龙爪一跳。众人回头细看，就见这个人两个袖口随风飘荡，可见他是双臂齐断。然而他却好像踩着风火轮似的，两只脚的脚趾分别夹着一支毛笔，正在地上书写着什么，留下两行词句轨迹。由于双脚书写速度极快，整个人就像飞箭一般，在人群中快速飘行着。

东方舞鹤回头看了眼一脸窘迫的句龙爪，接着道："现今书法已经遍布六界，自然需要天道统筹。这卷天书就是起这个作用的，'字里行间'也罢，仙界中的笔仙也罢，其根源都是这卷天书。"

"那以前那些大书法家都在这里吗？"一想到能遇见仰慕已久的前代书法家们，这更令俞灵儿兴奋："赵威、杨如柳还有钟成公、张成公，甚至于王之修、王之散这些名家，都在这里？"

"是的，都在这里。"东方舞鹤伸手划了半个圈。

俞灵儿高兴道："太好了，我能拜访他们吗？"

东方舞鹤却停下脚步沉默了一会儿，然后背对着俞灵儿道："那你们打算就一直待在这里，不离开了吗？"

句龙爪忙道："大王，我们还是早点离开这里吧。"

这时候俞灵儿又听到那个呼唤声："危险！快回去。"

俞灵儿闻声左右观瞧，可就是不见这呼唤声从何而来。可听这声音似乎又很熟悉。

句龙牙忙问："那你知道从这里脱困的办法吗？"

东方舞鹤这才迈步继续向前走："办法有倒是有，可就怕你们做不到啊。"

句龙爪忙问道："那你快说是什么办法，只要让我们脱困，大爷我重重有赏。"

俞灵儿深吸了一口气，好想立刻给句龙爪重重来一拳。

"那你们且随我来。"东方舞鹤回转头引路，远离人群，快步走回俞灵儿刚来的地方。

东方舞鹤指着那块黑色石碑道："这里就是天书出口。"

句龙爪忙伸手推了一下这石碑，然后回头道："推上去坚硬无比的，这算什么出口？"

东方舞鹤指着几案上的文房四宝说："你们中只要有人用这里的墨，在这石碑上写出字来，就能从这里离开，回到你们想去的地方。"

句龙牙忙拿起几案上的笔，蘸上墨就在石碑上乱写起来，可是笔上的黑墨涂在黑色石碑上，什么痕迹都没显现，更不用说能写出字形来。句龙牙气得将笔一扔："黑色墨写在黑色石碑上，能写出个鸟字啊？"

"仓啷"一声，句龙爪抽出长剑抵住东方舞鹤的脖子，瞪着圆眼吼着："你是不是耍我们呐？信不信我们几个现在就吃了你？"

俞灵儿一伸手拉住句龙爪："不得对先生无礼。"然后对东方舞鹤抱拳道："冒犯之处，还请先生不要见怪。只能用这里的黑墨吗？可就算写在黑色石碑上，又如何能写出字来？"

"只能用这里的黑墨，这规矩是天书所定，我说了也不算啊。"东方舞鹤并没有被句龙爪的恐吓给吓住，依旧淡定地说道："这就是离开这里的出口，各位既然能从'字里行间'脱困，想必这应该也难不倒你们吧？"

众小妖一起期盼地看向他们的大王俞灵儿。可俞灵儿犯起愁来，从来也没听说过这种事情。无论自己怎么书写，又如何用黑墨在黑色石碑上写出字来？俞灵儿反复在心中搜索着，有哪个字是可以在这种情况下写出来的。

句龙牙突然想到："哎，不是说历代名家齐聚此地吗？要不我们讨教一下他们，怎么用黑墨在黑碑上写字，怎么样？"

句龙爪挥舞了下手中长剑："对啊，他们要是敢不告诉我们，就吃一个给他们看，这叫杀鸡儆猴。"

说罢，众小妖就要往回走。东方舞鹤也不拦着，静静地看着他们。

句龙爪最先走到一个正在凌空书写的书生面前，拿剑抵着他的脖子道："你说是不说？"

那书生放下手中笔，奇怪地看着句龙爪道："你要我说什么？"

"那个，就是那个。"句龙爪指着黑碑方向问着。

那书生顺着句龙爪指的方向看了看，回头道："那个是什么？"

句龙牙抢上几步过来道："就是如何用黑墨在黑色石碑上写字？"

那书生用手轻轻地将脖子处的长剑移开，然后很不屑地道："我当什么事哪，这很好办啊。"

句龙兄弟一起欢喜地盯着这书生问道："那应该怎么写啊？"

那书生双手一摊："直接写就是了啊。"

句龙兄弟对视了一眼，然后对那书生吼道："直接写？我写过了，哪有字啊？"

那书生不耐烦地道："直接写，直接写就是了。"

句龙牙做了个抹脖子的手势给句龙爪看，句龙爪会意，提起剑直刺那书生："我让你耍我！"

可长剑从书生身体中穿过，却像刺在虚空中一般，那书生依旧提笔写他的，完全不理会刺来的这一剑。

"妈呀。"句龙爪看着句龙牙："我说什么来着，明明就是鬼嘛，都没有实体的。"

句龙牙无奈，只得拉着句龙爪再去问其他人。就见一众小妖在人群中转来转去的，最后都灰溜溜地回到俞灵儿身边。

万字黑碑

●
○

俞灵儿见他们个个垂头丧气的样子，知道他们没有问出结果来。

正当俞灵儿犯愁的时候，突然那个遥远的呼唤声又响起："危险，快离开那里。"

不是幻觉，确实是有人在喊她，而且这次的声音离得近些，依稀是句龙在天的呼唤声。俞灵儿忙四处张望，可哪里有他的身影。

难道说是句龙在天在呼唤她？奇怪，他如何知道她身在天书中？俞灵儿来回走了几步，突然停下。难道说他也来过这里，才会让她离开？如果他确实来过，那就说明他知道离开的方法。可她只听得到他的呼唤，却无法与他沟通。如何才能询问他离开这里的方法呢？

推想到此，俞灵儿认认真真地开始启用"无我书法"来感应句龙在天。

自从在黄溪修禊的决赛上，俞灵儿悟出无我书法后，这是她第一次用它远距离来感应句龙在天。

"如果我是句龙在天，我会如何用黑墨在黑碑上写出字来呢？"

一众小妖就看着他们的俞大王行为古怪得突然像变了个人似的，变得玉树临风，面无表情，昂首挺胸双眼凝重地望向远方。

句龙牙捅了捅句龙爪："兄弟哎，你看她此刻的神态，像不像我们认识的一个人啊？"

句龙爪围着俞灵儿转了一圈，回答道："真的哎，要不是见她是女子，我差一点就以为是少主来了呢。"

这时就见俞灵儿突然潇洒地一挽长袖，转身向外飘然走去。

一众小妖呆呆地站在原地，沉醉在他们大王潇洒倜傥的仪态中。只有句龙爪和句龙牙喊着："大王！你这是要干什么去啊？"

俞灵儿也不回答，沉静地走入那群书法名家之间，来回寻找着什么。

过了好一会儿，俞灵儿转身回来了，手中还提着一柄"银钩枪"。铁画戟和银钩枪都是沧海派笔仙专用法宝，既然天书搜罗所有书法名家，这里必然会有沧海派笔仙，故此俞灵儿才能从天书群神中找到这杆枪。

"少主附身啦！"句龙兄弟赶忙迎上前去："少主啊！我们可等到你啦，你可知道我们吃了多少苦吗？"

俞灵儿也不理他们，径直走到黑色碑前。

东方舞鹤脸露喜色，忙上前问道："你可想出如何解决这黑碑的办法了？"

一众小妖闻言也都期盼地看着俞灵儿，希望她能有解决黑碑之法。

可俞灵儿一端银钩枪道："还没有，只不过有了这个，我的书法就更接近某个人的了。"

东方舞鹤很失望地一甩双袖："嗨，我还以为你要用它来破解难题呢。"众小妖也失望地叹息着。

"用它来破解？"俞灵儿看着手中的银钩枪，心中似乎想到了什么，然后慢慢闭上双眼，以句龙在天的"字以心画"慢慢构思着。

然后猛然睁开双眼道："我想到了，可以破解这黑碑的办法。"

众小妖闻言忙聚拢过来，看着俞灵儿。俞灵儿走向黑色碑。

东方舞鹤却拦住了她道："既然你想出破解之法，那你知道应该写哪个字吗？"

句龙爪对东方舞鹤伸着脖子瞪大双眼道："老头你废话怎么这么多啊？你管我们大王写什么字呐？"

俞灵儿一拦句龙牙："应该写什么字？先生请说。"

东方舞鹤在空中比画着："篆体的'诛'字。"

"好，你看好了。"俞灵儿对着黑色石碑就端起了银钩枪。

东方舞鹤一指几案上的墨汁道："必须用这里的墨汁书写，你用枪是不行的。"

句龙牙冲句龙爪努努嘴，句龙爪用身体贴近东方舞鹤道："我家大王想怎么写就怎么写，你少多事啊！"

俞灵儿一抖银钩枪，一边用枪尖在石碑上刻刻画画，一边道："我这用的是双钩书法，源于前朝，多被用于临描字帖真迹和碑刻。"

随着俞灵儿的话语，就见黑色石碑上被银钩枪的枪尖刻划出银白色单线痕迹来。这些银白色单线慢慢勾勒出，字体每一笔笔画的两侧外沿。与石碑上的黑色形成反差，构成了"诛"字白色轮廓的黑色空心字。

待写完之后，俞灵儿再拿起几案上的笔，将墨填实在"诛"的空心字内。

待全部填满后，俞灵儿向后退了一步道："我已经在黑色石碑上写上'诛'字了，后面怎么做？"

这时俞灵儿耳畔又响起了句龙在天遥远的呼唤声："快走，危险！"

虽然这个声音又近了些，可俞灵儿觉得还是很遥远。心道句龙在天你究竟想要告诉我什么？

这时句龙兄弟拉扯着东方舞鹤道："现在字也写上去了，我们究竟该怎么出去啊？你倒是快点说啊。"

东方舞鹤则旁若无人，一脸激动不已的样子，慢慢靠近石碑上的"诛"字。随后就听到东方舞鹤突然狂笑起来，就在众人很诧异地看着表情狰狞的东方舞鹤时，石碑上的那个"诛"字逐渐光芒四射起来，直照得众人睁不开眼，随着光芒闪动，那个"诛"字突然从石碑上脱离出来，直飞入"东方舞鹤"的体内。随着光芒的消失，众人再一看，哪还有什么东方舞鹤。

"虞美人？！"俞灵儿和众妖异口同声地惊叫道。

"自由啦！我终于自由啦。"虞美人眼望着远方，发出深邃的声音狂笑着："要不是我的分身化成东方舞鹤模样，哪能骗得了你们帮我解除封印啊。现在我的本体离开了万字碑，七大妖族，此仇我非报不可！"

听虞美人这么一说，俞灵儿当真是惊讶不已，当初虞美人就是为了抢夺她的鹤舞四宝，才被五大妖族世家的族长和临江仙子联手封印，却没想到她竟然被封印在这黑色的万字碑中。现在她却将他救了出来，看来只怕是凶多吉少了。

"虽然我不是个恩将仇报的人，可是这万字碑有一个规矩。"虞美人指着万字碑道："无论谁从万字碑中获救，救出他的那个人就必须代替他被封在万字碑中。"

虞美人话音刚落，俞灵儿就感觉一股强横无比的力量将她吸入万字碑中。她听到众小妖忙抢上来急喊着："大王……"随后就再也没有任何声音传入耳中了。

虞美人狂笑着腾空而起化为一道黑烟，疾速飘走。

身在万字碑中，伸手不见五指。俞灵儿大声高喊着："救我啊！快放我出去！"

可是喊了半天，没有丝毫回应。俞灵儿伸手四处摸索，可是什么都碰触不到。想抬起脚往一个方向行走，可是两只脚像是被黏在地上一般，半分也挪动不了。她也不敢伸手去碰地面，怕自己双手也被地面黏住。她就这样站在那里，叫天天不应，叫地地不灵。

看来就像虞美人所说的，依照万字碑的规矩，自己救出了她，万字碑就将自己封在碑中，代替之前囚禁的虞美人。这可比虞美人亲手将她杀死更为残酷，还有比这更好的报复吗？俞灵儿双拳紧捏："虞美人！你好狠啊！"

发了一阵狠之后，俞灵儿感觉脸颊上热泪流淌下来。难道自己就要永远留在这暗无天日的地方吗？

再也见不到自己的父母双亲。再也见不到师尊归字谣了，不知道他现在怎样了，身体的颤抖症状不知道好点没有。虽然终于将白玲珑给救了出来，可是她却被封在这里，真替师尊归字谣当初替她承受颤抖之症的决定感到不值。也不能再和令狐媚、临江仙子她们在一起了，她还答应过她们要一起召唤三生石的，可现在鹤舞四宝和她一同被封在这里了。没想到一切的一切就这样结束了。

也许被永远封在万字碑里，才是她最好的结局吧。

对了，还有她的本命甲寅太岁，也再见不到了。可是，执年岁君太岁曾许诺她，如果在两个月内救出白玲珑，他就会给我一份特权。她怎么把这件事给忘了？这里是银河天书，离天庭岁部应该不远吧？

俞灵儿又重新燃起了希望，对着暗无边际的虚空，高声大喊："执年岁君太岁！执年岁君太岁！听得见吗？快救我出去！"

可是喊了半天，没有丝毫的回应。俞灵儿不肯放弃，接着大声高喊："甲寅太岁！甲寅太岁！我是俞灵儿！快救我！"

"俞灵儿，你在哪儿？"突然一个声音响起。

俞灵儿顿时感觉全身汗毛根根竖起，双手不停地在虚空中抓着，忙答道："我在这，我被关在万字碑里，银河天书的万字碑。"手舞足蹈之下，俞灵儿一个趔趄倒在地上，双手忙撑起身体高喊着："是甲寅太岁吗？是甲寅太岁吗？"

"我不是甲寅太岁。"那个声音回答道："我是句龙在天。我此刻就在万字碑外。"

"句龙在天！"俞灵儿立刻想起，自从她来到天书中后，就有个声音不断呼唤着提醒她有危险，原来这个危险就是指虞美人给她设下的诡计。"是你从刚才就一直在提醒我危险的吗？"

脱困天书

句龙在天的声音道:"是我,你和我都是笔仙弟子,这天书就是笔仙的本源,所以你一进天书,我就感应到了。只可惜我身在天书的另一端,无法及时赶过来。只能像现在这样,以天书本源之力向你的心灵呼唤。可是,我终究还是来晚了。"

"你身在天书的另一端?"俞灵儿突然有一种不好的预感:"你怎么也在天书里?"

"因为,我已经成为这卷天书的一部分了。"句龙在天沉静地答道。

俞灵儿全身不禁抖动了一下:"难道说你已经……怎么会这样的?还有苏婵娟呢?"

句龙在天以从容的笑声答道:"不错,我和苏婵娟遭遇魔界的魔族,被他们索要鹤舞四宝……之后我的魂魄就被送来了这里。"

"不!"俞灵儿痛苦地大叫一声,随即泪水止不住夺眶而出:"都是我不好,要不是我执意要在黄溪修禊中夺魁,你也不会死。都是我不好。"

句龙在天柔声安慰着:"与你无关,反正我都不会向魔族妥协的。"

可不论句龙在天怎样安慰,俞灵儿依旧止不住哭声。句龙在天只得说:"现在我有办法救你出去。"

俞灵儿抹了把眼泪，抬头问道："你能救我出去？"

"嗯！"句龙在天恢复以往坚定的口吻道："你稍等片刻，我很快就能救你出来。"

"可是。"俞灵儿突然想起："可是万字碑有个规矩，谁救出碑中人，谁就会被万字碑替换进来囚禁。你打算让谁来救我？"

一片沉默，没有任何声音回答她。

"不要啊！"俞灵儿突然又有不好的预感，忙挣扎着喊道："句龙在天你在听吗？我不要你救我！我不要出去了，我就在这里挺好的。句龙在天你在听吗？"

还是一片沉默，没有任何声音回答她。

"千万不要啊！"越是安静，俞灵儿就越感到不妙。声嘶力竭地大声喊着："你千万不要救我啊，我不值得你为我这么做……"

话没说完，一道亮光在俞灵儿眼前闪出，耳边顿时响起了很多杂音。然后发现自己正站在万字碑前，一众小妖围在一旁，句龙爪和句龙牙扑向万字碑，一起喊着："少主啊！不要啊少主！你快出来啊！"

俞灵儿立刻明白是怎么回事了，扑向万字碑："我这就救你出来！"抓起地上的银钩枪，用力在石碑上，以双钩书法刻上"句龙在天"四字，然后快速拿起案上的笔描出句龙在天字体。可是，什么反应都没有。

俞灵儿急得大叫："我应该怎么做？怎么做才能将你救出来？""对了，你怎么救出我的，我就怎么救出你！"俞灵儿立刻以无我书法去感应句龙在天，可这一次，什么都感应不到了，完全是虚空一片。

俞灵儿愣愣地盯着石碑看着，看着，突然"啊！"地大喊一声，用手抓着碑上黑色石体，恨不能将这万字碑给抓烂。

为什么？她经历了千难万险，终于又遇到他，可偏偏这可恨的石碑，要将她和他隔开。

为什么？她经历了千难万险，终于又遇到他，可连见上一面的机会都不给她。

"把风归云，还，给，我！"俞灵儿嘶哑着嗓子，不停地反复吼着同一句话。

双手抓在石碑上，深深留下了几道抓痕，血也从手指间流淌出来。可俞灵儿依旧不停地在石碑上狠抓着。

无论俞灵儿怎样喊叫，留给她的只是一道无情的黑色石碑，和无言的沉默。

"不是每个人进去都能被救出来的。"不知什么时候，天书内一众书法家们都围拢了过来，其中一个摇着头叹息道："像我们这样的，进了万字碑，就绝无出碑之法。"

俞灵儿侧头瞪向说话这人，双眼满是怨气和怒火。

旁边有人拉了拉说话那人，那人也知道自己说错话了，边低头后退边道："我，我只是想安慰，安慰……"

俞灵儿转回头看着面前巨大深黑的石碑，连着深呼吸了几下，以额头顶着石碑，再也忍不住，号啕大哭起来。

句龙兄弟跪在石碑旁，以手抵住石碑，也跟着大声抽泣。不断地喊着："少主啊！少主啊！"

其他小妖也明白是怎么回事了，想劝解俞灵儿些什么，可什么话也说不出口，只有陪着伤感。

一位老者拄着拐杖，颤颤巍巍地走了过来，看着俞灵儿道："娃儿啊，想开些。有些事是注定的，这就是天道循环啊。没有什么道理可讲的。"其他围观的人也跟着叹息起来："确实如此啊，天道循环，难道还能和天讲道理吗？"

俞灵儿将布满泪水的脸抬起来，望向上方深邃无尽的星空。喃喃自语道："好人就要受苦，坏人却逍遥法外，这就是你们所谓的天道循环是吧？天不讲道理是吧？论不讲道理谁比得过我俞灵儿？"

一众围观者都听不清楚俞灵儿在说些什么，都探着头想听清楚些。

突然俞灵儿伸手指着那片星空，一头秀发飘散在脸上，随之声音也提高了："我就是要逆天改命，我要重炼三生石，我要世上每一个人都摆脱这不讲理的天道循环。我要这世间不再有任何不公道，我要这世间不再有任何痛苦和遗憾。"

"重炼，重炼三生石？？"那位老者惊吓的直往后退："太胡来了，三生石只有神与圣才能重炼，凡人重炼，那可是逆天之大不韪啊。"

"何为神？何为圣？"俞灵儿缓缓站起，满脸哀怨地转过身来，头发散乱地披开，目光空洞似看又非看地扫了一眼："华国大地，满目疮痍，神何在？圣何在？外虏侵犯，民不聊生，神何在？圣何在？"

"如果那些高高在上的是神，是圣，"俞灵儿一指万字石碑，嘶哑着嗓子道，"那他呢？本来一片光明的他，为了救我，埋身于黑暗之中。你们所谓的神、圣在做什么？""既然神圣们对一切都无动于衷，那就算我逆天改命了，他们不还是无动于衷吗？"

众人默默地看着俞灵儿，一时也不知怎么劝解。

老者叹了口气道："可是你现在被困于此，哪儿也去不了，何谈重炼三生石呢？"

不错，离不开这里的话，何谈重炼三生石？俞灵儿转身将头靠在石碑上，双眼缓缓闭上，如果此生此世我无法离开这里，也罢，我就伴这石碑度过余生，也守了五百年前与风归云白首不相离的誓言。

句龙牙抬起头道："少主，少主进入石碑前，交代过……"

俞灵儿一把抓起句龙牙的衣领，双眼盯着句龙牙道："交代什么？句龙在天，他交代了什么？快说啊！"用力过猛，直勒得句龙牙透不过气来。

句龙爪在一旁抹着泪道："少主交代，只有练到如梦境界，方能离开天书。"

俞灵儿一松手，句龙牙坐倒在地。"每次你都是替别人着想，从未顾及自己。连留给我的最后一句话，都是……"俞灵儿背靠着石碑，慢慢坐下。

"天上的！"俞灵儿双腿慢慢盘起："地下的！"俞灵儿双手缓缓垂下："无

论谁，都无法阻止，我要做的这件事。"随着话语声越来越轻，俞灵儿的双眼逐渐迷离起来："三生石，我炼定了。"

"哗啦啦"一声，愁湖水面跳出一群湿漉漉的小妖来。

"看呐，是倒掉的望湖塔。我就是在这里被法远收了的。""我也是，现在我们出来了，我们自由啦！"一众小妖连滚带爬地上了岸，最后上岸的是句龙爪和句龙牙："这里就是法远收了我们两兄弟的地方，看来这里的小妖都是被他在这里收了的。"两兄弟回头看着愁湖水面上，正盘腿坐着的一人。

"是梦吗？"这人看着湖面上自己的倒影："我是谁？"

"你是俞灵儿啊。"句龙牙喊道。

"俞灵儿？"似乎这名字很熟悉，又很陌生："俞灵儿是谁？我又是谁？"

句龙牙担心地对句龙爪道："该不会是为了强行练成如梦境界，走火入魔了吧？"

句龙爪摇了摇头道："只需百年功力就可练到如梦境界，怎么可能走火入魔。"

"可是我听说，这如梦境界是仙界功法，需要一颗宁静致远的心才能练成。你看她练之前急火攻心的样子，该不会真的走火入魔了吧？"

"先不管这么多，把她救上岸再说。"

句龙兄弟一边一个，搀扶着俞灵儿走在愁湖岸边。

俞灵儿痴痴呆呆地蹒跚而行，脑海中纷纷乱乱不断跳出一个个人影，可就是不知道这些人是谁。

最终有两个男子出现在脑海中。

一个白衣胜雪，迎风而立，倒持一把银白色的枪，向她伸出了手："跟我走。"

另一个一身华服，腰带光彩耀眼，嬉皮笑脸地向她伸出了手："跟我走。"

俞灵儿毫不犹豫地将手伸向那白衣男子，可是突然走来一位美貌女子，挽住白衣男子的胳臂。白衣男子与那女子相视一笑，便转身双双离去。

俞灵儿想喊住白衣男子，口中却发不出半点声音。而那嬉皮笑脸的男子，抬起手，三指朝天做了个好像是起誓的手势，然后依旧嬉皮笑脸地等着她。

"哥，我们这是去哪儿啊？"句龙牙问道。

句龙爪指了指帝都方向："这里是帝都，钱塘灵狐的府邸就在这里。我们先去那碰碰运气。"

"报大王。"一个小妖飞奔而来，朝着迷茫的俞灵儿拱手道："大王，钱塘灵狐家正在办喜事，好像是令狐宝大婚，各大世家的族长也都在。"

句龙牙大喜道："啊，那太好了，如果我们家族长也在就更好了。"

句龙爪踢了句龙牙一脚："好什么好？我们答应过族长，要照顾好少主的。现在我们哪有脸去见他？"

句龙牙一听，立时不再多言，兄弟俩呆立原地不知何去何从。

"令狐，令狐……"俞灵儿木然地向前方伸出一只手，仿佛在呼唤着某人一般。

"唉，不管了。"句龙爪扶着俞灵儿就走："反正要面对的。给我们什么处罚都认了。"

待走进令狐府的大门，句龙兄弟同时僵在原地，一动不动，目光直勾勾盯着前方一人。

失去了句龙兄弟的搀扶，俞灵儿直挺挺地正面冲下，倒在地上"啪"一声响。

听到这里的动静，前方这人盈盈地走了过来，正是令狐媚。"啊哟！这谁啊这是？"令狐媚看看地上趴着的人，又看看句龙兄弟和他们身后一班同样花痴状的小妖们。

"呵呵呵，呵呵呵……"句龙兄弟痴痴地看着令狐媚直乐。

"几位好面生啊。"令狐媚认出他们来，自己当狐媚大盗时几乎都见过。赶忙用袖子稍稍遮挡一下面部："今日舍弟大婚，如果各位是七大妖族世家的子弟，赶紧里面请啊。句龙族长好像是在西厢房休息，其他各家族长也都在啊。"说完赶忙背过身走开。

令狐媚这一转身，句龙兄弟这才惊觉趴在地上的俞灵儿，赶紧搀扶起来，架着就往里就走。其他小妖散开，分头去找他们的族长。

"今日怎么来这么多人啊？"令狐媚忙得晕头转向，扯开嗓子大声道："临江仙子！"

"嗖"一声，临江仙子突然出现在令狐媚身旁，一身夜行衣抱剑而立，冷冷地问道："什么事？"

令狐媚指着大门口道："帮我招呼一下客人啊，我都忙不过来了。"

临江仙子一脸煞气地瞪着门口来来往往的人流："这些人的行踪很可疑，我会帮你仔细盘查的。"说罢，不经意地扫了一眼句龙兄弟他们的背影。

"唉？"临江仙子探头望着句龙兄弟搀扶之人的背影，感觉非常眼熟，三步并作两步，就走到句龙兄弟身后，朝着俞灵儿的后背就伸出手去。

还未等碰到俞灵儿，"扑棱"一声，临江仙子的腰际被一条红色缎带缠住，定睛一看，正是海蜃绫。"你给我回来！"令狐媚抓着海蜃绫另一头，使出吃奶的劲把临江仙子凌空给拉了过来："别想偷懒，给我去门口迎宾！"

临江仙子手指着俞灵儿的背影道："唉，这人的背影，好像，在哪儿见过啊。"令狐媚弯腰直推着临江仙子往大门而去："你先给我顶一阵啊。"

待推到门口，临江仙子"哼"一声，凶神恶煞般抬着头，用下巴挨个指着各路来宾。一众来宾都躲着临江仙子的目光，战战兢兢走进大门。还有人被临江仙子凌厉的目光所慑，很自觉地掏出随身的家伙，一一给临江仙子过目。

令狐媚差点没气晕了："你别这么凶相好不好？我让你来迎宾的，不是让你来辟邪的。"

临江仙子一甩头："来这儿的都是妖，我不辟邪谁辟邪啊？"

令狐媚挽起袖子："你是故意找碴的是吧？"说罢就和临江仙子扭打起来。众来宾赶忙劝架。

被门口的吵闹声惊扰，俞灵儿转过身，远远看着门口的令狐媚和临江仙子："这两人，这两人，好像……好像又……"句龙兄弟扶着俞灵儿继续往里走："别管了，我们还是先去见族长要紧啊。"一路直往西厢房而去。

转过几道弯，离西厢房不远有一处亭子，句龙牙眼尖，指着亭子里一人道："看，那不是句龙族长吗？"

句龙爪点头道："不错，我们赶紧过去。"兄弟俩扶着俞灵儿，一进到亭子就喊："族长！我们知错了……"

"啊呀！"句龙无悔大声喊着，跑过来扶住俞灵儿的肩头："可算找到你了！"俞灵儿木然地看着眼前这张很像龙一样的脸，不知该做何反应。

"真是天助我也！"句龙无悔仰天长叹了一声，然后抓着俞灵儿的肩头道："眼下正是紧要关头！正好你回来了，这事啊非你亲自出马不可啊！"

句龙兄弟面面相觑，然后一起跪下禀道："族长，其实我们……"句龙无悔一甩袍袖："你们先退下，等会儿老夫再犒赏你们。"

句龙兄弟只得起身退下，只是丈二和尚摸不着头脑，为何族长要犒赏他们。

句龙无悔一扬手，施法除去了俞灵儿身上的血污和风尘，俞灵儿整件衣服顿时光鲜如新。零乱的长发也被扎成了一个漂亮的发髻。句龙无悔很满意地绕着俞灵儿转了一圈，然后道："我刚约了令狐宝来亭子一叙，本意想亲自劝他。这不你来了嘛！等一会儿你们见面时，你一定要想办法让他退了今日这门婚事，最好是能和你成婚。一切就都看你的了。"

"啊?!"俞灵儿茫然地看着句龙无悔。

句龙无悔见俞灵儿神色不对，一探脉息："原来你练功走火入魔了，不过无妨。"随即掏出一颗丹药来："他马上就要过来，给你推功过血只怕时间来不及。这是句龙家的'回神丹'，可助你慢慢恢复。"接着硬塞进俞灵儿的嘴里。俞灵儿将回神丹吞下肚中，整个人顿时感觉神清气爽，脑子里模糊的人影也渐渐清晰起来。

"他来了。"句龙无悔轻轻推了俞灵儿一把："一切全都拜托你了。"说完句龙无悔转身就跑没影了。

这时，亭子外慢慢走进一人，全身红色袍子，斜披大红花缎带，一派新郎官打扮，正是令狐宝。一见到眼前人，令狐宝整个人顿时愣住："是，是你?!"

俞灵儿看着令狐宝，似曾相识，却又想不起来，越想头就越痛。终于"啊"一声，整个人瘫软下来。幸好被令狐宝一个箭步冲过来扶住。闻着令狐宝身上的英姿气息，俞灵儿感觉醉醺醺的，身不由己地被扶到亭柱旁坐下。

令狐宝则坐在一旁，低头半晌沉默不语。

俞灵儿脑海中依稀闪过眼前这人的诸多身影，好像很亲近，又感觉很遥远。忍不住抬起手伸向令狐宝。

令狐宝一把抓住了伸过来的手："对不起，对不起……"然后很痛苦地抬着头，好似在回忆着，之前两人的一点一滴。

俞灵儿慢慢靠近令狐宝，想说什么，却不知从何说起。

"其实，认识你之前，我还在娘胎时，我爹娘就给我定了这门娃娃亲。"令狐宝深深叹了口气道："想必你已经知道，我是狐妖，我们钱塘灵狐，一生只会爱一个人，那就是我快过门的娘子。我令狐宝但求一心人，白首不相离。"

"啊?!"不知为何，俞灵儿心中隐隐感觉有什么很珍贵的东西失去了。究竟是什么东西，却怎么也想不起来。

"我承认，当初你一手精妙的书法，确实打动了我，我……"令狐宝深呼吸了一下，慢慢平息着自己波动不已的心："我们在一起经历了这么多，十里琅琊，姑苏东湖，吴川山阴，还有，还有望湖塔下。每当和你在一起时，其实我心里想着的都是……"令狐宝愣了愣，就看到俞灵儿眼光流转，好似这些经历也被她一幕幕想起一般。

令狐宝躲避着俞灵儿的目光："虽然我很喜欢你……"听到令狐宝对自己这么说，俞灵儿的呼吸突然变得沉重起来，双眼不停地找寻着令狐宝的目光。"啊，是以前很喜欢你。"令狐宝实在避不开俞灵儿的目光，只得看向她："可是，我后来仔细想了想，其实对你的感觉，也只是喜欢而已。就像我对其他女孩一样，我都很喜欢……"看着两滴泪从俞灵儿眼中流下，令狐宝实在不忍心继续说下去，只得又转过脸去，然后一咬牙："我如今终于明白，我对我家娘子是爱，是全心全意的爱！"

泪水流到嘴边，俞灵儿就感觉嘴里瞬间满是苦味，可是为什么连自己心里都会充满着这种苦涩的味道？满脑子是各种凌乱的画面，十里琅琊，帝都城中，姑苏东湖，吴川山阴，愁湖之畔，望湖塔下。一幕幕都是眼前这个人的身影。可是他现在对她说这些是什么意思？既然她不明白他在说什么，为什么她的心还会这么痛呢？

见俞灵儿目光呆滞地在那不停地流泪，令狐宝再也忍不住了，起身道："我能说的，只有，祝你，早日找到，如意郎君。"说罢，快步走出亭外。然后两行热泪也止不住流落下来，令狐宝低声说着："对不起，我……对不起。祝你……幸福。"然后抽了几下鼻子，快步离去。

阴差阳错

在亭子里呆呆地坐着，俞灵儿摸着自己的胸口："好难受，好难受啊！"眼望着令狐宝离去的方向，伸出另一只手想去抓住什么，却扑了个空，整个人倒在了地上。"不要走，不要……不要离开我……"除了微风流过指间，什么都抓不住。

"怎么啦？发生什么事啊？"句龙爪和句龙牙走进亭子，见状忙扶起俞灵儿："到底发生什么事啦？"

俞灵儿只是怔怔地凝望着令狐宝离去的方向，手依旧向前伸着，泪水早已湿透了衣襟。

"我们还是找一间厢房，先将她安置下来吧。"句龙兄弟只得扶起俞灵儿，退出亭子，然后却到处乱走。

走来走去，却来到一间大堂门口。

"你们这是要去哪啊？这儿的婚礼马上就要开始了。"门口几个小妖招呼着句龙兄弟。

"我们马上来，马上来。"句龙兄弟敷衍着就要带俞灵儿离开。

"等一下。"俞灵儿稳住脚步："谁，谁要在这儿完婚？"

句龙兄弟对视了一眼："令狐宝的大婚啊。"

"噗!"一口血从俞灵儿口中喷出,随着这口血喷出,俞灵儿顿时感到头脑清醒不少:"令狐宝?大婚?"

"哎哟哟!"句龙兄弟吓得赶忙用袖子擦去俞灵儿吐在身上的血,却被她一把推开:"新娘是谁?"

"不知道啊。"句龙兄弟双手一摊:"你还管她新娘是谁呢,反正不是你。你快去休息吧⋯⋯"

"令狐宝的大婚。新娘,新娘!不是我?"俞灵儿双手扒开句龙兄弟,冲着大堂蹒跚走去:"新娘不是我,谁敢结婚!!"

句龙兄弟忙伸手去拦俞灵儿:"你都吐血了,别闹啦。"

这时大堂内座无虚席,上至族长,下至小妖,全是七大妖族世家的人。

令狐宝身着红袍,站立堂内,首座上坐着令狐擎苍,旁边一个座位却是空的。

有小妖就嘀咕开了:"怎么只有令狐擎苍在,按礼数,双亲都在场才对啊,令狐吴氏怎么不在啊?"另一个小妖道:"谁知道呢,你没看见吗?满堂都是妖族世家的人,连一个凡人都没有。"又一个小妖插嘴道:"不仅如此啊,连新娘的娘家人,一个都没见到啊。你们说奇怪不奇怪?"

就在这时,堂后传来一声女子的大喊声:"为什么我也要戴红盖头?今天是她结婚,给她戴就行了。"众人齐向令狐擎苍看去。然后又传来一个声音:"不但我要戴红盖头,我们三个都要戴。"原先那个女子声音又吵起来。

令狐擎苍冲着堂下的令狐媚一努嘴,令狐媚纵身进了后堂:"给我绑了,把嘴也给我堵上。"

后堂终于安静下来,可大堂内却人声鼎沸起来,相互询问着发生什么事情。

令狐媚喜笑盈盈地走出后堂,大声道:"大家静一静!刚才有点小误会,新娘子马上就要出来了。"

众妖这才嬉笑起来,起着哄:"快叫新娘子出来啊!""拜天地,拜完天地我们好闹洞房啊！"

"新娘到！"随着一声喊，从后堂缓缓走出一人来。

一见到新娘，大堂内先是鸦雀无声，然后又开始嘈杂起来。

就见新娘子，穿着大红袍，头戴红盖头。身后一左一右各长有一个身子，也穿着大红袍，头戴红盖头。只有右边身子被绳子绑的结结实实，不停地扭动着，从红盖头里发出"呜呜"的声音。

"三头六臂，这不是睢鸠众吗？"众人纷纷议论："不对吧，她这身材可比睢鸠众小多了，该不会是他妹妹吧？""怪不得令狐吴氏没来啊，看到这样的儿媳妇进门，还不得气死啊。""怪不得宾客全是妖啊，若是有凡人在场，还不得给吓死啊？哈哈哈。"

令狐媚也不管堂内众人如何议论，将一条扎着大红花的红色长缎带拿起，一头交给令狐宝，另一头交给新娘。新郎新娘缓缓收着手中的红缎带，新娘在一片哗然声中，由两位丫鬟扶着，慢慢走向令狐宝。

临江仙子一拍桌子，站起身道："吵什么吵？没见过婚礼啊，再吵我剁了他。"

令狐媚赶忙上前制止了临江仙子："舍弟大婚，不要喊打喊杀的。"

临江仙子双手一摊："那他们这么吵，你说该怎么办？"

"这好办啊。"令狐媚媚笑着大声道："今日舍弟大婚，诸位若有异议，只管大声提出来。否则就开开心心喝喜酒吧。"果然大堂内安静下来，不再有议论吵闹声。

令狐媚很得意地看着临江仙子道："看到没？不是所有事情，喊打喊杀就能解决的。"

"我不同意！"随着一声大喊，堂外踉跄着闯进一人，大声喊："新娘不是我，婚就不能结！"

令狐宝愣愣地看着闯进来的人，一闭眼："都是我惹的错啊。"

新娘子闻声也是一愣，转过身，透着红盖头，看向这不速之客，这一看，整个人顿时僵住。

在回神丹逐渐发挥的药效作用下，加上亭子内令狐宝刺激了她一番，俞灵儿又吐出了淤血。此刻的俞灵儿已经完全清醒过来，内心不断呼唤着一句话："令狐宝是我的。"

"哇，有人抢婚啊！""抢的还是新郎官啊！"大堂内顿时炸开了锅。"我结了八次婚，怎么就没人来抢我啊！"

令狐媚和临江仙子要上前，却被新娘子一把拦住，然后快步走到俞灵儿面前，透着红盖头道："你回来了？"

"不错。"俞灵儿一伸手掀开了新娘子的红盖头，看到眼前这新娘子的脸，俞灵儿惊讶得呆立当场。

"噗"一声，游魂剑从她背后刺了进去，从前胸透出。可是这都不影响俞灵儿什么，因为眼前这张脸，让她惊讶不已："你究竟是谁？"

一张自己的脸，此刻就在自己眼前，长着俞灵儿脸的新娘子笑着道："呵呵，怎么样？没想到吧？"

"那，那我又是谁？"就感觉胸口的血液全都淤积在一起，越来越重，重得闭上眼，倒了下去，耳边就听见临江仙子的声音："我说这背影怎么这么熟悉呢，白柔姬，久违了。"

也不知道过了多久，一阵喧闹声进入耳畔。

"这就是'春蚕到死丝方尽'啊？丝不尽，蚕不死。如果我们那时代的人有这本事，那不是可以永生了？"

"当然不是永生，丝尽时，蚕就会死。"

俞灵儿缓缓睁开双眼，她躺在一间厢房的绣床之上。眼前一张自己的脸看着自己。眼前这人身后左边的身子，正闭目养神，完全不理会当下发生的一切。而右边的身子正在说些让人听不懂的话。

从躺着的床上撑起身子："你究竟是谁？为什么长得和我一样？"俞灵儿惊恐地盯着眼前的新娘子。

新娘子掏出一面镜子，在俞灵儿面前晃了晃道："长得和你一样吗？你自己先照照吧。"

看着镜子里的自己，却是一张美艳绝伦的脸。依稀认出，镜子里的这张脸，正是在东堤遇到过的白柔姬。记得当时已经死了的白柔姬，又突然活过来。怪不得她在字里行间被众妖所杀，又莫名其妙地复活，是'春蚕到死丝方尽'的缘故。她从丝茧中出来后，身上衣服也与原来穿的不同，原来是她的身体变成了白柔姬。

"为什么会这样？"俞灵儿看看镜子，又看看新娘子。

"不是每个人都愿意长生不死的。"新娘子放下镜子道："我们峨嵋白氏的蚕妖中，就有人创出一种功法叫'魂魄大挪移'。如果不想继续活着，就用魂魄大挪移与他人交换魂魄。我就是对你用了此法。现在的俞灵儿身体里是白柔姬的魂魄，白柔姬的身体里是俞灵儿的魂魄。"

"等等，你容我想想。"俞灵儿感到一头乱麻，想了想道："那是什么时候交换的？我怎么一点印象都没有？"

"那日，我为了逃避临江仙子的追杀，跑到了望湖塔下。却撞见了法远那和尚，他用紫金铙钹把我给收了，我被收去的一瞬间，运起魂魄大挪移。只要下一个被收去的是个凡人，就能保住肉身，留在愁湖边我织的丝茧内。只是魂魄会与我互换。我本想以这个方法逃脱被永生囚禁的厄运。着急时却忘了一点，法远怎么可能收凡人呢。但是没想到，法远居然真收了凡人，就是你，俞灵儿。哈哈哈。"

俞灵儿看着眼前三头六臂的自己道："那，现在你的肉身也回来了，我们可以换回来了吧？"

"换回来？我才不要！"新娘子张开双臂，开心地说："我终于可以和令狐宝成婚了，这可是我梦寐以求的事情。就算我长得这么丑，他都不嫌弃。而且七大妖族世家尊我为盟主，白玲珑从紫金铙钹中取回妖族妖谱，强到可以纵横六界。现在就算拿玉皇大帝来和我换我都不换。这么美好的人生，就算少活几千年都值了。哈哈，换做是你，你会换吗？"

"我当然不换。"俞灵儿挣扎着想爬起来："因为那本来就是我的身体。"

大闹婚宴

　　这时，"灵妹妹啊！"窗外传来令狐媚的喊声。俞灵儿和新娘子一起回答："唉！"新娘子赶紧把俞灵儿推回床上："喊我呢，没你事啊。"施了个法后就开门出去。

　　俞灵儿想翻身坐起，可是全身无力，只得躺了下去，心中大急，趁令狐媚就在门外，无论如何都要让她知道真相，自己才是俞灵儿，那个是假货。张口想喊，却是半点声音也发不出来。

　　耳中就听到门外令狐媚问道："弟妹啊，这白柔姬着实可恶，昨日毁了你的婚事。还留她做什么？沉到愁湖底不就好了？"新娘子的声音道："姐姐千万别啊，这白柔姬，我有大用，就留给我好了。""唉，只要你肯嫁给我那蠢弟弟啊，说什么姐姐都依你。你看，昨日和今日都是黄道吉日，你俩这婚事……""就今天吧，赶紧的，妹妹我都等不及了。""啊哟，那敢情好啊，反正宾客们都没走，姐姐我这就操办去。"

　　待令狐媚离开，新娘子站在外面等了一会儿，突然说："出来吧，我知道你尾随令狐媚来的。"然后是句龙无悔的声音："见过盟主。"新娘子道："我知道你打什么主意，句龙家和令狐家以前有过嫌隙，你怕我嫁给令狐宝后，会对你句龙家不利。"句龙无悔道："盟主明察，其实我……"新娘子道："你放心吧，只要我嫁给令狐宝，我担保，七大妖族第一世家，还是你们泾河句龙。"

句龙无悔道："那就多谢盟主了，属下告退。"

待句龙无悔离去，新娘子推门进来道："你都听到了，我现在要赶着去完婚。如果你不乖乖听话，愁湖底就是你的归宿。虽然我法力不及现在的你，可我们蚕妖的法术，却是很难破的。我已经在这儿布了阵，你就给我好好待着吧。"说罢，锁上门离去。

俞灵儿焦急万分，可是身不能动，口不能言，简直难受得求生不得求死不能。绝不能让这假冒的俞灵儿去和令狐宝完婚。必须尽快告诉令狐媚或临江仙子，任何一个人都行。俞灵儿眼睛死死盯着窗外，来人啊，快来人啊，哪怕是一个人也好。无论如何，我一定要去阻止这场婚宴，我一定要去阻止！

经过昨日一番闹腾，今日大堂上的来宾就更多了。不但座无虚席，更多的来宾都只能站着，等待婚礼的举行。

这次新娘子右边脑袋不再吵闹，知道闹也没用，乖乖地戴上红盖头。和昨日一样，由两个丫鬟搀扶，新娘子慢慢收着红缎带，缓缓走向令狐宝。

一旁令狐媚一把鼻涕一把泪地："啊哟，我这废物弟弟啊，终于可以完婚了，我这个姐姐真是操碎了心啊。"

"哼！"临江仙子顶了令狐媚一下："白柔姬是我找人的唯一线索，为什么不把她交给我？"

"你看你急的，你那灵儿姐姐非要留着，我也没法啊。"令狐媚嗔怒道："要不是你昨天动手刺了白柔姬一剑，峨嵋白氏的人也不会吵闹，结果毁了婚宴。否则今日我何苦再办一次？早就对你说了，喊打喊杀是不能解决问题的。"

"哎呀！你还怪我喽？"临江仙子顾不得身在婚礼上，气得大声喊道："灵儿姐姐嫁给你那花心弟弟啊，本来我就不同意……"

临江仙子气头上，不经意地这么一声喊，结果就像是发出了信号一般。紧接着"我不同意！"大堂门一开，闯进一名女子来。

难道俞灵儿又来闹了？新娘子着实慌了一下，她明明给俞灵儿施了奇术，她是怎么破解的？

新娘子一把扯下红盖头，转头看向闯进来之人……不认识。

这时又有三名女子也闯进大堂："我们也不同意！"紧接着又有更多女子陆陆续续闯了进来，纷纷喊着："我们也不同意！令狐宝是我的！"

令狐媚看看这群女子，又看看令狐宝："这些人，这些人都谁啊？"

大堂内众来宾中，顿时有几十名女子，拍案而起："我们也不同意，令狐宝是我的！"

令狐媚顿时明白了，昨日白柔姬挑头抢婚，也不知道是谁放出去的风声，导致今日这些女子有样学样，也一起来抢婚了。

为首两名女子冲上前来："令狐哥哥，别跟这丑八怪成婚，还是跟奴家走吧！"待这两名女子靠近，新娘子一手一个将这两人推倒。

然后现场一片混乱。七大妖族世家的族长，碍于身份，不便对一群女子出手。其他妖族自然乐得看笑话。

见场面失控，令狐媚大急，拽着临江仙子道："你在等什么？还不快出手？"

可临江仙子丝毫没有动手的意思，一撇嘴："刚才是谁说的，喊打喊杀是解决不了问题的啊？你不是有更好的解决办法吗？那你自己上啊！"

令狐媚气急，快步飞奔到大堂门口，指着门口四名家丁道："赶紧把门关上，不能再放人进来了。"四名家丁如梦方醒，赶紧使出吃奶的劲，将大门慢慢关上。

可是刚将门拴落下，"哐当"一声巨响，大门被瞬间砸开，四名家丁就被砸开门的这股力道给弹飞出去。然后就见门口一名身高丈八膀大腰圆的巨型女子，一路冲了进来："令狐宝小宝贝儿！你是我的！！！"

瞠目结舌的令狐媚一时躲闪不及，被这巨型女子迎头撞上，一下子被弹飞。远远地撞到大堂的墙壁上，然后沿着墙壁摔落下来，瘫在地上动弹不得。

临江仙子闪身过来，蹲在令狐媚身边，用手指戳了戳令狐媚瘫软的身体："前有古人守株待兔，今日有我守墙待狐。"

令狐媚感觉就像是被五十头牛一起撞了，直撞得眼冒金星，无助地伸着手，口中语无伦次地喊着："快快去请，西天如来佛祖！……"

俞灵儿一宿没睡，等了一天一夜，却是没有一个人经过这间厢房。也不知道婚宴进行得如何了，现在只怕令狐宝和新娘子，双双入了洞房吧。唉对了，新娘子三头六臂的模样，令狐宝怎么和她洞房呢？一想到这里，俞灵儿张嘴笑着，虽然发不出声音。可是笑着笑着，俞灵儿突然感到一阵酸楚，立刻又哭了起来，却是无声的呜咽。

太阳初升。

"啪"一声，房门被推开，几缕阳光照了进来。俞灵儿赶忙用眼睛瞄向门口。就见新娘子捂着腰，跟跟跄跄地走了进来，脚下一滑，摔倒在地。

怎么回事？俞灵儿想看得再清楚些，却是无法动弹。

新娘子手扒着床沿，慢慢爬起。待看清新娘子的脸，俞灵儿着实吓了一跳，新娘子的脸像是被千军万马踩踏过一般，腮帮子鼓鼓囊囊地肿了好几个包。身后左右两边脑袋的脸上也是各种拳打脚踢的痕迹，右边脑袋哼哼唧唧着道："怎么连我也打？"

"我担心你这儿会出状况，先来看看。"新娘子按了一下俞灵儿的胸口。虽然还是无法动弹，可俞灵儿能说出话来了："怎么啦？昨日出了什么事？"

"别提了，折腾了一天一夜，我们刚打扫完战场。"新娘子张嘴说话，可是嘴唇肿胀导致口齿不清："不过还好，鹤舞四宝没有遗失。"

"鹤舞四宝，你把我的鹤舞四宝怎么样啦？"俞灵儿关切地追问着。

"不是我把鹤舞四宝怎么样了。"新娘子双手分别向后两个分身一指："你应该问，鹤舞四宝把我怎么样了？看到没，这就是代价。"

俞灵儿也正想问："这和鹤舞四宝有什么关系？你为什么会变成三头六臂这般模样？"

新娘子叹了口气："唉，别提了，一开始还不知道令狐宝会和我成婚，所以从你的泥丸宫里发现有鹤舞四宝后，我当然忍不住要重炼三生石啦。所以，这就是重炼失败的惩罚，三生一世。"

俞灵儿继续追问："重炼失败的惩罚？三生一世？究竟是什么？"

这时，一直不说话的新娘子左边脑袋，突然开口说话了："所谓的三生一世者，乃是指，一旦三生石重炼失败，便会将重炼者的前生和来世，与其今生合在一世中。所以就变成三头六臂这般模样了。"新娘子一指左边脑袋："这个是我的前生，可她总不爱说话，我也不知道我前生是怎样的。"再一指右边脑袋："这个是我的来世，满嘴尽说些让人不明白的话。"

新娘子右边脑袋忙转头向俞灵儿打招呼："我是个学生，业余时间喜欢搞搞电商，如果你有兴趣的话，可以加我……好吧，忘了这会儿还没手机。"

"你听明白她说什么了吗？她居然告诉我，她来的那个时代，无论两个人离得多远，拿着苹果就能对话。你说荒唐不？"然后新娘子转头对右边脑袋说："我们这儿都用千里传音的！"

七族妖谱

俞灵儿哪管这些，盯住新娘子问："你重炼三生石了？你是怎么重炼的，又是因为什么失败的？"

"怎么？你也想重炼三生石？别做梦了。"新娘子一甩手："今天是这个月最后一个黄道吉日，我今日非要把这婚给结了不可！"

"你们都忙了两日，还没完婚呐？"俞灵儿闻言，也不知道自己心中是喜还是忧。

新娘子按了一下俞灵儿，俞灵儿便又无法言语。"你就给我好好待着吧。"说罢转身就走，她右边脑袋哀声连天："婚礼这个副本，我可不想再刷了啊！"

俞灵儿看着房门又被锁上，急得什么似的，拼命想起身，却毫无着力之处。我该怎么办？我该怎么办？

一大早。

"咔嚓"一声，一小截梁木落了下来，紧接着稀稀落落飘下很多尘埃。大堂内众宾客全都仰头看向歪了半分的房梁，生怕大堂的房顶随时会塌下来。

令狐媚完全不理会这些，一手拄着拐杖，用另一只包满绷带的手，勉强伸出两根手指来，夹起长红缎带，一瘸一拐地分别交到两位新人手中。据说昨日令狐宝的大红袍和衣裤，全都被撕得稀烂。今日只能换了一件大黄袍子，神情呆滞地杵在原地。新娘子戴着红盖头，谁也看不到此刻她脸上是什么模样，但是走路的样子却是歪歪扭扭的。

"啧啧，这恐怕是世间最大的绣花鞋了！"临江仙子则饶有趣味地看着墙上，一个脸盆大小的鞋印，深深陷入墙中："令狐媚，居然有女子的脚比你的还大啊。"

令狐媚咬牙切齿地白了临江仙子一眼，然后恶狠狠地瞪着大堂的大门："我已经调集了两万妖兵，将这儿里三层外三层围了个水泄不通。别说是女子了，就连一只母苍蝇，今日也休想靠近这令狐大堂！啊哟呦……"说得过度用力，令狐媚吃痛得赶忙摸了一下半边扎着绷带的头。

新娘子磨磨唧唧的，费了好半天劲才走到令狐宝跟前，长缎带的两头几乎都收完了，缎带上一朵残缺的大红花正夹在令狐宝和新娘子之间。

令狐媚的黑眼圈不禁流下泪来："终于啊……终于走到这一步了，我容易吗我？"

临江仙子插嘴道："其实呢……"令狐媚赶紧"嘘"了一声，压低声音道："闭上你的乌鸦嘴！在他们拜完天地之前，你不许说一个字！"临江仙子没好气地撇了撇嘴，转过头去不理她。

然后大堂内静悄悄的，众宾客你看看我我看看你，不知道怎么回事。

令狐媚缓缓转过身道："怎么没人喊拜天地？应该是大灰和二狗子他们俩喊拜天地的，这两个人呢？"

一个丫鬟怯生生地道："您不记得啦？昨儿个，大灰和二狗子被那帮女的给塞井里了，今早才捞上来，现在还躺着呢。"

令狐媚清了清自己沙哑的嗓子，然后不得已转向临江仙子："妹妹啊，姐姐求你件事。"

临江仙子转头看向令狐媚，闭着嘴就是不说话。

令狐媚道："这里数你嗓门最大，帮他们俩喊一下拜天地好不？"临江仙子剑眉倒竖："你不是嫌我乌鸦嘴吗？我不开口。"令狐媚急了："都怨姐姐不好，你就帮喊一下吧。"临江仙子一挑眉毛:"那我可喊了啊,这要是再出什么事,又结不成婚,可别怪我啊!"

"呸呸呸!"令狐媚朝地上直吐唾沫:"你说你这张嘴……唉,罢了,你就喊吧,姐姐我不怪你。"

临江仙子大步走到新人旁,张开嘴,却又闭上了,转头瞧了瞧令狐媚,指了指新人低声道:"我可真喊了哦!"令狐媚连连点头:"喊喊!"临江仙子不放心,又补充了一句:"出事了,可别怪我哦!"令狐媚恨不能一头撞死,哭丧着脸直摇头:"不怪你!不怪你!"

"一拜!……"临江仙子扯开嗓子大喊着。

随着这一声喊,大堂大门"哐当"一声被推开,走进一名女子来。

还未等这女子开口说话,大堂内众宾客不约而同地齐声大喊:"我,不,同,意!哈哈哈哈……"

令狐媚"啊哟"一声歪倒在一旁,临江仙子很开心地双手一摊,看向令狐媚,那意思是这可怪不得我哦。

可众宾客的大笑声,戛然而止。每个人都剑拔弩张地紧盯着这不速之客。

主桌上颤颤巍巍站起一人来,哭喊着:"女儿,女儿啊,你怎么变成这样?"站起这人正是燕山虞候的族长虞镇北。虞镇北看着大堂门口,黑雾缭绕中的女儿,虞美人。

"以为靠外面那些妖兵守着,我就找不到你们了吗?"可虞美人看都不看虞镇北一眼:"哦,各位族长都在啊,只要将你们一网打尽,就再也无人能困住我了!"深邃的声音从她口中道出,令人不寒而栗。

令狐擎苍站起身来道:"虞兄,转生在令爱体内的上古邪物复苏了,此刻虞美人早已不是你女儿。大敌当前莫要儿女情长。"虞镇北闻言一滞,晃了两晃强撑着不让自己倒下。

令狐媚一看虞美人明显不是来抢婚的,一瘸一拐地挪到临江仙子身边道:"既然不是来搅和婚事的,咱们照常进行,你继续喊拜天地……"话还未说完,令狐擎苍突然跃起,双臂抡起,将令狐宝、令狐媚和新娘子推在一旁。"嗖"

一声临江仙子凭空消失，避开了这一推。

原来是虞美人虎视眈眈盯着令狐宝和新娘子的目光，化作两道黑烟如蛟龙般直射而去。所以令狐擎苍情急之下先推开三人。令狐媚这一下摔得不轻，躺在地上直哼哼。

一位白衣女子飘然闪身到令狐擎苍身前："今日有我白玲珑在，谁都休想近前一步。"袍袖一扬，一层球状水雾瞬间向四周扩散开来，两道黑烟顿时被水雾给弹开，烟消云散。白玲珑转身再一收手，球状水雾停止扩散，像一层保护墙一般将临近众人罩着。赤橙黄绿青蓝紫七位倾城女子也随即跳出，各持双剑，整排护在白玲珑身前。堂内众宾客操起武器，将虞美人团团围住。

"仅凭一层水雾，就想与我抗衡吗？"虞美人缓步向前，若无其事地穿过了刀枪不入的水雾之墙。峨嵋白氏的众人大惊失色。

主桌中，句龙无悔站起身来喊道："我们七大族长都在此间，还怕她不成。我们七人一起布下天罡七善阵，再次封印这邪物！"

令狐擎苍起身道："光凭我等七人还不行。上回我们用此阵封印她，尚需十万妖兵助阵。眼下当务之急是先召唤妖界的妖兵为先。"

句龙无悔急道："没一两个时辰召不齐这么多妖兵，我们应当布阵为先。"

"全都用不着。"白玲珑向令狐擎苍一摆手："对付她，我一人足矣。你们且都退下。"七位峨嵋白氏的女子立刻退到两旁。令狐擎苍急道："以这邪物的实力，不输五大上仙中的任何一位，你可千万要小心了。"

虞美人狂笑道："真是江山代有人才出。哈哈哈，居然口出狂言，敢与我单打独斗……"话未说完，突然就觉得眼前绿光一闪，白玲珑脸上突然罩上一张白睛绿面的脸谱，分外狰狞可怖。白玲珑虽然没有出手进攻的意思，可虞美人却感到一种无法言状的压迫感，好似有无数只妖魔鬼怪凝视着自己，不免倒退了两步。

"我就拿你试试七族妖谱的威力吧！"绿色脸谱下的白玲珑幽幽地道。

话音刚落，周遭的一切突然从虞美人的眼前消失了，取而代之的是一柄巨大的古剑，耸立在她身前。同时感觉到，似乎有一双愤怒的眼神正瞪视着自己。随着这眼神中散发的怒气越来越浓烈，这柄巨大古剑，猛然刺向自己。

"啊！"虞美人惊叫起来，这才发觉自己又身处在大堂内，哪还有什么巨剑："刚才明明……怎么回事？"

"是梦，七族妖谱能赐予你各种梦。世间有些梦能令人预见未来。这张浮生脸谱能将你内心最渴望的事情，转化成你的败局，并且使之在未来实现。你不过是在梦中预见了而已。"白玲珑苦笑了一声："当年，紫金铙钹就是以这张脸谱，让我预见了，在望湖塔前找到了我的官人，而我却被压在望湖塔下的情景。等实现的时候，可知我有多崩溃多沮丧吗？现在你也来尝尝这滋味。"

"倘若未来果真会如此，那我现在就先要了你的命！"虞美人向前疾伸剑指，扑向白玲珑。

就见白玲珑纹丝不动，看着虞美人扑向自己，待虞美人的手快要刺中自己时，白玲珑突然抖了一下脸，原本绿色脸谱骤然消失，取而代之的是一张半边黑色半边粉色的阴阳脸谱。

"哐当"一声，就见眼前的大门被推开，虞美人下意识地走进大堂。咦？白玲珑呢？刚才自己明明快要刺中她了，人怎么不见了？

虞美人正愣着神，这时大堂内众宾客不约而同地齐声大喊："我，不，同，意！哈哈哈哈……"

　　怎么这场景感觉似曾相识？虞美人呆呆地看着众宾客的大笑声戛然而止，然后每个人都剑拔弩张地紧盯着自己。那边一张桌上站起一人来，哭喊着："女儿，女儿啊……"

　　"以为靠外面那些妖兵守着，我就找不到你们了吗？"这句话明明自己已经说过了啊，虞美人疑惑地扫视着众人，眼睛落在令狐宝和一个头戴红盖头的新娘子，然后自己的身体莫名出现一股醋意，恶毒的眼光化作两道黑烟直射向那新娘子。接着令狐擎苍跃起，将新娘子等人推在一旁。

　　然后就看到白玲珑飘然闪身到令狐擎苍身前："今日有我白玲珑在，谁都休想近前一步。"两道黑烟立刻烟消云散。可这个白玲珑却是面戴着一张半黑半粉的阴阳脸谱，脸谱上诡异的笑容又好似在嘲笑着虞美人一般。

　　虞美人眨巴着眼睛："怎么会这样的？"随即又手捏剑指，扑向眼前的白玲珑。白玲珑依旧不躲不闪，任由虞美人扑向自己。

　　可是待虞美人快得手时，"咣当"一声推开大门。原本眼前的白玲珑又不见了。众宾客："我，不，同，意！"站起一人哭喊："女儿啊！"……白玲珑戴着脸谱出现……怎么又是刚才经历过的场景？

　　虞美人又扑向白玲珑。"咣当"一声推开大门。众宾客："我，不，同，意！"站起一人哭喊："女儿啊！"……

……

"难道我又在梦中了？"虞美人不再动作，而是看向面前的白玲珑："又是你的七族妖谱在作怪吧？"

"不错，就是这张春秋妖谱的能力。"白玲珑脸上戴着的半黑半粉笑脸显得更开心了："你今日发生过的事，会化入你的梦境中，然后不断重复。"

"原来是不断重复，怪不得。"虞美人抬起头大笑着道："你是想烦死我是吗？哈哈，别开玩笑了，你知道我经历过什么吗？论毅力，只怕先被烦死的，是你自己。"

"这样啊？"白玲珑低下头沉吟，可这一低头，瞬间将半黑半粉阴阳脸谱换成一张画着彩蝶翅膀的脸谱来。

然后周围突然发出一阵惊叫声。虞美人左看看右看看，大堂内所有人都看向自己，可是低头一看，虞美人自己的身体却不见了。非但身体不翼而飞，感觉自身还动弹不得，张嘴想说话，却是一点声音都没有。无论周围发生任何事，自己都只能干看着，其他什么也做不了。

"虞美人呢？怎么突然凭空消失了？"令狐擎苍走到白玲珑身边，目光看向原本虞美人站立的地方，却是空空如也。

"她的身体此刻正困在她的梦境中。"白玲珑一甩头除去脸谱，露出本来面目："刚才那张是梦蝶妖谱，使得她梦境与现实对换了。故此她只能身在梦中的现实里，而我们此刻发生的一切，对她来说才是梦境。"

"没想到将七族妖谱合为一体，威力竟如此惊人。"令狐擎苍转身向众宾客躬身施礼道："诸位！虚惊一场啊，婚礼继续举行。"

"啊！"一声，白玲珑侧身晕倒。令狐擎苍赶紧弯腰去扶："白玲珑，你怎么啦？"峨嵋白氏的也过来扶住。

见虞美人消失了，始终躲藏在众宾客内的一人，这才敢露脸跑过来给白玲珑把了把脉："看来，是同时使用七张妖谱，虚耗过度啊。"原来这人正是望闻上仙："没事，我运功帮她调息一下就行。"说罢一股蒸腾之气从望闻上仙手指上通过白玲珑腕部经脉，传入她体内。不一会儿，白玲珑苏醒过来。

源长卿走了过来，看着望闻上仙半天，问道："我们盟主大婚，来宾全是妖界名流，怎么望闻上仙也来凑热闹啊？"

望闻上仙抬头看着令狐擎苍道："唉？不是令狐家发请柬请我来的吗？"

令狐擎苍转头看了一眼令狐媚，就见令狐媚摇了摇头。便疑惑地走到令狐媚身旁轻声道："这次我儿大婚，事先说好，宾客只请妖，不请其他的。望闻上仙又怎么会收到请柬？"见令狐媚皱起眉头，令狐擎苍便很快露出笑脸，转身大声道："既来之则安之，多喝两杯喜酒啊。"

可就在这时，之前虞美人消失的地方，一阵黑雾由小变大慢慢地沸腾起来。"老朋友，要不是见到了你，我还真不知道该如何从梦中醒来呢。"随着黑雾凝聚又散，虞美人出现在众人面前。

一见到虞美人，望闻上仙吓得赶紧缩着身子躲在白玲珑身后。

令狐擎苍赶忙道："齐用七族妖谱的话太过凶险，看来我们只有将七族妖谱分开使用才行。天罡七善阵。"

话音刚落，七大妖族族长闪身上前围住了虞美人。

源长卿横举手中妖妖桃枝："忠！"

湛卢空利拔出鞘中湛卢剑："孝！"

虞镇北看着女儿热泪盈眶："仁！"

白玲珑腰间拔出紫青双剑："义！"

雎鸠窈窕莲花步盈盈万福："礼！"

令狐擎苍高举着帅字令旗："智！"

句龙无悔竖插着龙头拐杖："信！"

然后白玲珑将头一点，立刻换上一张金色脸谱，然后其余六张脸谱纷纷飞到其他六位族长的脸上。令狐擎苍一摆雷谦生前用过的帅字令旗道："有我们七张妖谱一起运功，加上天罡七善阵，定叫这上古邪物插翅难逃。"然后对临江仙子一摆手："临江仙子，封印这邪物还需你的大力纯阳掌。"临江仙子闪身来到阵旁："源临江随时候命。"

果然不出令狐擎苍所料，虞美人立刻委顿在地动弹不得："别，别封印我，我再也不想回到那里去了。"

"恐怕这就由不得你了。"令狐擎苍一声招呼："封印！"

"等一下！"虞美人一脸哀怨地看向白玲珑："临行前，我还想，我还想和老朋友，望闻上仙，道个别。"

长年累月被封印囚禁的滋味，白玲珑是最明白不过了。看到虞美人如此哀求自己，身为义妖的白玲珑转头看了眼躲得老远的望闻上仙。可望闻上仙拼命摇头，不敢过来。

句龙无悔招呼道："没事的，六界还没有谁，能在七族妖谱的威力下动弹分毫。"其余几位族长也不便太过反对，对着望闻上仙怒道："还不快过来，我们马上要封印了。"

望闻上仙无奈，只得上前走到虞美人跟前。

"躲在昆仑修仙，真是好惬意啊，还胖了呢。"虞美人侧卧在地，冲着靠过来的望闻上仙勉强一笑："老朋友，你为何自号望闻上仙啊？"

望闻上仙苦涩一笑，也不作答。

"依我看，是因声色而望闻吧？"虞美人很勉强地缓缓抬起一只手，拍了拍望闻上仙的肩头："虽然你离开了我，可你还是忘不了我啊。"

说完，虞美人突然将抬起的手抓住了望闻上仙的头顶。

事出突然，七大族长也没想到在七族妖谱共同发威下，虞美人还能骤起发难。一时都反应不过来。

"是'言'为声，是'朱'为色。最终你我，还是永不分离。"虞美人以迅雷不及掩耳之势，纵身跃到望闻上仙的头上。望闻上仙不断地大声惊叫着，可虞美人哪里管他。众目睽睽之下，虞美人和望闻上仙一上一下，同时逐渐变形。

上方的虞美人最终化成了一个硕大的黑色篆字"诛"。

下方的望闻上仙最终化为一个颀长的银色篆字"仙"。

两字上下相叠，一黑一银，成了一柄光芒万丈的剑。

七大族长目瞪口呆地看着眼前这一变化，都茫然不知所措。随着剑光突然暴涨，七大族长，顿时被震开去，四散倒在地上。白玲珑不断地说着："不可能，不可能，六界无人能破七族妖谱。"

"杀！杀！我要诛杀你们所有人！"深邃的声音自剑中传来，随着这一声吼，大堂的屋顶顿时被掀起几丈高，然后化成粉尘散落下来。在清晨阳光的照射下，诛仙剑反射着妖冶无比的光芒。大堂内众人被这声吼得震耳欲聋，全都倒地不起。

令狐宝用尽全力，慢慢爬向新娘子："娘子，快，快走……我来，我来挡住……"

新娘子被身后两个分身压得直不起身来，半分挪动不得。只得有气无力地道："令狐，能，能和你，走到这一步，我已经，很知足了。其实，你爱的人，是，是……"

与此同时，"嗖"一声，一道黑影出现在附近，却是悬空而立的一个"临"字，正俯视着眼前残破的景象。然后眼光停留在一个人身上："可算找到你了。"随即"嗖"一声，这个"临"字出现在新娘子身边。新娘子很惊奇地看着这"临"字，接着令新娘子更惊讶的是，这"临"字一转身化成了人形，新娘子是再熟悉不过的了，因为这人形正是白柔姬。

九字真言

新娘子惊叫道："是你？你是，怎么逃出来的？"

"这还要多谢你困了我两天两夜，才能逼我悟出无我书法的更高一层境界。"俞灵儿用手拍了拍新娘子的肩膀，然后道："无我书法，列！"最后一字刚说完，俞灵儿和新娘子一起化成一个"列"字。俞灵儿化成了"列"字中的"歹"，而新娘子化成了"列"字的立刀旁。然后"列"字又慢慢恢复人形，"歹"逐渐显出俞灵儿本来面貌，而立刀旁逐渐显出白柔姬的样子。

白柔姬看看俞灵儿的脸，又看看彼此还未完全成人形的黑字部分，惊恐地大叫："怎么可能？难道我们又换回来了？"

"列之齐整，魂魄自当归位。你我还是做回自己比较好。"俞灵儿身后渐渐出现一左一右，两个分身来。

"从谁开始呢？"诛仙剑的剑光环视了四周一圈，突然停了下来："我这寄生的身体，最不想看到的，就是你！"话音一落，一道凌厉无匹的剑光朝俞灵儿直射而去。

看到剑光射向自己，俞灵儿心中大急："还没完全换好呢，就差一点，就差，一点。"急得低头闭上了眼睛，但很快听到一句发自肺腑的喊声："不准伤害我的俞灵儿！"

也不知道令狐宝哪儿来的力量，以比剑光还快的速度，飞身挡在俞灵儿的身前。

"不要啊！"令狐媚挣扎着向令狐宝大声喊着，可哪里劝阻得了他。

然后俞灵儿、令狐媚和白柔姬，都惊讶地看着那道剑光全部笼罩在令狐宝的身上，微微停顿了一下："我的女人，由我来守护。"话音一落，令狐宝背后的每一寸肌肤同时向后喷洒出如注的鲜血，夹杂着剑力的血柱喷射向俞灵儿和白柔姬。"啊！"随着两声惨叫，俞灵儿和白柔姬同时被血柱推倒，俞灵儿泥丸宫中的鹤舞四宝也一起掉出，散落一地。

令狐媚屏气凝神地盯着令狐宝。令狐宝慢慢回转头，看向俞灵儿："看见没，我说过，能保护……"话未说完，便侧身慢慢倒下。

还未等倒在地上，令狐宝的身子被拼尽全力挣扎而起的俞灵儿接住，令狐宝迷离的眼神看了看眼前的俞灵儿，用尽最后一点气力，说道："娘子……"然后便重重地垂下头去。

令狐媚哭喊着要扑向令狐宝，可是身体怎么也挪动不了半分。令狐擎苍看着满身是血的儿子，趴在地上老泪纵横："宝儿！"白柔姬看着俞灵儿怀中的令狐宝，呆呆地说道："其实，在你心中，永远只有她。"

俞灵儿双臂紧紧抱着令狐宝，为什么？为什么这么傻？我这刚换回身体，可你却……

俞灵儿深吸一口气，慢慢仰起头，看着头顶一望苍穹。想哭，却为何流不出一滴泪来？难道我的泪早已哭干了不成？

俞灵儿撕心裂肺的大声狂吼："啊！"

也许被这一声吼给震撼，诛仙剑微微晃动了几下："我这是怎么了？为什么我会感觉伤心？"

趴在地上的虞镇北，冲着诛仙剑大喊道："女儿啊，都怪为父将你宠坏了。你看你都做了什么啊?！"

诛仙剑却不管不顾地往令狐宝这边飘过去，好像要将令狐宝的遗体带走一般。

待诛仙剑飘到令狐宝身边时，俞灵儿沉声道："不许你碰他。"诛仙剑一愣，俞灵儿随即前倾着身子大喊道："不许你碰他！无我书法，前！"突然俞灵儿化身成一个"前"字，诛仙剑猝不及防，被弹出三丈远，虽然勉强稳住了身形，却也愣在当场。

躺在另一处无法动弹的临江仙子，惊讶地道："这，这不是，前无上仙的前字真身吗？灵儿姐姐是怎么做到的？"

诛仙剑则更为诧异地自问道："怎么可能？我可是上古神器，诛仙剑！她却只有百年功力，怎么可能撼动得了我？"

"天书九字真言，临兵斗者皆阵列在前。"源长卿指着俞灵儿说着。白玲珑则讥笑着诛仙剑："那是无我书法，临摹的天书九字真言。和你一样，都是盘古开天地之前就有的神物。所以撼动你，不在于功力高下，而是凭借一种法则，天书的法则。"

"就凭你，也敢讥笑我？"诛仙剑对着白玲珑一剑刺下，却在半空硬生生停住了。诛仙剑偏身一看，剑旁突然出现一个"在"字，将自己牢牢地定身在原地，挪动不了分毫。

"你休想！"这个"在"字慢慢恢复成俞灵儿的人形，凌厉的目光却平视前方："你休想再伤害，这里任何一人！"

虽然诛仙剑无法移动分毫，却还是临近于白玲珑身前，像是随时会落下一般。虞镇北使出全力扑到诛仙剑下方，喊道："都怪为父不好，没有好好教导你'仁'者为先的道理。要杀你就先杀了我吧。"

为了让诛仙剑远离白玲珑，俞灵儿从容地向前缓缓迈步而行，诛仙剑就像是长在俞灵儿身上一般，随着她一起移动着，就是无法挣脱开俞灵儿的掌控。

"什么天书的法则，我不信！"诛仙剑猛然剑光暴涨，照耀得众人睁不开眼。

躺在地上的句龙无悔忙喊道："不好，剑光再这么涨上去，恐怕这里所有人，都要被晒死了。"

"诛仙剑！适可而止吧！"俞灵儿挺身喝道："无我书法，兵！"随即俞灵儿也变成一柄诛仙剑。

众人面面相觑，怎么会有两把诛仙剑的？

临江仙子道："是'兵'字，是那个'当兵的'兵字真身。"

诛仙剑诧异地看着眼前和自己一模一样的诛仙剑："怎么会这样？不可能，诛仙剑是独一无二的，独一无二的！"然后诛仙剑似乎感觉到，有一双愤怒的眼神瞪视着自己。

这场景怎么这么熟悉？诛仙剑努力回想着之前什么时候见过这场景。

白玲珑却大笑起来："哈哈哈！诛仙剑，难道你忘了，我第一张浮生妖谱带给你的预见了吗？合成诛仙剑是你最渴望的心事，可是这也成了你的败局！"

诛仙剑这才想起，白玲珑对自己施用的第一张脸谱，曾预见到自己被一柄巨剑击杀，那柄剑确实就是眼前这把"诛仙剑"。难道说这预见，即将兑现吗？

白玲珑继续讥笑着："能斩破诛仙剑的，当然是另一把诛仙剑了。哈哈。"

"你说对了，确实只能以剑破剑。"诛仙剑缓缓将剑尖对准眼前这柄剑："可我是真剑，她是假的！胜负立见分晓！"紧接着向前直刺过去。

"把我的令狐宝！"俞灵儿所化的诛仙剑狠狠地抬起剑尖，也迎面向前飞去："还，给，我！"

当两柄剑快要撞上时，真的那柄诛仙剑突然一滞："令狐宝？不！不要啊！"一个女子的声音从诛仙剑中响起，正是虞美人的声音。

就在这瞬息间，俞灵儿对准诛仙剑全力一击，万籁寂静中，万点火星迸射而出。诛仙剑被击得凌空翻滚而去。

一个人影从诛仙剑上翻落在地，正是虞美人。

白玲珑看着诛仙剑击飞的方向，勉强笑着道："明知是这样的结果，却只能接受。非常能理解。"

虞镇北抢上前，扶起虞美人。虞美人起身向四周看着道："爹！我，这里还是姑苏东湖吗？"

虞镇北则抱紧虞美人道："没事了，没事了，一切都好了。"

令狐擎苍则对虞镇北吼道:"你女儿是没事了,可我儿子死了!"说罢跑到令狐宝尸体旁直掉眼泪:"儿啊,怎忍心,让白发人送黑发人啊!"。令狐媚也扑到弟弟尸体旁痛哭。

俞灵儿慢慢走来,看着令狐宝的尸身,沉默不语。就算打败了诛仙剑又如何,令狐宝已然回不来了。

白柔姬含着泪看着令狐宝,也想要扑上前,却被小紫一把拉住,只得扑在小紫怀中哭泣。

源长卿起身道:"本来七族妖谱齐发功,绝对能困住半截诛仙剑,让它无法和望闻上仙复合成一剑。现在诛仙剑虽被击退,可要是它卷土重来,将我们七族逐个击破,到时候就算有七族妖谱,只怕也无济于事啊。"

湛卢空利以审视的目光看着虞镇北道:"照理说,七族妖谱不可能困不住那半截诛仙剑的,难道说虞侯,刚才顾念女儿的安危,没有运功使用妖谱?"

句龙无悔不冷不热地道:"七族妖谱只有同时发功,威力才能完全奏效。看来虞镇北还真是舐犊情深啊!"

"我虞镇北做事,向来以仁为先,大敌当前时怎会顾及儿女私情。"虞镇北怒视着句龙无悔:"倒是你句龙无悔,素来与令狐家不合,自然不愿看到盟主与令狐公子成婚。多半是你故意不发功,想搅乱婚礼吧!"

"唉?"句龙无悔一脸无辜地看了看俞灵儿,又看了看众人:"居然赖上我了!我可是天地良心啊我……"

虚度光阴

白玲珑起身道:"都别吵了,七妖世家同心,才能立于世间不败。"然后转向俞灵儿道:"究竟怎么回事,我自会查清,给盟主一个交代。"

俞灵儿依旧看着令狐宝的尸身:"查清楚又怎样?这人不是还没死吗?"闻听此言白玲珑和其他族长面面相觑,不明白俞灵儿这话什么意思。

"还记得那日在东湖边,你装死。"俞灵儿蹲下身,伸出双手抓住令狐宝的衣领:"就为了骗我说出那句话。"令狐擎苍和令狐媚奇怪地看着俞灵儿抱起令狐宝的上半尸身,不知道她想要做什么。

"别以为我不知道,你现在只不过是故伎重演罢了。"俞灵儿使出全力摇晃着令狐宝,说道:"我说我愿意,我答应嫁给你!答应嫁给你!……"

临江仙子扑到俞灵儿身边:"姐姐,你这是干什么?"

"我说我愿意,我答应嫁给你!"俞灵儿旁若无人地继续摇晃着令狐宝:"你可以醒过来了!再不醒我可要生气了!"

令狐媚赶紧拉住俞灵儿:"俞灵儿!不要这样,我弟弟他已经……"

"人死不能复生,请节哀。"一直默默看着一切的俞灵儿左边脑袋说话了。

"你们骗我!你们全都在骗我!"俞灵儿不依不饶地摇晃着:"令狐宝你好狠,还找了这么多人一起骗我!"

"你赢了，我承认你赢了！"俞灵儿嘶吼着大声喊着："醒醒啊！我愿意嫁给你！"

"你不要这样！"令狐媚和临江仙子一边一个，拽着俞灵儿身后两个分身，往后直拉。俞灵儿右边脑袋大喊："好痛，啊呀呀！"之前俞灵儿晕过去的左边脑袋也被拉醒。

可俞灵儿死抱着令狐宝就是不放手："醒醒啊！"

"啪"一声，令狐媚一记耳光打在俞灵儿脸上："该醒醒的是你！我弟弟他已经死了！你听到没有？再也醒不过来了！"

所有人都安静地看着这边。虞美人更是不敢相信地看着令狐宝的尸体。

俞灵儿坐在地上抬眼看着令狐媚，半晌，眼眶里泪水涌了出来："我……"然后哭了出来。

令狐媚坐倒在地，抱住俞灵儿跟着哭了起来。

"为什么会变成这样？为什么？"白柔姬瘫坐在地，掩面而泣。

"唉，吵死人了。"一个声音响起："俞灵儿，你就这么急不可待地要嫁给我吗？"

哭声顿时停止，所有眼睛看向那个说话之人。

就见令狐宝嘴里叼着一根小树枝，一手搁在抬起的膝盖上，坐着地上笑嘻嘻地看着俞灵儿。

"啊！"众人目瞪口呆地看着令狐宝。临江仙子使劲擦了擦眼睛："我没看错吧？！"

令狐宝站起身，向坐在地上呆呆仰视自己的俞灵儿，慢慢伸出一只手："好吧，我就勉为其难，答应你的求婚了！"

俞灵儿和令狐媚盯着眼前的令狐宝，慢慢站起身，张大嘴说不出话来。倒是俞灵儿右边脑袋不断说着："我这是在做梦吗？我明明看到他，被一个大招放倒了呀。"

临江仙子上前看了看令狐宝的后背，原来血肉模糊的后背竟然全都愈合了，只是光着后背很不得体罢了。

俞灵儿伸出手摸了摸令狐宝的脸："你，你没死？"

"早就说过了，"令狐宝得意地仰着头道："我是无敌的。"

令狐擎苍抹着眼泪，高兴地说："还活着就好，活着就好。"众人都诧异地看着令狐宝："居然没死啊？！"随即一起欢腾起来，白玲珑等族长齐声道："恭喜盟主，恭喜令狐族长。"虞镇北激动不已："太好了，活过来就好！"紧接着众人的道贺声不断。

令狐媚一把拉住令狐宝的胳臂："太好了！太好了！"然后拉起俞灵儿的手道："今天，还是你们俩大喜的日子呢！"

临江仙子指着破破烂烂的大堂道："这么烂的地方，你还想让我姐姐拜堂成亲啊？"

令狐媚白了临江仙子一眼："你给我把嘴闭上。"临江仙子不服气了："今天是谁说……"令狐媚走过去一把拉开了临江仙子："我给你下跪了，好妹妹！现在开始别说话了行吗？"临江仙子嘟着嘴别过头去。

白玲珑赶紧说道："哎哟！你们看今天闹的，居然把这么重要的事给忘了。两位新人赶紧拜天地吧。"

俞灵儿盯着令狐宝俊朗的双眼，慢慢凑近，此刻心中再无任何犹豫，只想对眼前人诉说衷肠，我要说……

"令狐宝，其实我心里一直都有你。你是我这一生的最爱！"白柔姬突然出现在令狐宝身边，向他表明心迹。

俞灵儿硬生生地停在了半途……

"啊，啊，这个……"令狐宝也被白柔姬突然的表白给弄懵了。

他犹豫了，他在犹豫。俞灵儿盯着令狐宝此刻的反应，心里开始打了一个结。

"其实这个，我，我不是已经，告诉过，告诉过你吗？我，我心里……"令狐宝平生第一次，在大庭广众之下拒绝女子的表白，多少会体谅对方的心情。

吞吞吐吐的，为什么要吞吞吐吐？难道他还舍不得她？俞灵儿心里又打了一个结。

"你不必说了。"白柔姬一摆手："对我来说，有过你那一句承诺，就够了。"

什么承诺？除了她，他还给过多少女人承诺？俞灵儿心里已经打了一百个结。

白柔姬转身而去："祝你们幸福。"走着走着，白柔姬露出了凄婉的笑容，虽然我今世不能和你在一起，至少我的前生和来世，会和你纠缠这一世。

看着白柔姬远去，俞灵儿右边脑袋的嘴张得老大。

"唉，唉……"令狐宝愣愣地看着白柔姬离去的背影。

令狐媚发觉俞灵儿的脸色不对了，赶忙伸手挡在令狐宝的眼前："今天来道喜的人可真多啊！哈哈哈。"一边干笑着，一边使劲给弟弟使眼色。

令狐宝赶紧回头看俞灵儿，却见到一张酸得冒青烟的脸。她右边脑袋瞥了一眼令狐宝："扎心了，老铁。"

"一拜天地！"令狐媚赶紧用破锣般的嗓子大喊道。

"等一下。"俞灵儿一摆手，然后盯着令狐宝道："你是不是，曾被她一手精妙的书法打动过？"俞灵儿想起了那日亭子中，令狐宝对身为白柔姬的自己所说的话。

"什么，什么书法……"令狐宝被问得莫名其妙，后退了半步，却被什么绊倒，挣扎了几下，侧身摔倒在地。

俞灵儿扑上去坐在令狐宝身上，一手勒住令狐宝的脖子："还有十里琅珰，姑苏东湖，吴川山阴，还有望湖塔下。你们幽会的地方可真多啊？！"俞灵儿右边脑袋张大了嘴巴。

"不是……没有吴川山阴，只有十里琅珰，姑苏东湖和望湖塔下。"说完令狐宝疼得挣扎着双手乱舞："救我！救我！……"

"你咋不上天啊？！"俞灵儿右边脑袋摇晃着。

令狐媚赶紧过来拉劝："啊呀！那都是公事，今年年初，峨嵋白氏派白柔姬来帝都，舍弟只是协助她办事啊。"然后就觉得有人在背后点了点自己，令狐媚回头一看，是临江仙子。正指着她那嘟着的嘴，意思是，现在搞成这样，可跟她没关系哦。令狐媚一跺脚："啊哟喂！你还不快来帮忙。"临江仙子点了点头，也不知打哪掏出一块布，塞进令狐宝嘴里。然后对着令狐媚不停地指着自己耳朵，那意思，终于安静了。

"还有，你说你还没出娘胎，就和我定了娃娃亲？"俞灵儿不依不饶地压着令狐宝："这你不说清楚不行！"

令狐媚忙得焦头烂额，张口就说："要应付那么多女孩，他的开场白都是……"说了一半突然醒悟过来，忙伸手捂住自己的嘴。俞灵儿右边脑袋笑道："厉害了我的哥，老司机啊！"

俞灵儿瞪大了双眼抬头看着令狐媚，吼道："那么多女孩？！"然后使劲掐着令狐宝。不断的呜呜声从令狐宝堵住的口中传出。临江仙子微笑着指了指令狐媚的嘴，那意思，这次可是你没管住自己的嘴哦。

令狐媚一拍大腿："我不管了！"甩手就走。

众位宾客都在哈哈大笑地看着热闹。甚至还有人高声喊："盟主厉害！盟主威武！"

这时俞灵儿左边脑袋突然开口道："他时日不多了。何必纠结？虚度光阴呢？"

其他人没有在意这颗脑袋说的话，可临江仙子听得真切，忙问："你说这话什么意思？"抓着这颗脑袋直晃："什么叫他时日不多了？"

左边脑袋摇了摇道："你们都以为他没死，连他自己都是这么认为。其实他已经死了。"

轻轻的一句话，所有人都安静下来，除了令狐宝还在不断地挣扎着发出呜呜声。

"你，你胡说什么？"俞灵儿小心翼翼地从令狐宝身上下来，道："他，他不是好好的吗？"

第一百四十三章

诛仙之威

"普通兵刃砍在身上，曰杀。而诛仙剑之杀却非杀，曰诛！"左边脑袋低下头缓缓说道："被杀的人死后，魂魄会离身。可是被诛的人死后，魂魄不会离身，但也不算活着，曰活死人。"

一些残破的景象，像一道闪电，瞬间划过俞灵儿的脑海。俞灵儿呆呆地站在原地，似乎想起什么，却又不记得。

令狐媚转身冲过来，扶起令狐宝，又看看左边脑袋："你们到底在说什么？"

"仓啷"一声，临江仙子抽出游魂剑，指着俞灵儿左边脑袋："你再敢胡说，信不信我一剑杀了你。"

左边脑袋微微扬起："看到至亲至爱之人活转来，都宁信其有，不信其无，人之常情也。你们若不信，可探其生息，便知我所言非虚。"

俞灵儿忙过去伸手摸了摸令狐宝的胸口，无论是左胸还是右胸，全都没有心跳的感觉。"骗人的，骗人的。"俞灵儿急了，在令狐宝胸口左右来回探摸着。可就是找不到心跳的动静，手触到令狐宝胸口肌肤感觉逐渐冰冷。

"你说！"俞灵儿望着令狐宝叫道："你的心，到底长在哪里？"

令狐媚闻言，"呃"一声昏厥过去，倒在临江仙子的怀里。

众来宾也感到不妙了，纷纷凑近相互询问着到底出了什么事。

可令狐宝却完全无视周遭的气氛，只是见俞灵儿焦急紧张的样子，感觉好笑："我的心？我的心不是一直在你那儿吗？"

令狐擎苍站起身大声道："儿啊！此事可开不得玩笑。"

令狐宝看了看父亲，又看了看众人道："怎么啦？你们都怎么啦？"

湛卢空利上前，搭了搭令狐宝的脉。令狐擎苍紧盯着湛卢空利的神情，虽然他知道湛卢空利脸上从无表情，可是哪怕能见他给一丝笑容也好啊。

湛卢空利目光转向令狐擎苍，然后摇了摇。

"噗"一口血从令狐擎苍口中喷出，虞镇北赶忙上前扶住他坐下。

白玲珑掏出一颗药丸道："此药丸是我当年盗仙草时，研磨而成。有起死回生之效，既然魂魄还在，不妨一试。"

"嗖，嗖"两声，黑影晃动，临江仙子取过药丸，塞入令狐宝口中。

"无用矣。"俞灵儿左边脑袋摇了摇："亡者尚可回生。活死人，非死非活，无今世因果，无转世轮回，万万无可救。此乃诛仙剑之威哉。"

令狐宝嬉皮笑脸地道："你们都在说什么呀？怎么一个个都这般沮丧？"

临江仙子不理他，继续探摸着他的脉，可就是没有任何动静。

"你们听。"俞灵儿左边脑袋侧耳倾听着什么："是从冥界地府传来的声音。故我言令狐宝时日不多矣。"

"你不是说他是活死人吗？关冥界地府何事？"临江仙子紧张地问道。

俞灵儿左边脑袋道："活死人不假，但凡非生者，冥界地府必收其魂魄。既然魂魄不离身，唯有连同他的肉身，一起被拖下地府。"

令狐擎苍身子一栽，昏厥过去，躺倒在虞镇北身上。

俞灵儿一把拉过令狐宝："刚才你姐喊过'一拜天地'，我们赶紧来拜。"

临江仙子急道："姐姐！这可是你的终身大事啊！你可要想清楚。"

俞灵儿头也不回地道："我以前就是想太多了，现在已是时不我待了。"

"唉，这个好！"令狐宝欢天喜地地和俞灵儿并肩跪下，也不管东南西北，一起磕下头去。

等起身后，令狐宝嬉笑着对俞灵儿道："唉，新娘子怎么不盖红盖头？"

俞灵儿不理他："妹妹，你继续喊二拜。"然后就要拉着令狐宝朝令狐擎苍躺倒的方向走。

可是这一拉，令狐宝却纹丝不动。

"还不快来。"俞灵儿回头一看，就见令狐宝双腿陷入土中，半步走动不得。"怎么回事？快来救我啊！"令狐宝急得大喊。

众人一片惊呼。临江仙子赶来，和俞灵儿一起拉着令狐宝，想要将他拉出地面。可是无论怎么用力，令狐宝只有慢慢陷下去，哪有半分起色。

白玲珑赶忙招呼众人过来施法帮忙，无论用了什么办法，令狐宝依旧没有上升半分。

"无用矣。"俞灵儿左边脑袋叹了口气："你们想要拉起他，此乃是逆天而为，无用矣。"

"又是逆天而为，我偏偏不信！"俞灵儿拉着令狐宝的胳臂，仰天大喊："无我书法，在！"

随着这声喊，令狐宝下沉之势，顿时停住。可临江仙子再怎么用力，令狐宝却也不上升半分。

俞灵儿轻轻挠了挠令狐宝的头道："就这样也好，今生今世，我不求比翼双飞，但求并蒂双莲。"

临江仙子看着俞灵儿，不禁落下泪来："姐姐，你当真要这样和他共度一生吗？这样你也无法离开半步。"

俞灵儿深吸了一口气道："我已经失去太多，再不珍惜的话，就只剩下懊悔了。"然后转身道："妹妹，开始喊二拜吧。"

临江仙子抹了下眼泪，大声喊："二拜高堂！"

话音刚落，突然一道闪光从天而降。照得众人睁不开眼，随即被更强的一道剑光震得倒地不起。

"我还以为你能用所有九字真言呢，原来只有几个字而已。"一个深邃的声音传来，诛仙剑出现在俞灵儿的咽喉前。

俞灵儿大惊，忙喊："无我书法，前！"可是诛仙剑却纹丝不动。

"哈哈哈！去掉那个麻烦的肉身，我现在可今非昔比了。"俞灵儿看得出，诛仙剑上的光芒比之前更为透亮："你有你的天书法则，我也有我的法则。我认出你是仙，笔仙。既然你是仙，那诛仙剑克的就是你们这些仙。"说罢，寒芒闪动，俞灵儿立时跌倒在地，动弹不得。

俞灵儿忙大喊："无我书法，兵！"可是却什么都没发生。

诛仙剑大笑道："都说了，诛仙剑克制你这个仙，在我面前你什么招数都用不出来。"

"仙？！"躺在地上的句龙无悔不敢相信自己的耳朵："俞灵儿居然是仙？七大妖族的盟主居然是仙？！"

随着俞灵儿倒下，令狐宝原本不再动的双腿，又开始沉陷下去。看到令狐宝下沉，俞灵儿赶忙匍匐在地："不要啊！"用尽全力伸手去抓令狐宝。

"娘子！"令狐宝两条腿已全陷入土中，只得弯下腰，一把抓住了俞灵儿的双手："不要离开我！"

俞灵儿紧紧抓着令狐宝的手："我不会，不会再让你，离开，我。"

诛仙剑哼了一声："怎么？你们当我是摆设吗？"随即对准俞灵儿的身体刺下："既然你这么舍不得他，那就和他一起去好了。"

这样，也好……俞灵儿闭上眼，双手依旧抓得紧紧的，等着诛仙剑刺向自己。

可突然，一股力量将俞灵儿重重推开，抓着令狐宝的手顿时松开。

俞灵儿睁开眼一看，推开自己的原来是虞美人。

然后就听到"噗"一声，诛仙剑刺进了虞美人的背。

"女儿啊！"虞镇北大声哭叫起来，以手抓地想要爬过来，却只挪动了几分。

"我好羡慕，你们能成亲。"一口血从虞美人口中喷出，然后对俞灵儿笑了笑："可是，你能为他做的，我也可以。现在，能救他的，只有你。若你不成功，我便成仁，去陪他。"说完，微笑着的脸垂了下去。

"啊！"虞镇北大声喊着，可是虞美人却没有半点反应了。

此时令狐宝的胸口已经陷入土中："娘子！"双手不停地挥着。

"我在这里，我来了。"俞灵儿想站起身，可双腿怎么都使不上劲。只能双手扒地，匍匐着向前。

可是感觉身体有千斤重一般，任凭她怎么爬，都没有令狐宝下沉快。看似近在咫尺，却触不可及。

"娘子，我……"看着令狐宝说了一半话的嘴陷入土中，俞灵儿呆了一呆，然后就看着令狐宝柔情的双眼注视着自己。即使这瞬间的温情，也慢慢沉入土中。俞灵儿就感觉整颗心也随着陷入那土中一般："啊！"大喊着伸出手去抓，可还是什么都够不着。

直到令狐宝的一只手，大拇指按住小指，其余三个手指竖着，向俞灵儿摆出一个誓言的手势。俞灵儿才爬到这只手旁，伸手去抓，却已经什么都没有了。

俞灵儿看着平整的地面，泪如泉涌，大声喊道："官人！"然后双手用力去刨地面："不要走啊！官人！官人！"可是怎么刨都不再有令狐宝的任何踪迹。

"姐姐！"小紫看到俞灵儿的样子，想起当年白玲珑与徐琅琊的悲欢离合，实在不忍，流着泪对着白玲珑喊着："姐姐！"白玲珑看了看小紫，又看了看俞灵儿，也不禁泪如雨下。

诛仙剑的剑尖缓缓对准了俞灵儿："现在，总该轮到你了吧？"

第一百四十四章

冥界刀狱

白玲珑一咬牙："不能任由它将我们杀戮殆尽，七族妖谱！"说罢，七张妖谱面具一起飞回到白玲珑脸上。白玲珑一抖脸，显出绿色浮生脸谱："先来预测一下你自己的败局吧。"

一片绿光闪过之后，诛仙剑愣了一下，随后哈哈大笑："什么都没有预见到，看来今天败的，绝不会是我。"

虞镇北恨得牙都快咬出血来："女儿！为父要为你报仇！"然后周身青筋爆出，瞬间变成一头一丈多长的吊睛黑虞。赤红的圆眼盯着诛仙剑："啊呜！"一声，扑了上去。

诛仙剑猝不及防，被这头吊睛黑虞的利齿死死咬住。

句龙无悔一边变化成一条应龙，一边道："反正都是死，我们和它拼了！"

湛卢空利瞬间化为一柄黑剑，直冲向诛仙剑："你我都是剑，我早就想要领教领教了！"

诛仙剑狠狠一甩，想甩掉吊睛黑虞，可是虞咬得它死死的，怎么也甩不掉，硬生生受了湛卢剑的冲击，电光火石之下，湛卢剑被远远弹开，而诛仙剑的剑柄被应龙裹了个结实。

一龙一虞死拽着诛仙剑不放，诛仙剑只得爆出万丈剑光，想崩开龙和虞。

"轰隆"一声响，诛仙剑下面突然长出一棵桃树来，这桃树正是源长卿所化。桃树越长越高，将诛仙剑托举起来。

随即白玲珑所化的白蚕，绕着桃树向上极速游走。与此同时，雎鸠窈窕变化的一头水鸟不知何时飞到桃树之上。水鸟与白蚕，一上一下，一起冲向诛仙剑。并同时击中诛仙剑上，诛字与仙字的接合点。诛仙剑似乎特别忌讳这个接合点被攻击，想脱身而出，却被桃树和龙虞牢牢困住。

湛卢剑又飞回来，朝着诛仙剑的接合点全力冲去。

"是你们逼我的。"诛仙剑避无可避，只得自剑身上燃起一团白色火焰。所有触碰到它的东西，全都跟着燃烧起来。水鸟赶紧一拍翅膀，将白蚕推出战团。白蚕变回白玲珑的样貌，跌落在地，晕了过去。可其他族长都不可避免地燃烧起来，先是桃树，再是水鸟、应龙和吊睛黑虞，纷纷着火而落在地上。最后湛卢剑也烧起来，落了下来。

"族长！族长！"众妖纷纷扑向他们的族长。"都不要靠近！"湛卢空利忍着痛，阻止小妖们靠近："你们碰到，也会烧着的。"

"嗖"一声，临江仙子闪身在大桃树之下，用力挥剑将桃树一截两段，截断了桃树的继续燃烧。然后"嗖"一声将余下的那段桃树，连根带离大堂。

"说得不错，中了剑火的，已是死路一条。"然后就是诛仙剑的剑光一闪，着了火的四位族长，瞬间被剑火吞噬化为灰烬。

"姐姐！"小紫赶紧抱着昏厥过去的白玲珑往后就退。

"族长！"众小妖发了疯似的扑了过去，可手中捧着的只有一团灰烬。看着自己的族长烟消云散，顿时嚎啕大哭。

诛仙剑哈哈大笑："什么七大妖族，不过是些小妖小怪，不成气候。"然后冒着白色火焰，朝着呆立在那的俞灵儿缓缓飘去："留着你，终究是祸害啊。"

"住手！"临江仙子手握游魂剑，突然挡在诛仙剑前："如果你想要'诛仙剑阵'的阵图，就请你不要再杀人了。"

"就凭你？"诛仙剑一愣："居然敢和我谈条件?！胆子不小。"

"我是天书九字真言，临字的后人。九字真言的厉害，想必你也见识过。

有我的助力，可帮你找到阵图。只要你放过他们，我愿意跟你走。"临江仙子将游魂剑收入鞘中。

诛仙剑沉吟了一会儿道："不错，确实是临字。那好吧，从此以后，你就是我的奴婢了。这里所有人的命，就是代价。随我来吧。"说罢一道闪光便消失无踪。

"妹妹！"俞灵儿看着临江仙子："你当真要跟它走？"

临江仙子回头对着俞灵儿微微一笑道："只有这样，才能保住姐姐的命。姐姐，听我一句，诛仙剑实在太过强大，报仇只会白送性命。千万千万，不要找它报仇。"说罢，"嗖"一声消失无踪。空中只留下临江仙子最后的声音："姐姐保重，千万记得，不要报仇……"

"妹妹啊！"俞灵儿对着空中不断地大声喊着："妹妹！"可是再也听不到任何回答了。

俞灵儿颓废地坐倒在地上："都不在了。我身边的人，一个个，都不在了。"

"你还有我们呢。"俞灵儿右边脑袋想说些安慰的话，却也只说得这一句。

俞灵儿继续坐在那发愣："都不在了啊。我新婚之日，新郎就变成活死人，现在都不知道被抓去哪里。"

"我知道他在哪里。"俞灵儿左边脑袋开口了。

俞灵儿擦了下泪水道："你知道？他在哪？"

"刀狱。"左边脑袋慢慢说着。

听到刀狱两个字，俞灵儿不禁打了个冷战。

自己重生之前，就是困在这刀狱之中，每时每刻都遭受着刀狱的凌迟之苦，难道令狐宝此刻正受着同样的苦难？"不可能，不可能的，他怎么可能被送到刀狱去？"

左边脑袋继续说道："但凡魂魄附着的肉身都会被送入刀狱。刀狱的作用，就是硬生生将肉身与魂魄割离。只是活死人的魂魄无法离开肉身，故此只能永生永世身处刀狱受苦。"

俞灵儿呆呆地坐在地上，脸上一阵阵抽搐的表情。

左边脑袋并没有觉察俞灵儿的脸色变化，接着道："倘若你想救他出来，没有任何办法。除非……"

俞灵儿站起身问道："除非什么？"

"除非重炼三生石。"左边脑袋道："恐怕只有逆天改命，才能救他。"

"重炼三生石？"俞灵儿忙伸手召唤泥丸宫，可里面空空如也，什么都没有。"鹤舞四宝呢？"俞灵儿茫然地呆立着。

左边脑袋道："之前令狐宝挡下诛仙剑致命一击时，我看见鹤舞四宝散落在地。你不妨找找看。"

俞灵儿赶紧在大堂内四处寻找，可哪里有什么鹤舞四宝的影子。

小紫见状，忙问道："盟主，你在找什么？"

俞灵儿边找着，边喃喃地答道："只有重炼三生石，才能救人。鹤舞四宝，不见了。"

"原来盟主是要复生所有死去的族长。"小紫对着堂内众妖大声喊："大家快帮盟主找找鹤舞四宝！"

"对啊，重炼三生石，就能复生族长们。大家赶快帮盟主找寻。"众妖闻言，赶忙擦干眼泪，四处找寻鹤舞四宝。可是将整个大堂翻来覆去，也没能找到鹤舞四宝。

"完了。"小紫颓废地坐在地上："遗失了鹤舞四宝，没可能重炼三生石，什么都完了。"

俞灵儿双拳捏紧，转头道："小紫，七大妖族遭此大难，皆因我感情用事处置不当。等白玲珑醒来，你告诉她，我将盟主之位禅让于她，她比我更适合。"小紫愣愣地看着俞灵儿："盟主……"俞灵儿道："而我，要离开一阵子。"

说罢，俞灵儿渐渐化身为一个"临"字："无我书法，临！"然后"嗖"一声消失于众人眼前。

冥界地府，分十八层地狱，其中一狱，叫刀狱。

"嗖"一声，俞灵儿闪身于刀狱大门之外。俞灵儿右边脑袋瞪大眼睛，打量着门上两柄交叉挂着的巨刃："哇！这里就是地狱啊！怎么感觉和拿走鹤舞四宝的人一样，特别神秘。"

左边脑袋沉吟着道："鹤舞四宝的失踪，我觉得与诛仙剑有关。"俞灵儿道："你是说，鹤舞四宝，被诛仙剑拿走了？"左边脑袋道："诛仙剑能顺利复合，你不觉得奇怪吗？"右边脑袋道："嗯，我觉得有内奸，不是说只要七族妖谱一起发动，那半截诛仙剑肯定是抵挡不了的吗？可结果反倒帮诛仙剑复合了。所以我怀疑，内奸就在七位族长中，至少有一个。"俞灵儿左顾右盼："内奸？七位族长中的一个？会是谁呢？"

"现在想这些也无济于事，你来刀狱是想救出令狐宝吧？"左边脑袋道："可你要怎么救出他呢？"

"这，我也不知道。但我就是想来看看他。"俞灵儿伸手搭在大门上，想要推开，却一时僵立在那，回想当初身处刀狱时所受的苦难，身体不自觉地开始微微颤抖起来。"怎么？你来过这里？"俞灵儿左边脑袋感受着这种颤抖："只有亲身经历过刀狱之刑的人，才会有这样的颤抖。"俞灵儿也不答话，只是拼命稳定着自己的情绪，可就是怎么也无法推开这刀狱大门。

可是这大门却突然打开了，走出一人来。俞灵儿右边脑袋惊叫道："唉！又是一个和我们长得一样的人唉。"

俞灵儿定睛观瞧，从门内出来之人，三头六臂，正是执年岁君太岁。可是此时的执年太岁并没有之前那般高大，而是缩成凡人身材大小一般。

前世死因

"俞灵儿，本尊在此候你多时了。"执年岁君还是像以往那般凶神恶煞："刀狱重地，只有本尊这等神级的，方可入内。你居然敢擅闯，可知罪否？"

当初甲寅宫内，俞灵儿尚且不惧执年太岁，何况现在平视着他，哪会被他吓住。更何况执年太岁还欠她一项特权，此时正好可以讨得这项特权，进入刀狱。俞灵儿平和地说："执年太岁，你答应过，只要我救出白玲珑，你便告诉我重生前的死因，并且给我一项特权。现在我就要你给我这项特权。我要进刀狱！"

"那可不行！"执年太岁双目炯炯瞪视着俞灵儿道："我答应给你的特权，只能是我们岁部天神所享有的特权。你若想进刀狱，须答应为本尊再做三百件事才行。"对执年太岁来说，连白玲珑都能救出，还有什么能难倒俞灵儿？当然要趁这难得的机会，胁迫她为自己做事。

"你，你想讹我？！"俞灵儿怒目瞪视着执年太岁，可为了能见到令狐宝只得道："好！我……"

话未说完："且慢！"俞灵儿左边脑袋突然打断了俞灵儿的话，转脸注视着执年太岁："孽障！见了本皇，不但不见礼，还学你父亲那般，蛮横无理了？！你可知罪？"

俞灵儿和她右边脑袋撇着头看向左边脑袋，不知道他在说些什么。执年太岁很惊奇地端详了一番俞灵儿的左边脑袋，然后吓得立刻单膝跪地："小神不知是殿下大驾光临，小神知罪。"俞灵儿和右边脑袋愣愣地看着左边脑袋，一直就很疑惑，她怎么知道得那么多，由执年太岁对她恭敬的态度来看，白柔姬的前世，恐怕还是一位神界殿下。

　　左边脑袋瞪了一眼执年太岁道："今日本皇要进刀狱，谁敢阻拦？"执年太岁忙摇头道："小神不敢。殿下只管……"左边脑袋也不理会执年太岁，继续道："你可曾答应过俞灵儿，告知她重生前的死因？"执年太岁忙点头："是，是答应过。小神来此，为的就是此事……"左边脑袋喝道："那你还不快说？"执年太岁赶忙道："是，是，可是小神须得将俞灵儿带入刀狱内，方可说得明白。"左边脑袋喝道："那还等什么？赶紧前面带路！"执年太岁答应着，赶紧起身在前头引路，俞灵儿紧随其后进了刀狱大门。

　　"唉？这是个悖论啊。"俞灵儿右边脑袋指着左边脑袋，看着俞灵儿道："你是重生的吗？那你的前世不就是她喽？"

　　俞灵儿左边脑袋笑了笑道："虽然我不知道你说的悖论是什么，可是你我都是白柔姬的前生和来世。而今生的俞灵儿却和白柔姬换回了魂魄。"右边脑袋眨巴眨巴眼睛："好复杂啊。"走在前头的执年太岁闻言更是暗暗心惊。

　　随着执年太岁走入刀狱，渐渐听到由远处传来的阵阵嘶吼之声。

　　血，成池。

　　刀，如山。

　　曾经恐怖的印象闪过脑海，俞灵儿再也忍不住，喘着气坐倒在地，浑身抖得更加厉害。右边脑袋双手捂住耳朵，紧紧地闭上双眼，咬着牙低头忍受着周遭的诡异声音。

　　左边脑袋对着执年太岁喝道："还不快来扶起本皇?!"执年太岁赶忙回身扶起俞灵儿，继续前行。

　　一路蹒跚地走着，就见刀山之中有几具不停喊叫的尸体，被刀锋切割之后，魂魄实在忍受不了，脱离肉身飘起。然后凭空伸出几只黑色的大手，抓住魂魄后，又缩回虚空之中，任由那些肉身被刀山切得支离破碎。俞灵儿抖得更加厉害了，右边脑袋吓得直嚷嚷："好了没有？快离开这里吧！我受不了啦！"左边脑袋往远处一指："看，就在那里。"

顺着左边脑袋的手看去，就见令狐宝正困在刀山之中，身上只有几处刀痕，说明他刚被送进刀狱不久。虽然令狐宝紧紧咬着牙，不吭一声，但是俞灵儿知道，喊叫出声那也是早晚的事情。

"官人！"俞灵儿一把推开执年太岁，大喊着冲向令狐宝。伸手去抓，可还没碰到令狐宝的身体，自己的手瞬间就被刀山上的锋刃给切得支离破碎，待缩回残臂后，原本残破的手很快又恢复原状。虽然俞灵儿咬着牙闷不吭声，但是右边脑袋疼得大声惨叫："啊啊啊！"左边脑袋也是疼得冷汗直冒："不要冲动，别忘了现在这身体不只是你一个。"

"娘子！"虽然令狐宝疼得龇牙咧嘴的，可是见到俞灵儿，双眼顿时放光。"官人！"俞灵儿一想到，令狐宝将永生永世在这刀狱中受刀割之苦，不得解脱，泪水禁不住流了下来："官人啊！"

执年太岁赶过来，指着令狐宝道："俞灵儿，这令狐宝，就相当于前世的你。"俞灵儿闻言一愣，泪眼转向执年太岁："我？"

"不错，你前世五百年后，被诛仙剑所诛，成了活死人。"执年太岁道："可身为活死人的你，并不知道自己发生了什么事，也不记得被诛仙剑诛杀一事，以为自己还活着。一切就如同今日这令狐宝一般，结果被拖来这刀狱之中。"

俞灵儿惊异地瞪大双眼，看着执年太岁。

"只有用东皇玉珥，才能使你的魂魄离开肉身，脱离刀狱之苦。故此风归云只得将东皇玉珥，刺入你心，令你魂魄离体。这就是你前世的死因。"执年太岁说罢，手按在俞灵儿背部："东皇玉珥！分为雌雄双剑。其中雌剑被令狐媚从瀛洲派盗走，藏于令狐宝身上，却不想在南北二十年，被你碰过。因东皇玉珥雌雄双剑之间的感应力极强，故此由风归云使用雄剑分离出的魂魄，并没有轮回转世，而是去了五百年前碰触过雌剑的肉身上，你因此重生。而觉察到你魂魄异常去向的风归云，也就是句龙在天，回到泾河句龙，以自己的血在女娲石碑写上你的名字，以图七大妖族能照顾你。可惜在他写完'俞灵儿'三字后，便被尾随而来的魔族杀害了。"

俞灵儿喃喃自语着："风归云，原来，刺我那一剑，不是害我，而是为了救我。"一想到前世刀狱中，风归云刺入她心中的那一剑，始终令她耿耿于怀。却没想到那时的她居然是活死人，若风归云不刺那一剑，恐怕她得永远在刀狱受这无尽之苦。俞灵儿深吸了口气，虽然自己对往事已然释怀，可是风归云，也就是句龙在天却被困在万字碑中，又有谁能救得了他呢？

"这就是最好的证明。"待执年太岁的手，从俞灵儿背部提起时，一柄青光灼灼的短剑出现在执年太岁手中："你此番重生，改变了一切，这柄东皇玉珥的雌剑，也从令狐宝那儿印入了你体内。"说罢，将东皇玉珥的雌剑交到俞灵儿的手中："去吧，就像当年风归云帮你解脱一样，你就用这柄东皇玉珥，帮令狐宝解脱吧。"

俞灵儿握着东皇玉珥雌剑，看着令狐宝："你要我，你要我刺令狐宝？"

"怪不得你屈尊大驾，来刀狱等候俞灵儿，就是为此吧？"俞灵儿左边脑袋瞄了执年太岁一眼。执年太岁躬身道："不错，魂魄凝滞不得轮回，也是岁部天神之责。那时的风归云也是小神送去刀狱的。"俞灵儿左边脑袋叹息地对俞灵儿道："现在恐怕也只有这样了。"

俞灵儿举起东皇玉珥雌剑，对准了令狐宝的胸膛。却见令狐宝一脸不解的神情看着自己："娘子，你，你这是要做什么？"

握着东皇玉珥雌剑的手颤抖起来，俞灵儿盯着令狐宝的双眼道："官人，你其实已经死了。"

令狐宝大叫起来："娘子！你别听他们胡说八道，你看啊，我明明活得好好的，怎么会死？"

"嗯哼！"执年太岁低声道："活死人，是不相信自己是活死人的。怎么说都没用，快动手吧。"

"我，我是要，救你，我……"俞灵儿看着令狐宝的双眼，就好像看到了前世自己，盯着风归云的眼神一样，也是那般惊异，那般绝望，那般撕心裂肺。

"多情自古伤离别，更那堪，冷落清秋节。"泪水含在令狐宝的眼眶之中："难道你要刺向这颗只为你而跳动的心？"

"我，我……"从令狐宝身上迸出一片血来，溅入俞灵儿张开的口中，竟是如此之苦。

"娘子，可曾记得，我第一次喊你娘子，是何时吗？"令狐宝深情地望着俞灵儿。

俞灵儿泪水流了出来："记得……那时你穿的……"

"那天，我刻意打扮，不为别的，就为见你。"令狐宝双眸闪光："从那时起，我心中，已经认定，你，就是我的娘子。"

俞灵儿身子摇晃了一下。

"娘子，可曾记得，香会那天，我说的那句话么？"一口鲜血从令狐宝嘴中流出："我说，我只要俞灵儿！是我真心话。我只要俞灵儿！"

第一百四十六章

刀狱光轮

泪水模糊了俞灵儿的双眼："不要，不要再说了……"

"娘子，可曾记得……"眼看令狐宝要继续说下去。

俞灵儿大声嘶吼着："不要再说了！"

执年太岁在一旁焦躁地来回踱步："快动手吧。"

"娘子！我令狐宝此生只爱一个人！"令狐宝忍着身上的痛昂起头大叫："就算你不爱我了，我依然爱！无论你怎么对我，我此生无悔！"

"我，我没有，不爱……"俞灵儿举着东皇玉珥雌剑的手颤抖得更厉害了。

执年太岁在一旁焦躁地来回踱步："快动手吧。"

"娘子，我还想说……"

"噗"一声，东皇玉珥的雌剑刺入了令狐宝的胸膛。

"娘子，肯与我，拜天地，"令狐宝温柔地盯着俞灵儿的泪眼，"是我一生最高兴的事。"

执年太岁六只手紧紧捏拳，咬着牙看着令狐宝。可是哪有什么魂魄飘出，令狐宝还是深情地看着俞灵儿："我最舍不得的，就是你。"执年太岁大叫着："怎么会这样？魂魄不是应该离体了吗？！"

俞灵儿抽回东皇玉珥的雌剑，对着执年太岁狠狠扫去："你骗我，东皇玉珥根本不起作用。"执年太岁赶紧后退闪避，还在喃喃自语着："不可能的，东皇玉珥怎会失效，不可能的。"

俞灵儿左边脑袋对着执年太岁大喝道："好大胆子，你敢当着本皇的面，作出此等欺瞒之事。"

"小神哪敢？！"执年太岁指着令狐宝道："我明白了，我明白了。"就见令狐宝低头看着自己的左胸，左胸上被捅出个窟窿，血咕咕地流了出来。

执年太岁想说，令狐宝的心脏是长在右胸的，就算剑刺中左胸也无济于事。可还未等执年太岁继续说下去，俞灵儿又一剑砍向执年太岁。俞灵儿左边脑袋怒喝道："现在成了执年太岁，自然不将本皇放在眼里了是吧？"执年太岁忙解释："小神哪敢，是，是……"边说边躲闪着俞灵儿砍来的剑。

"本皇不管，今日你就得放了令狐宝。否则，哼哼，你明白的。"左边脑袋低沉的声音响起，那意思也只有执年太岁明白。

"小神，小神我实在放不了令狐宝啊！"执年太岁哭丧着脸赶紧单膝跪倒："唯有，唯有……"

"唯有什么？说！"左边脑袋怒喝道。俞灵儿一听此言，也停下手中剑，看着执年太岁。

"唯有先封住刀狱的时光之轮，以待转机。但是小神这么做，是犯天条的……"执年太岁的声音越说越轻。

"本皇转世后的白柔姬，想来也不希望令狐宝受此苦难。"喃喃自语的左边脑袋，突然昂起头，大声道："犯天条，就算在本皇头上，让玉皇大帝去本皇的前世，找本皇的麻烦好了。你，给我封住刀狱的时光之轮。快！"

"遵命！"执年太岁只得苦着脸，起身作法。

"等一下！"俞灵儿赶紧跑到令狐宝面前道："官人，我妹妹喊过二拜高堂了，我们先来拜上这一拜。"

令狐宝的惊喜完全盖过了自己受的刀狱之痛："好啊好啊！可是这高堂……"

俞灵儿转身冲着执年太岁跪下："世人皆拜六十甲子太岁，何况执年太岁是太岁至尊，做高堂是绰绰有余。"

说罢，令狐宝忍着刀挖刀剐之痛，和俞灵儿一起朝着执年太岁拜了一拜。

"这么有闲情啊，居然在地狱拜堂成亲？"随着一声酸楚的娇嗔，虞美人不知从何而来，飘落到刀山之上。原来虞美人被诛仙剑诛杀之后，也变成活死人，被冥界地府收入，刚被送来。

俞灵儿大喜过望，忙跑到虞美人跟前道："快，帮我们喊一声，夫妻对拜。"

"你做梦哪？我巴不得你们成不了亲呢。居然让我喊？"虞美人幽幽地道："我还是那句话，你不成功，我便成仁。我可是来这里陪令狐宝的。哎哟好痛……"一把锋利的刀剐了虞美人一下，虞美人赶紧变身成一只白色的大虞，"嗷"一口咬向砍过来的刀刃，这刀刃居然被她一口给咬断了。俞灵儿知道，刚入刀狱的时候，刀山砍出的刀数量极少，随着时日增多，刀刃也会越来越多，只怕那时候虞美人就不会像现在这般轻松应对了。

"你，你就帮我喊一声吧。"俞灵儿求着虞美人。想起前世，虞美人与自己也姐妹相称过一段时日，要不是风归云的缘故，两人可能一直做好姐妹。

化身成虞的虞美人幽幽地道："没看我变成虞了吗？说不了人话了啊，走走走。"随后又一连几口咬向刀刃。

俞灵儿右边脑袋急了："我来喊不行吗？"俞灵儿左边脑袋道："我们同一个身体，你喊了也算俞灵儿自己喊的，不行。"右边脑袋指着执年太岁道："让他喊不行吗？"左边脑袋道："他正施法，要不问问他看。"

"罢了，燕山虞候凡事仁字为先。"虞美人咬了一口刀刃后高喊："我喊就是了。夫！"

一听虞美人答应了，俞灵儿赶紧跑向令狐宝。虞美人咬了一口刀刃后继续高喊："妻！"

俞灵儿冲令狐宝点点头，两人便面对面站好。虞美人咬了一口刀刃后继续高喊："对！"

俞灵儿慢慢弯腰欲拜下。虞美人："……不求同年同月同日生，但求同年同月同日死。"

俞灵儿右边脑袋急道："你喊的什么呀？！"

虞美人幽幽地道："嗯，我又改主意了。你们还是拜把子更合我意。"

俞灵儿直起身，对着虞美人急道："你骗我？！"

虞美人："……"

然后就见虞美人动也不动地待在原地。俞灵儿再回头看令狐宝，就见令狐宝也是动也不动。整座刀山瞬间安静下来，所有的刀刃也都停在半空不再移动。

"好了。"执年太岁舒了口气道："刀狱的光轮，已经封住了。"

俞灵儿惋惜地注视着眼前的令狐宝："就差一点，就差一点，我就成你娘子了。"

俞灵儿右边脑袋惊讶地打量着整座静止的刀山："这就是时间停止啊！"

执年太岁道："虽然刀狱的光轮被封住，可要解脱刀狱，最终还是只能用东皇玉珥。"

俞灵儿左边脑袋道："那可未必，只要重炼三生石，也可解救令狐宝。"

"重炼三生石？恐怕她是做不到了。"执年太岁指着俞灵儿道："这身体变成这样，就是重炼三生石失败的结果。重炼失败的人，是无法再次重炼三生石的。"

俞灵儿看看执年太岁，又看看左边脑袋："他说的，是真的吗？我已经不能重炼三生石了？"

左边脑袋叹了口气，点了点头。

"啊！"俞灵儿倒退了几步："我，我已经无法重炼三生石了？那，那令狐宝，难道说，只能，只能……"

"也不是全无办法，比如找别人来重炼。"左边脑袋道："令狐宝的姐姐，令狐媚。我相信她不会袖手旁观的。"

执年太岁笑了起来："可惜啊，可惜。"

"可惜什么？"俞灵儿忙问。

执年太岁道："重炼三生石的人，必须心中有情。令狐媚至今单身一人，只怕她心中还未曾有过情爱。她也不能重炼三生石。"

俞灵儿看着执年太岁道:"什么?关于三生石,不是只有《鹊桥仙》上半部分吗?月缺渐醒,璇玑复醉,遥岸银河心系。凤鹅仍是恋梧桐,衷肠诉、相思成忆。"

"《鹊桥仙》上部只道出鹤舞四宝,遥岸银河心系道出召唤三生石的所在。可要重炼三生石,就全在下部了。愁情瀑泪,千秋过梦,求待鹊桥比翼。三生石上众生缘,犹自得、寻寻觅觅。"执年太岁哈哈一笑道:"愁情瀑泪,千秋过梦。这两个是重炼三生石的主要材料,你们早就有了。而重炼的时日,便是求待鹊桥比翼。"

俞灵儿想了想道:"我还有妹妹临江仙子。或许她可以……"

"一旦重炼失败,就会变成你此刻的模样,你当真以为临江仙子为了救令狐宝,愿意冒此风险?更何况她被诛仙剑带走了。"执年太岁仰面大笑:"现在你们缺的,偏偏是重炼之人啊。你说可笑不可笑,哈哈……"俞灵儿左边脑袋瞪了执年太岁一眼,太岁立刻收敛笑容,不再多言。

俞灵儿摇了摇头道:"何止没有重炼的人选,连鹤舞四宝也不知所踪了,而且还不知道会不会有内奸。我该怎么办?"

左边脑袋正色道:"当务之急,你须将无我书法修炼到最高境界,才能与诛仙剑抗衡。求待鹊桥比翼,嗯,还有些时日。我带你去一个修炼的好地方,有本皇助你,必能成功。"

银河鹊桥

"至于这内奸呢。"右边脑袋道："依照我的推理……等到那天，我们就去那个叫银河的地方。你只要看，谁拿着鹤舞四宝，谁就是内奸。"然后一晃脑袋："到时候，就破案了！"俞灵儿瞧了瞧右边脑袋："我怎么看，你都更像是令狐宝的来世啊？！"说到这里，俞灵儿转脸看向令狐宝，被静止的令狐宝依旧柔情地望向前方，准备着夫妻对拜的姿势。"官人，你要等我，一定要等我回来救你。"俞灵儿抹了下泪痕："你我就差这一拜了。"

"好了，我们走吧。"左边脑袋转脸瞪着执年太岁道，"我们离开这段时日，不许开启刀狱的光轮。"

"遵命！"执年太岁躬身施礼，"恭送……"话音未落，俞灵儿"嗖"一声，化作"临"字，消失无踪。

南北二十年，七月初七。

子时一到，世间无数的喜鹊全都朝着一个方向飞去。

那就是，银河。

一瞬间，就在银河之上，搭起了一座鹊桥。

"当啷啷！"一声，琴弦拨动。一位美若天仙千娇百媚的女子正端坐于鹊桥之上，抚动着面前的古琴。琴声悠扬，远远传了开去，连搭成鹊桥的喜鹊们也不禁为琴声拍动着翅膀。而这位女子，正是令狐媚。

突然"叮"一声，一根琴弦断开，令狐媚双手按了按古琴，然后双眼凝望着周遭的繁星："我以为此曲终难觅知音，却没想到，知音一直就在身边啊。现身吧，等你多时了。"

"好一曲《鹊桥仙》啊。"一位女子身着夜行衣，背插游魂剑："嗖"一声出现在令狐媚的面前，来者正是临江仙子："看来召唤三生石，找到自己的如意郎君，对你意义非凡啊。"

"真是伯牙所念，钟子期必得之。"令狐媚笑着站起身道："妹妹不是成为了诛仙剑的奴婢吗？怎么有雅兴，来此听琴？"

临江仙子笑了笑道："《鹊桥仙》中有提到，遥岸银河心系，求待鹊桥比翼。今日七月初七，正是银河之上，重炼三生石之日。若有人在此重炼，我又岂能错过？"

令狐媚摇了摇头道："那看来，妹妹还是对那少年游念念不忘啊。"

临江仙子转脸瞪向令狐媚："你答应过，要帮我找到少年游，你可还记得？"

令狐媚吐了吐舌头："当然记得，那晚之后，狐媚大盗再也没有被临江仙子追捕过。狐媚大盗真不知有多快活呢。"

"你居然骗我！"临江仙子抽出游魂剑，指向令狐媚。

令狐媚叹了口气道："可现在的狐媚大盗，反而觉得与临江仙子，那段一时瑜亮的日子，更令人怀念。"

"难道说，你又想偷什么东西吗？"临江仙子微微低下头，眼神冷光乍现。

"我就是喜欢看你这种眼神，这就是破案神探的眼神吗？"令狐媚呵呵一笑："不过，今日的我却不是狐媚大盗，我要做一回破案神探。"

临江仙子犹疑地看着令狐媚："你到底想说什么？"

令狐媚开始慢慢绕着临江仙子游走："你先听我讲个故事吧。有那么一个痴情的女子，她想要救出自己的情郎。可惜她的情郎在七大妖族族长手中，而自己的实力不够。怎么办呢？"令狐媚继续绕着临江仙子游走："于是，她就找了个帮手。约好在令狐宝的婚宴上，重挫七大妖族族长。"

"哦？"临江仙子慢慢收回游魂剑。

"可惜婚宴那天，她的帮手没有来。如果令狐宝完婚，七大族长就会散去，能这样一网打尽的时机可不多啊。虽然她没等来帮手，却等来了机会，白柔姬突然来抢婚。她只有出手，并且和峨嵋白氏的人闹翻，导致婚宴延期。"令狐媚继续绕着临江仙子慢慢游走："可在第二天婚宴上，她的帮手还是没有来。不过没关系，她能自己创造机会。受到白柔姬抢婚的启发，她事先知会了所有喜欢令狐宝的女子，一起来抢婚。结果婚宴又延期。"

"到了第三天婚宴上，她的帮手终于来了，可惜被白玲珑打得一败涂地。不过她早有准备，事先在七族妖谱中动了手脚。"令狐媚不知从哪掏出一张脸谱来："一开始，我们都以为，是发动七族妖谱的某个族长有问题，所以一直在谜团中打转。直到我发现了这张脸谱，看，完全是临摹出来的，和其他妖谱混在一起，不易被人发现。于是想要以七族妖谱困住这帮手，就变得不可能了。"

"那帮手事先知道七族妖谱被动了手脚，就假装弱势被擒，诱使望闻上仙近身，最终复合成诛仙剑。这就是她与帮手之间达成的交易。"令狐媚转到临江仙子面前："而这交易的另一部分，就是帮手助她重创七大族长。可惜计划不如变化快，这帮手开始追杀她的姐姐，还错杀了无辜的人。无奈之下，她只有出面阻止，以不暴露自己内奸身份的前提下，让帮手带她一起离开。"

令狐媚向前探出身子，双眼紧盯着临江仙子："你说，我说得对吗？"

"哈哈。"临江仙子突然大笑起来："哈哈哈！你说的这个痴情女子，怎么听着，好像是我啊？！"

令狐媚跟着临江仙子一起笑起来："难道，我说得不对吗？"

"证据！"临江仙子一伸手："要想成为破案神探，首先一条，就是要拿出过硬的证据来。你凭什么说我是内奸？"

"你要证据是吧？"令狐媚挺直腰杆，理直气壮地对临江仙子道："没有！"

"啊啊？"临江仙子歪着头笑看令狐媚："你这样还想破案哪？"

令狐媚急了："可是可是……"

临江仙子开始绕着令狐媚慢慢转圈："可是什么？我且问你，首先，既然要重创族长们，为何我还要救出源长卿？其次，既然七大族长被重创了，我又何须继续隐瞒内奸身份？与诛仙剑合力，逼迫剩下的族长交出情郎不更好？"临江仙子继续绕着令狐媚慢慢转圈："再次，若七族妖谱事先就动过手脚，以白玲珑的精明，又怎么会看不出来？最后，也是最重要的，你说我的最终动机是救出情郎，人呢？此时此地，难道我和少年游不应该一起来吗？"

"这个……"令狐媚一时语塞："难道，真的不是你？"令狐媚掰着手指头犹豫道："那会是谁呢？"

临江仙子继续绕着令狐媚转圈："至于说到证据，你认真调查过了吗？那些抢婚的女子可供出，当时是谁知会她们的？动过手脚的脸谱上有没有蛛丝马迹？望闻上仙又是被谁请来赴宴的？和诛仙剑作交易的内奸，虞美人对她肯定会有印象，她说是谁了吗？"

"对啊，这些我怎么没想到？"令狐媚双手一拍不住点头，然后恳求道："好妹妹，快帮姐姐我破案吧。"

临江仙子绕到令狐媚身前："你看你那倒霉狐狸样，还想和我一时瑜亮？作回你的狐媚大盗去吧。"

"唉，本以为会有人来重炼三生石。却只遇到一只糊涂狐狸。没意思，我走了。"说完，临江仙子转身就要离开。

"等一下。"令狐媚急道："可是，可是我还有一件事不明白。"

"你又怎么啦？"临江仙子不耐烦地回身看着令狐媚。

"有一件事我，我一直想不通。"令狐媚咽了下唾沫，怯生生地道："那个，那个你一直说，白柔姬是你寻找少年游的唯一线索。可是，你却一次都没找过她，半次都没有。这点我很清楚……"

"你还敢监视我？"临江仙子怒目瞪视着令狐媚。

"谁能监视得了你啊？"令狐媚双手打量了一下临江仙子："只是那间厢房

被施了阵法，连有人靠近，都能被波动。所以……"令狐媚偷眼观瞧临江仙子的反应。

"啊，这个啊。"临江仙子挠了挠头，然后微笑着对令狐媚柔声道："不是你答应帮我找少年游的吗？审问白柔姬应该是你的事啊。"

"你从不善于说谎。"令狐媚眯缝着眼紧盯临江仙子道："你只要一说谎，那副破案神探的气质就会荡然无存。"

临江仙子急了："我，我说什么谎了？"

"刚才差一点就被你唬住了。"令狐媚抬手指着临江仙子道："依照你的个性，一旦知道白柔姬的所在，你肯定会不顾一切地找她问话。可连着三天婚宴，你却一次也没这么做。唯一的解释就是，你已经知道少年游在哪儿了。"

"我……"临江仙子瞪视着令狐媚："你，你凭这点，就能说明我和诛仙剑串通吗？"

"那你为何要隐瞒呢？为何要隐瞒你已经知道少年游的所在？"令狐媚迎着临江仙子瞪视的目光，踏前一步："哦！你的动机，果然还是要救出少年游，然后双宿双飞。"

"双宿双飞?"临江仙子看着令狐媚,突然惨笑起来:"哪还有什么双宿双飞?"

令狐媚被临江仙子突如其来的反应给弄懵了:"难道,难道不是吗?"

临江仙子抬手指着令狐媚,一脸的凄苦:"来,破案神探。你来告诉我,少年游在哪里?"

"在,在族长们的手中啊。"令狐媚惊异地看着临江仙子,感觉一丝不安:"难道,难道不是吗?"

"他其实,他其实一直,就在我身边。而我,而我却,才知道不久。"临江仙子慢慢抽出游魂剑,满腔柔情地抚摸着剑背,一滴泪滴落在游魂剑上:"看看吧,这就是他,少年游的魂魄和他千年功力,全被凝练成了这柄,游魂剑。"

"啊!"令狐媚张大嘴,瞪着临江仙子手中的游魂剑:"怎么会?……"

"怎么不会?"临江仙子抬头瞪视着令狐媚,几乎用喊的:"白玲珑被压在望湖塔下,七族妖谱失踪。其他族长,为了抵抗仙界,保全七族。就启用禁术'魂铸',将他人千年功力的法力和魂魄,凝练成法器。以此替代失踪的七族妖谱。"

"后来我和少年游的恋情,被他们知晓了。于是就抓了他,炼成了,游魂剑!"临江仙子将头慢慢枕在游魂剑上,泪水沿着剑刃流淌开去:"每晚,游魂剑都会发出悲鸣之声,我却不解其意。现在想来,我好恨我自己啊!"

令狐媚双手抱着头,不住倒退着,喃喃自语:"怎么可能?不会的,不会的,族长们告诉我,他们一直囚禁着少年游啊。我,我还谋划过,营救他的方法。"令狐媚突然转头看着身后的虚空,大喊道:"你们骗我!爹!你连女儿我都骗!"

"瞒着你,也是为了妖族。妖族不能失去临江仙子。"随着话音,虚空中走出了令狐擎苍。

"当初提议启用禁术魂铸的,是我。提议凝练少年游成剑的,也是我。"句龙无悔紧随着令狐擎苍走出。

临江仙子闻声,猛地抬头看去:"句龙无悔?你没死?"

"何止他没死,我们七位族长全都活得好好的。"雎鸠窈窕也从虚空中走出。

"啊?"临江仙子看着七位族长陆续走出虚空,来到令狐媚身后。

"那日令狐宝被地府收走后,我令七族妖谱飞回脸上,露在最外面的,碰巧就是南柯妖谱。"白玲珑踏步而出:"只要南柯妖谱露出,就能使现实与梦境重叠,接下来的一个时辰内,无论发生什么事都只是南柯一梦。时辰一到,所有妖都会醒来,并且恢复成一个时辰之前的样子。我们能活下来,可以说不幸中的万幸。但南柯妖谱只对妖族起作用,你、俞灵儿和诛仙剑都不受影响。"

"啊不!!"临江仙子扑倒在地,抱着游魂剑,大声哭道:"少年游!连为你报仇,我都做不到啊!"

令狐媚一个个指着七大族长,十分气愤地道:"你们,你们实在是太残忍了!"

"残忍?"句龙无悔侧着头道:"我们七个妖族,本就是六界中微不足道的一群小妖。能活到现在,全靠七族齐心合力,以及向妖界借来妖兵。否则如何与五大仙派抗衡。若是哪天不小心落单了呢?被残忍对待的可就是我们了。你也莫怪他们,关于魂铸,全是我一个人的筹划。"

"临江。"源长卿看着临江仙子道："既然你这么恨我们，当时为何还要救我？"

"人都有一种本能。"令狐媚怜爱地看着临江仙子道："毕竟她是你一手抚养长大的，总不能眼睁睁看着你被烧死。"源长卿低头叹了口气，伸手抹了下眼睛。

湛卢空利道："临江仙子，难道你所做的一切，就是为了替少年游报仇吗？"

"报仇？报了仇少年游就能活过来吗？"临江仙子含着泪，起身道："本以为，白玲珑被救出，七族妖谱回归，你们就会收手，会禁用魂铸。可是，可是我太天真了。你们还在继续使用它，甚至于在几个妖族世家内设魂铸营，专门启用魂铸。你们知道我为何要继续隐瞒内奸身份吗？其实我最大的目的，就是要彻底铲除这些魂铸营。"临江仙子垂下头看向游魂剑，泪如雨下："那样就再也不会有人，遭受少年游这样的厄运了。"

"魂铸营？"白玲珑转脸看向句龙无悔："魂铸是禁术，本不该用。你却变本加厉，还四处设立魂铸营？"

"你连一个和尚都斗不过，还得靠个凡人救你出来。我们又何以自保？"句龙无悔对着白玲珑冷笑一声："只要有了大量魂铸的神器法宝，我们的妖兵就能称霸六界，不用再畏畏缩缩地看天界脸色。"

"我不同意！"白玲珑正色道："我们七族能自立，靠的是我们秉持七善七德，无德而不立。你若继续执迷不悟，终遭天谴。从现在开始，取消魂铸营，禁用魂铸之术。"湛卢空利和雎鸠窈窕连连点头称是。

"你说了又不算的。"句龙无悔得意地笑道："那得盟主点头才行。唉，别跟我说俞灵儿让位于你了。俞灵儿是因为我们几个死了，内疚才让位的。现在我们都好好的，她的让位自然不算数了。"

雎鸠窈窕皱起眉头："可是俞灵儿自那日起，便不知所踪，我们上天下地找，都找不到她啊。"

"那我也没办法。"句龙无悔笑起来，双手一摊："明着告诉你们吧，当初建立魂铸营时，我下了死令，包括我在内，任何人不得裁撤魂铸营。在将来七大妖族受到威胁时，予以出击。"句龙无悔仰天大笑道："就算有诛仙剑又怎样？除非同时攻击所有的魂铸营，才能彻底根除。可谁能猜得到，我到底建了多少魂铸营呢？哈哈哈！"

其他族长闻言，个个变色。白玲珑气得手指句龙无悔："你！你这是要陷七大妖族于不义啊！"

"只要能保全七大妖族，所有的责难都归结我一人好了。"句龙无悔一声龙吼："过了今日，所有魂铸营就全部完工。从此以后，再没有谁能撼动我七大妖族了，哈哈哈哈！"

"你此刻说这话，还为时过早吧？"临江仙子将游魂剑慢慢收起："你可别忘了，还有一个办法，能破坏所有的魂铸营。"

句龙无悔看向临江仙子："哦？还有什么办法？"

临江仙子抹了下眼泪，一拍泥丸宫。鹤舞四宝依次闪现出来。

令狐媚道："原来鹤舞四宝是被你拿走的？"

"重炼三生石？你居然想以此法破坏魂铸营？"句龙无悔召唤出龙头拐杖："各位族长，我们埋伏在此，本就是要擒拿内奸。临江仙子勾结诛仙剑，谋害大家，我们绝不能姑息！"说罢便朝临江仙子冲了过去。句龙无悔这番话本指望合七族族长之力拿下临江仙子，可其他六位族长却动也不动，丝毫没有帮忙的意思。

"来得正好。"临江仙子舞起游魂剑，迎向龙头拐杖："我这就先替少年游报仇。"

"当啷"一声，火花四溅。游魂剑被龙头拐杖震得几乎脱手。临江仙子惊讶地看着龙头拐杖："难道说，你这拐杖也是魂铸的？"

句龙无悔伸出两根手指道："两千年，这拐杖是由西海一条两千年修为的金龙魂铸而成。现已成为新的句龙三宝之一。"

临江仙子看着手中颤动不止的游魂剑："才两千年修为而已，我让你看看三千年修为的大力纯阳掌。"说罢收起游魂剑，翻掌攻向句龙无悔。

句龙无悔举拐杖迎向临江仙子递过来的手掌，"啵"一声，龙头拐杖明显不济地被击落在地。临江仙子见有机可乘，抢掌攻向句龙无悔的天灵盖。

见临江仙子攻势迅猛，句龙无悔不退反进，嘴角还带着一丝奸笑。然后临江仙子拍去的手掌被句龙无悔一手轻松架住，另一只手掐住临江仙子的脖子，再一提，将她整个人提了起来。

"你以为，你身上三千年功力是如何得来的？"句龙无悔哈哈大笑："要不是我以魂铸的丹药提升你法力，你又怎么可能练成大力纯阳掌？"句龙无悔狞笑着紧盯手中动弹不得的临江仙子："而我，则有五千年法力。现在，你就将你那三千年功力还回来吧。"说罢口中开始念动禁咒。

"是魂铸！"源长卿忙伸手去拦阻句龙无悔："住手！你想对我女儿怎样？"可是却被句龙无悔强横功力给弹开。句龙无悔冷冷地说道："收起你的怜悯吧！别忘了，她可是'临'字后人，本就不是妖族。"

令狐媚大惊失色，哀求地看向令狐擎苍："爹！快让他住手啊！"令狐擎苍扶起源长卿，无奈地摇了摇头道："我们总不能为了仙派的人，伤害自己妖族吧。"听了这话，本意要出手的湛卢空利一时顿住了脚步。

寻寻觅觅

　　白玲珑二话不说，挺起紫青双剑，就要攻向句龙无悔，却被虞镇北和雎鸠窈窕拦了下来："此刻他身具五千年功力，你不是他对手啊。"

　　看着白玲珑气愤的神色，句龙无悔笑得更加大声，转脸对临江仙子道："此刻不会有人来救你了，你就安心去吧。以信妖之名，我向你保证，让魂铸后的你，和游魂剑永远待在一起。哈哈哈啊……"

　　句龙无悔的笑声戛然而止，就看到临江仙子抬起的一只手抓住了自己的手腕，同时一股强大的力量抓得自己手腕生疼。豆大的汗珠从句龙无悔额头滴下。

　　"早知道那三千年功力是这么来的，当初我就不应该接受。"众人就见临江仙子乌黑的秀发逐渐变成白色。"不过这倒成了摧毁你的力量。"然后就见临江仙子的夜行衣变成白色锦袍，随风飘荡。"多亏了灵儿姐姐的逝水笔法，让我能以'临'字仿效。"

　　令狐媚惊喜地大叫："这是，临江上仙！"

　　众族长惊讶地看着化身成上仙的临江仙子："临江上仙?！她居然晋升上仙了??"

　　"这不可能，这不可能。"句龙无悔怎么也挣脱不了临江仙子的钳制，痛得单膝跪在地上，抬头仰视着那鄙夷的俯视眼神。"你只有三千年法力，怎么可能压制我五千年功力?!"

白袖翻飞，临江仙子举起手掌，对准句龙无悔："我也向你保证，等你死后，魂铸营也会随你烟消云散。"说罢一掌击了下去。

句龙无悔在这间不容发之际，抬手往口中丢了一颗药丸。紧接着临江仙子的手掌打在句龙无悔天灵盖上，就听句龙无悔大吼一声，他的天灵盖安然无恙，反倒是临江仙子被震开出去。

一个旋身，临江仙子安然落地，惊讶地看着缓缓起身的句龙无悔，就见他周身燃烧着浓浓黑焰，一股澎湃劲气向四周喷涌。

"这是，魔界的一种魔功，"令狐擎苍惊讶地看着句龙无悔，"好像能令自身法力翻倍。"

句龙无悔浓重的大笑声响起："令狐老弟有见识，不错，我此刻相当于有一万年功力。上仙又怎样? 能抵挡我万年功力的话，就来试试看吧。"

临江仙子心里咯噔一下，自己以"临"字仿效俞灵儿的逝水笔法"白发渔樵江渚上"，才能化身上仙。可终因时日太短，她还无法仿效出逝水笔法的后两招。眼前这万年功力的句龙无悔，她实在难以应付。

这时，一道白光如箭一般向着鹊桥方向疾速飞来。

令狐擎苍冷冷地看着周身黑焰的魔物道："句龙无悔，你勾结魔界，使用魔功。已不容于七妖世家。我们几位族长今日务必要拿下魔物。"湛卢空利带头挺剑上前，和其他族长一同攻向句龙无悔。

令狐擎苍同时转头对女儿大喊："媚儿! 快让临江仙子重炼三生石，这里有我们应付。"

令狐媚如梦方醒般点着头，然后赶紧催促临江仙子去重炼三生石。

可是万年功力的句龙无悔哪里是六大族长能阻拦的，就见他操起龙头拐杖，挡开身后的诸多兵刃。然后一个箭步冲到临江仙子面前，一拳击了过去。

在劲风压迫下，临江仙子不敢硬接这一拳，"嗖"一声闪身躲过。句龙无悔一击不中，抡起龙头拐杖左右乱扫。临江仙子只得反复躲闪，一时无还手之机。龙头拐杖翻飞之际，阵阵劲风扫得六大族长也近他身不得。

令狐媚一旁看着心中大急，这样下去，别说重炼三生石了，只怕会斗个两败俱伤。

就在这时，由远方飞来的那道白光，飞上鹊桥，挡在了临江仙子和句龙无悔之间。一声巨响，句龙无悔灌注万年功力的龙头拐杖击在这道白光之上。他不可置信地看着这道白光，就见眼前一柄硕大的古剑，倒悬身前。

句龙无悔后退了两步："是，诛仙剑？"

在诛仙剑的影响下，临江仙子褪去上仙化身。"去，替我护法。"临江仙子一挥手，诛仙剑升起，凌空高悬，发着冷冽的寒光。

句龙无悔哀求地看向白玲珑："能抵挡诛仙剑的，眼下只有你的七族妖谱。可千万不能让三生石重炼啊。"

"哼！"白玲珑头一撇："你不是说，我连一个和尚都斗不过吗？找我何用？"

令狐擎苍朗声道："句龙无悔，死到临头，还指望我们助你吗？我劝你还是乖乖束手就擒吧。"

"就凭你们，要我束手就擒，想都别想！"句龙无悔转身怒目瞪向临江仙子道："既然这样，那就对不住牛郎织女了。"说罢高高举起龙头拐杖。

"你要干什么？"令狐媚大叫起来。

句龙无悔大吼一声，就要将龙头拐杖插向鹊桥。

"住手！"湛卢空利抽出湛卢宝剑，刺向句龙无悔的臂膀。其他族长也赶来阻止句龙无悔破坏鹊桥。

一番争执之下，整座鹊桥立刻摇晃起来，众多喜鹊四处盘旋鸣叫不已。

令狐媚一边稳住身形，一边对临江仙子大喊："快动手啊！鹊桥要塌了！"

"凤鸲仍是恋梧桐，衷肠诉、相思成忆。"随着临江仙子一声喊，就见鹊桥之上突然升起一块五彩巨石，高十丈，方十数丈。

趁着其他族长一起仰头看着巨石的空隙，句龙无悔将龙头拐杖重重插入鹊桥之中。一大群喜鹊惊飞而起，将七位族长掀翻在地，整座鹊桥顿时发出一连串巨响，摇晃得更厉害了。句龙无悔见一击奏效，忙起身准备再给予一击。

白玲珑高高跃起，用剑拉扯着龙头拐杖，湛卢空利和虞镇北分别从后面抱住句龙无悔，雎鸠窈窕翻掌击向他膝盖。虽说暂时阻止了他，可三位族长却滚在了一起。

源长卿一咬牙："豁然开朗！"然后化成一颗巨大的桃树："我的桃树枝杈，已经遍布整座鹊桥，让飞散的喜鹊落脚。但是我支撑不了多久。临江，接下来就看你的了。"令狐擎苍举目望去，虽然鹊桥的摇晃不再加剧，但是崩塌也近在眼前。

"三生石？这就是三生石。"令狐媚跌倒在鹊桥上，仰头看着巨石，突然想起了什么，对临江仙子大声喊："快帮我看看，我的名字和谁在一起？！！"

可临江仙子却呆呆地盯着三生石，然后回转头对令狐媚喊道："我该怎么重炼三生石啊？"

"我哪儿知道啊？"令狐媚急了："你先帮我看看啊……"

临江仙子慢慢坐倒在鹊桥上，喃喃自语：《鹊桥仙》上也没说该怎么重炼啊？"令狐媚抓狂地大喊："你快帮我看看啊！"

临江仙子盯着三生石："奇怪，鹊桥摇晃得这么厉害，为何这三生石却纹丝不动？"说罢，抬头看向三生石的顶部，然后"嗖"一声现身在三生石的顶端。令狐媚愣了一下，然后挣扎着起身，却又倒下，只得仰头高声大喊："别忘了救我弟弟令狐宝啊！"

"嘻嘻，真的来人了唉！"一个小男童的声音笑着道。

"哇！还是个女的唉！"一个小女童的声音发出了惊呼。

三生石之巅，临江仙子就看见一男一女两个小孩童端坐在那里，笑嘻嘻地看着自己。

临江仙子一步步靠近他们："你们，你们是谁？为何在此？"

那男童笑着道："我们是牛郎和织女的孩子。"

那女童很兴奋地指了指自己："我叫觅觅。"然后指着男童道："他叫寻寻。"

"你以为我俩的名字由何而来？"看着临江仙子讶异的表情，觅觅喜笑颜开地道："世人皆道，牛郎织女每一年于七夕这日重逢。却不知地上一年，天上便是一日。牛郎织女相会一日，凡间便过了一年。故此无论鹊桥是否搭起，牛郎织女都相伴于寻寻觅觅。"

"至于你嘛。"寻寻站起身，学着大人捋胡须的样子，对临江仙子道："嗯哼！你最近，是不是为情所困啊？"

临江仙子没心情逗乐，只道："不错，你怎么知道？"

觅觅站起身，拍着小手道："因为啊，三生石上众生缘，犹自得、寻寻觅觅。"然后和寻寻一起哈哈大笑起来。

临江仙子踏进一步道："这么说，你们知道怎么重炼三生石了？"

"当然啊。"寻寻和觅觅连连点头。

临江仙子欣喜地又踏进一步："是不是重炼三生石时，祈什么愿都灵验？"

"当然。而且不只对今世祈愿会灵验。"觅觅道："就连对前生和来世祈的愿，也都灵验。"

"还能情定三生？"临江仙子兴奋地道："那我想要……"

"等一下。"寻寻学着大人的架势，侧过身向临江仙子一伸手："先拿来吧。"

临江仙子看着寻寻直发愣："什么啊？"

觅觅跳过来道："要想重炼三生石，就先要给我们'愁情瀑泪'。怎么，你不会没有吧？唉！这回又没得玩了。"

百万天兵

"有有有。"临江仙子赶紧从腰间摸出一个小玉瓶，递给寻寻。

寻寻接过玉瓶，也不先打开，看着临江仙子道："我说的愁情瀑泪，可是峨嵋白氏的家族徽记哦。你不会随便拿一瓶什么水给我吧？"临江仙子重重点头道："确实是峨嵋白氏的愁情瀑泪。"自打救出白玲珑之后，临江仙子就刻意收集了她的泪水。

"是与不是，一试便知。"寻寻摇头晃脑地说着，然后随手将玉瓶往远处一丢。事发突然："唉！你！"临江仙子都来不及去救那瓶子，玉瓶便消失在视线之外。"这可是我好不容易收集起来的，就这么一瓶。"

觅觅原地转了个圈，笑着道："重炼之前，总得先洗一下三生石吧。"

话音一落："嘀嗒"一声，临江仙子就感觉有一滴水滴在肩上，随后又有几滴水落下。临江仙子抬头向天，就见凭空降下了雨露，渐渐的变成瓢泼大雨。放眼望去，银河之上，灰蒙蒙一片雨景。

寻寻和觅觅欢蹦乱跳的大喊着："下雨啦，下雨啦，好好玩啊！"

少年游，我们就快见面了。临江仙子缓缓闭上双眼，任由雨水打在自己身上，同时也沉淀一下纷繁复杂的心绪。

"咔嚓"一声，一道雷电划破天际。

临江仙子猛地睁开双眼，就见远方乌云滚滚而来，每朵乌云上旌旗飘摇，一时喊杀之声震天。当先一朵乌云被一位脚踏风火轮的童子推开，接着就见一员将帅打扮的天神，手托一盏小巧的玲珑宝塔。临江仙子心道，看模样，来的应该是托塔李天王和哪吒三太子。但是看他们带来的天兵天将数目不知有多少，看来是棘手得很。

寻寻和觅觅沮丧地道："唉，这下又不好玩了。"

李天王踏云而出："何人大胆，敢祭出诛仙剑？"

临江仙子沉吟了一下，也难怪，诛仙剑现于银河之上，怎会不惊动天庭？当下也不理会托塔李天王，自顾自对寻寻和觅觅道："什么时候能开始重炼三生石？"

"哇呀呀呀！"见没人理他，托塔李天王暴躁起来："居然有人敢重炼三生石？给本帅一并拿下！"

寻寻和觅觅吓得抱在了一起，直打哆嗦。任凭临江仙子怎么问都不开口。

飘过一朵乌云，飞来几名凶神恶煞的天兵，冲向三生石。却是寒光一闪，诛仙剑迎面拦在这几名天兵面前。

"啊呀！"托塔李天王尖声叫道："原来是一伙的，给本帅列阵！"一声令下，层层乌云上鼓声震天，将三生石围了起来，黑压压将整个天都遮蔽住。"不要以为有诛仙剑在，就会有多厉害。本帅就不信，一百万天兵天将还拿不下你？"

随着雨势渐渐转小，临江仙子抱着寻寻和觅觅，柔声道："快告诉我，怎么重炼三生石？快告诉我啊。"

寻寻和觅觅吓得哭了起来："我们害怕，呜哇！"

诛仙剑深邃的声音在临江仙子耳边响起："这里有百万天兵，恐怕就连我也一时难以护你周全啊。"

三生石下，句龙无悔大笑的声音传来："这真是天助我也！天助我也啊！哈哈哈！还妄想重炼三生石？我看你怎么对付百万天兵天将？哈哈哈！"

"嗖喽喽"一声，一片乌云中突然伸出一条锁链，直奔临江仙子而去。还未到三生石上，就被诛仙剑斩断。可紧接着又有数百条锁链，从四面八方涌向三生石。诛仙剑一边抵挡一边低声对临江仙子道："这样下去不是办法，你赶紧用那个。"

"可是……"临江仙子犹豫起来："可是那个是万万使不得的啊。"

"难道你宁愿被抓？炼不了三生石，一切都完了。"有几条锁链裹在诛仙剑上，导致它的动作越来越慢。

临江仙子把心一横，掏出诛仙阵图："好吧，看来我只有……"

"不要！"令狐媚狼狈不堪地爬上三生石顶端，左手扒拉着石边，右手一个劲地冲临江仙子直摆："千万不要，诛仙剑阵！千万……啊！"话未说完，左手一滑，就要掉落下去。"嗖"一声，临江仙子抓住令狐媚的右手，将她拉了上来。

临江仙子指着漫无边际的乌云道："可是，这些天兵天将又岂会放过我？现在我只有这么做了。"

"不要……"令狐媚喘得上气不接下气，连连摆手道："诛仙剑阵，一旦开启，降下天道杀伐，就会生灵涂炭……咳咳。"

临江仙子踌躇着道："那我，那我可以重炼三生石，将一切被杀伐的生灵救活啊？！"

"三生石只能改变它上面有姓名者的命运。到时候，你能说出所有被杀生灵的名字吗？"令狐媚盯着临江仙子道。

临江仙子低头沉吟："那我该如何是好？……唉？"临江仙子猛然抬头站起，眼望四方，之前不断攻击的锁链也都不再射出。

虽然锁链不再出现，可层层乌云却开始剧烈翻滚起来，浓郁的杀气布满天际。"不好！"临江仙子预感到危险临近，忙站在三生石边缘大声喊道："快逃啊！大家快逃！"

就在这时，无数声破空之声响起，层层乌云突然一起向三生石方向射出无数支神箭。眼看着密密麻麻的神箭就要覆盖住三生石和七大族长，临江仙子忙抱紧寻寻和觅觅，将自己的背露在外面以抵挡飞来的神箭。

就在这时，听到远远传来一声："无我书法，皆！"然后就见所有飞到令狐媚和临江仙子身边的神箭顿时停住，不但如此，其他射出的神箭也都凝固在空中不再移动分毫。原本剧烈翻滚的层层乌云也瞬间停住。

令狐媚惊疑地看着四周这番奇景："这，这是怎么回事？"

"怎么回事？"托塔李天王怒道："为何神箭都停下了？"

这时一名天兵飞到李天王身边，对他耳语了几句。李天王吃惊地看了这天兵一眼，紧接着赶紧转身离去，突然顿住身形，转头对哪吒道："这里你先盯一会儿。"然后驾云头速速飞去。

李天王飞过层层乌云，来到一片最大的乌云前躬身施礼："臣，参见陛下。臣不知陛下御驾亲临，迎接来迟，望陛下恕罪！"

"卿家何罪之有？朕微服出巡，本就想掩人耳目。"那片乌云后传来一个悠闲的声音："寡人刚听千里眼和顺风耳来报，说三生石上那名女子，很可能会召出诛仙剑阵。"

"啊？！"李天王大惊失色："诛仙剑阵？连剑阵都能召唤了？"

那片乌云："若是召出诛仙剑阵，天道杀伐，生灵涂炭。太白金星，你怎么看？"

话音刚落，飘来一片祥云，云上站立的正是太白金星："启奏陛下，依微臣看来，此事应当……"

"招安。"李天王替太白金星说出最后两个字来。"你就知道招安。"

"知金星者，李天王也。"太白金星呵呵一乐："可是李天王你看，若非天庭不断招安，李天王哪有这百万天兵统帅啊？"

李天王转向那片乌云道："启奏陛下，臣以为，这诛仙剑非普通妖魔鬼怪可比。剑有双刃，招之不慎，恐为祸天庭。臣认为，当速速攻下诛仙剑与那女子。以防多生事端。"

那片乌云："这个……"

太白金星忙道："启奏陛下，若强攻，反而逼迫她们召出剑阵，这样一来天兵必当伤亡惨重。臣以为，此时天庭应保存实力……"

李天王急道："保存实力？有百万天兵，却不去打，难道是拿来看的吗？天上哪有这样的道理？"

"连世间凡人，都知道'不战而屈人之兵'这句话。李天王熟读兵法，焉能不知？"太白金星对李天王道："六界中魔界实力最强，天界却日渐衰弱。弱到连一只石猴都能大闹凌霄宝殿，自此后陛下降旨，整肃纲纪，固防强兵，以此保证六界之安定。"太白金星又转向那片乌云："可魔界却不愿天庭变强，一再出兵骚扰本应由天界管辖的凡界，还驱使凡界的澜国攻入赵国，扰乱凡界。经陛下励精图治，现在眼看天界的实力很快能与魔界比肩了，若此时与剑阵一战，一直以来的努力必将功亏一篑啊。"

李天王还待说话，那片乌云却先发出声音："太白金星所言甚是，李天王速速去收回神箭，让太白金星前去招安。"

李天王和太白金星忙躬身施礼道："臣遵旨！"说罢二人便驾云而去。

待二人飞远，那片乌云中悄悄探出一个脑袋来："哇！那就是托塔李天王啊，依照他做个表情包一定很赞。"紧接着那片乌云大开，走出来的正是三头六臂的俞灵儿。

俞灵儿向乌云外张望了一下，然后回过头对着身后的玉皇大帝咧嘴笑了笑。

"笑什么笑？！"玉皇大帝自己也忍不住笑了起来，指着自己脸上的两行字道："都是因为你，害得寡人整日只能以云遮面。"

就见玉皇大帝此刻脸上写着："古今多少事，都付笑谈中。"

诛仙剑阵

　　"再过些时日，这些字就会淡薄的。"俞灵儿以逝水笔法在玉皇大帝脸上施展的第九招"古今多少事，都付笑谈中"，无论对方与自己有多少深仇大恨，一旦施展这招笔法，都能令对方与自己化干戈为玉帛，成为知己好友。只不过一生只能用这招一次，前世俞灵儿曾设想将这一招对魔界至尊施展，可还没用她就死了。不想今世却用在了天界之主身上。

　　俞灵儿左边脑袋也笑了笑："玉帝，要不是借用你的密室给俞灵儿参悟，本皇又怎会对你出此下策呢？哈哈哈。"

　　"都怪朕太大意了，你要不是东皇太一的话，寡人又怎么会让你轻易得逞？！"玉皇大帝指着俞灵儿左边脑袋大笑道："你不是说，有我的密室相助，俞灵儿定能领悟到无我书法最高境界吗？怎么现在还没领悟到啊？"

　　左边脑袋摇了摇："唉！本来应该是的，可谁想得到，她的悟性奇差无比，现在能将九字真言全部领悟，就已经很不错了。"

　　"事到如今，我若再领悟下去，怕是要来不及了。"俞灵儿对着玉皇大帝躬身施了一礼："先谢过陛下，放过我的朋友们。"

　　玉皇大帝大笑着摆了摆手："言重了，你的朋友，不也是朕的朋友吗？！"说罢哈哈大笑起来。

正说着，祥云飘回，俞灵儿赶忙将那片乌云收拢。就见太白金星乐呵呵飞了过来："启奏陛下，那名女子不但愿受招安，而且还肯上交诛仙剑。但是有个条件。"

"什么条件？"

太白金星："她要重炼三生石。"

那片乌云："问清楚她要祈什么愿吗？"

太白金星："问了，她就想复活几个人，并且铲除所有的魂铸营。"

"准了！寡人准了！"那片乌云后的声音略显激动："速速派人接收诛仙剑。"

此时三生石上。

诛仙剑飘到临江仙子身边："现在危机已除，你可以了却自己的心愿重炼三生石了。按照约定，你将诛仙剑阵的阵图，还给我吧。"

临江仙子道："若得到阵图，你启动诛仙剑阵可怎么办？"

"你以为，凭一把剑，就能召出诛仙大阵？"诛仙剑哈哈大笑："要想布阵，还需其他几把剑才行。按照当初约定，阵图归我。难不成你想毁约？"

临江仙子犹豫再三，便掏出诛仙剑阵的阵图，丢给了诛仙剑："按照当初约定，阵图给你，我们两不相欠了。"

得到阵图的诛仙剑突然大笑起来。"哈哈哈！终于拿到阵图了！哈哈哈！"

"媚儿啊，你分析案情头头是道，可惜你终究不是破案的料啊。临江仙子说得不错，七族妖谱若事先动过手脚，以白玲珑的精明，又怎么会察觉不到？"令狐擎苍突然出现在三生石上："直到天罡七善阵围困虞美人前，七张妖谱都是真的。你手里这张脸谱，是白玲珑分给我们妖谱后，我趁乱换上去的，以便混淆视听。"

令狐媚疑惑地看着父亲："爹，你到底在说什么？"

"最先和我结盟的，其实是令狐擎苍。他告诉我说，临江仙子肯定会来找我，让我与她交易，妖族中能找到诛仙阵图的，非她莫属。而复合诛仙剑的计划，临江仙子压根就不知道。"诛仙剑飘到令狐擎苍身边，将阵图交于他。

临江仙子瞪大眼睛看着诛仙剑和令狐擎苍。

"你们以为，凭临江仙子就能请动望闻上仙来赴宴？若不是我首肯，凭她那点伎俩，怎么可能让婚宴连着两次顺利延期？我不过是顺水推舟罢了。"令狐擎苍冲临江仙子一笑："本来我这番布局，定逃不过临江仙子的眼睛，可她也被我拉入局中。然后再举荐不善于破案的媚儿来负责此案，这才能使我的计划顺利进行。"

"爹！"令狐媚看着父亲道："令狐宝可是你儿子啊！他被诛仙剑所杀，难道也是你计划的吗？"

"我在婚宴上的目标，只是拥有鹤舞四宝的俞灵儿。只有阻止重炼三生石，我的计划才无懈可击。可没想到，宝儿他会……"令狐擎苍黯然神伤，"结果，鹤舞四宝却落到了临江仙子的手中。本来想等她重炼三生石之后，我再取回诛仙阵图。却不想天庭来招安，那我只好先动手了。"

令狐媚哭喊到："你如此大费周章，所谓的计划又是什么？"

令狐擎苍向空中一探手："钱塘灵狐的祖先离开青丘国搬来中土的目的，其中一个，那就是找齐散落的诛仙九剑和阵图。"八柄古剑突然出现在令狐擎苍周围，每一把都是由两个篆字合成的剑。"历代先人收集了剑阵所需的八柄剑，一直以来唯独缺少诛仙剑和阵图。当得知沉睡在虞美人体内的剑魂苏醒，你可知我有多高兴吗？"然后手中缓缓托起阵图："今日，我终于可以启动诛仙九剑大阵了。"

令狐媚大惊："一旦启动剑阵，天道杀伐，生灵涂炭啊！祖训只让我们找回剑与阵图，爹爹何必要开启剑阵呢？"

"你可知，大赵半壁江山被澜人夺去，管辖凡间的天庭不闻不问，这是为何？金翅大鹏鸟转世的雷谦，被仇无忌所害，天庭还是不闻不问，这又是为何？"令狐擎苍瞪视着令狐媚："因为这一切的背后有魔界撑腰。魔界势大，天庭势微，天庭不是不想管，是管不了啊。既然天界不管，那我只有启动诛仙剑阵，将魔族赶回去！"

令狐媚朝父亲跪下，哭道："爹啊，就算你用剑阵赶回魔族。可这世间必会满目疮痍，您这么做，其危害比魔界更甚啊！"

"等魔族侵吞了整个凡间，到那时可就真的回天无力了！"令狐擎苍一展手中阵图，诛仙，绝仙，弑仙，戮仙，堕仙，屠仙，陷仙，劫仙，嗜仙，九剑集合。诛仙九剑大阵立时启动。

随着剑阵开启，一声巨响，阵内立刻鼓起一团灼眼的光芒。令狐媚看着阵中那团光芒说道："是天道杀伐！"杀伐之光还仅仅是集结于阵中，天上的层层乌云便经受不住杀伐之威，便向后不断翻滚。乌云上的天兵天将个个站立不稳摇摇欲坠。

托塔李天王忙回身来到那片乌云前："太白金星，你不是招安成功了吗？怎么诛仙阵还是开启了？"

太白金星也困惑："这个明明是接受招安的呀，这是怎么回事？"

那片乌云："爱卿莫慌，寡人的一位朋友已经去解决此事了。"

托塔李天王和太白金星对视了一眼："陛下的朋友？？"

这时，一连串鸣叫之声四起，搭成鹊桥的所有喜鹊，被诛仙阵的杀伐之威惊动，立时四散飞奔。源长卿摇了摇桃树的头部道："鹊桥终于还是撑不住了。我也无能为力了。"

在一大群四散飞逃的喜鹊中，三生石隐隐放光，眼看着就要消失。其他几位族长也是抬头仰望诛仙阵，无可奈何。

"无我书法，列。"话音刚落，就见四散飞奔的喜鹊，突然又飞回来重新搭起鹊桥来，一转眼鹊桥依旧如故的横在银河之上，三生石也不再有任何异变。源长卿收了桃树化身变回人形，众人诧异地看着完好如初的鹊桥。

接着就见一个三头六臂的人站立于三生石上，正是俞灵儿。"灵儿姐姐！"临江仙子抱着寻寻和觅觅喊道。

俞灵儿回头冲令狐媚和临江仙子笑了笑，然后手一招。就见鹊桥上的鹤舞四宝一起飞到俞灵儿手中。左边脑袋的双手分别拿着凤鸰玉笔和梧桐笏板，右边脑袋双手分别拿着璇玑玉砚和月缺墨玉。俞灵儿右手一挥，一道青光闪过，东皇玉珥的雌剑被握在俞灵儿手中。

"令狐伯父。伯父忧国忧民之心，着实令俞灵儿敬佩。"俞灵儿对令狐擎苍深施一礼："可有道是，事在人为，大赵半壁江山被澜国侵吞，也不全在魔族。试想当初，皇帝若勤于朝政，边防严加防范，岂容小人得志，又怎会令魔界有机可乘，导致今日之祸？而小侄坚信，只要华族之魂不灭，终有一日，能一统原人江山。"

令狐擎苍深深地看着眼前的俞灵儿，最终摇了摇头道："你也说了，事在人为，可是老夫看够了世间百态，怕是等不到你说的那一天了。"说罢令狐擎苍催动阵法，诛仙阵内的杀伐光芒大盛，眼看着就要喷涌而出。

一时天地震动，百万天兵天将都尽力驾驭着脚下的乌云，不让它们被杀伐之威冲走。一时间层层乌云相互摇摆挤撞，天罗地网阵便荡然无存。

云层一错开，本该是夜晚的人世间，顿时亮如白昼。无数凡人被这奇异景象惊醒，可是醒来第一件事，便是相互争斗，喊杀四起。像完全丧失了理智一般。

"积德行善者为人，弃德行恶者入魔。所谓魔界，就在每个人心中。全凭自己一念之间。"俞灵儿低头看了眼被杀伐之气染遍的世间："若伯父一意孤行，行此诛仙大阵，导致天地间杀伐四起，这不正合了魔界的心意吗？"

虽然俞灵儿苦口婆心劝说，可令狐擎苍丝毫没有收起阵法的意思。俞灵儿只得向前一探左手道："既然如此，伯父，小侄得罪了。"

说罢俞灵儿高喊一声："无我书法，斗！"说罢整个人顿时消失不见。

令狐媚和临江仙子呆呆地望着俞灵儿突然消失的位置……半晌后，令狐媚急了："灵妹妹不是说要'斗'吗？怎么她自己人没了？"临江仙子也茫然地摇着头。

就感觉自己身在一片金色光芒中，俞灵儿急喊道："东皇太一，你不是说，九字真言的斗，能仿效六界中任何一人的斗技吗？为什么我会失败？"

左边脑袋摇了摇道："你并没有失败，只不过你效仿的这手斗技太过强大，凭你来施展，还需要积累一段时间。"

俞灵儿道："那，那要多久才行啊？"

左边脑袋想了想："这我就不知道了。"

右边脑袋开心了："难道说是黑洞吗？"

俞灵儿急得直摇头。

见俞灵儿突然消失，令狐媚和临江仙子惊愕当场。令狐擎苍哈哈大笑起来："我还以为俞灵儿想干什么呢，原来是逃跑了。"说罢催动诛仙阵，杀伐之威更甚。

被杀伐之威震倒在三生石上，临江仙子全力抱紧寻寻和觅觅，连游魂剑从三生石上滑落下去，都顾不得了。

"万万没想到。"令狐媚委顿在地："一切阴谋的幕后黑手，竟然是我父亲。"

临江仙子叹了口气道："这也怪不得你，因为你绝想不到，也不愿去想，自己会被亲生父亲欺瞒利用。"

令狐媚抹了抹泪，看了临江仙子一眼，然后站起身，迎风挺立，朝着令狐擎苍道："虽然你筹谋许久，最终开启了诛仙阵。可是有一点你却说错了。"

令狐擎苍瞥了令狐媚一眼："哦？我哪里说错了？"

"你说，能找到诛仙阵图的，妖族中非临江仙子莫属。这点你说错了，妖族中还有狐媚大盗也能找到。"令狐媚看了一眼临江仙子道："既然我不擅长破案，那我就用我擅长的作案，来以毒攻毒。于是我便先一步找到了诛仙阵图。然后再故意留下一份阵图让临江仙子找到。"

令狐擎苍惊异地看了眼阵图："难道说，你事先动过手脚？"

令狐媚一招手："本来我是打算以此对付内奸临江仙子的。"一个柔美的身影出现在令狐媚身后，令狐媚叹了口气道："却没想到，真正的幕后黑手竟然是爹爹你。"

"以我创的无我书法，将诛仙阵图分毫不差地复制一份，那可是绰绰有余的。"那柔美的身影正是湛卢飞白："要不是令狐媚答应陪我唱一辈子的戏，我才懒得管这事呢。"

令狐擎苍指着湛卢飞白喝道："你真以为媚儿会陪你唱一辈子戏？！我的女儿我还不了解吗？到时候她一句'人生如戏，戏如人生'就把你搪塞过去了。"

湛卢飞白转头疑惑地看向令狐媚："他，他说的是真的？"

令狐媚强忍住笑容，踏前一步道："只要这份假的阵图被开启，就会因受不住杀伐之力而慢慢瓦解。真正的诛仙阵图在我这里，我劝你还是放弃吧。"

令狐擎苍低头看向自己手中的阵图，果然开始燃烧起来，不一会儿便化为灰烬。如此一来，诛仙剑阵立破，阵内积聚的杀伐之光也逐渐暗淡消失。

虽然天道杀伐消失，可是人世间依旧争斗不息，并没有因为光芒的消失，而削弱杀伐的余威。

这时，浮生脸谱突然出现在令狐媚脸上："你别忘了，为了破此案，白玲珑将七族妖谱全借给了我。现在就让你预见一下自己的败局吧。"

话一说完，令狐擎苍顿时委顿在地："好重啊！怎么会这么重的？"令狐擎苍就感觉眼前一片漆黑，想站起身却怎么也动弹不得："难道说，我最终到了魔界？"令狐擎苍命令诛仙九剑道："快去将阵图抢回来！"诛仙九剑一起飞向令狐媚。

令狐媚赶忙一晃脑袋，梦蝶脸谱出现在令狐媚脸上。

令狐擎苍这才恢复过来，站起身指着令狐媚道："你以为，七族妖谱对诛仙九剑会起作用吗？别痴心妄想了。"

令狐媚一笑："谁规定七族妖谱非得对他人施展了？除非你能从我梦中找出我，否则休想拿到诛仙阵图。"说罢令狐媚瞬间消失了。诛仙九剑顿时扑了个空。

令狐擎苍一拍大腿："糟了，媚儿对她自己施展梦蝶妖谱，躲到她自己的梦中去了。"然后一伸手，掏出一张红色的脸谱来："这一张就是我用假妖谱换下来的千秋妖谱。也是重炼三生石必需之物。如果你们想重炼三生石，就拿诛仙阵图来和我换！"

寻寻和觅觅指着令狐擎苍手中妖谱喊着："就是这张千秋妖谱，千秋过梦指的就是这张妖谱。"

令狐擎苍哈哈大笑道："怎么样？若你们还想救人，就少不得这张千秋妖谱。还不快将阵图给我？！"

不知从哪儿传来令狐媚的大喊声："爹啊！要救的人里，还有你儿子令狐宝！你不要再一意孤行了！"

"嗖"一声，临江仙子出现在令狐擎苍身后，就见她全身突然变成白色，伸手去夺千秋妖谱："你别忘了，还有我呢。"

"临江上仙?!"虽然临江仙子化身上仙，功力大增。可是令狐擎苍一闪身，还是让临江仙子扑了个空。"想从老狐狸手中抢东西，你们还太嫩了。"一边说着，令狐擎苍一边左躲右闪，任临江仙子怎么抢都抢不到。

"啵"一声，一支雕翎箭射中发髻，令狐擎苍顿时披头散发。三生石下的虞镇北手举宝雕弓，对着令狐擎苍高喊："老狐狸，有我在，看你怎么躲。快还我女儿命来!"

"令狐兄，难道你就不想复活我吗?"令狐擎苍一转头，就见雷谦威风凛凛的站在自己眼前。见到雷谦，令狐擎苍顿时激动难耐，但很快就恢复镇定："媚儿，休想骗过为父。"海蜃红绫闪过，"雷谦"消失，远远传来令狐媚的喊声："待重头，收拾旧山河。爹啊! 我们有的是机会。"

"莫等闲，白了少年头。"令狐擎苍一跺脚："你们以为我会束手就擒吗?"令狐擎苍说罢显身成一只九尾白狐："遁!"然后就消失不见了。

湛卢飞白看着空中飘舞的海蜃红绫，口中依旧不断地呐呐自语着："……人生如戏，戏如人生，"突然非常高兴地转身离去："高境界啊，我终于顿悟了!"

三生石下，句龙无悔的魔功维持时间也过了，被几位族长击晕，直挺挺倒在了鹊桥之上。

而令狐擎苍一稳住身形，心中暗道，待我遁入妖界青丘国，借来数万妖兵，还怕夺不回阵图吗?

可抬头一看，眼前哪里是妖界青丘国，只有五根冲天支柱在眼前，伴随着一股青气。

"唉? 难道我走错了?"令狐擎苍再次施法："青丘国，遁!"

可是待令狐擎苍稳住身形后，抬头一看，眼前还是五根冲天支柱，哪有什么妖界青丘国的影子。

"怎么会这样? 难道说……"令狐擎苍慢慢转过身，抬头观望。

这一看，令狐擎苍顿时吓了一跳。就见身后有一副巨大身躯，正是俞灵儿，三个硕大的脑袋一起看着令狐擎苍直乐。令狐擎苍再低头看去，原来自己一直在俞灵儿巨大的左手掌心之内，没有离开过。"这，这，这不可能！"

"九字真言的斗，能仿效六界中任何一人的斗技。"俞灵儿说话的声音震得令狐擎苍耳膜直痛。"看我现在使的这一招，你应该猜得出，我是仿效何人的吧？"

"嗖"一声，白影晃动，临江仙子趁令狐擎苍双手紧捂耳朵，一举夺走了千秋妖谱。然后闪身到了寻寻和觅觅跟前："给，千秋妖谱。我们快点重炼三生石吧。"

寻寻拿起千秋妖谱，用力摔在三生石上。就见千秋妖谱慢慢发出红色亮光，随后嵌入三生石之中，紧接着整块三生石也通体发出了忽闪忽闪的红色亮光。觅觅道："现在还差最后一步，千秋妖谱能点燃三生石，可你还须以如梦境界来维持三生石的燃烧。"

"如梦境界？"临江仙子收了上仙化身，对着三生石盘膝而坐："我认识灵儿姐姐那日，就碰巧掌握了如梦境界。"说罢，临江仙子微合双眼，复制出如梦境界，并以此来维持三生石的燃烧。整块三生石由若隐若现的闪光，变成通体持续不断地爆射出光芒。

"上坎下离，水火既济。"寻寻看了眼天上不断降下的"愁情瀑泪"道："不消一会儿，三生石便能重炼。"

俞灵儿慢慢取走令狐擎苍腰间的帅字令旗道："令狐伯父，我向你保证。终有一日，中原大地上会有人用得着这面令旗，并以此驱除鞑虏，复我河山！"说罢，俞灵儿左手一番，将令狐擎苍推入凡间："一旦我效仿了一项斗技，就必须使完才行。伯父，对不住了。"

岁部特权

令狐媚从自己的梦中醒来，站在三生石边缘看着令狐擎苍坠入凡尘，被压在了五指山下。黯然道："爹，灵妹妹说的那一天，终会到来。您就等着看吧。"

"嗯哼！"太白金星不知何时出现在俞灵儿身边："这个，这位仙家，小老儿乃是太白金星。"

俞灵儿变回原形道："你有何事？"

太白金星一指凡间："仙家请看，虽然诛仙阵已破，但是杀伐之气依旧在世间横行。其原因还在于诛仙九剑上。"

俞灵儿点头道："既然这样，待我降服诛仙九剑。"

太白金星笑了笑："可惜，别说仙家能使用如来佛祖的招式，就算如来佛祖亲自来，也拿诛仙剑没奈何啊。"

俞灵儿不解其意："那你的意思是？"

太白金星指了指俞灵儿的左边脑袋："也许他有办法。"说罢便对俞灵儿左边脑袋躬身施礼："小神太白金星，参见东皇太一殿下。"

太白金星话音一落，乌云上天兵天将全都惊讶地看向俞灵儿。

"适才玉帝陛下告知，这位就是妖界至尊，东皇太一。"太白金星继续道："当初就是东皇殿下将诛仙剑一分为二。眼下这等危机，看来还是得仰仗殿下出手，方能平息这场祸事啊。"

　　左边脑袋苦笑一声："今时不同往日，你看本皇现在变成这等模样，哪还有法力做这等事？"

　　太白金星急道："那！可现在世间混乱，全因诛仙九剑而起。若连东皇太一殿下都没办法，还有谁能解此危难？"

　　"虽然本皇没有办法，可有一个人却有办法。"然后左边脑袋一指右边脑袋道："他可以解此危难。"

　　太白金星上下打量了一下右边脑袋："恕金星眼拙，不识得这位，尊驾何人啊？"

　　右边脑袋呵呵一乐，指着左边脑袋道："她是太一的话，那我当然就是太二啦。你看我这样子，是不是很二啊？"

　　左边脑袋正色道："休要玩笑，你说过有办法封印诛仙剑的，现在又当如何？"

　　右边脑袋手搭凉棚四下观瞧："别急啊，应该很快就来了。"

　　此时，瀛洲岛上。

　　归字谣颤抖着看向远方："你们说，世间这等杀伐之气，是因何而来的啊？"

　　如此江山摇了摇头道："谁知道呢，说不定又是你那宝贝徒弟俞灵儿惹来的祸事。"

　　月上海棠嘟起了嘴："师兄，怎么什么错事都怪到俞灵儿头上？不会是因为她救出白玲珑，让你在赌局中输惨了，故此怀恨在心吧？"

　　"你师兄我是这么小心眼的人吗？"如此江山把玩着手中的古董道："只不过自她来了之后，千年安定的瀛洲岛，竟起了波澜。你看，她把归字谣变成什么样了？"

归字谣颤抖着道:"师兄莫怪俞灵儿,这都是我自愿的。"

"还好啊,这世间就一个俞灵儿。"如此江山不经意地抬头向远处望了一眼:"若是再有个像她这样的,我瀛洲岛还不翻了天去?"

可望了这一眼后,如此江山竟呆立不动了。

月上海棠奇怪道:"师兄你怎么啦?"

"俞灵儿!"如此江山指着前方道:"我看到俞灵儿了。"

月上海棠忙顺着如此江山的手看去:"在哪?在哪?"

"啪嗒"一声,如此江山手中的古董掉落在地,就听他喃喃自语道:"而且,我看到,不止一个俞灵儿。"

归字谣也赶忙抬头看去,就见整座瀛洲岛上,不断有人腾空而起。个个都长得和俞灵儿一模一样。不一会儿,居然有数百个俞灵儿腾起,升空而去。

"怎么会有这么多的俞灵儿啊??!!"如此江山仓皇地大声喊:"快,快召集所有弟子,保护瀛洲!千万不能让这么多俞灵儿把瀛洲岛给翻了啊!"

不多时,数百名俞灵儿一起聚集在鹊桥之上。

众人惊讶地看看这些没有三头六臂的"俞灵儿",又看看三头六臂的俞灵儿,都不明所以。

这时诛仙九剑一起攻向俞灵儿等人。"放箭,放神箭!"托塔李天王一声令下,天兵天将们射来无数神箭,暂时抵挡住了诛仙九剑的攻势。太白金星急得直跳,对俞灵儿哀求道:"不管仙驾有何办法,赶紧使用吧?"

"……三百六十四,三百六十五。嗯!我都到齐了。"俞灵儿大声喊道:"我们好!"三百六十五个"俞灵儿"齐声回答:"我们都好,我好吗?"俞灵儿回答:"我很好!"左边脑袋一咧嘴:"听你说话怎么这么别扭啊!"

右边脑袋道:"既然人都齐了,那就赶紧开始吧。"俞灵儿大手一挥,然后就见三百六十五个"俞灵儿"自动排成一圈,围住了诛仙九剑。天兵们也停止发射神箭。

诛仙剑哈哈大笑:"我当你们要做什么呢?原来是给我送来这么多童女,

可惜我不吃人。"随即分布其他八剑，就要突围。

所有人都瞪大双眼，却见三百六十五名俞灵儿一起进入了冥想状态。

俞灵儿左边脑袋狠狠敲了右边脑袋一下："你到底搞什么？哪弄来这么多俞灵儿啊？这就是你所谓的科幻大片？"

"是啊，我建议俞灵儿，向执年岁君要求的就是，能在各个光阴轮之间穿行的特权。"右边脑袋摸着头上肿起的包，苦笑道："你们曾经说过，能封印诛仙剑的，只有天书。俞灵儿告诉过我关于她的天问神功，就是头一年观想银河天书所得。故此我让俞灵儿分三百六十五次，穿行回重生前的光轮中，将头一年三百六十五个晚上观想银河的自己带来这个光轮。一共是三百六十五个俞灵儿，合在一起冥想，出来的就是一部完整的银河天书的装订版本。"

"原来那天趁我睡着，你们就折腾这件事啊？"左边脑袋瞪大眼睛看着这三百六十五个俞灵儿道："要不要这么麻烦啊？"

"那你有其他办法吗？或则你拿出几本天书来也行啊。"右边脑袋瞥了一眼沉默不语的左边脑袋："你当我科幻小说都白看的吗？"

说话间，就见一片银白色光芒自那些俞灵儿身上闪耀。诛仙九剑顿时停住了攻势。"怎么回事？都怎么啦？"诛仙剑大感不妙，却也不知道发生了什么。

"奏效了，奏效了。"右边脑袋兴奋地大喊。

可是两边却僵持在那，诛仙九剑无法动弹，众俞灵儿也拿它们无可奈何。

"怎么会这样的？"右边脑袋左顾右盼着："难道说哪里错了吗？不是应该封印它们的吗？"

诛仙剑大笑起来："别忘了诛仙九剑都是克仙的，三百六十五个笔仙可是被我们克得死死的。"

俞灵儿道："看来还是得我出马才行。无我书法，阵！"接着就见周遭层层乌云罗列开来，天兵天将层层叠叠将诛仙九剑围了起来。"九字真言的阵，能仿效六界各种阵法。这'周天星斗大阵'仅次于诛仙剑阵，加上银河天书，封印诛仙九剑是不在话下。"

然后就见众俞灵儿泛起的银光渐渐凝聚在一起，射向诛仙九剑。接着如银色巨浪一般裹挟着诛仙九剑向着九天银河滚滚而去，消失于众人视线之外。

"这就对了嘛！我真是太棒了！"右边脑袋忘乎所以地大喊着。

"句龙在天，"俞灵儿轻声自语道："如果所料不错，诛仙九剑会被封印在万字碑中。不过很快，我会将你救出。"

世间本还在打斗的凡人，全都停下手，茫然四顾，完全不记得刚才发生什么事，也不知道大半夜的都跑出来干嘛，只得悻悻然回去继续睡觉。看到凡间又恢复平和，太白金星擦了擦满头的大汗。

"既然此间事情已了，我们也该回去了。"三百六十五个"俞灵儿"手牵着手一起飞向瀛洲岛方向。俞灵儿朝她们一边挥手一边大喊："谢谢我！谢谢我啊！"左边脑袋头一歪："右边脑袋你经常说的那个词叫什么来着？辣眼睛是吧？此刻我不但辣眼睛，还辣耳朵啊。"

寻寻对着临江仙子笑着道："三生石炼得差不多了，你现在可以祈愿了！"

"终于，终于等到这一刻了。"临江仙子郑重起身："虽然有很多人要救，但有一件事我要先说……"

"噗嗤"一声，临江仙子就看到自己胸膛前，游魂剑从身后穿胸而过。"你该不会把我给忘了吧？"句龙无悔手握游魂剑站在临江仙子身后，恶狠狠地道："想祈愿？我是不会让你坏了我大事的。"

一口鲜血从临江仙子口中喷出，寻寻和觅觅吓得惊叫着抱成一团。"临江仙子！"令狐媚大叫着看向眼前这一幕。虽然身负重伤，临江仙子周身却缓缓变成白色，然后回转身给予句龙无悔重重一掌。句龙无悔哪里受得住这一掌，顿时口吐鲜血翻身落下三生石，游魂剑则留在了临江仙子的身体内。

重炼失败

第一百五十四章

"女儿啊！"源长卿大喊着，扑向了句龙无悔："我要你偿命！"然后两人一起滚下鹊桥，落向凡间。白玲珑等几位族长一同跃下鹊桥，紧随而去。

令狐媚和俞灵儿赶紧飞扑向倒下的临江仙子。

"我和少年游，终于可以，永远在一起了。"临江仙子爱抚着游魂剑的剑尖，随后头一歪，再不动弹了。游魂剑却幽幽地发出了悲鸣之声。

"不要啊！"俞灵儿大声哭喊道："妹妹你醒一醒啊！"

"我们还有希望。"令狐媚拉着俞灵儿的手道："我们，我们不还有三生石吗？我们可以祈愿啊！"

"对对对。"俞灵儿抹了下眼泪道："我居然忘了还有三生石。"然后站起身道："我们要祈愿！"

"抱歉。"寻寻和觅觅看着倒下的临江仙子道："只有重炼三生石的人才能祈愿。"然后指了指开始猛烈燃烧的三生石道："况且她一死，重炼三生石就算失败了。"

"怎么可以这样？"俞灵儿不顾一切地要去拉寻寻和觅觅，可是他们却慢慢地消失了。

令狐媚看着火势越来越大的三生石道："既然失败了，我们先回去吧，明

792

年可以再来啊。"

"明年？"俞灵儿看着令狐媚道："你可知，今日过后，刀狱的光轮重启，你弟弟至少要受一年的凌迟之苦啊。"

令狐媚不禁抖了下身子，然后瘫倒在地。

俞灵儿轻声道："而且至少在一年内，令狐宝和虞美人无时无刻不待在一起。"一念及此，俞灵儿抱着临江仙子的尸体，头埋在她的白色锦袍中，号啕大哭起来。

"灵妹妹，这里快烧着了。"令狐媚流着泪，过来拉俞灵儿："我们先离开这里再说啊。"

"我不！"俞灵儿猛抬头，含着泪大声喊道："我就是要今天祈愿！我要救回所有人，就今天！"

令狐媚闻言顿时泪如雨下："可是，可是，已经失败了啊。"

"令狐媚！"俞灵儿茫然地看着周围越烧越旺的火焰："不能再死人了。"

"我们还是先逃离这里吧。"右边脑袋呛了口烟，大声叫着。左边脑袋看着俞灵儿说着："我看俞灵儿是另有打算。"

俞灵儿猛抬起头，以最大的声音喊道："反正我的一切，都是你给的，我把一切的一切，都还给你好了！"然后低下头对左右脑袋说："我们三个同体同心，此刻你们应该知道我要做什么了。你们很快就要回到自己的世界中去，临别前还有什么要说的吗？"

"我曾经发过誓。"右边脑袋平和地道："没有 WiFi 我哪儿都不去。却不想来到这个连触摸屏都没有的时代。真不习惯啊。可是最让我舒服的，就是不用戴眼镜也能看清东西。我想我会怀念这里的，还有太一和你俞灵儿。"

"我注定要度三生劫。"左边脑袋平和地道："却没想到第一世还是投胎为妖。至于第二世么，"左边脑袋看了看右边脑袋："却是个满嘴胡说八道的凡人。唉，我就不指望第三世将会是什么样子了。俞灵儿，我会记住你。"

看着火焰快要逼近自己了，俞灵儿正色道："古有干将莫邪，铸剑失败，以身投炉，终得名剑。今日我就要效法古人，做最后一拼。三生石，我现在开始祈愿……"

在百万天兵的注目中，熊熊大火燃烧着三生石，慢慢向着天际飘去……

整座帝都城，漫天飘洒着紫色的勿忘我花瓣。挨家挨户房顶上全开满了勿忘我花。全城笼罩在浓郁的花香之中。

帝都几乎所有老百姓全都跑出来，大街小巷挤满了人，大家都在观看如此盛景，无不啧啧称奇。连着三天都是如此，这三天里帝都城比往年任何一次香会灯会都要热闹。

在勿忘我的花瓣雨中，一位女子挎着篮子，踏着满地的花瓣，懒散地游走，一路来到钱塘门。

"唉。"这女子叹了口气，依稀回忆起，三年前，帝都皇宫内，也曾有过勿忘我花海盛景。不过那次是自己和临江上仙两人，一起刻意布置的。

令狐媚意兴索然地站在钱塘门墙根下，看着墙上贴的榜。上写着朝廷要重建望湖塔，特地在此招工的榜文。

"唉，好寂寞啊。"令狐媚伸了伸懒腰："现在连个打马吊的人都找不到了。"

这时围过来一群孩子，冲着令狐媚喊着："媚媚！媚媚！"

令狐媚立刻喜笑颜开，将手中篮子放在地上："都等久了吧？来，这是我亲手做的点心。快来尝尝。"孩子们争相围拢过来，拿起篮子里的点心就吃。

令狐媚叹了口气自言自语道："唉，这臭丘八，一走就是三年多。"令狐媚紧咬银牙："烂丘八。我把他身边所有东西都偷了，偷得就剩一条内裤了，可他却只给我寄来一封信。"令狐媚取出一封信来，看着上面仅有的三个字"都送你"，"谁要这些东西啊，人家要的是……不过这字倒是写得颇阳刚英武，就像他本人。"

正唉声叹气着，令狐媚的目光突然直勾勾望向前方。就见钱塘门外，翩翩走来一位紫衣女子，身后追赶来一位美貌女子，一身白衣随风而动。

"小紫？白玲珑？"令狐媚瞪大眼睛看去，就见小紫噘着嘴，头甩向一边正在生气，白玲珑不停地劝着她。令狐媚觉得奇怪，世上还有什么事能让小紫这么生气？

正想着，一个侏儒很费劲地追上了白玲珑："娘子，小紫。我，我知错了还不行吗？"令狐媚的双眼登时张得极大，嘴张得下巴都快掉下来了："什么？这侏儒就是徐琅琊？"

"都是你，害得我姐姐受苦，我一万个不答应！"小紫还是气哼哼的。白玲珑使劲劝小紫："好妹妹，别生气啦。为了徐林，咱们一家还是团聚的好啊。"

令狐媚心道，天姿国色的白玲珑，貌美得能与太真上仙争艳，没想到却和这么一个丑陋不堪的侏儒徐琅琊婚配。别说是法远要拆散这一对，就连她都忍不住想拆散他们俩了。

"费了好多周折，才寻回家父，紫姨，你就原谅家父吧。"徐林携着李碧莲，双双走来，也一起劝说小紫。"唉，罢了。"小紫最是疼爱徐林："看在徐林的份上，我最后给你一次机会。"小紫弯下腰低下头盯着徐琅琊道："若你再作出对不起我姐姐的事情，我让你再短半截。"徐琅琊赶忙畏畏缩缩地连声称是。

徐林拉过一旁害羞的李碧莲："爹，她叫李碧莲，是我的，是我的……"只要和李碧莲在一起，徐林就开始结巴。徐琅琊和白玲珑满心欢喜地看着李碧莲，而小紫却对徐林道："是你的什么人呀？"李碧莲顿时满脸通红。徐林一咬牙道："我爱碧莲！"白玲珑姐妹顿时哈哈大笑起来。李碧莲的脸羞得更红了。

看着白玲珑一家欢欣和睦的样子，令狐媚抬头望向不断降下勿忘我花的天空："三生石上，我的名字，到底和谁连在一起啊？唉！"

"啊哟！一个人在这里唉声叹气的做什么啊？"一个蛮横的声音在令狐媚身后响起。

令狐媚依旧仰望着天际："怎么现在才来，都等你大半年了。"

"没办法啊，我不但要回归沧海派，还要调解沧海派和桃花源记的恩怨，两个地方得来回跑。"身后那人，一身白色锦袍，和她一头白发一起随风飘扬："我再要去瀛洲岛，将少年游带出来也是件很麻烦的事。我这都算是快的了，你莫怪我了。"

"你都晋升成上仙了，谁敢怪你啊。"令狐媚这才回转身看向临江上仙："那你的少年游带回来了吗？"

临江上仙向后一招手，便走来一位白衣少年，虽然相貌长得平平普通，却有一股生气勃勃的精神头："在下少年游，见过令狐姐姐。"

"不错不错，倒是很配我们的临江上仙。"夸赞了一番少年游之后，令狐媚低声对临江上仙道："瀛洲派的笔仙是不是都这样的啊？"

临江上仙点了点头："嗯，好像都差不多吧。"

令狐媚眼珠一转："哪天有空啊，我也要去瀛洲派转转。去看看灵妹妹曾经拜过师的地方……"说到这里，令狐媚突然闭口不再说下去，然后仰头望向天际："今日又是七夕，转眼已经三年了。"

临江上仙愣了一下，然后垂下头道："不知道还要过多少个没有她的日子。"然后两人都沉默不语。少年游杵在那里，显得很是尴尬。

"弟弟！"一声大喊，李嫂从钱塘门外跑了过来。徐琅琊闻声回过头去，见到李嫂，大喊道："姐姐！"

"弟弟啊！你可回来了啊。""姐姐，我好想你们啊。"徐琅琊一把抱住了李嫂的小腿，两人失声痛哭。李碧莲忙扶住李嫂："娘，别伤心了。舅舅回来，是件高兴的事啊。"李嫂抹了抹眼泪道："是啊是啊，确实是高兴事。"然后与徐琅琊一起破涕为笑。白玲珑和小紫一起万福道："见过姐姐。"

临江上仙

徐琅琊抹了抹泪道："姐姐，我们一家终于团圆了。我太高兴了，没想到一转眼，连我们的孩子都成家了。"

这话一出口，徐琅琊顿时发现周围一片鸦雀无声。徐琅琊奇怪地看看白玲珑，又看看李嫂："怎么？我，我说的不对吗？徐林不是和碧莲成亲了吗？"

"唉。"白玲珑叹了口气道："别提了，都三年多了，他们俩就是不愿拜堂成亲啊。"

徐琅琊奇怪地看着徐林和李碧莲道："这是为何啊？"

徐林道："爹，我们当初和俞家说好的，我们和俞灵儿他们一起拜堂成亲。虽然俞灵儿不知所踪，但我们又怎可失信于人呢？"

白玲珑摇了摇头道："这傻孩子，和他爹一样冥顽不灵。若是一直找不到俞灵儿，就不成亲了吗？那岂不是耽误了碧莲？"

李碧莲坚定地握着徐林的手，轻声道："我支持徐林哥哥的想法，我们一定要等俞灵儿回来。我相信她一定会回来的。"徐林看了看李碧莲，重重点了点头。

"是啊，为人确实不能失信啊。"徐琅琊很嘉许地看着徐林和李碧莲。白玲珑对这对父子实在无可奈何，欲哭无泪地转脸看向小紫。"这相公可是姐姐自己找的，看我何用？"小紫叹了口气道："都三年了，上天入地哪儿都找过了，可大家还是没有找到俞灵儿。"

白玲珑无奈地连连摇头，却一眼瞥见李嫂捂着嘴，好似偷偷在笑。白玲珑感到奇怪："姐姐，我都快急坏了，你这是怎么啦？"

李嫂松开手笑道："我笑啊，我笑他们俩好事将近啊。"白玲珑奇怪道："姐姐此话怎讲？"李嫂转身一指身后道："徐林，碧莲，你们看谁来了？"

众人一起转脸看向钱塘门。

就见钱塘门外，熙熙攘攘走来一拨人。正是江平府的那群乡亲们："听说帝都城里降花雨，我们二话不说就从江平府赶来了。""还真的是勿忘我花雨呢，真是不虚此行啊。""百年一遇，啊不，是千年难遇啊！""唉，碧莲和徐林也在啊，这下我们更热闹了。"

走在人群最后面的，正是俞何氏。可大家的眼睛却盯向她身边的一个女孩。徐林和李碧莲同时说道："俞灵儿？！"

这一声虽然声音不大，却引起了远处两人的注意。令狐媚和临江上仙同时惊觉，一起向钱塘门口望去，虽然不再是三头六臂，可这女孩不是俞灵儿是谁？

徐林和李碧莲同时跑向俞灵儿，俞灵儿也高兴地喊着跑来："碧莲，梦蛟。"

"嗖"一声，白影闪过，一只手抓住了俞灵儿的胳臂。临江上仙伸头看着俞灵儿："灵儿姐姐，你真的是灵儿姐姐。"俞灵儿吓得惊叫一声，转脸看去："哎哟！抓疼我了。你，你是谁啊？"

"你不认得我了？"临江上仙低头看了眼自己，然后指着自己道："我就是你义妹临江仙子啊。三年前的三生石，依照我临死时的上仙化身将我复活。从此后我就成上仙了。"俞灵儿惊恐地看着临江上仙："复，复活？有鬼啊！"

临江上仙指着自己的印堂穴道："我现在还能以'临'字仿效你的'惯看秋月春风'，让这里开天目呢，连开几天都没问题。"说完，一颗竖着的眼睛自临江上仙的印堂穴上缓缓睁开，冲着俞灵儿眨了眨眼，然后很快又闭合不见。俞灵儿见状害怕得大叫一声，晕了过去。

令狐媚和少年游这时也跑了过来，令狐媚伸双手，一把紧紧抓住俞灵儿的另一只胳臂，使劲把俞灵儿摇醒："真的是灵妹妹，你真的还活着？"

俞灵儿双臂被抓得极疼，哭天抢地道："娘啊！快救孩儿，有妖怪抢我！"

"你们要干什么？别伤着我家灵儿。"俞何氏忙上前拉俞灵儿，却怎么也拉不回来。令狐媚和临江上仙死也不松手，好像一松手就再也找不回似的。徐林和李碧莲上前相劝也无济于事。

临江上仙探手搭了搭俞灵儿的脉。然后对令狐媚摇了摇头："奇了，她身上半点法力全无。"

令狐媚伸手摸了摸俞灵儿的额头。然后对临江上仙摇了摇头："泥丸宫里也没有鹤舞四宝。"

"她就是俞灵儿啊。"徐琅琊走过来看了看，然后喊道："光天化日之下，你们这是要做什么？"令狐媚和临江上仙也不理他，继续抓着俞灵儿。徐琅琊挽起了袖子道："你们再不放手的话，那就休怪我不客气了。"然后回头喊了一声："娘子！小紫！快来救人啊！"

白玲珑和小紫上前，看了看令狐媚，又看了看临江上仙，然后一起向俞灵儿拱手道："盟主。"

徐琅琊："……"

俞灵儿脸涨得通红，不停挣扎着："你们认错人了吧，我都不认得你们，松手啊！"

"不认得我们？"临江上仙动容道："难道你忘了妹妹我吗？是谁在瀛洲岛救了你？是谁每天晚上帮你练天问神功的？谁最终帮你救出白玲珑的？"俞灵儿则茫然地看着临江上仙。

令狐媚也动容道："难道你也不记得，是谁一天到晚逼迫你嫁给我弟弟的？是谁在愁湖上把你变成老鼠的？又是谁在你手臂上点了守宫砂的？"俞灵儿又茫然地看向令狐媚。

临江上仙转脸冲令狐媚吼道："就你那点破事，用得着拿出来说吗？"令狐媚抢白道："我，我想不起来对她做过什么好事啊！"

"够啦!"俞灵儿使劲一甩双臂:"我不知道你们在说些什么,我真的不认识你们!"然后哭着投入俞何氏怀中。

　　俞何氏一边安慰着俞灵儿,一边对大家说:"就在帝都开始下花雨的那天,灵儿突然回到家,一身衣衫褴褛,神情恍惚。问她什么都不知道,只记得去年元宵节之前的事情,对于那晚落入愁湖后发生的事情,全不记得了。这不,我带她来帝都散散心,你们就别吓唬她了。"

　　徐林和李碧莲忙搀扶着俞何氏和俞灵儿离去。令狐媚看着俞灵儿羸弱的背影,低声问临江上仙:"你说,她会不会失忆了?"临江上仙挽起了袖子,伸出拳头攥了攥道:"就算她真的失忆了。我就是用打的,也要让她想起我来。"在一旁的少年游忍不住擦了擦头上的冷汗。

　　令狐媚抿嘴笑了笑道:"我倒是有办法让她回忆起来。"然后伏在临江上仙耳边耳语了几句。临江上仙点头道:"这个主意不错。"然后"嗖"一声消失无踪。"看!诛仙剑!"令狐媚指着什么都没有的天空大声叫嚷。只有周围几个老百姓一起抬头看,俞灵儿像是什么都没听到般继续走着。令狐媚眼珠一转,手一伸,一面帅字令旗出现,接着令狐媚边走边喊:"这可是雷谦用过的令旗唉!是谁说要将雷谦的遗志继承给后人的啊?"俞灵儿还是不为所动,继续依偎着俞何氏走着。

　　正当令狐媚无计可施时,"嗖"一声,临江上仙突然出现在俞灵儿面前,与她一同出现的,还有两人。"自打我成上仙之后啊,我不但能'临'去任何地方,还能带着其他人一起'临'呢。"

　　被临江上仙带来的正是句龙在天。句龙在天一见俞灵儿,忙躬身施礼道:"见过盟主。"临江上仙盯着俞灵儿道:"句龙在天你总认识吧?他现在可是泾河句龙的族长呢。"句龙在天忙谦逊道:"叔父句龙无悔被七族公审,囚禁起来。我只是帮忙裁撤了所有的魂铸营。承蒙族内看得起,推举我为族长。"

　　俞灵儿抬头看着句龙在天,脸逐渐红了起来,轻声道:"这位哥哥好帅啊。请问,这位帅哥哥,姓甚名谁?可曾,婚配?"句龙在天一愣,道:"我,我是句龙在天啊。怎么你不认得我了?"

临江上仙阴着脸盯向俞灵儿道："装得还真像啊。那么这种情况下，我看你还怎么装？"一把从句龙在天身后拉过一人来，正是苏婵娟。

句龙在天忙引荐苏婵娟："此乃拙荆，盟主见过的。"

俞灵儿瞪大眼看着苏婵娟道："哇！这位大姐姐好美啊！真是俊男美女，佳偶天成啊。"苏婵娟一笑，万福道："盟主过奖。"俞灵儿不好意思道："我哪是什么盟主，你们认错人了。"

临江上仙气哼哼地道："好，好，有你的。给我等着。"然后"嗖"一声又不见了。

句龙在天看了看漫天的紫色勿忘我花雨，转脸对苏婵娟道："你可还记得，三年前皇宫之内。"苏婵娟将头侧靠过去，一头长发披在句龙在天的白袍之上："铁树开花，当然记得。无物比情浓，不见无情相缚。"句龙在天挽着苏婵娟道："相濡以沫，更能相伴于江湖。"

"哇，真是一对璧人啊。"俞灵儿羡慕地看着他们俩。"俞灵儿！走啦！"碧莲冲着俞灵儿直招手。"来啦！"俞灵儿转身朝李碧莲和俞何氏方向跑去。便与句龙在天擦肩而过。

擦肩而过

"嗖"一声，临江上仙又出现在俞灵儿面前："等一下，你看这是谁？"少年游笑着自言自语道："她该不会是想把所有认识的人都带来帝都城吧？"

就见归字谣和雎鸠窈窕拦在了俞灵儿面前："徒儿！你师娘已经把你的事全告诉为师了。三年前，为师颤抖之症痊愈，想来是你重炼三生石的结果。真是难为你了。"雎鸠窈窕盈盈万福道："参见盟主。"少年游赶忙上前参见归字谣："师父！"

俞灵儿左看看右看看："你们，你们又是谁啊？"归字谣道："徒儿，你这是怎么了？难道说你失忆了？来，为师带你回瀛洲岛，为你诊治。"说着就要来牵灵儿的手，俞灵儿吓得直往后退："我哪儿都不去，你不要过来。"

"且慢！"令狐媚上前护在俞灵儿身前："灵妹妹哪儿都不去。"归字谣看向令狐媚道："可是……"

令狐媚假装正色道："见到尊长都不见礼，难道别怨就是这么教你们的吗？"

归字谣忙躬身对令狐媚施礼："啊，徒孙归字谣，参见师叔祖。"少年游惊讶地看看归字谣，又看看令狐媚："令狐姐姐，是，是太师祖？！"然后少年游掰着手指头算着："那我到底算什么呢？"

俞灵儿愁眉苦脸地问："你们到底是什么关系啊？听得我好乱啊！"

令狐媚娇笑着对归字谣道："嗯，好乖，免礼了。"接着又面泛忧愁："归字谣，依你看来，俞灵儿是真的失忆了？"

归字谣看着俞灵儿摇了摇头道："失忆与否，一时难断。可是，她有什么理由要假装失忆呢？"

令狐媚和临江上仙对看了一眼："没有。"

"也许，和三年前，她与三生石共焚有关。"归字谣道："只是不知她当时，还祈过什么愿？"

临江上仙扑到少年游怀中，伤心道："难道，难道，灵儿姐姐真的失忆了？"

"当时就应该，换作我与三生石共焚的，灵妹妹就不会是今日这样了。"令狐媚痛心地抚摸着受惊的俞灵儿："至少我还能给自己祈愿一个如意郎君。"

突然周围的勿忘我花全都闭拢花瓣。"我认为，俞灵儿的情况还有一种可能。"踏着满地收拢起来的花瓣，飘飘然走来一位美貌女子，美得令街上的老百姓全都呆望着她。来的正是太真上仙。

"见过上仙。"归字谣拱手道："上仙所言，还有一种可能是什么？"

"听闻俞灵儿有一项特权，能够穿行于光轮之间。"太真上仙向归字谣盈盈万福："也许她去了另一个光轮，将那里的'俞灵儿'换来此间，我们面前的这个'俞灵儿'，或许本不属于这个光轮。"

归字谣点点头道："嗯，确实有这可能。"

俞何氏过来搂住俞灵儿："真不知道你们在说些什么，我女儿我会认不得吗？她就是俞灵儿。"

"若真如上仙所言。"白玲珑也走过来道："就算她去了另一个光轮，我们又能如何？"

令狐媚和临江上仙同时道："那我们就去找执年岁君，只有他能找到另一个光轮的俞灵儿。"

"这还只是一种假设。"一个毫无存在感的人突然说话，把令狐媚和临江上仙吓了一跳："你，你什么时候在这里的？"

"我早就在这里了，只是你们一直没注意到我罢了。"说话之人正是普安王皇甫琼，若非突然说话，还真没人注意到他在旁边："光轮之说，只是假设。兴许俞灵儿真的是失忆。现在定论还为时过早。"

太真上仙向皇甫琼万福道："让三郎久等了。"皇甫琼微微一笑："哪里，我也正好看看，有多少人报名重修望湖塔。"

临江上仙突然想到了什么，惊愕地转脸对令狐媚道："你说会不会，会不会……"令狐媚瞥了一眼临江上仙："你是不是想说，像上次魂魄交换一样，俞灵儿的魂魄离身去了另一个光轮？那不是更严重吗？"

临江上仙又扑进少年游的怀中，痛哭起来。

令狐媚委顿在地："原以为俞灵儿回来了，却没想到是这样的结果。"

俞灵儿左看看右看看，突然笑了起来："这些人好奇怪，我明明就在这里，尽说些令人费解的话。哈哈哈。"

"上邪！"突然一声高喊，众人全转过头寻声看去。

然后就见到铺满勿忘我花瓣的街上，跪着一人："我欲与君相知，长命无绝衰！"

跪着的人正是令狐宝："山无棱，江水为竭！"而站在他面前的，却是一位惊艳绝伦的女子。

"冬雷震震，夏雨雪！"这女子正是虞美人。

令狐宝继续道："天地合，乃敢与君绝！"

虞美人咯咯笑了起来："官人，快起来吧，你在大街上这么做，可不让人笑话吗？"

令狐宝却跪着不起，嬉皮笑脸地道："为了讨娘子欢心，我受点委屈又算得什么？"虞美人笑得更欢了。

临江上仙惊讶地看着令狐宝和虞美人，问道："令狐媚，你弟弟，你弟弟和虞美人成亲了？！"

"唉！是啊，舍弟复活后，也不知道为何，突然和虞美人好上了。"令狐媚叹了口气道："他毕竟是令狐家九代单传，他要成亲，我又不能阻拦。"令狐媚指向虞美人隆起的腹部道："三个月前成的亲。你看她的肚子，都有五个月大了。"

临江上仙瞪大双眼看着虞美人，随即变得淡定起来："这样也好，我本来就不希望灵儿姐姐嫁给你那花心的弟弟。"

"那俞灵儿这回和谁成婚呢？"李碧莲急了，看向徐林。徐林也犯了愁来："这样一来，我们的婚期又得延期了。"

"我的令狐宝宝啊！"令狐宝依旧跪着，用脸不停地蹭着虞美人隆起的肚子。虞美人咯咯笑着直推令狐宝。

"啊哟！"虞美人突然不笑了，"好酸。"

令狐宝闭着眼继续蹭着虞美人的肚子："娘子是想要吃酸的？酸男辣女，看来这次是男孩啊。"

"不是不是。"虞美人捂着嘴道："我突然感觉好酸。"

令狐宝站起身，温柔地扶住虞美人："娘子，你觉得哪里酸？待为夫我帮你揉揉。"说完令狐宝也奏起眉头："啊哟，我也突然感觉好酸。"

"好酸啊！"旁边一个看热闹的老百姓也突然叫了起来。

"啊哟，我也感觉好酸。"其他老百姓也叫了起来，然后众人纷纷喊起酸来："好酸，好酸。"

白玲珑小紫一干人等也开始纷纷喊起酸来："官人好酸。""娘子好酸。""姐姐好酸啊。""我酸。""我也酸。"

归字谣警觉起来，忙捂着嘴四下观望，朗声道："敢问是哪个道上的朋友，下此狠手，还请现身……"话还未说完，却被令狐媚拦住。就见令狐媚笑盈盈地一指边上的一个人。归字谣转脸看去。

就见此人，浑身上下冒着浓浓青烟。正是在瑟瑟发抖的俞灵儿。

俞灵儿慢慢挪着步，向令狐宝走了过去，发着沉闷的声音："究竟是哪个混蛋？说灵狐一族，一生只爱一个人的？"

所有人都捂住嘴，看着浑身冒烟的俞灵儿。

"是哪个混蛋？一直说他只要俞灵儿的？"俞灵儿走到令狐宝面前，抬腿端在令狐宝肚子上："哪个混蛋？发誓说他这一生只娶俞灵儿一个人的？"俞灵儿跳起来，对着令狐宝就拳打脚踢："还冬雷震震夏雨雪？我这就让你冬雷震震！"

令狐宝抱着脑袋弓着身子，任凭俞灵儿的拳头如雨点般砸在自己身上："啊！你，你是谁啊？"

俞灵儿像发了疯一样狂殴令狐宝："居然一活过来，就和别的女人成亲。而且还有五个月的身孕？"

令狐宝大喊着："我都不认识你啊，你为什么打我啊？"

令狐媚和临江上仙相视一笑。然后上前拉开了俞灵儿。俞灵儿还不肯罢休地抬腿乱踢着。

虞美人伸手从怀里掏出个枕垫来，往令狐宝头上一摔："好啦，别再玩了。可以收工啦。"原来虞美人隆起的肚子，只是一个枕垫。

"行了行了。"令狐媚按住俞灵儿道："就凭你，想斗得过我和临江上仙两人联手？你实在太天真了。"

临江上仙一把抱住了俞灵儿："灵儿姐姐，我可想死你了！"

"我让临江上仙去找很多人来，其实我最想找的，就是令狐宝。"令狐媚过去拉起了令狐宝："如果不让你相信我们都放弃了，你又怎么会中计？"

临江上仙欢笑起来："就算我们不演戏啊，灵儿姐姐照样中计。她就是——千年醋缸！"令狐媚娇笑道："万年醋坛！"

众人这才明白，原来刚才的酸意，竟是俞灵儿强大的醋意所致。

先收下吧

虞美人快步走到归字谣面前，躬身施礼："徒儿参见师父，徒儿幸不辱命，终于找回了俞灵儿。"归字谣道："虞姬仙子，做得好。记你大功一件。"

少年游看着虞美人道："唉？我记得你被选定为画仙的，怎么拜我师父为师啊？"

"月上海棠死都不肯收我，"虞美人双手一摊，"那我就只好转为笔仙啦。"

归字谣抬头道："虞姬仙子洗心革面要重新做人，难道我不给她机会吗？"

俞灵儿嘟着嘴，喘着粗气，坐在地上一声不吭。

"记不记得，我们还差一拜。"令狐宝笑嘻嘻地走近，伸手去扶，却被甩手推开。俞灵儿扭过头去："爱谁拜谁拜，我不拜！"

"三年了。"令狐宝深情地看着俞灵儿，"早知道要等你三年，我宁愿留在刀狱受千刀万剐之苦，也不愿你离开我一刻。"俞灵儿还是不回头："我却半刻也不想见到你。"

令狐媚忙扶住俞灵儿："好啦好啦，主意都是我出的，要怪就怪我吧。"

俞灵儿使劲摇着头："唉，你们知不知道，你们这么做可闯下大祸了！我一时对你们也说不清楚。"接着双手抱着头，一脸的烦恼。

"就算有什么祸事，只要我们笔仙娇娃同心协力，还有什么可担心的？"令狐媚娇笑着道："你就先原谅了令狐宝吧。"

俞灵儿慢慢抬起头，坚定地看着地面道："不行，为了你们的安全，我不能答应。"

临江上仙摇晃着俞灵儿："好姐姐，连那枕垫也是妹妹我找来的，和令狐宝无关，灵儿姐姐就别生气了哦。"

"这不是枕垫不枕垫的事……"俞灵儿转脸看向临江上仙："唉？怎么连你也帮他说话了？"

临江上仙站起身来："灵儿姐姐你知不知道？若你再不回来，令狐宝他就要出家当和尚了。"

"当和尚也好。"俞灵儿垂下头，禁闭双眼，轻声道："这样至少还能活着。"

临江上仙抬手朝紫色花雨挥了一圈："姐姐可知道，这漫天的勿忘我花雨从何而来的吗？"

俞灵儿平静地道："不还是你和令狐媚两人搞出来的吗？"

"姐姐你错了。"临江上仙大声道："这三年来，令狐宝为了等你回来，亲手种下这许多勿忘我花，每一朵都是他以相思之泪浇灌的。"

俞灵儿愣了一愣抬起头看向那站在花雨中消瘦了许多的令狐宝，只见他正微笑着看向自己。

"因为一再等不到你，令狐宝便要出家。临行前，他求济世和尚施法，将亲手种下的勿忘我花化作花雨，洒入帝都城。以此表明他留在俗世的唯一心迹。"临江上仙一把扯开令狐宝的外衣，露出里面的僧衣来："我找到他时，他就差剃度了。"

俞灵儿缓缓站起身来，隔着层层紫色花雨，感觉有一股醉人的花香紧紧裹缠着自己。

"我真的好羡慕你。"虞美人慢慢踱步到俞灵儿身边："我虽然拥有很多，却唯独没有喜爱的人在身边。易得无价宝，难得有情郎。"然后捧起手中的勿忘我花瓣："如果你不要他，我向你保证，我是决计不会让他出家的。"

徐林和李碧莲也跑了过来："灵儿，我们等了你三年多了，你还要我们等下去吗？"

俞何氏也走过来的道："女儿啊，这样的夫婿，打着灯笼都很难找啊，还是赶紧嫁了吧。"

归字谣和雎鸠窈窕也走过来："徒儿，为师看人的眼光一向不错。这个令狐宝，我看就是个宝。"

白玲珑小紫等众人一起喊道："先收下吧！"

"愿得一心人，白首不相离。"令狐宝穿过花雨，慢慢走近俞灵儿，柔声道："千错万错，都是我的错。有什么话，等收下我再说吧。"

俞灵儿缓缓仰面朝天，看着不断落下的花瓣雨，内心纠结了半晌。然后用力点了下头："拼了！好，我就收下你。"

众人顿时爆发出一片欢腾之声。

"终于成了！！！"令狐媚激动地双手攥紧着拳头："我实在等不及了！"说罢，一伸手，掏出一张红色的脸谱来。正好被临江上仙瞅见："这，这不是千秋妖谱吗？你要用它做什么？"

"这千秋妖谱，除了能重炼三生石外，还有两个作用。"令狐媚将千秋妖谱慢慢放在脸上："一个就是可以敷面，当然其他六张也能做到。"千秋妖谱开始闪现红色光芒："还有一个，就是能将未来可行的梦想提前实现。"

这时突然鸣锣开道，一乘官轿被抬了过来。令狐媚一指官轿："你看，这不来了吗？"

轿帘掀起，蓝玉走了出来："哎哟，几位都在啊。这可让咱家省心了。"随即展开手中一卷黄帛："圣上有旨，众位接旨吧！"

虽然众人不明白为什么皇上突然降旨，但也只能跪下。

蓝玉朗声道："奉天承运，皇帝诏曰：特着，

监国太子普安王皇甫琼，与杨太真。

文学馆大学士俞灵儿，与令狐宝。

新科状元徐林，与李碧莲。

尔等速速进宫，于金銮殿完婚！钦此。”

众人偷笑着齐声道：“遵旨，万岁万岁万万岁！”

“监国太子？！我被封为监国太子？！”皇甫琼简直不敢相信自己的耳朵，赶忙重重磕头：“谢主隆恩！”

临江上仙捅了捅令狐媚：“今日就要在金殿完婚？难道这就是千秋妖谱的效用？”

令狐媚咬牙切齿地道：“不错，我一刻也等不了了。”然后转脸看向临江上仙：“这回你可千万别再给我搅黄了！”

临江上仙站起身，随之印堂穴上的天目缓缓开启：“放心吧，有我在，别说是女子，就连一只母苍蝇，今日也休想进得了金銮殿！”

令狐宝双手紧紧搂着俞灵儿，深情地看着她的双眼，然后慢慢靠近……

“你要干嘛？”俞灵儿的脸一下红了起来。

“你就快是我娘子了。”令狐宝笑着道：“我就想亲你一下……”

俞灵儿慌张地左右四顾：“可是有很多人正看着呢。”

令狐宝却不答话，再次靠近俞灵儿……

图书在版编目(CIP)数据

鹤舞游天/黄啸峰著.—上海:上海人民出版社,
2019
ISBN 978 - 7 - 208 - 15616 - 6

Ⅰ.①鹤… Ⅱ.①黄… Ⅲ.①长篇小说-中国-当代
Ⅳ.①I247.5

中国版本图书馆 CIP 数据核字(2019)第 000168 号

责任编辑	陈佳妮 舒光浩
封面设计	人马艺术设计·储平
封面插画	大大黑

鹤舞游天

黄啸峰 著

出　　版	上海人&大版社
	(200001 上海福建中路 193 号)
发　　行	上海人民出版社发行中心
印　　刷	上海商务联西印刷有限公司
开　　本	720×1000 1/16
印　　张	51.25
插　　页	4
字　　数	744,000
版　　次	2019 年 4 月第 1 版
印　　次	2019 年 4 月第 1 次印刷
ISBN	978 - 7 - 208 - 15616 - 6/I · 1793
定　　价	88.00 元(全二册)